현장
에서
읽은
우리
소설

현장에서 읽은 우리 소설

김윤식

| 책머리에 |

'글쓰기의 새 들판'을 꿈꾸며

여기 실린 글들은 이 나라 작가들이 혼신의 힘을 기울여 쓴 작품들에 대한 제 존경의 결과물입니다. 만일 이 글들 속에 한 군데라도 신통한 데가 있다면 응당 그것은 제 존경의 강도나 밀도의 드러남일 것입니다.

이 책은 2005년 4월에서 2007년 6월까지『문학사상』에 실었던 현장비평(월평)을 재구성함으로써 또 하나의 글쓰기의 들판을 모색해본 것입니다. 현장비평이란 대체 무엇인가. 저는 이 물음을 한 번도 멈추어본 적이 없습니다. 그달 그달 발표된 작품 읽기란, 제겐 참으로 난감한 모험의 연속이었던 까닭입니다. 금방 나온 작품을 대하는 순간 그것이 뿜어내는 빛이 하도 눈부셔 눈멀 수밖에 없었습니다. 또 그것은 천둥과 같아서 귀먹을 수밖에 없었습니다. 또 그것은 갓 삶아낸 감자거나 옥수수와 같아서 손에 화상을 입을 수밖에 없었던 것입니다. 사정을 모르는 사람들은 이렇게 말합니다. 미리 색안경을 쓰면 되지 않겠냐고, 귀마개를 사용하면 되었을 텐데, 라고. 또 말합니다. 장갑을 끼면 되었을 텐데, 라고.

필시 이는 작품이라는 것의 정체를 잘 모르는 분들의 조언일 것입니다. 작품이란 무엇이뇨. 정답은 단 하나. '유령 같다'가 그것입니다. 수시로 모양을 바꾸는 존재가 작품이기에 이쪽에서 장갑을 끼면 대번에 그 모습을 바꿉니다. 이쪽에서 색안경을 쓰면 대번에 그 표정을 바꾸어버립니다. 이쪽에서 귀마개를 하면 대번에 그 목소리를 바꾸어버립니다. 방법은 하나뿐. 정면 돌파가 그것.

 그 결과를 보십시오. 화상 입은 제 손이 여기 있습니다. 소경이 된 제 눈이 여기 있습니다. 귀머거리가 된 제 '귀'가 여기 있습니다. 귀먹고 눈멀고 화상 입은 손발로 쓴 글이 제 현장비평이었습니다. 눈멀고 귀먹은 채 화상 입은 손으로 쓴 글이지만 그렇다고 나름대로의 빛이나 온도가 없다고 할 수 있을까. 심봉사 모양 개천에 자주 빠지긴 했어도 그는 딸 청이의 아비였던 것. 그 때문에 그는 구원받지 않았던가. 목소리만 남은 심봉사의 글이지만 누군가 화상이라도 입는다면 어찌할까. 이런 우려에서 고안해낸 아주 하찮은 방도가 이런 식의 현장비평의 재구성입니다.

 이런 식의 재구성이란 새삼 무엇인가. 작품을 현장비평이라는 시간·공간의 제약에서 해방시키는 일과 관련된 것이라 하면 어떠할까. 그렇기에 주제별 묶기도 아니지만 기법별 묶음도, 연륜별 묶음도 아닙니다. 그렇다고 해서 기분 내키는 대로 묶은 것은 더욱 아니지요. 굳이 말해 현장성에서 작품을 구출하기 위한 묶음이라고나 할까요. 작품과 현장비평이 함께 힘 모아 구축해낸 기묘한 장면이라 하면 어떠할까요.

 이런 시도는 어쩌면 주제넘은 짓인지도 모릅니다. 만일 이러한 시도가 제3의 창작의 반열에 들 수 있다면, 그것은 이 글을 읽은 독자가 약간이라도 작품적 감수성에 닿았을 때일 겁니다.

 끝으로 무엇보다 쉼 없이 작품 창작에 나아간 이 나라 작가들에게 제 경의를 바칩니다.

2007년 겨울
김윤식

차례

책머리에 　'글쓰기의 새 들판'을 꿈꾸며　4

01_ 쥐라기 시대의 공룡처럼 사라져버린 아비　9
가족의 탄생 혹은 소멸
김숨 | 김애란 | 김이정 | 윤성희 | 윤영수 | 이명랑 | 한성우 | 함정임

02_ 크고 둥근 나이테를 하나 더 그리다　59
연륜 있는 고수들의 솜씨
구효서 | 김인숙 | 김훈 | 박완서 | 복거일 | 서정인 | 윤대녕 | 윤후명 | 은희경 |
이순원 | 정미경 | 채희윤 | 최수철 | 최일남 | 한승원

03_ 작가, 역사에 삿대질하다　137
이 시대의 리얼리즘 소설
고종석 | 공선옥 | 김경욱 | 김원일 | 김지우 | 오수연 | 이경자 | 이기호 | 이청준

04_ 불모의 삶을 비추는 내면 풍경　177
내면세계를 다룬 소설들
김경욱 | 김도연 | 박청호 | 이청해 | 조명숙 | 조경란

05_ 몸과 공간의 수사학　201
관념을 벗고 육체를 입은 소설들
권여선 | 김숨 | 김주희 | 문순태 | 배명희 | 이나미 | 이응준 | 임동헌 |
장은진 | 한지혜

06_ 카프카적 진담과 쿤데라적 농담 사이 237
소설가의 자의식과 성찰
김종은 | 박상우 | 이승우 | 이청해 | 조경란 | 조성기 | 표명희 | 한유주

07_ 구체관절인형의 상상력 267
우리 소설의 새로운 실험과 모험들
구경미 | 김서령 | 마라나 | 박민규 | 백가흠 | 윤성희 | 이인성 | 이장욱 | 전성태

08_ 소설의 족보 잇기 315
기성 작가들의 소설의 방향성
고은주 | 구광본 | 김연수 | 김중혁 | 민경현 | 박정규 | 박정애 | 배수아 |
신장현 | 윤영수 | 이신조 | 이웅준 | 정영문 | 정지아 | 정찬 | 조선희 |
조용호 | 편혜영 | 한정희

09_ 시멘트 바닥에 싹틔운 민들레 씨앗 401
젊은 신진 작가들
김미월 | 김사과 | 김유진 | 명지현 | 박현욱 | 박혜상 | 부희령 | 서진연 | 안성호 |
염승숙 | 유은희 | 윤이형 | 정운균 | 정이현 | 조해진 | 한수영 | 해이수 | 허혜란

10_ 기형적 천재의 출현을 기대하며 481
최근 신춘문예 당선 작품과 그 첫 행보
2005년도_ 기노 | 장은진 | 류은경 | 정찬일
2006년도_ 김이설 | 박찬순 | 유민 | 김애현 | 이민우 | 박상 | 이준희
2007년도_ 김희진 | 유대영 | 황시운 | 이은조 | 류진 | 유응오 | 서진연

01_

쥐라기 시대의 공룡처럼
사라져버린 아비

가족의 탄생 혹은 소멸

김숨

「트럭」「두번째 서랍」「손님들」

1974년 울산 출생. 1997년 『대전일보』 신춘문예에 단편 「느림에 대하여」가, 1998년 『문학동네』 신인상에 단편 「중세의 시간」이 당선되면서 작품활동 시작. 소설집 『투견』, 『침대』, 장편소설 『백치들』이 있다.

우리 시대의 아버지

김숨 씨는 「트럭」 『문학사상』, 2006년 2월호 과 「두번째 서랍」 『세계의문학』, 2005년 겨울호 , 「손님들」 『문학과사회』, 2005년 겨울호 등 세 편을 동시에 썼군요.

「두번째 서랍」이, 자물쇠 달린 두번째 서랍이 여성 성기의 상징으로 우화성을 띠어 그만큼 비산문적이라면, 「손님들」은 구성에 무리가 있으나, 「트럭」만은 아주 견고합니다. 트럭이란 무엇이뇨. 쇠붙이로 이루어진 물건이니까 견고할 수밖에. 더구나 그 물건이 아버지의 것이니까. 참으로 오랜만에 대하는 '아버지 소설'이라고나 할까.

아버지가 트럭을 갖게 된 것은, 당신의 나이 마흔두 살이 되어서였다. 장장 구만 오천 킬로미터나 달린, 1톤 중고 트럭이었다. 아버지는 구 년의 백수 생활 끝에 분연히 트럭을 한 대 장만했다. 노란색 번호판을 단 영업용 트럭이었다. 비록 하잘것없는 운전 기술이었지만, 아버지가 무엇이라도 '기술'을 가지고 있다는 사실은 자식들에게 이를테면 기적과도 같은 놀라운 일이었다. 1988년도였다. 당시만 해도 운전면허증이 보편화되어 있지 않았다. 트럭은 금방이라도 주저앉을 듯 낡고 곳곳이 부식되어 있었다. 아버지는 트럭으로 이삿짐을 나를 것이라고 했다. 자식들은 아버지의 고백을 시큰둥하게 흘려들었다.(서두, 309쪽)

아버지란 대체 무엇인가. 이 물음의 해답은 어디서나 언제나 똑같지요. 어째서? 아버지는 아버지이며 끝내 아버지이고야 마는 존재인 까닭. 이런 아비를 말하는 작가의 시선에 먼저 주목할 것. 아내와 자식 세 명을 둔 아비를 바라봄에 있어 작가는 아내도 자식 중의 그 어느 하나도 선택하지 않고, 가족 전체를 바라보는 제3의 시점을 택하고 있지요. 이 점이 이 작품의 강점인 셈. 그럼에도 흡사 자식 중의 하나가 말하는 방식으로 얘기를 끌고 가고 있습니다. 이게 곧 성숙한 솜씨. 그 때문에 여기에 등장하는 아비란, '나'의 아비이자 '우리' 모두의 아비인 셈. 아비란 무엇인가. 중동 리비아 사막에서 낙타 모양 6년 동안 일했고 귀국 후엔 백수로 9년을 보낸 뒤에 그러니까 마흔두 살에 1톤짜리 중고 트럭을 구입, 이삿짐을 실어 나른다. 자식들을 먹여 살리기 위해 온갖 노력을 다했다. 그러는 중에 자신도 모르는 또 그 누구도 알지 못하는 갖가지 기행을 저지른다. 모래 싣기, 고가도로 위에 트럭을 버리고 귀가하기. 트럭으로 힘껏 달려 바닷가에 이르기, 홀로 트럭에서 밤새우기. 트럭이란 인생 사막 길을 달리는 낙타였던 것. 외로움이었던 것. 자기 길만을 걷기에 그럴 수밖에. 자식들은 결국 이런 아비를 닮아갈 수밖에. 이해함이 아니라 닮아가기인 것.

윤후명의 작품 「모든 별들은 음악소리를 낸다」1983년의 부활이라고나 할까. 당나귀 수레로 가족을 먹여 살리던 봉천동의 그 아비가 이번엔 트럭으로 그렇게 하고 있습니다. 아버지란 새삼 무엇인가. 핏줄도 권위도 의무도 아닌 것.

김숨

외로움이지요. 스스로 짊어진 고독. 그러기에 트럭을 몰고 여섯 시간이나 서쪽으로 달려 변산반도에 멈추기도 했던 것. 바다가 가로막았으니까. 리비아 사막의 낙타였으니까.

김애란

「사랑의 인사」「스카이 콩콩」「침이 고인다」

1980년 인천 출생. 2003년 「노크하지 않는 집」으로 제1회 대산대학문학상을 수상하고, 같은 작품을 2003년 「창작과비평」 봄호에 발표하며 작품활동 시작. 2005년 한국일보 문학상을 수상했다. 소설집 「달려라, 아비」「침이 고인다」가 있다.

공룡처럼 사라져버린 아비 찾기

김애란 씨의 「사랑의 인사」「문학사상」 2005년 3월호. "나는 오래전 사라진 말들을 알고 있다"라고 시작됩니다. 그 말들이 '사랑'임을 말하는 김씨의 목소리가 익살스럽고 따뜻하고 돌발적이면서도 친근합니다. 과연 신진 작가답다고나 할까요. 데뷔작 「나는 편의점에 간다」의 그 참신성에 주저앉지 않고 한 발 나서기여서 그러합니다.

항용 신인이 빠지기 쉬운, 저만 아는 밑도 끝도 없는, 그래서 딴엔 강도 높은 실험성을 염치도 없이 넣어놓는 경우와 달리, 작가 김씨는 허구와 현실의 경계선을 알아차린 드문 자질, 곧 균형감각을 갖고 있다고나 할까요? 우선 균형감각이 유지되는 방법론을 살펴볼까요. 먼저 문체.

(1) 나는 고백받은 사람처럼 갑자기 부끄러워졌다.(176쪽)

김애란

(2) 우는 아이들 사이를 가까스로 헤쳐나간 끝에 나는 마이크 앞에 앉아 있는 여직원 앞에 도착했다.(178쪽)

(3) 내가 나를 먹여 살리게 된 순간부터 나는……(179쪽)

(4) 여느 때와 같이 탈의실 조명은 (……) 카운터를 보는 아저씨는 냉장고 옆에서 물개처럼 자고 있었다.(180쪽)

(5) 물고기들의 눈은 뭐랄까. 아무리 가까이에서 봐도 도통 나를 보고 있는 것인지 아닌지 알 수 없게 생겨먹었다.(183쪽)

누가 보아도 우리말 문장으로는 어색합니다. 생각이 앞서고 그것에 따라 표현이 나온 까닭. 판에 박힌 소설 문장과는 다른 점이지요. 그렇다고 아주 고약한 데까지 이르지 않기. 균형감각이 숨쉬는 장소라고나 할까요. 빈틈없이 짜인 문장이란, 보기만 해도 읽기는커녕 천리나 도망치고 싶지 않았던가. 우리말을 해체시키기가 아니라, 당초부터 새로 만들어야 한다는 것, 이는 따지고 보면 소설이 맡아야 할 본래적 몫의 하나가 아니겠는가. 문제는 그 새로 만든 문장이 아주 절벽이어서는 안 된다는 것.

둘째, 숨쉴 수 있는 공간을 '비언어'로 만들어놓기. 단편이란, 오정희 씨처럼 단편 하나로 승부해야 할 물건이 아닐까. 그러기에 제목 밑에 부제 달기라든가, 아포리즘이랄까 남의 시 토막을 깃발처럼 내세운다든가, 혹은 연작 숫자까지 적어놓아도 되는 것일까. 이렇게 무신경한 작가 제국주의적 현상에 신물이 난 독자층이 형성되었다면 어떠할까.

1·2·3으로 숫자까지 붙여 짧은 단편을 토막 내어 분장까지 했다면 또 어떠할까. 숨부터 막힐 독자도 있지 않겠는가. 그렇다고 그 승부처가 너무 진지해도 곤란한 법. 언어의 밀도 때문에 숨이 콱 막히기 십상이니까.

요컨대 독자를 유인하는 새로운 방식이 요망되는 법. 그런 방식의 하나가 '비언어'로 만든 공간 개념입니다. 「몰라 몰라, 개복치라니」^{『문학동네』 2004년 겨울호}를 쓴

신인 박민규 씨가 그 자각적인 앞잡이 노릇을 했다고나 할까요. 자각적 앞잡이라 함은 방법론으로서 '비언어' 공간이 도입되었음을 가리킴인 것. 문단을 몇 개씩 묶고 그다음 문단까지 사이를 몇 칸씩 비워놓기가 그것. '비언어'로 그 빈 몇 칸씩이 채워짐으로써 그 단편을 대하는 독자의 숨통을 열어놓기인 것. 김애란 씨의 이 작품엔 25개의 '비언어' 공간이 늪처럼 설치되어 있습니다. 또 이를 통제하는 세 개의 큰 공간(*)이 따로 있기도 하고, 언어로 짜인 줄거리에서 도로 숨 막힘과 이 '비언어'로 된 공간이 빚어낸 모종의 균형감각.

셋째, 이 점이 중요한데, 참주제를 떠받치고 있는 균형감각이 그것. 줄거리를 잠시 볼까요. "나는 오래전 사라진 말들을 알고 있다"라고 얘기를 시작하는 '나'는 수족관 '블루월드'의 직원. 잠수복을 입고 수족관에서 상어·거북 등과 더불어 헤엄치며 묘기를 부리는 청년. 어째서 '나'가 이런 직업을 택했을까. 아홉 살 적 아버지가 사준 책 『세계의 불가사의』를 읽다가 미아가 되었기 때문. '나'의 독서 중 아비가 네스호의 괴물처럼, 혹은 쥐라기 시대의 공룡처럼 사라져버렸기 때문. 어떻게 하면 그 아비를 찾을 수 있을까. 이것처럼 불가사의한 것이 또 있을까. 네스호로, 공룡 시대로, 생명의 단초로 소급해서 찾을 수밖에. 네스호의 괴물처럼 사라진 것은 반드시 다시 나타나는 법. 그렇지 않으면 불가사의가 아니니까. 네스호의 괴물처럼 다시 나타난 것들은 반드시 할 말이 있으니까.

아비 찾기란 그러니까 '나'에겐 네스호의 괴물 찾기인 것. 네스호란 수족관이며, 그 속 어딘가에 괴물이 있다. 찾기 위해 잠수복으로 들어가야 한다. 생명의 기원 찾기. 마침내 그 수족관에서 아비라는 괴물 찾기에 몰두한 '나'는 무엇인가. 구경꾼의 눈에서 보면 영락없는 네스호의 괴물. 그러한 경지에 들어섰을 때 비로소 나는 사라진 아비를 만난다. 수족관 속에서 '나'가 본 아비는 구경꾼 속에 서 있었다. 산소흡입기를 입에 문 '나'는 소리칠 수

김애란

없었다. 유리벽을 두드릴 수밖에. 그 순간 아비가 미소 짓지 않겠는가. '아들아 잘 있었느냐'라는 듯이. 그러고는 구경꾼 사이로 사라져가지 않겠는가. 수조 속의 '나'가 아무리 발버둥쳐도 어쩔 수 없는 노릇. 수조 속의 세계는 밖의 세계와 별개인 것, 순간 수조 속의 물고기들이 일제히 '나'를 아빠로 부르지 않겠는가. 수조 밖으로 나올 수밖에. 밖으로 나와도 '나'는 잠수복을 벗을 수 없었다. 왜? '나'는 '나'의 아비가 되어야 하니까. 구경꾼 속의 아비는 사라졌으니까.

> 잠수복이 내 입으로 들어갔다. 나오기를 반복하며 '아빠, 아빠' 하고 있었다. 나는 그렇게 주저앉아, 오랫동안 뻐끔거렸다. 한참 후, 나는 뚝하니 울음을 그쳤다. 고요 속에서, 수조 위 물결이 아무도 모르게 살짝 출렁거렸다. 나는 멍하니 앉아, 그 소리를 들었다. 문득, 지겹다는 생각이 들었다.(190쪽)

어째서 지겨운가. 아비 되기, 아비 찾기, 나아가 가족이야말로 진짜 불가사의한 것. 이 반복만큼 진짜 지겨운 것이 따로 있을까 보냐. 참주제가 깃든 곳. 이 작품에는 키워드가 두 번 사용되어 있습니다. '끔뻑이기'와 '뻐끔거리기'가 그것.

> (A) 내가 다리를 떨며 TV를 볼 때도 그는 영국 어느 호수 밑에서 찬찬히 눈꺼풀을 끔뻑이고 있었다.(174쪽)
> (B) 나는 그렇게 주저앉아 오래도록 뻐끔거렸다.(190쪽)

'뻐끔거리기'와 '숨쉬기', '잠수복'과 '평복', 수조 '안'과 '바깥'의 균형감각이 이처럼 잡혀 있지 않습니까.
아비란 가족이란 새삼 무엇이뇨. 산소통 없이 숨쉴 수 없는 그런 압력에 다름 아닌 것. 지긋지긋한 것, 숨 막히게 하는 것.

잠깐, 『돈키호테』의 저자도 이렇게 말하지 않았던가. "이 얘기에 부모 형제 가족이 등장하는 것으로 보아 제법 진실하겠다"라고. 가족이야말로 이 나라 소설의 전매특허요, 막걸리 모양 취하게 만드는 것. 그런데 그것이 이제 숨 막히는 지경에 이르지 않았을까.

일본 작가 무라카미 하루키가 읽히는 이유란 무엇인가. 가족이 절대로 등장하지 않기로 요약되지요. 독신자라야만 주인공이 되는 것. 그러기에 하루키 이후와 이전을 가르는 기준이 바로 가족 유무인 셈. 가족의 무게란 잠수복으로 수압 견디기에 다름 아닌 것. '사랑의 인사'인 증거.

잠수복 없이는 읽을 수 없는 것이 오늘의 우리 소설판이라면 이 얼마나 지겨운가. 우화스럽게 쓰인 것도 이 때문. 생물학적 상상력으로 1990년대 문학을 열었던 윤대녕의 「은어낚시통신」 모양 우화스럽게 쓰인 것. 이러한 우화성이란 우주적인 부자관계에 해당됩니다. 육체적인 부자관계에서 해방된 우주적 부자관계이기에 스스로 그 차원이 다른 소설적 설정입니다. 육체적 부자관계에서 벗어나기 위해 인류사는 얼마나 발버둥질쳤던가. 온갖 탄생의 기원, 그 비밀에 얼마나 많은 에너지를 탕진했던가. '나는 누구인가'라는 명제 앞에 인류는 얼마나 주눅 들었던가. 진짜 해방이란 이를 가리킴인 것. 핏줄과 무관한 복제인간 행行이 그것. 아비가 있긴 하되 우주적 아비여야 하는 것. 신(우주)의 아들일 수 있는 인간의 영역, 새로운 균형감각이 바야흐로 모색되고 있습니다.

우주적 가족의 등장

김애란 씨의 「스카이 콩콩」^{『문예중앙』, 2005년 여름호}은 다음 세 가지 점에서

김애란

주목됩니다. 성장소설의 새로운 스타일에 속한다는 점이 그 하나. 그렇지만 '나'라 불리는 이 소년은 자라지 않습니다. 영원한 소년이라고나 할까. 혹은 소년이긴 해도 돌멩이나 무생물 모양, 그냥 세월 속에 놓여 있는 형국이라고나 할까. 유별나지요. 무릎에 상처 없는 그런 아이랄까 인형이라고나 할까요.

둘째, 모친이 없는 가족 구성이라는 것. 아비, 형, '나' 3인뿐입니다. 놀라운 것은 어미에 대해 한 번도 언급이 없다는 것. 아비가 절대로 등장하지 않는 무라카미 하루키의 소설(『바람의 노래를 들어라』에선 아비가 유일하게 등장하지만 밤마다 8시면 아들이 아비의 구두를 닦는다는 장면뿐)과는 정반대라고나 할까. 대체 유년기를 그리면서 모친의 행방에 철저히 무관심한 그 속셈은 무엇일까.

셋째, 등장하는 아비도 형도 도무지 아비 같지 않고 형도 역시 그렇다는 것. 잠시 볼까요.

어느 날 아버지가 말했다.
"스카이 콩콩을 타면 키가 큰댄다."
나는 키가 크는 것엔 관심이 없었지만 스카이 콩콩이 갖고 싶었다. 아버지는 기대감으로 가득 찬 내 눈을 바라보며 말했다.
"고추를 보여주면 사주겠다."
나는 창백해진 얼굴로 물었다.
"뭐라구요?"
"고추."
신문을 보던 형이 무심하게 말했다.
"우주에서 키가 커서 돌아온 비행사가 있대요, 아버지."
아버지는 형의 말에 대꾸하지 않고 내 대답을 기다렸다. 나는 내 고추와 스카이 콩콩 중 뭐가 더 소중한 것인지 고민했다. 그런데 아무리 고민해도 무엇이 더 중요한지 알 수 없었다.(202쪽)

자식의 고추를 보겠다는 아비도 다 있을까. 아비가 아니라 제3의 인물, 곧 조부라든가 이웃 아저씨인 까닭. 우주비행사의 꿈을 가져 고무동력 비행기 제작에 몰두하고 있는 형은 무엇인가. 우주만이 눈에 뵈는 꿈꾸는 자가 아닐 것인가. '나'는 무엇인가라고 '나'는 결코 묻지 않지요. 고추와 스카이 콩콩 중 후자에 관심이 놓였을 뿐이지요. 어째서 스카이 콩콩에만 매달리고 싶었을까. 참주제가 걸린 대목. 정답은 그러니까 오르고 내리기인 것.

점프할 때 보이는 동네의 풍경은 순간마다 달랐다. 콩— 하고 뛰어오르면 조금 전 보이던 아저씨가 감쪽같이 사라졌고, 다시 콩— 하고 날아오르면 아까는 없던 여중생이 나타났다. 나는 설핏 보이는 먼 곳, 그 '언뜻'함이 좋아 자꾸 발을 굴렀다. 그러다 언젠가는, 온 힘을 다해 뛰어오르며, 두 발이 땅에 닿기 전 내가 사라져버렸으면 좋겠다고 생각했다. 나는 두 눈을 감고 하늘에 한참 머물러 있었다. 그런데 얼마 후 공중에서 슬쩍 실눈을 떴을 때, 나는 가로등이 내게 깜빡, 하고 윙크해주는 것을 보고 말았다. 나는 옥상 콘크리트 바닥에 넘어지며, 오래도록 연습해온 대사를 마침내 써먹게 됐다는 듯 이렇게 외쳤다.

"아, 깜짝이야!"(204쪽)

보다시피 놀이감각이 전부이지요. 신인 김씨의 강점은 이 신식 놀이감각에서 옵니다.

모두가 아는바 종래의 가족소설이란, '아비는 종(이데올로그)이었다'의 명제 위에 성립된 것. 아비는 피의 상징이기 전에 제도의 배경 위에 섰던 권위의 존재이지요. 가족관계 · 친족관계 · 사회관계 시스템의 중심에 놓인 것

김애란

이 아비인 까닭에 계급투쟁의 대체물이었던 것. 국민국가로 표상되는 것이 아비였던 것. 신도 그러하고 부처님도 그러했지요. 분단문학·노사문학으로 대표되는 것이지요. '아비 없는 문학'이 등장한 것은 그 이후이지요. 이제 아비란 한갓 힘없는, 또는 '나'와 무관한 존재인 것. 하물며 어미 따위이랴. 아비란, 집 앞에 서 있는 가로등과 흡사한 존재에 지나지 않는 것.

그의 나이가 얼마나 됐는지 알고 있는 사람은 아무도 없었다. 우리가 알고 있는 것은 그가 오래전부터 그곳에 있었다는 사실뿐이다. 그는 내가 태어나기 훨씬 전부터 그곳에 있었다. 길게 내민 모가지와 구부정한 어깨를 가지고. 아프리카 평원 위에 최초로 직립하게 된 유인원처럼—고독하게.(200쪽)

가로등을 '그'라고 하여 아비보다 윗길에 놓고 있습니다. 바야흐로 '우주적 가족'의 모습이라고나 할까.

조건반사의 소설적 운용

김애란 씨의 「침이 고인다」^{『문학사상』 2006년 11월호}는 제목 그대로 감각소설. 그중에서도 미각소설. 감각 중 제일 큰 비중을 갖는 것은 시각. 인간 뇌의 무게는 체중의 2퍼센트에 지나지 않지만 에너지 소모량은 몸 전체의 18퍼센트이며 그중 3분의 1을 시각이 차지할 정도. 그 때문에 시각이 사고력을 좀먹거나 망친다고 알려져 있지요. 청각이 또한 그 뒤를 따르고. 최인훈의 '환각'(「하늘의 다리」) 현기영의 '환청'(「순이삼촌」) 임철우의 '환후'(「직선과 독가스」) 정찬의 '환촉'(「슬픔의 노래」) 등이 이 나라 소설 공간을 확대시킨 것은 모두가 아는 일. 미각 그러니까 환미^{幻味}만이 빠져 있었다면 어떠할까. 아마도 그것은 미각이 지닌 특수성에서 오지 않았을까.

「침이 고인다」에서 침을 상기해보시라. 입속의 침샘에서 분비되어 입 안에 늘 괴고 음식을 먹을 때에 특히 많이 나오는 끈기 있는 소화액. 냄새도 맛도 없는 것. '침을 삼키다'라는 표현도 있지만 '침을 흘리다'도 있습니다. 주체적 소유 욕망(부러움)의 표현이지요. '침이 고인다'도 사정은 마찬가지. 다만 소극적이랄까. 서서히 증가되는 소유욕인 셈. 욕망(소유 대상)이 내부에서 서서히 형성되는 경우라고나 할까. 동물적 반응에서 좀더 내면적 반응이라고나 할까. 생물학자 파블로프가 발견한 조건반사의 일종이겠지만.

작가 김씨는, 이 생물학적 반응에서 한 발 물러나 침이 고이는 과정을 유려하게 그려내고 있습니다. 여기서 '유려하게'라 한 것은 글쓰기의 방식을 가리킴인 것. 이를 리듬감각이라 부르는 것. 이 리듬감각을 타기만 하면 윤기 있는 글, 용솟음치는 표현이 가능한 법.

리듬감각이란 구체적으로 무엇인가.

(A) 후배는 이야기를 하는 동안, 지금 자기가 하고 있는 얘기가 가장 중요한 얘기이며, 또 의미 있는 일이라는 표정을 지었다. 그녀는 후배의 목소리를 들을 때마다, 잘못된 번역으로 가득한, 이상하고 좋은 철학서를 읽었을 때처럼 가슴이 싸해지는 걸 느낄 수 있었다.(118쪽)

(B) 그러니 아마 그즈음이었을 거다. 문득 저 애랑 살아볼까 하는 마음이 들었던 것은.(124쪽)

(C) 몇 번의 알람이 울렸다 꺼지고, 고단하고 일상적인 나날들이 지나갔다. 후배는 여전히 목소리가 좋았지만, 예전만큼 이야기를 많이 하지 않았다. 어쩌면 그들에게 '습관'이란 게 생겨버린 탓일 수도 있었다. 일상의 습관, 관계의 습관, 그 습관을 예상하는 습관까지 말이다. 그것은 그녀가 퇴근 후 현관문 앞에 서서 '지금 저 안에 후배가 없었으면 좋겠다'는 생각을 처음으로 하던, 그즈음부터였

김애란

을지도 모른다. 그녀는 점점 후배에 대해 '안다'고 생각하게 됐다. 후배의 습관, 주로 부정적인 목록을 발견했을 뿐인데도 말이다.(127쪽)

　(D) 이상한 것은 그 순간, 그녀가 후배를 떠올렸다는 거였다. 그녀는 기사 아저씨가 노래를 부르는 순간, 왠지 후배와 그만 살고 싶다는 마음이 들었다. 후배가 '왜요?' 하고 묻는다면 '네가 젓가락을 이상하게 잡고, 야채를 잘 먹지 않기 때문'이라고 말할 수 없는 노릇이지만. 어쩌면 단지 정말 그 이유 때문일지도 몰랐다. 그러나 그녀는 자신이 그런 말을 할 수 없는 인간이라는 걸 알고 있다.(133쪽)

　(A)에서는 학원 국어과 강사인 독신녀 '나'가 대학 후배를 우연히 만났을 때의 '중심 느낌'이지요. '좋은 철학서 읽기'가 그것. 그 철학서에 해당되는 이미지를 줄줄이 적어내기만 하면 되는 것. (B)에서는 후배와 동거 의욕. 이에 상응하는 이미지를 줄줄이 엮기만 하면 되는 것. (C)에서 보듯 그 동거에서 생긴 '습관'을 줄줄이 엮기만 하면 되는 것. (D)에서는 동거에서 벗어나기의 중심 느낌. 이에 알맞은 이미지(말)를 줄줄이 엮기만 하면 되는 것. 요컨대, 먼저 '중심 느낌'을 제시해놓고 그 이미지에 따라 인물, 정황, 시·공간, 얘기를 끼워 맞추기만 하면 그만인 글쓰기의 방식.

　비유하자면, 창자와 허파, 간과 내장이 송두리째 드러난 저 퐁피두센터 모양이라고나 할까. 투명할 수밖에요. 감기 기운이 나면 콧물이 나오듯. 잠깐, 그런 글쓰기 방식이 미각(침이 고인다)의 시각화와 무슨 관련이 있는가, 라고 묻는다면? 그녀의 입 안에서 침이 고이는 것을 외부에서도 볼 수 있다고 우기고 싶은 모양인데 과연 그러할까. 이런 물음에 대해 뭐라 답하기 어렵습니다. 다만 이렇게 말해볼 수는 없을까. 사람은 누구나 어릴 적 맛본, 은박지에 싸인 껌을 입 안에 넣어 씹을 때의 그 싸한 미각과 닮은 기억 한 가지씩을 갖고 있다는 것. 어린아이를 도서관에다 버리고 도망친 어미가 최소한 구제될 수 있는 것은 어린아이에게 달콤한 인삼껌 한 통쯤은 놓아두었다는 사실에서 오는 것. 어른이 된 그 아이는 그 참혹한 때를 떠올릴 때마다 입에 침이 고이는 법. 이 이미지가 아름답거나 아프지 않다면 어째서 그것이 전염병 모양 학원 강사인 독신녀이자 선배인 '나'에게 옮겨올 수 있으랴.

  고언 한마디. 문장 중간 중간에 큰 활자로 '피곤하다' '오늘 학원 가지 말까?' '춥다' 등등으로 표시할 필요까지 있을까. 이미 콩팥도 뼈대도 송두리째 드러나 있는데도.

김애란

김이정

「그 남자의 방」

1960년 경북 안동 출생. 1994년 『문화일보』 신춘문예에 단편 「물 묻은 저녁 세상이 낮게 엎드려」가 당선되면서 작품활동 시작. 장편소설 『길 위에서 중얼거리다』 『물 속의 사막』, 소설집 『도둑게』가 있다.

아버지, 아버지, 우리 아버지

　　　　　김이정 씨의 「그 남자의 방」『내일을여는작가』 2007년 봄호. 단편의 전형성을 보여준 도데의 「아를르의 여인」이나 모파상의 「쥘르 삼촌」을 떠올리게 하는 작품. 다만 너무 설명이 짙어 감정의 속도가 떨어진다고나 할까. 그렇지만 인생의 단면을 보여주는 단편의 진면목에 접근하고 있는 작품. 모파상이자 도데라면 첫줄에 이렇게 썼겠지요.

　　오늘도 그는 책상 앞에 앉아 있다. 미동도 않고 앉아 있는 그의 옆모습은 마치 좌선에 든 스님 같다. 가을벌판의 억새 같은 흰머리를 삼십 도쯤 기운 등에 얹은 채 내내 책상에 앉아 무언가에 몰두해 있는 남자의 옆모습을 오래 바라보고 있노라면 적막한 산사의 입구에 서 있는 기분이 들기도 한다.(254쪽)

잇달아 또 이렇게 썼겠지요.

　　대를 물려온 청빈이 유일한 자랑거리인 선비 집안의 장남으로, 한 장 한 장 벽돌 쌓듯 일군 가정의 가장으로, 55년 동안 한 번도 넘치거나 치우치지 않게 살아냈던 아버지는 마치 벚꽃이 피기만을 기다려온 사람처럼 여의도에 모인 그 많은 인파 속으로 사라져버렸다. 30년이나 근속한 은행에는 이미 사표가 수리된 상태였고 퇴직금도 정산이 끝나 있었다. 나와 엄마 그리고 살던 집과 다달이 붓던 적금통장과 보험 따위를 고스란히 남겨두고 입던 옷가지를 계절별로 두 벌씩만 챙겨서 거짓말처럼 사라졌다. 30년 근속한 대가인 퇴직금은 지하철 역 앞 작은 점포의 등기권리증으로 바뀌어 적금통장과 함께 있었고 깨끗이 정리된 아버지의 책상서랍에는 짧은 편지 한 장이 남아 있었다.(257쪽)

　　또 이렇게도 썼겠지요. 가출한 이 사내(아버지)는 바다로 갔다, 라고. 선원이 되어 세계를 갈 수 있는 데까지 돌아다녔다, 라고. 그러다 5년 만에 귀국했다, 라고. 그러나 쥘르 삼촌처럼 결코 다시 가정으로 돌아가지 않았다, 라고. 그 사내가 왜 귀가하지 않는가에 대해 모파상도 도데도 이렇게 적었을 것임에 틀림없겠지요. 그 사내의 사촌 입을 빌려 이렇게 썼겠지요.

　　혼자 몰래 준비한 선원증을 얻어 갑판원으로 이 배 저 배를 타고 5년간 세상 구경을 하고 왔단다. 태평양 인도양 대서양을 모두 돌았다더라. 일부러 낯설고 멀리 가는 배들만 골라 탔대. 다른 사람들이 기피하는 배를 타는 건 그중 수월했나 보더라. 정해진 휴가도 될 수 있으면 단축해서 5년 내내 물 위를 떠다니다시피 했단다. 그렇게 한 5년 떠돌고 나니까 가슴속에 바위처럼 뭉쳤던 것들이 뭐였는지 이젠 기억조차 나지 않더란다. 그 망망대해에서 이 좁아빠진 땅덩어리를 보면 참 허망하기 짝이 없더란다. 사는 게 어이없기만 하고…… 죽는 날까지 그렇

김이정

게 보내도 하나도 억울할 게 없을 것 같더란다. 나이 때문에 더 이상 탈 수가 없어 배에서 내리고도 부두에서 막일을 하며 바닷가에 붙어 있다가 작년에야 서울 근처로 왔나 보더라. 이젠 떠돌이 신세니 어딜 가도 바다나 다름없겠지. 너나 네 어머니에겐 염치없는 짓이니 절대 연락 말라고 했지만 아무리 생각해도 너는 알고 있어야 할 것 같아서 불렀다.(269~270쪽)

매우 딱하게도 21세기 한국 작가 김씨는 그렇게 하지 않았군요. 모파상도 아니지만 도데도 아닌 김이정이다, 라고 외치는 형국. 이 사내(아버지)의 딸인 '나'가 시방 귀국하여 혼자 오피스텔에서 살고 있는 그를, 맞은편 방에서 밤낮 관찰하고 있습니다. "아버지, 아버지, 우리 아버지!"라고 속으로 외면서. 그러자, 환청처럼 아비의 속삭임이 창을 넘어 들려옵니다. "아가야, 아가야, 우리 아가야!"라고. 새벽 3시 부녀가 건배하는 환상적인 마지막 장면이 아름답지 않다면 어버이날이 아니더라도 이는 거짓말.

윤성희

「감기」「무릎」「하다 만 말」

1973년 경기 수원 출생. 1999년 『동아일보』 신춘문예에 단편 「레고로 만든 집」이 당선되면서 작품활동 시작. 2005년 현대문학상·올해의예술상, 2007년 이수문학상을 수상했다. 소설집 『레고로 만든 집』『거기, 당신』『감기』가 있다.

창작 방법으로서의 우주적 부자관계

윤성희 씨의 「감기」(『문예중앙』 2005년 봄호)는 윤씨다운 작품. 어디 던져놓아도 윤씨 것임을 대번에 알아볼 수 있지요. 그만큼 독자적이라고나 할까, 너무 빈틈없음이라 할까. 부사를 배격, 형용사를 절제함, 동사와 주어에 주력하기. '소설이란 묘사다!'에 대들고 있는 형국. 그렇다면? '소설이란 조각이다!'가 그것. 조각이되 윤씨의 조각 방식은 무조건 조각부터 해놓고 이에 대놓고 제목(해설) 달기.

  (1) 정말이에요? 여자가 물었다. 약속시간보다 사십 분이나 늦었지만 여자는 미안하다는 말을 하지 않았다.(서두, 191쪽)
  (2) 지난 일 년 동안 남자와 여자는 두 번씩 전화통화를 했다. 여자는 고속도로 톨게이트에서 일을 했다.(192쪽)

윤성희

(3) 아버지에게 그 질문을 대신 던진 사람은 작은아버지였다. 지금까지 고친 물건들은 모두 얼마나 될까요? 남자의 키보다 더 큰 가방을 멘 낯선 사내가 가게로 들어왔다. 막 가게 문을 닫으려는 순간이었다.(196쪽)

(4) 남자는 꿈속에서 아버지를 만났다. 아버지는 당신이 가장 아끼던 십자드라이버를 들고 있었다.(201쪽)

(5) 남자는 가게 문을 발로 걷어찼다. 그러고는 학교 운동장까지 달렸다. 운동장에는 아는 아이들이 한 명도 없었다. 남자는 철봉에 매달렸다. 봉은 열을 받아 뜨거웠다. 몸을 앞뒤로 흔들었더니 주머니에서 동전 부딪치는 소리가 났다.(194쪽)

이처럼 정황을 먼저 제시하고 그 정황 설명을 뒤에 다는 방식. 그 효과는 엉뚱함을 노린 것. 밤중의 홍두깨 식이라고나 할까. 그러고 보니 작가 윤씨는 홍두깨의 성능에 일가견을 가졌다고나 할까.

제목부터 홍두깨 식이 아닌가. 감기란 무엇이뇨. 누구나 앓는 것. 치료약도 별로 없는 것. 이렇게 흔해빠진 감기를 새삼 낯설게 하는 방식. 그것이 이른바 예술이니까. 일상성의 비일상화, 이를 '낯설게 하기'라 갈파한 것은 저 쉬클로프스키의 고명한 논문 「기법으로서의 예술」[1917년]에서이지요. 일상적 감기를 아주 낯설게 만들어놓기란 어떠할까. 여기 마을버스 기사 남자와 톨게이트 근무 여자가 있다. 둘은 휴대폰으로 통화, 서로 가까워짐. 휴대폰에서 여자의 울음소리. 눈이 내리기 시작할 때였다. 남자는 여자의 울음소리를 들으면서 눈송이를 종이컵으로 받았다. 다 울었나요? 남자는 여자의 이야기를 들어준다. 둘은 가장 조용하고 깨끗한 커피숍으로 간다. 뜻밖에도 큰 병원 내의 휴게실이다. 환자는 절대로 못 들어오는 곳이니까. 둘의 사귐이 진전된다. 그런데 남자 쪽에서 문제가 생긴다. 한 번도 앓은 적이 없는 감기에 걸렸던 것. 어쩌다가? 아비 때문. 출생 비밀 때문. '생리적 부자관계'가 아니라 '우주적 부자관계'인 까닭. 생년월일이 두 번씩이 되니까.

남자의 감기란 그러니까 심리적 외상인 것. 소위 몽유병이 그것. 과연 이 병은 치유될 수 있을까. 있지요, 누구나 걸리는 감기의 일종이니까. 누구나 유년기 출생의 근거를 따져 올라가면 몽유병에 걸리게 마련이니까. 설마 그것이 아무리 대단하더라도, 객관적으로 보면 한갓 감기인 셈. 좀 앓고 나면 감기란 낫게 마련. 더구나 젊은, 마을버스 기사이니까. 톨게이트의 여자는 그대로 있다. "나 살이 좀 빠진 것 같지 않아요?"라고 남자가 말하면 여자는 뾰로통해져 이렇게 응수하지요. "8천5백 원입니다"라고. 아마도 둘은 곧 그 정결한 병원 커피숍으로 다시 가겠지요. 감기란 누구나 걸리며, 조금 살이 빠지고 나면 정상으로 돌아오게 마련이니까. 낯익은 것을 낯설게 하기의 한 가지 방식으로서의 감기이니까.

서사성에 맞서는 글쓰기

윤성희 씨의 「무릎」 『문학과사회』 2005년 겨울호 은, 작품의 특색 및 자질을 고스란히 드러낸 것. 사람을 깜짝 놀라게 하는, 그래서 미소 짓지 않고는 읽을 수 없는 소설. 어째서? 이 세상에서 가장 '쓸모없는 물건들을 상상하지 않고는 깊게 잠이 들 수가 없는 사람들만'이 등장하기 때문.
예술이랄까, 특히 오늘날의 소설이란 바로 그런 '쓸모없는 물건들 중의 하나'이니까. 실상 작가 윤씨의 글쓰기란 바로 이런 물건 만들기(수집)에 다름 아닌 것.

그의 소원은 박물관을 짓는 것이었다. 이 세상에서 가장 쓸모없는 것들만을 모아놓은 박물관. 여덟 살 이후로 그는 밑창이 떨어져 나간 운동화라든가 손잡이만 남아 있는 숟가락 같은 것들을 모으기 시작했다. 아무리 쓸모없게 된 물건이라도 쓸쓸한 느낌이 들지 않으면 그에게는 소용이 없었다. 타다 남은 고무장갑, 다리가 부러진 상, 물에 젖어 반쯤 녹아버린 비타민C…… 이런 것들은 그에게 아무런 느낌을 주지 못했다. 제 기능을 잃어버리고 버려진 물건들을 보면, 한겨울에 쇠로 된 난간에 이마를 맞대고 싶은 충동이 일곤 했다. 그 안에 깃들여 있는 슬픔을 잊지 않으려고 애썼다. 엉덩이가 짓무르도록 자전거를 타면서, 열아홉번째 생일날 식구들 몰래 짐을 싸면서, 터미널 화장실 벽의 조잡한 낙서들을 보면서 그는 언젠가 자신의 손으로 지을 박물관을 상상했다.(서두, 125쪽)

'세상에서 가장 쓸모없는 것'에는 두 종류가 있다는 것. '쓸쓸한 느낌'을 불러일으키는 것이어야 한다는 것. 또 그 안엔 '슬픔'을 갖추고 있어야 한다는 것. 칫솔모가 하나도 남지 않은 칫솔을 상상하지 않으면 깊게 잠을 잘 수 없다는 것.

언제부터? 여덟 살부터라는 것. 그 소원 성취를 위해 마침내 열아홉 살 적 생일날에 가출했다는 것. 가출하기란 무엇인가. 12인승 봉고차 구입을 소원하고 방 다섯 개가 있는 집 짓기를 꿈꾸는 아비, 큰형, 큰누나를 비롯해 여덟 명 가족 속의 일원인 '나'는 생일이 없었다. 왜? 이 많은 식구들의 생일 기억하기도 벅찼고, 9월 28일(부모 결혼기념일)에 식구들 생일을 합쳐버린 가정의 둘째 아들인 '그'는 형의 신발, 옷 등을 대물림할 수밖에. 낡은 신발로 걸어야 했다. 열아홉 살 적 생일날 밤 '그'는 남동생이 제일 아끼는 배낭을 메고 가출했다. 며칠 후 그는 비탈진 골목길에 여기저기 금이 가서 무너질 듯한 담벼락을 발견. 그 끝에 있는 대문 달린 집에 닿았다. 마당 관리사 구함이란 쪽지를 본다. 마당엔 아무것도 없었다. 여자 주인 왈, 마당에 풀이나 기타 어떤 것도 자라지 못하도록 베어내야 한다는 것. 그는 그 직업을 얻는다. 정원이 없는 마당의 정원사도 직업일까. 좌우간 그는 열심히 일했다. 수년이 흘렀다. 그는 담벼락에 꽃무늬 타일을 붙였다. 담이 완성되는 날 그는 주인 여자에게 작별을 고했다.

    그는 집으로 왔다. 집이란 그러니까 아비였고, 그 아비 앞으로 편지 보낸 아이가 있는 곳이었다. 열두 살짜리 아이가 열아홉 살로 되어 있었다. 벤치도 그대로, 호수도 그대로, 오리 모양의 배도 그대로였다. 함께 오리배를 탄 열아홉 살 청년이 그에게 말했다. 어머니는 어디 계시는지 왜 안 물어요, 라고. 대답도 하기 전에 청년이 말했다. 작은형은 미국으로, 남동생은 군대로, 여동생은 S대로, 큰누나는 이혼…… 식구 모두가 변해 있었다. 청년은 떨고 있는 그의 무릎에 손을 놓았다. 따뜻해짐을 느꼈다. 열아홉 살 청년. 그는 누구인가. 바로 열아홉 살에 가출한 '그' 자신이 아니었던가. 어째서? 가출이란 자기 정체성 확인의 과정이니까. 청년이 힘내세요, 하며 그의 무릎에 손을 올려놓자 무릎이 따뜻해졌으니까.

    힘내세요. 무릎에 올려놓은 손에 지그시 힘을 주면서 청년이 말했다. 그는 왼쪽 무릎이 따뜻해지는 것을 느꼈다. 그러자 갑자기 잊고 있었던 수많은 장면들이 한꺼번에 떠올랐다. 담벼락에 쪼그리고 앉아 덜덜 떨고 있는 그에게 다가와 그의 두 무릎에 가만히 손을 올려놓던 큰누나. 걱정 말거라, 라고 말하면서 주먹으로 그의 무릎을 툭툭 치던 아버지. 그의 무릎을 베고 낮잠 자는 걸 좋아했던 남동생. 식구들은 많고 집은 좁아서 마루에 모여 앉으면 서로의 무릎이 닿았다. 그의 가족들은 한겨울에도 추위를 느낀 적이 별로 없었는데, 그게 서로의 무릎이 닿도록 모여 앉아 있었기 때문이었다는 것을 그는 이제야 알았다.(140쪽)

    청년은 실상 그 자신이었던 것. 가출한 지 7년이 흘렀던 것. 그동안 열두 살의 막내가 열아홉 살에 이르렀던 것. 가출해서 그가 그리웠던 것은 오직 가족의 사랑, 무릎이었던 것. 지금 그는 그 가족이 무너진 자리에서 떨고 있는 청년(막내)을 위로할 차례.

윤성희

그는 남방을 벗어 청년에게 주었다. 한 가지 고백할 게 있어요. 청년이 몸을 부르르 떨더니, 젖은 티셔츠를 벗어 물기를 짜냈다. 만삭의 여자가 남편의 영정 사진을 끌어안고 우는 사진이 모든 신문에 실렸어요. 아버지의 장례식장에서 태어난 아이의 소식이 아홉시 뉴스를 장식했죠. 사람들이 성금을 보내기 시작했어요. 어머니는 그 돈으로 사업을 시작했죠. 사업이 잘되자 남편의 얼굴은 금방 잊혀졌어요. 청년은 몸을 뒤로 돌려 저 멀리 있는 자신의 집을 가리켰다. 우리는 집이 낡아지면 수리를 안 해요. 새 집을 사죠. 그러니까 제 말은…… 그는 청년의 오른쪽 무릎 위에 자신의 왼손을 올려놓았다. 그러고는 손끝을 둥그렇게 말아 무릎을 감쌌다. 힘내자. 청년이 고개를 끄덕이더니 있는 힘껏 페달을 밟았다.(141쪽)

방황하는 그래서 또 가출한 열아홉 살의 막내를 스물여섯 살의 그가 격려해야 할 차례. 무릎 감싸기가 그것. 이 형제가 과연 오리배를 타고 옛집에 이를 수 있을까. 없지요. 모든 것은 세월 속에서 망가지는 법. 그 속엔 슬픔이 깃든다는 것. 가장 쓸모없는 것이야말로 인간다움이라는 것. 무릎이라는 것.

잠깐, 대체 무슨 소리를 하고 싶어 길게 인용까지 하고 있는가, 이렇게 묻는 독자도 있겠지요. 작가 윤씨의 글쓰기 버릇이랄까, 방법론을 시방 음미하고 있습니다. 위의 인용에서 보듯 작가 윤씨는 소설이 고유하게 지닌 '얘기스러움'에 저항하고 있습니다. 흔히 서사성이라 말해지는 저 강력한 '얘기스러움'을 어떻게 하면 소설에서 몰아내거나 적어도 흠집을 낼 수 있을까, 여기에다 글쓰기의 근거를 두고 있습니다. 이 작품 전체가 조각보 모양의 모자이크와 흡사한 '묘사성描寫性'으로 되어 있음이 그 증거.

(1) 그는 아무것도 키우지 않는 정원사가 되었다.(134쪽)
(2) 아버지는 드디어 12인승 봉고를 샀다.(127쪽)

(3) 다섯번째 아이를 낳은 후부터, 그의 부모님은 가족들의 생일을 하나로 합치기로 했다.(132쪽)

(4) 청년은 지우개가 떨어져 나간 연필도 쓸모없는 물건이라고 우겼다. 연필은 계속 쓸 수 있잖아. 그가 반박했다.(141쪽)

흡사 수수께끼 같은 이런 문장들의 역할은 자명한 데 놓여 있지요. '애기스러움'을 차단하기 위한 방법이니까. 소설이란 어떤 종류의 글쓰기일까. 서사성과 소설성은 별개의 것이 아닐까. 작가가 말하고 있습니다. 아무리 서사성을 떠날 수 없을지라도 소설성도 따로 있는 것이 아닐까.

(1)~(4)에서 보듯 이런 엉뚱한 말들은 애기의 흐름을 중간 중간 차단하는 몫을 연출하고 있습니다. 그 때문에 우화적 분위기가 불가피했고, 위트로 일관될 수밖에. 작가 윤씨의 이 싸움이 신선한 것은 이런 곡절 때문.

식구라는 이름의 기적

윤성희 씨의 「하다 만 말」^{『문학동네』 2006년 겨울호}은 특유의 글쓰기 방식이 유려하게 응축된 작품. 금방 눈물이 쏟아질 그런 장면에서도 미소를 머금게 하는 글쓰기, 그 민첩성의 미학이라고나 할까. 소리 내어 울고 싶어도 왠지 그래서는 안 되겠다는 장면을 일찍이 윤씨만큼 상큼하게 처리한 경우는 없지 않았을까. 결정적인 순간마다 잽싸게 이를 역전시키는 지적 방법론의 덕분이라 말해버릴 수만은 없는 그 무엇이 작동되어 있기 때문. 그게 무엇일까. 제목 '하다 만 말'이 대신하고 있습니다. 애기를 진행시키다가도 금방 그 애기를 중단시키기야말로 씨 특유의 방법론인 셈. 거창하게 말해 '서사성에 대한 도전' 또는 '반서사성'이랄까. 소설이 애기(서사성)에 바탕을 둔 물건

인데 이에 맞서고자 함이야말로 거꾸로 서사성 비판이랄까 낡아빠진 서사성의 본질을 충격하는 것.

어떻게 하면 말을 하다가 다 끝내지 않고 중단할 수 있을까. 그래서 '하다 만 말'이 될 수 있을까. 밤낮 씨는 자판기 앞에서 이것만을 골똘히 생각했고, 그 결과 썩 멋진 물건이 만들어졌습니다. 대체 씨는 어떤 얘기를 하다 마는 것일까. 우선 한 장면을 볼까요.

> 식구들은 탁구장 의자에 나란히 앉았다. 오빠가 자판기에서 음료수 네 개를 뽑아왔다. "치사한 놈. 니 동생 건?" 오빠가 다시 달려가 음료수 하나를 더 뽑아왔다. 어머니가 빈 의자에 음료수를 올려놓았다.(280쪽)

'식구'란 말에 주목할 것. 집에 있어야 할 식구들이 탁구장에 와 있다. 외출한 까닭. 식구는 총 4명. 그러나 어머니의 시선에서 보면 5명. 오빠의 눈엔 4명의 식구인데. 왜냐하면 동생을 계산에 넣지 않았기 때문. 그도 그럴 것이 여동생은 다이어트를 해볼 나이에 이르기도 전에 죽었으니까. 그런데, 보다시피 작중화자는 죽은 동생이다. 죽은 동생이 잠시 지상으로 와서 가족들의 삶을 지켜보며 그 삶 속에 끼어들기도 한다. 식구는 모두 4명. 아버지, 어머니, 오빠 그리고 조부. 외출한 식구들이 꽃게탕 먹으러 바닷가에 갔고, 일박 후 유원지에서 탁구도 쳤다. 가족끼리의 탁구시합. '오빠, 조부 팀'과 '부모 팀'의 대결에서 후자가 계속 이긴다. 누이동생이 이에 개입, 전자가 이기게 했다. 귀신은 뭐든지 할 수 있으니까. 적어도 산 자의 눈엔 안 보이니까. 투명인간인 까닭. 이 투명성이 작가의 시선인 까닭. 여기 작은 기적이 일어난다. 윤성희식 기적. 식구의 꿈속에 죽은 자가 수시로 드나들지만 오직 조부의 꿈엔 드나들지 못했다. 이는 그만큼 손녀와 조부의 거리감을 가리키는 것. 그래도 되는 것일까. 바로 이 물음에 작품의 무게가 걸려 있는 형국. 따뜻한 기적. 다음 장면이 아름답지 않다면 이는 거짓말.

"이런 고얀 놈. 내 꿈에는 안 나타나고." 할아버지가 소리를 쳤다. 혼자 탁구 연습을 하던 남자가 눈을 동그랗게 뜨고는 식구들 쪽을 바라보았다. 오빠가 할아버지를 진정시켰다. "할아버지. 개가 할아버지 놀랄까 봐 꿈에 안 나타나는 거예요." 어머니와 아버지도 한마디씩 거들었다. "아버님은 연세가 있잖아요." "맞아요. 솔직히 날 데리러 왔나 보다, 하는 생각 안 들겠어요." 오빠가 탁구공을 빈 의자에 올려놓았다. "우리 말이 맞지? 맞으면 이 공 흔들어 봐." 오빠 말이 맞긴 했지만 나는 다시 공을 만지고 싶지 않았다. 사물을 움직이는 건, 사람들이 생각하는 것보다 쉬운 일이 아니었다. "거 봐라. 내가 딸이라고 구박해서 그런 거야. 얘야, 미안하다. 미안해." 할 수 없이 나는 탁구공을 살짝 들어올렸다.(281쪽)

윤씨의 또 다른 작품 「등 뒤에」^{창작과비평, 2006년 겨울호}는 이렇게 끝납니다. "세상엔 믿지 못할 이야기들이 많다. 그러니 무서워하지 말자. 나는 아직 그에게 내 이야기를 하지 못했다. 어디서부터 다시 시작해야 하나. 그래 스물다섯 살의 겨울부터. 십 년의 세월을 이야기해야 하니 일단 어딘가에 앉아야겠다. 의자를 찾으려고 사방을 두리번거리는데 이제야 모든 것이 무서워지기 시작했다"라고. 남의 얘기 하기란 식은 죽 먹기라는 것. 어째서? 믿기 어려운 얘기들이 세상엔 실제로 부지기수니까. 남의 얘기인 이상, 무슨 얘기를 꾸며내도 상관없는 일. 무섭지 않으니까. 그렇지만 막상 자기 얘기를 해야 한다면 사정이 다를 수밖에. 어째서? 무서우니까. 시방 윤씨는 무섭지 않은 '남의 얘기'를 한 자락 했다. 트럭 운전수로 평생을 살았던 '그'라는 노인 얘기. '그'가 사는 곳은 9번 국도가 지나가는 옥수수밭의 오두막집. 아들의 유골이 뿌려진 곳을 왕래하던 그가 핸들을 꺾지 않고 트럭으로 하늘로 날았던 것. 핸들을 꺾어야 할 곳에서 꺾지 않는다면 허공을 날 수밖에. 트럭도 '그'

도 깨질 수밖에. 옥수수밭에서 깨진 트럭과 함께 고물이 되어갈 수밖에. 그 고물 앞에 '나'가 나타났다면 어떻게 될까. 그 계기는 단 하나. '나' 역시 30만 킬로미터를 달린 고물 승용차로 하늘을 날았으니까. 왜 '나'는 그랬으며 '나'는 누구인가. 그 얘기를 할 수 없다는 것. 왜? 무서우니까. 기껏해야 등 뒤에서 '그'의 얘기만 한다는 것.

고언 한마디. 이런 표현은 어떠할까.

(A) "분유를 마시는 날이면, 그는 옥수수밭 한가운데로 들어가 굵직한 똥을 누었다."(「등 뒤에」, 131쪽)

(B) "어머니가 일어났을 때, 오빠는 벽에 기댄 채 잠을 자고 있었고 아버지는 화장실에서 똥을 누고 있었다."(「하다 만 말」, 276쪽)

윤영수

「광고맨 강과 그의 사랑하는 아들」

1952년 서울 출생. 1990년 『현대소설』에 단편 「생태관찰」이 당선되면서 작품활동 시작. 1997년 한국일보문학상을 수상했다. 소설집 『사랑하라, 희망 없이』 『착한 사람 문성현』 『소설 쓰는 밤』 등이 있다.

부모로부터 버림받은 아들과 아비

윤영수 씨의 「광고맨 강과 그의 사랑하는 아들」『문학사상』 2006년 8월호 은 제목부터가 익살스럽지요. 그만큼 긴장 없이 쓰였고 그만큼 마음 놓고 읽히는 작품.

> 휴대폰에서 아빠의 경쾌한 목소리가 흘러나왔다.
> "할머니 품에 안겨 있어요."
> "오오, 광고맨 아들다워. 상식을 깨뜨리는 발상. 좋아 좋아."
> "발상이 아니라 다큐예요. 할머니가 내 몸을 더듬고 있어요."
> "어느 할머니? 엄마의 엄마?"
> "아뇨, 아빠의 엄마요."
> 어깨와 팔다리를 만지던 할머니가 내 턱을 번쩍 치켜들었다.

윤영수

"똑같구나. 우리 희명이를 판에 박았구나. 그래도 턱이랑 입은 할아버지다."
—여보세요? 아들! 아들!
아빠에게 더 설명할 필요는 없었다. 할머니의 목소리가 들린 모양이었다.
—할머니는 무슨 할머니야? 그리고 너랑 내가 어떻게 닮을 수 있냐. 안 그래? 어디야. 집이야? 집에 들여놓은 거야?
"흥분하지 마세요. 경비실 앞이에요."
—집에 들여놓으면 안 돼. 그 할머니 앞세워 떼도둑 들어온다. 아들, 아빠가 지금 갈까?(102쪽)

광고 사업가인 아비와 초등학생인 아들의 대화. 긴급사태란 할머니라 자칭한 노파의 출현 장면. 대체 이 불청객의 돌연한 출현으로 벌어지는 일들이 밉지도, 곱지도 않게 그저 심심찮게 그렇다고 별로 매정스럽지도 않게 엮어집니다. 세상을 위에서 굽어보면 희극적이며, 내면으로 느끼면 비극이 되는 그런 정황이 인생살이라면 이 작품이 겨냥한 곳은 전자인 셈. 끝내 풍자급에 나아가지 않고 유머급에 멈춘 것도 이 때문.

광고업자인 아비와 아들의 관계라 했지만, 물론 부자관계이긴 하나, 핏줄과 무관하다는 데 이 작품의 코믹스러움이 있습니다.

줄거리를 볼까요.

현재의 아빠 엄마를 만나기 전에 나는 한 번 더 입양된 적이 있었다. 첫번째 입양되었을 때의 내 이름이 심지훈이었다. 여섯 살 때 고아원으로 되돌아갈 때까지 나는 내가 심지훈인 줄로만 알고 있었다. 고아원 원장님이 다행히도 나를 알아보았다.

'너는 심지훈이 아니라 최지훈이다.'

적당히 머리가 벗겨진 원장님의 말에 따르면 나는 갓난아이 때 강보에 싸여 고아원 앞에 버려졌다. 하늘색의 강보와 그 속에 들었던 꼬깃꼬깃한 편지가 고아원 캐비닛에 있지 않고 어디로 갔는지 알 수 없지만 하여간 최지훈이라는 이름과, 생일과, 형편이 되면 꼭 찾으러 오겠노라는 편지 글씨가 꽤 점잖았다고 했다.(103쪽)

현재의 '나'의 시점은 두번째 입양된 지 4년째 곧 중학 2년짜리. 이번엔 강지훈. 아빠가 강희명인 까닭. 모는 큐레이터로 뛰고 있는 신혜수이고. 결혼 10주년을 맞아 '나'를 입양하며 조건을 달았다. '고등학교 졸업까지'가 그것. 어째서 그들은 '나'를 입양했을까. 참주제가 깃든 대목.

   (A) 우리는 아이를 낳을 생각이 없어. 우리 자식이 이 험한 세상에서 이리저리 부대낄 것을 생각만 해도 가슴이 아프거든. 하지만 자식을 하나쯤은 둬봐야 할 것 같아서. 고등학교 졸업 때까지야. 사람의 인연을 죽을 때까지 이어가야 한다는 건 너무 부담스럽거든.(105쪽)
   (B) 지능이 떨어지는 아이는 안 돼. 몸이 약하거나 선천적인 병이 있어도 곤란하지. 부끄럽지 않은 외모에 성격도 좋은 아이. 물론 고아원에서 자란 아이가 티 없이 밝기는 힘들겠지만. 열 살 정도 된 아이 중에서 고르기로 했어. 애완견 한 마리를 살 때도 그렇잖니? 갓 낳은 것을 사면 그놈이 잘 클지 알 수가 없지. 잘생긴 얼굴에 건강한 녀석, 센스도 있고 말야.(106쪽)

   (A)도 (B)도 한갓 핑계. 겉으로 드러난 허풍일 뿐. 그럼 진짜 이유는 무엇일까. 바로 여기가 참주제가 깃든 곳. 아비 역시 '나'처럼 모친으로부터 버림받은 기아였음이 그것. 아비 강희명의 어미는 열 살 된 아들을 버리고 가출했던 것. 이제 33년 만에 그 어미가 뻔뻔스럽게 아들을 찾아왔다면 어떻게 될까. 흥미의 포인트. 아무리 지저분해도 핏줄을 물리칠 수 없다는 것. 그렇다고 해서 입양한 아들도 물리칠 수 없다는 것.

윤영수

아이러니가 아닐 수 없는 것. 인생의 아이러니 그게 바로 소설의 아이러니인 셈. 그렇다면 진짜 작가의 성숙한 시선은 어디에서 왔을까. 소년인 '나'의 시선으로 관찰했음에서 말미암은 것. 어찌 소년 수준에서 그런 어른스런 관찰이 가능할까, 라는 물음이 남긴 해도.

이명랑

「사령」「하현」

1973년 서울 출생. 1997년 장편「꽃을 던지고 싶다」를 발표하며 작품활동 시작. 소설집 『입술』, 장편소설 「나의 이복형제들」, 「삼오식당」 등이 있다.

목사의 꿈과 맏며느리의 꿈

이명랑 씨의 「사령」(『한국문학』 2005년 가을호)은 매우 무겁습니다. 실로 오랜만에 정석대로 쓴 소설인 까닭. 정석대로 쓴 소설이라니? 리얼리즘을 가리킴인 것. 분단 문제나 노사 문제를 다룬 소설에 이 나라 문학판이 한동안 찬란했음은 모두가 아는 일. 이 찬란함을 이을 수 있는 소재란 새삼 무엇일까. 이 물음에 작가 이씨는 유력합니다. 가족소설에 귀착한 것. 가족에 귀착하되 장애아 문제에 결부시키기. 단독형으로 해체된 가족이지만 유전 문제만은 떠날 수 없는 법. 작가의 역량이 이른바 서두(전경화)에서 이처럼 뚜렷이 드러납니다.

김 목사의 꿈 이야기는 우리를 매료시켰다.
"간밤에 제 꿈속으로 상기가 찾아왔습니다. 꿈에서 저는 자고 있었지요. 목사님! 하는 소리에 눈을 떠보니 상기가 서서 저를 내려다보고 있더군요."

"서 있다니요?"

김 목사와 성경 한 권을 사이에 두고 마주 앉은 아버님의 물음이다.

"네, 서 있었습니다. 흰옷을 입고 말이지요. 상기가 입은 그 흰옷이 어찌나 눈부시던지! 빛에 둘러싸인 그 모습이 영락없는 천사였지요."

그 대목에서 아버님은 옆에 앉은 어머님의 손을 와락 붙들고, 어머님은 악 소리를 내지르며 아랫입술을 깨문다. 상기 도련님의 죽음 이후 처음으로 보인 눈물이다.(208쪽)

'우리'에 우선 주목할 것. 아버님, 어머님 그러니까 시부모님이 금방 드러납니다. 죽은 사람이 '상기'란 도련님이었으니까. 남편의 아우를 도련님이라 부르지 않던가요. 그가 죽었고, 그것이 목사의 꿈에 나타났다면 분명 죽은 영혼(사령)인 셈. 가족에 엉킨 사령이 아닐 수 없지요. 시집온 며느리의 처지에서 볼 때 도련님이란 새삼 무엇인가. 이 과제만큼 무거운 '인연의 끈'도 드물지요. 이 무거움을 한껏 심도 있게 부각시킨 것이 이 작품의 최강점입니다. 그것은 핏줄의 순도랄까 유전적 법칙에 직통합니다. 작중화자인 '나'는 본가에서 분가하여 도시에 살고 있는 맏며느리. 만일 '나'가 장애아를 낳았다면 어떻게 될까. 장애아 준표를 낳은 '나'의 처지에서 보면 온몸 마비에 시달리다 고달픈 삶을 마감한 도련님 상기의 죽은 영혼만큼 신경 쓰이는 일이 따로 있을까. 그 신경 쓰임이 김 목사의 꿈으로 재확인되고 있습니다.

김 목사는 내 결혼식의 주례를 섰고, 가족 행사 때마다 초청되어 덕담을 해주는 사람이지만 그의 이야기는 늘 장황했고, 견디기 힘들 정도의 지루함 때문에 두 분 부모님을 제외한 가족들 모두 그와 그의 설교를 달가워하지 않는다. 그러나 김 목사의 꿈 이야기만큼은 내게도 위안이 된다.(208쪽)

'가족들 모두'라 했지요. 이 경우 맏며느리인 '나'도 응당 포함되어 있습니다. 그 김 목사의 꿈 얘기가 가족 모두는 물론 '나'에게도 위안이 된다는 것. 그 꿈이란 간단 명쾌합니다. 죽은 상기가 흰옷(천당)을 입고 '서 있었던' 까닭. 전신마비로 누워만 있다가 죽은 상기가 저승에서는 정상인 모양 서 있는 꿈이라니. 이것만큼 가족들을 마음 놓이게 한 것이 따로 있을까. 그 곡절을 드러냄이 이 작품의 내용인 것.

이 집안에 시집온 '나'가 낳은 아들 준표가 장애아였다. 이는 숙명인가 업보인가. 유전법칙의 결말인가. 어째서 하필 '나'에게 이 불행이 닥쳤는가. 알고 보니 이 가문엔 전신마비 장애인 도련님이 있었던 것. 작가는 목사의 꿈과 '나'의 꿈을 동시에 대비시킴으로써 소설 구성의 두 기둥으로 삼았군요. 목사의 꿈의 핵심은 전신마비로 한평생 누워 있다 죽은 상기가 '서' 있었다는 것. 남아 있는 가족에겐 이것만큼 큰 위안이 없지요. 어째서? 상기가 어서 죽기를 그토록 염원했으니까. 가족들의 무의식에 죄의식이 깊이 자리잡고 있었던 까닭. 이에 비해 '나'의 꿈은 그 죄의식을 넘어서기 위한 몸부림이어서 실로 절실합니다.

아기 준표가 기고 있다. 세 갈래 길이 앞에 놓여 있다. 뒤에서 아귀가 잡아먹고자 따라온다. 아기는 어느 길을 택할까. 아무도 관여할 수 없는 상황이다. 부모가 가르쳐줄 수도 없으니까. 아기는 가운뎃길을 택해서 필사적으로 기어간다. 아귀의 앞발이 아이 등짝에 내리꽂히는 순간 기적이 나타난다. 어떤 남자가 아기를 구했기 때문. 문제는 아기와 어떤 남자의 거래하기에 있다. 남자는 자기의 살을 베어준다. 아기의 몸무게만큼 베어가도 저울이 평형을 이루지 못하자 남자는 자기 몸 전체를 저울 위에 올려놓는다. 아기와 비로소 평형을 이룬다.

이 순간 꿈을 깼다. 옆에는 시어머니가 서 있다. '나'는 시어머니에게, 또 목사에게 이렇게 말하고 싶었지만 참을 수밖에.

이명랑

어머님, 꿈에서 어떤 남자를 봤어요. 그 남자와 준표가 한 저울에 올려져 있었는데 그 남자가 누구였는지, 어머님 아세요? 그게⋯⋯ 상기 도련님이었지 뭐예요. 도련님의 목숨과 우리 준표의 목숨을 맞바꾸다니, 이게 다 무슨 소리일까요? 왜 하필이면 상기 도련님과 우리 준표가! 어머님은 아세요? 네, 어머님?(210쪽)

이 안타까운 염원이 삶을 짓누르는 무게는 막강합니다. 한 여인(호숙)이 나타나 상기의 아기를 배었다는 것, 그 여인과 상기와의 교감이 어떠하다는 것, 그녀가 결과적으로 죽어가는 상기의 몸을 주무르고 있다는 것, 이 모두는 사령으로부터 아기 지키기인 것. 어째서 그녀가 상기를 사랑하게 되었는가를 설명하기 위해 '원점'이 아닌 삶의 한가운데의 '어떤 점'의 설정은 압권. 이는 별개의 주제라 하겠지요.

오랜만에 정석에 속한 작품을 대했군요. 가족이 사라진 오늘의 처지에서 보면 실로 구식이겠지요. 일본 인기 작가 하루키 붐이 이를 실증하는 것. 가족 없는 소설이 그것이며, 이는 시대성의 반영인 것. 이에 대들기라도 하듯 가족이 문제적으로 떠오릅니다. 장애인의 도입이 그것.

고언 한마디. 영혼결혼이란 목사의 이미지와는 맞지 않는 것. 도련님과 호숙의 관계가 너무 그로테스크한 것은 아닌지. 목소리를 조금 낮추면 어떠할까.

구성으로서의 문체

이명랑 씨의 「하현」^{「문학동네」 2006년 봄호}은 민첩합니다. 민첩성의 특징이 낯설지 않다는 데서 오는 만큼 장차 기릴 만하지 않을까. 잠시 볼까요?

(A) 난로 위에 올려놓은 들통 속에서 소뼈가 물러가고 탁자 밑으로 빈 술병의 수가 늘어간다.(232쪽)

(B) 주방에서 들려오는 칼질 소리가 빨라져 가고 있었다. 그 소리에 박자를 맞추기라도 하듯이 사내는 빠른 속도로 회상 속으로 빨려 들어갔다.(233쪽)

(C) 사내는 두부 몇 점이 떠 있는 청국장 냄비에 수저를 찔러 넣었다.(240쪽)

(D) 소녀의 손을 잡는 그 순간에 아이는 이름 하나를 움켜쥐었다.(242쪽)

(E) 어둠을 살아내고 있는 소녀에게 손뼉을 쳐주는 일이었다.(244쪽)

(F) 사내의 기억 속에서 아이는 모래로 입을 틀어막고 울음을 삼키다 허공에 내민 손 하나를 붙들고 일어나 청년이 되었고 눈앞을 가로막은 밤바다 앞에서 흠 집과 얼룩들 사이에서 찾아낸 길들을 전부 다 파도에 쓸려 보내고 서른 초반의 사내가 되어 있었다.(248쪽)

보다시피 억지로 쓴 글이 아님에도 신선합니다. 주제와 밀접히 관련됨에서 온 것인 만큼 표현이기에 앞서 구성이라 하겠지요. (F)에 잠시 주목하면 그 곡절이 뚜렷해집니다. 한 소년이 이런저런 삶의 험한 고비를 뚫고 서른 초반에 이른 얘기인 까닭. 이 점에서 보면 성장소설의 일종인 셈. 그러나 굴곡 많은 밑바닥 삶을 살아온 30대 초반의 사내가 시방 길을 잃고 있는 순간을 어떤 스토리의 정보에서가 아니라 구성으로 보여주고 있습니다.

여기 한 소년이 있다. 트럭에 생활 잡화를 싣고 행상하는 아비와 더불어 세상을 헤맨다. 아비는 고아원 출신. 같은 출신의 여자와 결혼. 결혼식엔 누구 하나 손님으로 온 바 없다. 아내는 아이를 두고 가출. 사내는 아이를 데리고 트럭 잡화상으로 아내를 찾아나서 세상을 헤매고 있다. 어느 날 절망한 아비는 해변 모래밭에 와서 아이 입에 모래를 처넣어 숨을 못 쉬게 하고 스스로 바다에 뛰어들어 죽었다. 모래알을 입 가득 머금은 채 가까스로 살아남은 소년은 그 후 어떻게 되었을까. 이 물음에서 비로소 작가 이씨의 자

이명랑

질이 번듯입니다. 소년이 30대 초반에 이르기까지 죽은 아비의 길을 그대로 걷고 있음이 그것. 삶의 복습이 아닐 수 없지요, 키르케고르식 '반복'인 셈. '삶의 복습'이라 했거니와 그것을 보여주는 방식이 위의 문체들이지요. 아비의 삶이 원형이라면 이 틀을 그대로 둔 채 소년의 청년 되기까지의 삶이 겹쳐져 있습니다. 이중노출 또는 복안複眼의 구성법이라고나 할까. 돌아갈 곳이 없기에 아비도 소년도 앞으로 나아가기뿐. 그것은 또 지나온 발자취(기억)를 모조리 지우기인 것. 자, 이제 30대 초반의 사내는 어째야 할까.

  이 작품의 결말과 시작은 다음 두 문장으로 되어 있습니다.

    (가) 칼날을 세운 바람이 사방에서 불어왔다.(236쪽)
    (나) 칼날을 세운 바람이 사방에서 불어왔다.(253쪽)

  문체가 그대로 구성법이니까.

한성우

「엄마와 나」

1972년 부산 출생. 2002년 『문학동네』 신인상에 단편 「아, 김광석」이 당선되면서 작품 활동 시작.

가족의 탄생과 해체 과정

　　　　　신인 한성우 씨의 「엄마와 나」『문학동네』 2006년 봄호는 작중인물인 '나'의 말대로 "어른들에게서 들은 이야기와 내 나름의 상상이 조합해서 만든 엉성한 소설"이군요. 엄마에 대한 기억에 그렇다는 것이 아니라 작품 전체의 조립 방식이 그러하기 때문. 기억이란 새삼 무엇인가. 불문가지, 그동안 읽은 책(소설)들인 것.

(1) 뫼르소는 자기 잘못이 아니라고 말했다가 창피를 당했다.(189쪽)

(2) 스트레스는 거들과 같은 것입니다. 불편하지만 어쩔 수 없이 가까이 두고 살 수밖에 없다는 뜻이지요.(180쪽)

(3) Bocca della verita. 우리말로는 진실의 입. 영화 「로마의 휴일」로 유명해진 조각이다.(192쪽)

한성우

(4) 갈대가 음모처럼 흔들리던 강을 가로지르며 뻗어 있던 거대한 철도는 네 스호의 괴물처럼 흥미로웠다.(205쪽)

여기저기의 독서 체험에서 따온 것들. 동시에 거기서 명구들을 짜깁기하기.

(1) 유언대로 아버지는 재가 되었다.(187쪽)
(2) 검은 옷을 입은 사제단의 행렬처럼 염소들이 느릿느릿 길을……(188쪽)
(3) 내 몸의 모서리에서는 여전히 거세되지 않은 욕망이 덜렁거렸다.(198쪽)
(4) 복도에는 신선한 살코기의 빛깔처럼 붉은 카펫이 깔려 있었다.(204쪽)

멋 부린 말의 조립이지요. 그런 멋 부리기라면 "아버지가 죽었다고 (내) 고환이 애도 기간을 정해 정자의 생산을 중단하는 것은 아니다"라든가 "마침 여자가 교성을 내질렀다. 이제 그만 '쌀 때'가 되었다는 뜻이리라" 등의 저급한 따오기를 버렸어야 했을 터. 치기만만하다고나 할까. 남의 안경으로 바라본 풍경이라고나 할까.

이렇게 흥을 보긴 했지만, (이게 어찌 흥이랴) 중요한 것은 따로 있지요. 실상 이 작품의 참주제는 '가족의 탄생'과 '가족의 소멸'을 포개놓은 데 있습니다. 탄생한 것은 언젠가 소멸하게 되어 있다는 것. 가족도 예외일 수 없다는 것. 어찌 가족인들 영원할 수 있으랴. 가족이야말로, 가문이야말로, 나아가 민족이야말로 영원하다는 미신에 대한 도전이라고나 할까.

작품 속으로 들어가볼까요. 첫줄이 이렇군요. "유언대로 아버지는 재가 되었다"라고. 아비 없는 자식이 있으랴. 아비는 미대 교수이자 화가, '나'는 막 30세, 독신자 회사원. 아비 유품을 정리하고, 회사에 사표를 냄. 어째서? 묘하게도 뫼르소가 아랍인을 총으로 쏘아 죽임에 이유가 없듯이 이유가 없다. 애인과도 이유 없이 헤어진다. '나'만 그러했던가. 그렇지 않다. 엄마도 그러했다. 엄마라니? 생모는 일찍 죽었으니까. 언제 죽었을까. 그동안 아비와 낚시질도 했는데 생모에 대한 기억이 없다니. 왜? 그로써 족했으니까. 계모를 만난 것은 나이 17세 적. 아비 나이 45세 적. 아비 제자 중의 한 여인. 30세인 '나'의 처지에서 보면 계모와의 삶이란 13년간이며 고등학교·대학·직장을 거칠 때까지, 요컨대 청년 기간에 가족이 탄생된 것. 가족의 해체는 언제부터인가. 아비의 죽음에서 비롯됨. 아비가 죽자 계모도 죽으니까. 왜 계모는 자살했을까. 뫼르소의 경우처럼 이유가 없지요.

굳이 이유를 찾는다면 '나'의 호의를 계모가 거절한 것이라고나 할까.

아침에 일어나 보니 엄마는 벌써 떠나고 없었다. 현관에 가방이 그대로 놓여 있었다. 가방을 열어보았다. 내가 정리해놓은 물건들이 고스란히 남아 있었다. 여느 때처럼 나는 아침을 먹고 공원을 산책했다. 내 몸의 모서리에서는 여전히 거세되지 않은 욕망이 덜렁거렸다.(198쪽)

좌우간, 가족 해체에 이른 것. 나이 30세에 이르기까지 인생 결산이 여기라는 것.

이상의 줄거리에서 보듯, 작품이 놓인 자리는 가족의 탄생과 그 해체 과정의 경과보고입니다. 이런 것도 '가족'이라 할 수 있을까. 그렇군요. 감히 가족이라 부를 수도 없지요. 그렇다면 우주적 가족일까. 어림도 없는 일. 엄마도 아비도 실체가 없는 안개 같은 존재에 지나지 않는 것. 안개를 극복하기 위해서는 안경을 써야 할까. 맨눈의 시력을 증진시켜야 할까. 가족의 탄생이나 해체 문제도 이 과제 다음에야 비로소 논의될 수 있지 않을까요.

한성우

함정임

「곡두」「환대」

1964년 김제 출생. 1990년 『동아일보』 신춘문예에 단편 「광장으로 가는 길」이 당선되면서 작품활동 시작. 소설집 『이야기, 떨어지는 가면』, 『밤은 말한다』, 『당신의 물고기』, 『버스, 지나가다』, 『네 마음의 푸른 눈』, 장편소설 『행복』, 『춘하추동』이 있다.

미적 거리 저편에 놓인 오뉘 관계

함정임 씨의 「곡두」『문학과사회』, 2005년 봄호는 안경 없이 맨눈의 시력으로 가족을 보고 있습니다. 보고 있되 아주 깊은 데를 보고 있지요. 깊은 데라니? 진짜 가족, 그러니까 윤리적 명제로 감싸인 생물학적 가족 타령인 까닭. 이 어쩔 수 없는 초논리적 운명 덩어리인 핏줄.

유형상으로 「곡두」는 여로형 정석을 따른 소설. 서울에서 거제도를 거쳐 무려 여덟 시간을 달려 통영까지의 여로. '그녀'는 결혼상대인 사내와 함께입니다. 이미 동거 삼 개월. "어머니가 너 보시잔다"라고 사내가 말하는 단계. 작가는 노련하게도 "어머니가 너 보시잔다"를 비석의 앞모양처럼 서두에 세워두고, 그와 관련이 별로 없어 보이는 엉뚱한 것을 벌이고 있습니다 그래. 그러다가, 소설 끝에다 다시 "어머니가 너 보시잔다"를 비석의 뒷모양처럼 세워둡니다. 이 비석 앞뒷면 속에다 채워 넣은 내용물이란 과연 무엇일까. 여로형 정석대로 과거로의, 곧 뿌리 찾기의 탐색 과정이 시작됩니다. 다음 대목은 작가 함씨의 세련된 기법의 돋보임이라 조금 길게 인용합니다.

수정식당을 묻기 위해 그는 차를 두 번 세웠고, 세번째 차를 세우고 뛰어나간 길에 우연히 골목 입구에서 수정식당의 간판과 마주쳤다.
"하 선생요? 어머나, 하 선생을 찾아왔네요."
식당 주인이 앞앞에 메기탕 냄비를 내려놓으면서 주방에 대고 외치듯 말했다. 평소 때를 놓치는 것을 참지 못하는 그였지만, 메기탕을 앞에 두고도 수저를 들 생각도 않고 주시하듯 그녀를 바라봤다. 주방 할머니가 젖은 손을 앞치마에 닦으며 그녀를 보러 왔다. 왜소한 체구에 콩알만 한 사마귀가 콧등에 얹혀 있었다.
"하 선생과 어떻게 되는데예?"
할머니가 그녀의 얼굴을 찬찬히 살피며 물었다. 그녀는 잠시 머뭇거렸다. 할머니가 그녀에게 재촉해 물었다.
"그래, 몬 관곈데예?"
그녀는 원치 않게 치부를 드러내듯 짧게, 오빠, 라고 입을 열었다 닫았다. 오빠라면 그렇게 힘겹게 뱉어낼 관계가 아니었다.
"오빠?"
그가 동공에 힘을 주며 놀라서 물었다. 그녀는 대수롭지 않다는 듯 고개를 까닥였다. 자존심을 위협받는 일이 벌어지려 할 때면 그녀는 순간적으로 무덤덤해지며 만사 별것 아닌 것으로 넘겨버리는 버릇이 있었다.(103쪽)

여로형의 목표물이란 바로 오빠 찾기인 것.
어째서 오랫동안 팽개쳤던 오빠를 찾아야 했을까. "어머니가 너 보시잔다" 때문. 식장에 신부 팔을 끼고 갈 당사자가 신부의 아비 아닙니까. 만일 그 아비가 없다면 꿩 대신 닭이라 오빠일 수밖에. 그럼 왜 그 제법 소중한 오빠

함정임

를 이제야 찾아야 했을까. 기껏 나이 30세에 치르는 결혼식장을 위해서일까.

여기는 통영, 오빠의 행방을 수소문하는 과정이 펼쳐집니다.

"오빠라고예? 오누이 간이 생판 다르게 생겼네예. 양친을 따로따로 닮았나 보네예. 어쩌다가 이산가족이 되어 이래 찾아 다니능교"라고. 좌우간 그 오빠의 거처가 밝혀졌고, 통화가 되자 이번엔 누이 쪽에서 기겁을 하지 않겠는가.

전화기 옆에서 백 번쯤 맴돌다가 다시 전화를 걸었다. 다시 오빠의 목소리가 흘러나왔다. 푹 가라앉아 있었다. 누구세요? 오빠가 그녀에게 건넨 첫마디였다. 그녀는 화끈거리는 얼굴을 송화기로 꾹 누른 채 뛰는 가슴을 진정시켰다. 기분이 참으로 옹색했다. 그러나 그녀는 눈을 한 번 질끈 감았다 떴다. 그리고 청했다. 저, 한번 만나주셔야겠는데요…… 오빠, 라고는 차마 말을 못 했다.(108쪽)

대체 이 오뉘 관계란 어떤 곡절이 있기에 이런 지경일까. 정답은 실로 단순 명쾌. 이복오빠인 까닭. 오빠 쪽에서는 그녀의 생모도, 그녀도 기억에 없으니까. 그만큼 오빠는 혼자, 아득히 홀대받으며 살아왔을 터이니까. 갑자기 유령처럼 나타나 '오빠야!' 해보자. 과연 어떻게 될까. 바로 참주제가 걸린 대목.

종래의 우리식 반응은 정해진 것. 오빠야! 누이야! 하고 대성통곡하기. 그 확대 재생산이 저 유명한 일천만 이산가족의 통곡이 아니었던가. 그렇다면 함정임식 방식, 곧 21세기식 반응은 어떠할까. 세 단계로 처리됩니다.

1단계 : 카프카식 방식. 『성』에서 모양 누군가 나타나 접근 방해하기. 오빠의 동거녀의 소행이 그것.

2단계 : 폐교를 이용한 화실의 그림쟁이들이 나타나 접근을 차단하기와 동시에 실마리 주기. 곧 지두화(指頭畵)의 존재 확인하기.

3단계 : 지두화가의 행방 소멸.

오빠란 지두화가였다는 것. 손가락·손톱으로 그리는 환쟁이었던 것. 한번도 전시하지 않은 신비의 환쟁이. 그가 오빠라면 찾으나마나 마찬가지. 현실적 인간이 아니라 신화적 인물이니까. 그래서? 그래서라니. 당연히도 그따위 오빠 무시하기가 그것. 설마 오빠 없이도 시집 못 가랴. 아비 없이도 어찌 시집 못 가랴. 결혼식장 넓은 신부의 길, 당당히 혼자서 걸어 나가기. 불경도 못 읽었는가. '무소의 뿔처럼 혼자서 가라'(슈타니파타). 그렇다면 작가 함씨는 어느 편일까. 물론 눈물바다 쪽일 순 없지요. 그러기엔 너무 지적(자의식)이니까. 그렇다면 '무소의 뿔처럼……' 쪽일까. 그러기엔 함씨는 마음이 너무 여리군요. 그렇다면 또 무슨 길이 있는가. 있지요. 그 오빠와의 '일정한 거리 유지'의 길이 그것. 말을 바꾸면 '미적^{美的} 거리' 유지가 그것. 참신함의 근거인 셈. 그만큼 이 미적 거리란, 함씨 고유의 육친적 콤플렉스인 것. 작가의 깊은 곳에 닿은 소설. 가작인 까닭.

안락사에 대한 환각

─ ─ ─ ─

함정임 씨의 「환대」 $^{「작가와사회」 2006년 가을호}$ 는 읽는 소설 쪽이라기보다 귀로 듣는 소설. 눈을 감고 읽어야 할 소설.

(A) 떡갈나무 숲속에 졸졸졸 흐르는 아무도 모르는 샘물이길래…… 아무도 모르라고 도로 덮고 내려오지요.

(B) 해질녘에 숲에 들어서면 언젠가부터 오보에 소리가 들렸다.

(A)란 동요의 일 절. 아무도 모르는 숲속의 샘물을 발견한 사람이라면 이

함정임

동요의 작가 모양 저만 독점하기 위해 누가 볼까봐 떡갈나무 잎으로 도로 덮어놓겠지요. 은밀한 혹은 소중한 것은 저만 소유해야 하는 법이니까. 이것은 그러니까 일반론의 범주이겠지요.

(B)의 경우는 어떠할까. 어째서 하필 오보에 소리여야 했을까. 북소리거나 꽹과리 또는 바이올린 소리여서는 안 되는가? 안 될 이치가 없지요. 숲속에서라면 어느 악기도 다 가능한 법이니까. 오보에 소리란 그러니까 음악(그리움으로서의 마음의 울림)의 일종인 것. 일반론의 범주에선 그러하지요. 누구나 (A)와 (B)를 갖고 있지만 그것이 샘물로 또는 오보에로 나타날 따름.

이 일반론 범주에 바탕을 두면서도 작가마다 개인적 편차랄까 취향이 따로 있는 법. 이 작품의 경우 (A)는 등장인물인 언니 안서와 동생 윤서에 공통되고 있습니다. 유년기에 어미 잃고, 도장 파는 가게를 차려 홀아비로 살며 자매를 키워온 아비도 시방 병원에서 죽어가고 있는 상황. 그것이 자매에겐 숲속이겠지요. 자매가 발견한 샘물이란 무엇이었던가. 바로 '안락사'인 것. 식물인간이 된 아비를 둔 이 자매는 어떻게 해야 했을까. 미혼의 윤서가 직장을 때려치우고 서울에서 일 년간 아비 간병 노릇하기. 이를 지켜보고 있는, 부산으로 시집와서 살고 있는 언니 안서의 안타까움. 아비의 유언대로 안락사를 감행해야 했을 터. 자매는 그러나 일 년간이나 버티었던 것. 그들은 숲속 떡갈나무 앞에 가려진 샘물을 알고 있으면서도 결국 도로 덮어 버리고 있었지요. 이 소중한 비밀은 단연 이 자매의 몫인 것. 제3자는 아무도 끼어들 수 없는 법. 그들만의 보물이니까. 이 보물을 그들은 마음의 떡갈잎으로 잘 덮었던 것. 안락사 시키라는 아비의 유언을 거부한 자매의 비밀이란 따지고 보면, 그러니까 행동으로 나아가지 않았을 뿐. 열 번이고 스무 번이고 행하고 있었음에서 온 것. 동화로나 감쌀 수 있는 영역이지요.

(A)의 범주는, 자매만의 것이어서 두 사람의 공유물이며 두 사람이 견디어야 할 고통이자 자랑일 터. 그렇다면 (B)의 범주는 어떠할까. 바로 이 물

음에 작가 함씨의 작가적 개성이랄까 기질이 걸려 있습니다. 오보에 소리가 그것.

어째서 다른 것 제쳐놓고 유독 오보에 소리여야 했을까. 눈을 씻고 보아도 초점 화자인 언니 안서의 오보에 편향성은 드러나지 않습니다. 아비의 병실에 들렀을 때 안서의 귀에 오보에 소리가 들렸지요. 실제로 옆 병실에 입원한 노파의 아들이 불었던 것. 그러나 그 이전부터 언니 안서에겐 숲속의 오보에 소리가 환청처럼 들리고 있었던 것. 어째서 언니 안서는 오보에 소리에 그토록 민감하며 한 번 들으면 '사흘이 지나도록' 귓전에 남아 있는가. 동생 윤서에겐 그따위 오보에 소리란 아무렇지도 않은데 말이지요. 다음 장면은 이 작품의 압권.

윤서는 어두운 하늘을 올려다볼 뿐 쉽사리 입을 열지 않았다. 어디에선가 오보에 소리가 들려오는 것 같았다. 맞아, 옆 병실에 입원한 할머니의 아들인데, 해질녘이면 오보에를 불어. 할머니 역시 아버지처럼 육 개월째 수면 상태야. 아들이 어릴 적에 풀피리를 잘 불었대. 강화도 외포리로 넘어가는 고갯길에 살았는데, 장에 갔다가 어두워져서야 돌아오는 어머니를 기다리느라 소년은 고갯길에 앉아 풀피리를 불곤 했다는 거야. 어느 날 도회지에서 젊은 선생이 부임하면서 풀피리를 불던 소년은 합주단에 뽑혀 아주 그 길로 나갔다지. 중고등학교 때는 클라리넷을 불다가 대학에 가면서 오보에로 바꾸었는데, 그 아들이 또 오보에 연주자가 되어서 독일에서 유학 중이래. 딸은 클라리넷 연주자고. 내년이 환갑인 풀피리섬 소년이 혹시나 오보에 소리 듣고 어머니 의식이 돌아올까 시간 나는 대로 와서 부르는데, 일종의 초혼가지. 안서는 소리가 나는 쪽으로 고개를 빼어 돌아보았다. 밤 여덟시가 넘어가고 있었다. 그런데 오늘은 좀 늦었네? 건물 뒤쪽에 숲이랄 수는 없지만 아무튼 나무 몇 그루 있거든. 연주자는 보이지 않았다. 안서는 오솔길을 생각했다. 요즘은 며칠째 오보에 소리가 들리지 않았다. 안서는 들키기 싫

함정임

은 고양이처럼 나무 뒤에 숨어 연주가 끝날 때까지 서 있던 적도 있었다. 그의 앞에서 바람이 불고, 파도가 치고, 해가 지고, 어둠이 내렸다. 오보에 소리는 마술 같아서 한 번 들으면 하루 이틀 사흘이 지나도록 귓전에 남아 있었다. 언니라면 어떻게 할 것 같아? 뱃고동처럼 은근하게 울려 퍼지는 오보에 소리에 잠시 넋이 나가 있었던지 윤서의 말이 온전히 들리지 않았다.(142~143쪽)

오보에 소리가 윤서에겐 초혼가의 일종일 뿐. 언니 안서에겐 어떠할까. '초혼가'이자 '그 이상'이지요. '그 이상'이란 무엇인가. 이는 작가 함씨의 기질이어서 어떤 설명도 불가능할 수밖에. 오보에란 무엇인가, 높은 음을 내는 목관악기. 길이 약 70센티미터, 하단은 깔때기 모양이고 상단은 금속관 외에 두 개의 혀가 있음. 아름답고 부드러운 음색을 가지며 어딘지 슬픈 음조를 냄. 화성 악기로 관현악·실내악 등에 널리 사용됨. 이 나라 '창작 관현악' 속에서 차지하는 오보에 음소가, 곧 작가 함씨의 기질을 가리킴이라 하면 어떠할까.

02_

크고 둥근 나이테를
하나 더 그리다

연륜 있는 고수들의 솜씨

구효서

「소금가마니」「명두」「승경」

1957년 경기도 강화 출생. 1987년 『중앙일보』 신춘문예에 단편 「마디」가 당선되면서 작품활동 시작. 한국일보문학상·이효석문학상·황순원문학상을 수상했다. 소설집 『노을은 다시 뜨는가』 『깡통따개가 없는 마을』 『시계가 걸렸던 자리』, 장편소설 『늪을 건너는 법』 『메별』 등이 있다.

과장된 유복자의 죄의식

구효서 씨의 「소금가마니」^{『창작과비평』, 2005년 봄호}는 고수 구씨의 소설 구성 솜씨가 서두에서 선명히 드러난 작품.

『恐怖と戰慄』, キルケゴール 著, 飯島宗享 譯, 白水社.
어머니가 읽던 책이라고 했다. 정말 어머니가 읽던 책이 맞느냐고 나는 외종형에게 되묻지 못했다. 외종형의 책장에서 그 책을 찾아냈을 때 그는 이미 사흘 전에 고인이 되어 있었다. 그의 유품인 셈이었다. 사흘만 일찍 찾아냈더라면 외종형에게 물을 수 있었을까. 정말 어머니의 책이었느냐고. (210쪽)

유신론계의 실존주의자이자 반(反)헤겔주의자인, 『죽음에 이르는 병』의 철학자의 또 다른 저서 『공포와 전율』 일역판을 소설 서두에 깃발처럼 내세울 수 있는 배짱을 가진 작가로 어느 누가 구씨를 제칠 수 있을까. "사흘만 일찍 찾아냈더라도 외종형에게 물을 수 있었을까"라고 자문합니다. 자문하기란 뒤집기임을 알고 실천하는 작가이기도 합니다. 「시계가 걸렸던 자리」에서 보듯, 작가 구씨는 강화도 한 가난한 집, 딸들만 수북이 있는 집안의 고추 달린 그것도 막내로 태어났더군요. 이쯤 되면 작가가 될 수밖에. 어째서? 가족 얘기를 해야 되니까. 말을 또 바꾸면 독차지한 과잉된 사랑의 대가를 치러야 했으니까. 저만이 햇볕처럼 받은 사랑에 대한 죄의식을 가슴에 안고 평생을 살아가야 했으니까. 이 죄의식의 돌출 방식이란 이 아이에겐 글쓰기였을 터. 글쓰기란 새삼 무엇이뇨. 자기의 죄의식을 변명하고 정당화하는 은밀한 고백체에 더도 덜도 아닌 것. 라면 한 번 먹기를 그렇게 소원하던 병든 둘째 누님의 그 라면을 고추 달린 막내라는 이유 하나로 자기 입으로 먼저 털어 넣고 자랐을지도 모르는 이 아이의 이러한 죄 없는 죄의식이 씨로 하여금 작가가 되게 만들지 않았던가. 안타까움의 죄의식이라고나 할까.

제목 「소금가마니」에는 세 가지 차원의 상징성이 겹쳐 있습니다. 첫째는, 강화도를 상징하기. 삼존불처럼 집 안에 소금가마니 셋을 헛간에 모셔둔 곳이란, 강화도말고는 별로 없으니까. 어찌 굳이 강화도를 내세울까 보냐.

둘째, 소금가마니란 어머니를 직접·간접으로 가리킨다는 것. 생명의 불가결한 요소가 소금임을 염두에 둔다면 그 소금은 바로 어미를 상징하게 마련. 어미는 소금으로 두부를 만들었으니까, 음습한 헛간의 그 소금가마니에서 풍요롭고 희디흰 두부가 만들어지듯 어미는 그런 존재였다는 것.

셋째, 이 점이 중요한데, 이데올로기(6·25) 따위도 소금가마니로 능히 치유되며 또 물리칠 수 있다는 것.

잠깐, 그렇다면 이 작품은 염치도 없이 쓰인 한갓 사모곡이 아닌가. 초인적 능력으로 가족과 이웃 공동체를 살피고 또 오히려 천수를 누린 모친에 대한 사모곡이란 누가 보아도 우스운 일. 기껏해야 영웅담이니까. 그렇다면 글쓰기의 기원인 그 죄의식은 어떻게 되었을까요. 좋은 질문입니다. 다음 두 가지가 그 해답이 될 수 없을까요.

풍문으로 되어 있는 '나'의 출생 비밀의 점검이 그 하나. 나는, 유학까지 한 유식한 동네 사내 박모씨의 씨인가. 폭력만 휘두르는, 어미의 남편 씨인가. 유복자로 태어난 '나'는 어느 쪽을 믿어야 할까. 어미에겐 현실적으로는, 두 사내가 있었겠지요. 진짜 남편, 그러니까 '나'의 아비가 그 하나. 그 아비가 죽자, 상징적 아비가 있어야 했을 터. 소금가마니 같은 삶이 요망되었으니까. 유복자인 아들을 위해서도 상징적 아비상이 요망되었을 것. 어미에게 두 남자상은 유복자 아들을 위한 불가피한 균형감각이지만 아들의 처지에서 보면 실로 헷갈리는 것. 죄의식의 발생 근거이지요. 어미를 영웅화함으로써 이 죄의식을 넘어서고자 했으니까.

다른 하나는, 글쓰기란 이 죄의식말고도 모방 의식이라는 것. 르네 지라르의 논법으로 하면 간접화 현상이 그것. 글쓰기의 기원이란, 작가가 혼자 잘나 독창적인 작품을 낳았다고 보고 싶지만, 실상은 그렇지 않다는 것. 남의 작품을 모방함으로써 비로소 작품이 이루어진다는 것. 유명한 욕망의 삼각형 이론이 그것.

키르케고르의 책 『공포와 전율』이 구효서로 하여금 「소금가마니」를 쓰게 만들었다는 것. 그러니까 이 작품의 진짜 작가는 키르케고르일 수밖에. 『돈키호테』의 작가란 세르반테스가 아니라 중세의 현실적 기사 아마디스인 것과 같은 이치이지요.

죽음을 다룰 줄 아는 작가

구효서 씨의 「명두」^{「문학판」 2005년 겨울호}는 「시계가 걸렸던 자리」^{「현대문학」 2004년}

²⁾³⁸에 이어진 듯 '죽음의 자리'를 소재로 삼았군요.

작가라면 한번쯤 죽음을 다루어보고 싶지만 그렇다고 함부로 달려들 수 없는 법. 어째서? 아무도 죽음을 체험할 수 없으니까. 자기의 죽음을 체험하지 않는 자가 어찌 죽음 일반을 그릴 수 있으랴. 구씨는 이런 의구심을 물리칠 만한 역량을 갖춘 소중한 작가인 셈. 거장 김동리는 만년에 가서야 「을화」¹⁹⁷⁸ᵉ에서 비로소 '명두(태주, 명도^{明圖})'를 샤머니즘과 쌍벽으로 도입했지요. 한국인의 생사관을 평생토록 탐구한 김동리가 '명두'에 기울어진 것은 어쩌면 당연한 처사였을 터(「무녀도」를 두고 샤머니즘과 기독교의 갈등이라 해석하는 것만큼 피상적인 것은 없지요. 「무녀도」란 그 자체 그림이니까). 그럼에도 김동리가 막판에 가서야 '명두'를 소설 속으로 끌어넣은 것은 음미할 대목이 아닐 수 없지요. 천재 김동리 역시 어째 '명두'를 소설 속으로 끌어들이는 데 망설일 수밖에 없었을까. 이 물음은 '명두'의 본질에서 옵니다. 만일 이를 끌어들이면 소설을 희생할지도 모르기 때문. 명두란 새삼 무엇인가. 아기의 혼이 어떤 특정한 여인에게 씌어서 그 힘으로 점치는 행위 및 그런 여인을 가리킴에서 보듯 아기의 영혼이 핵심 사항이지요. 그 때문에 작위적으로 아기를 항아리에 넣어 굶어 죽게 한 뒤에 그 혼을 쟁취하는 행위에까지 나아갈 수밖에. 상식을 넘어서는 이런 행위란 햇빛 환한 대낮을 다루는 소설에서는 다루어질 수 없지요. 그럼에도 「을화」에선 무녀와 나란히 다루어졌던 것. 이에 비해 구씨는 어떤 식으로 이 난관을 피해 소설로 다루었을까.

나는 죽었다. 죽은 몸으로 이십 년을 서 있다. 잎이 없을 뿐, 생김새는 살아 있을 때와 별반 다를 게 없다. 철 따라 돋고 지던 잎들이 없어지니 외려 모양은 사시장철 여일해서 사람들이 기억하기엔 좋다. 이 마을에 태어나 서른 넘게 살아온 사람들은 나를 굴참나무로 기억한다.(32쪽)

구효서

매우 영리하게도 구씨는 굴참나무의 입을 빌려 '명두'를 소화해내고 있습니다. 굴참나무가 목격한 한 마을의 명두집의 내막이 소상해집니다. 고수의 솜씨가 여지없이 발휘되어 있습니다. 세 아이를 굴참나무 밑에 묻음으로써 '자기 치유'와 '타인 치유'를 동시에 감행하기가 그것. 죽음이 고귀한 것은 그것이 지닌 이러한 양면성에서 옵니다.

자동사의 글쓰기

구효서 씨의 「승경」^{문학사상, 2006년 8월호}은 문자 그대로 뛰어나게 좋은 경치. 글자 그대로 뛰어나게 좋은 작품. 여기서 '좋다'는 것은 세련성을 가리킴이지요.

소바 알갱이를, 하고 말한 뒤 그녀는 숨을 멈추었다. 오후 두시였고, 밖은 5월의 봄빛이 화창했으나 실내는 약간 어둡고 서늘했다.

길고 가느다란 그녀의 손이 백자^{白磁} 포트를 기울였다. 잔에 고이는 갈색 찻물을 바라보며 소바란 물론 메밀이겠지, 하고 나는 속으로 중얼거렸다.

볶아 만든 차입니다. 찻물을 따른 뒤 그녀가 말을 이었다. 나는 숨을 크게 들이마셨다. 그녀가 백자 포트를 탁자 위에, 소리 나지 않게 내려놓았다.

그녀의 수척한 팔 위로 푸른 정맥이 지나갔다. 57세. 하루미. 터무니없어. 나는 고개를 흔들 뻔했다. 그녀의 관능을, 불현듯 보았고, 내치려 했다. 나보다 스무 살이나 많은 미망인. 무렴하게도 첫 대면에 관능과 싸우다니. 곤혹스러워 잔을 들었다. 소바차는, 차갑고 깔끔했다.

나도 모르게 홀랑 잔을 비워버렸다는 사실을, 마신 다음에야 깨달았다. 빈 잔은 곧 채워졌다. 독주를 마신 듯 가슴과 얼굴이 홧홧했다.(서두)

여기는 일본 땅 규슈. 오기야마의 정상이 보이는 타떼노 마을. 37세의 '나'는 왜 거기 갔는가. 소설가인 '나'는 왜 소설 쓰러 거기까지 가야 했을까. 그것도 3개월 동안 700매를 써야 하는 처지에서. 어디라도 상관없는데도 규슈라니. 결정적이라 할 이 물음이 빠져 있습니다.

동기 없는 행동이 어찌 있을까 보냐. 이런 사실을 작가 구씨가 모를 이치가 없지요. 그럼에도 이 점을 감추고 작가는 이렇게만 말해놓았지요.

나는 석 달 전. 잠시 머물 장소를 추천해주면 좋겠다는 메일을 면사무소에 해당하는 무라야쿠바(村役場)로 무조건 보냈다. 신분을 밝히기 위해 작품 평이 실린 국내 일간지 리뷰 기사와 내 소설책 표지 사진 몇 개를 첨부파일로 보냈다. 쓸 소설의 배경 설명을 간단히 덧붙였고 머물 기간도 함께 적었다. 대학에서 일어문을 전공하긴 했지만 내 메일은 많은 부분 영어 단어로 채워졌다.

무라야쿠바로부터 날아온 답신은 놀랍게도, 모두 한글이었다. 환영하며, 영광이라고까지 했다. 타떼노 마을을 추천했고, 숙식비는 예상했던 것보다 훨씬 저렴했다. 나는 망설이지 않고 가겠노라, 한글로 답했다.

단 한 번의, 일방적인 메일로 계획이 성사되다니. 타떼노 마을에 대한 첫인상은 그렇게 깔끔했다. 히라타 씨의 친절한 안내와 배려 때문에 나는 칙사(勅使)라도 된 기분이었다.(82쪽)

육하원칙의 글쓰기에서 벗어나기라고나 할까. 소설이란 글쓰기의 일종이되 육하원칙에서 벗어날 수 있다는 것. 말을 바꾸면 자동사의 글쓰기라는 것. 타동사의 글쓰기와 구별된다는 것. 또 말을 바꾸면 미란 환각의 일종이라는 것. 그러기에 분당이나 일산의 좁은 작업실에 쭈그리고 앉아 있으면서 마음은 규슈로 혹은 교토로 치달릴 수 있다는 것. 뿐만 아니라 온갖 허깨비도 불러내어 대화까지, 어쩌면 사랑까지 할 수 있다는 것. 하루미라는 57세의 허

구효서

깨비를 불러내고 그녀의 관능미를 탐하기도 하고 그 관능미로도 모자라 그녀에게 한층 기묘한 아름다움까지 덧칠해놓기. 남편이 장애인이라는 둥, 부부관계가 여사여사하며 그들이 이루어진 건 전설적인 기적이라는 둥등. 환각이란 끝이 없지요. 심지어 강원도산 황태까지 등장하고도 모자라 하회탈까지 동원된다. 이쯤 되면 환각도 절정에 달하지요. 미란 무엇인가. 여인의 관능이야말로 작가 구씨가 겨냥한 곳. 그녀와 헤어지는 장면이 그것.

어디선가 삽살개 한 마리가 달려와 그녀의 종아리를 맴돌았다. 손을 뻗으면 마당 저쪽으로 도망쳤다가 다시 돌아와 종아리를 핥았다. 그러기를 반복했다.(99쪽)

관능미란, 적어도 57세쯤 된 여인의 육체에서 가히 엿볼 수 있다는 것. 이 시선을 떠나 황태를 내세워 한·일 간의 생활사 교류 운운한다면 실로 유치한 관광사업용에 지나지 않는 것.

김인숙

「현기증」

1963년 서울 출생. 1983년 『조선일보』 신춘문예에 단편 「상실의 계절」이 당선되면서 작품활동 시작. 현대문학상 · 이상문학상 · 한국일보문학상 등을 수상했다. 소설집 『칼날과 사랑』, 『유리구두』, 『그 여자의 자서전』, 장편소설 『먼길』, 『봉지』 등이 있다.

대립 구성의 미학

김인숙 씨의 「현기증」(『한국문학』, 2006년 여름호)은 20년간 조종간을 잡아온 40대 파일럿의 얘기. 이 직업에서 제일 무서운 적은 자신이 겪어내야 하는 현기증(착시현상)입니다. 어떤 직업에도 이런 종류의 공포의 벽이 있는 법. 이 작품의 강점은 유행처럼 번지고 있는 청소년의 신경질(말장난)을 다룬 소설이 아니라 어른을, 그것도 직업적 어른을 다룬 점. 누구나 직업적 삶에 몰두해서 중년급이 되었다면 뒤를 돌아보는 계기가 찾아오는 법. 태평양을 왕래하는 '그'도 사정은 마찬가지. 삶의 허망함이 그것. 문제는 그 허망함의 계기에 있습니다.

땅에서라도 모여 살게. 간신히 착륙했는데 여전히 허방이면, 그거 오래 못 가네. (30쪽)

김인숙

이 말은 아이와 아내를 미국(유학)에 보내기로 결정했을 때 선배 기장이 그에게 했던 충고. 그러니까 이른바 '기러기아빠'를 소재로 한 것. 파일럿이라 해서 기러기아빠가 되지 말란 법은 없지만, 지상에만 두더지 모양 사는 보통의 기러기아빠와는 분명 별다른 것. 그 별다름을 드러냄에 작가 김씨는 민첩합니다. 이 경우 민첩함이란 대칭구조를 가리킴인 것.

조종사이기에 공중에서 밤 보내기란 한 달이면 며칠씩 으레 겪게 마련. 그럴 때마다 현기증이 났다. 밤하늘이 거대한 아가리를 짝 벌린 시커먼 바다로 되는 착시현상에 시달릴 수밖에. 그것은 한없는 차가움이었다. 그러다 한순간 일출을 직면함이란 얼마나 굉장한 뜨거움인가. 그는 부조종사에게 불개 얘기를 들려준다. 어느 날 밤의 나라 왕께서 기르던 개에게 해를 가져오라 명한다. 해가 워낙 뜨거워 개는 그만 해를 놓치고 만다. 왕은 이번엔 달을 물고 오라 한다. 이번에는 너무 차가워 또 불가능했다. 결국 그 개는 이빨이 몽땅 빠졌다는 것. 이 얘기가 말해주는 것은 삶의 허망에 대한 대칭구조인 셈. 기러기아빠인 그는 대체 이 허망(현기증)을 어떻게 극복할 것인가. 꿈마다 이빨 몽땅 빠진 개가 꼬리를 내리고 그를 바라보고 있는 이 허망을. 이 물음에 작가 김씨는 또 한번 민첩합니다. 동굴 이미지에 대한 착시현상 도입이 그것. 하늘과 동굴의 대칭구조.

그는 어느 날, 이상한 편지 한 통을 받는다. 여인에게서였다. 내용인즉 동굴 동호인 모임의 초청장. 이를 주최한 여인이 이렇게 동굴의 의의를 설파한다.

"동굴은 완전한 미지예요. 완전한 어둠이구요. 그 속을 내 맨몸으로 더듬어 나가는 거지요. 온몸을 더듬이처럼 세우고, 헤드랜턴과 감각만을 의지해서요. 때로는 광장이 나오고, 때로는 강이 나오고, 때로는 폭포가 쏟아지기도 해요. 그 모든 것들은 들어가지 않으면 알 수 없는 것들이거든요. 모든 위험을 무릅쓰고, 때로는 목숨을 걸고, 내 손과 내 몸의 모든 감각으로 만져보지 않으면 알 수 없는 것들이라구요."(40~41쪽)

단단한 지상의 어느 곳에도 동굴이 있게 마련, 이 동굴이란 하늘과 대칭적인 것. 버티고^{vertigo}, 비행착각 혹은 현기증이란 물론 조종사의 함정이지만, 어찌 조종사만의 것이랴. 동굴 탐사자들 역시 겪는 삶의 버티고가 아닐 것인가. 그렇다면 어째야 할까. 정확히는 기러기아빠가 된 조종사의 허망을 극복하는 방도는 무엇인가. 참주제가 걸린 대목. 정답은 그 허망을 견디어야 한다는 것. 어째서? 아내 및 아들딸이란 결국 그에겐 무엇인가. 언젠가 헤어져야 할 존재들이라는 엄연한 사실이 그것. 다만 한동안 서로 보듬고 기대고 위안을 삼을 뿐. 우리의 삶이란 따지고 보면 그러한 보살핌의 관계만이 전부일 수 없다는 것. 저마다의 삶이 있다는 것.

이 점을 작가는, 동굴 체험에서 확인합니다. 이 가족이 해외여행을 나선 적이 있었지요. 중국 요령성 본계本溪, 번시에 있는 세계 최대 동굴(모터보트로 30분 크루즈 규모)에 들어갔을 때 그는 가족의 손을 잡았을 때와 그도 놓았을 때를 떠올립니다. 기러기아빠든 아니든 삶이란 착시현상의 함정에 노출되게 마련인 것. 내 가족, 내 것, 나와의 관계라는 착시현상이 그것. 가족과 더불어 본계 동굴 체험이 실상 이 작품의 창작 동기인 셈.

김인숙

김훈

「언니의 폐경」「뼈」「강산무진도」

1948년 서울 출생. 동인문학상 · 이상문학상 · 황순원문학상 · 대산문학상을 수상했다. 소설집 『강산무진』, 장편소설 『빗살무늬 토기의 추억』, 『칼의 노래』, 『현의 노래』, 『남한산성』이 있다.

폐경에 협조한 경주 남산 부처님

김훈 씨의 「언니의 폐경」「문학동네」2005년 여름호은 "너무 아득해서 가슴이 막힐 듯했다"를 참주제로 한 것. 무엇이 너무 아득했던가.

내 13평짜리 아파트는 거실이 따로 없고 방 한 칸에 주방과 다용도실뿐이어서 베란다에서 싱크대까지는 열 걸음 정도였다. 베란다 창가에 앉아서 저녁 하늘의 비행기를 바라보던 언니가.
—얘. 어쩜 저렇게 스미듯이 사라질 수가 있니? 저 안에 정말 사람들이 타고 있는 거야?
라고 말했을 때도 나는 언니의 말이 너무 아득해서 가슴이 막힐 듯했다. 나는 싱크대 앞에서 꽈리고추를 넣고 멸치를 볶아서 저녁을 준비하고 있었다.(237쪽)

언니의 말이 아득했지요. 어째서? 폐경기가 정답. 언니는 55세. 비행기 사고로 남편 잃음. 바야흐로 폐경기가 닥침. 작중화자인, 이혼녀 친아우 '나'의 아파트에 가끔 들러 자고 가곤 하지요. 그런 언니가 '나'의 관찰에 의하면 두 번 하혈을 하지요.

    (A) '나'가 모는 승용차 안에서 갑자기 생리혈을 흘리기. 죽은 남편의 회고가 동기.
    (B) 창밖의 달빛을 보고 잔 새벽. 정체를 알 수 없는 불안이 생리혈을 촉발한 것.

그런데, 작가 김씨는 민첩하게도 정체를 알 수 없는 아슬아슬한 불안 장면을 용케 넘어서는, 그래서 폐경의 자연스러움을 또 두 가지 보여줍니다.

    (C) 얘, 꼭 물고기 같구나. 저 지느러미를 좀 봐. 꼬리에도 지느러미가 달려 있어. 어쩜 저렇게 스미듯이 사라질 수가 있니? 저 안에 정말로 사람이 타고 있는 거야?
    확실히, 저녁 무렵에 언니는 수다스러워지고 있었다.(252~253쪽)
    (D) 얘, 저 얼굴을 좀 봐. 저 손바닥을 좀 봐. 어쩜 저렇게 배어나오듯이 그려 놓을 수가 있니?
    나는 그때 언니가 또 생리혈을 흘리는가 싶어서 불안했지만, 언니는 아무 일 없었다.(266쪽)

(C)는 남편을 앗아간 그 비행기 이야기. 그 불안을 용케 극복해내지요. (D)는 경주 남산 부처님 앞.
    이 작품은 중편급. 고로 군소리가 많을 수밖에. 언니를 관찰하는 '나'의 군소리가 등장할 수밖에. 그것도 몸과 음식 관계, 또 남녀관계로 채울 수밖에.

김훈

그도 그럴 것이 아우인 '나'도 5년만 지나면 언니 꼴이 될 수밖에. 고삐 풀린 생리혈을 아주 자연스럽게 치유해내야 할 터이니까. 죽은 형부의 이미지를 극복하기 위해 손자의 풀싹 모양 돋아나는 이빨의 힘과 경주 남산 부처님의 도움이 언니에게 요망되었던 것을 지켜본 '나'라면, 아기 이빨이나 부처님 도움 없이도 능히 치유할 수 있을 터. 어째서? '물가에 한쪽 다리로 서 있는 키 큰 새'가 시베리아로 돌아가지 않고 '나'를 기다리고 있으니까.

성과 속 사이의 고고학

김훈 씨의 「뼈」「문학동네」 2006년 봄호는 뼈다귀 얘기. 그것도 저 신라적 발굴 현장에서 찾아낸 것. 이만하면 벌써 김씨 고유의 자질이 번득인 셈. 어째서? 갈데없는 '낭만적 글쓰기'인 까닭. 고고학적 상상력이란 김씨의 출발점인 『빗살무늬토기의 추억』1995년에서 그대로 이어진 것. 낭만적 글쓰기란 그러니까 소설 쪽이기보다 '로망스' 쪽인 셈. 고대인의 열정이 생산력의 근원인 까닭.

여기 지방대학 고대사 교수인 '나'(김 교수)가 있습니다. 문헌학 전공인 '나'가 이런저런 이유로 지역 몸집 불리기의 일환인 유적 발굴에 끌려듭니다. 조수로는 먼 친척뻘 되는 만년 대학원생 건달 오문수. 오가 모는 승용차에 '나'가 실려가고 있습니다. 왜? 경주 길림사 근처에서 출토된 옛 쇠붙이 조각을 조사하기 위해서. 총장의 압력이니까. 빗살무늬토기 발굴이듯 시방 김씨는 고고학적 상상력에 바탕을 두고 글쓰기를 운영하고 있습니다. 이 큰 줄기만 알면 작품 쓰기나 읽기란 식은 죽 먹기.

물은 수계水系를 가늠할 수 없이 난잡하고 초라했다. 물길은 산을 깎아내듯이 바싹 달려들었으나 거기에 흐르는 물은 빈약하게도 기신거렸다. 처박힌 봉우리마다 물줄기 하나씩을 지녔는데, 이쪽 봉우리를 돌아 나온 물길이 산을 어려워하는 기색도 없이 저쪽 봉우리의 아랫도리를 향해 찌를 듯이 달려들었다. 방자하고도 아둔한 물길이었다. 외면하고 돌아선 봉우리들 사이로 오십 호쯤 되어 보이는 슬레이트집들이 눌어붙어서 산과 마을은 서로 언짢아했다.
— 니미럴, 좆같은 동네로구만. 저런 구석에도 절간이 다 있나.
고갯마루에서 자동차를 세우고 마을을 내려다보면서 내 조교 오문수는 그렇게 말했다. 오문수는 마을 쪽을 향해 오줌을 갈겼다. 오문수의 오줌발은 가늘고 무력했다. 힘을 줄 때마다 토막으로 끊어져 나오는 오줌줄기의 끝은 고드름처럼 방울로 떨어졌다. 벌겋게 핏발 선 오줌에서 덜 삭은 술 냄새와 숙취해소용 드링크제 냄새가 났다.(157~158쪽)

이 대목으로 글쓰기의 내막이 확연해집니다. 고대인의 뼈다귀라든가 철제 칼 따위란 아무래도 상관없는 일. 문제는, '좆같은 동네'와 그곳에 '절'이 한 채 있음에서 옵니다. '좆같은 동네'란 이른바 엘리아데식으로 말해 속俗의 세계. '절'이란, 이에 맞서는 성聖의 세계. 이 두 세계를 10년 조교인 오문수가 내뱉고 있습니다. 학문에는 아예 자질도 뜻도 없고 술이나 퍼마시고 여기저기 여인들이나 건드리고 학원 강사로 먹고사는 오문수의 시선에서 보면 모든 것이 '좆같을' 수밖에. 그 소중한 신라적 고대 유물터도 그의 시선에서 보면, '녹슨 쇳조각 굴러다니는 자리'에 지나지 않지요. 그럼 기림사 마당에서 잡초를 뽑고 있는 젊은 여승은 어떻게 보일까. 물으나마나지요. 뭐의 눈엔 뭣만 보이듯 "형 저것도 중일까?"일 수밖에. 절 마당에 염불하듯 땡볕 아래 한 땀 한 땀 잡초를 뽑고 있는 젊은 여승이란, 벌거벗은 한갓 여인으로 보일 수밖에.

김훈

절 마당에 잡초는 지천으로 널렸고 평생을 풀 뽑기로 끝마칠 것처럼 여승의 작업은 고요히 집중되어 있었다. 앉은걸음을 옮길 때마다 스웨터 아래로 허리춤의 맨살이 보였고 여승의 손길이 지나온 자리에는 새 흙이 뽀얗게 드러났다.(160쪽)

절 마당이란 대웅전이 굽어보는 성소 공간. 그 공간에 놓인 여승의 허리춤의 맨살을 보는 시선인 까닭. 계간은 물론 염소간까지 넘보는 시선이지요. 그 여승의 안내로 김 교수와 오씨가 발굴현장으로 갑니다. 지세가 험해 여승이 넘어져 발이라도 삐었다면 어떻게 될까. 김 교수는 어떤 행동을, 또 오문수는 어떤 짓을 할까. 아무 짓도 안 하는군요. 가지고 온 커피를 따라줄 뿐. 그런데 이번엔 여승 차례. 여승이 두 사람 앞에다 대고 이렇게 반응하지요.

여승은 숙였던 고개를 들어서 오문수를 올려다보았다. 여승이 말했다.
— 속세 생각나네요.
속세 생각……이라고 말할 때, 여승의 'ㅅ' 발음 세 개는 날카롭고 가벼워서 바람이 마른풀을 스치는 소리처럼 들렸다. 여승이 ㅅㅅㅅ을 발음할 때 여승의 입에서 흰 입김이 토해져 나왔다. 입김이 'ㅅ' 발음들 사이에서 흩어졌다. 입김에서 엷은 비린내가 나는 것 같기도 했는데, 희미해서 종잡을 수 없었다. 입김은 여승의 것이었다. 목소리는 멀리서 울렸다.(173쪽)

두번째 발굴 현장에 가기 위해 다시 여승을 찾자 여승은 이미 떠나고 없었다. 어디로? 속세 속으로. 원래 그녀가 있던 곳.
"진주에서 술 팔던 년인데, 술집 빚을 떼어먹고 절에 숨어 들어와 중 옷을 입고 있던 년"이었던 것. 요컨대 세속의 여인이 세속으로 돌아간 것. 바로 여기에 작가 김씨의 날쌤이 있습니다. 조교 오문수와 여승이 서로 등가라는 점. 한적漢籍도 읽을 줄 모르며 색주가에 빠져 있는 조교 오씨가 성스러운 학문(진리) 속을 비집고 들어와 있음이란 주인 돈 떼먹고 도망쳐 절에 스며든 저 작부와 뭐가 다른가. 오씨가 대학을 떠나(환속해서), 환속한 여승과 어울림은 시간문제. 환속이 아니라 본래 자리로 간 것이니까. 성과 속의 경계를 보여주는 로망스라고나 할까요.

고언 한마디. 너무 도식적이 아닐까.

쌀값 시세의 글쓰기

　　　　　김훈 씨의 「강산무진도」[내일을여는작가, 2006년 봄호]는 아주 분명한 글쓰기의 표본 같은 것. 글쓰기란 쌀값 시세만큼 확실해야 한다는 말이 있거니와 이것이 미덕인지의 여부는 뒤로 미룬다 해도 하도 애매모호한 글들이 많다보니 분명 눈에 띄는 작품입니다.

　　간센터 앞 게시판에 진료대기자 명단이 붙어 있었다.
　　'김창수(남·57) : 9시 30분'
　　그것이 나였다. 간호사가 진료실 문을 열고 내 이름을 불렀다. 나는 진료실 안으로 들어가서 의사 앞에 앉았다. 늙은 의사는 컴퓨터 화면으로 사진을 들여다보고 있었다. 마우스를 조작하는 의사의 손가락에 털이 돋아나 있었다. 의사가 내 얼굴을 찬찬히 들여다보았다.
　　— 무슨 일을 하시나요?
　　— 옷을 만드는 회사에 다니고 있습니다.
　　— 생산업체인가요?
　　— 생산업체입니다만 저는 수출 쪽입니다.
　　— 큰 회사입니까?

김훈

― 크다기보다는, 중저가 의류업계에서는 매출순위가 꽤 높지요.

　― 직위가 높으십니까?

　의사가 왜 이러나 싶어서 나는 좀 불쾌했다. 의사는 컴퓨터 화면을 들여다보고 있었다.

　― 정년이 가까워서 상무로 끝날 것 같소이다.

　― 정리할 일들이 많으실 것 같아서, 아예 말씀드리겠습니다.

　― ……(69쪽)

　얼마나 분명한가. 육하원칙의 글쓰기에서 도피하기 위해 소설로 달려간 작가 김씨가 이번엔 바로 육하원칙에 저도 모르게 빠져든 형국.

　정년을 앞둔 '나'(김창수)가 간암에 걸렸다. 죽기까지 남은 시간은 수개월 정도. 이 사형선고 앞에 놓인 김창수의 삶의 정리 방법은 어떠한가. 그동안 살아오면서 미진한 일들, 빚진 감정이나 돈 문제, 이 모든 일을 아주 적절하게 당황하지 않고 하나하나 정리해나간다. 이혼한 아내와 출가한 딸, 미국에 이민 간 아들에게도 세심하게 알리며 그들 사이의 마음의 균형을 잡아간다. 마침내, 아들의 요청을 받아들여 미국행을 감행한다.

　이 과정에서 그동안 의식하지 못했던 풍경 두 가지가 눈에 보이기 시작했다. 하나는 조선후기 화가 이인문이 그린 두루마리 풍경화. 피로를 느끼지 않을 정도의 산책을 권하는 의사의 처방에 맞추어 들른 공원 박물관에서 본 이 그림이 그럴 수 없이 뚜렷해지는 것이었다. 인간이 없는 강산의 그림. "화가의 관점이 천지간을 정처 없이 떠돌며 시공을 해체하고 재구성하면서 끝없는 산천의 전개와 운동"이 커다란 얼굴로 다가왔다. 공원 연못에 피어 있는 수련. 여학생들의 웃음소리에도 반응하고 있는 수련이 보였다. "수련은 잠든 호롱처럼 물 위에 떴고, 봉오리 주변의 공기에 어둠이 점점 짙게 배어왔다."

이 두 가지 풍경을 가슴에 안고 아들 찾아 김창수가 고국을 떠나고 있다.

육하원칙의 글쓰기가 아닐 수 없지요. 이 명료한 글쓰기에 절망하여 『빗살무늬토기의 추억』으로 달려간 작가는 어째서 다시 원점으로 돌아왔을까. 아마도, '죽음'의 인식에 대한 경외로움 탓이 아니었을까. 말을 바꾸면, 이른바 '노인성 문학'의 가능성을 보여주기 위함이 아니었을까. 청춘의 문학에서 노인성 문학으로 향하는 길목이라 할 수 없을까.

김훈

박완서

「거저나 마찬가지」「대범한 밥상」

1931년 경기도 개풍 출생. 1970년 『여성동아』에 장편소설 「나목」이 당선되면서 작품활동 시작. 이상문학상·동인문학상·만해문학상 등을 수상했다. 소설집 『엄마의 말뚝』 『저문날의 삽화』 『친절한 복희씨』, 장편소설 『미망』 『그 많던 싱아는 누가 다 먹었을까』 등이 있다.

두 개의 뼈대와 한 개의 재미

　　　　　　　박완서 씨의 「거저나 마찬가지」『문학과사회』 2005년 봄호의 첫줄은 이렇습니다. "나, 김영숙은 아직 사십대 초반인데도 건망증이 심하다"라고. 박씨의 글쓰기만큼 분명한 것이 따로 있을까. 없소. 글쓰기란, 언제나 쌀값 시세만큼 분명해야 하는 법. 이 만고의 법칙을 씨만큼 실천해온 경우는 눈을 씻고 찾아봐도 없지요. 먼저 제목부터 보시라. '거저나 마찬가지'라 하지 않겠는가. 뭐가 거저란 말인가. 대체 뭐기에 거저나 마찬가지일까. 공짜는 물론 아닙니다. 쌀값 시세만큼 분명한 글쓰기의 마당이기에 '거저나 마찬가지'의 분명함을 알아차림이야말로 이 소설 독법인 셈. 주목할 것은 이 말이 그러니까 시장바닥의 용어라는 점.

　시장바닥이란 새삼 무엇이뇨. 일상적 삶이 펼쳐지는 곳. 국가나 민족, 또는 거룩한 허깨비인 이데올로기 따위란 부끄러워 얼굴도 못 내미는 데가 시장바닥 아닙니까. 대파 한 다발, 두부 한 모, 시금치나 배추 따위, 혹은 내복이나 신발 따위를 사고팔 때 흔히 들을 수 있는 말이 '거저나 마찬가지'인 것. 공짜가 아님에 주목할 것입니다. 공짜란 포기이거나 거부의 일종, 그러니까 폭력의 일종인 까닭. 값을 매기긴 하되 아주 싸다는 것. 정상적 가격에 미치지 못함이 자못 심하다는 것. 그렇지만 분명 값이 고유하게 있긴 있다는 것. 그렇지 않으면 시장질서, 곧 일상적 삶의 질서란 성립되지 않는다는 것.

자, 이쯤 되면, 작가 박씨의 시장바닥에선 무엇을 사고파는지 궁금하지 않은가. 또는 무엇을 팔고 사는 것을 작가 박씨가 보았단 말일까. '나, 사십대 초반의 김영숙'이 무엇을 팔고 있었을까. 무엇을 팔면서 이 물건은 '거저나 마찬가지'라고 대놓고 말할까. 대체 김영숙은 누구에게 이런 말을 하고 있을까.

나, 김영숙은 대체 누구인가. 사십대 초반이라 했것다. 이른바 386세대 부근을 가리킴인 것. 이 잘난 세대의 그리움은 어디에 있었을까. 나, 김영숙의 말을 그대로 옮겨볼까요.

> 대학은 선배 언니가 훨씬 좋은 대학을 졸업했고, 나는 등록금 전액을 면제해주는 조건 안에 드는 좋은 성적 때문에 이류로 분류된 대학밖에 못 갔는데도 졸업을 못했다. 대학 다니려면 등록금 외의 용돈도 있어야 하고, 먹어야 하고, 입어야 하고, 다리 뻗고 잘 수 있는 잠자리도 있어야 했으므로. 등록금도 댈 수 없을만큼 어려웠던 가정 형편이 가족의 생존을 위한 기본적인 것도 보장해줄 수 없을만큼 더욱 남루해지면서 집에서는 똑똑한 딸이 빠져나가 과외 교습 아르바이트를 해서 학교를 마칠 수 있기를 바랐다.(73쪽)

그런데 나, 김영숙은 뜻대로 되지 않았다. 어째서? 이류 대학에 들었으니까. 이류 대학생이 아르바이트를 다녀봐야 항시 이류에 떨어질 뿐. 어째서?

박완서

부자 아이들 과외는 일류 대학생만 했고, 또 그 아이들만 입시에 여지없이 성공했으니까. 이류급 아이들이 하는 과외는 어떠했던가. 돈 떼이기 일쑤요, 낙방하기뿐이었으니까.

> 착한 부모는 제 새끼 말만 믿고 남처럼 비싼 과외를 못 시키고 싸구려 이류한 테 자식을 맡긴 걸 통탄하면서 싸구려나마 지불하는 게 아까운지 무쪽같이 떼어 먹고 나를 잘라버렸다.(73쪽)

대학 중퇴. 취직 전선. 공장 노동자. 노동운동권에 뛰어들 수밖에. 먹물깨나 먹긴 먹은 덕분이니까. 이 무렵 먹물 출신 운동권 사내 박기남을 만났다. 같은 공원 출신인 그와 나, 김영숙은 동거. 자취방은 나, 김영숙과 박기남의 잠자리 터이자 동시에 박기남 친구들의 합숙소이기도 했다. 그게 알토란 같은 동지애 아닌가. 그렇다면 잠자리도 그러할까.

바로 이 문제에 참주제가 걸려 있습니다. 콜론타이의 '붉은 사랑' 모양 그까짓 섹스야 뭐가 중요하랴. 중요한 것은 따로 있지 않은가. 세상 때려엎기에 비해 뭐가 대단할까 보냐. 그런데 어찌 된 셈인지 그게 그렇지 않았다. 자취방에 나, 김영숙과 박기남만 잘 땐 섹스를 즐겼다. 친구가 끼어들 땐 그짓을 못했다. 그렇다고 다른 수가 없었다. 친구들은 수시로 드나들었다. 뿐만 아니라 박기남이도 수시로 들락거렸다. 그동안 운동 땜에 여기저기 뛰어다녔으니까. 자취방엔 나, 김영숙만 잘 때도 있었고, 박기만의 친구들이 드나들 때도 있었는바, 물론 잠만 잤을 뿐이다. 세월은 물같이 흐르는 것, 또 변하는 것, 박기남도 달라졌다. 노동권 출신들의 눈부신 출세가 벌어졌으니까. 나, 김영숙을 훈도하던 선배는 대정치가로 변신해 먹물 먹은 나, 김영숙에게 성명서, 정치연설 윤문까지 하게 했다. 나, 김영숙은 바야흐로 고상한 글쓰기에 나섰지 않겠는가. 이 고상한 나, 김영숙이 이런 밑바닥 노동자

자취방에 아직껏 자빠져 있어야 할까. 박기남은 여전히 의리에 매달려 남의 뒤치다꺼리나 하고 자빠졌것다. 가끔 자취방에 들러 섹스나 하고 또 떠나지 않겠는가. 결단을 내릴 수밖에. 나, 김영숙에게 생활비를 내든가 그렇지 않으면 섹스를 그만두라고 할 수밖에. 왜냐하면 공짜가 세상에 어디 있는가.

"그래 나 거저나 마찬가지로 산다. 어쩔래? 그렇지만 섹스도 공짜로 하긴 싫어. 그렇겐 안 할래."

"그럼 너 나한테 화대를 내란 소리니?"

"어쭈, 오버도 할 줄 아네. 너만 그러라는 게 아냐. 나도 거저나 마찬가지로 섹스는 안 할 거야. 대가를 치르잔 말이야. 책임을 지자고. 너 날 조강지처나 마찬가지라고 했지. 너 언제까지 조강지처한테 장화 신고 찾아올래?"

"아이를 갖자고? 꿈도 크다. 네 나이가 몇 살이냐?"

"너 날 모욕했어. 장화만 벗으면 용서해줄게. 길고 짧은 건 대봐야 하니까."(98쪽)

섹스란 무엇이뇨. 그러니까 나, 김영숙이 갖고 있는 물건이란 무엇이뇨. 파는 물건이 아닌가. 일상생활의 필수품인 것. 그 ×의 값은 얼마일까. 좌우간 정해져 있는 것. 거저나 마찬가지일까. 그래도 되는 것일까. 문제는 ×의 용도에 있는 것. 용도란 무엇인가. '새끼 낳기'가 아니었던가. 일상 필수품인 까닭. 만일 그렇지 않고 그 ×가 오락거리라면 어떠할까. 공짜일 수도 있을 것. 한동안 운동권으로 뛰어다닐 땐 ×란 일상적 필수품 아닌 오락이었던 것. 화대가 불필요했지요. 그러나 이젠 절대로 공짜일 수 없다. 어째서? ×란 일상적 필수품이니까. ×란 새끼 만들기의 필수품이니까.

잠깐 어쩌다 '× 타령'이 되고 말았군요. 그렇다고 민망해할 필요는 없습니다. 작가 박씨의 노회한 창작방법론이 거기 시퍼렇게 살아 이쪽을 노려보고 있으니까. 창작방법이란? "재미와 뼈대가 함께 있는 소설이 내 소원이다.

박완서

아직도 소설 쓰는 고통을 즐길 만한 기운이 남아 있으니 언젠가는 소원 성취할 날도 있으리라."(『아주 오래된 농담』 작가의 말)

그렇다면 「거저나 마찬가지」엔 재미와 뼈대가 동시에 들어 있을 터. 'X타령'이라 재미는 금방 드러났지요. 그렇다면 뼈대는?

제1차 뼈대와 제2차 뼈대로 갈라볼 수 없을까. 제1차 뼈대란 자명합니다. 출산율 세계 최저 국가. 그게 대한민국이라는 것, 망국적이자 망인류적 망조가 아닐 수 없다는 것. 그게 좋은 세상 만들기의 결과물일까 보냐. 이 얼마나 강한 뼈대인가. 제2의 뼈대란 무엇인가. 이 역시 자명하지요. 386 부근 세대에 대한 통렬한 아이러니라는 것. 잠깐, 그러고 보니, 뼈대가 두 개씩이나 있는 소설. '재미와 뼈대가 함께 있는 소설'이 만일 재미와 뼈대의 균형감각을 가리킴이라면, 이번 소설 「거저나 마찬가지」는 아무래도 뼈대 쪽으로 기울어져 있지 않았을까.

자연스러움 앞에 무릎 꿇는 죽음

박완서 씨의 「대범한 밥상」[『현대문학』 2006년 1월호]은 노인성 소설의 범주. 시한부 3개월의 목숨밖에 갖지 않은 과부 노파의 독백 타령인 까닭. 타령이되, 담담한 타령이기보다 맹렬한 타령. "육십보다는 칠십이 더 가까운 나이에 죽는 걸 단명, 어쩌고 한다면 아마 저승사자가 다 웃겠지. 그러나 나는 저승사자를 웃기지는 않을 것이다." 서두에 밝혔군요. 어째서? "충분히 살았다고 여기고 있고, 따라서 몸부림 같은 건 치지 않을 테니까"라고. 과연 그러할까. 실상은 남은 석 달 동안 얼마나 맹렬히 몸부림쳤던가. 이 맹렬함을 역설적으로 펼치고 있습니다. 그 맹렬함의 모양은 어떠할까. 3개월에 온몸으로 도전하기란 어떤 방법론(마음의 준비)이 요망될까. 3개월에 전 인생

을 걷기가 그것. 3개월이 칠십 평생으로 요약된다는 것. 그것은 실로 빠른 시간의 흐름인 것. 이에 맞서는 방식이란 3개월을 최대로 느리게 살기인 것. 잠시 그 '최대로 느리게 살기'를 엿볼까요.

맨 먼저 취한 행동은 동네 가게에 들러 비디오 빌리기. 전에 본 「데미지」 재감상하기. 두번째는 친지나 삼남매 자식들에게 알리지 않고 우물쭈물 미루기. 왜? 분재기 만들기의 난감함 때문. 그토록 숫자에 밝던 남편의 분재기도 훗날 수없는 말썽의 씨앗인데 하물며 '나' 같은 숫자의 맹인임에랴. 그러고 보니 3개월 시한부의 맹렬한 속도에 맞서는 방식이란, 재산에 대한 한없이 복잡한 연출력에서 올 수밖에. 이 얼마나 '사소한 밥상들'인가. 죽음에까지 걸리는 문제인 것. 작가는 이 점을 아주 조심스럽게 이렇게 말해놓습니다.

> 지금 와서 그걸 알아서 무엇에 쓸까마는 돈의 치사한 맛도 뜨거운 맛도 모른다는 게 사는 데 있어서 뿐만 아니라 죽는 데 있어서까지 중대한 결격사유처럼 느껴지면서 경실이가 보고 싶단 생각이 들었다.(85쪽)

경실이란 누구인가. 여고 동창. 자, 여기부터 노인성 문학의 한 가지 유형이 탄생합니다. 과부인 경실은 외동딸을 곱게 키워 시집보내었으나 딸과 사위가 교통사고로 함께 죽었다. 경실의 친구들이 문상 갔다. 그들이 본 것은 무엇이었던가. 어린 외손자 둘과 경실과 아이들의 친할아버지가 서로 손을 굳건히 잡고 있는 장면에 부딪친다. 그래서? 그래서라니. 경실은 마침내 홀로 된 시골의 사돈 영감과 아이들과 함께 '동서'하지 않겠는가. 이 대범한 밥상(삶의 방식). 어째서? 이 삶의 오만한 터부에 도전하기란 그보다 더 오만한 생명력이 요망되는 법. 왈, "사람의 의지로 선택할 수 없이 저절로 돼가는 거." 이를 자연스러움이라 부르는 것. 두 손자와 외할머니와 친할아버

박완서

지 사이를 묶은 사슬이란 실상 쇠사슬이 아니라 '금사슬'인 까닭. 어째서? '자연스러움'이니까.

   고언 한마디. 김현승 시 "나의 영혼/ 굽이치는 바다와/ 백합의 골짜기를 지나/ 마른 나뭇가지 위에 다다른 까마귀같이"(「가을의 기도」)의 인용이란 약간의 센티라 할 수 없을까. "나의 가장 나종 지니인 것"(「눈물」)과 짝을 이룸일까. 그만큼 글쓰기의 여유를 말해줌일까. 이런 '여유' 가짐이란 부럽긴 합니다만.

복거일

「우리가 걷지 않은 길」

1946년 충남 아산 출생. 장편소설 「碑銘을 찾아서」, 「높은 땅 낮은 이야기」, 「역사 속의 나그네」, 「파란 달 아래」, 「그라운드 제로」 등이 있다.

'아, 좋다'의 경지

복거일 씨의 「우리가 걷지 않은 길」(문학사상, 2005년 7월호)은 어른급 소설(이런 말이 있을 수 있는지 모르지만)이라 할 만합니다. 59세의 사내가 주인공이라서가 아니라, 이 사내가 되돌아보는 삶의 무게에서 어른스러움이 감지되기 때문. 줄거리부터 볼까요.

아내가 외출한 사이, 혼자 식사를 할 참에 그는 한 통의 전화를 받는다. 여인의 목소리, '인명 씨가 맞느냐'고. 성을 빼고 이름만 달랑 부르는 전화란 사무적인 것일 수 없는 법. 미세스 서였다. 영주가 죽었다는 것. 영주는 누구인가. 미세스 서의 사촌동생이었다. 젊은 시절 그가 사랑했던 여인이기도 했다. 30여 년의 세월이 흐른 지금 그의 심정은 어떠할까. 미세스 서와 한 번 만나, 옛 얘기라도 하기로 하고 전화를 끝냈다. 바로 그 순간 그의 심정은 이렇다.

복거일

그는 가스레인지의 불을 끄고 냄비를 식탁으로 날랐다. 뚜껑을 열자, 구수한 콩나물국 냄새가 풍기면서 식욕이 일었다. 누구에게랄 것 없이 감사하는 마음으로 그는 국물을 떠서 마셨다. "아, 좋다."(112쪽)

옛 애인의 죽음이란, 인생을 제대로 살아온, 기업체의 사장까지 지낸 바 있는 59세의 사내의 처지에서 보면 어떠할지를 위의 대목이 담담하게 말해 놓고 있습니다. 말하되, 아주 낮은 목소리, 그것도 혼잣말로. 혼잣말이되, 감각으로 몸으로 말하기. 불교식으로 하면 오온五蘊으로 말하기.

식탁이란 무엇이뇨. 촉각·미각·시각·후각·청각이 함께 작동되는 현장이 아니겠는가. "아, 좋다"란 이를 가리킴인 것. 온몸으로, 그러니까 '몸의 구경적 형식'으로서의 "아, 좋다"인 것. 옛 애인이 죽어도, 안 죽고 미국 저편에 살고 있더라도 이 사정은 마찬가지. 어째서? 일목요연한 해답이 주어진다. 단 한 번밖에 없는 삶을 이미 살아버렸으니까. 게다가 귀가 순해지기耳順를 코앞에 두고 있는 몸이니까. "아, 좋다"란 그러니까 후회하기는 물론 아니지만 그렇다고 체념하기도 아닌 것. 그냥, "아, 좋다"인 것. 있는 그대로 받아들이기가 그것. 그러니까 몸으로 받아들이기인 것. 오온이 시키는 대로인 것.

절체절명급의 명역인 『반야심경』의 역자 현장법사께서는 "관자재보살께서 깊이 반야바라밀다를 행하실 때 오온이란 모두 공이라고 조견하시어〔觀自在菩薩, 行深般若波羅密多時, 照見伍蘊皆空〕"라고 했다. 오온이란 개공皆空이라는 것. 싸잡아 공이라는 것. 이 고압적 표현이야말로 '색즉시공/공즉시색'을 가능케 한 가파른 단정적 명제에 대응되는 것이지만, 시대에 따라, 그 사이에 놓인 사다리의 사유란 또한 얼마나 절실했던가. 이른바 중관中觀 사상사의 몇 세기에 걸친 긴 전개가 이를 말해주는 것. 정작 현장법사가 '오온개공'이라 했을 때의 그 '개공'의 원어(일본 법륭사에 있음)란 '스베아바·슈

니야'인 것. '자성自性' '빈 것'의 복합어. 그러니까 현장은 '자성' '빈 것'을 싸잡아 '개공皆空'이라고, 곧 따라서 '자성이 공하다'로 한 셈. 과연 그러할까. '자성'이란 무엇인가. 이를 둘러싼 논의가 중관사상사의 중핵을 이루거니와, 발달된 불교 곧 티베트 쪽에서는 실체가 공한 것이 아니라는 것으로 기울어진다. 여래장사상이 그것. 실체를 결한 것이 아니라면 실체로도 성립됨을 가리킴인 것. 온갖 번뇌를 극복하여 성스런 곳으로 이르기가 공이라면 일단 공에 이른 뒤엔 즉시 색으로 돌아올 수밖에. 깨친 뒤에 되돌아온 색(현상계)이란 얼마나 새로운가. 이 되돌아옴에 작동되는 것이 이른바 연기설. 용수는 이를 중관이라 불렀던 것.

잠깐. 시방 작가 복씨를 논하는 자리인데 무슨 용수보살 타령인가. 복씨가 서 있는 자리란, 기껏해야 저 미국 시인 로버트 프로스트의 「가지 않은 길」의 언저리가 아니겠는가, 라고.

    나는 이 얘기를 먼 훗날/ 어디에서 한숨쉬며 말하게 되리라/ 수풀에 두 길이 갈라져 나는 결국/ 덜 다니는 길을 택하였노라고/ 그 결과 큰 차이가 생겨난 것이라고(끝 구절, 이영걸 역)

아마 그런지도 모르지요.
젊은 날 민영이란 못된 청년이 애인을 포기합니다. 왜? 애인의 행복을 위해서였을까. 아니면 열등감 때문이었을까. 두 길이 있었지요. 그가 택한 것은 과연 어느 쪽일까. 이런 양자 선택의 장면이란 59세인 지금에도 있는 법. 어느 쪽의 선택이 옳고 그름이란 없는 법. 시인의 말대로 그 결과 큰 차이가 생길 뿐이지요. 그런데 우리의 주인공 민영 노인은 어떠했던가. '무리하지 않는 쪽'만 택했음이 판명됩니다. 그것이 조금 아쉽다는 것. 참주제가 걸린 대목이지요. 그렇기는 하나, "아, 좋다"에 내속內屬될 성질의 것이지요. 그렇

복거일

다고 약간의 섭섭함을 과소평가함은 결코 아닙니다. 인간스러움이기에. 작가 복씨는 실상은 프로스트의 시 쪽에도 걸려 있지만 원초적으로는 석가세존의 대자대비에 더 많이 기울어져 있습니다. 소싯적 민영이 자기의 지옥과 마주쳐 싸울 적에 그는 성주사지^{聖住寺址}에서 '반야바라밀'을 만나지 않았던가. 거기서 보살을 만나지 않았던가.

서정인

「역수행주」

1936년 전남 순천 출생. 1962년 『사상계』 신인상에 「후송」이 당선되면서 작품활동 시작. 한국문학작가상·동서문학상·김동리문학상 등을 수상했다. 소설집 『강』, 『베네치아에서 만난 사람』, 장편소설 『달궁』, 『봄꽃 가을열매』 등이 있다.

'기다림 방'의 김동인

　　　　　서정인 씨의 「역수행주」『현대문학』2005년 5월호는 씨 특유의 글쓰기 방식. 조금 변화가 있긴 있군요. 지문 사용이 그것. 아마도 이 변화는 모종의 숨고르기가 아니었을까. 『모구실』2004년에서의 너무 고압적인 자기 내 대화체에 스스로도 질렸을 테이니까.

　　그래봤자 제 버릇 못 준다고, 여전하군요. 잠시 엿볼까요.

　　그들은 병원에서 월요일 오후 세시에 만나기로 약속했다. 마누라한테 뭐라고 말할까? 그는 대문을 따고 장본 상자들을 들여놓으면서 생각했다. "나, 교통사고 당했어." 그건 너무 몰취미했다. 그는 접은 자전거를 펴서 마저 들여놓고 문을 닫았다. 바퀴가 어린이용처럼 작은 하얀 접이식 자전거는 살 때는 조금 비쌌지만, 이미 삼 년을 탔다. "나, 다쳤어. 차에 치여 넘어졌어." 이건 너무 길었다.

서정인

"나, 넘어졌어. 조금 다쳤어." 현관문은 잠겨 있었다. 그의 아내는 외출 중이었다.(41쪽)

제법 낯살이나 찬, 미국 유학도 한 바 있는 초점 화자인 '그'는 자전거를 타다 승용차와 부딪쳐 다쳤군요. 상대편 운전자는 가전업을 하는 윤씨. 둘이 병원으로 갔고, 이런저런 세속(일상)적 업무 처리가 펼쳐집니다. 그런 일상적 업무란, 두더지 같은 고희의 나이에 이른 '그'에게는 발견의 놀라움(새로움)이기에 언제나 참신할 수밖에 없지요. 이게 바로 서씨의 강점이자 글쓰기의 매력. 절도를 넘지 않게 조절될 수 있는 여력이 그것.

이를 프랑스인은 에스프리라 하고 영국인은 유머라고 하는 것. 전자가 공중곡예사라면 후자는 세발자전거 타는 어릿광대. 그 여력이랄까, 여유를 잠시 볼까요. 제목 「역수행주」. 역행逆行하다 생긴 사고이기에 운韻을 맞추었던 것. '낙화유수'와 동격.

"자판기를 두드리고"는 작가 서씨가 구식 인간임을 보이는 것. 젊은이라면 자판을 누르지요. 그것도 살짝. 그렇다면 진짜 여유란 어떤 것일까.

그는 사방에…… 가는 통로와 약국과 방사선과를 빙 둘러가지고 있는 도심의 광장과 같은 기다림 방 한복판에서 등 없는 의자에 앉았다.(42쪽)

"기다림 방"은 마음병(정신병)과 더불어 서씨의 글쓰기 실험성을 새삼 부각시킨 것. 지금으로부터 88년 전, 서씨의 대선배인 작가 김동인은 첫 작품 「약한 자의 슬픔」1919년에서 일본어인 대합실待合室을 '기다림 방' 또는 '기다리는 방'이라고 만들어 썼지요. 김동인의 고충은 무엇이었던가.

소설을 쓰는 데 가장 먼저 봉착하여, 따라서 가장 먼저 고심하는 것이 용어였다.

구상은 일본말로 하니 문제 안 되지만 쓰기는 조선글로 쓰자니……(『김동인전집(6)』, 삼중당, 19쪽)

이에 대해 서씨의 느낌은 어떠할까. 서씨는 어느 나라 말로 소설을 구상하고 있을까.

서정인

윤대녕

「우리들의 저녁」「못구멍」「제비를 기르다」「보리」

1962년 충남 예산 출생. 1990년 『문학사상』 신인상에 단편 「어머니의 숲」이 당선되면서 작품활동 시작. 이상문학상 · 현대문학상 · 이효석문학상 · 김유정문학상 등을 수상했다. 소설집 『은어낚시통신』 『누가 걸어간다』 『제비를 기르다』, 장편소설 『옛날 영화를 보러 갔다』 『달의 지평선』 등이 있다.

유턴의 미학

윤대녕 씨의 「우리들의 저녁」^{『현대문학』 2006년 1월호}은 윤씨의 작품세계를 잘 보여주는 모범작. 모범작이라 했거니와 안정된 세계인 만큼 '즐겁고도 유익하다$^{dulce\ et\ utile}$'의 시선에서 보면 '즐겁다' 쪽에 기울어진 형국. 그것은 '잔잔함'과 '친근함'에서 옵니다. 뜨거움이나 격정이 곰삭아 봄비처럼 가슴을 적시는 분위기라고나 할까. 이 분위기 조성엔 이 작가 오른편에 나설 작가는 드물 것입니다. 이러한 잔잔함, 친근함의 근거를 묻는다면 으뜸으로 내세울 수 있는 것이 공간 개념의 설정이 아닐까.

(A) 북한산 백운대에서 산성매표소 방향으로 내려오다 보면 대남문에서 흘러온 길과 마주치는 계곡 주변에 식당들이 모여 있다.(146쪽)

(B) 그때까지만 해도 나는 저녁에 그녀와 진관사에 가게 될 줄은 모르고 있었

다.(148쪽)

    (C) 해운이 백마로 들어갈 때라면 삼 년 전이었다.(157쪽)

    (D) 해운을 만난 것은 7월 중순이었다. 그날도 산성매표소 앞에서였다.(161쪽)

    (E) 기자촌 쪽으로 달려가다 해운은 진관사 표지판 앞에서 좌회전을 했다.(162쪽)

    (F) 나를 내려놓고 그는 유턴을 하기 위해 도로 안쪽 차선으로 비집고 들어갔다.(168쪽)

    (G) 유턴 지점을 찾아올라가며 정연이 물어왔다.(169~170쪽)

    (H) 비보호 좌회전 신호등이 나타난 곳에서 나는 정연에게 말했다.

    "저기서 그냥 유턴해서 나가죠."(170쪽)

  여기 한 작가가 있습니다. 「은어낚시통신」의 작가 윤대녕. 금요일마다 북한산을 오릅니다. 가벼운 배낭의 몸차림. 중요한 것은 언제나 혼자라는 것. 작가인지라 씨는 물론 실크로드 쪽으로 갔고, 제주도에서 살기도 했고, 푸른 경주에도 들렀지요. 그러나 언제나 혼자라는 것. 씨의 공간 개념이란 언제나 구체적 지명에 연결된 것. 그도 그럴 것이 글쓰기란 혼자서 길 가기. 절대로 혼자서. 친구란 다만 자기 그림자뿐. 씨 혼자 터벅터벅 발바닥으로 걸어야 하는 것. 차를 운전할 때도 혼자이긴 마찬가지. 혼자 터벅터벅 걸으며 또 페달을 밟으며 씨는 기괴한 몽상에 빠집니다. 그 길에 동반자라는 허깨비들을 불러낸다는 것. 허깨비들을 불러내어 함께 터벅터벅 걷는다는 것. 그럴 수 없이 정답게 동시에 그럴 수 없이 아프게 대화를 한다는 것. 북한산에서 씨는 정연이란 허깨비를 불러냈군요. 사촌언니 민선과 386세대의 영웅 해운을 두고 경쟁하다 밀려난 정연이란 허깨비를 불러냅니다. 세월 속에서도 아직 미련을 못 떨치는 어리석음(이것만큼 우리 어리석은 인간을 울리는 것이 따로 있으랴)을 즐깁니다. 정연의 이 어리석음이 해운과 그 아내이자 아기 엄마인 미선의 어리석음으로 번집니다. 그들 사이에 진관사를 놓기도 했습니다. 미당처럼 눈썹으로 절 한 채를 짓는 형국. 그러나 길 가기란 걷기란 언젠가 멈추어야 하는 법. 목적지에 갔다가는 되돌아와야 하는 것. 불러낸 허깨비들을 원래의 자리로 되돌려놓아야 하는 법.

유턴하기 (F), (G), (H)가 그것. 불러낸 허깨비들을 원래의 자리로 되돌려 보내기가 그것. 허깨비들에게 뼈와 살갗 그리고 감정까지 부여하기가 그것. 이 모든 일은 오직 '혼자 걷기'에서만 가능했던 것. 윤대녕식 창작방법론이지요. 씨가 외롭지 않은 까닭이기도 하지요.

치약 냄새를 맡을 줄 아는 사람

윤대녕 씨의 「못구멍」「문학사상」 2006년 7월호은 고시에 실패하고 학원 강사가 된 기훈이 대학 동창이며 은행에 근무하고 있는 명해를 졸업 후 6년 만에 만나는 장면으로 시작됩니다. 명해를 만나게 된 동기란 단순합니다. 명해가 자동차 사고를 당하는 꿈을 꾸었기 때문. 이런 꿈이란 따지고 보면 기훈의 잠재의식 속에 명해가 들어 있었음에서 온 것. 둘이 만납니다. 명해 역시 이 사실을 꿰뚫어보았기 때문. 이런 사실을 작가 윤씨는 아주 윤대녕 식으로, 윤대녕이 아니고는 도저히 흉내낼 수 없는 자연스러움으로 처리해 놓고 있습니다. 이 자연스러움은 기훈이 시골 홀어미 밑에서, 명해가 역시 시골 홀아비 밑에서 각각 자랐다는 데서도 선명합니다. 꿈 얘기로 서로 만나 결혼하고, 또 이런저런 곡절을 겪어 별거했다가 재결합하는 과정도 그럴수 없이 자연스럽게 처리되어 있습니다. 남녀관계에 있어 '마음의 흐름'을 세심하게 파악하고 이를 묘사해가는 고수의 솜씨가 아닐 수 없지요.

기훈이 명해를 만난 것은 겨울 마지막 눈이 내리는 시점이니까 아마도 2월쯤일까. 5월에 가서야 명해 쪽에서 전화가 온다. 데이트. 백화점 가기, 호

수 거닐기, 아파트 물색하기, 저녁 먹기. 6월 말, 기훈의 청혼. 9월에 결혼식. 신혼여행. 기훈이 학원 일을 더 많이 받음. 명해 임신. 이 장면 처리는 실로 자연스럽다.

> 소파에 앉아 삼십 분 정도 말없이 텔레비전을 지켜보다 기훈이 먼저 입을 열었다.
> "어떻게 할까?"
> 명해는 굳게 입을 다물고 있었다.
> "낳고 싶으면 낳아."
> "……"
> "하지만 잘 생각해서 결정해. 난 명해 의견에 따를 테니까."(95쪽)

어쩌라는 것인지 애매하지요. 기훈의 이런 태도란 실상 애매하지 않지요. 그렇다고 단호하지도 않다. 이를 못 알아차릴 명해가 아니다. 중절수술. 이로부터 두 사람의 마음의 흐름에 금이 가기 시작. 기훈의 방황, 외도. 별거 시작. 기간은 2년. 아파트 전세를 줌. 명해는 옛 원룸으로, 기훈도 오피스텔 입주. 아파트에 전세로 들어온 입주자는 노인 목사 부부. 1년 뒤, 목사가 보증금을 빼달라는 것. 아내가 암으로 입원해야 하는데 치료비 때문. 속수무책. 그런데 한 달 후 목사의 전화 받음. 아내가 죽었다는 것. 아내가 죽은 집에 살 수 없으니 집을 나가게 해달라는 호소. 보름 뒤 명해의 원룸 처분. 둘은 다시 아파트로 돌아옴. 별거 1년 2개월 만에 재결합. 아파트에 짐을 옮겨놓고 보니, 기막힌 광경이 펼쳐진다. 명해는 상처 입은 짐승처럼 떤다. 왜? 벽에 수없이 많은 못이 박혀 있었던 것. 목사 부부가 온갖 성상을 걸었던 증거. 기훈은 우선 이 못부터 뽑아야 했다. 그 못 자국 자리를 실리콘으로 메운다. 벽지와 같은 색인데도 흔적이 남는다. 이러한 경과 과정은 실로 자연스럽지

윤대녕

요. 이런 연장선상에 비로소 참주제가 감추어져 있습니다. '치약 냄새'가 그 것. 작가는 이 '치약 냄새'를 두 사람이 함께 만나 첫 밤을 지내는 작품 입구에다 기둥처럼 세워놓았던 것.

    명해는 구부린 채 벽 쪽으로 돌아누워 있었다. 기훈은 바깥 세계와는 완전히 단절된 공간에 명해와 단둘이 누워 있는 듯한 기분에 사로잡혀 있었다. 창문 커튼을 들춰보니 암청색 하늘 모서리에 하얀 보름달이 비현실적으로 크게 걸려 있었다. 발소리를 죽여 화장실에 다녀온 다음 기훈은 도로 침대로 들어가 명해의 등을 부드럽게 끌어안았다. 그때 명해가 속삭여왔다. 양치하고 왔어요? 치약 냄새가 나요. 나 때문에 깼어? 아뇨, 아까부터 깨 있었어요.(82쪽)

이 기둥이 작품의 결말에 반복되어 있습니다. 이 결말 처리에 있어 작가 윤씨의 솜씨란 실로 눈부십니다. 이제야 비로소 기훈의 명해 마음 읽기가 이루어졌던 것. 잠든 명해의 머리맡 화장대에 어른거리는 글씨 흔적으로 이 장면이 처리되어 있습니다. 명해의 마음을 드디어 기훈이 판독할 수 있었던 것. 반복 인용해둘 만한 명장면.

    인생이란 헐벗은 나뭇가지들 사이로 틈틈이 지나가는 햇살을 바라보는 것. 따뜻한 강물처럼 나를 안아줘. 더 이상 맨발로 추운 벌판을 걷고 싶지 않아. 당신의 입속에서 스며 나오는 치약 냄새를 나는 사랑했던 거야. 우리 무지갯빛 피라미들처럼 함께 춤을 춰. 그래도 인생은 살 만한 거라고 내게 얘기해줘. 가끔은 자유와 이상과 고독에 대해서도 우리 얘기해. 화병처럼 나는 주인만을 사랑해. 나도 너의 주인이 되고 싶어. 당신이 먼저 잠든 밤마다 나는 이렇게 한 줄씩 쓰고 있었어요.(결말)

사랑이란, 부부관계란 과연 무엇이뇨. 인생이란 누구도 미리 수영 강의를 듣고, 또 연습한 뒤에 강물에 뛰어들 수 없는 법. 일단 뛰어든 뒤에야 비로소 수영을 배우지요. 필사적 노력 없이는 어림도 없는 일. "사랑이란 상대방에게 결코 미안하다고 말하지 않는 것(Love means not ever having to say you're sorry)"이라고 영화「러브 스토리」의 작가는 말했지요. 우리의 작가 윤씨는 '치약 냄새야말로 사랑이다'라고 속삭이고 있습니다. 사랑이란 상대방의 입에서 나는 치약 냄새 맡기라는 것. 매일 매끼마다 칫솔질을 해야 하는 것.

농경사회 상상력의 휘황함

윤대녕 씨의「제비를 기르다」『문예중앙』 2006년 가을호의 무대는 강화도, 서울, 태국. 때는 1969년에서 오늘날까지, 사람의 한 생애 정도. 등장인물은 어머니, 아버지 그리고 '나'(이름은 형우), 그리고 작부 이문희와 교사 출신의 여인 서문희. 이문희는 아비의 애인이었고, 서문희는 '나'의 애인. 작가 윤씨 특유의 주인공 '나'의 서술적 초점 화자에 의한 글쓰기형.

서두는 이렇습니다.

어머니는 강화도 사람으로 올해로 예순아홉이 되었다. 강남 갔던 제비가 돌아온다는 삼월 삼짇날 아침에 태어났다고 한다. 그날 오후 실제로 제비들이 돌아와 지붕 위를 분분히 맴돌았고 그중 한 쌍은 겨우내 비어 있던 처마 밑 둥지로 날아들었다. 작년에 살던 제비가 다시 찾아온 거라고 식구들은 믿었다. 뜨거운 온돌방에서 몸을 풀고 누워 있던 외할머니는 밖에서 제비가 지저귀는 소리를 듣고 마루로 나가 처마를 올려다보며 손을 흔들었다. 당시에 그런 풍습이 있었다고 한다.

윤대녕

이를 풍등(豊登)이라 불렀다.(60쪽)

　모친, 69세, 제비, 아이의 탄생, 그리고 '풍등' 등의 낱말이 모여 한 덩어리의 세계를 이루고 있거니와, 이 세계를 꿰뚫고 있는 보이지 않는 줄은 제비=풍등입니다. 풍등이란, 풍년이 듦을 가리킴인 것. 제비와 풍년이 묶여 있지요. 갈데없는 농경사회 상상력. 이 상상력의 쉼 없는 물줄기에 발을 적시고 있는 작가 윤씨의 건강한 표정이 묻어나는 가작.
　사회·역사적 상상력의 중압에 이 나라 창작계가 허덕일 때, 그 물줄기를 생물학적 상상력으로 돌리게끔 계기를 장만케 한, 씨의 왕년의 가작 「은어낚시통신」과 이번 작품을 나란히 읽으면 한층 그 울림이 선연해질 터. 전자가 아비를 통한 생물학적 상상력이라면 「제비를 기르다」는 어머니에 대응되는 것이니까.
　어머니란 무엇인가. 여자지요. 여자이되 '나'를 낳은 자. 아들인 '나'의 시선에서 본 어머니로서의 '여자의 일생'을 소설로 쓴다면 어떻게 될까. 생물학적 상상력에 민감히 반응할 수 있게끔 하는 글쓰기에 윤씨의 솜씨가 빛납니다.
　제비란 새삼 무엇인가. 3월 3일에 이 땅에 와서 9월 9일 강남으로 떠나는 철새. 이 모두가 음력으로 계산됩니다. 왜? 농업의 기반은 음력이니까. 상공업이 범접 못 하는 전근대적 세계인 까닭. 제비가 와서 집을 짓고 새끼 까고 키워 강남으로 돌아가기. 또 다음 해에 꼭 같은 삶의 되풀이야말로 농경사회의 생리에 다름 아닌 것. 작가 윤씨는 이 제비에다 여자의 일생을 대응시키고 있습니다. 제비의 생리를 여자의 운명으로 덮어씌우기가 그것.

　제비가 찾아올 때까지 어머니는 턱을 괴고 앉아 마루를 떠나지 않았다. 그래서 어른들로부터 종종 지청구를 먹거나 걱정을 샀다. 계집아이가 벌써부터 무언가를 그리워한다고 말이다. 그런 계집아이는 나중에 커서 고독해지거나 또 남을 고독하게 할 팔자라고 했다. 아홉 살 되던 해는 무려 보름이나 늦게 제비가 돌아왔는데, 열흘째 어머니는 기다림에 지쳐 자리에 앓아눕고 말았다. 읍내에서 의원이 자전거를 타고 와서 진맥을 본 뒤 나직이 혀를 차며 말하길, 상사병이라 했다. 외할아버지는 못 들은 척 헛기침을 하며 방을 나가버렸고 이마에 식은땀을 흘리며 요 위에 누워 있는 어린 딸을 흘겨보며 외할머니는 깊은 한숨을 몰아쉬었다. 의원이 가방을 들고 일어나려는 터에, 어머니가 빨갛게 실눈을 뜨고 물었다.

"의원님, 강남이 어디여요?"

의원은 이내 대꾸하지 못했다. 의원뿐만 아니라 마을 사람 그 누구도 강남이 어디에 있는지 몰랐다. 나 역시 스물네 살이 될 때까지 그곳이 어딘지 모른 채 살았다.(61쪽)

강남이란 아무도 간 적 없는 아득한 저세상인 것. 의원은 물론 '마을 사람' 그 누구도 모르는 곳. 모르기에 진짜 실재하는 곳. 모르기에 가장 안심되는 것. 죽음과도 흡사한 것. 생물체란 누구나 이를 알고, 안심하고 살아가게 마련. 생태계의 원리인 것. 굳이 이 강남을 알고자 하는 일탈자가 있다면 어떻게 될까. 3월 3일에 태어난 어머니가 바로 그녀. 이러한 일탈자는 스스로도 불행할 뿐 아니라 주변을 고통스럽게 만들기에 모자람이 없는 존재. 이러한 여인으로 말미암아 남편은 딴 여자를 얻어야 했고 아들은 가출을 해야 했던 것.

그런데, 그 강남이 기껏 태국이라는 나라라면 어떻게 될까. 관광객이라면 누구나 다녀올 수 있는 태국이라니. 이 사실을 정작 아들이 안 것은 스물네 살 적. 얘기는 스물네 살의 아들에게서 시작됩니다.

줄거리를 볼까요. '나'(아들)는 대학생. 군대를 갔고 제대함. 귀가 도중 한 여대생을 만남. 이름은 서문희. 입대한 애인 면회차 왔다가 헛되이 귀가하는 그녀와 우연히 만난 '나'는 이런저런 곡절로 그녀와 사귐. 이런저런 곡

윤대녕

절로(이 곡절의 얘기 솜씨로는 윤씨의 오른편에 나설 자는 거의 없는 편) 그들은 '나'의 태생지 강화 가능포에서 석양 하늘 가득 채운 제비 떼에 황홀해집니다. 이어서 태국 관광행. 그들은 강남 갔던 백 마리 제비 중 기껏 다섯 마리 정도가 돌아온다는 사실을 뻔히 알면서도 굳이 그런 유별난 제비의 생리를 닮고자 발버둥질합니다. 아니, 그렇지 않군요. 그들은 다만, 적당한 거리를 유지하여 '자연스럽게' 다섯 마리 제비 축에 들고자 합니다. 그들이 서로 헤어졌음은 이 때문. 어느 쪽도 밀어붙이지 않거나 못했던 것. '나'는 결혼, 그럭저럭 살아가고 서문희는 또 저대로 직장, 결혼, 아이 낳기, 이혼. 아이가 일곱 살 적 그러니까 청계천 복구 뒤에 '나'에게 전화해왔다. 왜? 청계천 위로 나는 제비를 보았다는 것. 젊은 날 둘이서 강화 가능포에서 본 하늘 가득 채운 그 제비 떼가 몰려와 있었다는 것. 그렇게 말하는 서문희의 목소리를 작가는 이렇게 적었다.

> 문희의 목소리는 어느덧 흐름의 끝에 다다른 강물처럼 잠잠해져 있었다. 그 강물 속의 돌들도 더 이상 울부짖는 기척이 없었다.(96쪽)

천금의 무게가 걸린 대목. 곧 작품의 출구인 셈. 드디어 서문희도 해방되었던 것. 강화 고향으로 내려가 죽음을 준비하는 노모도 해방되었던 것. 그렇다면 아버지의 옛 애인인 강화 작부 이문희는 어떠할까. 작가 윤씨는 하지 않아도 될 친절을 굳이 베풀고 있습니다그려. 강화 작부 이문희를 만난 장면까지 소상히 그려냈으니까. 그녀 역시 해방되었던 것. 그러고 보니, 어머니, 서문희, 이문희 등 세 여인의 일생인 셈. 급히 고치면 '세 자매 이야기'인 것. 모두 제비의 생리를 닮았으니까.

촌평 한마디. 생물학적 상상력의 중요성이란, 그러니까 생태복원사상에 직결되는 것. 바로 그 효용성이지요. 적어도 산업정보사회에서 요망되는 생명사상이니까. 따지고 보면 문학이란, 소설이란, 또 인문학이란, 농경사회 상상력에 직결된 것이 아니었겠는가.

유방암 수술을 결심하기까지

윤대녕 씨의 「보리」『현대문학』 2007년 5월호. 어디 내놓아도 대번에 윤대녕 작품임을 알아볼 수 있는 물건. 여기 30대 중반의 노처녀가 있습니다. 별명은 보리. 본명은 수경. 직업은 잡지 삽화가. 매년 청명이면 시골 여관에 내려와 별명을 지어준 유부남과 정사를 벌이며 답청을 하고 있습니다. 아니, '매년'은 아니군요. 재작년 봄에는 남자가 오지 않았으니까. 대체 이 기묘한 노처녀의 7년에 걸친 정사의 결말이 어떻게 될까. 바로 이 물음이 소설이 지닌 매력이지요. 우리의 삶이란 한치 앞도 알 수 없는 법. 이에 비할 때 소설은 실로 분명한 것. 결말이 나게 마련이니까. 서두부터 볼까요.

청명을 사흘이나 앞두고 수경은 그와 만나기로 돼 있는 온천으로 내려갔다. 먼저 도착해 그를 기다리기 위해서만은 아니었다. 실은 그럴 만한 여유가 손톱만큼도 없는 처지였다. 진료실 대기 모니터에 들어와 있는 자신의 이름을 피딱지처럼 노려보다 수경은 발작적으로 몸을 일으켜 병원에서 빠져나왔다. 단지 두려움 탓이었을까?

하루 정도 먼저 내려가도 되는데 굳이 사흘이나 먼저 내려간 이유가 서두에 걸려 있다. 왜? 병원이 무서웠으니까. 시방 수경은 유방암에 걸려 있기 때문. 방법은 단 하나. 유방 수술을 하면 된다. 그런데 수술 대신 도망쳤다. 왜? 그 이유를 드러내는 작가 윤씨의 솜씨야말로 섬세하기 그지없다고나 할까. 다음 장면이 정녕 그러한 사례.

    (A) 미지근한 물에 샤워를 하고 나와 수경은 속옷 차림으로 손톱부터 깎았다. 신문지에서 날카롭게 튀어나간 손톱 몇 개가 방바닥에 길게 드리워진 햇살 속으로 떨어졌다. 집에서 나올 때 가방에 짐을 꾸리면서 손톱깎이부터 챙긴 이유를 지금도 알 수 없었다. 드라이어로 대충 머리를 말리고 옷을 갈아입은 뒤 수경은 밖으로 나갔다. 축축하게 물기가 밴 호텔 뒷마당을 벗어나 개울가에 이르자 오후 녘의 물안개가 자욱이 피어오르고 있었다.(54쪽)

    (B) 방금 자전거가 지나간 다리를 건너 수경은 보리밭 고랑으로 들어갔다. 보리밭 한가운데에서 퍼드득 꿩이 날아간 뒤, 어둠 속에서 개울물 흘러가는 소리가 들려왔다. 수경은 눈을 감고 개울물 소리에 한참이나 귀를 기울이고 있었다. 그래, 언제나 저 스스로에게 몸을 맡기고 자유롭게 흘러가는 물의 성품(性品)을 깨닫고 살아가야 할 텐데. 먼 하늘에서 별들이 희미하게 눈을 비벼뜨고 있었다. 내일 아침엔 발톱을 깎아야겠다.(56쪽)

    손톱 깎기와 발톱 깎기, 바로 이것이 『은어낚시통신』을 기점으로 한 윤대녕식 생물학적 상상력에 해당되는 것. 「제비를 기르다」도 사정은 마찬가지. 손톱 발톱이란 새삼 무엇인가. 생물학적이자 생리적 현상에 더도 덜도 아닌 것. 이에 비할 때 저 유방암이란 무엇인가. 생물학적 반란이 아닐 수 없는 것. '역생리현상'이라고나 할까.

    이 유방암과 싸워 이기는 방법이란 무엇인가. 참주제가 달린 곳. 그것은 유부남과의 관계를 청산하기뿐이지요. 어째서? 아무리 잘나고 초인적이고 인정 많고 부자고 신사일지라도 유부남이란 숫처녀에겐 암적 존재이니까. 어리석고 가난했기에 태산 같은 사내가 요망되었더라도 그건 암적 존재이니까. 이 사실을 깨닫기까지 무려 7년이나 걸렸던 것.

유부남 : "가난한 사람들이 죄를 많이 짓긴 하지."(65쪽)

윤대녕 : "부자는 가난한 사람을 쉽게 멸시하긴 하지만 힘들여 미워하지는 않는 것이다."(69쪽)

요컨대 수경이 이 함정(관대함)에서 벗어나기 위해서는 유부남으로부터 "남자가 생긴 모양이군"이라는 말이 나오도록 하기뿐. 남자가 생기지 않았는데도 어떻게 하면 그가 그렇게 인식하게 할 수 있을까. 가능하다면 수경은 해방될 수 있습니다. 용케도 과연 수경이 성공했군요. 비로소 혼자서 살아갈 수 있게 되었네요. "수경은 몸을 돌려 차갑게 식은 그의 등을 부드럽게 끌어안았다"라고 결말을 지었군요. 그러니까 상경하자마자 수경은 유방암 수술을 감행하겠습니다그려.

윤대녕

윤후명

「촛불 랩소디」

1946년 강원도 강릉 출생. 1967년 『경향신문』 신춘문예에 시 「빙하의 새」가, 1979년 『한국일보』 신춘문예에 소설 「산역」이 당선되었다. 현대문학상·이상문학상·이수문학상 등을 수상했다. 소설집 『돈황의 사랑』 『모든 별들은 음악 소리를 낸다』 『새의 말을 듣다』, 장편소설 『약속 없는 세대』 『무지개를 오르는 발걸음』 등이 있다.

기시감의 글쓰기

윤후명 씨의 「촛불 랩소디」^{『문학사상』, 2006년 6월호}는 첫줄에 그 참주제가 제시되어 있습니다. "어디선가 '엄마!' 어린아이 목소리가 낭랑하게 울렸다. (……) 그제야 백남준의 마지막 작품 제목이 '엄마'라고 써 있던 신문기사가 퍼뜩 머리에 떠올랐다"라고. 있지도 않은 현상을 떠올리는 것이 환각이라면 상상력이란, 이와는 달리 언젠가 있었던 것을 떠올려 거기에다 새 의미를 부여함인 것. 이를 작가는 기시감旣視感이라 부릅니다. 어디선가 엄마! 하는 목소리가 낭랑히 들리는데, 그것이 터무니없는 것이 아니라 백남준에게서 기인한다는 것. 백남준의 것이 시각예술이기에 기시감이지 그것이 소리예술이었다면 이런 말이 있을 수 있을지 모르나 굳이 말해 기청감이라 하겠지요.

작가 윤씨만큼 이런 상상력에 뛰어난 작가는 드물지요. 이런 자질이 이 작품을 통해 아주 전형적으로 드러나 있어 우리를 위로하고 또 읽기에 즐겁습니다. 그 위안의 근거는 어디서 오는 것일까.

잠깐 줄거리를 볼까요. 작가인 '나'가 백남준의 49제가 열린 봉은사에 다녀온 이야기. 왜? 거기서 열리는 글짓기 대회 심사를 위하여. 49제가 열린 봉은사의 이런저런 대표적 풍경, 행사 진행 상황 및 거기서 만난 사람들이 강물처럼 그려집니다. 그중에서 여자 사진사와의 대화가 중심점을 이룹니다. 그러나 이런 현상이란 예술, 그것에 비하면 실로 그림자일 뿐, 무의미합니다.

그렇다면 되레 의미 있는 것이란 무엇인가. '예술이다!'가 그 정답. 그렇다면 작가가 말하는 예술이란 또 무엇인가. '기시감이다!'라고 작가는 두 번씩이나 강조하고 있습니다. 이 기시감은 처음 만난 여자 사진사에게도 여지없이 적용됩니다. 언젠가 만난 적이 있는 사람으로 변모됩니다. 생판 모르는 거리를 걸을 때도, 언젠가 와본 기억이 있는 것처럼 느끼기. 생판 모르는 사람도 마찬가지. 생판 모르는 현상도 언젠가 몸소 겪은 것으로 착각하기.

작가가 백남준, 김수남, 황루시 등의 실명을 도입한 것도 사정은 마찬가지. 이들 실명도 언젠가 만난 적이 있는 것으로 변모해감이 예술이니까. 그러기에 예술적인 현상이란, 헛것이긴 해도 분명 환각과 다른 것. 기시감, 기청감, 기촉감, 기후감인 것.

윤후명

은희경

「아름다움이 나를 멸시한다」

1959년 전북 고창 출생. 1995년 『동아일보』 신춘문예에 중편 「이중주」가 당선되면서 작품활동 시작. 문학동네소설상·동인문학상·이상문학상 등을 수상했다. 소설집 「타인에게 말 걸기」 「아름다움이 나를 멸시한다」, 장편소설 「새의 선물」 「비밀과 거짓말」 등이 있다.

보티첼리의 비너스와 빌렌도르프의 비너스 사이

은희경 씨의 「아름다움이 나를 멸시한다」『문학과사회』, 2006년 여름호는 비너스의 그림에서 시작해서 그 그림으로 끝납니다. 대체 이 비너스 타령이란 무엇인가. 여기 등장하는 비너스는 다음 두 가지. 하나는, 이태리 음식점이면 흔히 걸려 있는 보티첼리의 '비너스의 탄생', 다른 하나는, 2만 년 전 그러니까 원시인이 그린 비너스. 전자는 '초록빛이 도는 우윳빛의 도자기 인형처럼 매끄러운 아름다운 얼굴. 가냘픈 알몸……' 후자는 '빌렌도르프의 비너스'. 생김새는 이러하지요.

엄청나게 비만한 여인의 석상이었다. 허리를 빙 둘러 붙어 있는 늘어진 살덩이는 마치 두터운 솜 포대기를 친친 감아 아기를 업고 있는 것 같았다. 돌확만한 젖가슴을 지탱하기 위해 몸은 앞으로 쏠렸는데 그것을 항아리처럼 보이는 뱃살과 대들보 굵기의 짧은 종아리가 안정되게 받쳐주고 있었다. 팔다리나 목과 허리 등은 구별이 있을 수 없었고 얼굴에는 물론 생김새라고 할 것이 없었다. 울퉁불퉁 제멋대로 굴려 만든 눈사람에게 코끼리의 다리를 붙였다고나 할까.(152쪽)

2만 년 전이라면 빙하기 이전. 빈 박물관에 있는 돌로 만들어진 것. 이 두 비너스란 새삼 무엇인가. 인류가 창출한 미의 극치의 두 유형이라 할 수 있겠는가. 그 한가운데다 한 아비와 한 자식을 놓아두고 검토하고 논의하고, 그러니까 담론을 펼치고 있습니다. 이만하면 작가 은씨의 대담한 구상과 착상의 패기를 엿보고도 남는 것.

줄거리를 볼까요. 여기 아주 불행하다고 스스로 생각하며 자란 소년이 있습니다. 아비는 가출해서 딴살림을 차렸고 버려진 어미는 국밥 장사로 살아갑니다. 이따금 아비가 나타나 아들과 함께 식사를 합니다. 이탈리아 음식점에서 아비와 식사하던 소년이 본 그림은 보티첼리의 비너스. 소년은 그림을 보며 눈물을 흘립니다. 어째서? 이 물음에 참주제가 휘청 걸려 있는 형국. 소년이 흘리는 눈물의 근거는 '나는 왜 태어났는가'였던 것. 근원적 물음이지요. 아직 어린지라 소년은 이 근원적 물음이 자기 몸집의 뚱뚱함에서 왔다고 느낍니다. 소년의 혼자 생각으로는 '뚱뚱한 꼬마=불만스럽고 또 심술궂음'의 등식이 이루어졌던 것. 실상은 어떠할까. 이러한 등식이란 지어낸 관습에 지나지 않는다는 것. 실상인즉 그런 관습과는 전혀 다르다는 것. 소년은 다만 수줍었을 뿐이라는 것. 아비 앞에서도 타인 앞에서도 소년은, 아니 소년이라면, 원리적으로 수줍었을 뿐. 그런 존재라는 것.

이 수줍음(순진성)이란 새삼 무엇인가. 모든 소년은 뚱뚱하든 날씬하든, '수줍음 갖기'가 정상적이라는 사실. 이 사실을 몰랐던 소년은 자기를 버린 아비 앞에서 그리고 세상 앞에서 늘 미안한 마음을 떨칠 수 없었지요. 유년기, 중·고등학교, 대학 그리고 직장에 이른 35세까지 소년은 세상의 문명적 관습이 만들어낸 헛것에 시달렸던 것. 어느새 그 도식은 가지를 쳐서 '뚱뚱함=심술궂음' 도식에서 '뚱뚱함=비문명적=야만스러움'으로 변모되었던 것.

문명적 관습이 날조해낸 이러한 허상에서 35세의 소년이 마침내 반격을 시도합니다. 그 방법은 르네상스 시대의 비너스상과 구석기 시대의 비너스상의 비교가 그것. 살찌기와 날씬하기의 비교에서 어느 쪽이 생물로서의 인간이 나아갈 바른 길일까. 보티첼리의 비너스란 기껏해야 15세기쯤 만들어진 관습에 지나지 않는 것. 그 관습에 이어진 것이 오늘날 전 인류가 극성을 떠는 다이어트 유행인 셈. 기껏 500년쯤 된 관습이지요. 이에 비해 2만 년 전의 관습은 어떠했던가. 빌렌도르프의 비너스상이 아니었던가. 뚱뚱함이야말로 최고의 미의 표준이 아니었던가. 이 비교에서 드러나는 결론은 자명해집니다. 2만 년과 500년의 비교에 지나지 않는 것. 2만 년에 비하면 500년 따위란 한갓 순간적인 시간대에 지나지 않는 것. 이 사실을 주인공 소년이 깨닫기까지 무려 35년이 걸렸지요. 중요한 것은, 그러니까 작가 은희경 씨의 역량이랄까 자질이 번득이는 곳이 따로 있다는 것. 곧 소년의 어리석음을 깨우쳐준 것 역시 그 '아비'라는 지적이 그것. 이러한 지적의 방식이 두 가지로 되어 있습니다.

아비 영안실에서 벌어진 다음 두 가지.

(A) 한 그릇 더 드릴까요? 술을 워낙 많이 드시던데. 아마 낯선 취객이 상가에서 소란을 피우지 않기를 바라는 데서 나온 친절이었을 테지만 나는 망자의 누이를 향해 네, 라고 마치 칭찬을 바라는 아이처럼 흔쾌히 대답했다. 두번째 국밥을 나는 후루룩 과장된 소리를 내며 지나치게 급히 먹기 시작했다.(177쪽)

(B) 아버지는 뚱뚱한 아이의 기억을 갖고 떠나버렸다. 비너스를 보며 나는 생각했었다. 세상의 모든 아름다운 것들은 나를 멸시한다고. 아버지에게 천천히 절을 한 뒤 나는 고개를 돌려 입속의 밥알을 뱉었다. 토할 것만 같은 메스꺼움이 또

한번 턱밑까지 치밀었다. 그때 상주가 조화 뒤의 벽에 기대놓았던 커다란 액자를 가져오더니 내게로 내밀었다. 액자는 집에서 포장한 듯 신문지로 꼼꼼히 싸여 있었다. 오래전 기억이지만 가로와 세로의 크기가 눈에 익었다. 나는 무엇이냐고 묻지 않았다.(끝부분)

(A)는 그동안 결사적으로 해오던 다이어트의 포기 장면. (B)는 아버지의 아들에 대한 오해. 아들은 수줍었던 것인데, 아비는 아들을 뚱뚱함과는 관계없이 나름대로 사랑했던 것. 그 증거가 비너스였던 것. 가장 아름다운 비너스였던 것.

고언 두 마디. 하나는 비만증과 탄수화물의 관계 따위를 그렇게도 장황하게 설명해도 되는 것일까. 그야말로 뚱뚱한 소설을 만들고 만 형국. TV의 다이어트 강좌일 수 없는 것. 다른 하나는, '나'의 지나친 사용.

(1) 나는 내 생애 최초로 사진을……(153쪽)
(2) 게다가 대학생이 된 뒤 나는 무슨 생각에서였는지 내가 읽어온 거의 모든 책을……(153쪽)

번역체 문장에서 벗어나지 못한 형국. 모래 씹는 맛이라고나 할까.

은희경

이순원

「푸른 모래의 시간」

1957년 강릉 출생. 『강원일보』 신춘문예에 단편 「소」가 당선되면서 작품활동 시작. 동인문학상·현대문학상 등을 수상했다. 소설집 『그 여름의 꽃게』 『수색, 그 물빛 무늬』 『말을 찾아서』, 장편소설 『우리들의 석기시대』 『압구정동엔 비상구가 없다』 등이 있다.

경주에서 강릉까지의 거리

이순원 씨의 「푸른 모래의 시간」『문학사상』 2006년 3월호은 강원도 콤플렉스에서 한 발 물러선 자리입니다. 작가 이씨의 제일 난감한 몸부림이랄까 성숙도를 새삼 확인시켜준 작품. 죽음을 다루고 있으니까.

여기 사진작가 사내가 있습니다. 아내가 교통사고로 죽은 지 9주기. 아들 하나를 형에게 맡겼군요. 아비는 일찍 가출해서 행방불명이고 어미도 죽고 오직 형만이 있습니다. 이 형제 사이엔 설명하기 어려운 그러나 어떤 확실한 죽음이 아주 은밀히 가로놓여 있습니다.

이 죽음을 드러내는 이씨의 방식은 두 가지. 하나는, 어릴 때 죽은, 기억에도 없는 또 다른 형의 얘기. 다른 하나는, 거북 얘기. 이 둘을 묶는 끈이 이 작품의 포인트이지요. 그 끈이란 신라 천년의 고도 경주입니다. 주인공은 소싯적 가출하여 경주에 갔고, 사진관에 머물며 사진에 매달렸고, 사진사로 입신했지요.

아내 사망 후에 다시 경주에 갔고 석굴암 주차장에서 양철로 만든 거북 한 마리를 샀고 그 놈을 사진관 벽에 걸었지요. 왜? 경주니까. 형이 사준 불알시계와 함께 걸린 거북이란 무엇인가. 일목요연한 답이 주어지지요. 자기 주변에서 죽어간 소중한 사람들의 '객관적 상관물'이지요. 그러기에 그 거북이 움직이기까지 했으니까. 푸른 바다를 향해 움직이고 있다는 것이 환각의 일종이듯 우리의 일상적 구체적 삶도 같은 것일 수도 있지 않겠는가.

이런 해설이란 실상 부질없는 것. 작가 이씨가 겨냥한 데는 따로 있는바 경주=명주(강릉의 옛 이름)의 도식이지요. 이는 이씨의 글쓰기의 원점을 가리킴인 것.

그도 그 말을 들은 다음부터 황오동에서 북천변에 있는 경주여고로 갈 때마다 여왕이 죽은 다음 왕위에 오르기로 되어 있었으나 그곳 북천이 범람하는 바람에 왕위에 오르지 못하고, 후일 실의 속에 동해의 푸른 바닷길을 따라 영덕을 지나 명주로 올라간 어떤 사내를 떠올리곤 했다. 특별히 어떤 관련이 있어서 그런 건 아니었다. 하늘의 운을 받지 못한 그 사내가 그의 고향 영덕을 지나 명주로 갔을 것이기 때문이었다.(157쪽)

이순원

정미경

「검은 숲에서」「밤이여, 나뉘어라」「시그널 레드」
「바람결에」

1960년 경남 마산 출생. 2001년 『세계의문학』에 단편 「비소 여인」을 발표하면서 작품 활동 시작. 오늘의작가상 · 이상문학상을 수상했다. 소설집 『나의 피투성이 연인』 『발칸의 장미를 내게 주었네』 장편소설 『장밋빛 인생』 『이상한 슬픔의 원더랜드』가 있다.

시각적 상상력

정미경 씨의 「검은 숲에서」『현대문학』 2005년 10월호 엔 날쌘 비유들이 흰 배때기를 보이며 튀어 오르는 숭어의 몸짓과 흡사합니다.

(A) 이인무처럼 두 개의 손은 만났다 멀어지고 겹쳐졌다가는 우아하게 엇갈린다.(129쪽)

(B) 옷감의 구멍이 하루 사이 커지기라도 한 듯 찬 기운이 숭숭 밀려든다.(130쪽)

(C) 옷이라도 벗길 듯한 시선으로(131쪽)

(D) 그렇게 여름이 지나갔고 나는 올해의 첫 낙엽처럼 혼자 바스락바스락 말라가고(133쪽)

(E) 아슴아슴 기억나는 하나의 문장을 찾아 전집을 온통 뒤지는 사람처럼 나는(140쪽)

(F) 우리의 관계는 속이 빈 플라스틱파이프와도 같아서 나누어진다 해도 거친 절단면만을 남길 뿐(147쪽)

(G) 아랫배에 영원히 빼낼 수 없는 차가운 돌을 이식해놓은 것처럼(151쪽)

언어 자체가 본질적으로 비유임을 염두에 둔다면, 이 같은 시각적 비유란 무의미하겠지만, 문장에 이런 비유를 굳이 사용한 것은 작가의 교양의 발로이겠지요. 그 교양은 단연 서구적 독서 체험에서 왔기에 몸으로 하는 토착적 언어 용법과는 썩 다르다고 하겠지요. 이런 교양을 갖추지 않고 그 자체에 저도 모르게 빨려 들어간다면 어떻게 될까. 정답은 갈데없는 수다.

케이스에 맞추어 종이를 자르고 모서리를 따라 접어 넣고 양면테이프를 잘라 마무리를 하는 아가씨의 손놀림이 춤추는 듯하다. 이인무처럼 두 개의 손은 만났다 멀어지고 겹쳐졌다가는 우아하게 엇갈린다. 빠르고 섬세하게 움직이다 한순간 멈추는 분홍빛 청결한 손톱의 사랑스러움이라니. 왜 인간은 제 몸의 작은 부분으로도 자신의 전부를 드러내버리는지 몰라. 저 천진난만한 움직임은, 한 번도 도둑에게 가진 걸 모두 빼앗겨버린 적이 없는 자의 손가락, 결혼을 열흘 앞두고 약혼자를 잃어보지 않은 자의 손가락, 밤에 오래전 죽어버린 연인의 전화를 받아본 적이 없는 자의 손가락, 욕망이 아니라 외로움 때문에 제 음모를 어루만져본 적이 없는 자의 손가락이라는 걸 포스터처럼 선명하게 드러내고 있다. 저 손목을 잘라 둥근 유리지붕이 씌워진 뮤직박스에 넣어두고 싶다. 태엽을 돌리면 투명한 분홍손톱이 노래의 선율을 따라 춤을 출 텐데. 손목 아래로 순결한 피를 한 방울씩 한 방울씩 흘리며. 거대한 톱니바퀴 틈에서 쥐어 짜이는 듯 견딜 수 없다는 느낌에 사로잡힐 때마다, 태엽을 팽팽히 감고 색정적인 마림바 선율에 따라 춤추는 저 손가락을 본다면 잠시 현실을 잊을 수 있지 않을까. 매니큐어를 하지 않은 청결한 손톱의 움직임을 나는 탐욕스럽게 좇는다.(129쪽)

정미경

포장지를 싸는 점원의 모습을 그린 이 대목은 벌써 묘사의 범주를 넘어선 것. 스스로 취해 비틀거리는 형국. 이런 충동을 누를 수 있는 힘이 교양 속엔 없지요.

우리는 같은 시기에 연애를 했다. 주말이면 넷이 같이 영화를 보았고 술을 마신 적은 그보다 훨씬 많았다. 영화가 한숨을 쉬었다. 사람은 정말 모르겠구나. 그런 치명적인 거짓말을 할 사람처럼 보이진 않았는데. 거짓말을 한 건 그가 아니라 그의 어머니였고, 누이였고, 어쩌면 더 흡족한 자리의 여자였겠지. 효에 대해 변명한 것처럼 들렸는지 영화는 펄쩍 뛰었다. 뭐야. 너 다시 시작할 생각은 아니겠지? 3년 상 치르는 수절과부 정성이 하도 지극해 보여서 남자 하나 소개해주지 않았는데. 새삼스럽게 무덤에서 기어 나온 거야? 그래 뭐래? 보고 싶다고, 그 말만 하더라. 그래서, 나도 보고 싶어요, 했니? 아니야, 영화야. 우습지 않니? 전화 한 번이 없다가…… 내가 그랬어. 3년을 그렇게 견딜 수 있는 그리움이라면 가지고 꺼지라고…… 겨우 그 말밖에 못 했단 말야? 하긴 너도 꿈에나 생각했겠니. 그 사람한테서 전화가 올 줄이야.(138쪽)

이처럼 수다는 또 다른 수다를 불러오지요. 뜨거운 양철지붕 위의 고양이라고나 할까. 피아노학원 강사인 주인공 이지은은 약혼자의 배신을 안고 3년 동안 안절부절. 그 결과를 아주 보물인 듯이 보여줍니다. 코끼리를 삼킨 보아뱀과 대화하는 어린 왕자의 이미지가 그것. 샘이 있어 사막이 아름다운 것이 아니라 허리가 주저앉고 뒤틀린 바오밥나무가 있기 때문.

초기의 박완서를 연상시킵니다. 다른 점이 있다면 박완서에게 있는 '이데올로기(분단 문제)의 없음'이라고나 할까. 정씨는 그 때문에 좀더 어려운 처지에 있다고나 할까요.

삼각형이 아름다운 까닭

정미경 씨의 「밤이여, 나뉘어라」「문학사상」 2005년 12월호는 노르웨이까지 갔고 거기서 발표회와 더불어 옛 동창생 P를 만난 성공한 중년 영화감독인 '나'의 얘기.

P는 굳이 나오겠다고 했다. 바쁠 텐데, 라고 짐짓 말했지만 P가 나오는 건 당연하다고 생각한다. 나 역시 함부르크에서의 시사회 일정 끝에 굳이 오슬로를 연결한 것도 P가 아니었다면 잡지 않았을 스케줄이다. 사실을 말하자면, 함부르크까지 온 것부터가 P를 한번 만나고 싶다는 생각에서 시작된 여행이었다. 마지막으로 본 게, 벌써 9년? 10년?(109쪽)

청운의 꿈을 안은 의과대학생이며 수석을 다투는 '나'와 P. P는 미국으로 갔고 천재성을 인정받았으나 '나'는 전공을 버리고 영화판에 뛰어들어 제법 성공했다. 함부르크 시사회에 초대까지 받았다. 거기에서 시방 '나'는 노르웨이에서 정착한 P를 만나기 위해 여객선을 타고 있다. 뱃고동 소리가 서두에 나는 것은 이 때문. 목적지에 닿자 P가 마중 나와 있었다. P는 굳이 자기 집에 머물게 했다.

10여 년 만에 만난 P는 어떠했을까. 이런 식의 줄거리에 대한 물음은 별로 중요하지 않겠지요. 신물이 날 만큼 자주 쓰는 구성법이니까. 그러나 이 낡고 케케묵은 소설적 장치만큼 변화무쌍한 것도 없는 것. 적어도 작가 정씨는 이 점을 속 깊이 알아차린 드문 작가의 한 사람.

P를 만나는 장면부터 볼까요. P의 차는 설치예술처럼 보일 정도로 고물중의 고물차. 시가지에 들어서자 P는 길가 시장으로 들어간다. 커다란 비닐 쇼핑백 두 개를 들고 나온다. "부피에 비해 꽤 무거운지 비닐이 축 처져 터

정미경

질 듯 아슬아슬해 보인다"라고 작가는 썼다. 이 작품 전체를 좌우하는 복선이었다. "요즘 넌 뭐 하니?"라고 묻자, P는 대답한다. 면역학 쪽이라는 것. 성과가 나오면 획기적일 것이라고. '영혼의 면역'에 관한 연구라는 것. 면역이란 '한 번 앓은 질병에 대한 육체의 기억'인 것. 홍역이나 수두를 한 번 앓으면 평생 다시 앓지 않는 것처럼 약물로 뇌의 특정 부분에 있는 기억 메커니즘을 해제할 수 있느냐에 대한 연구. '나'가 이렇게 묻는다. 그 '특정한 기억'이 뭐냐고. P가 답한다. "사랑, 이야"라고. 바로 참주제가 깃들인 대목.

천재적인 사내 P의 인생 최대의 고민이란 무엇이었던가. '사랑'이었음이 판명됩니다. 의과대학 시절 '나'와 P는 한 여자(M)를 두고 사랑했지요. 근소한 차이로 그녀는 P쪽을 선택, 결혼, 오늘에 이르고 있습니다. 지금 그녀는 어떻게 되었을까. 실상 P를 만나고자 한 것은 P의 아내인 젊은 날의 M을 만나기 위함이었던 것. P 역시 '나'와 그녀를 만나게 하고자 했던 것. 대체 P가 겨냥한 이 게임이란 무엇이며 그 규칙은 어떠했던가.

　　나 : "누가 그 약을 사먹을까?"
　　P : "열정적이고 억제할 수 없으며 영원히 계속될 것 같은 사랑, 네가 아니면 차라리 죽겠다는 헌신의 언약이 조금씩 희미해지다가 어느 순간 냉랭해지는, 반감기가 서로 다른 사랑 때문에 아파본 사람들은 이 약의 출현에 열광할 거야."(115쪽)

정작 이 약을 사먹을 장본인이 P였던 것. 사랑에 면역되지 않은 존재가 M이었던가. P가 목숨을 걸고 연구하고자 한 이 면역. M이 얼마나 못됐으면 남편 P를 알코올중독자로 망치게 했을까. 이 사실을 작가는 조심스럽게 들추어내고 있습니다. '나'와 P를 사이에 두고 이른바 사랑게임을 벌이게끔 한 장본인 M이 그것. P의 승리로 끝난 이 게임에서 과연 P는 승리자다웠던가. 패배한 '나'는 과연 패배자였을까. 이 물음에 참주제가 걸려 있습니다.

작가는 어째서 삼각형이 아름다운가를 잘 보여주고 있습니다. 삼각형이 아름다운 까닭은 균형감각에서 옵니다. P의 아내 M을 만났을 때 "M은 변하지 않았고, 그리고 많이 달라졌다. 변하지 않은 부분은 알겠는데 변한 부분이 어딘지는 알 수가 없다"가 갖춘 균형감각이야말로 이 작품의 핵심이지요. 그것은 말이 끊어지는 짧은 틈새로 밀려드는 '절대적 고요'를 가져오는 것. 이 '절대적 고요'야말로 공포의 일종. 노르웨이가 낳은 천재 화가 뭉크의 절규가 그것. M은 바로 그 절규 속에 살고 있었다. 실은 그녀 자체가 절규였던 것. 출세라는 욕망에 사로잡혀 마침내 알코올중독자로 전락한 P와 '나' 사이에 놓인 M. 이를 잇는 삼각형. 이는 작가 정씨의 글쓰기의 절제에 의해 달성되었기에 귀중해 보입니다. 수다스러움이 절제되어 균형감각이 확보되었음이 그 증거. 대형 작가의 면모를 보였다고나 할까요.

고언 한마디. 베드로처럼 세 번씩이나 P를 부정함이란 조금 지나치지 않았을까. '나'도 베드로처럼 범속한 인간이라 우긴다면 할 말은 없지만.

장이머우의 「붉은 수수밭」

정미경

정미경 씨의 「시그널 레드」 「문예중앙」, 2006년 봄호의 표제는 원색에 가까운, 표준이 되는 빨강을 가리키는 전문 용어. 신호등 색깔로 쓰이는 데서 유래한 이름. 그래서? 그래서라니, 표준이 되는 빨강이 있다면 표준이 될 수 없는 빨강도 있다는 것. 정확히는 그 표준이란 것이 실상 '일상'이라는 것. 상식이랄까 통념이랄까, 범박하게 말해 우리의 삶이지요. 이러한 일상적인 것에서 벗어난 것이 있다면 그것은 예술이 아닐까. 정확히는 「절규」의 뭉크가 아니라 이번엔 「붉은 수수밭」의 장이머우. 더 정확히는 일상성에서 벗어나되 죽음 저쪽에까지 이르기 직전의 인간의 몸짓이 예술일 터. 이 문제를 다

룸에 있어 작가는 절대음감이 있듯 절대색깔의 개념을 동원합니다. 자기 생을 스스로 결정하는 K의 자살이 그것. 예술의 영역에 머물기란, 그러니까 일상과 비일상, 비일상과 죽음 그 접선에 있다는 것. 그 접선에 한동안 머물다 끝내 실패한 K의 얘기를 작가 정씨는 매우 추상적인 공중놀이식으로 보여주고 있군요.

K는 무대감독. 스스로 색의 맹인이라 했다. 유학에서 돌아온 처녀 '나'는 오디션을 거쳐 무대 단원의 일원이 된다. K는 묘한 생리(버릇)를 갖고 있었다. 붉은색 콤플렉스가 그것. 예술이 전부이기에 K는 여 조감독과의 관계도 이미 있었고, 신참 '나'와의 관계도 있었다. 이 따위란 한갓 보조선일 뿐. '나'의 시선에서 보면 예술가로서의 K와 인간으로서의 K가 분리되지 않는다. 매우 어리석게도 K는 이 두 가지 다른 범주를 동시에 해결코자 했다. 어림없는 일. 자살할 수밖에.

이 작품 전체를 꿰뚫고 있는 낱말 하나는 다음 대목 속에 있지요.

> 사람의 운명이란 그날의 날씨 따위에도 좌우되는, 사실은 매우 불안정한, 먼 곳에서 오는 별빛 같은 건지도 모르겠다.(176쪽)

'운명'이 그것. 종래의 소설문법에서라면 한 아이가 태어나 이런저런 곡절을 겪으며 고민하다 죽었다고 적지요. 『보바리 부인』의 마지막 장면의 "운명이다!"처럼.

K라는 무대감독이 있다. 그는 자살했다. 왜? 청년기에 저지른 계모와의 불륜이 그 원인. 붉은색의 공포심이지요. 그것에서 벗어나고자 하는 욕망이 예술로 치달아 남다른 빛을 뿜어내긴 했지만 예술 따위도 결국 그 심리적 덫에서 벗어날 수 없었다. 이 자살을 두고 '운명'이라 하면 그만이다. 이 큰 얼굴 앞에 무슨 설명을 덧붙이랴. 그러나 작가 정씨는 '운명'의 얼굴을 걸어

놓고도 아주 다른 소설적 어법으로 그렸군요.「붉은 수수밭」의 장이머우 감독의 어법이 그것. 말을 바꾸면 너무 날카로운 어법이지요. 소설 첫줄에 "잊고 있었다"라고 적고 한 행 비우기도 그런 어법이며 썩 그럴 법한 흡사 도통한 듯한 구절들을 중간 중간 끼워 넣기도 그것.

    (A) 누가 먼저 서로에게 다가갔을까. 이런 질문에 대해 '동시에'라고 생각하는 사람이라면, 그 자신이 먼저 상대에게 다가갔을 가능성이 크다.(160쪽)
    (B) 여자라는 생각부터 버리라는 조감독의 한마디에서 그녀 마음의 색깔을 읽어낸 건 그러니까, 내가 유달리 예민해서가 아니라, 하나의 대상을 향한 주파수가 똑같을 때, 마치 어느 순간 전화가 혼선되어 통화가 뒤엉키는 것과도 같은 일이라고나 할 수 있을지.(164쪽)
    (C) 결핍은 허기를 불러온다. 조감독은 그걸 몰랐다. 그녀의 존재가 아니었다면 K와 내가 가까워지는 데 좀더 긴 시간이 필요했을지도 모르겠다. 적어도 우린 서로가 동시에 한 발씩 내디디며 다가간 셈이다.(166쪽)
    (D) ······자기 삶을 결정할 수 있는 인간은 그리 많지 않다. 때로 제 속에 들어앉은 욕망의 절정 앞엔 절벽이 있을 수도 있다. 살아서 체험하는 죽음 같은 욕망이다. 떨어질 줄 알면서도, 그때 사람들은 벼랑 끝에서 한 발을 내딛는다. 두 눈을 뜬 채로. 어리석은가? 그렇지만 허공인 줄 알면서도 발을 내디디게 하는 그런 순간이 꼭 있더라. 사람들이 그것에 어떤 이름을 붙이는지도, ······안다.(178쪽)

이런 끼워 넣기를 두고 조금은 촌스럽지 않은가, 라고 지적할 수도 있겠지요. 그렇지만 이런 젊음과 힘이 없다면 소설만큼 잡스러운 글쓰기에서 빛을 내기 어렵겠지요. 석탄 캐기에도 여러 층이 있는 법이니까.

정미경

욕망이 빚은 비극

　　　　정미경 씨의 「바람결에」「문학동네」 2001년 봄호. 정씨 특유의 대결형 소설. 대결형이되 끝내 이기고야 마는 글쓰기. 대결이라? 뭐와 대결하기인가. 물을 것도 없이 남자, 그것도 다름 아닌 남편(애인). 대체 남편(남자)이란 그러니까 남/녀란 대칭구조인가 비대칭구조인가. 헛갈리게 마련. 이렇게 말해버리면 이 소설의 육체(표현)가 아니라 사상을 묻게 되는 것. 딱딱할 수밖에. 확실한 설계도를 갖춘 글쓰기인 까닭. 헤겔의 '정신현상학'의 논법으로 하면 여지없는 노예의 소행인 것. 잠시 보충설명을 해볼까요.

　인간이란 무엇인가. 이 대물음에 헤겔의 답변은 선명합니다. 욕망 곧 '위신을 위한 투쟁'이라고. 대등욕망 및 승인욕망이 그것. 상대와 목숨을 걸고 이 투쟁에 나아갈 수밖에. 이때 그 잘난 목숨이 아깝고 죽음이 겁나 항복을 했다면 어떻게 될까. 노예가 될 수밖에. 승자는 어떻게 될까. 공허한 나머지 노예를 무자비하게 다룰 수밖에. 피라미드 만들어! 라고. 자, 노예는 어떻게 될까. 피라미드란 무엇인가. 무엇보다 먼저 삼각형이지요. 가장 아름다운 설계도부터 만들고 그다음에 돌을 옮겨야 하는 것. 설계도란 무엇인가. 벌써 노예의 몫이 아닌 것. 주인만이 설계도를 만들 수 있기에 노예는 이 순간 주인으로 승격할 수밖에. 한편 주인은 어떠할까. 향락에 빠져 타락할 수밖에. 인류의 문명이란 그러니까 노예의 생산물인 것. 작가란 새삼 무엇인가. 노예 출신이지요. 작품이란 노예의 산물인 것. 「바람결에」란 무엇이뇨. 노예 정씨의 피라미드 만들기이지요. 그러니까 먼저 설계도를 물을 수밖에. 그 설계도는 이른바 전경화前景化에서 비롯됩니다. 서두에 깃발처럼 내세운 것, 무대로 치면 막을 열자 첫 장면의 광경인 것. 설계도 전체를 암시하는 장면.

　무어라 할까.

마치, 네 개의 동그란 꽃잎을 가진 홑겹의 꽃처럼 보인다. 배양접시의 바닥이 비쳐 보일 듯한 반투명의 꽃. 둥근 곡선의 가장자리는 무지갯빛으로 아롱거리기조차 한다. 노랑, 연두, 초록, 맑은 파랑, 보라. 눈을 뗄 수가 없다.
"어쩜 색깔이 예쁘기도 하네요."
"원래는 색깔이 없어요. 육안으로는 보이지 않는 거니까, 선명하게 보이도록 조명을 해서 그래요."
내 조심스런 호들갑이 무색하게 동재의 대답은 명료하다. 렌즈를 가만히 들여다보고 있자니 그것들은 아지랑이처럼 미세하게 빛을 발하며 제자리에서 일렁이는 것 같다. 아무래도 눈을 돌릴 수가 없다.
"저, 이게 지금 움직이는 건가요?"
동재는 이번엔 대답이 없다. 고개를 돌려 그의 얼굴을 바라보았다. 배양접시 쪽에 시선을 주고 있는 그의 표정은 뜻밖에 복잡하다. 아니, 그는 다만 과도한 희망을 주지 않으려는 불임클리닉의 의사다운 인색한 미소만을 띠고 있었을 것이다. 거기서 복잡함을 읽는 건 내 마음이겠다. 세포가 움직일 리가 있는가. 그가 대답해주지 않아도 이미 알고 있는 사실이다.(서두)

'나'가 시방 현미경을 보고 있다. 배양접시에 꽃잎 모양의 반투명의 물체. 불임클리닉의 의사와 함께 '나'가 보고 있는 이 기묘한 물체란 무엇인가. 이 물음과 동시에 제시되어 있는 것이 '나'의 자의식(위신을 위한 투쟁). 의사의 표정 읽기가 그것. 움직이지 않는 것을 알면서도 묻기가 그것. '나'(노예)에겐 설계도가 너무나 확실하고 투명합니다.
'나'는 누구인가, 초등학교 여교사. 결혼 8년째. 아기가 없었다. 왜? '나'의 불임 증세 탓. 남편 영조의 친구인 의사 차동재가 불임 치유를 위한 일을 맡아 몇번째 배란 배양을 시도하고 있다. 그런데 이번엔 제법 자신이 있는지 '나'에게는 물론 남편에게도 그것을 보여주고 있지 않겠는가. 문제는 남

정미경

편에게 보여주었음에 대한 '나'의 위신을 위한 투쟁이 벌어집니다. 전경화는 이를 위한 포석이었던 것. 어째서 임신 확률이 제일 높은 이번 기회를 남편이 기피했는가, 문제는 이것. 자신이 있기에 의사는 이번엔 남편까지 끌어들인 것이니까.

몇 번이나 시술을 거듭하는 동안 한 번도 배양실에 데려와 보여준 적이 없다. 이번엔 그만큼 자신이 있다는 얘기일까. 배양실 문을 열고 내가 먼저 나가기를 기다리며 닥터 차는 그제야 생각났다는 듯 말했다.
"참. 어제 영조가 보고 갔어요."
남편이? 별일이다. 왜 그 사람이 갑자기 여기 들렀을까. 꼭 와야만 할 때에도 내 뒤를 따라와서는 매번 발로 겨우 땅을 버티고 서 있는 듯한 표정으로 내 마음을 한없이 불편하게 하던 사람이.
"보고 싶다, 하던가요?"
"제가 한번 들르라고 했어요. 궁금해할 것 같아서."(201쪽)

여기서부터 진짜 대결이 시작됩니다. 의사 동재, 남편 영조의 삼각구도에서 두 사람의 대결구조, 남편과 '나'의 위신을 위한 투쟁이 그것.
(A) 남편 : 내가 8년 동안 버티어온 것은 이렇다. 나의 인생 과업 중 아기 갖기도 그중의 하나일 뿐. 적절한 계획과 노력과 투자를 해서 성취하는 그날까지 최선을 다해야 하는 어떤 목표 같은 것. 그러다 언제부턴가 끝내는 손에 잡히지 않는 것에 대한 오기와도 같은 것으로 바뀌었다! 그러니까 이 오기가 8년을 버티었고 또 앞으로도 버틸 것이다. 따라서 지금 새삼스레 아내를 임신시킨다는 것은 무의미한 짓. '오기'가 모든 것을 지배하니까. 이미 아기 갖기 여부는 아무래도 상관없는 것. 이미 돌이킬 수 없는 일인 까닭. 내가 사는 것은 이 '오기'이다. 아기 갖기란 '집착'과는 다른 차원에 속하는

것. 어째서? 그것은 '존재의 의미', 존재의 차원이니까. 이 존재의 의미를 나는 감당할 수 없다! 그만큼 나는 황폐되어 있다. 오기가 나를 망쳐놓았다.

　(B) 아내 : 당신의 오기와 나는 어떻게 맞서야 할까. 방도는 딱 하나. 나 역시 계속 그 당신의 오기와 맞설 수밖에. 왜냐하면 운명이니까! 그러기에 아무것도 달라진 것 없다!

　운명이라? 이 말 앞에 아무도 맞설 수 없는 법. 이 운명 앞에 '몸서리'를 치지 않을 수 없는 법. 몸서리가 이 작품의 참주제. 작품의 사상을 이제 점검할 차례. 남녀관계란 대칭성일까, 비대칭성일까. 부부관계에서 아기 갖기란 인생 성취의 여러 가지 중 하나일까, 전부일까. 전자라면 비대칭성일 것이고, 후자라면 대칭성일 것. 이 과제는 헤겔 철학이 미치지 못하는 영역. 곧 생명이란 존재의 의미 차원에 속하니까.

정미경

채희윤

「곰보 아재」「갈 수 없는 길」

전남 목포 출생. 1989년 『한국일보』 신춘문예에 단편 「어머니의 저녁」이 당선되면서 작품활동 시작. 소설집 『한 평 구 홉의 안식』 『별똥별 헤는 밤』 『스무고개 넘기』 『곰보 아재』가 있다.

어법과 문법 사이

채희윤 씨의 「곰보 아재」『현대문학』, 2006년 5월호는 제목이 많은 것을 이미 말해놓고 있는 그런 글쓰기 유형. 곰보라는 신체적 결함을 내세운 것이어서 두 가지 표상이 떠오르지요. 아주 시건방진 인간이거나 그 정반대의 이미지가 그것. '아재'라 했을 때도 사정은 비슷. 항렬상으론 친삼촌이나 외삼촌급에 속하지만, 그런 위상에는 어울리지 않는 파락호거나 뭔가 결함이 있어 얕잡아 부르는 또는 친근한 느낌을 주고 있습니다. 이 작품은 어느 쪽일까. 소설적 흥미가 깃든 곳.

작중화자 '나'는 시골 보건소 소장. 아비는 공장을 경영하며 기울어간 가문의 우두머리. 어머니는 성실한 가정부. 딸 셋과 아들 하나인 이 집안의 장손인 '나'가 아버지와 배다른 삼촌급인 곰보 아재를 통해 이 가문의 내력 및 그 정서적 분위기를 적절히 그렸습니다. '적절히'라고 했거니와 그것은 작가 채씨의 작가적 자질에서 왔기에 소중합니다. 표준말(국어)과 사투리의 접점에 놓인 어법을 눈부시게 보여주고 있기 때문.

(A) 시집가는 큰누나는 아랑곳없이 어머니께 미장원 가자고 바장거렸다.(122쪽)

(B) 큰 작은아버지 노름빚 갚는다고 나 대학교 안 보낸 사람이 우리 아버지다. 요 장씨 장남 놈아.(127쪽)

(C) 아재의 마음속에 있는 거멀못은 삐뚜름히 박히고 오래되어 나무와의 산화작용으로 일체가 되었기에 빼낼 수 없다는 것을 모르고 있었다.(133쪽)

(D) 아버지가 들어섰을 때에는 이미 판이 깨지고 난 뒤라 아버지의 각단도 아무 소용이 없었다.(133쪽)

(E) 아버지는 작은 작은어머니의 속현을 결정했다.(135쪽)

드물게 보는 제3의 문체라고나 할까.
「갈 수 없는 길」『문학들』 2006년 봄호에서도 작가는 멋진 표현을 여지없이 구사해놓고 있습니다. 직급 정년당한 중년의 사내가 혼자 집을 지키며 (아내는 교사니까) 넘치는 힘을 가늠하지 못해 설쳐대고 있습니다. 설치기 첫번째는 마당에 나무 심기. 또 하나는 이것이 볼 만한데, 교과서에 실려 이 땅 학생이라면 누구나 부딪혔던 미국 시인 로버트 프로스트에 대한 도전장 내밀기. 「가지 않은 길」. "두 갈래 길이 숲속으로 나 있었다. 그래서 나는/ 사람이 덜 밟은 길을 택했고/ 그것이 내 운명을 바꾸어놓았다." 이런 시를 쓴 프로스트를 저세상에서 불러내어 시비를 걸고 있습니다. 직장에서 밀려나자 비로소 보이기 시작하는 가버린 길타령. 이는 아마도 노인성 소설로 향함이 아닐까. 지적 날카로움이 빛납니다.

채희윤

최수철

「창자 없이 살아가기」「몽타주」

1958년 춘천 출생. 1981년 『조선일보』 신춘문예에 단편 「맹점」이 당선되면서 작품활동 시작. 윤동주문학상·이상문학상을 수상했다. 소설집 『공중누각』 『내 정신의 그믐』 『몽타주』, 장편소설 『고래 뱃속에서』 『페스트』 등이 있다.

소설적 상상력의 한계 인식

최수철 씨의 「창자 없이 살아가기」^{『문학사상』 2006년 10월호}는 김중혁의 「발명가 이눅 씨의 설계도」와 흡사한 작품. 소제목 붙이기까지 같은 형국. 그것이 독자에게 무슨 친절이기라도 되는 양. 글쎄요, 작품 완성도에 대한 인식 부족이 아닐 것인가. 구성력으로 소제목 따위를 극복해야 하는 법. 적어도 고수라면.

「창자 없이 살아가기」의 창작적 발상법은 양가적입니다. '창자 없이 살아가기'란 '창자 있게 살아가기'를 동시에 수용하면서도 서로 적대하기인 까닭. 그 한가운데 놓은 것은 과연 무엇일까. 중견 작가답게 최씨는 매우 논리적입니다. 그 '무엇'에다 참주제를 놓았으니까. 줄거리를 잠시 볼까요. 제법 명사급에 속하는 배창복과 박지상 사이에 명예훼손 건으로 재판이 벌어진다. 양쪽에 안면이 있는 '나'가 증인석에 나아갔다. 왜? 상세한 소견서를 법정에 제출했으니까. 그 소견서가 문제의 발단이었다. 어째서? '창자 없이 살아가기'나 '창자 있게 살아가기'란 동전의 양면에 지나지 않으니까. 검사도 변호인도 사리분별에 있어 당혹할 수밖에. 세상살이 어떤 문제(시비)도 모조리 양가성을 지니고 있으니까. 동물과 식물의 구별을 비롯해, 시와 역사의 구별 따위도 조금만 깊이 들어가면 결정 불가능인 것. 어른이라면 모두 아는 사실. 그렇다면 무엇이 문제인가, 참주제가 깃든 대목. 곧 이 양가성을 알아차리면 알아차릴수록 자기 혼란에 빠진다는 사실이 그것.

  솔직히 말해서, 이제 나는 내가 느끼는 것이 현실에서도 실제로 그런 것인지 아닌지 잘 가늠을 할 수 없을 때가 간간이 있었다. 하지만 그런 것 따위는 이미 내게 별로 중요한 것이 아니었고, 지금 내게는 내 몸에 와 닿는 감각만으로 모든 것이 족했다.(95쪽)

이 혼란이란 실상 일종의 병 그러니까 '조증'에 해당된다는 것. 그 병세는 어떠한가.

  내내 창자에 대한 생각에 빠져 있다가 식사를 하려고 하니, 수저를 들기도 전에 뱃속이 더부룩해졌다. 먹는 일에 집중하지 못하다보니, 미처 씹지도 않은 밥알들이 자주 뱃속으로 쓸려 들어갔고, 거기에 나도 모르게 자꾸 신경이 쓰였다. 그러다보면, 잠시 후 뱃속에서 그 밥알들이 폭탄처럼 터지는 소리가 요란하게 들리곤 했다. 또한 나는 내 이가 음식을 씹는 소리, 음식이 위아래 치아에 의해 부서지는 소리에 깜짝깜짝 놀라기도 했다. 심지어⋯⋯(101쪽)

'심지어'까지 나아가지 않아도 짐작되는 병증이지요. 법정모독죄, 위증죄에 닿을 수밖에.

최수철

자화상=몽타주의 등가성

최수철 씨의 「몽타주」〈문학사상, 2006년 12월호〉는 37세의 몽타주 화가인 독신녀 윤세화의 얘기. 37세 생일을 맞던 날 몽타주 화가라는 공식 직함을 가진 '나'(윤세화)의 자기 분석에 해당되는 것.

화가 지망생인 '나'가 경찰서의 범인 몽타주 화가로 취직했고 제법 성공한 전문직 커리어 여인이었으나, 37세를 맞이한 지금 위기에 처했다는 것. 왜? 이 물음이 중요한 것은 작가 최씨 특유의 내공이랄까 정면승부벽에 관련되었기 때문. 말을 바꾸면 정공법으로 나섰던 것. 고수가 아니면 불가능한 영역. 자기가 자기를 정공법으로 다루는 글쓰기란 새삼 무엇인가. 자기 얘기를 남의 입을 빌려 떠벌리기만큼 쉬운 글쓰기판이 또 있을까. 자기 얘기를 허구적인 자기('나')를 통해 떠벌리는 글쓰기만큼 땅 짚고 헤엄치기가 따로 있을까 보냐.

이런 유형에서 한 발 물러난 글쓰기에 최씨가 서 있습니다. 그런 만큼 '분석과 직관'을 방법론으로 삼을 수밖에. 분석이란 자기를 둘러싼 주변상황 및 사건성을 가리킴인 것. 직관이란 자기 내부의 문제를 가리킴인 것.

몽타주란 새삼 무엇인가. 여기는 경찰서. 엽기적 사건이 발생했다. 범인의 몽타주가 제일 먼저 그려진다. 이에 따라 제보자도 나서고 탐문수사도 진행될 수밖에. 대개는 이로써 해결된다. 분석 쪽이 우세할 때가 그런 경우인 셈. 만일 사건 쪽이 분석보다 우위에 선다면, 그러니까 엽기적이라면 어떻게 될까. 쉽지 않다. 이번엔 직관에 의거할 차례. 몽타주 화가는 위기에 직면할 수밖에. 직관이란, 자기 자신의 분석이니까. 자기가 자기를 정공법으로 마주치기란 그 누구도 불가능한 법. 왜냐하면 그 누구에게도 자기 정체성이란 없기 때문. 자기의 정체성이라고 믿어온 것, 그러니까 자기의 초상화란 것도 따지고 보면 한갓 몽타주에 지나지 않는 것. 살아오면서 듣고 본 무수한 '에피소드 기억'의 짜깁기에 다름 아닌 까닭. '자화상(초상화)＝몽타주'의 등가성을 주인공 윤세화가 37세에 가서야 겨우 깨달았다는 점. 곧 '자화상＝몽타주'에 이른 과정을 정공법으로 그릴 때 어떤 점이 강화되고 그 반대로 어떤 점이 쇠퇴되는가를 가늠하기. 고수 최씨의 과제라 할 수 없을까.

최수철

최일남

「이름」

1932년 전북 전주 출생. 1953년 『문예』에 「쑥 이야기」가, 1956년 『현대문학』에 「파양」이 추천되면서 작품활동 시작. 이상문학상·월탄문학상·한국소설문학상 등을 수상했다. 소설집 『홰치는 소리』 『아주 느린 시간』, 장편소설 『숨통』 『하얀 손』 등이 있다.

우리식 문제

최일남 씨의 「이름」^{『한국문학』 2006년 여름호}은 고수의 솜씨가 여지없이 드러난 작품.

인간살이란 무엇이뇨. 요컨대 더불어 살기인 것. 신문기자로 평생을 보내고 노령에 이른 '그'는 시방 문제 하나로 고투하고 있습니다. 사건인즉, 죽은 옛 친지인 C(시인)씨의 아들과의 관계가 그것. 돈을 벌어 사장이 된 C씨의 아들이 아비의 사후 치장을 고향땅에 근사하게 펼치는 것. 거기에다 '그'의 이름을 좀 빌리자는 것. 좋은 일 아닙니까. 그럼에도 그는 대단치도 않은 자기 이름 빌려주기에 말할 수 없이 고민하다 마침내 거절하는 얘기. 살아감에서 자기가 지켜야 할 것이 엄연히 따로 있다는 것. 곧 마음의 흐름$^{\text{turn of mind}}$이 있다는 것. 이른바 도덕적 기준보다 더 윗길에 드는 이것은 과연 무엇일까. 최일남 글쓰기의 법도라 하겠지요. 모종의 기품이 번져 나오는 것도 이 때문.

이 기품의 드러냄은 당연히 최씨의 문체에서 떠날 수 없습니다.

> 만남이 두 번이면 나눈 악수는 합이 네 차례. 작정하고 길들인 버릇일 리 만무다. 타인에게 자기를 인상 깊게 각인시키기 위한 수작이 아니겠지만 번번이 너무 아프다. 생김새가 강퍅해 뵌다면 몰라. 희고 오동통한 살집의 어디에서 그런 근력이 별안간 나오는지, 손바닥에 선득한 느낌이 닿는가 싶자 으드득 뼈에 마치도록 억세다. 상대가 묘령의 숫보기였다면 엄마얏! 손을 뺐을라. 염사에 이력이 난 여인이라면 한물간 애프터 신청 수법으로 오싹 반가웠으랴.(23쪽)

보시다시피 대명사가 극도로 회피되어 있지요. 뜻이 문맥의 흐름 속에 그대로 흐릅니다. 독서 행위란 물 흐름과 같으니까. 이런 것이 원래의 우리말이 아닐까. '나는……'이라고 해야 되는 「날개」(이상)도 있긴 하지만, 또는 "내가 받을 감명은, 적어도 내가 받을 감명 중 가장 내게 육박해온 감명은……"(「문예적인 너무나 문예적인」)이라는 투의, 손톱이 빠져 피가 흐르는 손가락으로 일일이 인칭을 지시하는 작가 아쿠타가와 류노스케의 방식도 있긴 하지만, 이런 사례는 특별한 자의식의 범주였던 것.

최일남

한승원

「키조개」

1939년 전남 장흥 출생. 1968년 『대한일보』에 단편 「목선」이 당선되면서 작품활동 시작. 현대문학상 · 이상문학상 · 김동리문학상 등을 수상했다. 『한승원 중단편 전집』(전17권), 장편소설 『포구』 『아제아제바라아제』 『추사』 등이 있다.

무기의 시학

한승원 씨의 「키조개」『문학시상』 2006년 9월호는 이 작가 특유의 솜씨를 여지없이 드러낸 가작. 닿기만 하면 샤머니즘적 체질이랄까 생명적 무기巫氣가 묻어나는 그런 자질이 새삼 번득이고 있습니다.

어린 시절에 그녀는 부두 끝에 나와서 아낙들이 키조개와 피조개 캐는 것을 구경하곤 했었다. 용왕님 불알이 드러날 정도로 썰물이 많이 지면 수문 마을, 용곡 마을, 율산 마을, 사촌 마을, 수락 마을, 신촌 마을 아낙들은, 망쳐버려도 두려울 것 없는 물옷들을 입고 가슴이 잠기는 깊은 갯벌 밭으로 들어가 키조개와 피조개를 캐고 낙지를 잡곤 했다. 키조개, 피조개, 낙지 잡는 아낙들에게는 생리통도 대하증도 없고, 꽃잎 주위의 소염증도 없다고들 했다. 아낙들의 꽃에는 잿빛 갯벌물이 약이라는 것이었다. 그리고 무릎까지 빠져 들어가는 무르고 깊은 갯

벌 밭을 힘들게 뒤지고 다니는 아낙들은 시집살이도 잘하고 남편과의 금슬도 좋다고들 했다.(65쪽)

여기 나오는 '그녀'는 쉰두 살의 여류 시인. 이름은 허소라. 어쩌자고 그 나이에도 '붉은 이슬 행사'라 불리는 생리현상이 일어나고 있는가. 이유는 그녀가 특수 체질인 까닭. 여근에 키조개 모양 레이스가 달려 있었던 것. 그녀는 남자 복이 없었다. 아비도 오빠들도 일찍 잃을 정도. 혼자서 시와 동화를 쓰면서 오직 같은 마을의 영후라는 소학교 동창을 짝사랑하며 오늘에 이르렀것다. 오늘이란 무엇인가. 어촌 키조개잡이 축제를 전후한 시점. 그녀는 영후를 유혹하고자 작정함. 한편 영후 쪽 형편은 어떠한가. 시방 그는 바다 밑을 헤매며 키조개를 캐 올리고 있다. 자루는 두 개. 큰 자루는 전시용 키조개를 담는 것. 작은 자루는 이게 문제인데, 허소라와 앓고 있는 딸에게 주기 위해 특별히 큰 놈만을 담은 것.

아내는 단지 허소라에게 줄 것으로 알고 성낸다. 그러나 이번엔 그는 당당했다. 어째서?

그는 아내에게 말하고 백합 골짜기를 바라보면서 심호흡을 했다. 허소라에게 가 있는 자기의 속마음을 아내에게 들켰다는 것을 그는 알고 있었다. 겁날 것 없다고 생각했다. 요양원의 딸이 웬만큼 좋아지면 데려다가 허소라에게 맡기고 싶었다. 허소라는 글을 쓰는 사람이므로, 딸을 건강하게 치유할 수 있을 터이다.(79쪽)

딸이 무슨 병을 앓고 있는가. 바로 이 물음에 작가 한씨는 민첩합니다. 시대감각에 뛰어난 작가적 민첩성인 까닭.

최근 이 나라의 사건 중 가장 엄청난 것은 무엇이었던가. 줄기세포 사건이 정답. 이 희대의 인류적 사건이 바로 한반도에서 벌어졌던 것. 이 사건의 핵심에 놓인 것이 모두가 아는바 난자 제공 문제였던 것. 난자 제공이란 무엇인가. 난자를 억지로 떼내기란 무엇인가. 그것은 죽음을 의미하는 것. 자연에 대한 도전이니까. 영후의 딸이 바로 그 희생자. 이 딸을 살릴 길은 무엇인가. 그는 알고 있었다. 허소라만이 딸을 살릴 수 있다고. 그녀가 쓴 동화를 현실로 믿기 때문.

　　총각은 키조개 패주를 솥에 넣고 끓였습니다. 솥 안에 옥색 국물이 보얗게 우러났습니다. 그는 바리데기가 서역에서 가져온 생명수를 먹이듯이 그 국물을 사랑하는 여인에게 먹였습니다.(96~97쪽)

작가 한씨만의 자질이 새삼 번득이는 대목. 이 나라 구비문학의 최고봉은 저 유명한 바리데기 공주이지요. 버린 딸이 죽어가는 아비를 위해 온갖 고난을 겪어 마침내 생명수를 구해 오는 장대한 구비 서사시. 그런데, 그런 공주의 최종 소원이란 무엇이었던가. 무당의 조상(두목)되기였던 것. 생명 그것이 '무기'의 일종임을 이 나라 사람들이 알고 있지 않았다면 저런 서사무가가 생겨날 이치가 없지요. 대가 김동리가 그토록 찾아 헤매던 대주제 '한국인의 생사관'이 여기에도 있습니다. 작가 한씨는 이 '무기'를 문체로써 증명해놓고 있습니다.

03_

작가,
역사에 샷대질하다
이 시대의 리얼리즘 소설

고종석

「플루트의 골짜기」「이모」

1959년 서울 출생. 소설집 『제망매』 『엘리아의 제야』, 장편소설 『기자들』이 있다.

정치소설의 고압적 문체

고종석 씨의 「플루트의 골짜기」^{『문예중앙』, 2005년 여름호}를 읽으며 도스토예프스키의 '지하생활자'를 연상했다면 이는 저만의 편견일까요. 먼저 고씨의 말버릇부터 볼까요.

(A) 하기야 인류는 본디 웃기는 종이다.(143쪽)

(B) 인류에 대한 내 거리감과 혐오는 신문의 부고란을 톺아보며 내가 누리는 즐거움에서 거리낌을 덜어주었다.(141쪽)

(C) 몇 년을 떠돌며 대학 사회라는 인간 군집의 기막힌 꼬락서니를 볼 만큼 보고 나니, 굳이 자리를 얻어야겠다는 생각도 없어졌다.(151쪽)

(D) 인간이 제 종족을 짓밟기 위해 만든 경쟁이라는 제도를 풀무질하는 이 일은 내게 묘한 만족감을 주었다.(152쪽)

보다시피 작가 고씨의 주인공은 말끝마다 인류 단위, 종족 단위에다 초점을 놓고 그것도 냉소적인 목소리로 일관하고 있습니다. 하도 고압적 단위에 있고 보니 '나' '내 가족' '내 민족' 따위란 약에 쓰려야 없습니다. 이 점에서 고씨는 바로 도스토예프스키이지요. 스스로 지하에 살고 있다는 이 인간의 말버릇을 보시라.

 (A') 세상 놈들한테 맞대놓고 말하겠다! 나는 그럴 권리가 있다. 왜냐하면 나도 60까지 살 테니까.
 (B') 이, 이는 사란 것엔 도저히 참을 수가 없다. 이, 이는 사―이런 건 인간에 대한 멸시에 지나지 않는다.
 (C') 나는 확신한다. 인간은 진짜 고통을, 다시 말해서 파괴와 혼돈을 결코 거부하지 않는다고.
 (D') 우리 러시아 사람 가운데는 대체로 보아 독일식이나 특히 프랑스식의 현실과 동떨어진 낭만파는 일찍이 존재한 일이 없었다.(이동현 역)

뜻하지 않은 유산 덕분에 알량한 직장을 때려치운 40세의 이 퇴역 관리는 말끝마다 냉소적이지요. 무엇보다 인류, 인간 자체를 단위로 하여 싸잡아 시비를 걸고 있습니다. 세상 모든 '인간 놈'들은 위선자이며 사기꾼이라고, 남몰래 혀도 내밀 수 없는 투명한 수정궁에 살면서도 꼴 같지 않게 우쭐대고 있으니까. "나는 벌레다"라고 스스로 외치며 덤비는 이 주인공의 기세가 하도 엄청스러워 냉소적인 단계를 벗어나 허무적 상태로 치닫고 있습니다. 이에 비해, "우애와 협동 속에서 태평스럽게 사는 데 훨씬 더 익숙했던 우리 종족"인 작가 고씨의 주인공은 어떠할까. '우리 종족'답게 저 슬라브족의 작가 도씨만큼 모질지는 못하군요. 냉소적이긴 해도 허무주의의 늪에까지 빠지지는 아니했으니까.

고종석

우선 이 작품의 주인공부터 볼까요. 지하실에 살고 있지 않습니다. 꽤 괜찮은 집안에서 태어나 프랑스에서 학위를 취득하고 귀국한 인텔리급 여성인 '나'는 대학 강사로 굴러다녔으나 실패, 학원 강사로 낙착되어 달랑 15세 된 딸 하나와 서울에서 살고 있다. 어느 날 부고란에서 현경우의 부음을 보고 찾아간다. 왜? 딸의 생부였으니까.

잘난 '나'의 명제는 이러하다.

> 인류가 모든 면에서 망종인 것은 아니다.(141쪽)

"인류는 모조리 망종이다"와 "예외도 있다"야말로 이분법 편 가르기인 것. 도스토예프스키와 구분되는 점이지요. 적과 동류의 편 가르기에서 전자에 해당되는 것은 싸잡아 제국주의자들. 후자에 해당되는 것은 '나', 딸 미주, 그 생부이자 의사이며 남의 가장인 죽은 현경우. 또 『제국』의 공동저자 앙투안—로마 레비비아 형무소에서 국회의원 면책으로 석방되어 파리에 망명, 들뢰즈·가타리의 도움을 받고 1997년까지 파리대학에서 강의한 안토니오(앙투안)는 제자 마이클 하트와 공동으로 이 책을 썼다. 이 자율주의자는 형기를 마치기 위해 자진해서 고국 이탈리아로 돌아갔다—등등. '예외는 있다' '동류' 등을 "그는 우리에게 속했다" "그는 우리 종족이다"라고 표현합니다.

이런 이분법이 이라크전을 둘러싼 정치소설일 수도 있을까.

고언 한마디. "맨 처음 한 혈거인이 또 다른 혈거인의 머리통을 바윗돌로 깨부순 구석기 시대 어느 갠 날 오후 이래로, 이들 이른바 지성인류는 개인적으로 또는 집단적으로 서로를 살해하는 데 끊임없이 몰두해왔다"라는 대목 하나로 적과 동지를 결판 짓는 단순 이분법이란 칼 슈미트식 정치 감각의 직접성이라 하겠지만 지나친 이분법이 아닐까. 오히려 "그와 내가 동류라고 하더라도, 내 자존감까지 그가 대신 느껴줄 수 있는 것은 아니었다"에 승부를 건다면 어떠할까.

한국어에서 벗어나기의 글쓰기

고종석 씨의 「이모」[문학판, 2006년 겨울호]는 이렇게 시작됩니다. "이모의 영어는 내 한국어만 못하다"라고. 제목에서 이미 씨 특유의 자질이랄까 고유성이 한눈에 들어옵니다. '연상의 여인 콤플렉스'와 언어학 타령이 그것. 씨의 출세작「제망매」[1994년],「누이 생각」[2000년] 등에 빈틈없이 이어진 계보. 연상의 여인이라 싸잡았지만 이는 부주의한 표현. 연상의 누이이되 반드시 피붙이였던 까닭. 이 점을 일찍이 씨는 지나가는 투로, 그러면서도 확고한 신념으로 말한 바 있습니다.

> 내 나이 스물두 살에 아버지가 세상을 버렸다. 그때 누이는 스물다섯이었다. 내 나이 서른두 살에 어머니도 세상을 버렸다. 그때 누이는 서른다섯이었다. 내가 서른두 살이고 누이가 서른다섯 살이었을 때 우리는 고아가 되었다. 어머니가 돌아가셨을 때 내게 남은 살붙이는 누이 하나뿐이었다. 어머니가 돌아가신 지 10년이 지난 지금, 내게 남은 살붙이는 여전히 누이 하나뿐이다.(「누이 생각」, 110쪽)

되풀이해서 나이를 들먹이기, 또 되풀이해서 피붙이 들먹이기는 씨가 얼마나 이 점에 들려(憑) 있는가를 새삼 말해준 것. 이복누이든 상관없이 피의 동류라야 한다는 이 콤플렉스와 언어학이 결합되었을 때 증폭되는 상상력의 울림이란 씨만이 구사하는 자질인 것. 「이모」에서 이 점이 새삼 휘황합니다. 다음 대목은, 이모가 보낸 책을 받은 혼혈아 샐리의 반응.

고종석

이모는 시집이든 에세이집이든 자기 책이 새로 나올 때마다 꼭 내게 한 권을 부쳐준다. 엄마 아빠에게 보내는 것과는 따로 말이다. 물론 서명을 해서. 이모는 서명할 때 류사라라는 자기 이름을 쓰지 않는다. (이모 이름 사라는 어떤 종류의 비단을 뜻한다고 한다. 그러고 보면 이모의 말투나 태도에는 꽤 실키^{silky}한 데가 있다. 나한테 특히 그런지는 모르겠으나.) 그녀는 이모라고, Emo라고 쓴다. 내 겐 이모가 하나뿐이어서, 이모가 이모의 이름처럼 들린다. 사실은 그 이상이다. 내게 이모는, 정말, 이모의 이름이다. 나는 이모를 늘 이모라고 부른다. 그녀와 영어로 이야기할 때도 이모를 사라라고 불러본 적이 없다.(202쪽)

주한미군 장교와 한국 여인 사이에서 태어난 '나'는 현재 아비의 고향인 미국 모 지방 대학생. 이름은 샐리. 신문기자 아르바이트를 하고 있다. 열 살까지 서울에 살았던 '나'는 그러니까 이중어^{bilingual} 속에 노출된 셈. 이 상황 이야말로 고씨 특유의 사상인 셈. '이모'라는 낱말의 음향. 또 그 표기 Emo 의 형상이 참주제인 셈. '이모'라는 말에 반해 소설, 한 편의 소설이 이루어 진 셈.

말이란 새삼 무엇인가. '꽃' 하면 (1) 뜻^{sense} (2) 모양^{form} (3) 소리^{vocal}로 구성된 것. 이 중 제일 혹사당해 때 묻고 너덜너덜해진 것이 (1)이며 (2)란 제일 흔해빠진 시각(사고력을 방해하는 것)이라면 (3)이야말로 가장 신선한 것. '울림'인 까닭. 그것은, 음악 그것 모양 영혼에 곧바로 닿으니까. 영혼의 구조가 음악(음향)의 구조와 닮은 증거. 이 사실을 제일 먼저 깨달은 문사가 저 『율리시스』^{1922년}의 작가 조이스가 아니었던가. 인간이 만들어낸 최고의 소설이라 말해진 『피네간의 밤샘』^{1939년}에서 시도된 것은 무엇이었을까. 전문가들의 해설서를 읽어보면 이 작품은 세계어로 쓰였다는 것. 영어를 비롯해 라틴어, 로만어는 물론 심지어 한글도 들어 있다는 것. 그런데 실상 줄거리란 더블린 시를 흐르는 강물 얘기. 강 이름은 안나 리비아 플루라벨. 「Far

Calls, Coming far!」로 요약되는 것. 강물이 아비인 바다를 향해 외치며 달려가는 환희의 음향이라는 것. Far란, father(아비)의 울림. 아비가 부르자 딸이 대답하며 달려가는 환희의 울림. 고씨에 있어 Emo란 한국의 망원동 옥탑방에서 혼자 살며 시를 짓고 있는, 태풍 사라가 한반도를 덮친 1959년에 태어난 한 여인이자 동시에 사라라는 인디언계 외조모를 가진 '나'의 피의 울림이었던 것.

여기까지 이르면 작가 고씨의 사상 그러니까 작품을 지탱하는 사상을 묻게 되는 것. 씨의 전작「플루트의 골짜기」의 사상을 새삼 묻게 되는 것.

인간이란 종자는 모조리 망종인가, 예외도 있는가. 이것이야말로 고씨의 사상인 셈. 요컨대 기다/아니다의 과제가 아니라, 이모의 시 '플루트의 골짜기'에서 보여주듯, 먼 혈육에의 동류의식의 울림이야말로 사상에 값하는 것. 다르게 말해 지역성에서 벗어나기. 보편 언어로서의 글쓰기에 이르기. 이를 두고 따뜻한 관념성이라 하면 어떠할까.

고종석

공선옥

「명랑한 밤길」「폐경전야」

1963년 전남 곡성 출생. 1991년 『창작과비평』 겨울호에 단편 「씨앗불」을 발표하면서 작품활동 시작. 1995년 신동엽창작기금을 받았고, 2004년 오늘의젊은예술가상을 수상했다. 소설집 『피어라 수선화』, 『내 생의 알리바이』, 『명랑한 밤길』, 장편소설 『오지리에 두고 온 서른살』, 『붉은 포대기』 등이 있다.

물레방앗간의 문학적 계보

공선옥 씨의 「명랑한 밤길」『창작과비평』, 2005년 가을호 은 '이제 겨우 스물한 살인 나'가 주인공. 스물한 살이라도 환갑진갑 다 지난 사람처럼 구는 인간들도 무수한 판인데, 작가 공씨의 스물한 살이란 썩 스물한 살스럽다고나 할까요. 조용필, 윤도현, 수와 진, 이은미의 노래에 에누리 없이 흥얼거릴 줄 아는 감성의 소유자입니다. 건강미랄까 정상적인 감각의 소유자라고나 할까요. 이름은 연이. 언니 한 명 오빠가 둘이 있군요. 남편이 죽자마자 치매에 걸려버린 어미가 있습니다. 간호보조원을 마쳤을 뿐인 스물한 살의 처녀인 '나'는 어떠한가. 보십시오. 아주 시원시원하게 읽히지 않습니까.

엄마한테 치매기가 생긴 건 작년 아버지 장례를 치른 지 딱 사흘째부터였다. 엄마는 그때부터 아버지가 자신을 버렸다며 슬퍼했다. 처음에는 몰랐다가 한 달

동안 엄마 입에서 같은 말이 반복됐을 때야 그게 치매인 줄 알았다. 그러나 나로서는 속수무책이었다. 이제 겨우 스물한 살인 나는 엄마를 어떻게 해야 할지 알 수 없었다. 분명한 건 당분간 엄마를 떠나 먼 곳으로는 갈 수 없게 되었다는 사실뿐. 나는 내가 태어나 살던 이 고장을 떠나 먼 곳으로, 도시로 나가 살고 싶은 그 열망 하나로 간호보조학원을 다녔다. 간호보조학원을 마치자마자 아버지가 세상을 떠났고 형제들은 제 살 곳으로 떠났으며 엄마와 나만 남았다. 오빠들은 내게 말했다.

"면소재지에 병원이 두 개나 있다."

언니도 말했다.

"치과도 있고 한의원도 있어."

두 명의 오빠와 한 명의 언니 중 두 오빠가 신용불량자이고 언니는 이혼하여 모자가정의 가장이다. 두 오빠는 서로 의기투합하여 연대보증으로 빚을 얻어 한 오빠는 화훼하우스를 하다가 태풍으로 하우스가 무너지는 바람에 폭싹 망했고 한 오빠는 망한 오빠의 빚을 갚지 못해 망했다.(166쪽)

인용에서 보듯 어떤 자의식도 애매모호한 말장난도 없지 않습니까. 별것 아니면서도 하도 안개 피우며 빙빙 돌리는 소설들만 대해온 독자라면 스물한 살의 간호보조원 아가씨 성격의 반영에 매료될 만하지 않겠는가. '명랑함'이 성격에서 온 것임은 분명하니까.

이는 분명 미덕이라 하겠지요. 미덕 중의 하나인 '명랑함'이 작품 전체를 등불처럼 밝히고 있는 형국이지만 그렇다고 동화적 분위기와는 분명 구별되는 곳에 이 작품의 그다움이 있습니다. 이를 건강미라 하는 것은 '나는 누구인가'라는 데서 아주 벗어난 확실성이 그녀에게 있기 때문. 허파에 바람이 들어 가출한 언니나 오빠와는 달리, 간호보조원이자 막내인 그녀는 자기의 주어진 환경 속에서 최선의 길을 모색합니다. 건강미라 함은 이 생리적

공선옥

자연스러움의 별칭인 것.

치매 걸린 엄마를 어떻게 해야 할까가 첫번째 과제. 방법은 단 하나. 평소대로 식단을 만들고 함께 먹고 살아가기밖에 방도가 없지요. 아욱국과 된장 종지와 고추 세 개가 동그마니 놓인 밥상 차리기가 그것.

두번째 과제는 직장생활 하기. 연세가정의원 근무하기. 친구 수아와 함께 근무한다. 근무가 끝나면 벚꽃 핀 강변 뚝길 걷기. 왜? 젊으니까. 퇴근길이면 농공단지인 이곳 플라스틱공장 사장인 오빠의 친구이거나 학교 동창이거나 선배인 만배의 커피 대접도 받았을 터. 거기서 그녀는 저질인 만배가 부리는 외국인 노동자가 혹사당하는 장면도 목격했을 터. 30만 명이나 외국인 근로자가 와 있는 판이 아니겠는가. 이들과 스물한 살의 명랑처녀는 어떻게 연결될 수 있을까. 참주제가 걸린 대목. 작가 공씨의 자질이 빛나는 대목. '물레방아 모티프'가 그것.

나도향의「물레방아」[1925년], 이효석의「메밀꽃 필 무렵」[1936년] 등에 유형화된 바와 같이 물레방아 모티프란 단연 소설적 장치였지요. 한국식 밀회 장소였기 때문.

아직 근대의 도시적 사회변혁이 일어나기 전 농경사회에도 사랑이란 있는 법. 거기에는 밀회 장소가 필시 요망되겠지요. 작가 공씨의 작가적 계보는 이 전근대적 핏줄에 닿아 있습니다. 세계 경제력 11위에 속하는 강국이자 대국인 오늘의 한국 사회 속에도 엄연히 물레방아 모티프가 건재하다는 것의 지적이야말로 이 작품의 그다운 성취라 하겠지요. 이러한 성취에 이르는 과정이 '명랑함'으로 일관되어 있습니다. 참신함의 근거인 셈.

스물한 살의 처녀인지라 응당 사랑도 할 나이. 하필 글 쓴다는 건달 청년에게 걸려든다. 도시에서 온 이 건달이 요구하는 것은 무공해 채소. 그녀가 요구하는 것은 사랑. 될 이치가 없다. 뿐만 아니라 라이벌로 친구 수아가 끼어든다. 무공해 채소란 사랑이 아니니까. 남자와 결국 헤어진다. 비참한 상태로 남자 집에서 나와 무공해 채소 봉지를 든 채 밤길을 비에 젖어 걸어서 귀가하는 도중 무서움에 감싸인다. 남자 두 명이 뒤따르고 있기 때문. 급한 김에 그녀가 찾아든 곳은 물레방앗간. 남자들도 들어온다. 몰래 그녀가 들은 남자들의 대화.

"모레. 오늘밤, 내일밤 자고 모레. 내일은 시내 가서 윤도현 음악씨디하고 고무장갑하고 소주하고 옷하고 신발하고 여러 가지를 살 거야. 난 윤도현 왕팬이야."

"깐쭈. 넌 너희 나라 가면 뭐 할 거야?"

"모르겠어. 가면, 엄마 아버지 누나 여동생 사촌 들 만나고 산에 올라 달을 볼 거야. 우리나라 네팔 달 볼 거야. 내가 뭘 할 건지, 달한테 물어볼 거야. 싸부딘은?"

"여동생이 한국 사람과 결혼했어. 시골이야. 동생이 남편한테 맞았어. 동생 많이 슬퍼. 형이 한국 여자랑 결혼했어. 형 여자 도망갔어. 조카 있어. 형이랑 조카 많이 슬퍼. 부모님 돌아가셨어. 우리나라, 방글라데시 가도 나는 아무도 없어. 한국에 다 있어. 난 갈 수 없어. 형 다쳤어. 손가락 잘렸어. 조카 살려야 해."

"싸부딘, 난 한국에서 슬플 때 노래했어. 한국 발라드야. 사장이 막 욕해. 나 여기, 심장 막 뛰어. 손가락 막 떨려. 눈물 막 흘러. 그럼 노래했어. 사랑 못 했어. 억울했어. 그러면 또 노래했어. 그러면 잠이 왔어. 그러면 꿈속에서 달을 봤어. 크고 아름다운 네팔 달이야."(182~183쪽)

물레방앗간 모티프의 현실적 좌표 설정이 이로써 조금은 달성되었다고 해도 되겠지요. 30만 명의 외국인 근로자를 안고 있는 이 나라의 형편을 소설적으로 처리한 방식이라 할 만합니다. 아무도 원망치 않고 살아가는 건강한 외국 노동자들을 네팔 설산의 달처럼 바라볼 수 있음이란, 건강미이자 인간스러움이 아닐 것인가. 고발 따위가 스며들 틈이 없지요. 글쓰기 자체

공선옥

가 이미 메시지인 만큼 거기에다 덧칠하기란 삼류들이나 하는 것이지요.

폐경기에다 대고 어깃장 놓기

공선옥 씨의 「폐경전야」^{『내일을여는작가』, 2007년 봄호}. 제목 그대로 폐경기에 접어든 여인의 심정 고백서. 이 고백서의 무게랄까 특이성은 어디서 오는 것일까. 결론부터 말해 생리의 역사화 혹은 역사의 생리화라 부를 수 있는 것. 잠깐, 역사도 폐경기가 있다는 그런 전제도 있는 것일까. 이런 질문을 이 작품만큼 정직하게 음미케 하는 경우란 흔치 않을 터.

역사도 폐경기가 있다고 한다면 우리는 이에 순응해야 하겠지요. 천하장사도 생리를 거역할 수 없는 노릇이니까요. 그렇지만 인간이란 이 별종은 이 엄연한 법칙에 순순히 따르기엔 너무나 인간적입니다. 거기에 할 수 있는 한 맞서고자 하니까. 작가 공씨는 이 어리석음을 『태백산맥』의 작가가 쓴 소설 『인간연습』의 입을 빌려 이렇게 말합니다.

> 인간은 기나긴 세월에 걸쳐서 그 무엇인가를 모색하고 시도해서 더러 성공도 하고 많이는 실패하면서 또 새롭게 모색하고 시도하고…… 그 끝없는 되풀이는 인간이 인간답게 살고자 한 연습이 아닐까 싶다. 그 고단한 반복을 끊임없이 계속하는 것, 그것이 인간 특유의 아름다움인지도 모른다……(236쪽)

주인공인 '나'는 그 고단한 반복을 시도합니다. 끝내 실패할 줄 알면서도 시도할 수밖에. 그 반복이란 어떤 것인가. 폐경기에 접어든 '나'는 젊은 시절 대학을 나와 교사 노릇을 했다. 민주화 운동을 학생들에게 가르쳤다. 해직교사가 됐다. 방문판매로 생계를 삼았고 복직됐다. 80년 5월 군대에서 태권도 교관 노릇을 한, 같은 학교 체육교사에 반해 결혼했고 아들을 낳았다. 그런데 이혼을 했다. 왜? 다음과 같은 남편의 말에 동의하기 어려웠기 때문.

"많이 생각해봤거든. 결론은 딱 하나야. 각자가 애국하는 방법이 달랐다는 것." (……) "나라와 민족을 위해서 애국하는 방법이 달랐다고 해서 부부관계가 깨질 수는 없어. 북한이 왜 욕을 먹는 줄 알아? 사상검증에 따른 인민재판 때문이지. 당신 혹시 운동권 중에 있다는 그 뭐냐. 김일성 따르는 사람들. 주체사상파 아냐? 만약 그렇다면 나를 위해 전향하도록 해."(246~247쪽)

남편은 아들을 데리고 미국으로 이민 갔고 달랑 혼자 남은 '나'는 어떠한가. 혼자 살 수밖에. 밥도 혼자 먹고 술도 혼자 마실 수밖에. 그것도 소주로. 행인지 불행인지 아직도 걱정해주는 두 제자가 있긴 있다. 그러나 있어 봤자다. 방법은 하나, 다시 결혼하기. 딸 셋을 둔 홀아비와 연애하기. 그런데 그 사내는 비아그라 대신 디스크 진통제를 먹는 신세. 회춘용 보약봉지를 냉장고에 넣고 있는 '나'는 이 사실 앞에 어떠했던가. "여자들 술 많이 마시면 폐경 빨리 온다던데"로 향할 수밖에. 그렇다면 '나'는 어째야 할까. 혼자 소주 열심히 마셔 빨리 폐경기에 나아갈 수밖에. 그렇다고 '인간연습'이 중단될 수 있을까. '없다!'가 그 정답.

이 점을 작가 공씨는 소설답게 처리했군요. 술 취한 상태에서는 쓸 수 없는 소설인 까닭. 그것은 이 작품에 고양이를 두 번 등장시켰음에서 마침내 달성되었군요.

(A) 고양이 한 마리가 아파트 주차장에 세워둔 차의 바퀴 밑에서 기어 나와 가로등 아래 쓰레기통 쪽으로 조심스럽게 접근한다. (……) 고양이는 다른 날과는 다르게 말끔한 쓰레기통 주변을 맴돌다가 이내 어둠 속으로 사라진다.(240쪽)

공선옥

(B) 어둠 속으로 사라졌던 상처 입은 고양이가 다시 기어 나왔다. 음식물 쓰레기통 위로 훌쩍 뛰어오른다. 그러나 쓰레기통 뚜껑을 열기에는 가망이 없어 보인다. (……) 고양이는 쓰레기통 위에서 곡예를 하고 있다.(251~252쪽)

이 고양이를 위해, 아파트 규칙을 위반하면서까지 '나'는 냉장고에 든 비린내 나는 생선과 보약봉지를 함께 싸서 쓰레기통으로 향합니다. 이를 두고 작가는 '갱년기 증상'이라 했군요.
  비평적 포인트. 어디를 보아도 작위적인 대목이 없다는 것.

김경욱

「맥도널드 사수 대작전」

1971년 광주 출생. 1993년 『작가세계』 신인상에 중편 「아웃사이더」가 당선되면서 작품 활동 시작. 한국일보문학상·현대문학상을 수상했다. 소설집 『누가 커트 코베인을 죽였는가』 『장국영이 죽었다고?』, 장편소설 『아크로폴리스』 『천년의 왕국』 등이 있다.

소설적 메시지의 과잉

김경욱 씨의 「맥도널드 사수 대작전」『창작과비평』 2005년 여름호은 김씨 작품답지 않게 메시지가 너무 강하고도 많은 작품. 대체 어느 쪽 메시지를 취해야 할까. 이런 물음은 어쩌면 우문일 터. 정치적 사회적 메시지와는 다른 소설적 메시지가 정답으로 나와 있으니까. 대체 소설적 메시지란 또 어떤 것인가. 새로운 것이 그 정답에 가까운 것이라 하면 어떠할까. 그렇다면 '그 새로움'이란 또 무엇일까. 이 물음에 작가는 민감할 수밖에. 작가는 '그 새로움'에 가치 부여하기의 정도랄까 밀도의 어떠함으로 반응하는 것.

여기 한 대학 중퇴의 여대생이 있습니다. 맥도널드 집에 직장을 구했군요. 아비는 실직. 어미는 외판원. 남동생은 입대. 애인과도 일정한 거리를 둘 수밖에. 매장에서 온갖 손님을 상대로 열심히 뛸 수밖에. 이런 집안의 변화는 모두 아비의 실직이 원인. 이런 변화를 두고 작가는 '맥도널드화된 것'이라

우기고 있습니다.

> 우리 집에서의 의사소통은 몇 마디 말로 가능해졌다. 각자 자신의 현재를 추스르고 미래를 도모하기에 지친 나머지, 다른 사람에 대해 관심을 기울일 여력이 없었다. "밥은?" "됐다." 이런 식이었다. 맥도널드의 고객들이 그러하듯 아버지도 나도 자기의 끼니는 스스로 장만해 먹고 알아서 치워야 했다. 모든 가사 노동은 특정한 개인에게 집중되지 않고 각자의 필요와 처리 능력에 맞게 분산되어 '효율적'으로 수행되었다. 엄마가 늘 세일즈 중이었기 때문인데 이런 광경은 아버지가 실직하기 전에는 상상도 할 수 없는 것이었다.(207쪽)

이 새로운 변화를 긍정적인 가치로 평가할 수도 평가하지 않을 수도 있을 터. 웰컴! 하고 전자 쪽으로 무게중심을 둘 수도 있는 일. 또한 아무리 밉거나 싫어도 대세인 만큼 운명적으로 받아들일 수도 있는 법. 반대로 눈을 부릅뜨고 주먹질을 하며 거부할 수도 있는 일. 언필칭 인간다움의 상실이라 떠들면서.

작가 김경욱은 어느 쪽으로 기울어져 있을까. '옛날에는 좋았는데……' 식으로 대하기엔 작가 김씨는 너무 많이 알고 있으며, 그렇다고 웰컴! 하기엔 이미 나이가 너무 들어버렸다고 할 수 없을까. 그러기에 긍정도 부정도 할 수 없는 상태, 기껏해야 "나는 누구인가?" "서울은 어디인가?" 정도. 서울의 맥도널드 정규직원인 주인공이 서 있는 자리는 이러할 수밖에.

> 특별수당 인상 대상에서 유일하게 제외된 나는 쇠고기 패티를 굽다 문득 이런 의문에 사로잡혔다. 버거킹도 아니고 피자헛도 아니고 왜 하필 맥도널드일까. 마닐라도 아니고 방글라데시도 아니고 왜 하필 서울일까. 신촌도 아니고 압구정동도 아니고 왜 하필 이곳일까. 그 점에 대해 여태 한 번도 의문을 품어본 적이 없

다는 사실이 나로서는 더욱 놀라웠다.(214쪽)

여기다 대놓고, '맥도널드=미 제국주의'라 읽는다면 실로 비소설적. 고언 한마디, 어째서 작가는 이 비소설적인 냄새까지 피우고 있을까.

김경욱

김원일

「동백꽃 지다」

1942년 경남 김해 출생. 1966년 『매일신문』 신춘문예에 단편 「1961년 알제리아」가 당선되면서 작품활동 시작. 현대문학상·동인문학상·이상문학상 등을 수상했다. 『김원일 중단편 전집』(전5권), 장편소설 『노을』 『불의 제전』 『마당 깊은 집』 『전갈』 등이 있다.

분단 현실과 순수성

김원일 씨의 「동백꽃 지다」『현대문학』 2006년 1월호 역시 분단 문제를 다룬 것. 6·25 적 포로수용소가 있었던 용초도가 작품의 무대.

주인공은 당시 포로수용소 감시병인 국군 병장. 모종의 사건에 연루되어 넉 달을 꼬박 영창 살고 나와 병장에서 이등병으로 강등, 제대. 학업 포기. 고향에서 수목원 경영. 모종의 사건이란, 3천 명을 수용한 용초도의 포로 반란으로 23명이 사살되고 42명이 부상당한 것. 이 사건을 가운데 놓고, 작가는 소설다운 솜씨로 상상력을 펼칩니다.

소설답다고 했거니와 이는 아무나 할 수 없는 방식. 왜냐하면 고수의 솜씨가 아니고는 불가능. 소설다움(자연스러움)이란 무엇이뇨. 상식적 감각과 인정의 기미 포착에 관련되는 것. 여기는 용초도. 6·25에서 56년이 지난 시점. 허름한 차림의 노인이 이 섬에 찾아온다. 민박집에서 한 주 동안 머문다. 민박집 노파의 호기심(애기의 자연스러움)과 노인의 고백 욕구(인간적 자연스러움)가 적절히 균형감각을 갖추고 있어 막걸리 모양 자연스럽게 취하게 만든다. 호기심과 고백 욕구가 맞물려 드러나는 줄거리는 이러합니다. 노인이 동백꽃 눈물처럼 지는 용초도를 5년마다 들른다는 것. 한 피난민 처녀 순임과 헤어질 때의 약속 때문. 순임의 오빠 송시혁은 위관급 인민군으로 투철한 이념주의자. 포로수용소에까지 찾아온 어미와 누이의 편지 전달 등에 그(국군, 포로감시병)가 협조했다. 폭동 이후 이런저런 곡절로 그는 순임과 헤어졌다. 그때 약속이 5년 뒤에 만나자는 것. 어째서 하필 5년일까. 이런 약속이야말로 첫사랑다운 순수성인 것. "나는 사랑에 눈먼 당달봉사였다" 속에 작품상의 정황이 응집된 것. 이 순진성이 5년 약속의 핵심인 셈.

의암댁이 가게로 나와, 들어가서 주무셔야겠다며 김 노인 어깨를 흔들었다. 김 노인이 비틀대며 일어서자 의암댁이 노인 한쪽 겨드랑이를 꼈다. 그제야 김 노인이 뒷곁 자기 잠잘 방으로 갈지자걸음을 걸었다.
"오 년째 안 오고…… 좋은 혼처자리 다 마다하고 십 년을 채워 내 나이 서른 넘은 노총각으로……"
김 노인이 중얼거리는 말을 민이네가 놓치지 않고 들었다. 그네가 신발 거꾸로 꿰고 가게로 나섰다.
"그래서, 십 년째 삼월에 그 여자가 용초도에 나타났단 말입니꺼?"
민이네가 김 노인 등에 대고 소리쳤다.
"왔소. 인자 겨우 걸음마 하는 머스매를 데불고. 나는 아직 총각으로 오매불망 기다리며 살아왔는데…… 억장이 무너져 할 말을 잃었어여. 그 여자 겨우 한다는 말이, 내가 안 와 나를 못 보면 송이송이 피었을 피꽃이나 보고 간다면서……"
"그라모 오 년째는 와 몬 왔다 캅디껴?"

김원일

"그때까지는 시집 안 갔는데……."

김 노인이 돌아섰다. 얼굴은 주름마다 눈물이 괴어 번질거렸다.(77쪽)

호기심과 고백 욕구의 균형감각이 잘 드러난 대목. 이 균형감각이란 '순진성'(첫사랑)에서 온 것. 누구나 이런 '순진성' 하나씩은 가슴속에 안고 있는 법. 분단 소설이면서도 이를 넘어설 수 있는 대목. 용초도가 우리 소설사에 등장한 것은 국군 포로의 양심 고백을 다룬 박영준의 「용초도 근해」(『현선문학』 1963년 7호).

김지우

「건달(1)」

1963년 전북 전주 출생. 2000년 『창비』 신인상에 단편 「눈길」이 당선되면서 작품활동 시작. 소설집 『나는 날개를 달아줄 수 없다』가 있다.

철 지난 주제에 때때옷 입히기

　　　　신인 김지우 씨의 「건달(1)」 『내일을여는작가』, 2005년 봄호 은 잘 읽히는, 조금 보태면 너무 잘 읽혀 오히려 거부감이 생기는 작품. 소재를 거의 완벽하게 소화한 작가의 자질에서 온 것. 또 다르게 말해 이 나라 리얼리즘 문학이 그동안 창출해낸 수사학의 힘이 이 작가를 버텨주고 있는 형국. 리얼리즘의 수사학이 '시적 현상'이었음을 이 작가는 잘 이해하고 있다고나 할까.

　　한 삼십여 분이나 땀을 식혔을까. 키가 후리후리한 노인 하나가 뒷짐을 진 채 뒷잔등을 오르는 게 보였다. 그리고 점점 다가오는데, 나는 순간 몸을 벌떡 일으켰다. 노인에 대한 예의상이 결코 아니었다. 절로 벌떡, 그야말로 몸이 절로 벌떡 일으켜졌다. 그리고 망연자실해졌다.
　　저게 누군가.

김지우

점점 더 다가오는데, 저게 누구란 말인가.

저 뒷짐 진 채 걸어오는.

저 후리후리한.

저 옥골선풍 같은.

내가 지금 착시에 빠진 걸까.

내가 지금 환시를 보는 걸까.

내 조부였다. 내 조부가 걸어오고 있었다. 작고한 지 서른 해가 넘은, 그래서 제사도 서른 번도 넘게 받아 드신, 지금쯤 육탈삼매경에 들다 못해 분진조차 없을 내 조부가, 저리도 서슴없이 걸어오고 있었다.(123~124쪽)

이런 환각의 도입이 이 작품 군데군데 끼여 기둥처럼 버티고 있습니다. 산문정신을 여지없이 무찌르는 장면이라고나 할까. 실상 우리의 리얼리즘이란, 이러한 환각으로서의 수사학 위에 성립되지 않았던가. 특정 이데올로기가 한 가문을 어떻게 휩쓸고 지나갔는가를 묘사해내기엔 언어 자체가 역부족이었던 것.

줄거리부터 볼까요. 작중화자인 '나'는 30대 여인. 직업은 정부 단체인지 시민 단체인지 알기 어려우나 '역사바로잡기 운동(친일 인사 진상 규명)'에 종사하고 있습니다. 그런 신분을 이용하여 경주 김씨 가문의 내력을 따지는 것. 어째서 이 가문이 몰락하여 모내기할 땅 조각 하나 없게 되었는가. 해답은 실로 상투적이다. 공장주였던 이 가문은 독립군 좌익 등에 알게 모르게 돈을 대주었다는 것. 그 결과는 어떻게 되었던가. 그야말로 쫄딱 망해버렸다는 것. 이런 사정을 제일 잘 아는 장본인이 건달로 통하는, 모두가 돈 뜯길까봐 기피하는 '윤달 아재'라는 위인. '나'는 시방 그 아재를 만나러 태생지인 고향으로 내려간다. 거기서 자기 조부와 흡사하게 생긴 '윤달 아재'를 만난다. 철들어 처음 만나는 장면이 펼쳐진다. 그 '윤달 아재'로부터 이 가문이 망한 이유가 밝혀진다. 이상의 줄거리에서 보듯 실로 상투적인 것. 이런 상투성에도 불구하고, 작품이 잘 읽히는 까닭은 어디에서 왔을까. 작가가 구사하는 수사학의 힘이 아닐까. 이 수사학이 가져온 시적 효과라 하면 어떠할까. 다음 두 가지 환각을 그 증거로 내세우면 어떠할까.

  (A) 아버지가 그토록 진저리를 치던 '맨드라미 꽃'의 환각에 잠기는 장면이 그 하나.

  (B) 다른 하나는 앞에서 인용한 조부의 환각.

  이 (A), (B)를 잇는 거멀못이 이 작품의 부제인 '모스크바 맨드라미'인 것.

  고언 두 마디. 과거사 밝힘도 소중하긴 하나, 저러한 작가적 자질을 현재로 향하면 어떠할까. 평생을 건달로 살아야 했던 그 사람 윤달 아재를 이제 새삼 울게 해야 할까. 적어도 그는 피해자도 아니지만 가해자도 아니었으니까. 어째서 윤달 아재는 그런 기행을 일삼으며 평생을 보냈을까에 대한 탐구 없이 수사학으로 건너뛰어도 되는 것일까. 또 하나. 이 작품의 작중화자가 여자인데, 하필 여자여야 할 이유가 있을까. 큰 가문이라면 응당 그러한 남녀 아이들에 적용되는 변별성이 있게 마련인데, 이를 안중에 두지 않아도 되는 것일까.

김지우

오수연

「황금지붕」

1964년 서울 출생. 1994년 『현대문학』에 장편 「난쟁이 나라의 국경일」이 당선되면서 작품활동 시작. 한국일보문학상을 수상했다. 소설집 『빈집』, 『황금지붕』, 연작장편소설 『부엌』 등이 있다.

행성이 둥글고 아름다운 까닭

　　　　　　　　오수연 씨의 「황금지붕」^{『문학판』 2005년 가을호} 끝 장면은 아름답습니다. 아름답다니, 기껏해야 가족사진 찍기 아니었던가. 그렇지요. 그게 뭐가 아름다울까. 한갓 여행객의 센티멘털리즘이 아니었던가. 궁지에 몰린 이방인 여행객을 호기심에서 또는 불쌍해서 조금 선심을 쓴 것이 아니었던가. 그게 그토록 고마웠을까. 이런 지레짐작은 금물. 어째서? 설사 센티멘털리즘의 일종이긴 해도 소설이 감당해야 할 리얼리즘의 한복판에 놓여 있기 때문.
　끝 장면을 잠시 볼까요. 가족사진 찍기가 그것. 황금사원을 믿는 이라크 가족 속에 동양인 '나'가 수용되었으니까.

　　식구들이 보기 좋게 소파에 자리잡았다. 내가 사진기를 얼굴에 들이댔다가 떼고 손을 까딱하자 식구들이 고개를 가운데로 착 모았다. 그리고 방긋방긋 웃었는데 내가 셋을 세고 사진기 단추를 누를 때 막상 얼굴이 굳어, 사진이 무섭게 찍혔다. 특히 오마르의 형 눈에 불이 붙은 듯했다. 내가 실토하지 않았으나 본인들이 느꼈는지 두번째 사진은 단란하게 잘 찍혔다. 나는 튀어가서 그 사진을 보여주고는 호기롭게 외쳤다.

"사진을 꼭 보내줄게!"

"오케이, 오케이."

그러나 더 잘 나오기를 기대한 세번째 사진은 좀 슬펐다. 보자고 해서 보여주니 다들 쯧쯧 혀를 찼다. 찍고, 보고, 찍고, 보고, 가족들은 스스로 연출가가 되어 둘씩 셋씩 짝을 지어, 또 혼자서도 자세를 잘 잡아주었다. 그러면서 쉬쉬거리는데 나는 그게 그들 말인 줄 알았다. 그게 내 이름이었다. 그들은 내 이름을 부르고 있었다. 오마르의 형이 사진기를 잡고 내가 식구들과 둘씩 셋씩 짝을 지어 사진을 실컷 찍었다.

"이 사진을 보면서 너, 우리를 기억해."

팔짱을 끼고 사진을 찍고 나서 자매 하나가 내 가슴을 지졌다. 국경에서 사진기를 빼앗겨 이 사진들이 지워진다 해도, 내게서는 지워질 수가 없다.(163쪽)

이 범속한 결말이 유치하지 않은 까닭은 무엇일까. 다음 대목 속에 그 해답이 있을 터.

세상에는 나만 있는 게 아니라는 사실을, 내게는 서쪽을 동쪽이라고 부르는 자들이 밀려와서 가르쳐주었다. 너는 중심이 아니라고. 그러면 나는 어디에 있나. 나는 중심으로부터 멀고 먼 동쪽 끄트머리일 뿐, 내게는 동쪽도 서쪽도 남쪽도 북쪽도 없다. 세상은 어디나 다 나로부터 멀기만 하다. 나를 중심으로 놓아볼 수 없다면, 내게 보다 가깝거나 조금 먼 장소 따위도 없다. 중심말고 내가 아는 곳은 없는데 나는 중심이 아니다. 나는 아시아가 어디인지 알 수 없었다.(148쪽)

오수연

세상의 중심이란 없고 어디라도 중심이라는 사실의 확인이야말로 '나'의 존재 이유인 것. 이를 증명하기 위해서라면 황금사원을 믿는 사람들에게 가까이 가보기가 아닐 것인가. 이라크 자원봉사란 한갓 명분일 뿐. 모두에 인용한 가족사진 찍기가 어쭙잖은 호의에 감사하는 나그네의 센티멘털리즘과 구별됨은 이 때문. 황금사원으로 자진해서 먼저 간 막내 오마르의 사진을 가슴에 안고 굳이 사진을 찍겠다는 어머니의 표정이 그럴 수 없이 센티멘털하지만 그것은 작가 오씨의 실수이거나 역량 부족일 수 없지요. 이라크 파병 세계 세번째 국가인 이 나라의 문학판이기에 그럴 수밖에요. 작가 말대로 "내부에서 폭발이 계속 일어나고 있기 때문에 행성이 둥글고 아름답듯이" 오마르 모친의 표정도 그러한 까닭. 그러고 보니 작가 오씨는 「꽃비」(『문학동네』 2004년 겨울호)에서 여기까지 오는 데 꼭 일 년의 시간이 걸렸습니다그려. 혼자서 아틀라스 모양 지구를 등에 짊어진 형국이라고나 할까.

배낭과 카메라 하나 달랑 들고 황금지붕 신앙지(세계의 중심)로 찾아온 '나'는 무엇인가. 폭력 난무하는 검문소를 수없이 돌파하고, 진흙탕을 헤매고 마침내 '나'가 이른 곳은 난민촌. 막내 오마르를 황금사원으로 보낸 가족 틈에 가까스로 끼어들지요. '나'는 왜 여기까지 왔는가. 이 물음이 본질적. 세계의 중심이란 아무 데도 없다는 것. 자기가 있는 곳이 곧 세계의 중심이라는 것.

이경자

「박제된 슬픔」

1948년 강원도 양양 출생. 1973년 『서울신문』 신춘문예에 단편 「확인」이 당선되면서 작품활동 시작. 한무숙문학상을 수상했다. 소설집 『꼽추네 사랑』 『할미소에서 생긴 일』, 장편소설 『혼자 눈뜨는 아침』 『천 개의 아침』 등이 있다.

세월이 변하다, 일기장을 태우다

이경자 씨의 「박제된 슬픔」『문학수첩』 2005년 겨울호은 한참 철 지난 분단소설 범주. 주인공은 석이, 그의 일기장 한 대목.

> 1964년 5월 29일/귀가. 집행유예 2년……/(……)/6월 4일. 장날. 고댕이집 할머니 사망. 문상. 6월 8일. 경찰서 정보과장 방문.

어째서 석은 일기장을 써야 했을까. 여기는 38선이 그어진 강원도 영양 땅. 6·25 때 아버지는 석이 열두 살 무렵 가족을 버리고 인민위원회 간부로 월북. 외삼촌 역시 월북. 어미 손에 자란 석이는 군에 입대. 제대를 얼마 앞두고 바야흐로 동네 처녀와 혼사 예정. 그런데 갑자기 군 수사당국에 의해 체포됨. 어째서? 간첩으로 남파된 외삼촌 용립을 만났기 때문. 이른바 불고지

죄에 해당되었던 까닭. 집행유예 2년이 지난 석의 행적은 어떠했던가. 공무원 시험에 합격했으나 사흘 만에 해고됨. 빨갱이라는 이유였음. 이후 석은 사회적 동물로서의 길 포기. 외삼촌 용립은 체포되어 10년을 더 살고 남북정상회담 이후 사망. 세월이 달라짐. 석은 일기장을 태움. 그 장면이 작품의 결말인 셈.

    뜨거운 불기운이 석을 덮혔다. 그는 뜨거워도 피하지 않았다. 불티가 탁탁 튀고 고무나 플라스틱이 타는 냄새 때문에 코가 먹먹했다. 그는 튀어나온 막대기나 타다 만 종잇장은 발끝으로 밀어 불더미에 넣었다. 소매를 걷어붙인 팔뚝이 뜨거워지자 그는 쓱쓱 문질렀다. 무언가 태워서 벗길 것이 있다는 느낌이 들었다. 그것이 무엇인지 모르나 분명히 느껴지긴 하였다.(191쪽)

'무엇인지 모르나 분명히 느껴지는 것'이 이 작품의 참주제가 깃든 곳. '그 무엇'이 조국이나 이데올로기나 관념일 수도 있겠으나 요컨대 그 어느 것도 당사자에겐 '느낌'으로서는 분명하다는 것. 거기에 바쳐진 한 개인의 열정이란 분명 삶의 가치에 해당된다는 것. 시대의 탓으로 만사를 돌릴 수 없다는 것. 디테일 면에서도 이 작가 특유의 강원도스러움이 물씬함.

이기호

「할머니, 이젠 걱정 마세요」

1972년 강원도 원주 출생. 1999년 『현대문학』 신인상에 단편 「버니」가 당선되면서 작품활동 시작. 소설집 『최순덕 성령충만기』, 『갈팡질팡하다가 내 이럴 줄 알았지』가 있다.

구식 소재를 처리하는 신식 수법

　　　　　이기호 씨의 「할머니, 이젠 걱정 마세요」「창작과비평」 2006년 여름호의 소재는 구식입니다. 이런 한참 지난 리얼리즘계의 소재를 소화해내는 작가의 시선은 썩 민첩하여 묘한 빛을 냅니다.

　　할머니의 이야기는 내가 예전에 많이 듣던 이야기였다. 어느 날 사라진 형부가 육이오 때 좌익 우두머리가 되어 백마 타고 동네에 나타난 이야기, 그 형부 때문에 몇 달간 굶지 않고 산 이야기, 그러다가 다시 전세가 역전되어 언니와 조카들이 모두 몰살당한 이야기, 조카 중 한 명이 숨겨달라고 찾아왔는데, 그 어린것을 그냥 모른 척해버린 이야기. 할머니는 그 이야기를 반복해서 들려주고, 또 들려주었다. 이유는 간단했다. 할머니는 작년에 몹쓸 병에 걸려버렸고, 그래서 누군가에게 빨리 그 이야기를 들려주고 싶은 것이었다.(77쪽)

이기호

소재는 6·25. 그것도 분단 문제. 그중에서도 살인용 이데올로기의 문제. 좌익이 마을을 장악하면 우익에게 복수하기, 그 반대의 경우도 마찬가지. 여기 살인적 비극이 집단의식으로 작동되어 있음은 이 나라 리얼리즘계 문학이 알게 모르게 또 많건 적건 의식적으로 처리해왔던 것. 선우휘의 「싸리골 신화」[1963년]에서 이청준의 「지하실」[2005년]에 걸쳐 있는 것. 건드리기만 하면 터져버릴 듯한 무의식의 사화산 같은 것. 신인 이기호 씨라고 해서 예외일 수 없는 것. 씨는 아무리 발버둥쳐도 이 나라 작가이니까.

잠깐, 그렇다면 사회·역사적 상상력에서 생물학적 상상력 및 디지털스런 상상력을 향해 망설임도 없이 일제히 달려가고 있는 신세대의 면모는 어디로 갔는가. 이런 물음에 작가 이씨는 이렇게 답하고 있군요.

> 나는 이 세상에 존재하는 많은 이야기들을 책이 아닌, 할머니를 통해서 처음 알게 되었다. 할머니를 통해서 뱀이 사람으로 변할 수 있다는 것을 알게 되었고, 죽은 사람들이 때론 다시 세상으로 돌아온다는 것도 알게 되었다. 글을 몰랐던 나는, 할머니를 통해서만 그 사람들을 만날 수 있었다.
>
> 할머니는 평생 글을 모르고 살아왔다.(결말)

책으로서의 글쓰기와 얘기로서의 글쓰기를 구별하고 있습니다. 이성적·합리적 또는 논리적 판단에 의해 쓰이는 글쓰기가 리얼리즘계 문학이며 역사·사회적 상상력의 범주라면, 그래서 이쪽이 소설적 범주라면, 얘기의 범주는 분명 이와 구별된다는 것. 얘기의 범주란 뱀이 사람으로 변할 수도, 사자가 다시 이 세상으로 돌아올 수 있는 곳이라는 것. 요컨대 리얼리즘계와는 달리(굳이 말해 그로테스크 리얼리즘) 이성적 판단 저 너머의 세계라는 것. 그렇더라도 이 얘기 속의 현실(환각)은 나름대로의 논리를 갖추고 있다는 것. 우리가 위기에 처했을 때, 우리를 구해줄 수는 없다 해도 우리를 위로케 한다는 것. 그 위로하는 방식의 발견이 이 작품의 참주제가 놓인 곳.

 기막힌 경험을 한 사람은, 이를 되풀이해서 말함으로써 자기 자신을 위로할 수 있다고 심리학에서는 말하고 있습니다. 그 기막힌 경험이란 감각의 영역이지요. 이를 타인에게 되풀이 말함으로써 그러니까 애기로 바꾸어 말함으로써 논리화하는 셈. 논리화된 쪽이 훨씬 견디기 쉬운 법이니까. 손자를 앞에 두고 할머니가 6·25 때의 자기 경험을 되풀이 애기함은 이 때문. 그렇게 함으로써 할머니는 위안을 얻었던 것.

 이 점이 애기에서 소설로 되는 원리라 할 수 있습니다. 그러나 작가 이씨는 이에 멈추지 않습니다. 어째서? 할머니 스스로 경험한 것(혹은 저지른 행위)을 애기함으로써 위로를 받는 방식을 취했지만 그것으로는 부족하거나 아직도 불안하다고 보기 때문. 손자의 처지에서 보면 한층 더 본질적인 위로의 방식이 요망된다는 것. 왜냐하면 이 손자놈은 명색이 작가니까. '그래도 명색이 이야기로 밥을 벌어먹고 사는 손자'놈인 만큼 또 다른, 위안의 방법을 고안해야 했으니까. 대체 손자놈의 위안의 방법이란 어떠했을까. 6·25 때 목숨을 구해 할머니를 찾아온 외종 덕용의 몫을 손자인 소설가 '나'가 반복하기. '덕용=나'의 완벽한 연기를 해 보이기인 것. 이로써 할머니 스스로가 찾아낸 위안의 방식에다 손자놈이 또 다른 위로의 방식을 덧붙인 셈.

 잠깐, 그렇다면 그러한 두 겹의 위로로 할머니는 만족했을까. 제3의 위로의 길은 없는 것일까. 있다면 어떤 것이어야 할까. 작가 이씨에게 주어진 과제라면 어떠할까.

이기호

이청준

「태평양 항로의 문주란 설화」「지하실」
「그곳을 다시 잊어야 했다」

1939년 전남 장흥 출생. 1965년 『사상계』에 단편 「퇴원」이 당선되면서 작품활동 시작. 동인문학상·이상문학상·대산문학상 등을 수상했다. 소설집 『소문의 벽』『서편제』, 장편소설 『당신들의 천국』『인문주의자 무소작 씨의 종생기』 등이 있다.

돈 받는 글쓰기의 이데올로기

이청준 씨의 「태평양 항로의 문주란 설화」『현대문학』 2005년 8월호는 이민 백 주년을 맞는 멕시코의 한국인 3세를 만난 얘기. 그의 이름은 꼬로나. 직업은 보험회사원. 이른바 에네켄(용설란) 농장에 노예와 다름없이 팔려가 그곳에서 온갖 고생을 다 하다 생을 마친 멕시코 이민을 다룬 소설이 기왕에 없지는 않지요. 물론 이씨의 작품은 유별납니다. 어째서? '돈 받는 글쓰기'의 뚜렷한 유형인 까닭.

이 작품을 꼼꼼히 읽어본 독자라면 이런 대목에 부딪힐 것입니다.

국가라는 아버지는 자식 격인 백성을 보호하고 이끌어주는 대신 그 백성들에게서 끊임없이 제 생존을 도모해갈 에너지를 착취한다는 요지의 글을 읽은 일이 있지만, 태양신과 뱀신의 이름을 내세워 더러는 정적 제거나 인구 억제책으로까지 이용되었다는 이곳의 인신공희제의는 바로 그 아버지인 국가권력의 잔혹한 수혈 행사인 셈이오. 그 태양신과 사신의 형상은 아버지인 국가의 얼굴이었다.(54쪽)

작중화자이자 작가 자신이기도 한 '나'가 읽었다는 그 책은 구체적으로 무엇일까. 이런 물음을 던질 독자라면 이씨의 근래 대작 『신화를 삼킨 섬』[2003년]을 읽어보라고 권하고 싶소. 제주도 4·3사건을 다룬 소설이지요. 국가권력이 저지른 4·3사건의 희생자를 또 국가는 어떻게 처리해야 할까. 국가가 기껏 고안해낸 방식의 하나가 '합동 위령제'입니다. 위령제는 누가 지내는가. 그야 무당(무속)들이지요. 그렇다면 그 무당을 주관하는 권력층은 누구일까. 작가는 이 물음에 매우 날카롭습니다. 차출된 육지무당과 현지무당 사이의 갈등 설정이 그것. 합동 위령제의 성과가 이로써 무산되기(미봉책)에 머물 수밖에. 국가는 백성을 잘살게 하기 위한 존재이지만 백성을 무자비하게 희생시키기도 한다는 것. 이를 논한 책이 다름 아닌 제주도 출신 평론가 송상일의 『국가와 황홀』[2001년]이지요. 그러고 보면 『신화를 삼킨 섬』의 연장선상에서 이번 단편이 이어졌다고 하겠지요. 작가 이씨의 창작상의 두 줄기 중 하나인 역작 『당신들의 천국』계에서 시작, 『신화를 삼킨 섬』으로 이어지고 잇대어 『태평양 항로의 문주란 설화』가 놓여 있는 셈(졸고, 「제주도로 간 『당신들의 천국』」).

두 가지 점에서 그러합니다. 첫째, 보험회사 직원인 이민 3세의 사내 이름이 '프란시스 꼬로나'라는 점. 이 사내는 한국에서 누가 오기만 하면 꼭 자청해서 만나 음식 대접을 한다는 것. 왜? 조부의 고국이 한국임을 안 까닭. 그런데 이 사내가 자기 이름을 소개할 때 '꼬로나'를 '고로나'로 했다는 것. 왜? 바로 이 물음이 열쇠 개념의 하나. '고로나'란 고高씨의 흔적이라는 것. 작가 이씨의 기법상의 날쌤인 것.

이청준

둘째, 사내가 소개한 명소 방문하기. 문주란이 황홀하게 피어 있는 곳. 어째서 그 사내는 한국작가 일행에게 이곳을 꼭 보여주고자 했을까. 공동묘지에 매장된 아버지와는 달리 조부의 무덤이 없는 것은 유언에 따라 화장해서 이곳 문주란 군락의 해변에 그 재를 뿌렸기 때문. 일 년에 한 번씩 조모와 모가 거기에 갔고, 어릴 적 이 사내도 함께 가본 기억이 있다는 것.

이 두 가지의 접점에 놓인 것은 무엇이겠습니까. 조부는 제주도 출신 고씨라는 것. 제주도의 해안에 흐드러지게 핀 문주란이란 그 씨앗이 태평양·대서양을 거쳐 제주도 해안에 닿을 수도 있다는 것. 그러니까 위의 두 가지 접점에 놓인 것은 수구초심에 다름 아닌 것. 이를 오늘의 언어로 바꾸면 민족이자 국가라는 것. 정확히는 국민국가라는 것. 작가는 이 작품의 결말을 아주 노골적으로 이렇게 내세웠습니다. 자 보십시오.

연이나 나로서는 굳이 말이 없는 가운데에도 그 조부의 이야기로 새삼 어떤 생각 속을 곰곰 맴돌게 한 꼬로나 씨에게 이 자리를 빌려 내 진심의 고마움을 보내면서, 그것을 다시 한번 곱씹어보고 싶을 따름이다—우리에게 그 나라라는 게 대체 무엇이었으며, 무엇이어야 하는지.(63쪽)

문학이란 무엇이뇨. 국어(국가어)로써 하는 글짓기의 일종이지요. 국어란 그러니까 국민국가의 거대한 폭력에 의해 만들어진 언어인 것. 국민국가의 저 거대한 '황홀'을 대전제로 한 글쓰기인 까닭에, '돈 받는 글쓰기'이지요. 엔터테인먼트의 글쓰기와 근본적으로 다른 것. 원고료를 받는 글쓰기의 근거이지요. 누가 돈을 내는가. 그야 국민국가이지요.

지하실의 원죄의식

이청준 씨의 「지하실」『문학과사회』 2005년 겨울호 역시 분단 문제를 다룬 것. 이경자 씨의 직설적 사건 처리와도 김원일 씨의 '순진성'의 활용과도 다른 이청준식의 방식이 뚜렷한 작품. 고 김현 씨의 표현으로 하면 '음험함'이겠고, 달리는 「비화밀교」1985년에서 보듯, 진실(진상)을 본 사람은 절대로 그것을 발설해서는 안 된다는 사회적 규칙(대전제)과 어떻게 하면 이 규칙에 저촉되지 않은 채 발설하고야 마는가를 창작 방법으로 삼았다고나 할까요. 사건의 현장성이란 누구나 직접, 간접으로 참여하거나 체험할 수 있습니다. 그 중에는 절대로 발설해서는 안 되는 '터부'들이 즐비해 있게 마련. 이 터부들을 뚫는 방식에 주목하며 끊임없이 방도를 탐색하는 글쓰기이기에 비유컨대 원심력과 구심력이 팽팽한 긴장감을 이루어내는 형국. 그 긴장감이 딱 마주치는 데에 참주제가 놓여 있게 마련. 이런 창작 방식을 두고 '심리적 현상학'이라 부르면 어떠할까요. 이번 작품도, 「비화밀교」식 방식으로 되어 있습니다.

줄거리는 이러합니다. 지금은 없어진 '나'의 옛집엔 지하실이 있었다. 이 집을 복원하고자 공사를 벌인다. 문제는 지하실. 일제시대엔 방공호로 사용되기도 한 이곳은 원래 밀주 등을 감추는 장소였다. 6·25 적엔 좌익 인사 숨는 용도로, 또는 그 반대 인사를 위한 용도로도 사용되었다. 그러니까 이 지하실은 '원죄'와도 같은 곳. 원죄가 공간화한 형국. 작가 특유의 '심리적 현상학'이란 이 원죄가 바로 터부라는 것. 절대로 발설해서는 안 될 터부였던 것. 이 터부를 뚫는 방식이 이청준식 글쓰기의 남다른 원점인 셈. 『당신들의 천국』의 이상욱의 묘사에서 이미 실험이 끝난 수법이지요. 이 터부인 원죄를 어떻게 뚫는가. 발설해서는 안 될 사항을 발설해야 하는 이 '자기모순의 절대성'이야말로 이청준식 탐구적 참주제인 셈. 그런데 이번 작품은

이청준

한 발 물러섰군요. 날카로움을 슬쩍 감추고 세상살이의 순리 쪽으로 기울어졌다고나 할까. 칼날 대신 칼등으로 썼다고나 할까. 무딘 연장으로의 글쓰기라고나 할까. 노경에 접어든 탓이었을까. 상식 수준에 주저앉기인 셈.

—그날 밤 일이 있고 나서 이 마을 사람들은 윤호 어른이 어디에 은신해 있다 왔는질 바로 알게 됐제. 하지만 당신이 왜 저 지하실에 숨었다가 자기 발로 다시 나와 죽음 길을 찾아왔는진 아무도 알지 못했어. 당신이 그걸 말한 일이 없었으니께. 그러니 사람들이 어떤 생각들을 했겠는가? 자네가 어떻게 생각하든 우선 나부터도 말이네.
—……?
—이 동네 사람들, 그래도 지금까지 그런 맘속 의심을 입 밖에 내어 말한 일이 없네. 그리고 이젠 그 시절 너무 어려 아무것도 알지 못했을 자네밖엔 그 자리 사람이 이 세상엔 없네.(104~105쪽)

옛집 복원을 위임 맡은 성조 씨가 내뱉은 말. 이를, 과거사 청산 문제의 적절한 방도를 다룬 소설이라 읽을 수도 있을지 모르나 그런 것은 상식 수준. 잠깐, 소설이란 그런 상식 수준 범주 아닌가라고. 그렇기도 하지만 그 이상이라고 「비화밀교」의 작가는 말하고 있었지요. 과연 제3자인 성조 씨가 이런 식으로 말해도 될까?

이와는 다른 차원의 연상은 또 한 분의 고수 최일남 씨의 「아주 느린 시간」에서 볼 수 있습니다. 과거사로 고민하는 '나'는 세월이 갈수록 수치심이 커집니다. 용서를 빌 상대방이 죽고 없는 마당엔 어째야 할까. 그 아우에게라도 고해성사를 해야 할까. 작가 최씨는 '노오!'라고 말합니다. 그 피해자의 아우는 이렇게 말하지요. '이대로 그냥 지내세요'라고. 어째서? 그건 제3자들이 나설 수 없는 문제인 까닭. 그런 생각 자체가 무의미하고 사치스럽기 때문. 일종의 오만이니까. 가당찮은 허영이니까. 죽는 날까지 '사람인 것이 사람의 노릇'인 까닭. 불완전한 것이 인간인 까닭.

역사에다 대고 어깃장 놓기

- - - - -

이청준 씨의 「그곳을 다시 잊어야 했다」[『21세기문학』, 2007년 봄호]. 부제가 달려 있습니다. '혹은 조국을 세 번 잊은 사람 이야기'가 그것. '그곳＝조국'이란 말에 그 누가 숨을 죽이지 않으랴. 쇠뭉치로 뒤통수를 얻어맞은 것만큼의 무게가 거기 걸려 있는 말이니까. 이른바 역사의 무게인 것. 이 엄청난 역사의 쇠뭉치를 그것도 세 번씩이나 부정한 사내의 얘기. 소설이 감당하기엔 아무래도 역부족일 법한 얘기를 대가급 작가 이씨는 어떻게 처리해낼 수 있을까. 한층 궁금할 수밖에.

2006년 새해 들어 독일 월드컵 열기가 무르익기 시작하면서부터 60대 중늙은이 유재승 씨는 한 가지 남다른 숙제거리로 마음이 무거워지고 있었다.
—이번 기회에 형님이 다시 한번 다녀가시면 좋으련만.
지난날의 소련 영토, 그러니까 지금의 우즈베크 공화국 수도 타슈켄트 시에 살고 있는 막바지 고희 길 맏형 일승 씨에 대한 아우로서의 소망. 고국에 생존해 있는 하나뿐인 친아우로서 재승 씨는 그 엄혹한 이역살이로 평생을 늙어온 형의 재방문 길이 무척이나 소망스럽지 않을 수 없었다. 그 형님이 이번에도 우리 축구팀 응원을 핑계 삼아 재차 고국을 찾아주기를 간절히 바랐다. 하지만 당신이 과연 노구를 이끌고 다시 고국 길을 나서줄지 어떨지, 그럴 마음을 먹어줄지 어떨지 지금으로서는 전혀 짐작할 길이 없었다. (서두)

이청준

2006년 독일 월드컵 열기라면 '대한민국!'을 미친 듯이 줄기차게 외쳤지만, 여지없이 2 : 0으로 대한민국이 참패해서 16강 진출이 물거품이 된 사건을 가리킴인 것. 그러니까 이 소설은 16강 진출 축구게임이 시작되기 수개월 전부터 시작됩니다. 그렇다면 어째서 유재승 씨는 맏형 일승 씨를 축구경기를 핑계로 고국에 초청하고자 했을까. 위의 인용에서 보듯 형 일승 씨는 '우리 축구팀 응원'을 위해 고국 방문을 한 바 있습니다. 저 굉장한 2002년 서울 월드컵 경기 때였던 것.

　줄거리를 잠시 볼까요. 일제강점기 어떤 시골에 뜻있는 집 가문이 있었다. 그 집안에서 장남인 8세짜리 일승이를 독립운동가인 모씨 따라 소련령 연해주 땅으로 보냈다. 혹독한 시련을 겪으며 소년은 커서 그곳 전문학교까지 나와 농업기술지도원이 되었다. 가정도 이루고 사회적 지위도 어느 수준에 이른 소련 국민이 되었던 것. 그런데 서울 월드컵을 계기로 70년 만에 고국을 찾아왔다. 물론 아우의 초청이었다. 서울에 온 일승 씨는 붉은 악마의 응원 물결과 화려한 거리, TV의 요란한 이미지 등을 보면서 또 아우의 정성스런 마음을 읽으면서도 뭔가 석연치 않은 행동을 했다. 뭔가 아우를 속이는 듯했다. "무언가 마음속 의혹을 숨기고 있는 듯한 표정이나 태도" 앞에 아우는 당황할 수밖에. 고향 방문도 조상 무덤에 건성으로 참배하는 듯했고, 대화가 끝나기도 전에 같이 온 일행과도 별개로 서둘러 귀국해버리지 않겠는가. 왜? 무엇이 잘못되었을까. 정성껏 모신 아우로서는 도무지 알 수 없었다. 이 의혹을 풀기 위해서도 한 번 더 독일 월드컵 16강 진출전을 계기로 형의 고국 방문을 요망했다. 형은 그러나 끝내 응하지 않았다. 편지가 왔을 뿐. 이 줄거리를 통해 아우가 알아낸 형의 내면 풍경(편지)은 대략 이러합니다. 팔십 평생 혹독한 이역 땅에서 살아남기 위해 일승 씨는 조국을 세 번 잊고자 했다. 첫번째는 일제강점기, 조선인이란 일제 스파이로 인식되기 쉬웠으니까 목숨을 걸고 고국 조선을 잊어야 했을 수밖에. 두번째는 6·25.

어째서? "조국을 잃은 망국인에겐 자주 저편 한쪽에 그런 조국이나마 하나로 뭉쳐 남아 있는 게 나아 보였으니까." "가고 싶지는 않아도 용서해야 했으니까." 세번째는, 바로 이것이 문제인바, 붉은 악마의 외침 속에서 "혁명의 흐름"을 보았기 때문. 이런 조국이라면 잊을 수밖에 없다는 것. "옛날 소련에서 저렇게 혁명을 했어."

　예수 제자 베드로처럼 세 번씩이나 조국을 잊고자 한 이 작품의 주인공 유일승 씨의 심정을 독자인 우리는 어떻게 읽어야 적절할까. 기다/아니다를 떠나 분명해지는 것은 소설이 역사를 향해서도 열려 있다는 사실입니다. 그 열려 있음이란, 역사에 대한 작가의 해석이나 편들기와는 전혀 무관한 것. 그럼 그게 무엇일까. 정답은 '몸부림'. 그것도 한갓 몸부림치기. 역사에다 대고 현실에다 대고 어깃장 놓기인 것. 대가답게 작가 이씨는 이 점을 일깨우고 있습니다.

　형의 편지를 받은 재승 씨가 단신으로 붉은 셔츠를 구입해 입고 16강 진출을 위한 경기가 열리는 K시의 중앙광장 응원석에 나아가 화장실 왕래 외에 저녁까지 굶고 '대애한민국!' 외치기에 목을 매달기가 그것. 2 : 0으로 참담히 패한 뒤에도 줄기차게 외치기. 16강 진출의 꿈이 깨져 주위가 참담한 침묵에 싸여 있는 그 속에서 혼자 미친 듯 '대한민국!'을 외치기. 작가 이씨가 할 수 있는 역사에의 몸부림인 것.

　고언 한마디. 일승의 아비가 맏아들을 하필 소련으로 보낸 까닭을 설명함에 있어 부자연스러움. "깊지 않은 한학으로나마 수신제가며 나라 잃은 백성의 도리를 귀하게 여긴 나머지"라 했는데 그런 아버지가 소련서 온 청년의 뜻에 따라 쉽사리 맏아들을 "일본 쪽이 아니라 소련으로 가라!"라고 한 점은 어떠할까.

이청준

04_

불모의 삶을
비추는 내면 풍경

내면세계를 다룬 소설들

김경욱

「위험한 독서」「공중관람차 타는 여자」

1971년 광주 출생. 1993년 『작가세계』 신인상에 중편 「아웃사이더」가 당선되면서 작품 활동 시작. 한국일보문학상·현대문학상을 수상했다. 소설집 『누가 커트 코베인을 죽였는가』 『장국영이 죽었다고?』, 장편소설 『아크로폴리스』 『천년의 왕국』 등이 있다.

독서 행위가 위험한 사례

김경욱 씨의 「위험한 독서」_{『문학동네』, 2005년 가을호}는 기묘한 직업인 '독서치료사'의 내면을 다룬 작품. 이 작가 특유의 패러디라 할 물건.

음악치료사나 미술치료사 얘기는 들어봤지만 책치료사라는 직업이 있는 줄은 몰랐어요. 책은 무진장 읽으셨겠네요. 내 명함을 받은 사람들은 열에 아홉 그런 반응을 보였다. 책치료사가 아니라 독서치료사입니다. 그들의 천박한 호기심에 대한 나의 반응은 한결같고 단호했다. (……) 요즘 읽을 만한 책은 뭐가 있죠? 그럴 때면 나는 정색하고 대답한다. 돈 내고 물으세요. 독서치료사. 나는 책으로써 마음의 병을 어루만지고 치유하는 사람이다. 의사가 환자를 진단하고 처방하듯 나는 피상담자의 심리 상태를 체크하고 도움이 될 만한 책을 읽게 한다. 모든 약효의 팔십 퍼센트는 플라시보 효과다. 플라시보 효과로 치자면 책만한 물건도

없을 것이다. 부작용도 거의 없다. 중독? 환영할 만한 일이다.(167쪽)

이 신종 직업이란 음악치료사, 미술치료사의 패러디화인 것. 그렇기 때문에 전체적으로는, 비판적일 수밖에. 나아가 풍자성에까지 이르게 됨은 당연하겠지요. 그렇지만, 책치료사가 아니라 독서치료사가 발견한 치료 방식이란 실상 심리적 외상을 입은 환자용이었음이 판명됩니다. 어째서? 정상적인 사람이라면 그 누구도 독서 따위는 안 하는 법이니까. 독서를 필요로 하는 사람이란 그 자체가 환자라는 것. 이 대명제는 과연 성립되는 것일까. 문제적이라 할 만하지요. 왜냐하면 '정상적인 사람'이란 세상 어디에도 없으니까. 우리 모두가, 뭔가 결핍 속에 있기 때문. 괴테 말대로 노력하는 한 인간은 누구나 방황하게 마련이니까. '인간 모두가 환자다'라는 명제 위에 책치료사의 존재 이유가 있습니다. 환자에는 중증환자와 가벼운 환자가 있겠지요. 중증환자의 증상은 어떠할까. 작가 김씨가 보여주는 것은 '인간 불신증'입니다. 도합 일곱 번에 이르는 방화범 소년의 경우가 그것. 이 소년에겐 일본작가가 쓴 『금각사』를 읽히기만 하면 저절로 치유되겠지요.

남에게 이해되지 않는다는 점이 유일한 긍지였기 때문에 무언가 남들을 이해시키겠다는 표현의 충동을 느끼지 못했다. 남의 눈에 띄는 것들이 나에게는 숙명적으로 결여되어 있다고 생각했다. 고독은 자꾸만 살쪄갔다. 돼지처럼.(169쪽)

금각사에 사는 추남인 젊은 중의 열등의식이, 최고의 미로 알려진 '금각사'를 방화했던 것이니까. 무엇보다 자기정체성 확보에 시달리는 환자에게 제일 그럴싸한 책은 어떤 것일까. 인간 불신감을 생애의 주제로 삼았던 그래서 끝내 자살한 일본작가 다자이 오사무의 『인간실격』이나 『사양』을 읽히면 감쪽같이 낫는다는 것.

김경욱

과연 책이란 병원의 일종이거나 혹은 무당의 살풀이 모양의 물건일까. 과연 선약과도 같은 것일까. 우리 독자는 단연 이렇게 물을 수 있겠지요. 이에 작가는 어떻게 답변할까. 일목요연한 해답이 나오겠지요. '책이란 소설이다'가 그것. '소설책만이 책이다'가 그것. 자기 논에 물대는 식이 아닐까. '위험하다'라고 한 것은 패러디인 까닭. 소설이란 극약 처방의 일종이니까. '과보호적 협조 원리'에 근거한 것이 소설인 까닭. 별것 아닌 소설을 신성시하여 거기 무슨 심오한 뜻이 반드시 있다는 선입관이 그것.

프로다운 창작방법론

김경욱 씨의 「공중관람차 타는 여자」「문학사상」, 2005년 11월호 는 전문직 고수의 솜씨가 돋보이는 작품. 옛 명화 「무도회의 수첩」(쥘리앙 뒤비비에 감독, 1937년)을 연상할 독자도 있을 법하네요.

여기 한 사내가 있습니다. 김포발 비행기를 탔고 공장 지대와 그와 흡사한 아파트 단지로 밀집된 모 지방 도시에 내렸군요. 내리기 직전 비행기 속에서 그는 이 낯선 도시의 가장 도드라진 빌딩 위에 농담처럼 얹혀 있는 공중관람차를 봅니다. 그 때문에 도시가 한층 낯설어질 수밖에. 대체 어떤 사람이 거기에 탔을까.

그러나 그는 곧 잊습니다. 비행기가 내리는 속도만큼 빨리 잊습니다. 그러나 비행기가 공항으로 근접하는 순간, 공중관람차에서 내리는 사람들을 봅니다. 데이트하는 남녀들입니다. 또 바로 그 순간, 혼자서 관람차에 오르는 여자를 봅니다. 남녀들은 혼자 썰렁하게 올라타는 여자를 보자 뜨악한 표정을 짓습니다.

지상 120미터 상공에서 키스하고 내려온 남녀의 '배타적 호기심'에 의해 작가는 소설 한 편을 쓰게 됩니다. 평일 대낮에 공중관람차를 혼자 타는 저 여자는 대체 누구인가. 앞으로 그 여자를 수진이라 부르기로 하자. 왜? 젊을 적에 누군가로부터 '수진, 나만의 수진에게'라는 연애편지를 받은 바 있는 여인이니까. 이 장면이 소중함은, 소설 창작의 '우연적 계기'와 '필연적 계기'를 동시에 보여줌에서 옵니다.

 수진의 일대기가 펼쳐집니다. 남자와의 관계이지요. 처녀 시절, 연애 시절, 지금은 남편에게 싫증나 어떻게 남편을 감쪽같이 살해해버릴까에 골몰하고 있는 중년의 보통급 여인, 생의 권태기쯤 되는 것. 그녀에게 접근했다가 떠난 남자들, 그녀가 좋아했으나 이루어지지 못한 사랑 등등 보통 여자라면 대개 그렇지 않겠는가. 인생은 되돌릴 수 없는 법. 기껏 할 수 있는 것은 남편 살해 대신 혼자 공중관람차에 올라타기 정도.

 작품에는 입구도 있고 출구도 있는 법. 때로는 입구가 그대로 출구인 것도 있는 법. 이 작품의 입구와 출구는, 하루키의 「반딧불」(이를 장편화한 것이 『노르웨이의 숲』이지요) 모양 같은 곳입니다. 수진이란 여자에게 연애편지를 쓴 장본인이란 누구인가. 바로 김포에서 비행기로 이 낯선 도시에 온 사내 곧 당신이라 불린 남자이지요. 한 작가가 상공에서 공중관람차를 보고 자기의 청년기에 쓴 연서를 개입시켜 작품을 구성시킨 것. 릴케의 시를 좋아한 작가의 몽상이지요.

김경욱

김도연

「꾸꾸루꾸꾸 빨로마」

1966년 강원도 평창 출생. 1991년 『강원일보』, 1996년 『경인일보』 신춘문예로 등단하고 2000년 중앙신인문학상을 수상했다. 소설집 『0시의 부에노스아이레스』 『십오야월』, 장편소설 『소와 함께 여행하는 법』이 있다.

강원도적 상상력

김도연 씨의 「꾸꾸루꾸꾸 빨로마」^{『21세기문학』 2006년 가을호}는 까마귀와 멧비둘기 타령이라고나 할까요. 타령이라 했거니와, 소설적 문법에서 상당히 벗어났음을 가리킴인 것. 굳이 말해 이 작가 특유의 강원도식 상상력이라 할까.

"전나무 꼭대기에서 까마귀가 울었다. 장작을 패던 그는……"이라고 시작되는 이 소설의 주인공인 '그'는 40대의 가장. 이름 모를 중병에 걸려, 아내를 떠나 약수터 있는 산간벽촌 민박에서 한겨울을 혼자 지내고 있다. 왜? 무슨 병인지 모르나 쉬지 않으면 죽을 수도 있다는 의사의 말에 따라 요양차 왔는바, 한겨울이 되자 집주인도 식당도 모두 마을로 내려가고 그만이 남아 TV도 없는 방에서 세월을 보내고 있다. 벗이라곤 전나무 위의 까마귀뿐. "형씨가 기르는 까마귀입니까?" 하고 어느 날 한 사내가 찾아든다. 뻔뻔하기 짝이 없는 이 사내는 실로 귀찮은 존재. 커피 한잔 먹여 쫓을 수밖에. 실상 이 사내는 인조성기 장사치였다. 그것을 보자, 사내의 얼굴이 낯설지 않았다. 왜? 성기의 작동에서 그는 그동안 잃은 기력이 회고되었기 때문. 그렇다면 그 사내란 마음 허한 그가 불러들인 '허깨비'의 일종이 아니었을까.

두번째 찾아온 이는 옷장수 여인. 흡사 어미 노릇을 하며 밤을 지내지 않겠는가. "어미다, 어미! 삼복 더위도 아닌 한겨울에 뭔 땀을 이리 흘려"라고 거침없이 말하는 이 여인 역시 속이 허한 그가 불러낸 허깨비의 일종. 어째서? 그는 시방『동의보감』을 외면서 마음을 다스리고 있는 중이니까. 여기까지가 '방'과 관련된 것. 아궁이에 장작이 타고 있는 동안의 상상력이지요.

방을 나서 약수터로 가면 어떠할까. 눈송이가 전나무 숲에 내린다. 한복 입은 두 여자가 약수터 정자에 앉아 있지 않겠는가. 젊은 여인과 노파. 늙은 무당어미와 딸 무당의 관계. 약수터 위에 있는 산신당으로 가서 제를 지낸다. 그는 삽으로 눈길을 만들어준다. "고상했소. 우리 신령님이 흡족해하시네"라고 딸 무당이 말했다. 제가 시작된다.

"전나무 숲의 까마귀들과 멧비둘기들이 이 나무 저 나무에서 하나둘 울기 시작했다." 여기서는 까마귀가 울면 손님이 오게 되어 있다. 늙은 무당의 옛 애인 체장수 영감이 찾아온다. 딸 무당이 가져온 음복 술 석 잔에 그는 정신이 얼얼하다. 비로소 알게 된다. 오래전 그와 헤어진 여자였다는 사실. 그녀는 말한다. "네놈이 아프니까 날 불러낸 거잖아!"라고. 그는 두려웠다. 도망칠 수밖에. 그러나 눈 속으로 도망칠 수는 없었다. 그 밤 그는 악몽에 시달린다. 다음날 눈 그친 아침 산신당 주변엔 새들이 울고 있었다. 까마귀와 비둘기가 서로 바꾸어 울고 있었다.

이런 줄거리에 담겨 있는 진실은 무엇일까. '병자의 광학^{光學}'이라 하면 어떠할까요. 속이 허한 이 환자가 하나하나 불러낸 허깨비가 인조성기장수, 옷장수, 무당들, 체장수 영감, 젊은 무당 등이 아니었던가. 자기가 만들어

김도연

낸 헛것에 의해 그는 스스로 정신 분석을 해보인 것이지요. 이 한바탕 자작 굿판을 벌임으로써 아마도 그는 병을 치유할 수 있겠지요. 일종의 자기구원 방식이라고나 할까. 누구나 이런 헛것 몇을 가슴마다 거느리고 있기에 병에 시달릴 수밖에. 이 점에서 작가 김씨의 상상력은 건강합니다.

박청호

「이미지의 폐허」「코코스COCOS」

1966년 부산 출생. 1989년 『문학과비평』에 시를, 1996년 『문학과사회』에 소설을 발표하면서 작품활동 시작. 소설집 『단 한 편의 연애소설』『소년 소녀를 만나다』, 장편소설 『그가 나를 살해하다』『사흘 동안』 등이 있다.

조증과 울증의 분기점에 대한 사유

박청호 씨의 「이미지의 폐허」『문학사상』 2006년 9월호는 30대 중반의 한 가정주부 K의 병증을 다룬 작품. 남편이 해외출장 중이며 아이들은 학교에 갔다. 전원도시 중산층 전업주부인 K는 오랜만에 마트에 들러 찬거리와 무, 배추를 산다. 김치도 담글 참이었다. 여유가 있어 좀 과하다 싶을 정도로 장을 봤다. 갑자기 부자가 된 느낌. 트렁크에 잔뜩 넣고 시동을 걸자 노래라도 크게 부르고 싶을 정도. 이 대목에서 작가도 이렇게 적었군요. "K는 웃으며 간혹 찾아드는 조울증 증세에 고개를 흔들었다"라고. 잇달아 이렇게 적었군요. "다행히 이번엔 조증이 먼저 왔다"라고. 요컨대, 조울증 환자 K의 내면을 그린 작품. 대체 조울증이란 어떤 것인가. 사전엔 '조울병'이라 하여 이렇게 적혀 있군요. "감정 장애를 주된 증상으로 하는 유전성인 정신병의 하나"라고. 그러니까 정신병인 셈. 상쾌하고 흥분된 상태와 우울하고 억제된 상태가 단독으로 또는 주기적으로 반복된다는 것. 발병 기간이 계속적이 아닌 것이 그 특징이라는 것. '조울병'이 그러하다면, 그러니까 '조울증'이란 또 무엇인가. 병과 증세의 차이에 대한 인식이란 전문가들의 소관이겠지만, 이 병세 또는 증세의 특징으로 말하면 '순환기질'에 있어 보입니다. 기질이란 체질의 한 가지 유형을 가리킴인 것. 그러니까 '성격학' 범주에 드는 것. 쾌활한 상태와 우울한 상태가 반복되기 쉬운 사람을 가리킴이기도 한 것. 이런 상태가 뚜렷한 것이 순환병질循環病質이고 병적으로 이상행동을 나타내는 것이 조울병인 것. 그러고 보니, 당장 문제 삼아야 할 점이 드러납니다. 곧 K의 증세란, 조울증인가 조울병인가가 그것. 작가는 분명 '조울증'이라고 해놓고 있습니다. 조울병에까지 이르지 않았다는 점을 과시하고 있다고 할까요. K의 조울증의 변화 과정이 이 작품의 참주제. 곧 조울증이 어떤 곡절을 겪어 마침내 주체하기 어려운 조울병에까지 이르렀는가를 묘파하고자 한 것.

　순환기질에 먼저 주목할 것입니다. 건실한 남편이 있고 자식들이 있고 한가한 자기 시간을 즐기고 있는 K를 먼저 찾아온 것은 당연히도 '조증'. 상쾌하고 흥분된 상태가 그것. 마트에 들러 트렁크에 잔뜩 물건을 싣고 시동을 걸던 K에게 찾아온 '조증'이란 대체 어디서 말미암은 것일까. 작가는 그 조증의 근거를 작품 서두에 장황하게 제시해놓았군요. 아파트 옆집 1416호의 우편함에서 땅에 떨어진 우편물이 그것. 늘 부재중인 1416호의 우체통엔 쌓인 우편물이 바닥에 떨어지기 일쑤여서 보다 못한 K가 이를 수습하여 주인에게 돌려주고자 한 것. 그런 의도였으나 막상 집으로 가져와서 K는 그 우편물을 뜯어보았던 것. 궁금증이랄까 호기심이었을까. 좌우간 그렇게 된 것이지요. 여기까지는 비교적 자연스럽지요. 그러나 그 우편물의 내용에 접하자 사태는 크게 달라집니다. '조증'이 돌연 '울증'으로 전환되었던 것. 무엇이 이러한 변환을 가져오게 한 주범일까. 정답은 다음 두 가지.

문학잡지와 사진집이 그것.

대체 문학잡지란 무엇인가. 이 물음은, 정확히는 K에게 있어, 더욱 정확히는 80학번 세대인 K에게 있어 무엇인가에로 향하는 것.

K는 전화를 끊고 1416호 책을 집어 들었다. 왠지 달뜬 마음에 봉투를 뜯어보고 싶었다. 1416호 주인은 어떤 책을 읽고 어떤 글을 쓰는 사람일까 궁금했다. K는 충동을 누르지 못하고 소포를 뜯었다. 한 권은 사진집이었고 다른 한 권은 흔한 문학잡지였다. 국문과를 나온 K는 늘 보던 문예지를 10년 만에 손에 들고 피식 웃었다. 졸업하면서 이따위 책을 다시 보는 일은 없을 거라고 맹세를 했었다. 가끔 문학상을 탔다는 베스트셀러 소설을 읽긴 했어도 리포트를 쓰느라 도서관을 뒤지면서 복사까지 해서 읽었던 문학잡지 따위는 쳐다본 적도 없었다. K는 문예지를 소파에 내려놓고 사진집을 들추었다. 그다지 눈에 띌 만한 사진은 아니었다. 풍경사진 몇 장과 인물을 찍은 사진들 옆에 시가 토막 구절로 적혀 있었다. 텍스트와 이미지와의 만남, 이런 것도 이제 흔한 일이 되었다. K는 사진집을 내려놓고 문예지를 집어 들었다. 10년 동안 하나도 바뀌지 않았군. 또 뭐가 실렸나. 시 몇 편. 소설 몇 편. 간단한 특집 기사와 평문. 따분하기는 그때나 지금이나 별반 다르지 않았다. 이번 호의 특집은 이야기가 있는 시였다. 전문적으로 시를 쓰지 않는 다른 분야의 예술가들이 주요 필자들이었다. 이야기가 있는 산문시들이 10편가량 실려 있었다. 한때 시대를 비판하는 담시를 대자보에 실었던 경력이 있던 터라 K는 슬쩍슬쩍 페이지를 넘기며 시를 대충 읽었다. 1416호 주인의 이름이 눈에 띄었다. 그 이름은 카드 명세서나 관리비 청구서 따위에 적혀 있던 것과 같았고 이 책이 들어 있던 우편물 봉투와 일치했다. 흥미로운 제목이 눈길을 끌었다.(106~107쪽)

K에 있어 그러니까 80학번에 있어 문학잡지(문학)란 그 자체가 성스러운

박청호

것. 사르트르식으로 말해 참여(자기 구속)의 일종이었던 것. 지금은 그 잘난 문학이 어떤 형편인가. 보기만 해도 딱하고 신물 나는 것. 그 모양 그 꼴을 하고 있지 않겠는가. 그 잘난 문학에 얼마나 열중했던가. 문학이 바로 현실 참여의 유일한 수단이자 도구였던 것. '대자보'야말로 그 상징성이었던 것. 사팔뜨기 철학자 사르트르가 가르쳐준 것이 아니라 이 나라 역사가 그렇게 시켰던 것. 그런 문학이 짜부라져 초라한 몰골을 하고 있음을 보았을 때 조증은 한순간 '울증'으로 바뀔 수밖에.

이 '울증'이 향하는 곳은 '사진집'입니다. 사진(이미지)이 문학의 몫을 대신할 때 벌어지는 끔찍한 현상이 줄줄이 이어집니다. 작가 박씨의 역량이라 할까요. 실상 이 사진조차도 K가 불러낸 허깨비인 까닭. 기록성으로서의 사진이 지닌 비인간적 기능이 드디어 K의 '증세'를 '병'으로 몰고 가도록 하고 있으니까.

고언 한마디. 결말의 "1980년대에 대학을 다닌 사람들은" 운운은 한갓 작가의 오기.

도플갱어의 낭패스런 표정

－－－－

박청호 씨의 「코코스COCOS」^{『현대문학』 2006년 12월호}는 씨의 개성이 잘 드러난 작품. 개성이라? 진작 문창과 정통파 출신이면서도 늘 주류에서 벗어났음이 그것. 주류라니? 가족소설, 사회, 역사적 상상력의 소설, 인정담 따위를 주류라 한다면 씨는 늘 이와는 무관한 자리에서 외롭게 헛돌고 있었다고나 할까. 문체 역시 이질적. 주류적 문체란, 가지런하게 정서를 짜내는 것인데, 박씨의 것은 군데군데 금이 가고 모래나 돌멩이가 섞여 있는 형국. 이 점이 주류 따위가 죽을 쑤는 오늘에야 서서히 그 견고성을 발휘하는 형국. '코코스'는 체인식 음식점 이름. 1990년대 유행한 이곳에 아비의 주장으로 가족들이 최후의 외식을 했다. 오늘날엔 흔적도 없이 사라졌고, 식구 위에 '코코스' 모양 군림하던 그 아비도 죽었다. 작중화자이자 주인공인 '나'는 누구인가. 아주 뻔뻔하게도 '나'는 망설임도 없이 내뱉고 있다. "나는 행정고시 출신의 내무부 관리다!"라고. "내무부 관리도 이 나라 소설의 주인공이 될 수 있다!"라고. 실로 이질적이자 도전적. 여비서를 건드렸다든가 상사에 밉보여 지방으로 좌천. 거기서도 개성적 삶을 이어갔고 불륜도 저질렀고 아내와 이혼과 다름없는 장기 별거 중. 지금은 40대 중반. 그런데 다른 사람과 살고 있는 아내가 돌연 전화를 해왔다. 당신 아비가 자기 꿈에 나타났다는 것. 생전에 본 적도 없는 시아비를 꿈에서 보게 되다니. 그런데 기묘한 것은 그 꿈의 구조.

    꿈에서 아내는 자기가 나였다고 했다. 어머니와 아버지가 서로를 부둥켜안고 누워 있었다. 내가 들어와 아버지를 불렀다. 아버지! 아내는 숨소리를 내지 않고 죽은 듯이 누워 있었다. 아내는 자기가 누워 있는 것을 보았다고 말했다. 온 가족이 모두 한 방에 누워 있었다. 내가 아버지에게 여기는 웬일이냐고 물었다. 아버지가 무어라고 대답했지만 내겐 들리지 않았다. 나 역시 아버지에게 무어라고 대답했고 아버지도 말을 이었다. 오랜 시간은 아니었지만 나는 죽은 사람과 이야기하고 있다는 것을 온전히 느끼고 있었다. 아버지에게선 막 무덤에서 걸어 나온 듯 흙이 묻어 있었다. 죽음의 냄새가 채 가시지 않았다. 아버지는 하나도 썩지 않았다. 마치 어제 죽은 사람 같았다. 아버지, 아버지는 죽었는데 여긴 왜 왔어? 아내는 내가 그런 태도였다는 것이다. 나는 반가워했던가? 아내는 내가 그런대로 아버지와의 해후를 기뻐하는 표정이었다고 한다. 그러나 나는 죽은 아버지에 대해 조금은 방어적인 태도로 어쩌면 아버지가 어서 이 방에서 나갔으면 하는 느낌으로 물끄러미 서 있었다. 아내는 그것이 내가 느낀 것인지 아내인 자기 자신이

박청호

아들인 나의 태도를 살펴서 알게 된 것인지 분간할 수 없었다고 말했다.(121쪽)

두 가지 점이 지적됩니다. 첫째 '코코스'로 상징되는 아비의 권위에 주눅 들린 외아들의 대결 의식. 시인이 되고자 한 여린 아들에게 행정고시를 강요한 아비. 주눅 들린 아들의 삶이란 뒤틀릴 수밖에. 그 원한이 이혼 상태의 아내의 꿈을 통해 극복된다는 것. 참주제가 깃든 곳. 둘째 이 점이 중요한데, 아내의 존재란 심리학적 설명으로 하면 실상은 '나'의 분신이라는 것. 이중신二重身, Doppelgänger이란 독일 민간에 전승된 것. 자기 자신과 꼭 닮은 인물을 만나는 체험을 가리키는 도플갱어란, 같은 제목의 하이네의 시로 유명한 것. 일찍이 연인의 집 앞에 서서 고민하는 사내, 그 자세를 달빛 속에서 보았을 때 실은 그것이 자기 자신이었다고 하는 놀라움과 두려움. 자기는 연인을 단념한다고 결심하고 떠날 참이었는데 또 다른 자기가 거기 서 있었던 것. 그림자란 본체에서 떠났지만 자기의 하고자 하는 바를 하고 있는 형국. 호프만의 소설 「악마의 미주」, 도스토예프스키의 「이중인간」 등의 계보인 셈. 아내란 실상은 '나'의 그림자였던 것. 아비에 대한 아들의 애와 증을 다룬 것.

이청해

「시크릿 가든」

1948년 서울 출생. 1991년 『문학사상』 신인상에 단편 「하오」가 당선되면서 작품활동 시작. 소설집 『빗소리』 『플라타너스 꽃』 장편소설 『초록빛 아침』 『오로라의 환상』 등이 있다.

역사적 비밀과 개인적 비밀

이청해 씨의 「시크릿 가든」『현대문학』 2007년 2월호은 "궁문을 들어서자 진노랑과 담황색의 물결이 흐벅지게 시선을 빨아당겼다"로 시작됩니다. 늦가을 비원秘苑 관광에 나선 사람은 '나'와 옛 친구 선영. 53세의 여인인 '나'의 시선에 비친 늦가을 비원은 어떠할까. 가까스로 외국인과 결혼하여 허세를 부리고 있는 단짝 친구 선영과 동행이라면 어떠할까. 그리고 마침내 "평생 변함없던 생리가 달을 거르고, 꽃점처럼 휙 왔다가 사라져서 또 소식이 없다"면 어떠할까. 무릎이 휘청거릴 수밖에. 털퍼덕 주저앉아 어릴 때처럼 '싫어 싫어' 하고 아망부리고 싶었을 터. 잇달아 억울함이 몽글몽글 꽃묶음처럼 피어올랐을 터. 이 억울함, 이 분노. 과연 비원이 이를 감당해내고 또 위로해줄 수 있을까. 잘하면 치료조차 해줄 수 있을까. 조용한 그러면서도 무거운 주제가 걸려 있습니다. 작가 이씨는, 혼신의 힘으로 이 무게를 견디고

이청해

있습니다. 목청 높은 페미니즘 따위를 넘어선 경지. 거의 절반 가까운 여성이 당당히 결혼을 포기하는 오늘의 세태에 견주어보면 더욱 그러하지요.

비원, 그것은 무엇인가. 잘난 왕 한 사람을 위해 세워진 뜰이 정답. 왕이란 또 무엇인가. 남자 중에서도 남자인 것. 이 남자 하나를 위해 방대하고도 기기묘묘한 뜰이 조성된 것. 화초와 같은 무수한 여인들이 한 남자를 위해 평생을 수절한 곳. 나라를 망친 뒤엔 또 어떠했던가. 이방자, 이구, 덕혜옹주 등의 고난이 깃든 곳. 이 비원의 무게가 '나'를 위로하거나 구원해줄 수 있을까.

이런 물음은 질문 자체가 틀렸는지 모른다. 어째서? 문제는 '나'에 있기 때문. '나'란 대체 어떤 여자인가. 어째서 53세에 이르기까지 남자와 단 한 번도 섹스를 갖지 않은 채 독신으로 직장생활하며 살아왔던가. 문제는 바로 이것. 거기에는 응당 저 '비원'만큼의 '나'만의 '비밀'이 있을 터. '나'의 비밀과 비원의 비밀의 대결이 작가 이씨의 패기랄까 역량일 터. 그렇다면 작가 이씨는 '나'의 비밀을 과연 얼마만큼 털어놓았을까. 바로 여기가 비평적 포인트. 잠시 볼까요.

친구야말로 오백 번도 더 선을 보고 의사에게 시집을 갔다. 나는 운명에 대해 특별한 주관을 갖고 있지 않다. 그러나 사춘기 시절의 아버지에 대한 내 감정이 운명의 상징처럼 불쑥불쑥 상기되곤 한다. 유년 시절까지는 아버지와 나는 그저 보통의 부녀지간이었다. 사춘기가 되자 나는 어쩐지 아버지가 싫어졌고, 아버지가 가까이 오면 몸을 뒤로 빼게 되었고, 아버지와 되도록 멀리 떨어져 있고 싶었다. 당시의 아버지는 수년간 고시에 낙방해 백수가 되어버린 큰오빠에 실망해 연일 술을 마셨었다. 나는 아버지의 몸이며 오줌에서 노린내가 나는 것 같았고, 그것이 역겨워 숨을 쉴 수가 없었다. 반대로 나와 연년생인 여동생은 사춘기가 되면서 오히려 아버지를 전보다 더욱 좋아했고, 아버지의 체취를 싫어하기는커녕 정겨워해서 아버지만 나타나면 목소리 톤이 높아지면서 전에 없던 몸태를 부렸다. 그러더니 대학 1학년 때 클래스메이트와 결혼해 지금은 서른 살짜리 아들을 둔 중후한 여인이 되었다. 나는 남자라든지 결혼에 대해 생각이 미치면 늘 사춘기 시절의 내 참을 수 없던 느낌이 떠오르곤 한다. 의도하지 않았고, 나도 어쩔 수 없었던, 동생과는 사뭇 다른, 아버지에 대한 야릇한 느낌. 그 어름에 나도 밝혀낼 수 없는 비밀이 숨어 있는 듯하다.(99쪽)

'나' 자신도 밝혀낼 수 없는 모종의 비밀이 있다는 것. 그것은 아버지와의 모종의 감정이라는 것. 여기다 대고, 얼버무린다고 솔직하지 못하다고 할 수 있을까. 천만에요. 삶에는 설명할 수 없는 또는 거역할 수 없는 또는 어쩔 수 없는 함정들이 너무도 많으니까. 다만 분명한 것은 '나'의 독신주의란, 모종의 유다른 '결벽성'에서 왔다는 것. 달리 말해 모종의 순수성, 또는 모종의 날카로움이라고나 할까. 종종 천재들에게서 볼 수 있는 기벽이라고나 할까. 적어도 53세의 처녀 시절에는.

문제는 이 '나'만의 결벽성에 대한 자기비판이랄까 자기의식에 있습니다. "남들은 잘 익은 밥을 모두 퍼먹고 있는데 나만 생 쌀밥을 바라보며 어쩔 줄 모르고 있는 심정"에 대한 모종의 회의랄까 안타까움이랄까 후회의 감정이 그것. 여자로서의 기능이 끝장나는 순간에도 눈썹 하나 까닥 않는 자기 오만에서 벗어나기가 그것. 다음 장면이 아름답지 않다면 이는 거짓말.

새빨간 단풍잎이 물결 따라 코앞으로 흘러왔다. 나는 손을 뻗었다. 둑은 생각보다 깊었다. 나는 허리를 꺾었다. 손이 닿을 듯 닿을 듯 닿지 않았다. 상체를 더욱 구부렸다. 어쩐지 안타깝고 아쉬웠다. 한 장이라도 꼭 건지고 싶었다. 너무 용을 쓴 나머지 손이 바들바들 떨렸다.(106쪽)

이청해

조명숙

「미즈 맘Ms. Mam」

1958년 경남 김해 출생. 1990년 장편소설 『표』로 작품활동을 시작했으며 2001년 『문학사상』 신인상에 단편소설이 당선되었다. 소설집 『헬로우 할로윈』 『나의 얄미운 발렌타인』, 장편소설 『겨울 지나기』 『작은 의자』 등이 있다.

보름달을 향해 울부짖는 늑대

조명숙 씨의 「미즈 맘Ms. Mam」『문학사상, 2005년 9월호』은 가장 소중한 것을 잃은 자의 내면 묘사와 그 극복 방식을 절실하게 다룬 작품. 현이라 이름한 36세의 여인이 있습니다. 어느 비 오는 날 학교에 간 아이의 우산을 챙겨 마중 갔을 때 그녀의 눈앞에서 아이가 덤프트럭에 치여 죽었군요. 이 여인은 그 충격을 어떻게 극복할 수 있을까. 소설 주제치고는 심각한 것. 방법은 사람에 따라 각각이겠지요. 발광하기, 목매달기, 팔자소관으로 믿고 다시 아기 낳고 체념하기, 종교나 고아원 등 사회사업에 관심 두기 등등이 가능하겠지요. 작가 조씨의 해결책은 어떠할까.

두 가지 기둥을 세웠군요. 남편의 욕망에서 벗어나 아이 보상금 통장을 갖고 가출하기가 그 하나. 가출하여 허름한 동네의 옥탑방에 세 듭니다. 어째서 하필 옥탑방이어야 했을까. 달 때문입니다. 작가의 자질이 번득인 곳.

이곳에 오기 전, 아파트 베란다에서 달을 보면서 그것을 알았다. 조그마해서 보이지 않던 아이는 바라보면 볼수록 조금씩 커져서, 눈에 보이지 않던 작은 물방울이 모여서 구름이라는 큰 물 덩어리로 마침내 눈에 보이게 되듯이, 현이가 볼 수 있는 곳으로 내려온다는 것을 알았다. 아이가 빗방울을 따라 내려오는 곳은 꼭 제가 다니던 학교였다. 그리고 학교가 파하는 그 시각이었다. 얼마쯤 배가 고프고, 얼마쯤은 지친, 그래서 집으로 돌아가 엄마 곁에서 간식을 먹으며 세상의 위험함을 잊어버리고 싶은 바로 그 시각이었다.(166쪽)

아이를 잃은 여인이 정신 나간 상태에서 달을 보고 있었다는 것. 이는 분명 환각이지요. 그런데 그 환각이란 '달→달무리→빗방울→비 내리기'로 연상되어 있습니다. 비 오는 날 아이가 죽었으니까 이 죽음을 달로써 생리화하기인 것. 달이란 새삼 무엇인가. 초승달이 자라 보름달이 되고 다시 작아지기 시작해 아예 그믐달로 향하지요. 이 반복이 여성성을 상징함은 모두가 아는 일. 이 달거리를 기둥으로 삼음으로써 작가는 여성만이 느낄 수 있는 미묘하기 짝이 없는 생리적 감각을 포착하고 있습니다.
다른 하나의 기둥은 아래와 같습니다.

달빛과 외등, 창문에서 새어나오는 불빛들이 만들어내는 침울한 분위기 속으로 피노키오의 코처럼 자라나는 그림자가 보였다. 현이가 담벼락에 등을 기대고 쪼그리고 앉아 있는 것을 아는지 모르는지, 그림자는 천천히 난간을 따라 옥상 가장자리를 한 바퀴 돈 다음 달을 향해 섰다. 보름을 대엿새 넘긴 달이 떠올라 있는 하늘을 향해 그림자가 늑대처럼 고개를 치켜들자, 문득 우우우 하는 늑대의 울음소리를 들은 것 같았다.(165쪽)

보름달을 향해 울부짖는 늑대의 울음은 분명 환청이겠지요. 이 환청의 주

조명숙

인공은 다름 아닌 몽유병을 앓는 이웃집 여자입니다. 그녀의 딸은 아직 미성년이면서 임신한 상태, 이름은 지나. 이런 어미 밑에서 자란 딸이 임신한 새 생명도 소중하기는 마찬가지. 지나가 낳은 아기이면 어떠랴. 미즈이자 어미면 어떠하랴.

이 작품의 주조저음이랄까 정서의 소설적 바탕의 강점은 여성성의 부각에 있습니다. '달→달무리→비 내리기'의 연속성이 그것.

중요한 것은 '달과 달무리, 비 오기'의 연속성이란 우리의 전통적(할머니) 속담이랄까 민담과 관련되었음에서 찾아집니다.

조경란

「달걀」

1969년 서울 출생. 1996년 『동아일보』 신춘문예에 단편 「불란서 안경원」이 당선되면서 작품활동 시작. 오늘의젊은예술가상·현대문학상 등을 수상했다. 소설집 『나의 자줏빛 소파』, 『국자 이야기』, 장편소설 『식빵 굽는 시간』, 『혀』 등이 있다.

부채감을 넘어서는 길

　　　　　조경란 씨의 「달걀」『현대문학』 2005년 7월호은 케이블 TV의 디스커버리 채널에 힘입어 쓰였다고 보면 어떠할까요. 영국 최초의 제트여객기(코메트호)의 잇단 추락이 네모난 창문 탓이었음이 판명된 이래 모든 항공기의 창문이 둥글어졌다는 것, 태어날 새끼들을 보호하기 위해 입을 닫지 못할 정도로 많은 양의 알을 물고 알이 부화될 때까지는 먹이를 넣을 수도 없는 농어의 생리. 이 두 가지 사항이 실상 이 작품의 창작 동기이자 메시지 자체라고 할 수 있기 때문.

　　첫째, 비행기 문제. 이 작품의 표층구조는 비행기와 분리시킬 수 없지요. 작중화자인 '나'는 독신 청년. 모 방송국 PD. 취재차 베를린에 갔으나 모종의 사정으로 계획이 변경되고, 그 과정에서 현지 도우미인, 베를린에서 17년이나 산 무용 전공의 한국 노처녀 가씨와 사귀었다는 것. 귀국했다는 것.

남녀 사랑에 대한 이런저런 제법 철학적인 고민이 펼쳐집니다.

둘째, 달걀 문제. 이 작품의 심층구조이자 참주제가 걸린 곳.

이모와 '나'의 관계가 그것이지요. 탁구 선수였던 이모가 사고를 당해 선수 생활을 접은 것은 27세 적. 그때부터 고아인 두 살짜리 '나'를 키우기에 평생을 바쳤지요. 그런 이모가 만년엔 치매에 걸렸고 마침내 죽었지요. 대체 이런 이모란 무엇인가. 입에 알을 잔뜩 머금어 부화될 때까지 먹이조차 넣을 수 없는 농어의 생리에 대비되는 것. 어째서 어미도 아비도 아닌 이모가 그렇게 해야 했을까. 그 때문에 오늘의 '나'가 있겠지만 동시에 '오늘의 나'는 그 '부채감'에 시달릴 수밖에.

> 내가 두려워하고 있던 건 정작 이모의 죽음이 아니라 죽기 전에 이모가 나에게 보여줄 태도, 혹은 나에게 마지막으로 남길 위협적인 비난의 말 같은 것은 아니었을까. 나는 평생 이모에게 갚을 수 없는 부채감으로 짓눌려왔고 그것은 때로 나도 모르는 사이에 불가피한 원망으로까지 이어지곤 했다. 나는 죽어가는 이모로부터 '내가 그동안 너한테 어떻게 했는데' 혹은 '나한테 어떻게 이럴 수가 있니'라는 말을 듣게 될까봐 이모가 죽기 전부터 벌벌 떨고 있었다. 이모가 나를 키워준 순간부터, 우리가 함께 살았던 그 모든 시간 내내 나는 이모의 인생을 망쳐버렸다는 죄책감과 그 죄책감에서 비롯된 의무감과 그리고 두려움으로 평생 짓눌려 있었다는 말을 해야 할지도 몰랐다.(106~107쪽)

부모였다면 이런 부채감까지는 가질 필요가 없겠지요. 어째서? 태어나고 싶어서 '나'가 태어난 존재는 아니니까. 이모의 조카 키우기란, 물론 이모로서도 잘 설명할 수가 없겠지만 좌우간 그러했지요. 부채감이란 이모가 '나'를 낳은 육친이 아니라는 데서 온 것. 이 부채감이 '나'의 심층심리 속에 독사마냥 도사리고 있지요. 이 독사를 처치하거나 길들이지 않고는 '나'의 삶이란 불모일 수밖에. 참주제가 걸린 대목.

어떻게 이 난관을 돌파했을까. 제가 나서서 그 해답을 내보일 필요까지는 없겠지요. 부채감의 정체를 알기만 하면 저절로 풀리는 문제이니까.

> 나는 한 사람은 원하고 한 사람은 그것을 원하지 않을 때의 경우만 생각했기 때문에 한 사람도 원하고 다른 한 사람도 바로 그것을 원할 때가 있다는 걸 전혀 알지 못했다. 요구와 저항과 압박과 위협과 그리고 마침내 한 사람의 굴복, 그리고 그 후엔 그것들의 반복이 계속되는 관계말고도 이 세상엔 내가 모르는 것으로 가득 찬 관계가 존재할지도 몰랐다.(110쪽)

이 깨달음이 왔을 때 '나'는 해방될 수 있는 법. 가씨를 만나러 베를린행 비행기에 오를 수밖에.

부채감이란 사랑이 결여된 사항이 아니었던가. 이모도 '나'를 무조건 사랑했고 '나' 역시 그러하지 않았던가. 거기 아무런 조건이 없었지요. 가씨를 사랑함에도 마찬가지.

이렇게 잘해버리면 싱겁지요. 그러나 작가 조씨의 솜씨는 싱겁지 않습니다. '기억'에 대한 심도 있는 성찰이 그것. 한 번 일어났던 일을 항시 일어났던 일처럼 기술하기, 이것이 『잃어버린 시간을 찾아서』의 작가 마르셀 프루스트의 방법론이라 주장한 것은 명민한 비평가 주네트였지요. 그는 이런 기술법을 '서사적 심성$^{epic\ mind}$'이라 불렀지요. 한 번 일어난 일을 한 번 기술할 수도, 반복해서 기술할 수도 있고, 제3자를 통해 기술할 수도 있지만, 한 번 일어난 일을 늘 일어나는 일처럼 기술하기야말로 진짜라는 것. 작가 조씨의 수법에서 이 점이 엿보입니다.

조경란

05_

몸과 공간의
수사학
관념을 벗고 육체를 입은 소설들

권여선

「가을이 오면」「약콩이 끓는 동안」

1965년 경북 안동 출생. 1996년 『푸르른 틈새』로 상상문학상을 수상하면서 작품활동 시작. 2007년 오영수문학상을 수상했다. 소설집 『처녀치마』, 『분홍 리본의 시절』, 장편소설 『푸르른 틈새』가 있다.

몸의 방법과 수사학

권여선 씨의 「가을이 오면」『문예중앙』 2005년 겨울호은 스물일곱 먹은 K전문대 학생 로라의 삶의 한 단면을 보인 작품. 27세에 이르기까지 K전문대에 학적을 두고 옥탑방에서 혼자 사는 그녀가 작품 시작에서 끝날 때까지 세상에 대한 불만으로 가득 차 있군요. 안절부절 상태라고나 할까. 대체 그 이유는 무엇일까. 이 물음은 매우 조심스럽게 던져져야 합니다. 어째서?

흔히 세상에 대한 불만이란, 자의식의 발로 곧 지식인들의 신경쇠약에 해당됨이 보통 아니었던가. 배때기는 부르고 경제적으로도 괜찮은, 지식깨나 있는 주인공이 아니고서야 세상의 부조리에 덤벼들거나 불만 토로를 하지 않는 법. 어째서? 돈 없고, 아는 것 없는 축들은 그럴 틈이 있을 수 없으니까. 이러한 통념을 깨기 위해 쓰인 것이 작가 권씨의 작법. 그러니까 기존의 어떤 통념에 대한 도전인 셈.

이런 도전에는 그 나름의 명분이나 방법이 뒷받침되어야 비로소 문제가 됩니다. 그 명분이란 무엇이었던가.

"여자들은, 특히 우리네 우아한 여자들은 남자들에게 세상을 빼앗긴 대신 세상으로부터의 초연함을 얻었단다."(195쪽)

교육 수준이나 기타 별로 대단치도 않은 어머니가 깃발처럼 내세우는 것이 여성적 우아함이었지만 그 어머니의 딸은 이와는 거리가 너무 멀었다는 것. 독창성도 교양도 없는 막돼먹은 딸이었던 까닭. 이것이 작가적 도전의 명분인 셈. 그렇다면 그 방법은? 이 물음에 작가 권씨는 썩 민첩하여 인상적입니다.

(A) 한쪽 다리가 부자유하다는 것. 몸에 알레르기가 있다는 것. 상상력도 창의력도 부족하다는 것. 옥탑방에서 가난하기 짝이 없는 삶을 살고 있다는 것. 시장바닥의 지저분함 속을 헤매길 좋아한다는 것.

(B) 이에 상응하는 묘사(문체)를 조직해내었다는 것.

(1) 미역 건더기의 느낌은 흔히 딸의 행위가 부적절하다고 판단한 어머니들이 딸에게 던지곤 하는, 미끈거리고 천덩거리는 바로 그 눈빛의 질감이었다.(191쪽)

(2) 그럴 때면 그녀의 옅은 눈썹 사이 빨긋빨긋 반점이 돋은 넓은 미간이 몸을 웅크리는 애벌레처럼 서서히 좁혀져 가늘게 주름지곤 했다.(193쪽)

(3) 반질하고 끈적한, 녹즙과 계란과 오일을 섞어놓은 듯한 미역 같은 눈빛.(195쪽)

(4) 이를테면 순댓국 같은 풍경이었다.(197쪽)

(5) 잇몸 같은 어머니는……(205쪽)

몸의 수사학이지요. '우아'에 대한 도전이란, 설명이 아니라 이러한 수사

권여선

학(방법)이 뒤따라야 하는 법. '우아'에 대한 도전은 '추악함'에 대응된다는 것. 셰익스피어 『안토니와 클레오파트라』도 이 방법을 잘 알고 있었지요. 길보吉報를 가져온 전령에겐 보통의 황금을 주고 흉보를 갖고 오는 전령에겐 꼭 같은 분량의 황금을 주되, 불에 달구어 녹아내리는 황금을 그 전령 목구멍에 들이붓기였던 것.

발정 난 돼지의 치유방식

권여선 씨의 「약콩이 끓는 동안」『문학동네』 2006년 여름호은 소재도 소설 운용 방식도 썩 낯섭니다. 영화로 치면 컬트형이라 할까. 사고로 반신불수가 되어 휠체어에 앉아 죽음을 기다리고 있는, 그래서 그 죽음에 맞서 안간힘을 쓰고 있는 노교수의 심리랄까 내면 풍경을 다룸에 있어 작가 권씨의 방식은 비범합니다. 자의식 나부랭이에 매달리지 않고 오직 생리적 육체적 묘사를 구사하여 그 심리를 그려내고 있습니다. 제목부터 볼까요. 「약콩이 끓는 동안」이라 했거니와 이 경우 약콩이란 무엇인가.

> 순천댁은 날로 변덕스럽고 가혹해지는 촌장의 지배 아래 사는 마을 아낙처럼 전전긍긍했다. 같은 행위가 같은 처벌을 가져오지 않는다는 불확실성만큼 그녀를 불안하게 하는 것은 없었다. 그럴 때마다 그녀는 약콩을 달여 새벽 공복에 김교수에게 마시게 하는 걸로 위안을 삼았다. 머리꼭지까지 치솟은 심화를 가라앉히는 데는 약콩이 특효라고 그녀는 믿고 있었다. 예전에 시골에서 발정 난 돼지에게 일명 쥐눈이콩이라 불리는 약콩을 사료에 갈아 넣어 먹이는 걸 본 적이 있었다.(260쪽)

여기는 정년을 1년 앞둔, 음악과 노교수의 아파트. 순천댁은 50대 가정부. 심리적으로 불안한 대학원생 윤서영이 학교 심부름을 하다가 노교수의 뒤틀린 심리적 압박에 못 이겨 죽음과 비슷한 상태에 빠진다. 교통사고를 당했던 것. 그 대신 이번엔 남학생이 윤서영의 몫을 맡는다.

　자의식(피해의식)에 시달리는 여학생 윤서영과는 달리 이 남학생은 그런 콤플렉스가 없다. 아무리 짓궂고 남을 못살게 구는 데 전문가인 노회한 교수도 이 흡사 짐승과 꼭 같은, 내면이라곤 손톱만큼도 없는 남학생 앞에서는 속수무책. 여학생 대신 골탕 먹일 대상이 없자 노교수는 발광 상태에 빠진다. 노교수의 두 아들 역시 그 여학생과 동격의 피해의식을 지니고 있다. 두 아들과 여학생이 사라지자 노교수는 삶의 힘을 잃는다. 대체 그 삶의 힘이란 무엇인가. 위 인용에서 보듯 '발정 난 돼지'에 다름 아닌 것. 남을, 그것도 자기가 사랑하는 사람들을 아주 못살게 괴롭힘이야말로 살아 있다는 증거. 말을 바꾸면 남성의 성적 에너지에 다름 아닌 것. 그 섹스 에너지란 실상 생명의 에너지인 것. 이 '발정 난 돼지'의 증세를 치유하는 방식이란 무엇인가. 약콩 처방이 그것. 중요한 것은 이 약콩 처방이 민간요법이라는 것.

　이 작품에는 두 가지 복선이 깔려 있습니다. 순천댁과 노교수의 관계가 그 하나. 다른 하나는 순천댁과 남학생과의 관계. 이 관계 한가운데에 여학생 윤서영과 노교수의 두 아들이 함께 놓여 있습니다. 이들은 실상 피해의식으로 충만하여, 그러니까 순진하여 세상을 살아가지 못하는 무리. 이들을 가운데 놓고, 노교수와 순천댁이 대결을 벌이고 있습니다. 이 게임에서 누가 이기느냐는 뻔하지요. 약콩 처방전을 쥐고 있는 순천댁이 아닐 수 없지요. 민간처방이란 새삼 무엇이뇨? 살아가는 방식에 다름 아닌 것. 그것이 자연스러운 것은 몸에 익힌 자연스러움인 까닭. 이 삶의 자연스런 동물적 생명력이 다하면 죽음이겠지요.

　작품 모두에 여우의 영리함이 등장합니다. 죽을 곳을 안다는 여우의 생리

권여선

가 그것. 약콩이 끓는 동안에 주목한다면 여우가 죽음의 때를 안다는 것으로 되겠지요. 약콩은 어차피 죽으로 변하지요. 그러기에 여우는 죽을 '곳'을 안다는 것이겠지요. 다음 대목에서, 바로 인간의 동물적 모습이 잘 포착되어 있습니다.

    순천댁은 남학생이 쑥 내민 입을 연신 옴찔거리며 줄을 풀어 안족을 꺼내 작은 톱으로 조심조심 다듬는 모습을 지켜보았다. 어제 김 교수가 무엇인가를 떼내려는지 집어넣으려는지 작은 꾸러미에 코를 박고 입을 쫑긋거리며 동물의 앞발처럼 주름진 손으로 만지작대던 모습과 찍어낸 듯 비슷했다. 사내들이란 늙으나 젊으나 다람쥐 새끼 한가지라고 생각하며 순천댁은 천천히 주걱을 휘저었다. (262쪽)

요컨대, 이 작품이 보이고 있는 강점은 자의식이 범람하는 이 나라 소설판에 육체를 끌고 들어왔음에 있습니다. 이를 소설적 민간요법(처방)이라 하면 어떠할까.

김숨

「북쪽 房」

1974년 울산 출생. 1997년 『대전일보』 신춘문예에 단편 「느림에 대하여」가, 1998년 『문학동네』 신인상에 단편 「중세의 시간」이 당선되면서 작품활동 시작. 소설집 『투견』 『침대』, 장편소설 『백치들』이 있다.

광물학적 상상력

김숨 씨의 「북쪽 房」 『문학사상』 2007년 5월호. 김씨 특유의 관념형 소설. "아내는 우족을 사러 간다고 했다"로 시작되기에 가정의 일상적 삶을 연상하는 독자는 배반당하게 마련. 주인공 이름이 김 모도, 박 아무개도 아니고 '곽노'로 되어 있기 때문. 대체 이 괴상한 이름(곽씨고 이름이 노일 수도 있겠지만, 그 이상의 칙칙한 관념적 울림, 가령 돌로 된 성곽이라든가 시체의 관을 연상할 수도 있고, 그 속에 갇힌 노예를 떠올릴 수도 있다)을 가진 주인공은 어떤 위인가. 우선 볼까요.

곽노가 지구과학을 가르치며 그나마 흥미를 가진 대상이 있다면 광물과 광석과 암석이었다. 기상과 지진, 해양에 비교하자면 광물은 얼마나 실재적이고 분명하며 규칙적인가. 대기 속에서 일어나는 현상인 구름·바람·기온·기압·눈·비는 지나치게 즉흥적이고 변화무쌍하다. 구름과 바람은 변화의 모티프 속에 있다. 어느 순간에 바뀌어버릴지 모를 '모양'에 불과하다. 그리고 그것들은 손에 움켜쥐고서 관찰할 수가 없다. 지진은 재앙이나 다름없다. 지나치게 종교적이라는 이유만으로도 곽노는 지진이 꺼려진다. 해수의 운동과 물성^{物性}을 연구하는 학문인 해양은 광범위한데다가, 곽노는 '물'이라는 물질에 대해 이유 없는 거부감을 가지고 있다.(131쪽)

32년 8개월간 중학교에서 지구과학 교사로 그것도 평교사로 정년퇴임한 곽노는 아내와 자식도 있다. 그는 9개월 전 몸무게가 46킬로그램으로 줄어 북쪽 방으로 옮겼다. 북쪽 방이란 새삼 무엇인가. 사람이 죽으면 머리를 북쪽으로 두듯, 죽음을 상징하는 것. 북쪽 방으로 옮겨감이란 일상과 선을 긋는 것. 산송장 진배없는 곽노를 감금하다시피 해놓고 아내는 무엇을 했던가. 하느님 종교를 믿는 아내는, 작품 서두에서 보듯 고깃간에 우족을 사러 갔다. 선짓국도 해 먹을 것이다. 북쪽 방에 남편을 옮겨놓고 아내는 처형들과 이런 대화를 하고 있다.

"애, 아직 죽을 때가 된 것 같지는 않다."
"그러게 애, 하느님이 사람을 죽이실 때는 피와 살을 말려서 죽이신다는 것을 네 형부 때도 보지 않았니."
"매제도 고생이지만 누구보다 네가 고생이구나."
"저렇게 천년만년을 살면 어쩌우. 솔직한 심정으로 나는 저이보다 내가 더 불쌍하우. 말년에 병들어 누워 있는 남편 병수발이나 들면서 살게 되었으니 말이우."
(139쪽)

이런 대화를 곽노도 듣는다. 그러나 곽노의 의식상에서 보면 조금도 거북스럽거나 이상하지 않다. 체중이 줄수록 죽음에 가까이 갈수록 곽노의 의식은 은화^{銀貨}처럼 맑다. 관념 소설인 까닭.

작가 김씨는 이 작품의 모델을 이상의 「날개」에서 얻은 것으로 보입니다. 오직 지구과학, 그중 광물에 매료되어 평생을 살아온 한 사내의 죽기 전 9개월간의 의식을 다루었지만 기이하게도 여기에는 주인공의 자의식이 끼어들지 않습니다. 「날개」에 대한 도전적 의미가 선명합니다. 어째서 곽노는 광물에 매료되었을까. 이 물음 속에 관념 소설의 징후가 깃들어 있습니다. 동물은 물론 식물과 뚜렷이 선을 긋는 광물이란 새삼 무엇인가. 광물을 대표하는 것이란 철광석이 아니었겠는가. 철광석에는 적철광, 자철광, 갈철광이 있습니다. 저마다의 고유한 색깔을 갖고 있지요. 그중 적철광은 어떠한가. 북쪽 방으로 옮겨온 그는 그 방이 적철광을 닮았음에 주목합니다.

> 적철광은 추상, 판상, 엽편상, 인상, 마름모꼴의 결정을 이룬다. 곽노는 그중에서도 북쪽 방의 결정은 판상^{板狀}이라고 자부한다. 꽃잎을 겹겹으로 겹쳐놓은 것만 같은 집합체. 곽노는 판상이라고 중얼거리며 스스로도 기억력이 아직은 녹슬지 않았다고 자부한다. 하긴 30년을 내내 암기하고 다니던 지식이 아니었던가.(132쪽)

이 순간 곽노는 구원받게 되어 있습니다. 광물 철광석이란, 시간이 만들어낸 작품이 아니었겠는가. 우주 팽창과 맞서는 수축의 산물. 인간의 죽음이란, 인정·감정·사상 따위 더구나 아내가 믿는 종교 따위보다 더 확실하지요. 이 수축현상으로서의 죽음만큼 과학적인 것은 없다는 곽노의 믿음이란 얼마나 성실한가. 방에 걸린 거울이, 부질없이 수축된 곽노의 몸을 있는 그대로 보여주더라도 곽노는 믿지 않겠지요. 거울이 가짜이자 속임수라고 자신 있게 물리칠 수 있기 때문.

이 작품엔 북쪽 방 바깥벽의 골목길에서 아이들이 쇠공을 던지고 있는 울림이 단속적으로 들립니다. 그 쇠공이 언젠가는 '북쪽 방'을 무너뜨릴 것입니다. 적어도 그때까지 곽노는 조금도 불행하지 않습니다. 대철학자도 사상가도, 그렇다고 종교 신도도 아닌 한갓 지구과학 교사의 이런 신념을 두고 '괜찮다!'라고 말해도 되지 않을까. 부럽기 때문.

김주희

「순수 취향의 악마에게 손수건을 건네지 말라」

1977년 충남 청양 출생. 2004년 오늘의작가상을 수상했다. 장편소설 『피터팬 죽이기』가 있다.

은밀한 욕구와 윤리적 욕구의 혼선 막기

김주희 씨의 「순수 취향의 악마에게 손수건을 건네지 말라」『문학사상』 2006년 1월호는 제목이 모든 것을 잘 말해주고 있습니다. 순수 취향이란 새삼 무엇인가. 깃발처럼 작가는 그 뜻을 맨 앞에 걸어놓았군요.

내 삶의 마감방식.
학생처럼 퇴장하리라.
수업을 받는 학생이라면 누구나 자리에 앉아 있어야 한다.
잡념에 빠지거나 낙서를 하는 식의 자유는 누릴 수 있지. 그런데 어느 학생이 이런 질문을 한다.
"선생님! 발기했는데, 빠른 속도로 자위하고 오겠습니다."
"그렇다면 자퇴를 하고 자위를 하도록 해."

김주희

정신이 제대로 박힌 선생이라면 이렇게 대답하겠지. 학교에서 모든 욕구를 실현하는 것은 불가능하다. 개인적이고 은밀한 욕구는 비공식적으로 해결하면 그만이다. 경쟁자인지 동료인지 모호한 사람들과 일상을 공유한다. 통제 아래 자유를 누린다.(서두)

'개인적이고 은밀한 욕구'와 '사회적이고 윤리적 욕구'가 각각 별개의 영역으로 있다는 것. 이 두 가지 범주를 혼동한다면 감당하기 어려운 비극적인 현상이 닥쳐온다는 것. 이 과제는 자주 성찰될 필요가 있습니다. 그렇지 않으면 이 혼선이 많은 경우 사람을 함정에 빠뜨리거나 발광케 하기 쉽기 때문. 일찍이 이 과제에 주목하여 평생을 두고 탐구한 사람도 있었지요. 『논리철학논고』의 비트겐슈타인이 그 사람. 가령 '나는 왼손에 통증을 느낀다'라는 표현과 '나는 10미터 앞의 나무를 본다'라는 표현은 문법상 비슷하지 않습니까. 같은 논리형식처럼 보이니까. 그러나 따져보면 아주 다르지요. 후자는 지향적 내용을 가졌고 따라서 진위, 정오를 묻게 됩니다. 만일 거기에 실제로 나무가 없으면 그 경험은 착각이라 하여 물리치게 되지요. 그렇다면 전자는 어떠할까. 실제로는 진위를 문제 삼을 수 있는 지향적 내용을 갖고 있지 않습니다. '통증은 느껴지지만 실제로는 그것은 존재하지 않는다'라고 할 수는 없지요. 이와 같은 논리형식의 차이를 무시함에서 갖가지 철학적 혼란이 일어납니다. 가령, 통증을 느끼는 것은 다른 지각과는 달리 '나'만 느끼는 '통증' 곧 사적(내적) 대상을 지각함이며 이 경우 그 검증 수단으로는 '나의 감각'밖에 없지요. 그러나 '통증을 느낀다'라는 경험은 통증이라는 내적 대상을 지각하는 것이므로 실제로는 '아프다'라는 신체적 모습의 전체 또는 그 일부가 아닐 수 없지요. 요컨대, 문법적 구조의 유사성과 논리형식이 별개인데도, 이를 무시함에서 갖가지 철학적 혼란이 생긴다는 것.

신진 작가 김씨가 겨냥한 곳을 단순화시키면 '개인적 은밀한 욕구=비공식적인 욕구'와 '학교와 같은 사회적 공개적 욕구=공식적인 욕구'의 선 자리 곧 논리형식 차이의 부각에 있습니다. 문법상으로 서로 닮았더라도 그 각각의 논리형식이란 엄청나게 다르다는 것을 모두가 아는 일이라 하더라도 이를 드러내는 작가의 솜씨가 문득 빛납니다. '은밀한 욕구'란 순수 또는 손수건으로 도식화하기는 상식적이겠으나 작가의 솜씨는 이를 넘어서고 있기 때문. '은밀한 욕구=비정규직'이라는 것.

줄거리를 잠시 볼까요. 여기 한 사내가 정신병원에 있습니다. 친구인 '나'가 어째서 '그'가 그런 지경에 이르게 됐는지를 설명하고 있습니다. '그'는 정규직 곧 사회적 공식적 욕구에 잘 적응했지요. 눈물짓는 여자에게 손수건 건네기 따위의 행위가 그것. 그런 '그'가 이런저런 곡절을 겪어 마침내 발광케 된다는 것.

'개인의 은밀한 욕구=악마적인 것=순수'와 '공적 사회적 욕구'의 혼선으로 말미암아 '그'가 발광케 되는 과정을 나름대로의 수사학으로 펼쳤습니다. 그 수사학이 공처럼 탁탁 튀기 때문에 이쪽저쪽의 경계선상에 놓이기도 하지만, 또 '논리형식'의 혼선으로 보이기도 하지만 그 속에서 두 가지 논리형식의 구별을 나름대로 드러냈습니다.

김주희

문순태

「그 여자의 방」

1941년 전남 담양 출생. 1975년 『한국문학』 신인상에 단편 「백제의 미소」가 당선되면서 작품활동 시작. 소설문학작품상·요산문학상 등을 수상했다. 소설집 『시간의 샘물』 『고향으로 가는 바람』, 장편소설 『타오르는 강』 『징소리』 등이 있다.

아득한 자기만의 공간

문순태 씨의 「그 여자의 방」『문학사상』 2007년 1월호은 이렇게 시작됩니다. "그 방에 들어서는 순간 습윤한 느낌과 함께 답답증이 일어 헉하고 숨이 막혀왔다"라고. 그도 그럴 것이 형무소 방만큼 좁았고 시신이 놓여 있었으니까. 누구의 시신인가. 65세 여자, 이름은 앵두. 그녀의 일대기가 회고조로 펼쳐집니다. 아무런 기교도 구사하지 않은 필치.

방 하나에 부엌과 곳간이 달린 세 칸 홑집은 앵두 아버지가 새색시를 맞아들이기 위해 지었다고 했다. 쉰 평도 안 되어 보이는 좁은 터에 손수 나무를 베어 날라 기둥을 세우고 흙을 발라 벽을 만들어 문을 달고 마당에는 은행나무며 감나무, 배롱나무, 매실나무 외에도 모란이며 분꽃 맨드라미 같은 화초도 심었다. 앵두 아버지는 이 집을 짓고 아내를 맞아 딸 하나를 낳았다. 딸을 낳자 샘가에 앵두 나무를 심고 아기의 이름을 앵두라고 불렀다. 앵두는 이 좁고 오래된 방에서 태어나 65년을 살았다. 이 방에서 자라 아버지 어머니의 죽음을 맞았으며 스물한 살에 결혼하여 첫날밤을 치렀다. 그리고 이 방에서 남편을 떠나보냈으며 이제 생을 마감하고 죽음을 맞았다. 겨우 서너 평 남짓 됨직한 이 좁은 공간에 앵두의 기쁨과 슬픔, 희망과 절망, 외로움과 평화가 켜켜이 배어 있는 셈이다. 이 방은 앵두 부모와 앵두 부부 등 네 사람의 삶과 죽음의 공간이기도 했다. 그들은 세상 사람들에게 오래 기억되지도 않을 삶의 흔적을 이 좁은 공간에 옴씰하게 남기고 떠난 것이다.(101쪽)

노련한 목수란 무딘 연장을 사용하는 법. 방, 공간이 작품의 참주제인 셈. 어째서? 작중화자인 '나'의 공간과 앵두의 공간이 대조적이기 때문. 공간이란 새삼 무엇인가. 말 그대로 삶과 죽음의 공간인 셈. 사자는 두 평 땅 속에 묻히지만, 방 또한 이와 같은 것. 아무리 대단한 인간도 자기 방이란 달랑 하나밖에 없는 법.

앵두라는 여인의 일생이 방이라는 공간으로 표시되는 것에 비해 '나'의 공간은 어떠할까. 제법 먹고 사는 집안(자기 집 머슴이 앵두의 남편이었으니까) 사내로 태어난 '나'는 제대로 공부도 하고, 시방 태평양 저쪽 만리타국에서 대학교수로 살고 있다. 아파트도 점점 커졌고 공간 곧 행동반경도 그만큼 컸다. 출세를 뽐내기라도 하듯, 특강을 하기 위해 5년 만에 귀국. 강연 제목도 요란한 '글로벌 시대의 장벽 허물기'. 허풍인 셈. 우연히 고향 소식에 접한 '나'는 유년기 단짝 소녀 앵두의 부음을 듣고 찾아온 것.

앵두의 시신 앞에서 '나'가 취한 첫번째 행위는 염습하기. 왜? 염장이가 오는 도중 교통사고를 당했으니까. 자연스럽게 염장이 노릇을 할 수밖에. 이 자연스러움이 작가의 감추어진 솜씨. 앵두의 육체의 한 부분을 보고 싶었으니까. 부주의하여 유년기 앵두의 은밀한 허벅지를 쇠꼬챙이로 찔러 큰

문순태

상처를 냈으니까. 그 상처 보기가 이 작품의 포인트. 진짜 방이고 공간이니까.
 어째서 그 상처가 그토록 정결한가. 이 물음에 천근의 무게가 실려 있습니다. 그 정결함은 '글로벌 시대의 장벽 허물기'와는 무관한 데 있다는 것. 앵두가 산 가장 좁은 공간(방) 지키기에서 달성된 것이니까. 작가 문씨는 이를 뒷받침하는 두 가지 소도구를 사용합니다. 앵두의 남편 따라 순사하기가 그 하나. 다른 하나는, 앵두를 따라 식음을 전폐한 개 흰둥이의 존재. 그래도 모자라 작가는 앵두 부부의 환영까지 내보이고 있는 형국.

배명희

「피그말리온의 방」

1956년 경북 의성 출생. 1999년 『문학과의식』 신인상에 단편 「길을 잃다」가 당선되면서 작품활동 시작. 2006년 중앙신인문학상을 수상했다.

입장료 두 번 내기

배명희 씨의 「피그말리온의 방」『현대문학』 2007년 4월호. 생활의 권태기에 접어든 중년인 '나'(여인)가 어떻게 주위에 상처 주지 않고 교묘히 이를 퇴치하는가를 보여주는 작품. 이 작품의 독법으로 먼저 주목해야 할 것은 '나'의 현재 처지입니다.

결혼이 아무리 사막 같다 해도 이혼을 생각해본 적은 없었다. 어떤 계약이건 내 의사로 도장을 찍은 것은 끝까지 최선을 다해야 한다고 머릿속에 입력되었고, 혼자 사는 어머니의 고단함을 곁에서 보았다. 게다가 나는 무언가를 새로 시작할 만큼 열정적인 성격이 아니었다. 늘 다니던 길이 보도블록 교체공사라도 하는 날이면 반드시라고 해도 좋을 만치 파헤쳐진 길에 걸려 비틀거리는 타입이었다.(158쪽)

배명희

아주 정상적인 '나'입니다. 이 정도의 여인이라면 남편 출근 뒤에 남편의 양복주머니 정도는 뒤져보기도 하겠지요. 그게 정상이니까. 그 속에서 비아그라를 찾아내고 조금은 놀랄 수도 있겠지요.

결혼을 한 후에도 그전부터 하던 일을 그만둘 생각은 없었다. 만화콘티를 쓰는 일은 그런대로 재미있었다. 정식으로 등단한 작가가 아니라서 원고료가 등단 작가의 절반 정도에 불과했지만 개의치 않았다. 문제는 다른 곳에 있었다. 남편이 출근한 후부터 퇴근할 때까지의 시간이 죄다 온전하게 내 것은 아니었다. 결혼이 내게 부여한 크고 작은 일들이 시도 때도 없이 시간을 떼어갔다. 눈 딱 감고 앉아 있으면 한두 시간은 작업이 가능했다. 하지만 그건 아무짝에도 쓸모없는 시간이었다. 무얼 만들어낸다는 것은 그런 자투리 시간이 아무리 많아야 소용없었다. 창작은 띄엄띄엄 건너뛰는 많은 시간이 필요한 것이 아니라 머리꼭대기가 보이지 않을 정도로 가라앉아 온전히 잠길 수 있는 시간이 필요한 작업이었다. 그리고 머리카락 한 올조차 보이지 않게 겹겹이 성벽으로 둘러싸인 고독한 공간도 있어야 했다. 남편과 나의 집은 언제고 바람이 지나가는 통로와 같은 곳이었다. 깊이 침잠할 수도 두텁게 싸고 들어앉을 수도 없었다. 무명의 만화스토리 작가가 자투리 시간에 휘갈긴 글은 번번이 퇴짜를 맡기 일쑤였다.(162~163쪽)

이런 정도란 누가 보아도 정상적입니다. 이를 두고 생활에 대한 권태라 하겠지요. 이런 사람만이 이 권태에서 벗어나고자 하는 고도의 상상력을 발휘할 수 있는 법. 다시 말해 이 정도의 정상인에게 저 신화에 근거한 고전적 주제인 '피그말리온'이 빛을 발합니다.

모두가 아는바 피그말리온 신화는 키프로스 왕의 얘기. 자기가 조각한 여인상에 스스로 반해 여신 아프로디테에게 탄원했것다. 신이 생명을 불어넣자 대리석 조각이 여인으로 변모했다. 둘의 사랑이 이루어졌다는 것. 모두가 아는바 이 고전적 주제를 현대화한 것은 극작가 버나드 쇼의 『피그말리온』[1914년]. 음성학 교수 히긴스가 비천한 꽃 파는 소녀를 교정시켜 상류사회에 내보내고 드디어 사랑하기에 이르지만 처녀의 거절에 봉착한다는 것. 꽃팔이 시절 나는 꽃만 팔았지 몸은 안 팔았다는 것, 귀부인이 되자 이번엔 몸을 팔아야 될 신세라고. 여기에 쇼다운 가시가 박혀 있습니다(뮤지컬「My Fair Lady」에선 두 사람의 결혼으로 됨). 신인 작가 배씨는 이 고전적 주제를 어떻게 요리했을까. 왕도 아니고 조각가도 아닌 중년의 가정주부인 '나'의 자기만의 공간(방) 찾기에 이 주제를 올려놓았군요. 유산으로 받은 돈으로 남편 몰래 '나'만의 방을 얻기. 거기서 자기의 허상을 조각하기가 그것. 이 정도의 자유(해방감)란 삶의 어느 것에도 반칙이라 할 수 없다. 안 그런가, 라고 작가는 낮은 목소리로 주장합니다.

    계약서에 도장을 눌렀다. 계약서 위로 미래와 과거가 만나고 있는 것 같았다. 블랙홀로 쏟아져 들어간 시간이 어떤 식으로 다시 빠져나올지는 알 수 없었다. 선명하게 붉은 인주 자국을 보자 가슴이 뛰었다. 도장을 잡은 손도 떨렸다. 떨리는 손을 진정시키기 위해 천천히 숨을 들이쉬었다. 나는 두려움과 함께 계약서를 접어 가방에 넣었다. 등이 가려웠다. 몸속에서 솟아나는 알 수 없는 강렬한 힘에 떠밀려 무언가 몸을 뚫고 나오는 것 같았다. 손을 어깨 위로 올려 등을 만져보았다. 아무것도 없었다. 하지만 마치 깃털 같은, 단단하고 가벼운 무엇이, 등에서 막 살갗을 뚫고 돋아나는 느낌이었다.(결말)

여기다 대고 아무리 까다로운 독자라도 반칙이라 우기기 어렵겠지요. 문제는 이 방에서 조각한 상에 반해 현실에 대한 반칙이 생길 경우에 있겠지요. 이 작품에는 따로 지적해둘 만한 것이 있습니다. 주인공 '나'가 길거리에서 또 다른 자기를 만나는 장면과 어떤 방에서 미래의 자기를 만나 대화

배명희

하는 장면이 그것. 이를 두고 보통 환상이라 부릅니다. 소설이라면 먼저 얘기가 옵니다. 이는 호기심에 대응되는 것. 그다음엔 인물. 이는 인정과 가치의식에 대응되는 것. 플롯은 또 지력과 기억력에 대응되는 것. 이로써 족하다. 이로써 훌륭한 작품이 구성될 수 있습니다. 그렇다면 환상은? 대체 환상은 우리에게 무엇을 요구(대응)하는가. 이 물음을 피해 가기 어렵지요. 작품이 요구하는 조정(인간적인 것과 비인간적인 힘의 조정)과는 다른 그 무엇이 요구될 터입니다. 이를 부가적 조정이라 하겠지요. 보통 소설가는 이렇게 말한다고 E. M. 포스터는 『소설의 양상』에서 썼지요. "여기에 일상생활에서 일어날 수도 있는 사건이 있다"라고. 환상 소설가는 이렇게 말하겠지요. "결코 일어날 수 없는 일이 여기 있다. 먼저 내 작품을 전체로서 받아들이기를 요구하며 다음에는 그중 어떤 것들을 받아들이기를 요구한다"라고. 비유컨대, 박물관에 들어가는 요금을 내고, 그 속의 특별전 요금을 다시 내야 하는 것. 혹자는 이 특별요금에 화를 낼 것이며 혹자는 기꺼이 요금을 낼 것이겠지요. 화내는 사람도 존중되어야 마땅할 것입니다. 환상을 싫어함이 곧 문학 싫어하기는 아니기 때문.

   고언 한마디. 이 작품을 지루하다고 느낀 독자도 있지 않았을까. 어째서? 살이 너무 쪘으니까. 체중 감량이 요망되는 것.

이나미

「지상에서의 마지막 방 한 칸」

1961년 서울 출생. 1988년 「서울신문」 신춘문예에 당선되면서 작품활동 시작. 소설집 「얼음가시」 「빙화」 「실크로드의 자유인」이 있다.

작가가 만들어낸 허깨비

이나미 씨의 「지상에서의 마지막 방 한 칸」「문학수첩」 2005년 가을호은 이렇게 시작됩니다.

급기야 녀석의 등에 곰팡이가 폈다. 검푸르게 피어난 그것이 무언지 몰라 한참 들여다보고 알았다. 습기 탓이다. 녀석은 습기에 치명적이다. 억수장마가 나흘째 계속되고 있다. 잠시도 틈을 주지 않고 휘갈기는 작달비로 집 안이 온통 끈적거린다. 몸에 휘감기는 이불과 눅눅한 옷가지, 뒤꿈치가 쩍쩍 들러붙는 방바닥, 미끈거리는 식기. 낡은 다세대 건물이 기우뚱, 거대한 소용돌이에 휘말려 떠내려갈 것 같다. 며칠째 열대야가 계속되더니 느닷없이 폭우다. 미니를 들어올려 둥근 갑각과 눈꺼풀을 살핀다.

"자니? 눈 좀 떠봐!"

이나미

불안해진 평형감각에도 불구하고 고집스레 감은 눈을 뜨지 않는다. 다만 두 팔과 다리를 쫘악 펴며 내려달라는 의사표시를 한다. 휴지로 곰팡이를 닦는다. 갑각 무늬가 드러나긴 했지만 윤기가 없다.(248~249쪽)

　녀석이란 누구인가. 둥근 갑각, 눈꺼풀, 갑각 무늬 등으로 미루어보아 강아지도 곤충도 아닌 무슨 거북 종류인 모양. 이름은 미니. 애완용치고는 썩 별난 형국. 대체 고양이도 강아지도 아닌 이런 파충류를 애완용으로 키우는 사람이란 누구인가. 참주제가 걸린 대목.
　뱀이나 악어를 애완용으로 키우듯 그리스 땅거북의 일종인 미니를 키우지 않으면 안 될 만큼 복잡하고 특이한 사람은 누구인가. 흥미 유발의 소설적 설정엔 일단 성공한 셈.
　지난 한겨울에 이곳 옥탑방에 이사 온 이래, 미니는 장마철을 맞았고, 무슨 조화인지 겨울잠에 들어 꼼짝 않으니까 등에 곰팡이가 필 정도. 그러나 아직 살아 있다. 이놈을 키우는 '나'는 누구인가. 지방 대학 출신의 여인. 취직하기 위해 이력서 뭉치를 들고 다니는 여인. 애인도 없이 그저 취직에 눈멀어 뛰어다니는 이 처녀에게 세상은 얼마나 냉정했던가. 은행통장 잔고도 바닥나기 시작하고, 시골 부모의 걱정을 받고, 옥탑방에서 혼자 끙끙거리며 살아가기 위해 할 수 있는 최선의 방법은 무엇인가. 기묘한 거북 기르기가 정답. 2년 동안 거북과 대화하며 살아갈 수밖에요. 이웃의 온갖 간섭, 동정이 수시로 쏟아짐과 동시에 틈만 나면 덤벼드는 타인의 시선 앞에 노출된 이 처녀가 살아가기 위한 방식은 단 하나. 옥탑방에 거주하기가 그것.

　　미니는 내 발소리뿐 아니라 목소리의 높낮이에 따라 기분까지 읽는다. 낮고 부드럽게 소곤거리면 목을 내민 채 내 손길을 받아들이고, 쨍 쇳소리를 내면 여지없이 공처럼 몸을 말고 죽은 듯이 엎드려 있다. 죽일 테면 죽이세요. 내가 언젠 내 목숨이었나요. 신경질이 가라앉을 즈음이면 녀석은 검은깨만한 눈동자로 나를 측은하게 올려다보았다. 물끄러미 바라보는 시선은 까닭 모를 분노에 사로잡혀 날뛰던 나를 무색하게 했다. 내가 삼 센티미터도 안 되는 짧은 다리로 제우스의 화풀이로 평생 제 집을 등에 업은 채 땅에 붙어 다니면서 삼 센티미터 높이의 세상밖에 볼 수 없는 그 애에 대해 측은지심을 가졌다면 미니 역시 한치 앞은커녕 당면한 현실도 제대로 보지 못하고 전전긍긍하는 내게 무언의 위로를 보냈다. 할 말이 많지만 지금은 참을게요. 시간이 지나면 나아질 테니까요. 드라이기 더운 바람이 흡족한 듯 고개를 쭉 뺀 채 지그시 눈을 감고 있다. 여전히 상추는 말라비틀어진 채 입도 대지 않는다. 투실하게 발달된 앞발로 상추를 움켜쥐고 야무지게 뜯어먹는 모습을 본 게 언제던가. 포만감에 다육질의 분홍빛 혀를 내밀고 앙증맞게 하품하는 모습을 본 지도.(260~261쪽)

  압도적인 장면이지요. 미니란 실상 '나'이자 작자 자신인 것. 실상 미니 따위란 있지도 않는 것. 폐쇄적인 그래서 내성적인 '나'가 만들어낸 허깨비인 것. 어째서 '나'는 이 지경에까지 이르렀을까. 이런 물음은 곧바로 작가 이씨의 소설적 자질에 직결되겠지요. 가장 여리고 여려서 도무지 세상과 융화하지 못하는 섬세함의 소유자인 셈. 여기에다 글쓰기의 기둥을 세운 작가.
  고언 한마디. 강아지나 고양이 정도를 길러보면 어떠할까. 고양이 쪽을 권하고 싶군요. 배신하기를 일삼는 고양이 쪽이 적절해 보입니다. 지상엔 수많은 방이 있으니까.

이나미

이응준

「약혼」

1970년 서울 출생. 1994년 『상상』에 단편 「그는 추억의 속도로 걸어갔다」를 발표하면서 작품활동 시작. 소설집 『달의 뒤편으로 가는 자전거 여행』, 『내 여자친구의 장례식』, 『약혼』, 장편소설 『느릅나무 아래 숨긴 천국』 등이 있다.

유전학적 상상력

이응준 씨의 「약혼」『현대문학』 2005년 9월호. 썩 기이한 소재입니다. 카페 '자서전'의 주인인 "해원은 육손이었다"라고 시작되고 있으니까. 임시로 '자서전'을 맡아 운영하고 있는 '나'가 관찰한 이 소설에서 주목되는 것은 바로 기형이라 할 '육손'의 존재방식에서 옵니다.

흔히 육손으로 불리는 다지증은 양손보다는 한쪽 손에서, 그중 유독 엄지손가락에 많이 발생한다. 해원의 왼손 새끼손가락 곁에 붙어 있던 또 다른 새끼손가락은 그저 살덩이로만 이루어진 것이 아니라 뼈와 관절, 힘줄과 인대, 성장판 및 신경까지 온전히 갖춘 최악의 경우였기에 세 차례의 대수술을 거친 다음에야 겨우 제거될 수 있었다.(101~102쪽)

의외로 육손은 흔해서 400명 중 한 명꼴로 발생한다는 것. 여자의 경우 그 당사자의 세상살이의 이런저런 콤플렉스에 소설적 설정을 한 것 자체가 작가 이씨의 큰 메리트인 셈.

두 가지만 지적해보지요. 운명(유전)적으로 육손으로 태어난 여인의 불행을 작가는 아주 사소하게 또 빈틈없이 그러니까 소설적으로 묘사해내었다는 것이 그 하나.

다른 하나는, 이 점이 소중하거니와 소중한 사람과의 만남에는 말이 소용없다는 것. 그러니까 '여린 것들이 저주받는 이 세계'에 대응하는 사람다운 방식을 과감한 생략(상상력)으로 처리하기.

이응준

임동헌

「각설이가 오셨는데」

1957년 충남 서산 출생. 1985년 『월간문학』 신인상에 단편 「묘약을 지으며」가 당선되면서 작품활동 시작. 소설집 『별』, 장편소설 『민통선 사람들』 『기억의 집』 『앨범』 등이 있다.

내면묘사 거부 현상

임동헌 씨의 「각설이가 오셨는데」『21세기문학』, 2006년 봄호는 장터 얘기. 아파트 단지에 작업실을 내고 있는 '나'는 사진사. 사보나 잡지 등에서 사진 주문을 받아 삶을 꾸려나가고 있습니다. 아파트 단지라 하나, 480가구가 사는 서민용 단지. 광장이 있어 장터도 서고 기타 집회 등으로 요란합니다. 사진사인 '나'는 무엇 때문에 이 달동네 단지에 머물고 있을까. 서민들의 표정을 훔치기 위한 야심 때문일까. 그냥, 우연히 싼 셋방을 얻어 그럭저럭 지내고 있는 것일까. 그 어느 것도 아닙니다. 바로 여기에 이 작품의 미덕이랄까, 아날로그식 강점이 있지요.

나는 잠시 갈등했으나 갈등은 오래 가지 않았다. 나는 산수유나무로부터 얼른 돌아섰고, 동산을 뒤로하고 내리막길을 향해 걸음을 옮기면서 공짜 구경 중에서는 싸움판이 최고라는데 구경꾼으로서의 얄팍함에 다시 한번 의지했다. 아파트 단지로 순찰차가 들어왔다는 것은 조금 전, 뒷동산으로 오르기 전의 입씨름과는 다른 싸움이 벌어졌을 가능성이 큰 것이었다. 어떤 사람들이 싸우는가는 중요하지 않았다. 구경꾼 입장에서 본다면 싸움 그 자체보다 중요한 것이 있을 수 없는 노릇이었다.(212쪽)

보시다시피 '갈등'이란 거의 없지요. 광장에서 벌어지는 이런저런 싸움, 놀이, 각설이 타령 등을 '나'가 그냥 구경만 하고 있지요. 구경이란 '관찰'도 아니며, 선악의 판단, 시비도 아닙니다. 그저 '구경'일 뿐. 직업이 직업인지라 산수유나무 찍기에 몰두해야 할 터이나, 구경거리에 비하면 아무것도 아니지요. 대번에 사진 따위란 때려치울 수밖에. 선악이나 누가 옳고 그름 따위란 없는 법. 있더라도 별로 대단치 않은 것. 구경 자체를 능가할 수 없다는 것.

이때 중요한 것은 소설적 반성이지요. 근대소설이란 '내면'을 다루어야 한다는 소설적 관습에 대한 반성이기 때문. '내면 다루기' '내적 고백체'야말로 소설적 무게이며 신성하기까지 하다는 이 근대적 미신은 우리 소설계를 지배하고 있는 형국. 내면 고백체만 나오면 무조건 신성하다는 미신. 이를 통렬히 반성케 함에 작가 임씨의 글이 놓여 있습니다. '내면묘사'의 거부 현상이 그것. 오직 있는 그대로의 '외면묘사'에 일관하기가 그것.

장은진

「몸」

1976년 광주 출생. 2005년 중앙신인문학상에 단편「키친 실험실」이 당선되면서 작품 활동 시작.

육필의 본래적 의미 추구

장은진 씨의「몸」『문예중앙』, 2006년 여름호은 특이한 소재의 도입으로 빛을 내뿜는 작품. 시체 보관소에서 근무하는 직업처럼 특이한 직업이란 무엇인가. 사람 몸에다 글쓰기, 이른바 진짜 '육필(肉筆)'하는 직업이 그것. 남자나 여자의 알몸에다 쓰고 싶은 글을 쓰는 직업도 있는 법.

내 작업은 몸을 주제로 한 전시회에서 작품 의뢰를 받으면서 시작되었다. 그게 계기가 되어 지금까지도 같은 작업을 반복해오고 있었다. 주제가 민감하다 보니 다양한 반응만큼이나 그에 따른 문제 또한 만만치 않았다. 나를 가장 난감하게 한 건 사람들이 발가벗겨진 몸뚱이에만 관심을 보일 뿐 그 위에 덧씌운 '새 옷'에는 별반 관심을 두지 않는다는 것이었다. 관심이 있더라도 건성으로 훑어 내릴 뿐이었고 대부분은 수치심에 제대로 쳐다보지도 못하고 도망치듯 전시장을 빠져

나갔다. 어떤 이는 대중의 관심을 받아보려는 천박한 예술 정신이 낳은 실패작이라며 혹평했다. 연속되는 좌절과 오랜 고민 끝에 내가 내린 결론은 '타협'이었다. 작가의 의지도 중요하지만 작품의 의도가 받아들여지지 않는 의지란 헛된 고집에 불과하다는 생각이 들었다. 다행히 그 결과는 긍정적이어서 사람들의 망설임을 바꾸어놓기에 이르렀다. 무엇보다 고용인들이 관람객들의 변화된 시선을 온몸으로 느꼈다.(116쪽)

실제로 이런 작업 작가가 있는지는 중요치 않겠지요. 누드쇼가 있듯 누드에 옷을 입혀 전시하는 예술도 있는 법. 이른바 패션쇼가 그것. 여기에서 한 발자국만 내딛으면 몸에다 글쓰기로 나아갈 것입니다. 몸을 원고지로 삼고 거기에다 창작(얘기)을 쓰는 행위란 또 그것이 직업으로서의 작가일 수도 있음은 너무도 당연한 일. 잘 따져보면 패션쇼도 몸에 옷감이라는 종류의 기호를 쓰는 예술이 아니었던가. 또 따져보자. 종이로 된 원고지에다 하는 글쓰기도 사정은 마찬가지. 사람 알몸에다 글쓰기와 원고지에 글쓰기의 차이는 과연 무엇일까. 패션과 소설의 중간쯤의 자리에 놓이는 제3의 글쓰기 예술일까. 일찍이 중국 근대 문호 루쉰은 혈서 쓰기를 거부했지요. 어째서? 글이란 먹으로 쓰는 것이기에. 혈서란 한갓 핏자국에 지나지 않는 것. 금방 빛이 바래지기 마련인 것. 종이에 적는 글이 진짜라고 생각한 증거. 적어도 루쉰에게 있어 글쓰기란 다름 아닌 유서의 형식이어야 했으니까. 그러기에 어떤 글도 심야에 쓴다는 것. 그렇지만, 아무리 그래도 글이란 기호의 일종임엔 틀림없지요. 패션의 기호와 같음도 사실이지요. 알몸에다 페인팅하는 예술도 있을 터입니다. 근본적으로는 이 보디페인팅으로서의 퍼포먼스에서 한 발 나아간 것이 이른바 '육필'인 셈.

　줄거리를 잠시 볼까요. 이 작품은 3부로 구성되어 있습니다. 육필의 성격을 설명하는 부분이 하나. 남자의 몸에다 육필하는 부분이 두번째. 끝으로 여인의 몸에 육필하기. "움직이지 마! 자꾸 삐뚤어지잖아"라고 '나'가 외치는 것이 첫번째 부분. 요컨대 몸에 글쓰기의 일반론. 제일 공들인 부분은 남자의 몸에 글쓰기. 37세의 건설노무자인 사내의 알몸에다 행하는 글쓰기를 두고 '나'는 이렇게 말합니다. "오랜 육체노동과 운동으로 단련된 사내의 근육과 피부는 글씨를 적는 데 제격이었다. 긴장한 사내가 몸에 잔뜩 힘을 주고 있어서 속도는 더욱 빨라졌다"라고. 이 점은 분명 물렁물렁한 여인들의 살에 비해 강점이었지만 또 약점도 있었다. 살에서 밀린 펜이 엉뚱한 방향으로 삐치면 글자도 덩달아 삐뚤어지니까. 노인의 경우는 썩 힘들었는데 주름진 살 곳곳에 글쓰기란 힘들 수밖에. 그러나 이 육체노동자의 몸은 글쓰기에 최적이었다. 어째서? 수술 자국으로 점철된 사내의 육체에다 글을 써 넣기란 글씨가 없어지거나 희미해져도 쓸 당시의 본능적이면서도 자연스런 감정이 배어 있으니까.

여자 몸에 글쓰기란 어떠할까.

나는 어느 때보다 긴장된 마음으로 그녀의 푸른 어깨에 조심스럽게 펜을 댔다. 그녀도 긴장이 되는지 팔뚝의 털이 곤추 일어섰다. 강한 전류가 흐른 것처럼 손가락이 저릿하더니 살에 박힌 펜이 그대로 멈춰버렸다. 오랫동안 준비해둔 노트의 문장이 거짓말처럼 눈에 들어오지 않았고 머릿속은 한순간 백지처럼 변해버렸다. 왠지 노트의 글들이 그녀에게 맞지 않다는 생각이 들었다. 고민에 빠져 있는 사이 그녀의 살에 커다란 점이 생겨버렸다. 나는 점을 지워내면서 눈을 감고 있는 그녀를 쳐다봤다. 죽은 듯 고요한 얼굴과 바다처럼 푸른 몸이었다.(127쪽)

'생선가시처럼 마른 몸'이라는 표현이 되풀이되는 이 여인의 몸에 글쓰기란 불가능한가. 그렇지 않군요. "살에 압박이 가지 않게 손목의 힘을 최대로 뺐다. 드디어 펜이 그녀의 붉고 푸른(멍든 자국—인용자) 살을 긁고 지나갔다." 글씨에 긴장감이 없을 수밖에. "그 대신 살갗을 지날 때마다 그녀가 몸을 떨었고, 멍 위의 글들도 따라 파르르 떨었다." 이쯤 되면 글쓰기의 의의가 반감된 셈. 그럼에도 몸에다 기호를 새겨야 할 판이라면 어떻게 될까. 푸른색으로 몸에 칠하기가 그것. 글씨 대신 푸른 물감을 사용하기인 것. 제3부에서 이 점이 실현됩니다. 사내 몸에 푸른색 칠하기와 여자 몸의 푸른색의 등가성이 그것. 사내와 여자의 겹쳐짐 또는 동질성이 그것. 이 작품의 문제점으로 지적할 수 있는 점. 그러니까 제일 근본적인 것은 패션도 아니고 보디페인팅도 아닌 새 장르의 개척에 있습니다. 실상 '나'는 K라는 주인공을 설정하고 K가 전개하는 사건을 다룬 한 편의 글을 갖고 있습니다. 이 K의 행위나 생각을 원고지 대신 사람의 몸에다 쓴다는 것입니다. 그렇다면 대체 K를 주인공으로 하는 글이란 어떤 것인가. 바로 이 물음이 빠져 있습니다. 사람의 몸이란, 원고지(종이)와는 달라서 어떤 글도 거부하기 때문. 아니, 몸이 어떤 얘기도 변형시켜버리니까. 몸이란 어떤 관념(글)보다 원초적이니까. 이 원초성이란 터부의 일종. 범할 수 없다는 것. 작가 장씨는 말끝마다 모딜리아니의 그림을 들먹이고 있습니다. 모딜리아니의 여인을 내세우고 있군요. 원고지에 글쓰기가 캔버스에 물감 씌우기와 얼마나 멀고 또 가까운가를 문제 삼고 있었을까. 이에 대한 음미 사항이 이 작가에겐 한 가지 과제로 주어졌다고 보면 어떠할까.

 고언 한마디. 어째서 신인 작가들은 한결같이 뭉크, 쇼팽, 모딜리아니 등을 염두에 두고 글쓰기에 임하는가. 유행 사조일까. 아니면 그 나름의 곡절이 있는 것일까.

장은진

한지혜

「소리는 어디에서 피어나는가」

1972년 서울 출생. 1998년 『경향신문』 신춘문예에 단편 「외출」이 당선되면서 작품활동 시작. 소설집 『안녕, 레나』가 있다.

완전 변신담과 부분 변신담

한지혜 씨의 「소리는 어디에서 피어나는가」『현대문학』 2005년 11월호는 이렇게 시작됩니다. "어느 밤 여자는 잠결에 천둥이 치는 소리를 들었다"라고. 잠결에 들은 천둥소리로 말미암아 여자는 아주 이상한 경험을 하게 됩니다.

> 몸 어느 한쪽이 불편하지도 않았다. 그저 요란한 빗소리, 천둥소리가 여자의 귀를 무섭게 덮쳤다. 그 밤에 여자는 고막이 어디쯤에 위치한 기관인지 비로소 알았다. 그게 찢어질 것 같다는 게 어떤 느낌인지도 알 수 있을 것 같았다. 소리가 너무 크니 두통도 생겼다. 생각해보니 눈을 뜰 수도 소리를 칠 수도 없었던 것은 두통 때문이었던 것 같다. 귓속이 요란해지니 머리가 아파오기 시작했고, 머리가 너무 아프니까 몸의 모든 기관이 무기력해졌다. 여자는 한참을 소리와 싸우다가 어느 순간 지쳐 잠이 들었다. 물에 젖은 솜처럼 무겁고 노곤한 잠이었다.(53쪽)

잠에서 깨자 어떤 일이 벌어졌던가.

　수도꼭지를 돌렸더니 물이 그림처럼 쏟아졌다. 지난밤 소리에 워낙 시달린 탓인지 물소리는 소리 같지도 않았다. 칫솔에 치약을 짜서 입에 물고 버글버글하는데, 갑자기 등 뒤에서 누군가 여자를 때렸다. 돌아보니 여자의 엄마였다. 뭔가 짜증난 표정으로 입을 열었다. 그런데 웃기게도 목소리는 뱉지 않고 입만 벙긋거렸다. 말을 해, 말을. 아침부터 왜 입만 벙긋거려. 여자는 까르르 웃으며 엄마를 면박 주다, 한순간 엄마와 시선이 얽혔다. 말을 해, 말을, 하고 엄마에게 말을 뱉을 때 여자의 귓속에 둥둥 작은 진동이 느껴졌다. 말을 해, 말을, 하고 뱉은 목소리는 들리지 않았다. 그저 둥둥, 작은 진동만 느껴졌다. 소리가 모두 어디로 사라진 것일까. 엄마, 이상해. 목소리가 나오지 않아. 눈이 커질 대로 커진 엄마가 바닥에 주저앉았다. 뭔가 말하는 것 같은데 바닥에 앉아 있어서 입술이 보이지 않으니 무슨 말인지 알 수가 없었다. 엄마, 왜 그래, 하고 말하자 또 둥둥 작은 진동만 울렸다. 대체 무슨 일이 일어나고 있는 것일까.(54쪽)

　천둥소리로 말미암아 여자는 귀머거리가 되었던 것. 이 장면을 길게 인용한 것은 낯익기 때문. 소설 공부하는 사람치고 카프카의 「변신」을 읽지 않은 사람도 있을까. "어느 날 아침 그레고르는 잠자다 불안한 꿈에서 깨어났을 때, 그는 자신이 침대 속에 한 마리의 커다란 해충으로 변해 있는 것을 발견했다"라고 시작되는 「변신」이란 제목 그대로 '완전 변신담'계에 속하는 작품.
　장자의 나비도 같은 계보. 이 주제의 중요성은 모두가 아는 바. 자본주의의 기괴성을 폭로한 것에서 오지요. 합리성과 환상성(기괴성)을 속성으로 한 것이 자본주의이지요. 일상성의 구속에서 벗어나고자 한 욕망이 변신계의 강점이지만, 자본주의의 변신은 해방이긴커녕 인간을 오히려 구속한다는 것. 변신계란 자유를 향한 유토피아적 계기에 근거를 둔 것이지만 자본의 변신은 인간을 물신화로 몰고 가기 때문.

이에 비추어볼 때 신진 작가 한씨의 작품은 어떠할까. "아침에 일어나자 여자는 청각을 잃었다"로 되어 있지 않습니까. 모든 소리가 사라졌으니까. '갑자기' 청각 장애인으로 변신된 것. '갑자기'라니? 밤중에 천둥소리를 듣고 그렇게 된 것이 아닌가. 천둥소리가 주범이니까 카프카와는 다르지 않는가. 맞는 말이지만 동시에 틀린 말이지요. 천둥소리의 힘이 그러하다면 어째서 다른 사람은 멀쩡한가. 이를 설명하기 어렵겠지요. 문제는, 이 작품의 변신은 매우 '제한적 변신'이라는 점에 있습니다. 다른 기관은 멀쩡한데, 그래서 일상적 인간의 모양 그대로인데 오직 '청각'만이 사라졌던 것. 어째서 시각이 아닌가. 어째서 촉각이 아닌가. 어째서 후각이 아닌가. 이런 물음은 각각 하나의 커다란 소설적 주제군이라 하겠지요.

이 나라 소설판을 보고 있노라면 리얼리즘(현실반영론)의 계보에서 생겨난 고도의 기법을 떠올릴 수 있습니다. '감각 잃기'의 변신담이 아니라 '감각 얻기'의 변신담이 그것. 「순이 삼촌」의 환청, 「하늘의 다리」의 환각, 「직선과 곡선」의 환후, 「슬픔의 노래」의 환촉 등이 그러한 사례. 있지도 않은 감각 기능의 출현이란, 정치적 터부(이데올로기)를 뚫기 위해 작가들이 발명한 고도의 기법이었지요. 그런데 이제 이 나라 문학판은 이미 갖고 있는 감각 기능을 하나씩 둘씩 잃어가는 형국이라고나 할까요. 바야흐로 '몸/공간(도시)'의 도식으로 그 지평이 이동하고 있다고나 할까요.

사람은 누구나 시각·청각·미각·후각·촉각이라는 오감을 갖고 있습니다. 이 중에서 제일 앞선 것이 시각으로 알려져 있지요. '본다는 것'만큼 즉각적이고 확실한 것이 없다는 신념이 그것. 시 장르가 이미지 위주로 되어 있음도 그 증거. 그러나 현대로 오면, 시각 의존이란 얼마나 착각이었는가가 드러나기 시작하지요. 특히 천재화가 에셔에 의해 시각의 오류가 폭로되었지요. 미술이란 시각 중심이라 하나, 이를 물리친 것이 세잔이지요. 그는 촉각으로 화폭을 채웠던 것. 「이것은 파이프가 아니다」의 마그리트에 오면 시각의 오류가 여지없이 폭로됩니다.

실상 우리가 눈으로 확인했다 하나, 실상은 촉각과 동시에 인식되었음이 드러납니다. 아리스토텔레스식으로 말해 '상식$^{common\ sense}$'이란, 오감이 골고루 작동됨을 가리킴인 것. 이런 사태에 비추어 청각은 어떠할까. '청각 상실'이란 새삼 무엇인가. '환청'에 대응되고 있습니다.

천둥소리로 인해 청각상실증에 걸린 여자는 어떻게 되었을까. 청각 장애인에 어울리는 직장을 택한다. 고아원 복지관, 개인집 뇌성마비 사내의 도우미 등등. 소리가 사라진 여자는 어떻게 상식(균형감각)을 찾았을까. 참주제가 걸린 곳. '몸으로 소리 듣기'가 그것.

고언 한마디. '×하고 싶지' 따위의 말이 빈번한데, 굳이 그런 말을 써야 했을까. 섬세함에 어울리지 않음.

한지혜

06_

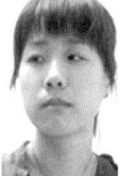

카프카적 진담과
쿤데라적 농담 사이
소설가의 자의식과 성찰

김종은

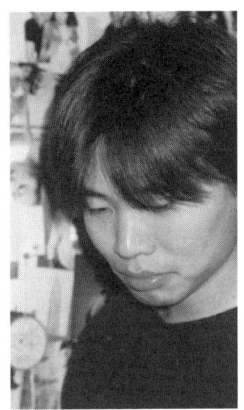

「정직한 문학평론가 차승훈 씨」

1974년 서울 출생. 2000년 『한국일보』 신춘문예에 단편 「후레쉬 피쉬맨」이 당선되면서 작품활동 시작. 2003년 오늘의작가상을 수상했다. 소설집 『신선한 생선 사나이』, 연작소설 『첫사랑』이 있다.

에티켓을 위한 글쓰기

김종은 씨의 「정직한 문학평론가 차승훈 씨」『현대문학』 2005년 8월호는 제목이 흥미롭습니다. '차승훈 씨'만으로도 될 텐데 그 앞에 '문학평론가'라는 직함이 깃발 모양 펄럭입니다. 이만해도 좀 뭣한데 그 위에 '정직한'까지 얹혀 있군요. '차승훈 씨'면 특정 인간이겠지요. 특정 인간이란 상인도, 교사도, 공무원도, 광부도, 선원이나 도굴꾼도 될 수 있지요. 또 그는 시인이나 소설가도 될 수 있습니다. 그런데 '문학평론가'도 될 수 있을까. 그게 광부나 공무원 같은 그런 직업이라 할 수 있을까. 누가 봐도 아니지요. 왜? 이 물음에 작가 김씨는 매우 민첩합니다. 직업에 따라 각각 지켜야 할 '에티켓'이 있듯 글쓰기판에도 그것이 있다는 것. 문학이란 이름의 거짓말 글쓰기판에서 에티켓 지키기가 문학평론이라는 것. 그런데 딱하게도 어느 분야에나 있는 그 에티켓이란 것을 분석해보면 한결같이 위선이라는 것. 그래도 이것 없이는 어느 분야도 성립되기 어렵다는 것. 글쓰기판도 사정은 마찬가지. 그런데 만일 이 에티켓이란 것이 깨진다면 어떠할까. 말을 고치면, 글쓰기판에서의 에티켓이 깨진다면 어떠할까. 작가가 겨냥한 곳은 바로 여기인 셈.

평론가인지라 차승훈 씨는 지켜야 할 글쓰기의 품위랄까, 정직함이랄까, 관습이랄까 좌우간 모종의 에티켓을 지키고 있습니다. 그럴 수밖에요. 그런데 이런저런 곡절을 겪으면서 마침내 그 에티켓을 깨뜨리게 되었다는 것. 그 곡절이 줄줄이 이어집니다. 그중에서도 치명적인 대목을 잠시 볼까요.

"영수증 갖고 계세요?"
"영수증이 있으면 제가 전화를 걸었겠습니까?"
"납부하시지 않은 것으로 되어 있습니다."
"그럼 제가 거짓말을 하고 있다는 겁니까?"
그 한마디에 그는 그만 이성을 잃고 말았습니다. 제가 대신 사과해도 좋겠습니까? 에티켓을 잠시 잊고 만 것 말입니다.(155쪽)

에티켓이란 새삼 무엇이뇨. '거짓말하기'로 요약되는 것. 일종의 위선이라고나 할까. 어느 판에나 지켜야 할 '거짓말'이 있는 법. 그렇다면 작가 김씨는 문학평론가 차승훈 씨를 왜 '글쓰기판'에 국한시키지 않았을까. 글쓰기판에서의 정직함·거짓말하기를 따져야 하지 않았을까. 이는 범주상의 혼란이라 할 수 없을까. 일상적 삶 속이라면 누구나 차승훈 씨만큼 딱한 형편에 몰리기 쉽지요. 그렇지 않다고 손들고 나올 만큼 대단한 인물이 어찌 있으랴. 궁지에 몰리면 누구나 에티켓 따위를 지킬 수는 없는 법. 문학평론가가 어찌 성인군자이랴. 작가 김씨의 메시지는 따로 있지요. 일종의 아이러니가 그것. 풍자적 수법이 뒤따른 까닭. 평론가 차승훈도 삶에 지칠 수 있다는 것. 풍자 너머에서 드러나는 작가의 안타까움이 그것.

김종은

박상우

「기구한 운명에 관한 리포트」

1958년 경기도 광주 출생. 1988년 『문예중앙』 신인상에 중편 「스러지지 않는 빛」이 당선되면서 작품활동 시작. 1999년 이상문학상을 수상했다. 소설집 『샤갈의 마을에 내리는 눈』, 『독산동 천사의 시』, 장편소설 『호텔 캘리포니아』, 『가시면류관 초상』 등이 있다.

시시포스의 글쓰기

박상우 씨의 「기구한 운명에 관한 리포트」(『문학사상』, 2005년 3월호)는 이렇게 말문을 텄군요. "소설가로 세상을 사는 일은 단순하고 단조롭다"라고. 역설적이게도 이 단순, 단조로움이야말로 소설가에겐 견디기 어려운 형벌인 셈. 어째서? 작가는 해병대가 아니니까.

작가란, 작품을 쓰는 동안만 작가이니까. 쓰지 않는 동안은 그럼 뭘까. 아무것도 아니지요. 계속 쓰기에 골몰하며 발버둥질하는 동안만 작가의 이름에 값하는 것이니까. 작가 박씨는, 작가의 이름을 뒤집어쓰고서 견디기 위해 발버둥치는 소설가 '나'가 두 해 동안 발버둥치는 모습을 등신대로 보여주고 있습니다. 어떻게 하면 '기구한 운명'의 인간을 그려볼까 노심초사하기가 그것. 그 결과는 어떻게 되었을까. 정답은 예상대로 이러합니다. "소설가로 세상을 사는 일은 단순하고 단조롭다"가 그것. 아무리 발버둥쳐보아야 도로아미타불이라는 것. 어떤 소설을 써도 이미 있었던 일의 복제에 지나지 않는다는 것. 아무리 '기구한 운명의 인간'을 찾아 헤매어도 그런 인간은 실상 없기 때문. 아무리 머리를 굴려보아도 눈에 번쩍 띌 만한 사건성이란 없다는 것. 그러기에 어떤 소설도 원본적으로 단조롭고 단순할 수밖에.

잠깐, 돈키호테도 그러할까. 햄릿도 그러할까. 라스콜리니코프도, 이명준(『광장』)도, 최서희(『토지』)도, 성춘향도 그러할까. 중견작가답게 작가 박씨는 그렇다고 고개를 주억거립니다그려. 왜냐하면 박씨는 예외적 인물 둘을 알고 있으니까.

    기구한 운명의 모델로 나의 뇌리에 각인된 표상은 신화 속에 등장하는 프로메테우스와 시시포스였다. 프로메테우스는 인간에게 천상의 불을 훔쳐다 줌으로써 문명의 세계가 열리게 했지만, 그 대가로 코카서스 산정에서 날마다 독수리에게 간을 쪼이는 형벌을 받아야 했다. 어둠이 내리면 독수리가 날아가고 밤사이에 간이 고스란히 재생되는 끔찍스런 도로(徒勞)의 형벌. 인간 중에 가장 현명하고 신중했던 시시포스도 신들의 노여움을 사 날마다 바위를 산 정상으로 밀어 올리는 형벌을 받았다. 하지만 바위는 영원히 정상에 이르지 못하고 다시 제자리로 굴러 떨어짐으로써 시시포스로 하여금 무한 도로의 노동에 시달리게 만들었다. 만약 프로메테우스와 시시포스의 형벌이 당신에게 주어진 운명이라고 상상해보라.(110쪽)

그러기에 '단순, 단조로움'이 진짜 소설의 존재방식임을 박씨도 알고 있으니까.

박상우

이승우

「전기수 이야기」

1959년 전남 장흥 출생. 1981년 『한국문학』 신인상에 단편 「에리직톤의 초상」이 당선되면서 작품활동 시작. 대산문학상·동서문학상·현대문학상을 수상했다. 소설집 『구평목 씨의 바퀴벌레』 『日蝕에 대하여』, 장편소설 『생의 이면』 『그곳이 어디든』 등이 있다.

패배자로서 소설가의 복수하는 방식

　　　　　　　이승우 씨의 「전기수 이야기」『문학사상』 2006년 10월호는 현대판 '책 읽어주는 사람'의 얘기. 정확히는 책 읽어주는 사람을 필요로 하는 사람의 심리 분석. 이야기꾼=독자의 겹치는 심리 현상.
　제목부터 볼까요. 「전기수 이야기」이니까 '전기수전'인 셈. 심청전, 춘향전 하는 그런 전기류지요. 이야기란, 단순 명쾌한 법. 한 사람이 태어나 살고 사랑하다 죽었다는 것이 전부니까. 그런데 여기 나오는 전기수란 그런 전의 인물이 아니라 특정 직업인을 가리킵니다.

　전기수傳奇叟란 조선시대에 주로 사람들이 많이 모이는 거리에서 이야기책을 전문적으로 읽어주던 낭독자를 말하는데, 조선 후기에 활동한 조수삼趙秀三이라는 문인이 쓴 『추재집秋齋集』에 기록이 나온다고 하더군. 임란을 전후하여 중국으로부터 『삼국지』나 『수호지』 같은 소설들이 이 땅에 들어오게 되었고, 그에 따라 소설과 이야기에 대한 관심이 점차 증가하게 되었다는 것, 조선 후기에 이르러서 서울 거리에 소설책을 읽어주거나 옛날이야기를 전해주면서 일정한 보수를 받는 직업적인 이야기꾼이 등장했는데 이들을 전기수라고 불렀다는 게 그녀의 설명이었어.(79~80쪽)

임란 이후 조선조 사회 격변과 더불어 명나라 소설류 독자층이 급증했고 이들 계층이나 성향에 대한 것은 오타니^{大谷} 교수의 학위논문 「조선조 소설 독자연구」(1985년, 고려대)에서 상세하거니와, 그 부산물로 등장한 것이 전기수라는 직업인. 위의 인용에 잠시 주목해야 합니다. 전기수에 대한 정보 제공자가 '그녀'로 되어 있지요. 그녀란 대체 누구인가. 화자 '나'의 아내이지요. 그녀는 대학 동기와 의기투합, 회사를 설립합니다. 이름은 '서울, 21세기 전기수'라고. 이 회사 기획실장 이영애가 바로 그녀. 사이트를 열고 '이야기 사업'을 시작합니다. 우선 고객 물색이 관건. 그 고객의 주문에 따라 훈련받은 직업인을 보내어 일을 진행시키는 방식이지요. 고객의 성향은 갖가지. 특정한 책, 신문, 아무거나 재미있는 책 등등. '나'가 이 사업에 말려듭니다. 이 점이 중요한데, 실업자였기 때문. 잘나가는 간부급 사원인 '나'가 직장에서 쫓겨났다는 것. 속에서는 천불이 나지만 별수 없이 집안에서 빈둥댈 수밖에. 바로 이때 아내가 이야기 사업에 뛰어든 형국이니까. '나'의 첫 출근지의 대상은 이러함.

  남자. 59세. 과묵하고 명상적인 성격. 음악애호가(거의 항상 라디오를 틀어놓고 지냄). 잠언 투의 에세이나 종교적 성격의 글을 선호. 칼릴 지브란의 『예언자』, 막스 피카르트의 『침묵』, 아우렐리우스의 『명상록』, 성경의 『잠언』과 『전도서』. 가끔 산책에 동행할 것을 요구하기도 함.(82쪽)

이승우

이 식물인간에 진배없는 고객에게 톨스토이의 『인생론』을 한 시간쯤 읽어주기만 하면 되는 것. 그러나 '나'는 그렇게 하지 않는다. 왜? 식물인간에 가까운 고객은 무반응이니까. 쇠귀에 경 읽기니까. 그것은 절망이지요. 순간 '나'는 왜 자신이 명예퇴직의 대상이 되었는가 하며 절망한다. 톨스토이 따위란 당치도 않는 것. 그렇다고 그냥 있을 수도 없다. 고객의 눈동자를 붙잡아야 하니까. 번개처럼 '나'의 머리를 스친 것은 낭독이 아니라 '말'을 해야 한다는 것. 무슨 말이든 '말'이어야 한다는 것. '나'는 『인생론』 따위 대신 TV 오락시간에 나오는 이런저런 얘기―거북 얘기, 도마뱀의 생태 등등을 떠올린다.

나는 서툰 성우의 낭독을 버리고 대화하는 자의 화법을 택했어.(87쪽)

참주제가 걸린 대목. 까다롭기 짝이 없는 고객이 비로소 반응을 보였으니까 낭독이 아니라 이야기(대화)여야 한다는 것. 이야기란 새삼 무엇인가. 『삼국지』 『유충열전』이면 그 원판이 있다. 낭독은 이 원판을 그대로 읽는 것. 그러나 이야기는 다르지요. 화자가 원판을 그대로 옮기는 것이 아니라, 자기 식으로 빼기도 덧붙이기도 하는 법. 쉬클로프스키가 말하는 '구속 모티프$^{bound\ motif}$'와 '자유 모티프$^{free\ motif}$'의 관계가 그것. 이 자유 모티프야말로 소설 창작의 핵심인 것.

그러고 보니 어느 순간부터 화자인 나는 고객인 노인의 기호나 입장은 고려하지 않고 내 마음대로 이런저런 이야기를 골라서 하고 있더라고. 내 이야기를 주절주절 늘어놓는 일이 잦아지면서, 듣는 그를 위해 내가 이야기하는 것이 아니라 이야기하는 나를 위해 그가 들어주고 있는지도 모르겠다는 의식의 도착이 종종 찾아왔어.(94쪽)

'나'의 이야기라니? 명퇴당한 '나'의 분노, 절망, 썩은 사회 비판, 인생에 대한 저주 등등이 저도 모르게 육성으로 묻어났던 것. 글쓰기란 새삼 무엇이뇨. 바로 이 자기식 얘기이지요. 패배한 자의, 자기를 패배시킨 사회에 대한 복수일 수밖에. 그런데 아이러니컬하게도 독자 역시 이를 통해 자기해방을 감행한다는 것. 어째서? 독자 역시 불운하기 짝이 없는 명퇴자, 패배자이니까.

비평적 포인트. 얘기 전체가 자기를 찾아온 사람에게 일방적으로 들려준 이야기체라는 점. 고수의 솜씨이지요.

이승우

이청해

「섬」

1948년 서울 출생. 1991년 『문학사상』 신인상에 단편 「하오」가 당선되면서 작품활동 시작. 소설집 『빗소리』, 『플라타너스 꽃』, 장편소설 『초록빛 아침』, 『오로라의 환상』 등이 있다.

돈 내는 글쓰기

이청해 씨의 「섬」^{『현대문학』, 2005년 8월호}은 오늘날의 글쓰기판의 과제를 다룬 것. "선유도에 가보고 싶다는 바람은 오래전부터 있어왔다"로 시작됩니다. 왜? 1991년 『문학사상』을 통해 등단한 '나'는 소설을 쓰기 위해 선유도로 갑니다. 나흘간 머문 얘기. '1991년 『문학사상』으로 데뷔한 나'라는 점이야말로 이 작품의 요점입니다. 맨얼굴 드러내기, 그러니까 '확실함'이기 때문. 글쓰기의 주체성이랄까 글쓰는 자의 자기 입장을 분명히 하기란, 그 자체가 하나의 강점이지요. 어째서? 허구성이라는 이름의 풍선을 바위에 매달아놓은 형국인 까닭. 글쓰기의 자신감이라 해도 되겠지요.

『문학사상』 출신, 그것도 1991년도이면 가히 이 작가의 창작적 경력의 어떠함이 엿보이지 않습니까. 이른바 중견작가인 셈. 이런 처지의 작가에 있어 '문학'이란 하나의 불변 이데올로기로 굳어 있게 마련.

나는 입을 다물었다. 여자의 씩씩거리는 숨소리만이 우리 주위를 에워쌌다. 어쩌다 이렇게 되었을까. 얘기를 하다 보니 입장이 전도되어버렸다. 그 여자가 진짜 예술가고 나는 돈이나 밝히는 파렴치한 같았다. 이걸 어떻게 뒤집나 고심하고 있는데, 그 여자가 조그만 소리로 건드리듯 물어왔다.

"그럼 그쪽은 돈을 안 내요?"

"안 내지요. 책에 작품을 실으면 돈을 오히려 받지요. 원고료라는 거요. 많진 않지만."

나는 고개를 세웠다.(95~96쪽)

글을 쓰기 위해 선유도에 간 '나'는 거기서 글을 쓰기 위해 온 또 다른 작가를 만났고, 위의 대목은 그들의 대화입니다. 『소파맥』이라는 4대 문예지의 하나를 통해 등단한, '나'와 거의 동갑내기인 작가를 거기서 만납니다. 『문학사상』『현대문학』『창작과비평』 따위를 듣도 보도 못한 소설가가 거기 있었소. 마찬가지로 저쪽의 『소파맥』 등의 문예지란 '나'로서는 듣도 보도 못한 것. 이 두 개의 범주상의 차이는 딱 한 군데뿐이지요. '돈 받는 글쓰기'와 '돈 내는 글쓰기'가 그것. '나'가 속한 범주는 앞에 것이지요.

어떤 글쓰기가 '돈 받는 글쓰기'에 속할까. 섬에서 만난 또 다른 남성 소설가에겐 『광장』(최인훈)이거나 시드니 셸던이었지요. 사회의식이거나 흥미 중심인 것. 그러나 어찌 그뿐이랴.

"여자들 소설은 역사의식, 사회의식이 없어요. 그렇잖아요? 누구의 어떤 소설을 반열에 올리겠어요?"(106쪽)

이 말은 섬에서 만난 남성 작가의 것. 이에 대해 '나'의 반응은 어떠했던가. "여보세요, 하는 딴지가 흘러나왔으나 나는 그걸 삼켰다"이지요. 요컨대,

이청해

'돈 받는 글쓰기'란 역사의식·사회의식에 관련된 것이라는 점이 분명해졌습니다. 자기가 좋아서 하는 글쓰기라면 돈을 내고서 발표해야 옳지 않겠는가. 이런 주장을 물리칠 수 있는 근거는 오직 역사의식·사회의식에 있을 터. 1991년 등단한 '나'에게 2005년의 현실은 어떠할까. 작가 이씨는 '모두가 섬이다'라고 느끼면서도 그렇지만 '나는 나일 수밖에 없지 않은가'라는 자기 확신으로 끝냅니다. '돈 받는 글쓰기'에 나아갈 수밖에 없다는 확신이 그것. 이 확신은 어떤 이데올로기 위에 선 것일까. 물을 것도 없이 역사의식·사회의식이 그것이지요. 작가 이씨가 그동안 해온 페미니즘이 그것.

조경란

「마흔에 대한 추측」

1969년 서울 출생. 1996년 「동아일보」 신춘문예에 단편 「불란서 안경원」이 당선되면서 작품활동 시작. 오늘의젊은예술가상·현대문학상 등을 수상했다. 지은 책으로 소설집 「나의 자줏빛 소파」 「국자 이야기」, 장편소설 「식빵 굽는 시간」 「혀」 등이 있다.

'나는 무엇인가'에서 '나는 무엇을 얻고 싶은가'로

     조경란 씨의 「마흔에 대한 추측」 「현대문학」 2006년 6월호 은 이렇게 시작됩니다. "자랑같이 들리겠지만 나로 말할 것 같으면 꽤나 탐구적인 사람이다"라고. 나이는 39세. 이 시점에서 한 발 딛기만 하면 40세가 곧 될 판. 닥칠 40세를 요모조모 탐구해본 작품. 공포도 아니고 그렇다고 호기심일 수도 없는 엄연한 인생길이 아니겠는가. 이 '엄연함'을 탐구함에 공자나 뉴턴 모양 엄숙한 태도를 지닐 수도 있고, 아인슈타인 모양 즐겁고 아름다운 태도를 취할 수도 있고, 카프카 모양 오리무중인 경우도 있겠지요. 또는 성석제 모양 허풍스런 태도를 취할 수도 있겠지요. 그렇다면 자질을 두루 갖춘 작가 조씨의 태도는 어떠할까. 흥미의 포인트.
  '나'는 대체 누구인가. 7개월 후면 40세가 되는 독신녀이군요. 직업은? 아, 시인이군요, 아니 그렇지도 않군요. 그건 직업 축에 못 드니까. 그럼 뭘

먹고사는가. 남의 책을 읽어주는 일이군요. 밥벌이가 되니까. 7개월 뒤에도 그러할까. 참주제가 걸린 대목. 불안이 그것. 실존주의자 하이데거가 말하는 불안 쪽이 아니라 타인의 시선(대자對自)에 주목하는 사르트르식이라고나 할까.

마흔 살에 대한 불안이란 근원적으로는, 죽음에 대한 것이 아니라는 사실. 따라서 개인적일 수밖에. 결혼도 않고, 시도 쓰지 못하고, 기껏 남의 작품 읽어주기로 입에 풀칠을 하는 '나'의 40세 진입에 대한 불안이란, 결국 '나'의 개인사에서 온 것. 이른바 꽤나 탐구적인 성격에서 온 것. 헤겔식으로 말해 이는 실상 즉자卽自에 해당되는 것. 갓난아기처럼 자기에게만 집착하기로 요약되는 것. 우렁이 모양 자기 속으로만 파고들어 세상과 차단하는 길이 그것.

> 타인에게 친화적이고 관대하며 게다가 능동적인 사람들을 보면 더럭 겁부터 난다. 나는 잘하는 것도 별로 없는 사람인데 중요한 것은 꼭 더 못한다. 인간관계를 유지하는 일이 글쓰는 일만큼 어렵게 느껴질 때가 많다. 특히 남녀관계 같은 것 말이다. 그것을 유지하기 위해서는 보통의 관계보다 두 배 이상의 노력이 필요하다는 것을 경험으로 깨닫고 있었다. 그것은 매우 정교하고 복잡한, 일종의 생명체의 결합 같다.(96쪽)

즉자의 처지에 익숙한 '나'에게 제일 두려운 또는 어려운 것은 타인의 시선인 셈. 정작 중요한 것이란 타인의 시선에 노출됨이 아닐 수 없지요, 설사 그것이 '지옥'이라 하더라도. 그렇지 않으면 생존이 불가능하니까. '나'가 연애를 못하는 것은 너무나 당연한 일. 독신일 수밖에. 그런데, 이 연애와 맞서거나 적어도 그것에 버금가는 것이 또 있다는 것. 글쓰기가 그것.

글쓰기와 연애의 공통점이 있다면 언제나 마음먹은 대로 잘 안 된다는 것이다. 결과를 짐작할 수도 없다. 김 선생이 전화를 걸어와 P라는 사람을 한번 만나보지 않겠느냐고 넌지시 떠보았을 때 나는 한동안 잊고 있던, 그 관계에서만 느낄 수 있는 일상의 유익한 윤활유 같은 것이 어렴풋이 떠오르는 걸 느꼈다. 그리고 책 한 권의 무게. 저는 괜찮은데요, 선생님. 뒤로 한 발 빼자 김 선생이 호통 치듯 쯔쯔, 혀를 크게 찼다.

적어도 책에 있어서만큼은 나는 급진파다. 일단 소유부터 하고 보는 것이다. 연애는 번번이 실패로 끝날 수밖에 없었다. 책과 남자를 혼동하는 일은 이제 더 이상 없겠지? 나이도 먹을 만큼 먹었으니까. 나는 약간의 자신감 같은 게 생기는 걸 느꼈다. 김 선생의 호통이 아니더라도 P라는 사람을 만나지 않을 이유가 없는 것 같다. 게다가 나는 더 이상 스물아홉 살도 아니었다.(96쪽)

'연애'와 '글쓰기'에서 '나'는 단연 후자에 익숙하다는 것. 연애란 늘 서툴러 실패했다는 것. 29세도 아닌, 7개월만 지나면 40세(불혹의 나이라고 공자께서 말씀하셨것다)에 이르는 판인데, 자, 이제 어째야 할까. 연애와 글쓰기를 병행할 수 있을까. 불안할 수밖에.

이 불안을 해소하기 위해 정신과 의사에게 3개월간 상담을 했고, 방송국 친구들과 마작에 몰두합니다. 거기서 얻어낸 결론은 간단명료합니다. '나는 무엇인가?'에서 '나는 무엇을 얻을 수 있는가?'로 바꾸어 질문하기가 그것. 아마도 마흔 살이 되면 정신과 의사 닥터 현을 얻고 싶을 것. 그러나 어림도 없는 일. 실상 닥터 현이란 '나'가 만들어낸 곡두이니까. 여전히 '나'는 즉자 상태에 철저해지겠지요. 글쓰기가 바로 그것.

글쓰기란 새삼 무엇이뇨. '나는 무엇인가?'도 '나는 무엇을 얻고 싶은가?' 도 아닌 곳에 환각처럼 솟아오르는 그 무엇이니까. 굳이 말해 그것은 즉자의 세계이니까. 즉자에서 대자를 거쳐 이를 지양한 제3의 자기 획득이 글쓰

조경란

기라 해도 사정은 변하지 않을 터. 어째서? 글쓰기란 어떤 경우에도 혼자서 하는 행위이니까. 죽을 때 누구나 혼자 죽는 것과 흡사하지요. 적어도 근대 소설 쓰기에 있어서는 그러하지요. 그러기에 어떤 평론가는 이렇게 단언했지요. "소설가는 자기 자신을 남으로부터 고립시켰다. 소설의 산실은 고독한 개인, 즉 자신의 가장 중요한 관심사를 더 이상 표현할 수 없고 또 자기 자신을 남으로부터 조언받지 못했기 때문에 남에게도 아무런 조언을 해줄 수 없는 고독한 개인이다"(벤야민, 「얘기꾼과 소설가」)라고.

  글쓰기란, 혼자서 골방에 앉아 하는 일. 그렇기에 이런 몸부림이라도 쳤을 터. 아무나 쓸 수 있는 작품이 아닌 까닭.

조성기

「작은 인간」「선인장과 또, 또, 또ㅇ」

1951년 경남 고성 출생. 1971년 『동아일보』 신춘문예에 단편 「만화경」이 당선되면서 작품활동 시작. 오늘의작가상 · 이상문학상을 수상했다. 소설집 『왕과 개』『안티고네의 밤』, 장편소설 『천년동안의 고독』『우리 시대의 사랑』 등이 있다.

'무엇'도 '어떻게'도 아닌 글쓰기

조성기 씨의 「작은 인간」『현대문학』 2005년 5월호 은 매우 복잡하게 씌어졌습니다. 두 가지 사항을 서로 엮어놓았기 때문. '욕망의 전족'과 '사상의 전족'이 그것. 이 둘이 결국 같은 뿌리에서 나온 것임을 증명하기. 싱거운 결론. 고수답게 작가 조씨는 매우 시원시원하게 사건을 진전시킵니다. 참주제란 물을 것도 없이 '글쓰기의 근거'이지요. 작가에게 이것만큼 무거운 강박관념은 따로 없는 법. 여기에는 세 가지 점이 구별됩니다.

(1) 무엇을 쓸 것인가, (2) 어떻게 쓸 것인가, (3) 이 둘보다 더 중요한 차원, 곧 글쓸 때의 자세(버릇)가 그것. 조씨의 이 작품은 (3)에 가까운 것. (1)을 문제 삼을진댄 '욕망의 전족'과 '사상의 전족'이란 결국 동일한 것에 속한다는 것이겠지요. (2)를 문제 삼을진댄 중국 여행과 유럽 여행을 통해 양쪽 문물 비교 방법이겠지요. 이 점에서 쓰면 (1)과 (2)란 실상 공기 그것처럼 너

무도 당연한 것이어서 하나마나 한 얘기인 셈.

오늘날 작품에서 누가 참주제를 물으랴. 기법을 문제 삼으랴. 그보다 더 긴급한 흥미의 부분은 없는가? 이렇게 물을 적에 비로소 (3)이 부각될 터입니다. (3)이란 그러니까 오늘날의 글쓰기에서 아주 감추어진 새로운 늪이라고나 할까. 인공적인 작업 방식이라 할까.

"중국의 선비들 중에는 책을 보거나 글을 쓸 때 반드시 아내나 첩의 전족을 한 손에 쥐고 있어야 되는 사람들도 있대요. 서당에서 부인의 전족 신발을 들고 냄새를 맡거나 깨물어야 제대로 글을 가르칠 수 있는 선생들도 있다고 해요."

"문인들이 담배를 손에 쥐고 있어야 글이 나오는 이치와 같은 건가?"

"담배하고는 차원이 다르겠지요. 그리고 중국 남자들은 여자의 발로 성교를 하기도 한대요. 쿠우욱."

나는 웃음이 터져 나오려는 것을 간신히 참았다.

"발로 어떻게?"

"금련처럼 작은 발은 서로 모으면 여자의 성기처럼 된대요. 그러면 남자는 자기 물건을 거기에 넣는 거죠. 그걸 중국 남자들은 최고의 성행위로 선망한대요."

(130쪽)

여기에서의 '나'는 이 작품의 작중화자인 소설가. 20년이나 차이가 나는 천재 선배 작가인 '그'와 동성애 관계에 있다. 병든 아내를 팽개친 '그'와 더불어 '나'는 유럽 여행을 한다. 천재 작가인 '그'는 지금 어떠한가. 글 한 줄 못 쓰는 파락호. 그 이유는 이데올로기(사상)에 들렸던 까닭. 곧 '사상의 전족'에서 못 벗어난 까닭. 요컨대 정치적 터부에 희생된 케이스. '그'가 이 '전족'에서 벗어나기 위해 저도 모르게 나아간 곳이 '욕망의 전족'. '나'가 여기에 걸려든 형국. 그렇다면 '나'는 왜 걸려들었을까. '천재적 글쓰기'에 반했기 때문. '나'와 '그'의 동성애적 접근 경과가 소설의 줄거리인 셈. 그렇다면 결론이란 뻔한 것. 발작을 일으켜 경련하는 '그'의 입에 '나'의 발을 물리게 함이 그 정답. 싱겁지요. 그러나 (3)을 문제 삼을진댄 사정은 크게 달라집니다. 글쓰기란, 무엇도 어떻게도 아닌 또 다른 지평이 있다는 것. 작가는 그 누구나 가슴마다 저마다의 '전족'을 갖고 있다는 것. 이것 없이는 한 줄도 쓸 수 없다는 것.

이 '전족'이란 다름 아닌 페티시즘의 일종. 이성의 신체 일부나 소지품 따위에 집착하여 흡사 그것이 실물 자체인 듯 반응하는 변태 심리. 중국 고유의 여인 전족이 그러한 사례의 성적 극치 현상이라 한다면 어떠할까.

글쓰기란 새삼 무엇이뇨. '어떻게'도 '무엇을'도 아닌 물신성의 일종인 것. '글쓰기 버릇'으로서의 담배나 커피, 또는 만년필의 감촉이나 원고지의 지질 또는 자판기 누르기의 감촉 따위와는 다른 차원의 물신성이 있다는 것. 반복건대 글쓰기란 새삼 무엇이뇨. 주제나 기법과도 구별되는 모종의 저마다의 물신성이 있다는 것. 작가 조씨는 이 과제를 어떻게 발전시킬까. 궁금할 수밖에.

성과 속 사이에 놓인 글쓰기

조성기 씨의 「선인장과 또, 또, 또ㅇ」^{「문학사상」 2006년 11월호}은 4층짜리 건물을 가진 소설가 '나'의, 한여름 폭우로 인해 겪은 물난리와 그로 인해 벌어진 사건에 대한 체험에서 시작됩니다. '나'의 소유인 4층 건물의 구조부터 볼까요. 4층엔 아내와 아이들이 사는 살림집. 반지하엔 두 개의 작업실이 있다. '나'는 여기에서 소설 쓰기와 번역(일거리)을 한다. 2층, 3층은 원룸으로 되어 있다. 그런데 이상한 일이 생기기 시작했다. 복도에 누군가가

조성기

오줌을 싸기도 하고 마침내 똥도 싸놓지 않았겠는가. 아무리 추리해보아도 범인을 알 수 없었다. 똥 사건 사흘 후 폭우로 하수도가 역류했다. '나'의 작업실이 잠길 수밖에. 며칠 후 태풍이 온다는 보도에도 불구하고 구청에서 권하는 조치를 취하지 않았다.

> 그런 일이 있고 나서 며칠 후에 태풍이 몰려왔고 하수도 역류 사건이 벌어진 것이었다. 복도의 똥은 앞으로 똥물이 역류하리라는 예언인 셈이었다. 똥은 예로부터 예언적인 성격을 지니고 있지 않은가. 구약의 기이한 선지자 에스겔과 똥.(77쪽)

이 대목이 작품의 입구인 셈. 폭우가 닥치자(예언의 실현) 이번엔 똥 덩어리가 작업실로 역류해서 쳐들어오지 않았겠는가. 구약과 똥이라? 이 순간부터 이미 똥은 속(俗)의 세계에서 벗어나 성(聖)의 세계로 진입하는 것.

여기서부터 작품은 놀랄 만한 속도로 기품을 발휘합니다. 작가 조씨의 자질이 번득인 대목.

대체 소설가이자 번역가인 '나'는 누구인가. 대학원 논문으로 종교 심리학을 썼다는 것, 신의 문제로 많은 갈등을 겪었다는 것. 가장 감동 깊게 읽었던 책은 10년 전에 읽은 분석 심리학 대가의 자서전이었다는 것. 독일어로 된 그 자서전은 영역된 것이었다는 것. '나'는 시방 출판사의 의뢰로 영역판 아닌 원어판을 번역하기로 했다는 것. 자연히 영역판과 대조해볼 수밖에. 여기서부터 이 작품은 돌연 휘황해집니다. '똥'이라는 낱말에 대한 영역과 독어 원문의 낙차가 그것. Exkrement(독어)를 영역엔 turd라 했음이 그것. 전자는 교양어 '배설물'(분뇨)이고 후자는 속어 '똥'으로 되어 있다는 것.

> 그 순간, 내 마음에 분뇨는 교양어이고 똥은 비속어라는 고정관념에 대해 대거리를 하고 싶은 충동이 일어났다. 한문은 교양어이고 순우리말은 비속어라는

조선시대 양반들의 고정관념을 지금까지 고스란히 물려받고 있다니.(82쪽)

참주제가 걸린 대목. 성과 속의 등차 없애기가 그것. 똥 덩어리가 역류된 그래서 아직 똥냄새 밴 작업실에 선인장을 키웁니다. 그런데 선인장의 뿌리가 썩지 않겠는가. 수분이 역류되어 왔기 때문. 4층에다 뿌리 없는 성한 부분만을 옮겨두자 선인장은 손바닥처럼 되살아나지 않겠는가. 이 순간 나는 감동한다. 꽉 찢어버리고 싶었던 범인의 똥을 싸는 항문을 이 선인장으로 잘 씻어주고 싶다는 것. 그래서? 선인장은 부채 모양이니까. 부채란 또 무엇인가, '부처'가 아닐 수 없는 것. 귀족 불교(화엄경 기타)와 맞선 저 운주사 골짜기의 부처들. 산꼭대기에 누워 있는 부부 부처. 그것은 또 신의 문제로 고민한 적이 있는 '나'의 구원이기도 한 것. 부처와 예수가 동시에 선인장이었으니까. 선인장仙人掌이란 새삼 무엇인가. 선인이 손바닥으로 쟁반을 받쳐 든 모양으로 만들어 감로수를 받게 한 기물이니까. 한서漢書「교사지」에 그렇게 적혀 있습니다.

의문 한마디. '나'가 번역하고 있는 자서전은 아마도 C. G. 융의 『회상, 꿈 그리고 사상』이 아니겠는가. 문제된 '똥'이 등장하는 장면을 잠시 볼까요.

나는 마치 지옥의 불 속에 뛰어들듯이 정신을 바짝 차렸다. 그리고 생각이 우러나오도록 하였다. 그러자 내 눈앞에는 아름다운 뮨스터가 서 있었다. 그 위에 푸른 하늘이 있고 신은 황금의 왕좌에 아득히 높은 세계에 앉아 계시고 그 왕좌 밑에서 엄청난 배설물이 그 화려한 새 교회 지붕 위로 떨어져 그것을 부수고 교회의 벽을 산산이 갈라놓는다.(이부영 역, 집문당, 1989년, 54쪽)

이 대목을 두고, 과연 신이 '복음의 배설물로 똥칠(금칠)을 하고 있는 교회들'을 똥덩이로 일격을 가한 것으로 해석해도 되는 것일까. 이런 의문은,

조성기

자서전을 읽노라면 밀어내기 어렵습니다. 융의 일생에서 가장 결정적인 사건은 그가 4세 적에 겪은 난생처음 본 꿈으로 되어 있습니다. "목사관은 라우헨 성 옆에 홀로 서 있었고 교회 일꾼의 농가 뒤에는 넓은 초원이 있었다. 나는 꿈에 이 초원 위에 서 있었다. 거기서 문득, 어두운 네모진 울타리로 에워싼 구멍이 나 있는 것을 발견했다⋯⋯"라고 시작되는 이 꿈의 내용은 이러합니다.

그 구멍으로 내려가자 넓은 초록색 공간이 있고, 중앙에 붉은 양탄자가 깔린 석단에 황금왕좌가 있었다. 그런데 그 위에 무엇이 있었던가. 천장까지 닿는 거대한 형상이 아닌가. 직경 50~60미터, 높이 4~5미터. 피부와 살아 있는 살로 이루어져 있고⋯⋯ 등등. 10여 년 뒤에야 융은 그것이 종교의식적인 남근임을 알았다고 적었지요. '그것은 사람 잡아먹는 것이란다'라고 어머니가 말한 남근이란 무엇인가. 초록과 적색으로 된 생명의식의 상징인 지하세계가 아니었던가. 이에 맞서는 뮨스터 성당으로 표상된 것이 기독교가 아니었던가. 이 기독교의 처지에서 보면 저 흉측한 지하세계란 얼마나 심한 독신(瀆神) 행위인가. 이 무서운 비밀을 품고 고민하는 소년 융의 죄의식의 깊이를 상상해보시라. 유대인 프로이트와는 달리 정통 개신교 집안에서 자란 융이 아니었던가. 그가 이 죄의식에서 해방된 것은 어른이 된 뒤였지요. 곧 지하세계를 기독교와 등가로 수용하기에 이르기가 그것. 융의 위대한 업적이란 이 두 세계의 거리 메우기 또는 다리 놓기였던 것. 만다라까지 내세웠음이 그것. 융의 사상을 집약해놓은 『인간과 상징』(이부영 역, 집문당, 1964년)을 읽어보면 이런 생각을 물리치기 어렵습니다.

표명희

「그녀의 등 뒤」

1965년 대구 출생. 2001년 『창비』 신인상에 단편 「야경」이 당선되면서 작품활동 시작. 소설집 『3번 출구』가 있다.

율리시스의 글쓰기

표명희 씨의 「그녀의 등 뒤」^{『현대문학』 2005년 3월호}는 글쓰기가 얼마나 마음 여린 사람의 행위인가를 잘 보여준 작품. 글쓰기의 자리란 궁극적으로는 가해자의 처지일까, 피해자의 처지일까를 묻게 된다는 것. 어째서 그러할까. 글쓰기란, 궁극적으로는 인문학적 상상력에 속하기 때문. 그렇다면 인문학적 상상력의 존재방식은 어떠한가. 이 작품 서두에 작가 표씨가 잘 지적해 놓았습니다.

인문과학 열람실로 들어서자 실내는 엷은 초콜릿 향 같은 책 내음이 은은히 감돈다. 학문에도 향기가 있다면, 이처럼 누렇게 바랜 종이책에서 풍기는 향내는 인문학에 해당하지 않을까. 결코 발산하는 향이 아닌, 가까이 더 깊이 다가들어야만 겨우 맡을 수 있을 정도로 어렴풋한, 하지만 한 번 접하고 나면 결코 그

마력에서 빠져나올 수 없는 중독성 있는 향기…… 수연은 더러는 불편하기도 한 자신의 타고난 예민한 후각으로 천천히 실내 공기를 음미하며 입구의 사서 책상 앞을 지난다.(115쪽)

후각으로 포착되는 것. 시각도, 청각도, 촉각도 빠진 영역. 후각으로 마침내 중독되기. '중독성 향기'가 인문학적 상상력의 존재방식이라는 것. 이 후각을 위협하는 것은 과연 무엇인가.

(A) 청각 : 나 참, 이거. 자판 두드리는 소리 땜에 일을 못 하겠군.(117쪽)

(B) 시각 : 더벅머리 사내는 자신의 뜻을 이루었다고 생각했는지 별 대꾸 없이 본래의 자리로 돌아간다. 남자의 자리는 수연의 바로 앞쪽 책상이었다. 코앞에 버티고 있는 사내의 넓은 등판을 보자 수연은 숨이 막혀오는 것 같다.(117쪽)

(C) 촉각 : 캡 모자를 쓴 남자가 억센 손으로 여자의 기다란 머리칼을 잡아채자 여자의 머리는 콩나물 대가리처럼 맥없이 꺾인다. 여자는 남자가 잡아채는 쪽으로 이리저리 몸이 휘둘리다가 급기야 부스 유리 벽면에 세게 부딪힌다. 퍼벅. 유리 깨지는 소리에 이어 찢어지는 여자의 비명 소리……(118쪽)

글쓰기가 직업인 처녀 수연이 글쓰기를 위해 도서관에 간 하루를 다루고 있습니다. 도서관의 하루란, 진짜 글쓰기로 나아간 수연에겐, 또 그 누구에게도 실로 율리시스의 모험에 준하는 것. 우선 (A)에서 보듯 아이러니컬하게도 노트북을 치는 수연 자신이 글쓰기의 적이었던 것. (B)에서는 앞좌석의 사람들이 적이었고, (C)에서는 공중전화 부스에서 일어난 돌발 사태가 적. 어떤 여자의 긴 통화에 격분한, 기다리던 사내의 폭력.

그렇다면 이들 적을 물리치는 방식은 무엇일까. 수연이 발견한 것은 노트북을 버리고 종이에 글쓰기. 수십 년간 해온 옛 방식인 종이 글쓰기라면 진짜 인문학적 상상력에 이를 수 있을까. 잠시 볼까요.

> 막상 펜을 갖다대자 머릿속이 종잇장처럼 하얘온다. 하얀 종이가 눈이 부실 지경이다. 그녀는 연습 삼아 우선 모니터에 있던 마지막 문장을 또박또박 옮겨 적어본다. 두어 번 반복해 적으니 막혔던 생각에 물꼬가 틔는 느낌이다. 그럭저럭 한 단락 써나간다. 완성된 단락을 찬찬히 읽어본다. 문맥이 그리 매끈하지 않다. 다시 앞 문장으로 돌아온다. 펜으로 앞 문장 하나를 포획해서 뒤로 이동 표시를 해놓고 여백에다 첫 문장을 새로 써넣는다. 되풀이해 읽으면서 적절치 않은 용어를 몇 개 고쳐 넣기도 한다. 컴퓨터 모니터에서라면 단번에 말끔하게 처리되련만 종이가 금세 지저분해진다. 여백에 새로 끼워 넣은 글씨가 다른 글씨와 크기가 다른데다 군데군데 고친 용어 탓으로 내용이 한눈에 들어오지 않는다. 정리해서 다시 쓰려니 막막하기도 하려니와 머릿속이 또 한번 뒤죽박죽되는 느낌이다.(119쪽)

보다시피 여지없이 실패. 노트북으로는 안 되고, 그렇다고 종이로는 더이상 써지지 않는 이 막힌 상황이란 무엇인가. 직접적으로 그 원인은 여기가 도서관이라는 점에서 왔지요. 도서관이라 하나, '지금'의 이 도서관이란 일상 인문학이 놓인 자리, 인문학이 숨쉬는 곳이 아니라, 실업자의 쉼터. 갈 곳 없는 인간의 대합실이었던 것. 언제 폭발할지 모르는 깡패 집단일지도 모를 일. 누가 가해자일까, 또 피해자일까. 실업자 집합소이기에 여기서 글쓰기란 노트북으로도, 종이 글쓰기로도 불가능할 수밖에. 글쓰기는커녕 자칫하면 깡패들에 의해 생명의 위협조차 느낄 정도. 글쟁이 수연이 공포의 하루를 보낸 뒤, 이 악의 소굴에서 탈출하기 위해 비상수단을 사용합니다. 단골 통닭집 아저씨의 오토바이 뒤꽁무니에 올라타고 귀가하기가 그것. 잠깐, 그렇다면 오늘날 그 고상하고 섬세한 인문학적 글쓰기란 불가능한가. 글쎄요. 좀더 두고 보면 어떠할까요.

표명희

한유주

「K에게」

1982년 서울 출생. 『문학과사회』 신인상에 단편 「달로」가 당선되면서 작품활동 시작. 소설집 『달로』가 있다.

카프카에게 배우는 문학교실

한유주 씨의 「K에게」^{『문학과사회』 2006년 겨울호}는 제목 그대로 『성』의 주인공 K와 그 작가에게 보내는 편지문. 이 작품을 대하고 있노라면 다음 두 가지 사례가 머리를 스쳐갑니다. 하나는, 「무진기행」의 작가의 말. 작품을 쓸 때 씨는 원고지 옆에다 카프카 작품집을 놓고야 쓴다는 것. 읽지 않아도 좌우간 그래야 된다는 것. 다른 하나는, 저 르네 지라르의 책 『낭만적 허위와 소설적 진실』. 이른바 간접화론이 그것. 욕망의 삼각형으로도 말해지는 이 이론에 따르면, 인간의 가장 원초적인, 그래서 고유하다고 주장되는 욕망 자체도 실상 따지고 보면 남에게서 빌려온 것에 지나지 않는다는 것. 엠마 보바리가 갖고 있는 저만의 욕망이란 따지고 보면 파리에서 나오는 주간지 나부랭이에서 온 것. 바로 이 점이 『보바리 부인』을 소설로 가능케 한 것. 말을 바꾸면 소설이란, 이미 쓰인 다른 소설을 모방하기인 것. 『돈키호테』

가 진짜 소설인 것은 그것이 중세 기사도 책의 모방에서 온 것. 간접화(매개항) 없는 수직적 초월이란 소설과는 무관하다는 것.

이 사실을 「무진기행」의 작가도 진작 알고 있었을 터. 그 한참 후배 한유주 씨도 이 사실을 터득하고 있는 형국. 그렇기는 하나, 한씨의 경우는 너무 솔직하다고 할 수 없을까. 씨는 첫줄에 이렇게 썼지요. "내가 말을 하지 않는 것은 틀린 말을 할까봐 두렵기 때문입니다. 잘 있었나요. 벌써 일곱번째 쓰는 편지입니다"라고. 그러니까 앞으로도 계속 편지질을 할 가능성이 있습니다. 그게 작품일 테니까.

대체 편지를 쓰는 '나'는 누구인가. 다섯 살 적에 88올림픽이 있었으니까 25세쯤 되었을 터. 아비의 직업은 알 수 없으나 어미는 조산원. '중산층처럼 보이길 원하는 서민층' 가정의 출신. 이런 계층 부모는 자식에게 책 사주기에 관대한 편. 뭔가 교육적인 것이 거기 있다고 믿는 상승욕망을 가진 계층이니까. 책이란 새삼 무엇인가. 문학이 그 기체^{氣體}인 셈. 학교나 사회에서 요구하는 글쓰기란 제목, 대상 따위가 정해진 것. 땅 짚고 헤엄치기인 셈. 그런데 진짜 글쓰기란, 자기 자신에 대한 글쓰기가 아닐 수 없다. 이 장면에서는 누구나 절망할 수밖에. 제목도 대상도 자기 자신이 정해야 하니까. 필사적으로 발버둥질하지 않고는 익사하게 마련. 지푸라기라도 붙잡을 심경일 수밖에. 신앙인이라면 신의 이름에 매달릴 터. 과학 지망생이 아인슈타인에게, 음악 지망생이 모차르트에 매달리듯 문학 지망생이라면 카프카에 매달릴 수밖에. '나'가 절망적인 상황에 빠져 허우적거릴 때 카프카는 어떤 조언을 해줄 수 있을까.

'나'만의 글쓰기, '나'만의 이야기란 과연 어떠한 것이었을까. 작가 한씨는 물으나마나 한 말이긴 하지만 그래도 자기식으로 이렇게 말했군요.

나는 나 자신에 대한 글을 쓰고 싶었습니다. 나는 내가 알고 있는 단 하나의 사실, 단 하나의 이야기라고 생각했죠. 엄마가 된 여자들은 한 손에는 아이를 들고, 한 손에는 과일 바구니 따위를 들고 찾아오기도 했습니다. 아이들의 얼굴은 말갛고 보드랍고 깨끗했어요. 아이가 혀 짧은 소리로 엄마를 부르기 시작했다고, 여자들은 기쁜 표정으로 말했습니다. 나는 여자들이 안겨준 과일을 깎아 접시에 담으면서 그들의 행복을 훔쳐보고는 합니다. 껍질이 깎여 나간 사과나 배의 표면은 촉촉하고 말캉말캉해요. 아이가 엄마를 부르고, 아이가 자라고, 시간이 회전하고, 엄마가 더 이상 부드러운 팔과 가슴으로 안아주지 않고, 오늘 아이가 발음하는 엄마라는 단어가 전날의 엄마보다 메마르게 여겨질 때, 그때 그 아이가 불안해하지 않기를 나는 (순간이나마 진심으로) 바랐습니다. 그래서 나는 당신에게 편지를 써야 했어요. 이미 죽은 당신은 내가 쓰는 편지들을 읽을 수조차 없겠지만 말입니다.(161~162쪽)

'나'만의 얘기란, 그러니까 '나'만의 글쓰기란, '삶의 불안'에 다름 아닌 것. 이 불안은 삶의 불투명에서 오는 것. 삶이란 미완으로 시작되어 미완으로 끝나는 것이니까. 오늘이 어제의 내일이듯 늘 이 미완이 반복된다는 것. 바로 여기에 카프카의 본질이 있다는 것. 다른 작가들은 그러니까 보통의 작가들은 터무니없이 '완결된 얘기'를 한다는 것. 카프카의 처지에서 보면 그 따위 '완결된 얘기'란 없는 셈. '나' 역시 같다. '막상 나 자신의 얘기'를 하고자 덤벼보니까 도무지 완결시킬 수 없지 않겠는가. 아직 얘기를 시작도 안 했는데 그 얘기가 되돌아오는 형국이니까. 미완일 수밖에. 다른 사람들의 글쓰기와 다른 점인 셈. 다른 사람들은 용하게도 또 뻔뻔하게도 '완결된 얘기'를 쓰고 있지 않겠는가. 그런 꾀 많고 뻔뻔스런 작가에게 묻는다면 어떤 대답이 나올까. 일목요연한 대답이 나옵니다. '농담이다!'라고. 쿤데라가 말하듯 박완서가 말하듯 한갓 '농담'이다, '아주 오래된 농담'이다, 라고.

그렇다면 카프카는 이 농담을 몰랐단 말일까. 작가 한씨는 그렇게 생각하는 모양이지요. 왜냐하면 한씨 자신도 농담을 할 줄 모르니까. 농담의 반대말은 새삼 무엇이뇨. 진담일까. 그렇다면 카프카는 진담을 쓰고자 했고 그것이 『성』이고 『심판』이고 「변신」일까. 이러한 한 무더기의 물음은 대논문의 주제라 하겠지요. 흔히 카프카 문학을 두고 Kafkaesk(카프카스런) 혹은 Kafkasch(카프카다운)라 합니다. 삶의 부조리를 가리킨다고 전문가들은 말합니다(W. 엠리히). 또 한 분의 전문가인 외우 P교수는 이렇게도 말합니다. 유대인의 사고방식을 이해하지 않고는 접근하기 어렵다고. 그렇지만, 문제의 중요성은 따로 있는바, 카프카의 존재가 오늘의 이 나라에 있어서도 창작교실의 원점, 글쓰기의 간접화 현상의 하나라는 것.

한유주

07_

구체관절인형의
상상력
우리 소설의 새로운 실험과 모험들

구경미

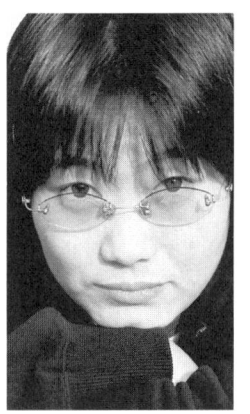

「2005년 6월, 귀덕과 애월 사이」

1972년 경남 의령 출생. 1996년 『경남신문』 신춘문예에, 1999년 『경향신문』 신춘문예에 당선되면서 작품활동 시작. 소설집 『노는 인간』이 있다.

소제목 달기와 그 기능성

구경미 씨의 「2005년 6월, 귀덕과 애월 사이」^{『문학동네』 2006년 여름호}는 제목과 소제목들이 나름대로 그 기호로서의 의미를 보여주는 시범작이라 하면 어떠할까. 여기에는 설명이 없을 수 없지요. 기호로서의 의미라 했거니와, 우리 작가들이 흔히 취하는 버릇(외국도 그러한지는 알 수 없으나) 중 다음 세 가지가 자주 목격되오. 하나는 제목에다 또 부제로 (1), (2) 따위의 번호 붙이기(누가 그런 작품을 선뜻 읽으려 들까. 전작을 안 읽었으니까. 읽었더라도 잊어버렸으니까! 왜냐하면 인상적이지도 않았으니까).

다른 하나는, 작품 머리에다 남의 시 따위를 인용해놓기(소설이 흡사 시의 해설편일까. 그렇다면 뭣 땜에 소설 따위를 쓸까. 그런 소설 따위를 바쁜 독자들이 뭣 땜에 읽어야 할까).

셋째, 소제목을 수없이 붙이기. 흡사 논문 쓰기에서 각 장마다 소제목 붙이기라고나 할까요. 논문이야 형식상 그래야 되겠으나 소설이란, 그것도 단편소설이란 그런 소제목까지 붙여 내용 요약을 해줄 필요가 있을까. 작품은 그 자체가 텍스트이기에 소제목으로 토막 낼 물건일 수 없는 법. 소설이 지닌 체험적 일회성의 독법을 이들 소제목이 크게 훼방 놓고 있는 형국.

잠깐, 그렇다면 소제목 붙이는 대신 (1), (2)…… 등 번호 붙이기는 어떠할까. 크게 보면 번호 붙이기 역시 소제목 붙이기와 같은 범주. 다만 조금은 텍스트 쪽을 의식한 경우라고나 할까.

이러한 논의란, 아마도 시비거리로 보기는 어렵겠지요. 관습이라는 것이 있기 때문(단편이 우리 소설의 중심부였고 따라서 작가들이 여기에다 장편만큼의 무게를 실어야 했으니까 논문이 될 수밖에 없었지요). 언제부터인가 우리 소설판에서는 번호 붙이기가 시작되었고, 지금은 소제목 붙이기로 이행했습니다. 조급성이 불러낸 신경질적 반응이라 볼 수도 있겠으나, 좌우간 그렇게 되었지요. 그렇다면 이왕 소제목 붙이기에서 그럴 법한 명분을 찾는다면 어떠할까. 이 물음에 작가 구씨의 방식이 유력한 근거의 한 가지를 보여주고 있습니다. 잠정적으로 말해 그 근거란 기호학적인 기능의 도입이라 하면 어떠할까.

제목인 「2005년 6월, 귀덕과 애월 사이」에서 앞부분은 날짜입니다. 이는 객관적 제시인 것. '2005년 6월'이기에 그 이전도 이후도 아니지요. 막연한 유년기 회상 따위도 1980년대, 1990년대 따위도 아닌 것. 기호론적 확실성, 곧 사실과 대조되는 기호이니까. 제목 뒷부분도 마찬가지. 귀덕이나 애월이란 구체적 지명. 대번에 달려가 확인할 수 있는 것. 노마드적(유목민적) 유행에 들떠, 자기가 놓인 장소조차 모른 채 뛰어다니는 불확실한 경우와는 구별되는 것.

작가 구씨는 큰 제목의 이러한 기호론적 구체성을 소제목에서 한층 더 나아가 심화시켜 보여줍니다. '6월 17일 금요일 19시 06분'이면 앞의 소제목.

구경미

장소는 제주도 공항. 인물은 4총사 중 한 명이 빠진 3총사. 인물은 소진(♂), 선우(♂), 그리고 경란(우). 모두 미혼의 제법 잘나가는 서울의 직장 4년차짜리. 그들이 이박 삼일로 제주도에 온 까닭은 '기쁠 때는 몰라도 슬픈 일에는 한뜻으로 뭉쳐야 한다'는 명분 때문. 직장을 잠시 물리친 이유. 친구 부친 문상이 그것.

같은 날 20시 42분 : 북제주군 귀덕리 민박집에 머묾. 술을 퍼마심. 술 힘으로 이런저런 얘기. 헛소리들.

같은 날 저녁 23시 24분 : 술김에 이들 3총사가 바다를 보기 위해 한밤중 보트를 타고 나감.

6월 18일 토요일 09시 05분 : 깨어보니 이튿날이고, 무인도에 도착. 그들이 낭패감을 느낀 것은 바로 그날이 4총사의 하나이자 이곳으로 온 목적인 '슬픈 일'의 주인공 상희의 부친 문상 날짜였던 것. 요컨대 무인도엔 휴대전화가 먹통이었던 것.

같은 날 11시 33분 : 여사여사.

같은 날 15시 41분 : 여사여사.

(······)

6월 18일 토요일 16시 12분 : 상희네 집. 4총사 중 누구도 문상을 오지 않다니. '헛살았다'고 상희는 탄식. 세 명 중 아무와도 통화되지 않았으니까.

6월 17일 금요일 10시 14분에서 25분 사이 : 이 마지막 대목이 압권인 셈. 제주도로 문상 오기 하루 전날의 3총사의 내면묘사인 까닭. 3총사가 제주행을 결심하기까지의 심리 묘사. 직장의 압력에서 벗어나고자 하는 심리와 친구에 대한 의리가 '제주도행'이라는 해방감으로 그려져 있습니다. 요컨대 자연스러움. 문체가 날렵한 것은 이 '한없이 가벼운 일상성'에서 말미암은 것.

문제는 무엇인가. 글쓰기의 큰 제목·작은 제목이 지닌 기호론적 구성이 아니겠는가. 시간과 공간의 배치가 그대로 지도의 몫을 하고 있으니까. 여기엔 그 시시하고 껄렁한 자의식 따위란 끼어들 틈이 없으니까. 이러한 기호론적 처리이기에 '십 년 전 6월 어느 날 오후 무렵'이란 소제목도 그 설 자리를 알게 됩니다.

구경미

김서령

「무화과잼 한 숟갈」

1974년 포항 출생. 2003년 『현대문학』 신인상에 당선되면서 작품활동 시작. 소설집 『작은 토끼야 들어와 편히 쉬어라』가 있다.

대칭구조의 미학

김서령 씨의 「무화과잼 한 숟갈」『현대문학』 2006년 8월호 은 대칭구도로 구성되어 있어 기하학적 구도를 갖추고 있습니다.

첫 장면은 그 대칭적 구도의 한가운데인 셈.

"무얼 그리 많이 들고 왔길래 손이 아파?"

진은 소파에 앉아 마른 수건으로 무화과를 닦고 있었다. 진자주색의 무화과들이 진의 느긋한 손질을 타 반질반질 윤이 났다. 진의 말은 뜬금없다. 손에 든 건 아무것도 없다. 나는 학교에서 막 돌아온 참이고 오른쪽 어깨에 멘 무겁지 않은 숄더백뿐이다.

"아무 데도 안 들렀어. 빈손인데?"

진은 그저 웃는다. 나는 왼손을 내려다보았다. 빈손.

세 칸으로 나뉜 냉동실 서랍 중 첫번째는 얼음으로 가득했다. 자주 손이 아픈 나를 위해 진은 늘 얼음을 잔뜩 얼려두었다. 세수만 대충 하고서 나는 유리그릇에 얼음을 담아 진의 곁으로 가 앉았다. 무화과의 단내가 패브릭소파의 낡은 올마다 그림자처럼 걸려 있었다. 오래 만져주지 않은 강아지처럼 칭얼거리는 왼손을 유리그릇에 가만히 담갔다. 파드닥, 불편한 차가움에 손가락이 몇 번 요동을 쳤다.(서두)

'나'는 빈손입니다. 진의 시선에서 보면 빈손이 아니라 잔뜩 무엇을 들고 오는 형국. 여기에서 말하는 '나'의 빈손이란 왼손을 가리킴인 것. 이 빈손이 통증을 갖고 있다면 어떻게 될까. 왜 하필 왼손이어야 하며, 왜 빈손인데도 자주 통증을 느껴야 될까. 이쯤 되면 심리학적 과제. 그렇다고 흔히 취하는 섹스 콤플렉스라든가 과대망상증으로 줄줄이 엮어내는 무식하기 짝이 없는 백일몽 나열과는 전혀 다른 방식입니다. '무화과'라는 실체가 보석 모양 그 한가운데 박혀 있어 백일몽 따위를 얼씬 못하게 물리치고 있기 때문. 위의 인용이 기하학적 대칭점의 한가운데라 했거니와, 여기가 바로 호주이기 때문. '나'와 진은 시방 호주 영주권을 따기 위해 필사적입니다. 왜? 호주에 정착하지 않으면 안 될 말 못할 곡절이 있기 때문. 말 못할 곡절이란 무엇인가. 가장 소중한 것들을 한국에 남겨놓고도 이젠 거기에 갈 수 없음이 그것. 이런 마음 갈등이 물질화(구체성)로 묘사되어 있습니다. 무화과가 그것. 정확히는 무화과 열매가 그것. 조금 설명을 해볼까요.

'나'는 시방 호주에 와 있습니다. 오직 영주권을 따기 위해. 별로 배운 것도 아는 것도 없는 그러니까 가진 것이라곤 몸밖에 없는, 또 피붙이라고는 가난한 언니와 아비밖에 없는, 또 거기에다 두 살배기 아들을 억지로 맡겨놓고 떠나온 이혼녀인 '나'가 영주권을 따기 위해 호주에 왔고, 할 수 있는 길은 제빵 기술자 되기뿐. 간호사, 미용사, 냉동 기술자, 제빵사만이 주어진

김서령

조건이었던 것. '나'가 할 수 있는 길은 제빵사 되기. 그러기 위해 제빵 학교에 다닐 수밖에. 자격증을 따야 하니까. 거기서 만난 친구가 진이었지요. 같은 처지에 놓였기에 둘은 절약하기 위해서도 동거할 수밖에.

잠깐, 줄거리가 아니라 기하학적 대칭구도, 구조적 미학을 문제 삼지 않았던가요. 그렇군요. '나'와 '진'의 대칭점이 그것. '나'가 살아오면서 입은 제일 짙은 심리적 상처란, 생모도 아니면서 6년 동안 키워준 한 여인에 대한 것입니다. 이런저런 이유로 그 여인이 면도칼로 자살을 기도한 사건이 그것. 이때 면도칼을 준비해놓은 장본인이 '나'였고 그녀는 면도칼로 왼손을 그었던 것. 면도칼, 왼손등의 한가운데 놓인 것이 무화과 열매입니다. 칼로 토막을 낸 무화과의 붉고 씨 많은 속이 보여주는 상징성이 '나'의 콤플렉스, 곧 지나온 성장기 전부를 규제하고 있었던 것. 이와 꼭 같은 심리적 외상이 진에게도 있습니다. 대단할 것도 없는 집안 외아들인 사내와 결혼했다. 사업으로 남편이 망했다. 남편은 살기 위해 발버둥쳤으나 점점 삶의 늪에 빠져 구제불능이었다. 직장에서 퇴직금을 받은 진은 그것으로 호주행을 감행했다. 진의 고민의 깊이는 어떠했을까. 임신 십 주가 넘은 상태에서 중절수술을 감행할 수밖에 없을 만큼이었다. 호주에서 사귄 남자로 해서 건망증에 빠진 진이 또 임신했다면 어떻게 될까. 당연히 수술을 할 수밖에. 진이 할 수 있는 균형감각이지요.

대칭구조의 핵을 이루는 것은 물론 무화과입니다. 호주에 조금 먼저 온 진이, '나'를 위로하고 심리적 균형을 잡아주기 위해 무화과잼을 이용했듯, 이번엔 '나'도 이 잼으로 중절수술을 한 뒤의 진의 심리적 치유를 감행할 수밖에. 다음 장면이 아름답지 않다면 이는 거짓말일 터.

    말은 그렇게 해도 내가 빵 굽는 것을 그냥 보고만 있을 진이 아니었다. 직접 오븐에 손을 넣는 진 옆에서 나는 결국 행주질이나 하게 될 것이다.

"그리고 무화과잼을 듬뿍 발라줘. 사실, 그 빵은 너무 싱겁거든."
나는 고개를 끄덕였다. 잼 병을 거꾸로 들고 탈탈 털면, 그리시니빵 두 개를 찍어 먹을 정도는 나올 것이다. 진을 좀 재운 뒤 근처 과일마켓으로 가서 무화과를 사와야겠다는 생각을 했다. 냄비 가득 무화과를 졸여 잼을 만든 후 유리병에 담아두어야지. 항생제 같은 무화과잼 병들을 차곡차곡 냉장고에 넣어둘 것이다. 타박타박 걷던 진이 문득 멈추었다.(148쪽)

그렇지만, 아름답긴 해도 너무 안이하다고 할 수도 있겠지요. 그러나 건망증에 시달리는 진이 건망증에서 벗어나려 하는 기미가 보이자 이렇게 '나'가 말하는 장면은 썩 아름답군요.

"커피를 두고 왔어."
돌아보니 멀리 벤치 위에 진이 남겨둔 커피잔이 있다. 돌아가려는 진의 어깨를 잡았다. 마른 어깨뼈가 딱딱했다.
"버릴 건 좀 버려…… 얼음물만 흥건할 텐데."
나는 좀 새치름하게 말했다. 아직 덜 녹았는데, 하는 진의 팔을 부여잡고 나는 빠르게 가던 길을 걸었다. 아깝다, 아깝다, 진이 애교 많은 애인처럼 투정을 부렸다. 나무 전신주 사이를 살진 까마귀가 소란스럽게 날았다. 결 거친 까마귀의 깃털 사이로 빠져나가는 바람이 쉬이익, 휘파람 소리를 냈다. 이제쯤 저녁빛이 고르게 내려앉았다.(결말)

심리적 균형감각이 기하학적 구조를 만나 빛나는 대목이라 할까. 왕자병 공주병에 걸려 있으면서도 그 사실조차 모른 채 덤비는 이 나라 소설판에 횡횡하는 청소년급 소설에서 한 발자국 벗어난 어른급 소설이라고나 할까.

김서령

마라나

「궤적」

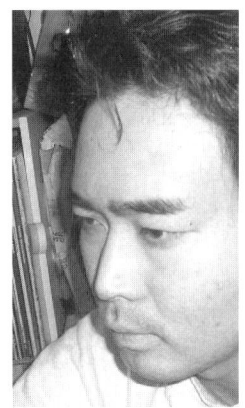

본명 김태용. 1974년 서울 출생. 2005년 『세계의문학』 봄호에 단편 「오른쪽에서 세번째 집」을 발표하면서 작품활동 시작. 소설집 『풀밭 위의 돼지』가 있다.

설계도로서의 이인칭

신인 마라나 씨의 소설 「궤적」『문학판』 2005년 겨울호에서 주목되는 것은 다음 두 가지. 하나는, 글쓰기의 방법론 제시. 다른 하나는 시점 문제. 방법론 제시라 했거니와 다음과 같은 설계도를 깃발 모양 입구에 세워둠이 그것.

> 나는 그러하다.
> 나는 그러므로.
> 나는 그리하여.
> 나는 그럼에도 불구하고 나는 그러면서.
> 나는 그러했다.
> 반복된다.
> —어어부프로젝트사운드 「선고/자백」에서

작품 입구에 이런 비석 같은 것을 세워두다니. 독자 중엔 눈살 찌푸릴 분도 있지 않았을까. 작가의 기술적 빈곤(그게 정신의 빈곤이지만)을 보충하느라 작품 앞에 무슨 대단한 남의 시 구절이나 금언 같은 것을 내세우는 경우를 자주 보지만 신진 마라나 씨의 경우는 조금 다릅니다. 상징적으로 주제를 암시하는 종래의 방식에서 벗어났지요. 그 자체가 그대로 글쓰기의 설계도니까. 이 설계도에 따라 한치의 오차도 없이 작품을 구성해놓았으니까. 소제목이 여섯 개로 이루어진 것은 그 때문.

잠깐, 그러나 위 설계도 제시 없이 소제목 여섯 개를 본문 속에서 처리한 경우와 어떻게 다른가, 라고 물을 법하지요. 유치하기는, 그러니까 작가정신의 빈곤을 보여주는 것은 마찬가지가 아닌가라고. 글쎄요, 아마도 그렇겠지요. 그렇지만, 조금 다르고 또 의의 있어 보이는 것은 마지막 소제목용 '반복된다'에서 찾아집니다. '반복된다'란 새삼 무엇인가. 소설의 운명이 아닐 것인가. 어떤 소설도 앞에 있었던 소설의 비판이 아닐 수 없지요. 동시에 어떤 소설도 '동어반복'이 아닐 수 없다는 것. 소설이라는 괴물이 지닌 이 자기모순성이야말로 운명의 징표이지요. "우리는 부모 없이 하늘에서 씨앗이 땅에 떨어져 생겼다"(이광수, 「자녀중심론」)고 각오한 글쓰기도 그 각오와는 별개로 어느새 부모 닮기에 열중하고 마는 것이 글쓰기의 운명인 까닭. '반복된다'가 표상하는 것은 그러니까 아이러니가 아닐 수 없는 것. 아니, 악마스러움이라고 할까. 글쓰기의 자의식을 설계도로 표시함이란, 소금장수식 글쓰기의 생리도 알아차렸다는 증거인 셈.

다른 하나는, 1인칭 배격이 그것. 3인칭은 물론, 질병 모양 범람하는 1인칭 글쓰기를 송두리째 거부하기인 것. 3인칭도 아니고 1인칭도 아닌 제3의 글쓰기란 무엇인가. 맨 먼저 나오는 것이 2인칭 글쓰기인 셈. 소금장수 글쓰기의 3인칭도 가라, 입만 벌리면 1인칭으로 치닫는 정신병자들의 글쓰기도 빠져라. 2인칭 글쓰기로 나간다는 것. 잠깐, 그게 뭐가 새로운가. 신춘문

마라나

예 응모작에도 자주 등장하는 글쓰기가 아니었던가라고 반문할 독자도 많겠지요. 사실이니까. 그렇지만 2인칭 글쓰기가 자기언급적인 것$^{\text{self reference}}$임에 주목한다면, 그 유연성이 새삼 드러납니다.

너는 그러하다.

너는 의자를 만든다. 목재소에서 나무를 샀다. 귓불에 까만 털이 나 있고 땀에 전 러닝셔츠를 입고 있는 목재소 주인은 무엇을 만들 거냐고, 그렇게 고운 손으로 톱질이나 제대로 할 수 있겠느냐고 물었다. 너는 의자를 만들거라고 대답했다. 무슨 의자를 어떻게 만들 거냐고 주인이 물었다. 너는 앉을 수 있는 의자를 만들 거라고 대답했다. 목재소 주인은 목재소 주인답게 웃었다. 그의 웃음소리에서 톱밥 냄새가 난다고 너는 말하고 싶었으나 그것이 곧 지나친 비유임을 깨닫고 그만두었다. 빨간색 노끈으로 묶은 나무를 들고 너는 집까지 걸어갔다.(98쪽)

소제목 '너는 그러하다'는, '제작모델'을 주축으로 하고 있음을 선언한 것. 너는 의자(물건)를 만드니까. 무수한 정신병 증상으로 점철된 세계의 '해석모델'과는 다른 세계. 설계도가 요망되는 곳이지요. 목수의 머릿속에 '의자'라는 개념이 있고 그 개념(설계도)에 따라 재료를 조직 배치하기, 그것은 재료 쪽에서 결정할 영역이 못 되지요. 어째서? 그는 설계도가 없으니까. 재료는 그냥 재료이니까. "목재소 주인은 목재소 주인답게 웃었다"는 것이 이를 새삼 말해주는 것. 목재소 주인에겐 톱밥 냄새가 날 수밖에. 그러나 '너'는 그렇게 말하지 못했지요. 왜? '지나친 비유'인 까닭. 재료도 실상 개념(설계도)에 작동할 수 있으니까. 소녀상을 브론즈로도 대리석으로도 흙으로도 제작할 수 있지만, 중요한 것은 개념(이데아)이라고 플라톤식으로 주장하기 쉽지만, 따지고 보면 각각 만들어진 소녀상은 별개의 상상력(가치)

으로 육박해오지 않았던가. 바슐라르의 물질적 상상력이 그것. 작가 마씨의 그 잘난 글쓰기 설계도도 사정은 마찬가지. "머릿속에 치밀하게 그려진 설계도는 이내 엉망이 되어버렸다"에 이른 것도 이 때문.

반복된다.

너는 의자를 만든다. 목재소에서 나무를 샀다. 목재소 주인은 요전 날에도 나무를 사가지 않았느냐고 물었다. 너는 그런 기억이 없다고 잘라 말했다. 주인은 귀에 꽂은 연필을 빼 머리를 긁적이며 참 이상하다고 말했다. 세상에는 비슷한 사람이 너무나 많고, 그것은 참을 수 없을 만큼 자신을 힘들게 한다고 너는 말해주고 싶었지만 목재소 주인을 더 이상 혼란스럽게 만들고 싶지 않아 그만두었다. 목재소 주인은 의자가 필요하면 자신이 아주 싼 가격에 만들어줄 수 있다고 말했다. 너는 대꾸하지 않고 빨간색 노끈으로 묶여 있는 나무를 들고 목재소를 나왔다. 한참을 걷다가 손이 아파 멈춰 나무를 바닥에 내려놓았다.(111쪽)

결국 의자는 만들어지지 못하겠지요. 적어도 설계도대로는. 세계를 이해함엔 제작모델로는 한계가 있다는 것. 결론은 이러하지요. 제작모델도 해석모델도 아닌 제3의 모델에 글쓰기가 놓여 있다는 것.

마라나

박민규

「비치 보이스」「누런 강 배 한 척」

1968년 울산 출생. 2003년 『문학동네』 신인작가상을 받으면서 작품활동 시작. 한겨레문학상·이효석문학상을 수상했다. 소설집 『카스테라』, 장편소설 『지구영웅전설』 『삼미슈퍼스타즈의 마지막 팬클럽』 『핑퐁』이 있다.

내면성 소설에 대한 도전

박민규 씨의 「비치 보이스」[『현대문학』 2005년 11월호]의 서두는 이러합니다.

다큐멘터리하곤 완전 다르네. 재이^{ᄒᄇ}가 중얼거렸다. 그러게, 에릭도 고개를 끄덕였다. 서핑 같은 건 꿈도 꾸지 말아야겠다고 나는 생각했다. 金은 아무 말도 하지 않았다.(71쪽)

갈 데 없는 4인행. 재이, 에릭, 김^金 그리고 나.
 공자 왈, "세 사람이 길을 가면 반드시 그중에 나의 스승이 있다〔三人行, 必有我師焉〕"라 했거니와 하물며 4인행임에랴. 배우되 대체 무엇을 배워야 할까. 공자께서는, 세 사람 중 착한 것을 가려서 따르고 그 선하지 않은 것은 거울삼아 나의 허물을 고칠 것이라 했을 터. 3인행이라면 그 목표가 분명한데, 4인행에서라면 '나'는 대체 무엇을 배워야 할까.

이런 물음을 화두 삼아 이 작품을 읽노라면 속았구나 하는 느낌을 물리치기 어렵소. 어째서? 배울 것이 하나도 없기 때문. 이 점이야말로 작가 박민규의 낯섦이랄까 새로움이 아닐까. 아무것도 배울 것이 없음만큼 상큼한 것이 따로 있을까. 배운다는 것은 실로 무거움이 아닐 수 없는 것. 도덕적 무게, 지식의 중압, 인생의 의의에 대한 사유 등등 요컨대 공자께서 '선善'이라 규정한 그 의미 있고 무거운 법도에서 벗어남이야말로 일종의 해방감이 아닐까. 롤랑 바르트식으로 말하면 '글쓰기의 제로점'에 가까운 현상. 어째서 그러한가.

앞에서 인용한 이 작품의 서두에 다시 주목합시다. 4인이 시방 서 있는 곳은 바닷가입니다. 바다를 본 4인의 소감입니다.

주목할 것은 4인의 소감이 거의 같다는 점. 그다음 대목은 이러하지요. "터벅터벅, 누가 먼저랄 것도 없이 우리는 차로 돌아왔다." 주목할 점은 "누가 먼저랄 것도 없이"에 있습니다. 그다음은 또 어떤가. "다들 찡그린 표정이어서"라고. 또 그다음은? "우리는 그렇게 자외선에 노출되어 있었다"입니다. 이쯤 되면 이 4인행이란 4인이긴 해도 실상은 1인행에 지나지 않는 것. 1인행을 네 조각 낸 형국. 그런데 묘한 것은 1인행을 네 조각 내고 있어도 인격분열증의 느낌이 없다는 것. 종래 소설문법과 비교해보면 특히 그러합니다.

종래의 소설문법이라 했거니와, 그것은 두 층위로 분류해집니다. 첫째는 한 고독한 개인(자아)의 내면 탐구(묘사)입니다. 이상의 「날개」, 카프카의 「변신」, 김승옥의 「환상수첩」, 최인훈의 『광장』 등이 이 부류에 들지요. 둘째 부류는 최일남, 서정인 등의 소설입니다. 대화체를 기본항으로 설정함으로써 일인칭 소설을 이인칭으로 분산시킨 것.

이상 두 가지 소설문법의 특징은 내면 탐구에 있습니다. 개인과 사회의

박민규

관계항의 범주인 셈. 내면의 탐구, 자아의 각성이야말로 소설의 본도라는 이른바 근대적 신화 체계가 그것. 그러기에 소설 쓰기란, 경건히 신부 앞에 나아가 고해성사하기에 비유될 수 있지요. 신진 작가 박씨의 글쓰기는 이런 범주에서 썩 벗어나 있습니다. 4인행이지만 실상은 1인행이며 내면 탐구와는 무관한 글쓰기인 것.

4인행이 실상 1인행이라 함에는 먼저 4인의 개성(자아)이 없다는 것이 전제되어 있습니다. 개성이 없다 함은 또 무엇인가. 내면 묘사가 불가능함을 가리킴이지요. 물론 작가는 이 4인의 차이성을 나름대로 내세우긴 했지요. 그러나 그 차이성은 개성 범주가 아니라 일종의 고정된 유형에 지나지 않습니다.

> 다른 데도 마찬가지겠지? 꽁초를 휙 던지며 재이가 얘기했다. 재이의 성향은 '강력한 지도자'인데, 아무튼–아무렴, 하고 ⓑ이 맞장구를 쳤다. 어딜 가나 마찬가지야. 숲은 '온화한 조정자'라 그렇다 치지만, 또 '남다른 몽상가'인 에릭까지 거드는 바람에 나는 그만 김이 팍 새버렸다. 서핑은 그럼 못 하는 거네. 재이가 던진 쪽으로 다시 꽁초를 던지며 내가 외쳤다. 나는 스스로를 '신중한 현실파'라 여기지만, 아무튼.(72쪽)

제법 개성의 드러냄처럼 보이지만 따지고 보면 개성이 아니고 한갓 유형일 뿐. 스스로 말했듯 "아무튼"이니까. 그것이 얼마나 별것 아닌가는 부사 '아무튼'이 그 증거.

실상 이 작품은 한동네에서 태어나, 초·중·고를 함께 공부했고, 22평짜리 아파트에 사는 극성스런 모친을 가진 불알친구 네 명이 같은 날 입대 영장을 받고, 어쩔 줄 몰라 해변으로 달려갔다가 이럭저럭 하룻밤을 보낸 얘기. 입대라는 충격 앞에 갈데없는 마마보이 네 명의 얼떨떨한 마음 상태를 내용으로 한 것에 불과합니다. 이들 4인이 그러니까 실상 '나' 한 사람이라 해도 마찬가지이지만 (어째서? "아무튼"이니까. 또 "결론은 만장일치니까.") 얼마나 이들이 순진한 보이들인가는 다음 대목만 보아도 금방 드러납니다.

> 니들이 크라잉 넛이냐? 소릴 들을 때만 해도, 실은 아무도 바다 같은 델 올 생각은 하지 않았다. 한동안 그 소리에 줄창 시달렸는데, 이유는 우리 넷이 한날한시에 영장을 받아서였다. 크라잉 넛이라, 좋지. 金과 에릭은 쉽게 웃어 넘겼지만 나는 달랐다. 나는 확, 짜증이 일었다. 세상이란 게 그렇다. 동반입대만 하면 크라잉 넛을 갖다붙인다. 잘 알지도 못하면서, 허구한 날 TV만 보다가, 누가 어쩐다 소리만 들으면 브러브러브러브러.(72~73쪽)

여기 나오는 '브러브러브러'가 증거합니다. 여태껏 마마보이로 살아온 중산층(22평짜리 아파트) 청소년이 입대 충격 앞에 순식간에 무너져 내리는 소리입니다.

이러한 순진성이 작품 구성에 그대로 반영되어 있음도 작가 박씨의 강점. 행간을 크게 띄우고, 그 중간에다 전체의 진행 과정을 요약해놓기. 흡사 화두처럼 그 몫을 해내고 있습니다. 가령 '사람을 때리는 건 힘든 일이다' '힘들었다' '그 느낌을' '넌 어쩔 건데?' '힘든 게 싫다' '콰' '해파리네' '야생은 무섭구나' 등등. 꼬리 물기(연상법)식의 글쓰기라고나 할까. '기차는 길다 긴 것은 바나나'식 말놀이(장난) 수법이지요.

또 하나의 박민규스러운 것은 비유의 유별남.

(1) 그림자까지 따라 탄 듯 비좁은 느낌이다.
(2) 판사에 따라 무죄판결을 받을 수도 있을 만큼 죽일 놈이었다.
(3) 해수를 공급받은 네 개의 심장 속에 대규모 수력발전소가 들어선 기분.

박민규

(4) 그건 창자를 꺼내서 달고 다니는 것과 같은

잠깐, 그래서 박민규 소설이 어떻다는 것인가. 종래의 소설문법에서 썩 벗어나 있다는 것.

요컨대 개성(자아)의 내면 묘사 쪽에서 크게 벗어나 있다는 것. 여기엔 설명이 없을 수 없지요. 에로티시즘에 기울어짐으로써 내면 중심주의에서 벗어나고자 한 시도들이 그동안 있었고, 또 그것은 그 나름의 의의가 없진 않았지만, 박씨의 것은 이와는 또 크게 구별됩니다. 굳이 말한다면 박씨의 경우는 '몸과 공간'의 관계라고나 할까요. '개인과 사회'의 구도와 비교해보면 이 점이 쉽사리 드러납니다.

개인/사회의 구도에서 '내면화 묘사 소설'이 이 나라 문학의 주류 개념이지요. 가령 윤대녕의「탱자」^{문학과사회, 겨울호}, 김훈의「언니의 폐경」^{문학동네, 여름호}, 김연수의「네가 누구건, 얼마나 외롭건」^{문학사상, 6월호} 등을 보시라. 내면 묘사의 전형들이지요. 이들 3총사는 서로 하도 닮아서 구분될 수 없을 정도. 박민규 소설의 강점은 이들과의 비교에서 비로소 확인될 터입니다. 한동안 이 작가를 주목해봐도 되겠지요. 누군가에 의해 무너질 요인을 내포하고 있는 동안 그 유효성이 있으니까. 어떤 소설도 앞선 소설의 부정에서 비로소 새로워지는 법이니까.

만화적 장면전환과 고백체

박민규 씨의「누런 강 배 한 척」^{문학사상, 2006년 6월호}은 스스로 생을 마감하기로 결심한 사내의 잔잔한 고백체. 소월의「산유화」같은 한 편의 서정시라고나 할까요. 신세대 작가 박씨가 인생을 두고 도박을 하는 것인가.

인생이 박씨로 하여금 도박을 하게 하고 있는 것일까. 어느 쪽이든 썩 고요하여 눈부십니다.

제목부터 보시라. '누런 강'이란 황천^{黃泉}을 가리킴인 것. 오행사상에서 땅은 누르니까. 저세상 아닙니까. 그 강물에 떠 있는 배 한 척이란 바로 인간의 삶 자체이지요. 이 유장한 강물에 흔들리며 가고 있는 배 한 척. 이만하면 산문계 글쓰기에서 벗어나 시, 그것도 서정시일 수밖에.

이 작품은 세 토막으로 되어 있습니다. '열흘 뒤 꽃 진 자리' '공무도하, 공경도하' '갈봄 여름 없이'가 그것. 화무십일홍^{花無十日紅}을 맨 앞에 내세웠지요. 인생의 끝장, 그러니까 후일담일 수밖에. 여옥이 지은 것으로 알려진 우리 고대시가 「공무도하가」역시 마찬가지. "임이여 그 강을 건너지 말라 했는데, 임은 그만 강을 건너셨네." 그다음 차례에 「산유화」가 놓여 있습니다. 어느 쪽이나 한결같이 죽음을 전제하고 있습니다. 그렇긴 하나 무엇보다 이 작품의 창작 동기를 문제 삼을진댄 단연 「공무도하가」입니다. 화무십일홍이나 「산유화」도 이에 비해 조연급이라고 할까요.

(A) 언뜻 저 멀리 도로가 길고 긴 강물처럼 느껴진다. 아득하고 멀다.(127쪽)

(B) 죽음도 기나긴 강 끝에 펼쳐진 저 바다와 같은 걸까?(130쪽)

(C) 커튼을 열자 오전의 잔잔한 햇살이 누런 강물처럼 방 안으로 흘러들었다.(131쪽)

(D) 나는 내리고 이들은 남겠지만 결국 모두가 이 강을 건널 것이다.(133쪽)

(E) 망종^{芒種} 햇살 속에, 그 누런 강물 속에 아내의 몸이 나른히 잠겨들고 있었다.(134쪽)

「공무도하가」의 그 강물이 누런색이어야 함에 작가 박씨가 이처럼 민첩합니다.

박민규

줄거리는 갈데없는 노인성 문학. 29년간 모회사 영업부장으로 뛰다가 4년 전 55세로 퇴직한 왕년의 유도 선수인 '나'에겐 두 해 전에 치매에 걸린 아내와 작은 사업을 하는 아들과 며느리, 그리고 교수가 되고자 뛰고 있는 딸이 하나. 지금 '나'는 정 선배를 만나러 가고 있다. 옛 직장 근처 다방에서 기다리는 선배는 몰락해서 오가피 외판원을 하고 있다. 40만 원짜리 오가피를 사야 했다. 연립주택에 살고 있는 아들에게 들러 저녁을 얻어먹고 오가피를 넘겨준다. 아내와 집으로 돌아온 '나'는 가계부 적기로 하루를 마감한다. 유도에서 말하는 낙지落地 기법이 인생에는 통하지 않았다. 유서를 쓰는 대신 '나'는 아내와 더불어 여행을 하고 여관에 들러 자살하기로 결심한다. 그러나 뜻하지 않은 일로 자살이 연기된다.

싱겁기 짝이 없지요. 그렇지만 이런 싱거움은 다음 두 가지 점에서 나름대로의 성공을 거두고 있습니다. 내용 면에서 그것은 「공무도하가」의 고전적 기품에서 온 것. 인생에 대해 아무런 궁금증도 없다는 것, 이는 허무나 달관과도 구별되는 것, 상식인의 죽음에 대한 태도이지요. 다른 하나는 이 점이 중요한데, 만화적인 글쓰기 방식이 그것.

> 내심 선배의 저력을 믿었으므로, 한순간도 선배의 재기를 의심치 않았다. 말하자면, 그리고 그저께 선배의 전화를 받은 것이다. 목소리를 듣는 것만으로도
>
> 그 시절로
>
> 돌아간 느낌이었다. 그래서 선배님, 하고 나는 말문을 열었다. 미주 지역에 첫 오더를 발주한 때의 일화라든지, 얽히고설킨 그 시절의 에피소드가 그래서 줄줄이 튀어 나왔다. 리필한 커피가 바닥날 때까지 선배도 희미한 미소를 잃지 않았다. 담배 한 대 얻어도 되겠나? 그럼요 선배님. 두 손으로 잘 감싼 불을 나는 선배의

면전에 내밀었다. 파직, 하는 낮은 소리와 함께 순간 바스러진 재 몇 점이 목련처럼 떨어졌다. 희고

 희고

 눈부셨다. 이것 말일세…… 선배가 잠깐 몸을 뒤돌렸다. 그리고 보자기에 싸인 커다란 박스를 테이블 위에 올려놓았다. 이게 뭡니까? 의자 뒤로 쌓인 여러 개의 박스들이 그제야 한눈에 들어왔다. 혹시나 해서 말일세…… 자네 건강이 좋다는 건 잘 알지만…… 이게 가시오가피란 건데 말이야.(118쪽)

 오늘날 만화가 예술이 아니라 할 사람은 없지만, 만화가 예술 축에 못 든다고 배워온 세대에겐 위의 장면들이 매우 낯설 터. 만화의 장면이동의 소설적 처리이니까. 이러한 만화적 구성법을 소설에 끌어들인 장본인이 박씨였던 것. 이로써 박씨는 소설 쓰기의 낯섦을 실천했던 것. 다른 작가들이 알게 모르게 흉내내는 것도 이 때문. 그 원조의 장면이 이 작품에서 한층 돋보입니다. 노인성 주제에 만화적 접목인 까닭.

박민규

백가흠

「배의 무덤」「구두」「굿바이 투 로맨스」

1974년 전북 익산 출생. 2001년 『서울신문』 신춘문예에 단편 「광어」가 당선되면서 작품활동 시작. 소설집 『귀뚜라미가 온다』, 『조대리의 트렁크』가 있다.

바다사자 송곳니가 쓴 소설

백가흠 씨의 「배의 무덤」『현대문학』 2005년 5월호 의 서두.

파나마 국적 삼만 오천 톤급 희망21호. 남자가 그렇게 큰 배를 본 것은 막 스물이 되고서였습니다. 외항선을 타는 것이 남자에게는 어렸을 적 꿈이자 희망이었습니다. 거대한 대양 한가운데서 참치나 고래를 잡는 것이 대장부가 할 일이라고 생각했습니다. 망망한 암흑 속에서 참치나, 고래같이 큰 물고기와 씨름하는 것, 그것만큼 멋진 일은 없을 거라고 생각했습니다.(130쪽)

두 가지 점이 금방 눈에 띕니다. '남자'라고 한 점이 그 하나. '그 남자'가 아니라 그냥 '남자'라는 것. 구체성이 여지없이 사라졌지요. 주인공인 '남자'의 정체란, 따라서 현장성이 결여될 수밖에요. 다른 하나는 '습니다체'로 일관하기. 어째서 서술체를 피했을까. 까닭이 금방 엿보입니다. 우화적 분위기 창출이 그것. 우화적 분위기라 했거니와 다르게 말해 이는 '인생유전'식 글쓰기라고나 할까.

　남자의 고향은 경남 하제. 얕은 바다가 있는 남해안 지역. 배꾼이었다. 외항선을 타기가 꿈. 그 꿈이 이루어졌다. 남자는 거대한 외항선 '희망21호' 선원. 파나마 국적 외항선원이 된 남자는 실상 범죄자였던 것. 외항선으로 도피, 남미의 낯선 항구에서 원주민들과 어울려 살다가 20여 년 만에 귀국. 고향으로 돌아온다. 왜? 노모와 딸이 있으니까. 이를 기다리고 있던 피해자인 마을 사람들이 남자에게 복수한다. 남자는 살해되어 구덩이에 던져진다.

　이런 줄거리란 실상 인생유전식이어서 아무래도 상관없는 것. 20년의 삶을 압축해놓았으니까. 외항선을 타고 가는 한 청년의 꿈이었으니까. 그 꿈의 실현의 허망함이었으니까.

　작가는 어째서 자칫하면 '인생유전'식에서 주저앉게 마련인 이런 글쓰기에서 용케 빠져나올 수 있었을까. 정답이 깃든 곳.

　　이십여 년 동안 매일 똑같은 하루가 흘렀습니다. 정확히 십팔 년 동안 아무 일도 일어나지 않았습니다. 남자는 이십여 년 전의 그 모습 그대로였습니다. 다만 스무 살에 박아 넣은 구슬이 이제 곧 마흔이 되는 남자의 성기에서 어색하게 덜그럭거렸습니다.(145쪽)

　사람에겐 누구나 꿈이 있는 법. 바닷가 사내라면 외항선 타기도 그중의 하나. 열정·가능성·희망이 어우러진 그 에너지란 성적인 표상으로 드러나는 것.

　첫 항해 도중 19명의 선원들이 처음 잡은 것은 국제법으로 금지된 바다사자. 이 첫 포획물이 상징하는 것은, 보물과 다름없는 바다사자의 송곳니가 아니겠는가. 그 용도는 무엇이었던가. 자존심이 아닐 것인가.

선원들 대부분은 공평하게 나누어 받은 바다사자 송곳니 조각을 아침저녁으로 부지런히 갈았습니다. 갈면 갈수록 은은한 우윳빛이 돌았습니다. 새끼손톱보다도 작은 조각으로 목걸이를 만들어 거는 선원도 있었지만, 대부분은 성기에 박아 넣었습니다. 칼로 성기의 표피를 살짝 가르고 틈이 벌어지면, 송곳니 조각을 밀어 넣었습니다. 그것은 선원들이 벌이는 일종의 의식 같은 것이었습니다. 남자는 자기 손으로 페니스 가죽을 찢지 못해 부산 칼잡이가 넣어주었습니다. 등에서는 식은땀이 흘렀지만 남자는 태연한 척했습니다. 부산 칼잡이는 친절하게 구슬이 들어가고 생긴 틈을 작은 바늘로 꿰매주기까지 했습니다. 생살을 찢고, 생살에 바느질을 하는 것이 아픈 것보다, 남자는 그 일을 보는 것이 고통스러웠습니다.(140쪽)

실상 이 작품은 바다사자 송곳니가 쓴 것. 이 신선한 소재 덕분에 소설 한 편이 건져진 셈.

목맨 사내 구두의 감촉

신인 백씨가 또 이 계절에 쓴 것에 「구두」「문학동네」 2005년 봄호가 있습니다. 문체와 구성과 참주제가 아주 절묘하게 어울린 가품이라고나 할까.
먼저 문체부터 볼까요.

아내가 있는 여관방의 불이 꺼진다. 남자는 담배를 꺼내 문다. 끊은 지 십 년 된 담배를 피우기 시작한 것은 한 달 전쯤이다. 남자는 휴대폰을 열어 시간을 본다. 치매에 걸려 방문에 끈으로 묶어놓은 노모와 올해 초등학교에 들어간 딸아이가 겹쳐져 떠오른다. 둘이 앉아 아내가 차려놓고 나온 찬밥을 나누어 먹는 모습이 눈에 선하다. 남자는 담배를 차 안에 아무렇게나 비벼 끄고 밖으로 나온다.(147쪽)

병무청에 다니는 남자가 부정을 저지르고 있는 아내의 현장을 미행하는 대목. 현재형으로 일관하기. 작품 전체도 이 현재형으로 몰고 갑니다. 어째서? 그 효과는? 긴박감 곧 '현장감'에 초점을 맞춘 까닭. 글쓰기의 반성적 성찰에서 벗어나기 위함인 것.

둘째, 구성의 유별남. 주인공 남자가 아내의 부정 현장을 관찰하고 집으로 돌아오는 데까지가 (1)에 해당. (2)에서는, 장면이 바뀌어 환타지아라는 이름의 안마시술소. 이곳에 온 지 3일째 되는 장님 여자 안마사의 일과가 묘사된다. 사내를 안마하는 여자와 안마 뒤에 사내들과 별도로 섹스하는 직업여성 지니가 있다.

(3)에서는 아내의 부정을 현장에서 본 남자가 조용히 혼자 귀가해서 노모와 아이의 목을 차례로 누른다. 여관에서 귀가한 아내를 찔러 죽인다. 그다음 남자는 밖으로 나온다. 안마시술소 환타지아가 눈에 띈다. 한 번도 안마를 해본 적 없는 남자는 죽기 전에 "갑자기 목욕으로 그간 살아온 것에 대한 피로를 풀고 싶어진다." 그래서 환타지아로 간다.

(4)에서는 장님인 여자 안마사가 남자를 안마한다. 안마하면서 상대방의 직업까지 알아맞힐 정도. 그게 직업이니까.

여자는 살을 만지면서 무엇을 하는 사람일지 상상한다. 몸 구석구석을 만지다 보면 직업적인 특성이 신체로 나타난다. 특히 손이 직업과 가장 민감하게 잘 들어맞는데, 여자의 짐작에서 크게 벗어나지 않는다. 여자는 남자가 궁금해진다. 남자의 몸이 너무 왜소했기 때문이다.

백가흠

"손톱이 굉장히 크고 둥그네요…… 제 이름은 주혜예요. 안마사하고 어울리는 이름이죠? 히히."

여자는 다른 때와 달리 말이 많아진다. 여간해서는 소리 내어 웃지 않는 여자의 어색한 웃음소리가 방 안의 담배 냄새와 뒤섞인다.(154쪽)

여자의 이름이 등장. 아주 세심한 작가의 배려. 실상 이 작품의 참주제가 깃든 곳. 여자 안마사 주혜의 얘기인 까닭.

(5) 남자 얘기. 죽기 전에 목욕·안마하겠다는 욕망 다음에 섹스하고 싶은 욕망이 살아남. 그러나 살인한 사실이 이를 없애고 있음.

(6) 안마가 끝났을 때 섹스 전문인 창녀 지니가 등장. 남자와 지니를 뒤에 두고 여자는 방을 나선다. 여자는 자신의 신발을 찾는다. 다음 장면은 인용해둘 만한 것.

여자는 쭈그려 앉아서 더듬더듬 자신의 신발을 찾는다. 남자의 허름한 구두가 손에 잡힌다. 앞부리의 굵은 주름이 만져진다. 한 번도 닦지 않은 듯한 구두. 먼지와 때가 굳어 가죽의 일부가 되어버린 구두가 만져진다. 여자는 신발 한 짝을 찾아서 앞에 놓는다.

굽 높은 지니의 슬리퍼가 손에 잡힌다. 차갑고 두꺼운 비닐의 감촉이 느껴진다. 지니의 신발은 가지런히 모아져 있다. 여자는 무릎을 꿇고 필사적으로 나머지 한 짝을 찾는다. 현관 구석에 뒤집혀 있는 자신의 슬리퍼를 집는다. 가지런히 놓고 신발에 발을 끼운다.(159쪽)

남자의 구두. 지니의 구두. 그리고 간신히 찾은 여자의 슬리퍼.

(7) 남자와 지니의 수작. 결국, 섹스 포기. 남자는 맹인 여자 때문에 살고 싶어진다.

(8) 여자의 귀가 장면. 왜 장님이 되었는가. 그 곡절이 썩 상징적으로 제시된다. 신발 한 짝을 떨어뜨리고 찾기 위해 더듬는 행위란 새삼 무엇인가. '아이스크림, 검은 비닐봉지, 아버지'로 묶인 이미지가 참주제를 암시해 보인다. 아버지의 자살이 그것. 아내에게 배신당한 사내처럼, 손 병신인 아버지는 그의 아내에게 배신당해 농약을 먹고 자살했던 것. 아이스크림의 검은 봉지만이 손에 쥐어진 여인. 장님이 될 수밖에. 길을 계속 잃을 수밖에. 손에 슬리퍼를 쥐고서도 계속 찾기에 다름 아닌 것. 계속 어긋나기.

(9)는 이른바 결말. 작품 결말만큼 어려운 것이 있을까. 남자는 아직 죽지 않았다. 왜? 죽을 장소가 요망되니까. 안마시술소 앞에서 기다렸다. 여자를 미행한다. 여자 집에 간다. 침입, 여자를 겁탈한다. 여자는 남자 몸을 만진다. 여자 입에서 나온 말.

"소, 손님 맞죠?"가 그것. 이어서 다시 "저기요, 손님 가셨어요?" 침묵. 남자는 천장에 목을 맨 뒤다. 여자가 현관문을 잠그자 신발이 부딪힌다. 구두였다. 그 남자의 구두. 여자는 구두를 "가슴에 움켜쥔다"라고 이 작품은 끝난다.

구성의 묘미도 수준급이지만, 참주제 처리도 썩 뚜렷합니다. 장님 여인 주혜의 얘기인 까닭.

한 작가의 성장 과정을 지켜봄이 어째서 즐거운가. 작가 백씨의 데뷔작은 「광어」. 횟집에서 칼질하는 '나'(청년)와, '나'가 좋아하는 종업원 미스 정이 있었지요. '나'의 시점으로 '당신'이라는 이인칭을 도입해 서술된 이 작품에서 참신한 곳은 어떤 방식으로도 미스 정의 마음을 얻지 못함에 있지요. 미스 정이 씨 모를 임신을 했다. 주인은 떼라 했다. 미스 정은 그렇게 했다. 미스 정을 좋아하는 '나'는 어떻게 해야 할까. 두 가지. 하나는 병원에서 돌아온 미스 정을 위해 광어회를 떠서 그녀의 회복을 촉진시키기가 그 하나. 다른 하나는 그녀를 임신케 한 남자들을 협박하여 돈을 뜯어내기. 그 결과는 어떻게 되었던가. 그녀가 그 돈을 갖고 도망함으로써 '나'를 배신하기가 그것. 참주제는 여인에게 버림받음인 것.

그런데 이 버림받음이란 무엇인가. 참주제가 걸린 대목. 유년기 '나'가 어머니로부터 버림받았음이 그것. 버림받았음이 이중으로 증폭되어 삶을 불투명케 하고 있었지요. 소설적 주제인 셈. 신인 백씨는 이제 썩지 않는 바다사자 뼈를 박은 성기와 '한 번도 닦지 않은 듯한' 구두를 어루만져주는 '눈 밝은 장님 여인'을 아울러 갖추게 된 셈.

엽기성의 소설적 처리 방식

― ― ― ―

백가흠 씨의 「굿바이 투 로맨스」^{『현대문학』, 2006년 10월호}는 백씨 특유의 소설적 운용 방식이 선명한 작품. 너절한 현실도 없습니다. 분단 문제의 후일담 따위도 노사 문제에 대한 원한도 가족 따위도 깡그리 사라진 공간. 있는 것이라곤 두 여자와 남자 하나. 여자들 이름은 영숙 씨와 미주. 남자는 그냥 남자. 어째서 한쪽은 씨 자가 붙어 있는가. 어째서 남자에겐 이름이 없는가. 씨 자가 붙은 영숙 쪽이 이른바 초점 화자인 까닭.

여기는 어떤 집(방). 영숙 씨와 미주가 밥을 먹었다. "밥상 위에 어지럽게 놓여 있는 크고 작은 반찬통에 밥알이 튀었다." 미주는 만화책만 보고 있다. 영숙 씨는 못마땅해한다. 이 지저분한 방에 앉은 두 여인은 대체 무엇인가. 적어도 나이 서른 살. 대학까지 나온 위인들. 대체 이들은 무엇을 하고 있는가가 궁금할 수밖에. 이 궁금증은 다음 장면에서 서서히 걷히기 시작합니다. 전화 받기가 그것.

갑자기 울린 전화벨이 영숙 씨와 미주 사이를 가로질러 달아났다. 미주와 영숙 씨는 전화 받을 생각은 하지 않고 서로를 빤히 쳐다보기만 했다. 전화벨은 세 번 울리고 끊어졌다. 미주가 천천히 전화기 앞에 가서 무릎을 꿇고 앉아 전화기를 내려다보았다. 정확히 일 분이 지나자 전화벨은 다시 울렸다. 따르르 첫번째 울림이 끊어지기 전에 미주는 수화기를 집어 들었다.(163쪽)

　　왜? 이 물음에 작품의 무게가 실려 있는 셈. 말을 바꾸면 작품의 입구에 해당되는 것. 이 입구는 작품 중간에 가서 되풀이됩니다.

　　　미주가 영숙 씨의 손을 뿌리치며 현관문을 나서다 요란하게 울리는 벨소리에 움찔 멈춰 섰다. 전화벨은 세 번 울리고 끊어졌다 곧바로 다시 울렸다. 두번째로 걸려오는 전화의 첫번째 벨이 끊기기 전에 전화를 받지 못하면 삼 일 동안 외출 금지령이 내려졌다. 처음엔 일부러 벨이 울려도 받지 않고 반항도 해봤지만 그때마다 돌아오는 것은 무자비한 폭력과 협박, 감금뿐이었다.
　　　영숙 씨가 첫번째 끊어지기 전에 가까스로 수화기를 집어 들었다. 미주는 얼굴이 새하얘져서 멍하니 영숙 씨만 쳐다보았다.(167쪽)

　　두 여인이 보이지 않는 사내의 감시망 속에 놓여 있음이 판명됩니다. 그런데 기묘한 것은 남자의 무자비한 폭력, 협박, 감금을 실상은 두 여인이 자청했다는 점. 3인이 이를테면 공모자들인 셈. 이러한 상황설정은 신선하다고 할 만합니다. 작가는 그 남자의 과거가 여사여사했기에 그런 천하 악종이 되어 두 여인을 감금해놓고 피와 살을 빨아대고 있는 거머리라고 우기고 있지만 부질없는 일. 사랑이란 것이 있는지 모르지만 좌우간 사랑이란 것을 단 한 번이라도 해본 사람이라면 단박 아는 일이니까. 그러니까 사랑이란 철저히 대상을 소유하는 것, 그 이상도 이하도 아닌 것. 누구나 천하 악종일

백가흠

수밖에. 단지 그 남자는, 이 기본 원리를 실천해 보였던 것. 그러니까 원리주의자였을 뿐.

남자의 이러한 사랑법에서 벗어나는 방도가 있을까. '있다!'고 작가는 주장합니다. 바로 거기가 작품의 출구인 것.

남자가 집으로 돌아왔을 땐 두 여자는 여전히 벌거벗은 채로 잠들어 있었다. 미주는 등을 돌린 채 영숙 씨의 팔을 베고 자고 있었고, 영숙 씨는 겨우 흔적만 있는 도톰한 미주의 가슴을 쥐고 있었다. 남자가 주려고 한 치욕스러움은 실패로 돌아간 듯했다. 그래서 화가 난 것인지 깊은 잠에 빠져 있는 두 여자를 신경질적으로 깨우기 시작했다.(182쪽)

앞에서 백씨 특유의 소설적 운용 방식이라 했거니와 그것은 통속적으로 말해 '엽기성'의 활용에서 옵니다. 「배의 무덤」에서 씨는 원양어선 선원의 자존심의 근거를 '바다사자 송곳니'를 성기 속에 수술해서 넣고 살아감에다 두었지요. 엽기성이라 할 만합니다. 「구두」에서도 사정은 마찬가지. 아내의 부정 현장을 본 사내가 조용히 귀가해서 노모와 아이의 목을 차례로 누르고 아내까지 죽입니다. 그런 그를 구원해줄 수 있는 사람은 단 하나. 여자 안마사. 장님 여자 안마사의 진실 앞에 남자는 목을 매달 수밖에. 이 역시 엽기성이라 하겠지요. 아무리 현장비평이라 해도 한 작가의 성장 과정을 지켜봄이 작품 읽기인 것. 백씨의 데뷔작은 「광어」. 앞서 밝힌 대로 여자에게 배신당하기가 참주제였던 것. 여자에게 배신당하는 「굿바이 투 로맨스」와 보이지 않는 선이 닿아 있지 않습니까.

윤성희

「재채기」

1973년 경기 수원 출생. 1999년 『동아일보』 신춘문예에 단편 「레고로 만든 집」이 당선되면서 작품활동 시작. 현대문학상·올해의예술상·이수문학상을 수상했다. 소설집 『레고로 만든 집』 『거기, 당신』 『감기』가 있다.

이야기를 차단하는 방식

윤성희 씨의 「재채기」^{문학사상, 2006년 4월호}는 윤씨의 소설어법의 전형입니다. 전형이라니? 한결같다는 뜻인가. 아니면 그동안의 윤씨 특유의 어법의 집합체란 말인가. 이렇게 전제하고 읽는다면 한층 신선합니다. 재채기로서의 소설이니까.

윤씨의 작품을 계속 읽어온 사람이면 다음 세 가지 점에 주목했을 터.

첫째 등장인물들이 청소년층에 한정되어 있다는 점. 설사 나이 들었다 하더라도 청소년의 심성에서 벗어나지 않습니다.

점심시간이 지난 후에 C에게서 전화가 걸려왔다. "뭐, 고백이라도 할 게 있어?" C는 내 말에 대답하지 않고, 흠, 흠, 하며 헛기침을 두어 번 했다. C가 자신의 전 재산을 가로챈 동창을 찾아 태국으로 떠난 것은 작년 가을이었다. C는 동창이 나타났다는 소문이 들리면 어디든 찾아갔다. 필리핀으로, 태국으로, 말레이시아로. "H에게 헤어지자고 말했어. 오늘 말해야 충격이 덜할 것 같아서. 걔 만나서 위로 좀 해주라." 나는 C에게 내가 왜 H를 만나야 하는지 모르겠다고 말했다. 명색이 고백의 날이었다. 친구의 옛 애인을 만나 신세 한탄이나 들어줄 자신은 없었다. "나도 오늘 만날 사람 있어." 그러자 C가 킥킥대며 웃기 시작했다. "거짓말 마. 야근이나 할 거면서." C는 고백의 날에 내가 누군가를 만난 적이 한 번도 없었다는 사실을 알고 있다고, 목소리를 깔면서 말했다. C는 H가 충격을 견디지 못하고 자살을 할지도 모른다고 했다. "내가 딴맘을 먹으면 자기는 죽어버린다고 했어." "언제?" "인천공항, 그것도 남자 화장실 입구에서." 할 수 없이, 나는 H를 만나 맛있는 밥을 사주겠다고 약속을 했다. 전화 통화를 엿듣던 회사 동료들이 저마다 한마디씩 했다. 과장은 고백의 날을 핑계 삼아 애인에게 결별을 통보하는 사람들이 늘고 있는 게 큰 문제라고 이마를 찌푸렸다. 그러더니 자기 딸은 아침에 백만 원이 넘는 카드 영수증을 내밀더라는 이야기를 덧붙였다. 동료 A는 술을 먹이는 게 가장 좋은 해결책이라며 숙취 해소용 음료수를 두 병 사주었고, 동료 P는 친구의 옛 애인이 우울해 보이거든 물에 타서 먹이라며 이상한 분말가루를 주었다. 나는 H에게 휴대폰 문자메시지를 보냈다.(127~128쪽)

너무 길게 인용했지요. 우선 '고백의 날'만 해도 밸런타인데이 모양 청소년용. C나 H도 제법 직장도 있는 어른급이지만 심성은 청소년 그대로이지요. 언행이 엉뚱하기에 반짝일 수밖에. 그 엉뚱함이, 영국식 유머가 아니라 프랑스식 에스프리에 해당되는 것. 공중곡예사의 몸짓이라고나 할까. 깔끔함의 근거. 그뿐 아니지요. H를 만나러 가는 '나'에게 과장, 직장 동료 등의 수작 걸기도 덩달아 청소년의 기질을 고스란히 드러내고 있지요.

둘째, 스토리를 될 수 있는 한 지연시키기. 스토리란 작가 윤씨에겐 한갓 군더더기. 그렇다고 스토리 없는 소설이 될 수 없으니까 도입하긴 해도 그것에 최소한의 생존권을 부여함에 그치고 있습니다. 그렇다고 스토리에 모욕을 주거나 적의를 갖지 않습니다. 이 점이 이 작가의 매력이자 어쩌면 미덕이지요.

"그런데 왜 웨하스를 싫어하는 거죠?" 나는 삼계탕에 들어 있는 인삼을 건져냈다. 그거 왜 버려, 하는 표정으로 H가 나를 보았다. "그런데 왜 인삼을 싫어하는 거죠?" H의 동생은 첫 생리를 하던 날 결국 눈물을 보이고 말았다. 그녀의 아버지가 밥 많이 먹어라, 라고 말을 하자마자 동생은 겁에 질린 표정을 짓더니 울기 시작했다. 아이를 학교에 보내지 말자고 어머니가 말했다. 그러자 아버지가 그게 무슨 대단한 일이라고 결석까지 시키는지 이해할 수 없다고 했다. 결국 부모님은 말싸움을 시작했다.(130쪽)

보다시피 스토리를 우아하게 물리치는 방식이지요. 소설에서 스토리를 찾아 헤매어온 세대에게는 윤씨의 이런 글쓰기란 실로 말장난으로 보일지 모릅니다. 대하소설에 익숙해진 버릇에서 보면 실로 난감하지요. 말에서 말로 꼬리를 이어가는 윤씨의 이야기 차단 방식으로서의 이 엉뚱함이란 자칫하면 꼬리 잘린 도마뱀 꼴이 되기 쉽지만 '고백의 날'을 중심에 둔 H와 C를 잇는 테두리는 그대로 유지되어 있습니다. 소설의 흔적이지요. 신기한 것은 작가 윤씨가 변모를 하지 않고 계속 이런 식으로 버티고 있다는 점입니다. 그럴 만한 가치가 있으니까. 소설이라면 응당 '이야기다'라는 통념이 지배하는 한 그 유효성이 보장되지 않을까.

『인도로 가는 길』의 대작가 E. M. 포스터는 『소설의 이해』라는 책에서 이런 투로 말했지요. 소설이 무엇 하는 것이냐를 두고 A는 이렇게 말합니다. 글쎄요, 잘 모르겠는데요. 소설은 그저 소설이죠. 잘은 모르겠지만, 말하자면 얘기를 해주는 것이라고 할 수가 있을는지 모르겠다, 라고. B는 말합니다.

윤성희

물론 얘기를 해주죠. 그렇지 않으면 나에겐 아무런 소용이 없어요. 아주 나쁜 취미이지만 하여튼 얘기를 좋아해요. 예술도 문학도 모두 가져가도 좋으니 재미있는 얘기를 들려달란 말이에요. 얘기는 얘기다워야 좋아요. 마누라도 똑같아요, 라고. C는 말합니다. 그렇지요, 암 그렇지요, 소설은 얘기를 해주죠, 라고. 포스터는 또 말합니다. A를 존경하며 B는 싫고 두려우며 C는 자기 자신이라고. 작가 윤씨가 이 점을 충격하고 있습니다. 이야기에 주눅 든 독자를 위해서 말입니다. 재채기로서의 소설관이 그것. 재채기를 하면 조금은 몸과 맘이 개운해지니까.

이인성

「돌부림」

1953년 서울 출생. 1980년 『문학과지성』을 통해 작품활동 시작. 1989년 한국일보창작문학상을 수상했다. 소설집 『낯선 시간 속으로』, 연작소설 『한없이 낮은 숨결』, 장편소설 『미쳐버리고 싶은, 미쳐지지 않는』 등이 있다.

암각화가 새겨지는 과정

이인성 씨의 「돌부림」『문학과사회』 2006년 겨울호은 사무실이나 책상 앞에 앉아서 읽기엔 부적합한 소설. 그럼 어디서 읽어야 할까. 포항제철 용광로 앞이거나 비행기 프로펠러 앞이나 어머니 자궁 속이 적절하지 않을까. 어째서? 인식의 주체가 인식의 대상으로 되어 있기 때문. 말을 바꾸면 살아 있는 현실적(사회적) 인간이 아니라 순수의식이 주인공으로 되어 있다는 것. 잠시 비유로 설명해볼까요.

한국 불교의 주류적 경전으로 말해지는 화엄경엔 「입법계품入法界品」이 있습니다. 주인공은 선재동자. 부잣집의 때 묻지 않은 청년이란 뜻. '나는 무엇인가'를 찾기 위해 가출, 세상을 헤매며 53인의 인물들을 체험하고 마침내 경지에 이른다는 것. 이른바 교양 소설의 대표작인 괴테의 『빌헬름 마이스터의 수업시대』는 어떠할까. 부유한 상인의 아들 청년 빌헬름이 실연 끝에 가출해서 세상을 헤매고 마침내 비밀 교양단체 '탑의 결사'에 이른다는 것. 어느 것이나 소설의 내적 구조 그대로지요. 그렇다면 저 헤겔의 『정신현상학』은 어떠할까. 이 장대한 철학서의 주인공은 다름 아닌 의식. 나도 너도 우리도 또는 인류도 개인도 아닌 의식이지요. 이 순수의식이 자기의식을 거쳐 악전고투 끝에 절대정신에 이르는 과정을 다룬 이 『정신현상학』이란 대체 무엇인가.

「입법계품」을 두고 소설이라 하지 않듯 『정신현상학』이 어찌 소설일까 보냐. 단지 위 셋의 구도가 서로 흡사하다고는 할 수 있겠지요. 또 이렇게는 조심스럽게 말해볼 수 있지 않을까. 「돌부림」은 『정신현상학』 쪽에 친근성이 있다고. 인식의 주체인 의식이 자기의식(자기부정)이라는 모험을 통해서 비로소 진실할 수 있으니까. 거울이 마침내 용광로로 되는 과정이니까.

「돌부림」은 계보상으로는 「강 어귀에 섬 하나」[1999년]에 속하는 것. 탈춤의 가면 벗기기를 통해 인류사의 장대한 자기의식의 생성사를 파헤치고자 시도한 야심작 「강 어귀에 섬 하나」를 쓴 지 7년의 침묵 끝에 내놓은 「돌부림」도 같은 구조에 속해 보입니다. 탈춤이란 우리의 전통 탈춤이자 인류사의 것이듯 영림靈林 암각화도 우리의 것이자 인류의 유산이니까. 제목 「돌부림」은 글자 그대로 돌의 몸부림을 가리킵니다. 이 작품은, 월평으로 다루기엔 부적절하며 어쩌면 작가에 대해 실례일지 모르나 그래도 작품인 까닭에 독법이 없을 수 없는 법. 이 거대한 중편은 그러니까 중간에서부터 읽어야 알기 쉽고 또 작가의 의도도 밝혀낼 수 있다. 중간에서 시작해서 앞으로, 또 뒤로 읽을 것. 그 중간이란 다음 대목의 언저리인 셈.

반구암은 거대한 거북 모양의 암벽을 가리켰다. 그리고 거기엔, 가로로 길게 펼쳐진 벽화처럼 뭔가가 잔뜩 새겨져 있었다. 하지만 그것들이 도대체 뭔지, 처음엔 거의 분별해낼 수가 없었다. 바위 자체부터 심한 균열로 여기저기 금이 가고 부서져 내린데다가, 끌 같은 것으로 선을 파고 도끼나 칼이나 날카로운 돌멩이 같은 것으로 표면을 긁어 그려 넣었을 그 형상들도 시간 속에 마모되어 너무 희미했거니와, 자잘하게 새겨진 수많은 내용물들이 너무 잡다하게 뒤엉켜 널려 있는 까닭이었다. 그럼에도, 나는 바위에 바싹 붙어 숨은그림찾기를 시작했다.(122쪽)

반구대 암각화를 기점으로 해서, 그것이 어떻게 해서 생겼으며 또 무슨 의의를 갖는가를 논의하는 일은 고고학적 과제에 멈추지 않는 것. 원리적으로는 인류의 의식사에 관한 과제인 까닭. 바로 여기에 작가 이인성 씨의 패기가 번득인다. 인류는 어째서 바위에도 그림(기호)을 새기지 않으면 안 되었을까. 이 의문을 설명함에 있어 역사학, 고고학, 인류학 기타 온갖 학문적 노력이 있어왔고 또 계속될 것이다. 그러나 이를 의식의 범주에서 설명한다면 어떠할까. 그럴 때 그 득실은 무엇일까. 적어도 작가 이씨가 겨냥한 곳은 이 언저리이지요. 의식이란, 순수의식인 것. 그러기에 인식의 주체이되 동시에 그 대상이기도 한 것. 시간, 공간을 초월할 수 있음이야말로 최대의 무기인 셈. 바위조차 뚫을 수 있는 무기이니까. 여기 육면체의 거대한 바위가 있다 치자.

(A) 그토록 오랫동안, 저토록 우두커니, 저 바위는 그가 오기만을 기다려왔단 말인가? 그래서 기어이, 그가 저 돌 속에 처박혀버렸단 말인가? 나는 난데없이 목젖에 걸려 올라온 가래를 캭 내뱉었다.(서두)

이 절망적인 바위를 뚫는 무기란 의식(망상)뿐이다. 암각화를 새겨 넣은 최초의 인류의 처지에서 보면 그 무기란 의식이라 할 수밖에 없다. 그런데 그 의식은 얼마나 악전고투했을까.

이인성

(B) 아니, 그러나 그때, 그는 전혀 아연해하지 않을지도 모른다. 오히려, 자신이 아직 이전의 망상 체계에서 벗어나지 못하고 있음을 의식하면서, 뿐만 아니라 조만간 더 거센 망상의 물결이 밀려올 수 있음을 예상하면서, 그는 가능한 한 차분하게 일말의 의식이나마 수습하려 애쓸 수 있다. 흡사한 망상을 수없이 겪어왔기에, 그는 망상의 구렁텅이에 빠져서도 의식의 마지막 지푸라기 하나를 붙잡고 있는 게 얼마나 중요한지 깨닫고 있을 것이다. 그렇고말고! 거울을 넘나든다는 것 자체가 애당초 망상인데 이곳이 거울 밖이든 거울 안이든 무슨 상관이란 말인가—라는 식으로 자포자기해서는 절대 안 돼. 망상 속에서 망상적으로 행동할망정, 그런 자신을 끝내 의식하고 있어야만 언젠가는 빠져나갈 길이 보이는 법이지. 그렇게 스스로를 다독이며, 그는 이 상황의 원점을 되새겨본다.(92~93쪽)

(A)가 눈앞의 현상(바위)이라면 (B)란 순수의식의 세계인 것. 작가는 (A)와 (B)를 두 갈래로 삼아 평행선을 그리는 구성법을 택했다. 이 (A), (B)가 드디어 교차되는 지점이 바로 위에서 지적한 중간점인 셈. 그것은 유클리드기하학과 비유클리드기하학이 만나는 지점과 흡사하다. "평행선은 절대로 교차하지 않는다"(유클리드기하학의 제5공리)란 "평행선은 어느 무한점에서는 교차한다"(비유클리드기하학)와 모순되지만 둘 다 성립되는 것.

작가는 이 바위의 모서리를 순서대로 돌아가는 순례자의 구성법을 취하기도 했지만 이는 중간점을 위한 보조장치. 이 중간점을 향해 앞으로 나오면 바위를 흡사 반죽처럼 주무르는 의식의 활동이 점점 무디어져 바위가 그냥 절망적인 바위의 상태에 닿는다. 이 중간점에서 뒤로 나아가면 반죽처럼 된 바위에 닿고 거기에 고래도 물고기도 멋대로 새기는 세계가 펼쳐진다. 그것은 의식을 비추는 거울이 용광로처럼 달아오르는 순간에 해당되는 것. 그런데 일단 바위에 기호가 새겨진 뒤엔 어떻게 될까. 거울은 다시 차디찬 거울일 뿐, 거대한 바위는 눈앞에서 꿈쩍도 않는 바위 그대로일까. 원점회

귀일까. 천만에. 바위에 대한 순례를 마친 '나'(의식)인 이 선재동자는, 이 빌헬름은 원점회귀이자 동시에 더없는 무상^{無上}의 경지에 오를 수밖에. 이것이 소위 작가 이씨의 세 줄(3行) 단상의 명제 중 하나인 문법의 틀을 문법 안으로부터 내파^{內破}시키기인 것.

> 유령은 이 밤에 어디로 가야 하는가? 유령처럼 우물가에 서 있던 나는 어디로 가야 할지 알 수 없었으나 어디로든 가기 위해 발길을 돌리려던 찰나, 바싹 조여 오는 의아한 긴장감에 몸을 떨었다. 그리고 다시 그 검은 바위 덩어리를 바라보았다. 그가 몸을 떤 것은 그 바위가 몸을 떨었기 때문이라는 느낌이 들었던 것이다. 그런데 어안이 벙벙하게도, 바위 표면에는 진짜 경련이 일고 있었다. 바람결이 일으키는 착각일까? 아니면 시신경이 너무 피로한 탓일까? 나는 두 눈을 부비고 시선을 집중하려 애썼다. 이번에 보이는 건 가벼운 경련 정도가 아니었다. 이젠 바위가 꿈틀대고 있었다. 그리고 그 움직임은 바위 전체로 번지며 점점 커져갔다. 바위의 검은 돌 근육들이 비비 꼬이고 뒤틀리는가 싶더니, 심지어 바위의 전체 형상이 고통스럽게 일그러지고 뒤척여대기까지 했다. 그건 말 그대로, 돌의 몸부림, 돌부림이었던 것이다! 맙소사, 이게 무슨 괴변이란 말인가.(143~144쪽)

이 선재동자는 이르는 곳마다 마애불을 보지 않겠는가. 또한 그가 본 이 괴변은 「날개」의 작가 이상이 정오 백화점 옥상에서 겪은 바로 그것이 아니겠는가. 우리 소설이 이 장면에서 그만큼 깊어졌다고 하면 과장일까.

이인성

이장욱

「아르마딜로 공간」

1968년 서울 출생. 1994년 『현대문학』 시 부문 신인상에 당선되었고, 2005년 장편소설 『칼로의 유쾌한 악마들』로 문학수첩작가상을 수상했다. 장편소설 『칼로의 유쾌한 악마들』, 시집 『정오의 희망곡』 등이 있다.

만화적 상상력

이장욱 씨의 「아르마딜로 공간」『문학과사회』 2006년 봄호은 이른바 '만화적 상상력'이라 부르는 것. 만화 따위란 예술이 아니다, 라는 인식 속에서 자란 세대의 독자로서는 읽기에 난처하겠지만 만화야말로 제일급의 예술이라 보는 세대에게는 적합한 작품. 그것도 썩 멋진.

대체 아르마딜로란 무엇일까. 지명일까 사물 이름일까. 아니면 제3의 어떤 인식물인가. 작가는 첫줄에 이렇게 적었군요. "이곳에 오면 모든 것을 볼 수 있다"라고. 만화가 아니고는 이런 곳이란 있을 수 없지요. 모든 것을 볼 수 있는 공간의 이름이 '아르마딜로'라는 것이니까. 다만 신의 자리를 빼놓고는 모든 것을 볼 수 있는 공간이란 없습니다. 우리가 사는 공간이란 어느 것이든 일정한 시선 그러니까 한 가지만, 그것도 보고 싶은 것(욕망)만 보게 마련인데, 이에 정면으로 맞서는 공간이 상정되어 있습니다. 그러니까 이런 공간이란 신의 시점이 작동하는 데가 아닐 수 없지요. 시간과 공간이 뒤섞이는 곳. 시간이 감쪽같이 공간 속으로 뚫고 들어가는 장면과 공간이 시간 속으로 사라지는 장소이지요.

> 말하자면, 이곳은 그런 곳이다. 서울 사의 6863번 EF소나타 TXL 중형 택시는 아마도 지난해의 여름을 달리고 있었을 것이다. 빨간 모자를 쓴 여자아이는 25년 전의 겨울을 걸어가고 있었을 것이다. 지난해의 여름을 달려가던 택시가 속도를 조금 높였는지도 모른다. 25년 전의 여자아이가 걸어가던 겨울의 거리에는 따뜻한 눈이 흩날리고 있었을 것이다. 롯데리아에서 사온 햄버거로 점심을 때운 후 아직 개시조차 하지 못한 기사에게는 약간의 조급증이 생겼을 것이다. 붉은 신호등 위로 아스팔트의 열기가 어지럽게 피어올랐다. 기사는 앞 유리를 가득 메우고 있는 희멀건 하늘을 올려다보았다. 거리에 하얗게 꽃씨들이 휘날렸다.
> 여름에 웬 민들레가……(113~114쪽)

25년 전의 겨울을 가고 있는 빨간 모자의 여자아이와 지난해 여름에 달리던 택시가 동시적으로, 동시적 공간 속에 놓여 있는 곳. 그 아이가 택시에 치여 공중으로 날아올랐다고 우기는 상상력이지요.

그런데 작가는 이전 공간이 일종의 동물체로도 나타난다고 우기고 있습니다. 공간의 동물화라고나 할까요. 짧은 다리에 오소리만한 크기의 몸을 가진 아르마딜로가 동물원 우리에 갇혀 있군요. 사내아이가 관찰하고 있습니다. 이 동물이 사는 곳은 어디일까. "강물이 뒤섞이는 순간과 구름이 표변하는 순간을 지배하는 신성한 힘"을 지니고 있다는 이런 동물이 서울 종로에 서울역에, 동에 번쩍, 서에 번쩍 나타난답니다. 이 동물의 행적이나 모습을 보고 느끼고 아는 자는 오직 '나'만이라고 작가는 여러 번 강조해놓고 있습니다. 문제는 그러니까 '나'가 누구인가에 있을 수밖에. 한 여가수가 이

도시에서 죽거나 사라졌다고 치자. 그 진상을 아는 자는 이 도시에서 '나'뿐이라 우깁니다. '나'가 선 곳이란 시공이 접하고 있는 초월적 공간이니까. 어떤 미제 사건도 '나'의 시선에선 벗어날 수 없는 법.

이 어수선한 만화적 상상력 속이지만, 바로 이 점이 중요한데, 분명한 것이 있다는 것. 그것은 어떤 미궁의 복잡한 사건들도 극히 단순하다는 사실. 극히 단순함이야말로 만화적 상상력의 미덕이자 강점이지요.

> 지금 나는 한때 보르네오 섬의 나무에 스며들었던 바람으로 만든 의자에 앉아 있다. 나는 빨간 모자를 쓴다. 빨간 모자를 쓴 소녀의 입 안에 퍼지는 고소한 맛을 떠올린다. 자야를 먹고 싶다. 그러자 강물이 뒤섞이고 구름이 표변하기 시작한다. 78년형 포니가 횡단보도에서 미친 듯이 뒤로 달리기 시작한다. 머리를 형형색색으로 물들인 어린 소녀와 소년이 잠시 팔짱을 끼었다가 서로 모르는 얼굴이 되어 헤어진다. 타오르던 사람의 몸에서 불이 꺼지자, 타오르던 사람이 천천히 걸어가기 시작한다. 그가 일그러진 표정으로 나를 향해 웃는다. 나는 천천히 오른손을 들어올린다.(129쪽)

25년 전 빨간 모자 쓴 여자아이의 교통사고와 78년형 포니자동차의 동시적 만남이 그것. 요컨대 빨간 모자의 여자아이를 친 택시의 사건성 하나로 요약되는 것. 이것이 작가가 시적으로 강조하고 있는 민들레 씨앗 이미지이지요.

고언 한마디. 사건성의 골격이 빈약하여 안개나 구름 잡기에 기울었다는 것. 시적인 요소를 걷어내면 어떠할까.

전성태

「늑대」

1969년 전남 고흥 출생. 1994년 『실천문학』 신인상에 단편 「닭몰이」가 당선되면서 작품활동 시작. 신동엽창작기금을 받았다. 소설집 『매향』 『국경을 넘는 일』, 장편소설 『여자 이발사』가 있다.

설화적 글쓰기

　전성태 씨의 「늑대」『문학사상』 2006년 5월호 는 아주 공들인 작품. 김동리의 직계답게 자연과 인간의 관계를 하나의 생의 구경적 형식으로 파악함이 특징. 이번 작품도 예외가 아니군요. 무엇보다 이번 작품은 한동안 이 나라 국어교과서에 등장했던 알퐁스 도데의 「별」을 연상시킵니다. 두 가지 점에서 그러하지요. 「별」처럼 한겨울 산 속에서 양 떼와 함께 살아야 하는 한 순진한 목동의 외로움이 창공의 별을 지상으로 불러 내린 점이 그 하나라면, '습니다체'의 서술이 갖는 설화적 분위기 조성이 그 다른 하나.

　후자에 대해서는 설명이 조금 없을 수 없습니다. 보통 소설이라 할 때 이는 근대의 산물인 만큼 작가 혼자 골방에 앉아 쓰는 글쓰기라 하겠지요. 혼자이기에 그 누구도 말을 걸거나 조언을 해줄 수 없음이 원칙. 고독한 문제적 개인인 주인공의 삶의 모습이란 그러니까 은밀한 내면 기록일 수밖에.

전성태

내면 기록 또는 내면 풍경이란 내면 고백으로 직결되는 것이어서 근대소설의 주류를 형성해왔지요. 내면 기록이기만 하면 무조건 존중하는 것도 이런 문맥에서이지요. 염상섭의 초기 3부작「표본실의 청개구리」「암야」「제야」 등에서 근대소설이 비롯되었다고 본 것은 정작「배따라기」의 작가 김동인이었지요. 이러한 근대소설의 풍조와는 다른 글쓰기 방식의 하나가 설화적인 글쓰기라 할 수 있습니다. 우선 얘기가 중심점에 놓이는데 그것은 인간과 자연의 조화로운 질서관을 문제 삼는 것입니다. 김동리의「무녀도」를 비롯해「산제」등이 그러한 사례라 하겠지요.

앞에서 든「별」도 사정은 마찬가지. 하늘의 별과 하나가 된 목동의 외로움이란 실상 외로움이 아니라 삶의 건강한 질서관이 아니었던가. '습니다체'가 이 범주에 어울리지요.

「늑대」의 무대는 몽골 초원. 이 세계(자연)를 지배하는 원리는 늑대(미친개)로 표상되는 삶의 준엄한 법칙입니다. 늑대 그것은 인간의 정염, 그러니까 인간 혼의 본질을 표상한 것.

여기 그러한 정염에 불타는 인간이 있습니다. 본국에서 정치와 사업에 실패, 옥살이까지 한 한국인 노인이 몽골 땅에 와서 대규모 서커스단을 경영하고 있습니다. 이 장사꾼이 늑대에 홀려 이 몽골 초원을 헤매고 있습니다. 어째서 늑대에 홀렸을까. 늑대 사냥이란 무엇인가. 이 물음이 몽골 현지인 촌장의 눈엔 이렇게 비칩니다.

노인은 늑대에 홀려 초원에 돈과 노구의 정열을 뿌리고 있습니다. 운전사와 젊은 사냥꾼을 대동하고 심지어 매춘부인지 첩인지 모를 벙어리 처녀까지 끼고 다닙니다. 늑대의 악령이 씌지 않았다면 도저히 이해할 수 없는 사람입니다. 자본의 매혹을 나는 그에게서 느끼곤 합니다. 나는 그가 뿜어내는 검은 정염을 뿌리치지 못합니다. 숙명이나 되는 것처럼 그의 힘을 거역할 수가 없습니다. 꼭 돈 때문만은 아닙니다. 뭐라고 할까요. 그의 정염은 파괴적이고 불온하지요. 몸을 망가뜨려 성스런 하늘과 대지와 신들을 거스르고 맞서려는 것 같습니다. 이 아둔한 사람이 노인에게서 느낄 수 있는 마음이란 그런 정직함입니다. 욕망에 대한 진실함이지요. 내가 살아온 생은 참으로 단순한 생이었지요. 마음에 이는 작은 사념 하나마저도 선함과 악함으로 분별할 수 있었으니까요. 그러면서도 늘 마음 한구석에는 미심쩍은 게 남았습니다. 꺼지지 않는 욕정, 생이 너무나 보잘것없다는 열패감 따위 말이에요. 그는 그 미심쩍은 세계 때문에 신음하는 영혼입니다. 망가진 그 영혼이 왠지 빛나 보입니다. 그에게 그런 매력을 준 것은 무엇일까 종종 나는 생각하곤 합니다. 우리의 초원으로 서류 한 장과 함께 들어온 그 자본주의일까요? 나는 어렴풋이 그러리라 짐작하고 있습니다. 먹고사는 데서 놓여난 여유이겠고, 옛날식으로 말하면 잉여물을 독점한 자가 필연적으로 맞게 되는 퇴폐성이겠지요.(117~118쪽)

한국 노인, 늑대, 자본주의 이 셋이 동심원을 이루고 있습니다. 소련 다음으로 인류사상 두번째로 공산주의에 속했던 몽골이 자본제 사회로 개벽되자 몽골 사회는 어떤 변혁을 겪어야 했던가. 이 물음에 작가 전씨는 두 가지 비범한 솜씨를 보입니다. 자본제 사회의 기본항이 욕망의 무한한 자기증식이라는 지적이 그 하나. 욕구와는 달리 욕망이란 무제한의 것. 그것은 저 초원의 왕자인 그믐밤의 미친 개, 입 큰 늑대의 혼과 족히 겨룰 수 있다는 것. 한국인 노인이 이런 늑대를 좇는 것은 바로 자기 자신의 혼을 좇는 행위가 아닐 수 없지요. 자본주의 이전의 자연 속의 늑대란 그 자체가 가장 두려운 신과 같은 질서의 신이었던 것인데 이제 한갓 노인의 욕망과 동격으로 인식되고 만 형국입니다. 다른 하나는, 이 점이 실상 이 작가의 역량인데, 등장인물 각각의 시점으로 서술하기가 그것. 등장인물은 여럿인데 이들을 각각 '나는……'으로 서술하기가 그것.

전성태

'나'(1)은 16세의 딸 치무게와 숙박업을 하며 살고 있는, 왕년의 초원을 그리워하는 촌장. 이 시선으로 저 탐욕스런 한국인 노인 사냥꾼을 바라보며 또 안내인 몫을 하고 있음. '나'(2)는 한국인 노인 사냥꾼의 시선. 허와라는 이름의 벙어리 처녀. 운전사 바이락. 사육사 촐몽 등 3인을 거느리고 사냥에 미쳐 있는 노인의 본질이 잘 드러남. '나'(3)은 촌장의 의리로 늑대를 죽인 몽골 사냥꾼. '나'(4)는 서커스단 출신의 벙어리 여인 허와의 시선. 그리고 마지막 대목에서 이들 '나'를 동시에 드러내는 방식. 특히 이 마지막 대목의 '나'(들)는 아주 공들인 것이어서 멋집니다.

이런 시점 조작은 자칫하면 혼란을 가져올 우려도 있지만, 이에 상응하는 노력이란 독자에게도 필요하지 않겠는가.

08_

소설의
족보 잇기
기성 작가들의 소설의 방향성

고은주

1967년 부산 출생. 1995년 『문학사상』 신인상에 소설이 당선되면서 작품활동 시작. 1999년 오늘의작가상을 수상했다. 소설집 『칵테일 슈가』, 장편소설 『현기증』 『유리바다』 등이 있다.

후각적 상상력

고은주 씨의 「마스카라」『문학사상』 2006년 10월호와 정미경 씨의 「검은 숲에서」를 비교해 읽으면 두 작품 사이의 보이지 않는 견인력으로 인해 함께 빛납니다. 한쪽의 수다(과잉)가 다른 쪽의 메마름을 비쳐주며 그 역효과도 생기기 때문.

자기를 배신한 남자를 3년 동안 기다리는 노처녀의 노여움과 자기모순에 앙앙대는 「검은 숲에서」에 비해 고씨 쪽은 훨씬 여유 있고 게다가 유연하기까지 합니다. 그도 그럴 것이 결혼 7년 만에 아내가 이유도 없이 가출했으니까. 아내가 부재하는 동안 남편인 '나'는 그 가출 이유 찾기에 온몸을 집중하지요. 그럴수록 그 까닭이 미궁 속으로 빠지고 말지요. 온갖 지식을 총동원하여 그 까닭을 찾아보는 과정이 소설 내용이거니와 그 과정을 다룸에 있어 작가 고씨는 썩 민첩합니다. 우선 작품 구성이 볼 만하지요.

여기 부재하는 아내가 있습니다. 평소에 느끼지 못하던 사실들이 아내가 사라지자 하나하나 떠오릅니다. 이를 대표하는 용어가 '수명이 다했다'입니다. 어떤 사물도 수명이 있는 법, 그렇다면 사랑도 그러할까. 참주제가 걸린 대목이지요. 아내의 논법대로 하면 그녀의 가출은 '나'의 존재의 수명이 다했음일까. 이 물음이 작품 전체 속에 반복하여 울립니다.

이 참주제를 확인하기 위해 작가는 보조선을 등장시켰지요. 곧, 향수집 점원 여자가 그것. '모든 것은 평범하다'가 여점원의 명제이지요. '수명'과 '평범'이란 범주가 다른 것. '평범'이란 새삼 무엇인가. 이 물음에 큰 무게가 실려 있습니다. '일상성'을 가리킴인 까닭. 그러나 따지고 보면 어떤 사물의 부재에서 비로소 '일상성'의 껍질이 벗겨지는 법. 이를 '마스카라'와 '속눈썹 붙이기'에 대응시켰지요. 아주 절묘한 대조라고나 할까요. 그것은 평범한 여점원으로 하여금, 이렇게 말하게 함으로써 '수명이 다했다'가 어째서 그토록 소중하며 또 미의 존재방식인가를 드러내고 있기 때문. 미라 했거니와 그것은 당초 '평범'과는 상용하지 않는 법.

마스카라는 스페인어로 가면이라는 뜻이 있대. 마스크하고 발음이 비슷하지? 그래서 변장이라는 뜻도 있고…… 속눈썹을 길고 짙게 만들어서 위로 치켜 올리면 얼굴이 완전히 달라 보이잖아. 화장을 제대로 아는 여자일수록 속눈썹에 공을 들이는 법이지.(126쪽)

인공적 비정상, 그러니까 '평범'에서 벗어나고자 함이 미의 존재방식인 것. 그렇기에 그것은 자연(평범)과는 뚜렷이 구별되는 것. 어째서? 인공적이란 임시적이며 일회성이며 따라서 쉽게 또 어차피 망가지는 법이니까. 망가짐이란 또 무엇인가. 이 작품의 참주제가 깃든 곳. '수명이 다했다'가 그것.

그런데 작가 고씨는 이런 이분법에서 한 발자국 나아가고 있어 돋보입니

고은주

다. 속눈썹 다루기엔 두 가지 인공적 방식이 있다는 것. 하나는 마스카라. 이는 가출한 아내의 방식. 다른 하나는, 임시 애인인 향수가게 점원이 사용하는 방식. 곧 속눈썹 뗐다 붙였다 하는 방식. 작가는 후자를 '평범'이라 규정함으로써 인공이긴 해도 몸의 일부를 안고 있는 마스카라 쪽을 새삼 기립니다. 이는 가출한 아내에 대한 그리움에 다름 아닌 것. 마스카라의 진가를 드러냄이야말로 신선함이지요. 뗐다 붙이는 인공 속눈썹이란 신선함을 드러내기 위한 한갓 보조선인 셈.

잠깐, 그렇다면 아내의 가출 원인은 새삼 무엇인가. 그렇군요. 그것은 17년 동안 살아온 남편인 '나'의 '평범'에 대한 모종의 항의, 비판, 염증이 아니었을까. 혹은 자기 자신에 대한 염증, 항의, 비판이 아니었을까. '수명이 다한 남편 또는 아내'가 그것. 이때 남편인 '나'의 돌파구는 무엇인가. 온몸으로 아내의 화장품과 대결하기일 뿐. 수명 다한 마스카라까지 바르고 온몸을 아내의 화장품으로 범벅칠 하기. 그 속엔 익숙한 냄새도, 아닌 것도 같은 냄새도 있을 터.

실패하여 다시 욕탕에 들어가 씻어내기. 거기서도 실패하면 끝장인 것.

욕탕에 들어가 물속에다 코, 입, 눈까지 담그고 아내 냄새 찾기에 집중하는 '나'의 모습은 이상의 「날개」의 결말 모양 신선합니다. 후각이란 몸의 감각 중 가장 은밀한 것이기에.

구광본

「말탄 자의 전설」

1965년 대구 출생. 1986년 『소설문학』 신인상을 받으며 작품활동 시작. 오늘의작가상(시 부문), 대한민국문학상(소설 부문)을 수상했다. 시집 『강』, 소설집 『맘모스 편의점』, 장편소설 『나의 메피스토』, 『미궁』 등이 있다.

세계화와 지구촌의 균형감각

　　　　　구광본 씨의「말탄 자의 전설」『문학사상』 2007년 2월호 은 제목에 대한 설명이 없을 수 없군요. 기마민족, 곧 늑대라고 했기 때문. 해외연수에서 6개월 만에 귀국한 '나'가 긴 잠에 빠져서 본 것은 한 마리 늑대임을 이렇게 적었군요.

　촉박했던 마무리 일정. 긴장되었던 온몸이 이완을 원한 것이다. 이제 충분해, 그만 일어나. 그렇게 생각하면서도 나는 여전히 잠을 잤고, 그 끝에 늑대를 보았다. 흰 빛줄기 같은 것이 비치더니 나타난 한 마리 늑대였다. 그런 꿈은 처음이었다. 그 늑대를 말탄 자라고는 정말 꿈에서도 생각할 수 없었다. 말탄 자가 내게 처음 나타난 것이 바로 그때였음을 알게 되고, 무슨 계시를 받은 듯 기마유목민족에 관심을 가지게 되기는 두어 해나 뒤였다. 그러니까 해외인턴십으로 중국 대신 호주 프로그램을 택했던 내가 졸업 뒤에는 엉뚱하게도 중국의 산둥성 칭다오로 가게 되고도 한참 다음의 일이었다.(서두)

'기마유목민족=말탄 자=늑대'의 도식(몽골족의 토템이 늑대)을 펼치는 작가 구씨의 솜씨는 조금은 구식이지만 견고합니다. 온 세상에 요란한 '세계화' 이미지와 이에 맞서는 '지구촌' 이미지의 균형감각 모색에서 견고성이 왔기에 시류에 대한 비판적 기능을 어느 수준에서 가능케 하니까.
여기는 칭다오. 봉제 공장을 하며 제법 성공한 외삼촌 회사에 취직하여 일 년 반이 경과된 시점. '나'와 외삼촌의 대화를 잠시 볼까요.

"중국에 한국 사람이 얼마나 와 있댔냐?"
"육십만하고 하나 더요."
"그래, 그런데 다시 육십만이다."
"왜요?"
"하나가 죽었으니까."
"누가요."
"여기 칭다오에서 봉제 공장하던 사람인데 어제 자살했다더라. 나하고도 안면이 있는 사람이야. (……) 초반에 공장은 잘 되었어."(130쪽)

좋은 시절은 다 갔고 이제부터 중국도 값싼 노동력 착취 대상일 수 없는 상태. 사사건건 법으로 규제하여 외국기업을 몰아내는 판이니까. 역전 현상이 되기는 단지 시간문제. 바로 이 시점에서 이른바 동북공정 문제와 기마유목민족 문제가 나란히 등장했으니까. 여기서부터 작가 구씨는 민첩해지기 시작합니다. 동북공정에도 기마민족에도 동시에 비판적인 시선 도입에서 그 민첩함이 옵니다. '세계화 이미지'와 '지구촌 이미지'의 균형감각 모색이 그것.

우선 '오랑캐'라는 말에 주목합니다. 황하문명권을 이룩한 정주민 한족은 스스로 중화라 칭하고 주변 모든 민족을 오랑캐라 불렀다는 것.

남만, 북적, 서융, 동이. 우리 민족은 그러니까 동쪽 오랑캐인 것. 중국에다 봉제 공장 따위를 짓고 날뛴 것은 갈데없는 오랑캐 짓. 만리장성을 넘어 기름진 정주민의 텃밭을 노린 오랑캐와 한치도 다르지 않은 행위. 외삼촌도 결국 초읽기. 작가는 이 초읽기를 썩 멋지게 마무리 짓습니다.

외삼촌의 실종 사건이 그것. 외삼촌의 증발이 그것. 그랜저에 휴대폰과 자동차 키를 남겨둔 채 외삼촌은 대체 어디로 갔을까. '나'가 물어볼 데는 꼭 한 곳. 대체 '그' 또는 '그곳'은 누구이며 어디인가. 뜻밖에도 경주에서 발굴된 도제기마인물상陶製騎馬人物像이 '그'이고 '그곳'이 아닌가. 고깔 모양의 투구와 갑옷으로 무장하고 등 뒤 말 엉덩이 위에는 기마유목민족인 스키타이와 흉노의 동복(청동 솥)을 실은 모습을 한 인물. 아예 하나의 제국을 싣고 먼 곳으로 옮겨가는 자의 모습. '그곳'에, '그'에게 물어볼 수밖에.

외삼촌은……
먼저 떠났다.
어디로 말입니까? 차도 그냥 두고서……
힘차게 달려가고 있다.
베트남으로라도 갔나요?
더 이상 걱정하지 않아도 좋다.
공장은 어떻게 하라고 하셨습니까?
한곳에 머물지 마라. 한곳에 머물지 말아야 한다는 생각에도 머물지 마라.
한곳에……
어제의 너에 주저앉아 있지 마라.

구광본

그러니까……

내일의 새로운 너를 찾아 끊임없이 달려가는 것이다.

그래서……

나는 지구촌에 대한 내 애초의 느낌을 되살려보고 있었다.(136~137쪽)

보다시피 균형감각이 숨겨져 있습니다. 세계화란 결국 지구화라는 것. 지구화란 얼마나 촌스럽고 다정한가. 한 마을의 이미지니까. 이에 비해 세계화란 얼마나 허황한가. 그럼에도 그것만이 정주민의 부패와 안일을 활성화시킬 수 있는 것. 유행철학 노마드(유목사상)와는 얼마나 다른가.

다음 두 가지 점을 지적해두고 싶군요. 이 소설의 저자는 르네 지라르식으로 하면 작가 구씨가 아니라 다섯 권짜리 책 『말탄 자와 제국주의』라는 점. 그러기에 구씨의 소설은 낭만적 허위가 아니라 소설적 진실에 속한다고 하겠지요. 다른 하나는, 우리 소설사와 관련된 것. 외삼촌이 한창 칭다오에서 봉제 공장으로 오랑캐 노릇을 할 그 무렵, 이 땅의 한 소설가가 「돈황의 사랑」(윤후명, 1983년)을 썼다는 사실. 밤이면 모래가 운다는 명사산의 저쪽, 거기서 태어난 딸이면 또 아들이면 어느새 세종문화회관 벽면 가득 천녀^{天女}의 부조상으로 정착되지 않았던가. 그 천녀의 환각이 21세기 오늘의 시점에선 도제기마인물상으로 환생한 형국이라 할 수 없을까. 작가 구씨도 칭다오에서 실종된 봉제 공장 사장인 외삼촌과 더불어 외톨이일 수가 없다는 것. 이처럼 소설 쓰기란 스스로의 족보 잇기인 것.

김연수

「네가 누구건, 얼마나 외롭건」「내겐 휴가가 필요해」
「모두에게 복된 새해」

1970년 경북 김천 출생. 1994년 『작가세계』 문학상에 장편 「가면을 가리키며 걷기」가 당선되면서 작품활동 시작. 대산문학상·동인문학상·황순원문학상을 수상했다. 소설집 「내가 아직 아이였을 때」「나는 유령작가입니다」. 장편소설 「7번 국도」「네가 누구든 얼마나 외롭든」 등이 있다.

기록성으로서의 사진

김연수 씨의 「네가 누구건, 얼마나 외롭건」『문학사상』 2005년 6월호은 제목 달기의 신선함이 눈에 듭니다. 박완서 씨의 「거저나 마찬가지」의 제목에 견줄 만하다면 어떠할까요.

원래 문학의 문법계란 이미 주어진 문법계와는 별개로 존재하는 것. 하이데거를 들먹이면 눈살을 찌푸릴 분도 많겠으나, 귀기울일 만한 데도 있는 법. 그는 주장했지요, '존재'와 '존재자'는 아주 다르다는 것. 명사로 된 존재자는 이미 고정된 문법계의 것. 어째 철학계는 그동안 존재자(명사)에만 집중했을까. 그 명사가 만들어지는 과정(존재)에 주목하지 않았던가. 어떤 사물이 만들어져 사물로 고정되기 위해서는 '시간'이 작용하는 법. 그가 존재와 시간을 문제 삼은 것은 이 때문. 김연수 씨는 아직도 채 사물이 되지 못한, 그러니까 명사로 되기 직전의 존재를 다루고 있습니다.

이러한 작업에 있어서 가장 위험한 것은 다름 아닌 시간의 작용 면이지요. 시간의 힘이 너무 세면 사물의 형성은 그만큼 불투명해지는 법. 쉽게 말해 시의 상태가 되기 십상이지요. 작가 김씨가 이 함정을 어떻게 빠져나갔을까. 이 물음에 작가 김씨의 자질이 실로 번쩍입니다그려.

잠시 볼까요.

나는 이미 오래전부터, 그러니까 최근 그가 죽었다는 소식과 함께 평전을 써보지 않겠느냐는 부탁을 어느 출판사로부터 받기 오래전부터 그의 사진을 알고 있었다. 좀 우스운 에피소드지만, 대학 시절에 우리가 만날 기회가 있었다는 것을 나중에야 알게 되긴 했지만, 그를 개인적으로 알지는 못하는 상태였다. 그럼에도 나는 선뜻 책을 쓰겠노라고 대답했다.(103쪽)

작중화자 '나'는 모 대학 교수. 유부녀. 죽은 사진사의 평전을 쓰기로 했다. 평전이란 무엇이뇨. 한 사람의 생애를 어떤 가치관에 따라 평가, 기술하는 글쓰기의 일종.

이 작업에서 제일 기초적인 것은 자료 수집. 자료란 두 가지. 기록성 자료가 기본. 기록성 자료의 부족을 메우는 방식, 그러니까 보족적이랄까, 부차적인 것이 풍문성 자료. 이 경우 주목할 점은 새삼 무엇일까. 기록성 자료의 결핍이 달려가는 곳은 실로 '감당하지 못할 상상'이지요. 좋게 말해 이를 시적 현상이라 부를 터. 기록성의 보장 없이 풍문에 의거하면 할수록 공상에서 망상으로 치닫게 마련. 소설에서 멀어지고 마는 법. 적어도 소설 말입니다. 그러니까 '얘기' 쪽으로 기울어지게 마련. 황당무계한 것이 '얘기'이지요. 좋게 말해 시적 현상인 것. 소설이란 새삼 무엇이뇨. '얘기'와는 분명 선을 긋는 것. 요컨대 망상이나 공상이 덜 끼어드는 곳에 소설이 있지요. 적어도 소설은 '감당할 만한 상상'이어야 하는 법. 왜냐하면 기록성 자료에 생기를 불어넣기 위해서는 상상력의 발휘가 불가피하니까. 이 대목에서 작가 김씨는 실로 자각적이자 민첩합니다. 평전을 쓰기 위한 확실한 방법인 기록성을 확보하고 있으니까. 요컨대, 이번 소설은 실패할 수 없게 되어 있는 셈. 어째서? 기록성의 확보로 말미암아 '감당할 만한 상상'의 사물급에 들었으니까. 그 기록성은 바로 사진이지요.

여기 한 사내가 죽었다. 그는 평생 사진사로 살았다. 당연히도 수많은 사진을 남겼다. 그런데, 그의 사진 버릇은 '친지와 가족들'에게만 국한되어 있었다. 그런데 아주 예외적인 것이 딱 하나 있었다. 바로 이 대목이 소설적 포인트. 황혼을 배경으로 한 흑두루미 사진이 그것. 어째서 그는 이 조류에 대해 관심을 가졌을까. 어째서 그는 이런 '일탈'을 저질렀을까. 기록성으로 확실하게 흑두루미 사진이 남아 있었다는 사실만큼 결정적인 것은 없다. 실상 이 사진쟁이 사내는 '친지와 가족들'만을 찍은 이유를 이렇게 말했다. "망각하기 위해서"라고. 인간에게 망각은 불완전한 기능인 까닭에 인간이 불완전한 존재라는 것. 이를 뛰어넘기 위해 그러니까 망각을 완전케 함으로써 인간의 완전성을 꾀하려고 사진을 찍는다는 것. 친지와 가족이라는 이 무거운 구속의 세계에서 벗어나기, 벗어나되 완전히 벗어날 수 있기 위해 사진을 찍어왔던 셈.

그렇다면 단 한 장의 「흑두루미와 함께한 날의 노을」은 무엇인가. 그것도 망각하기 위해, 망각을 완전케 하기 위해서일까. 아니다! 라고 작가 김씨가 단호히 말해놓고, 또 급히 부정합니다. 그렇다! 라고. 이 '아니다'나 '기다' 사이에 시간이 작동하고 있지요. 이 시간을 보증하고 있는 것이 기록성인 것. 시적인 현상에서 용케 벗어났다고 하겠지요.

김연수

사랑의 고귀성에서 오는 피로감

김연수 씨의 「내겐 휴가가 필요해」^{『창작과비평』 2006년 가을호}는 남쪽 바다를 내려다보는 시골 도서관 직원들의 얘기. 직원은 사서직(4명)·행정직(1명)·기능직(4명) 등 9명. 관장의 명으로, 여름휴가는 일주일에 두 명씩 '나이 어린 순'으로 가게 되어 있다면 어떻게 될까. 고참 직원들이 불만일 수밖에. 그렇다고 신참들에게 양보할 리 없다. 고참인 최(사서 7급, 10년 이상 경력)가 나서서 신참들을 양보하라고 훈계할 수밖에. 제일 '졸자'는 기능직 10급의 강이라는 처녀. 그런데 최의 훈계 어조가 워낙 공격적이어서 최의 말이 끝나기도 전에 직원들 얼굴이 굳어졌다. 근처 식당에서 저녁을 먹으면서도 직원들의 얘기가 겉돌 수밖에. 이 감정의 엇갈림을 돌파해가는 것은 작가 김씨의 솜씨의 날렵함이지요. 10년 동안 도서관을 집 삼아 드나들던 전설의 '그 노인'이 해변에서 시체로 발견된 사건 개입이 그것. 일상적인 삶의 이해관계인 여름휴가 건이란 어느새 노인의 사망 소식으로 말미암아 흔적도 없이 물러갈 수밖에. 일상적 삶을 여지없이 물리치게 하는 차원 다른 삶이란 어떤 것일까. 이른바 속과 성의 변별성이랄까 그 둘을 가르는 경계선은 어디일까. 참주제가 깃든 곳.

자살한 노인에 대한 이야기가 나오면서 강의실에 모인 직원들은 여름휴가를 둘러싼 미묘한 신경전은 잊어버리고 저마다 그 노인과 얽힌 이야기를 떠들어대기 시작했다. 오래전부터 그를 지켜본 최는 이렇게 가면 결국 자신은 9월이 다 되어서야 여름휴가를 떠날지도 모른다는 사실은 완전히 까먹은 채 직원들에게 그를 처음 만났을 때가 얼마나 오래전이었는지를 상기시키며 자신의 경력을 과시하려고 들었다. 최가 그 도서관으로 직장을 옮긴 건 그가 도서관에 나오기 시작한 지 1년 정도가 지났을 때였다.(80쪽)

여기서부터 일상적 세계, 엘리아데식으로 말해 속의 세계의 인물 둘이 번갈아 등장한다. 최가 그 하나. 그는 정확히는 9년 동안 '그 노인'을 체험했던 것. 10년을 하루같이 책을 읽는 노인을 두고 온갖 풍문이 다 돌았다. 결국 전직 형사였음이 알려졌다. 그는 왜 10년간 숨어 살았을까. 최는 온갖 상상력을 동원, 이런저런 추측을 한다. 모두가 즐겁게 듣는다. 그런데 막내 강 처녀만이 예외였다.

> 그때, 사람들이 저마다 떠드는데도 혼자 생각에 잠겨 멍하니 유인물만 만지작거리고 있던 강이 갑자기 눈물을 흘리기 시작했다. 다들 느닷없는 강의 눈물에 당황했다.
> "어라, 너 우니? 니가 왜 우는 거니?"
> 강의 얼굴을 보자마자 다시 휴가 건이 떠올라 기분이 불쾌해진 최가 쏘아붙였다. 한번 눈물을 주르르 흘린 강은 이제 코를 훌쩍일 뿐, 아무런 대꾸도 없었다. 순식간에 마스카라가 번진 강의 얼굴은 보기 흉했다. 둘 사이에 흐르는 긴장감으로 왁자지껄하던 분위기는 다시 어색해지기 시작했다.
> "말을 해봐, 얘. 니가 지금 왜 우는 거니? 왜? 억울하니?"
> 최가 싸늘한 목소리로 다시 물었다. 그러자 다시 울먹울먹 강이 말했다.
> "저는 좀 쉬어야겠어요. 쉬어야겠다구요."
> 그 말과 함께 다시 울음이 터진 강은 자리에서 벌떡 일어나 강의실 밖으로 뛰쳐나갔다. 최는 벌어진 입을 다물 수 없었다. 세상에. 오 마이 갓! 빌어먹을 놈의 여름휴가.(81쪽)

어째서 강 처녀는 이런 반응을 보였을까. 그녀가 아는 '그 노인'이 그럴 수 없이 순수하고 고결한 인격자라는 인식에서 말미암은 것. 그녀가 아는 그 노인은 한 여대생을 너무나 사랑했고, (그래서 그녀를 죽이고?) 그 때문에 세상을 버리고 도피한 것이라고. 그 노인과 술을 마시며 들은 얘기를 그녀는 그렇게 해석했던 것. 이 슬픈 사랑 얘기에 눈물을 흘릴 수밖에.

작가 김씨는 또 한번 뒤집기를 합니다. 노인의 아들 출현으로 그 노인의 정체가 밝혀진다. 아비는 대공수사과 근무 형사라는 것. 대학생 고문치사 사건 담당자였다는 것. 그런데 이 정보를 강 처녀는 까맣게 모를 수밖에. 일에 지쳐 또 최의 비꼼에 지쳐 그날 결근을 했으니까. 이제 결과는 보나마나. 그녀는 계속 눈물을 흘릴 것이고(사랑의 고귀함) 최는 계속 화를 낼 수밖에. 참으로 피로한 것은 강 처녀일 수밖에. 사랑의 고귀함이야말로 감당하기 어려운 피로감이니까. 그녀야말로 제일 먼저 휴가를 가야 하는 것. 풍자일 수 없지요.

'안 노래하면 안 산다'의 과정 겪기

김연수 씨의 「모두에게 복된 새해」「현대문학」 2007년 1월호의 소재는 주한 외국인 근로자인 인도인 청년. 30만 명을 웃도는 주한 외국인 근로자이고 보면 또 세계화 속에 놓인 오늘이고 보면 근친상간식 '우리끼리 소설'에서 벗어날 만한 시점이기도 한 법. 그렇다면 어떻게? 중견작가 김씨의 솜씨는 어떠할까.

여기는 가정집. 때는 섣달그믐. 외출하는 아내가 말했다. 집에 자기 친구가 피아노 조율차 들르리라는 것, 잘 대접하라는 것, 이름은 사트비르 싱이라는 것, 인도인이라는 것. 과연 터번을 쓴 싱 씨가 나타났다.

무엇보다 황당한 것은 이 친구 한국어가 형편없다는 점. 그야 2년 동안 있을 한국에서 한국어를 잘해야 할 이유도 없는 법, 굳이 필요한 사람 외에는. 그런데 이 인도 친구는 굳이 필요한 사람 축에 들어, 취미 삼아 외국인 대상으로 우리말 선생 노릇 하는 아내의 반에서 5개월간 수업하며 아내와 친해진 것. 시방 집에 처박아둔 피아노 조율차 방문한 것.

이런 서툰 사람과 아내는 어떻게 친해질 수 있었을까가 첫번째 의문. 알고 본즉 아내는 한국어로, 인도인은 영어로 대화하기였던 것. 이것이 겉으로 드러난 친구 되기 제1단계.

두번째 단계는 피아노. 피아노라니? 공짜로 주겠다는 광고를 무가지에서 보았기 때문. 병원에서 죽어가는 전처의 딸이 치던 것. 그러니까 수십 년간 조율이 안 된 상태. 노인 왈, 칠 사람이 있는가. 아내가 체르니 40번까지 치다 때려치웠다고. 집으로 가져온 '나'도 아내도 그놈을 그대로 처박아둘 수밖에. 그럴 바엔 왜 가져왔을까. 공짜 좋아하기였을까. 아마도. 그런데 왜 지금 와서 그놈을 조율코자 마음을 일으켰을까. 체르니 40번에 주저앉은 아내의 난데없는 발작이었을까.

바로 여기가 세번째 단계. 지난 5개월간 '지구상에서' 아내와 얘기를 가장 많이 한 사람은 남편인 '나'가 아닌 인도인이었던 것. '지구상에서' 남편보다 더 많은 얘기를 주고받은 사람이 인도인이라면 대체 그들의 말의 내용이란 무엇인가.

여기서부터 제4단계. 곧 '외로움'이 정답. 저마다 자기 안의 외로움이 있는 법. 남편도 어쩌지 못하는 외로움. 그게 체르니 40번 부근인 셈.

이 작품에서 주목할 점은 이따위 내용이 아닙니다. 이런 내용 따위라면 작가 김씨 아니라도 수두룩하니까. 진짜 김연수다운 솜씨는 따로 있습니다. 완벽한 서구식 문체 만들기가 그것. 거기에 이르기 위해서는 어떤 과정이 반드시 요망되는 법.

    인도인 : 이 피아노, 어떻게, 이렇게 왔습니다.(125쪽)

    나 : ……(125쪽)

김연수

인도인 : 이 피아노, 긴 시간 안 노래했습니다. 그치?(125쪽)

  나 : 맞아요.(125쪽)

  인도인 : 안 노래하면 안 삽니다.(125쪽)

  나 : 혜진이 내 이야기 같은 것도 했습니까?(133쪽)

  인도인 : 당신 이야기 같은 것은 안 했습니다. 코끼리 보고 혼자를 했습니다.(133쪽)

 숲에 있는 코끼리 그림을 보고 혜진 자기는 그 코끼리 모양 혼자의 마음이며, 혼자라는 것. 이 과정을 겪은 뒤에야 비로소 번역체가 가능해지는 법. 이런 과정도 없이 외국어께나 한다고 아무리 근사하게 우리말로 옮겨도 진짜 번역체(문학적인 것)가 나올 이치가 없는 법. 기껏해야 모조품일 수밖에 없기에. 진짜 번역문제는 어떠할까. 관계대명사 없는 한국어를 처리하는 적절한 방식이 문제점. 작가는 이 작품 첫줄에 한 사례를 보였습니다.

 아내의 대화 상대인 이 외국인 친구, 사트비르 싱이라는 이름의 인도인이 집으로 찾아온다는 얘기를 미리 전해 들었음에도 막상 문을 열고 이 친구가 서 있는 모습을 보게 되자 당황스러웠다. 하루 종일 낮은 구름들이 잔뜩 하늘로 몰려다닌 한 해의 마지막 날이었다. 이 친구의 고향은 펀자브라는데, 지금껏 나는 펀자브 사람은커녕 인도 사람도 만나본 일이 없었다. 사실 펀자브가 인도의 어느 쪽에 붙어 있는 지방인지조차 감을 잡을 수 없었다. 그렇게 턱수염이 덥수룩한 얼굴을 쳐다본 일도, 그렇게 땀으로 축축하게 젖은 손을 잡아본 일도 내게는 그게 처음이었다.(서두)

또 다른 사례도 볼까요.

두 눈을 감고 가만히 들어본다. 신호등의 불빛이 바뀔 때마다 자동차들이 일제히 도로를 질주하는 소리가 흘러든다. 조금 열어둔 창문 틈으로. 그 소리가 파도 소리를 닮아, 내 귀가 자꾸만 여위어간다. 두 눈을 감고 가만히 들어보면, 수천만 번의 겨울을 보내고 다시 또 한번의 겨울을 맞이하는 해변에 혼자 서 있는 듯한 느낌이 들므로. 그게 그 해변의 제일 마지막 겨울이라서 파도 소리를 듣는 일이 그토록 외로운 것이라고.(135쪽)

김연수

김중혁

「발명가 이눅 씨의 설계도」 「악기들의 도서관」 「나와 B」

1971년 경북 김천 출생. 2000년 『문학과사회』에 중편 「펭귄뉴스」를 발표하면서 작품활동 시작. 소설집 『펭귄뉴스』가 있다.

소설적 상상력의 한계 인식

김중혁 씨의 「발명가 이눅 씨의 설계도」「현대문학」 2005년 10월호는 사진사 얘기. 발명가 되기가 꿈이었으나 사진사가 되고 만 '나'는 시방 잡지 표지용으로 여섯 명의 사진 찍기에 나아갑니다. 그것도 '기상천외한 여섯 명의 발명가'라는 시각. 기상천외한 발명이란 어떤 것일까.

여섯 명 중 한 사람이 그다. 이름은 이눅Inuk. 발명가 사진이기에 각기 작가의 발명품을 들고 있는 사진이 잡지사의 요망사항. 그런데, 이눅이란 이름의 발명가만이 예외였다. 그는 발명품 없이 나왔던 것. 가진 거라곤 달랑 종이쪽지 하나. 설계도.

그녀는 가방에서 꼬깃꼬깃 접힌 종이쪼가리를 하나 꺼냈다. 이눅이라는 발명가의 작품이었다. A4 크기의 종이는 수십 번 접힌 상태여서 볼펜으로 적은 글자가 너덜너덜해 보였다. 보관 상태도 나빴지만 안에 적힌 글자들도 해독이 불가능한 게 많았다. 종이에는 커다란 배 같기도 하고 비행기 같기도 하고, 또 어찌 보면 거대한 로봇 같기도 한 어떤 구조물이 그려져 있고 그 바깥쪽에는 깨알 같은 글씨로 숫자와 부호가 적혀 있었다. 설계도 같기도 하고 그냥 낙서 같기도 했다.(112쪽)

발명가 이눅의 그것은 일종의 설계도였던 것. 굳이 말해 '개념 발명가'라고나 할까. 사진쟁이인 '나' 역시 일종의 개념 발명가라고 할 수 없을까. 시간을 정지시킴으로써 모종의 개념을 발명하고 있는 형국이니까. 그러나 사진사인 '나'는 사진이라는 발명품을 능가하는 기상천외한 발명품을 꿈꾼다. 그것은 개념 발명가인 이눅 씨의 발명실 방문에서 한층 뚜렷해진다. 지하실에 설치된 이눅 씨의 발명실에서 '나'가 전에 찍은 바 있는 그의 사진을 주자 그가 자신의 책상 앞에 붙이듯, '나' 역시 이눅 씨의 집을 찍은 사진을 프린트해 '나'의 책상 앞에 붙이기가 그것. 발명가가 되려다가 머리가 모자라 사진쟁이가 된 '나'란 실상 이눅 씨의 설계도에 비해 얼마나 초라한가. 어째서?

아름다운 집이었고 아름다운 하늘이었다. 아름다운 풍경을 보고 있으면 시간이 멈춘 듯하다. 사진은 사람뿐 아니라 시간을 붙들기도 한다. 아니, 시간을 붙들 수는 없다. 시간을 붙들었다고 생각할 뿐이다. 시간은 계속 앞으로 가고 우리는 사진을 보면서 멈춘다. 사진은 그렇게 시간과의 달리기에서 계속 뒤처지기 위해 존재하는 것은 아닐까, 그런 생각이 들었다.(126쪽)

사진쟁이의 자기한계 인식이지요. 이를 가르쳐준 것은 이눅 씨. 그는 '공간'으로 소리를 붙들고자 했으니까. 사진기냐? 녹음기냐? 그 어느 것도 불

김중혁

완전한 것이 아닐까.

고언 한마디. '인터뷰' '발명실' 등 소제목 붙이기란 극복되어야 하지 않을까. 단편다워야 하니까.

개념적 사고의 소설 쓰기

김중혁 씨의 「악기들의 도서관」『문학동네』 2006년 봄호은 「발명가 이눅 씨의 설계도」에 이어 눈부십니다. 신인급인데도 이미 작가의 어법을 갖고 있다는 점. 이는 문법과도 다르지만 그렇다고 스타일이라 하기에도 부적절하니까. 무엇보다 이 작가는 소설 서두를 어떻게 써야 하는가를 알고 있습니다.

아무것도 아닌 채로 죽는다는 건 억울하다. 자동차에 부딪혀 몸이 허공으로 치솟던 순간, 머릿속에 그 문장이 떠올랐다. 주위의 풍경들이 한순간에 이지러졌고, 소리들은 모두 사라져버렸다. 완벽한 단절이었다. 아무것도 보이지 않았고, 들리지 않았고, 생각나지도 않았다. 커다란 캡슐 속으로 머리부터 천천히 빨려 들어가는 느낌이었다. 아무것도 아닌 채로 죽는다는 건 억울하다, 라는 문장이 두꺼운 헬멧처럼 내 머리를 감쌌다. 쿵, 하는 소리를 내며 바닥에 떨어졌을 때 나는 정신을 잃었다.(서두)

이 서두를 잠시 보십시오. 소설이란, 글쓰기의 일종이라는 것. 글쓰기란 그러니까 '문장'으로 시작된다는 것. "아무것도 아닌 채로 죽는다는 건 억울하다"란 글쓰기의 화두에 해당되는 것. 화두 없이는 글쓰기에 나아갈 수 없다는 것. 화두란 그러니까 세속에서는 '문장'으로 될 수밖에 없다는 것. 이 사실만 확인한다면 화두 풀기란 식은 죽 먹기라는 것. 화두가 지닌 성과 속을 되풀이하여 왕래하기만 하면 되니까. 요컨대 작가는 이러한 설계도를 갖고 글쓰기에 나아가고 있는 형국. 교통사고를 당했다고 치자. 어떤 현상도 우발적일 수 없다는 연기설에 따른다면, 그러니까 속의 세계 쪽에서 보면 필연이지만, 그러나 성의 세계 쪽에서 보면 한갓 공*에 지나지 않는 것. 화두란 그러니까 성과 속의 왕래를 가리킴인 것.

줄거리를 볼까요. 작중화자인 '나'는 교통사고를 당했다. '생각의 힘' 곧 '문장'(공안)의 힘으로 이 난관을 풀려 했다. 회사를 그만둔다. 음악 애호가인 애인도 떠났다. 그 애인의 음악을 매개로 악기점(뮤지카) 점원이 되었다. 콧수염을 멋지게 한 악기점 주인은 '나'에게 가게를 맡기고 해외에 나가 다른 사업을 했다. 악기점을 맡은 나는 여러 가지 악기를 점검하고 악기소리박물관을 만들었다. 인기가 있었다. 여기까지가 이른바 속의 세계. 그렇다면 이로써 족한가. 그렇지 않지요. 성의 세계가 따로 있으니까. 콧수염 주인이 귀국해서 소리박물관으로 둔갑한 사실을 안다면 어떻게 될까.

> 걱정이 되는 점도 있었다. 콧수염 사장이 과연 이 변화를 어떻게 생각할지 궁금했다. 농담 몇 마디를 던진 다음, "진짜 재미있는 일을 시작했군. 계속 가게를 맡아주겠나?"라고 할 것 같기도 하고, "뮤지카에 이렇게 사람들이 득시글거리는 게 어울린다고 생각해?"라고 할 것 같기도 하다. 가끔 전화 통화를 했지만 '악기도서관'에 대해서는 한마디도 하지 않았다. 설명하기가 어려웠다. 오늘은 악기도서관을 개장한 지 육 개월이 되는 날이다. 그리고 몇 시간 후면 콧수염 사장이 뮤지카로 돌아올 것이다.(결말)

바로 화두에 부딪혔지요. 콧수염 사장의 처지에서 보면 성과 속 어느 편에 기울어질지 알 수 없으니까. 문제는 어디에서 연유되었던가. 화두가 지닌 성과 속의 양면성에 다름 아닌 것. 일찍이 두 사람은 이런 대화를 했지요.

김중혁

"예전에 자네 얘기를 듣고 나도 곰곰이 생각해봤는데, 그 문장 말야, 정확히 뭐였지?"

"아무것도 아닌 채로 죽는다는 건 억울하다, 였죠."

"그래, 생각을 해보니 맞는 말 같아. 나도 억울하다는 생각이 들더라고. 글을 쓰거나 영화를 만들거나 정치를 하거나 멋진 발명품을 만들거나 작곡 같은 걸 했다면 누군가 나를 기억해줬겠지. 그 문장이 그런 의미겠지? 누군가를 기억해줬으면 하는 바람 같은 거 말야."(287쪽)

'문장'(화두)이란 그러니까 삶의 욕망에 다름 아닌 것. '나'는 소리박물관으로 삶의 욕망이 충족되었지만, 이를 두고 콧수염은 어떻게 생각할까. 예스도 노도 하지 않겠지요. 성의 세계 쪽에서 보면 노이겠고 속의 세계에서 보면 예스이겠지요. 콧수염은 성과 속 한가운데 놓여 있을 수밖에. '나'란 결국 '콧수염'이었으니까. 글쓰기가 문장으로 시작된다는 것. 글쓰기의 마침도 문장으로 할 수밖에 없다는 것. 그 외의 것도 기다/아니다로 판단할 수 없다는 것.

자전소설의 소멸 지점

김중혁 씨의 「나와 B」 「문학동네」 2006년 가을호가 놓인 곳은 '자전소설'입니다. 잠깐, 이미 그런 '곳'은 없어진 지 오래되지 않았던가. 그렇군요. 범박하게 말해 모든 소설이란 일종의 자전적 글쓰기이니까. 작품이란 그것이 없으면 보이지 않았던 독자 자신의 내부의 것을 확실하게 식별케 하기 위해 작가가 독자에게 제공하는 일종의 광학기계라고 썩 명쾌하게도 프루스트는 말했지요. 모든 작품에 자전적 측면이 있다 함은 그것이 독자에 있어서도 자전적이라는 뜻이지요. 그럼에도 아직 '자전소설'이란 말이 있음은 웬 까닭일까. 편집 구성상의 관습 이상의 의미란 없는 것일까. 아니면 또 다른 의미가 있는 것일까. 이런 물음을 갖고 이 작품을 읽으면 어떠할까.

작가 김씨는 신인다운 패기랄까, 아무 망설임도 없이 당당히 자기의 최대 약점을 서두에서 깃발처럼 내세웠군요. "나에겐 햇볕 알레르기가 있다"라고.

나에게는 햇볕 알레르기가 있다. 삼십 분 이상 햇볕 아래 노출돼 있으면 눈이 부셔서 차마 쳐다볼 수 없을 정도로 온몸이 하얗게 변하는 증상 정도면 멋질 텐데, 빨갛게 살이 익는다. 빨갛게 살이 익다가 발진 같은 게 생겨나고 온몸이 괴물처럼 부풀어 오른다. 누구에게도 보여주고 싶지 않은 몰골이다. 차가운 백포도주와 샌드위치 같은 걸 싸들고 잔디밭으로 소풍 가는 건 꿈도 꿔본 적이 없다. 괴물로 변신한 후에 잔디밭에 등장했을 때 사람들이 놀라는 모습을 보는 것도 재미있겠지만, 알레르기가 시작되면 고통이 뒤따르므로 그것도 불가능하다. 온몸이 부풀어 오르기 시작하면 살갗이 곧 터질 것처럼 아프다.(서두)

그런데 이 알레르기란 생리적인 것이 아니라고 급히 덧붙이는군요. 4년 전부터 생긴 것이라고. 어째서? 바로 이 점에서 신인다운 패기, 신인다운 속도감, 또 신인다운 생기가 풋풋합니다. "4년 전 그해 봄 나는 음반 매장에서 일하고 있었다." 바로 그때 알레르기가 생겼다는 것. 정확히 말해 그 회사를 그만두고 나서 알레르기가 시작된 것. 더욱 정확히 말하면 매장에서 CD를 훔치는 도둑 B를 만난 후라는 것. 기타 연주에 꿈을 싣고 있는 청소년급 B란 대체 누구인가. 왜 B는 CD를 훔쳤을까. 어째서, '나'는 아우급인 B와 친하게 되고 또 B에게 기타 수업을 받고 싶었을까. 드디어 제법 출세했을 때 어째서 무력한 상태에 빠졌을까. 이처럼 두 가지 계열의 물음이 동시

김중혁

에 진행됩니다. 이 경우 중요한 것은 두 계열의 물음 어느 것도 결정 불가능하다는 것.

> 병원에 가봤지만 원인을 알 수 없다고 했다. "스트레스 때문에 일시적으로 몸이 약해졌을 것"이라는 분석도 있었고 "운동이 부족해서"라는 의견도 있었고 "먼지가 많은 곳에서 오랫동안 일을 했기 때문일지도 모른다"는 추측도 있었다. 나는 아무래도 전기기타 때문일 거라고 생각했다. 어떤 전기가 내 머릿속과 심장 속의 어떤 곳을 건드리면서 어떤 열이 발생했고, 그 열이 햇볕과 결합하면서 고열로 변했으며, 그 고열이 바깥으로 빠져나오는 과정에서 발진이 생긴 것이라고, 나는 추측했다. 근거는 없었다.(359쪽)

왜 알레르기가 생겼는가. 근거를 알 수 없다는 것. 그러니까 이 까닭도 아니고 저 까닭도 아닌 것. 말을 바꾸면 음반 매장에 근무했기 때문도 거기서 쫓겨났기 때문도 아닌 것. 동시에 B와의 만남 때문이기도 하지만 동시에 그 때문만도 아닌 것. 어느 쪽도 결정 불가능한 상태입니다. '나' 계열도 그러하며 'B' 계열에서도 그러합니다. 또한 '나'와 'B'의 관계에서도 그러합니다. '나'가 'B'인지 아닌지도 결정 불가능한 형편.

잠깐, 그러니까 '결정 불가능한 상태' 그것의 별명이 알레르기인 셈이군요. 만일 '나'도 'B'도 자기의 정체성을 찾기만 하면, 그러니까 어느 한쪽에 대한 확신을 갖게 되는 순간, 감쪽같이 알레르기가 소멸될 것.

알레르기란 무엇인가. 의학상 자기면역성의 일종. AIDS가 그 대표적인 것. '자기'와 '비자기'가 결정되지 않는 상태이니까. 의학상 면역학의 발달은 19세기가 절정. 그 원리는 단순 명쾌하지요. 한 번 걸린 병은 재발하지 않는다는 사실의 발견에서 나온 것.

이를 거꾸로 이용한 것이 예방접종으로 표상되는 면역학이지요. 그러나 오늘날은 어떠한가. 몸을 지키는 바깥의 면역이 알레르기라든가 자기면역에 의한 병의 원인으로 된다는 사실이 드러났지요. 이미 외부의 문제가 아니라 내부의 문제인 것. 외부(눈으로 관측)에서 성립된 것이 유클리드기하학이라면 비유클리드기하학은 내부(추상적)에서 이루어진 것. 평행선은 서로 교차하지 않는다는 것이 전자라면 '평행선은 어느 무한점에선 교차한다'(비유클리드기하학의 제5공리)인 것. 이 둘은 동시에 성립되는 것. 결정 불가능한 셈. 그렇다면 어째야 할까. 추상적(수학)인 것이 자기언급적일 때 그 진위의 결정 불가능성에 빠진다 함은 저 수학자 괴델에 의해 이미 증명된 것.

'자전소설'이란 새삼 무엇인가. 신인 김씨가 이 물음에 답하고 있는 형국. '자전소설이란 알레르기와 같다'가 그것. 그것은 자기면역성으로 정리되는 것. 자전인지 타전인지 결정 불가능하다는 것. 기타에 미쳐, 그러니까 음악에 빠져 헤매고 있는 'B'가 '나'인지 아닌지의 여부도 확정 불가능이라는 것. 만일, '나'가 정체성 확보에 이르는 그 순간, 자전소설은 끝장난다는 것. 좀 더 적극적으로 말해 '소설 자체'가 끝장난다는 것. 너절한 가족 따위는 물론 단 한 명의 여자 그림자도 등장시키지 않고도 소설을 거뜬히 써내는 작가의 자질을 보시라.

고언 한마디. 이처럼 자신만만하고 영특한 작가가 계속 글쓰기판에서 남을 수 있을까. 『은어낚시통신』의 작가처럼 약간 어수룩하고 또 겁먹은 작가여야 이 글쓰기판에 살아남을 수 있지 않을까.

김중혁

민경현

「그대의 남루한 평화」「서북능선」

1966년 충북 청주 출생. 1997년 『문학사상』에 단편 「오버 더 레인보우」를 발표하면서 작품활동 시작. 소설집 『청동거울을 보여주마』『붉은 소묘』, 장편소설 『이카로스의 마지막 말』 등이 있다.

구도자 3인행

민경현 씨의 「그대의 남루한 평화」『문학사상』 2005년 4월호는 세 부분으로 구성된 작품. 이 중 앞부분 (A)와 뒷부분 (C)는 소설적이나, 가운데 부분 (B)가 비소설적 얘기라고나 할까. 어째서?

(A)부터 볼까요. 여기는 시골 시장바닥. 성당의 만종이 울렸다니까 파장 무렵. 피에로 복장을 한 황아장수가 전을 거둔다. 이를 종일 쫓던 화가가 있다. 두 사람의 눈길이 마주친다. "머리통에 가득 담긴 증오가 미어져 나오는 저 눈알을 후벼 파낼 날이 있을 것이다"라고 피에로는 화가를 증오한다. 둘은 물고 뜯는 난투를 감행. 이 두 인물을 찻집에서 지켜보고 있는 제3의 인물이 있다. 이름은 석이.

여기까지가 (A)인 셈. 이 부분은 매우 서툴고 유치한 묘사라 하겠지요. 그래도 묘사는 묘사니까.

(1) 그의 오늘을 보여주는 징표와 같았다.(55쪽)

(2) 그의 심장의 전율이 백지 위에 한꺼번에 쏟아져 내리는 것 같은 동작이었다.(55쪽)

(3) 영원히 꺼지지 않는 지옥불처럼……(55쪽)

(4) 벌레가 기어가는 것처럼……(55쪽)

(5) 피에로의 발길이 날아 떨어질 때마다 화가의 날벌레처럼 길고 힘없는……(56쪽)

보다시피 서툴기 짝이 없는 비유. 이런 단세포적 비유를 산문이라 생각할 수 있을까. 정경 묘사란, 영상 매체를 따를 수 없는 법, 이런 식 소설이라면 어찌 겨룰 수 있겠는가.

(B)는 어떠할까. 일종의 공부입니다. 얘기, 그러니까 줄거리가 그것. 줄거리는 설명해야만 하는 것. 얘기니까. (A)에서 두 사람이 치고받고 싸우고 있는데 이를 옆에서 지켜본 3인행의 얘기가 줄줄이 알맞게 엮입니다.

어떤 절에 탱화의 대가인 노사^{老師}가 있었다. 그 밑의 수제자가 있었다. 이름 그러니까 법명은 심조. 관찰자인 석이의 사형, 곧 한 스승으로부터 불법을 받은 형. 그는 누구인가. 노사와는 사제지간도 아닌 떠돌이 화가, 천부적 금어^{金魚}일 뿐. 그림을 가운데 두고, 도를 닦는 방식이 펼쳐진다. 그림을 통한 도 닦기란, 그러니까 진리 탐구. 해탈의 길이란, 미와 진이 불이^{不二}라는 것. 그림을 통한 3인의 구도의 길이 서로 엉켜 붙기도 갈등을 일으키기도 하는 고민이 생겨난다. 노력을 해야 도에 이를 수 있기에 수행의 길은 잠시도 멈추지 못하는 법. 자기 한계(벽)에 부딪침이란, 구도의 고비에 해당되는 것. 이 고비에 걸려 모두 절망에 빠질 수밖에. 온갖 기행이 벌어짐은 이 때문.

이러한 수행 과정은 얘기인 만큼 작가의 (B) 대목 설정은 비교적 알맞다고나 할까요. 누드 관음상을 둘러싼 이야기 전개가 정상적 안정적임은 불교의 수많은 에피소드(선문답)의 변형인 까닭. 어찌 불교만이랴. 무릇 종교란, 아무리 세계 종교라도 이런 에피소드를 떠날 수 없는 법이니까.

작가 민씨의 자질이 번쩍인 부분이 (C)라고 하면 어떠할까.

(C) 대목은 (A) 대목에 곧바로 이어집니다. 황아장수에게 얻어맞고 이젤조차 박살 난 뒤에 어떤 일이 일어났던가. 어떤 시골 중년이 L을 찾아와 낡은 사진 한 장을 내밀며 급히 초상화를 그려달라는 것. 왜? 어미가 죽어, 영정이 요망된다는 것. "L은 말없이 화구 가방을 풀었다"라고 작가는 적었지요. L이 사진을 그리는 광경을 지켜보던 석이가 "얼른 자신의 캐리어를 풀어서 스케치북을 펼쳤다"라고 작가는 또 썼지요. 묘사체인 것.

이것으로 족한데, 작가는 뒤에다 긴 사설을 늘어놓습니다. 누가 들으라고 늘어놓는가. 그것을 들을 소설 독자는 없는 법. 소설에다 비소설적인 것을 덧칠한 형국. 그런데, 그래도 이 대목이 작가 민씨의 깊이랄까 자질의 번득임이라 함은 무슨 곡절일까. 이 대목에서 저 용수龍樹의 중관론中觀論을 염두에 둔다면 어떠할까. 즉공卽空 즉가卽假 즉중卽中이 그것. 또 천태대사 지의智顗의 공空 가假 중中이 그것. 가시적인 모든 것은 실체가 없으며 진리의 눈으로 보면 비유非有라는 것. 그러니까 '즉가' '가'일 수밖에. 그렇다고 '즉가' '가'가 허무일까. 이 점이 바로 포인트. 허무일 수 없지요. 본질이 '비유'이지만 그 '비유'가 '경험에 작동하는 힘'을 갖고 있기 때문. 공이지만 가인 것이니까. 어릿광대 십조 스님도, 미친 화가 L도 단지 진리를 찾아 수행 중일 뿐. 공과 가의 중간을 헤매고 있을 뿐. 이를 동시에 바라보는 자리에 제3의 인물 석이가 서 있는 형국. 성스런 것과 속스런 것을 문제 삼을진댄, 성스런 세계(깨달음의 경지)에서 다시 속세로 내려왔을 때의 세계 바라보기.

고언 한마디. 여기까지 오면 말(소설)의 세계가 끝나지 않을까.

죽음 저쪽의 미학

　　　　　민경현 씨의 「서북능선」,^{문학시상, 2007년 4월호}. 씨 특유의 '죽음'에 대한 소설적 인식 범주에 속하는 것. 죽음의 인식이란 새삼 무엇일까. 이쪽 세상과 저쪽 세상(이계)의 접선이랄까 경계선에다 소설적 주제를 놓기인 것. 한동안 민씨가 무당이라든가 신화적 분위기를 끌고 다닌 것도 이 때문. 그럴 적마다 독자들의 주목을 끌기 어려웠던 것은 그런 주제들이 항용 종교 쪽으로 모르는 사이에 밀려나기 때문. 소설이 다루기엔 너무 큰 그릇이었던 셈. 관념적으로 흐를 수밖에 없는 주제인 만큼 개인으로서의 작가의 윤리 범주를 넘어서는 것. 그 때문에 독자에겐 작가가 안중에 들어오기 어려웠던 것. 이번 작품은 어떠할까. 여전히 작가 따위로서는 책임지지 못할 종교적 목소리가 첫머리에서 울리고 있군요. "우리는 괴물의 형상을 한 제 영혼에 당혹했지만 그것은 역설적으로 우리가 막연히 꿈꾸던 신성하고 존엄한 것에 대한 갈망과 좌절을 드러내주는 계기이기도 했다"라고.

　그렇기는 하나 이 작품의 소재만은 썩 친근합니다. 이 친근성이 주제를 구했다고나 할까. 여기 산에 미친 5총사가 있습니다. S, Ted, Michelle, 남수 그리고 화자인 '나'. 왜 산에 미쳤는가. 이유가 있을 이치가 없다. 그냥 산이 거기 있으니까. 왜 사느냐. 죽음이 앞에 있으니까와 꼭 같은 이치.

　죽음을 몇 번이나 함께 넘긴 이 5총사 중 최후로 남은 자가 둘. '나'와 Michelle이 들려준 말에 참주제가 깃들고 있습니다.

"S와 나의 아이스액스가 마지막으로 얽힌 순간이었어. 그 절박했던 순간에 나는 그가 부릅뜬 눈으로 나를 향해 무언가를 말하려 하고 있다는 느낌이 들었어. 무슨 말이 하고 싶었을까. 그 눈보라 속에서 대체 내게 무슨 말을 남기고 싶었을까. 그 사람 고개를 가로젓고 있었어. 그건 마치 '너는 끝내 나를 사랑할 수 없을 거야'

민경현

라고 말하는 것 같기도 했고, '너도 이제는 네 운명을 짊어질 차례구나' 하며 안타까워하는 것 같기도 했어."(140쪽)

비평적 포인트. 이런 말을 할 때의 Michelle의 표정이 '여신' 같은 미소를 보였다는 것. 과연.

박정규

「한나절의 수수께끼」

1946년 서울 출생. 1991년 「문학정신」을 통해 작품활동 시작. 소설집 「에코르체 혹은 보이지 않는 남자」 「로암미들의 겨울」, 장편소설 「흔적」 등이 있다.

잠재의식과 영혼의 혼동

박정규 씨의 「한나절의 수수께끼」「현대문학」 2005년 5월호는 씨 특유의 글쓰기 방식에 의거한 것. 특유의 방식이란, (A) 서두에 서양 예술사의 한 모멘트를 깃발처럼 내걸기, (B) 그 모멘트를 본문의 글쓰기로 전용하기, (C) 본문 서술에서 문단 없애기. 문제는 그러니까 (A)에 걸린 셈. 어째서 하필 미술사의 혁명적 고비에 집착하는가를 따지는 것은 아마도 박씨 개인의 소양이나 취미에 속한 과제일지 모르나, 한편 미술사 쪽이 다른 영역의 예술사 쪽보다 선명히 드러난다는 점이 지적될 수는 있겠지요. 중견작가쯤 되면 자기의 글쓰기 방법(버릇과는 구별되는)을 가짐직합니다. 계속 쓰되, 새롭게 써야 할 테니까. 깨어 있는 정신이란 방법론을 떠나서는 성립되지 않으니까.

이번 작품은 조르조 데 키리코의 작품 「한나절의 수수께끼」1913년에 대한 미술평론가 아르덴고 소피치의 평가 단위(모멘트)를 (A)로 삼았습니다. 이 그림인즉, 보통의 그림과는 다르다는 것. 무엇이? 그것을 보기만 해도 "잠들어 있다시피 한 우리의 영혼에 솟아나는 감정"을 일깨워주니까. 그렇지 않은 그림도 있는가, 라고 묻고 싶지만 적절한 자리가 아니군요.

요컨대 그 예술사적 모멘트란 기껏해야 '잠재의식'을 가리킴이 아니었겠는가. 굳이 그것을 '영혼'이라 한 이유가 따로 있을까. 작가 박씨도, 그림 비평가 소피치도 그렇게 해석한 모양.

영혼이라? 잠재의식과 다른 것이라? 참주제가 놓인 곳. 소설 속으로 들어가볼까요.

"여기 두멍골인데요. 어머니가 돌아가셨어요"라고 시작되는 이 작품의 줄거리는 아래와 같다. 두멍골이란 무당이 살고 있는 곳. 그 무당의 딸이 '나'에게 부고를 전한다. '나'란 누구인가. 번역가. 나이 40세쯤. 20대 적 그림 그리는 삼촌을 따라다니며 모델인 여인(무당)을 만나 심한 성적 충동을 일으킨 바 있다. 이런저런 곡절을 겪어 삼촌이 죽었고, 그 모델인 무당도 잊었다. 그런데, 불쑥 무당의 사망 소식을 들은 것. 삼촌과 무당의 관계, 그 딸 기타 등등은 '나'의 잠재의식 속에 있다. 어떤 계기만 주어지면 금방 솟아오르게 마련. 그야 너무도 당연한 일 아닌가. 그런데 작가는 그렇게 생각지 않는군요. '잠재의식'을 '영혼'이라 우기고 있으니까. 한갓 모델 여인을 무당으로 성격화하고, 신비의 너울을 씌웠던 것. 고엽제 후유증으로 삼촌의 영혼이 파괴되었다는 것도 조금은 억지라 할 수 없을까.

그렇기는 해도 작가 박씨는 유력합니다. 방법론을 위해 애쓰고 있으니까. 그것도 아주 정상적인 수준에서 하고 있으니까. 방법론의 새로움에 함몰될 위험을 벗어나고 있으니까.

박정애

「밥값」

1970년 경북 청도 출생. 1998년 『문학사상』을 통해 작품활동 시작. 2001년 한겨레문학상을 수상했다. 소설집 『춤에 부치는 노래』 『죽죽선녀를 만나다』, 장편소설 『강빈』 『물의 말』 등이 있다.

고백과 유언의 등가성

　　　　　　박정애 씨의 「밥값」『문학사상』 2007년 3월호. 제목부터 생활적이군요. 자기도 알지 못하는 자기 심리를 내면 묘사랍시고 주절대는 글쓰기와는 판이 다른 차원. 밥 먹기, 그 값 치르기인 것. 첫줄은 이렇군요.
　"공룡 발바닥이 내 목통을 지지누르고 있었다. 내 목에서는 끊임없이 삐익, 삐익, 소리가 났다." 묘사체가 아니라 대화체. 대화체가 아니라 직설체. 누가 듣거나 말거나 혼자 다 말해버리기. '나의 목통'이 아니라 '내 목통'이며 '지지누르기' '삐익, 삐익, 소리내기'. 제 멋에 겨워 떠들기, 이는 수다 떨기와는 구별되는 것. 수다 떨기란 듣는 대상이 있어야 가능한 것. 박씨 특유의 독백체도 수다 떨기도 아닌 이 기묘한 글쓰기란 무엇인가. 소설 이전의 '얘기'의 세계라 하면 어떠할까. 멸종된 공룡의 부활이라고나 할까. 공룡시대가 아닌데도 공룡시대의 글쓰기라고나 할까.

박정애

여기 46세의 여인이 있다. 두 딸의 어미. 시방 그녀는 악몽에 시달리고 있다. 공룡이 모가지를 누르는 악몽. 어째서 하필 이런 악몽이어야 했을까. 이 여인의 이름은 윤수남. 딸만 있는 집안의 넷째 딸인 까닭. 태어났을 때 어미는 더는 참을 수 없어 아기 모가지를 누르려 했을 것. 이것이 그녀의 악몽의 근거. 그러나 그녀는 이 운명적인 콤플렉스를 가슴 깊이 안고 실로 열심히 살았다. 하도 열심히 살다보니(실직한 남편 돌보기, 대학원 박사 공부, 먹고살기, 두 딸 낳기, 병든 남편 수발 들기 등등) 그 따위 콤플렉스가 감히 고개를 들 수 없었다. 맹렬히 도는 팽이처럼. 심지어 아들 못 낳는다고 문중에서 '밥값도 못 한다!'라는 모욕을 당해도 조금도 상처 입지 않는다. 두 딸로 족하기에 스스로 불임수술까지 해치웠으니까. "봐라, 이래도 내가 내 밥값을 못 했는가"라고 그녀는 당당히 외친다. 실로 '여인 윤수남 만세!'가 아닐 수 없다. 이 자부심은 하도 굉장하고 당당해서 되풀이될 필요가 있을 정도. 그 되풀이가 이 작품의 하이라이트.

시방 그녀는 남편과 함께 어디로 가고 있다. 남편이 모는 승용차 속에서 잠시 공룡의 꿈을 꾼 것.

"쯧쯧쯧. 휘유우우. 야, 마누라야. 머가 그키 무섭다꼬 안죽꺼정 목통을 거머쥐고 자노? 내가 당신 목 쫄라 쥑이까 봐? 고만에 확 쥑이뿌고 싶다가도 당신 자는 꼬라지 보마 불쌍해서 못 쥑이겠다. 이따가 부처님 전에 우리 마누라 비르빡에 똥칠할 때까지 살게 해달라꼬 축원을 올리줄 테이까네 지발 좀 잠을 자더라도 편안하그러 자 버릇해라, 응?"(120쪽)

뭔가 목을 누르고 있다는 무의식 속의 에피소드 기억이 공룡을 불러온 것. 그런데 이 부부는 어디로 가고 있는가. 부처님 있는 곳이지요. 여중이 된 그녀의 셋째 언니에게 가고 있다. 뭣 하러? 쉬기 위해. 유식하게는 피접避接.

왜? 그녀의 건강이 요즘 와르르 무너져 내리니까. 부부가 가는 도중 이런 저런 일을 겪는다. 그 과정에서 남편은 고백을 세 번씩 한다.

첫번째 고백 : 재작년에 실직한 것을 속인 것.

두번째 고백 : 두 딸을 두고 온 것이 후회된다는 것.

"우리 진이, 선이…… 너무 보고 싶다. 델꼬 올 걸 그랬나? (……) 당신이 나하고 안 살았으믄 어디서 그런 이쁜 천사들을……"(135쪽)

세번째 고백 : 그런데, 기막히게도 이 세번째 고백은 지금 찾아가고 있는 스님이 된 처형에게 할 수밖에. 그러니까 부처님에게 할 수밖에.

"처형요, 세상에 어예 이런 병이 다 있니껴? 무슨 병이 어제 다르고 오늘 다르고 한 시간 전에하고 한 시간 후에하고 다르니더. 어제는 몇 숟갈이라도 먹었는데 오늘은 한 숟갈도 못 넘기니더. 아까까지마 해도 말은 또박또박 잘 하디마는 지금은 말도 못하니더. 암만 암 중에서 젤 무서운 암이라 캐도 이럴 줄이야 알았니껴?"(138쪽)

죽어가는 사람(아내)에게 고백하기, 그것은 죽어가는 사람이 산 자에게 남기는 유언과도 흡사한 것. 거기엔 결코 거짓이 없는 법.

이 작품의 무게는 어디서 오는가. 작가의 시선 설정에서 온 것이지요. 작가는 '유언=고백'의 도식을 설정함에 어디까지나, '나=아내=윤수남'의 시선으로 보여주었던 것. 암 중에 제일 무서운 암에 걸려 시시각각 무너져 가는 46세의 '나'의 시선으로, 평생을 살아온 남편의 모습을 그렸으니까. 평소와 꼭 같은 남편, 평소와 아주 다른 남편(고백하기)을 동시에 보여주기. 기묘한 것은 이러한 시선엔 작위적인 냄새가 전혀 나지 않는 점. 수사학의

박정애

덕분이기에 앞서 작가 박씨의 기질에서 온 것. 그러기에 그것은 생리적인 자연스러움인 것.

> 선 채로 오줌을 눈 여자아이가 냇바닥에 주저앉아 플라스틱 바가지에 고디를 주워 담고 있었다. 물비늘이 여자아이의 샅을, 비단결처럼 부드러이 애무해주었다. 여자아이는 끝없이 흔들리며, 끝없이 고디를 주었다. 서럽지도 부끄럽지도 않았다.(결말)

이처럼 부끄럽지도 서럽지도 않은 것은 그녀(나)가 자기의 '밥값'을 했기 때문.

배수아

「북역」

1965년 서울 출생. 1993년 『소설과사상』에 「일천구백팔십팔년의 어두운 방」이 당선되면서 작품활동 시작. 한국일보문학상·동서문학상을 수상했다. 소설집 『푸른 사과가 있는 국도』, 『훌』, 장편소설 『붉은 손 클럽』, 『독학자』 등이 있다.

보르헤스·카프카·배수아—난해성의 근거 비판

————

배수아 씨의 「북역」『현대문학』 2006년 3월호 은 세 가지 점이 음미사항이라 하면 어떠할까. 하나는 '북역'이 의미하는 것. 북쪽에 있는 어떤 도시의 역을 지칭한다면 응당 그것은 한 지명일 터. 그렇기는 하나, 실상 '북역'이란 이름만 있지 실재하지 않습니다. '세상의 모든 기차가 하나의 주소로만 향하는 북역'이라고 반복되어 있지 않습니까. 반복이란 리듬에 다름 아닌 것. 유럽 대도시에 흔히 있는 북역(실재함)이란 외국이랄까 다른 영토로 향한 출발점이자 외부에서 들어오는 도착점으로 되어 있음이 보통이지요. 이 실재하는 역을 '유령'으로 바꾸어버리고 있습니다. "그날 우리가 북역에서 헤어진 이후"라 함은 남녀의 헤어짐인데, '북역'의 삽입으로 말미암아 영영 헤어짐을 가리킴이지요. 모든 것이 헤어지고 떠나는 곳의 메타포이니까. 이 점에서 북역은 현실이자 초월적인 곳, 요컨대 시적 현상이 아닐 수 없지요.

배수아

애매성의 근거인 셈.

> 그날 우리가 북역에서 헤어진 이후, 내가 알았던 당신, 우리들이 만났던 짧은 시간, 그것들이 모두 유령이 되어 두 번 다시 실제로는 다가갈 수 없게 되어버렸다는 생각이 드니까요.(133쪽)

이는 배씨가 오지리 시인 모씨의「인생」이란 시에서 옮겨놓은 것입니다. '모든 것이 실재하는데 이 세상만은 아니다'라는 시구가 어떤 문맥에서 나온 것인지는 잘 알 수 없으나 짐작컨대, 더 나아갈 수 없는 절대적 경지에 선 자의 세상 인식에 다름 아닌 것. '언제나 절대적으로 혼자'인 사람의 세상 인식이니까. 그런 사람에겐 세상은 없는 것과 진배없지요. 어째서? 더욱 예민하게 외부의 환경과 빛과 온도와 기류를 감지할 수 있으니까.
 이런 사람의 사례는, 오지리의 또 다른 시인의 시「내가 당신을 어떻게 부를까요. 당신이 없을 때 당신 생각이 나면」에서 따오고 있습니다. 이 시인 역시 '언제나 절대적으로 혼자'인 경지이지요.
 "그는 자살한 사람들의 글만을 신뢰했다"라고 배씨도 적었군요. '자살하지 않는 사람은 인간의 절대적인 어떤 상태 혹은 자유에 대해서 말할 수 없으리라.' 어째서? 자살하지 않는 자의 말이란 타협자의 것인 까닭. 이런 경지를 배씨에게 가르쳐준 것은 위에서 본 오지리의 두 시인이었지요. 요컨대 작품에 대한 배씨 나름의 모방이지요. 두 편의 시를 매개항으로 소설을 구상할 만큼 배씨의 글쓰기 욕망이 치열한 증거. 그것은 분명 배씨가 실제로의 '북역'을 무수히 드나들었음에서 가능했을 터.
 둘째, 아무래도 소설이니까 이미지만으로는 성립되지 않는다는 점. 이 작품을 구성하는 스토리란 무엇인가. 한 사내가 있었다는 것. 그는 1970년대 모종의 정치적 사건(동백림 사건이든 또 무엇이든)으로, 또 다른 이유로 북역을 드나들며 유령처럼 20여 년간 흘러 다녔다는 것. 유령 같은 여신을 만났고, 딸(이름은 안나)을 낳았다는 것. 여전히 그는 유령 같은 세계를 헤매다 시방은 태국 치앙마이에서 자원봉사 교사 노릇을 하고 있다는 것. 20년이 지난 시방, 딸 안나의 편지를 받았다는 것. 거기서 비로소 안정을 보았다는 것. 20년의 기억, 회고이지요. 이런 줄거리가 서사성 축에 들 수 있을까. 이런 의문이 잇달아 나오는 것이 큰 약점이라 하겠지요.

셋째, 이 점이 결정인데, 배씨 특유의 난해성은 대체 어디에서 오는가.

> 여인이 처음 그에게 주소가 적힌 쪽지를 내밀었을 때, 그들이 이제 서로의 주소만으로 서로를 기억하게 될 운명이 막 시작될 즈음에, 그는 자신이 이미 잊고 있었다고 생각했던 그 도시의 회상이 습한 무지개가 되어 머릿속에서 외마디 울음소리와 함께 피어오르는 것을 느꼈다. 마치 한 마리 늙은 공작새가 어느 이른 아침 인도의 숲에서 날아오르는 것처럼. 그가 일주일 동안 낯선 발코니에서 모기 떼와 함께 늪처럼 얕고 끈적거리는 잠을 견디고 있을 때, 그때 바로 여인의 발걸음이 그 아래의 골목길을 지나갔고, 골목길은 소음의 연무로 자욱한 시장으로 연결되며, 여인의 모습이 골목의 모퉁이를 돌자마자 곧 수십 년이 걸리는 기나긴 저녁의 박명이 시작되었고, 그 이후 사물들은 바람이 넘기는 페이지처럼 하나하나 시간의 책 속으로 사라져 모습을 잃어갔다. (……)
> 지금 여인의 어깨와 머리 너머로 펼쳐지는 것은 거미줄로 뒤덮인 밤과 그리고 어지러운 전신선으로 이루어진, 기차의 출발을 기다리고 있는 이 세계의 어느 한 구석이었다.(112쪽)

보다시피, 비유가 네 군데나 사용되어 있지요. 직유 둘, 설명식 비유 둘, 요컨대 현장의 묘사체이지요. 이를 두고 시적 수사법이라 하는 것.

대체 기억(회상)에서 이런 묘사체가 가능한가. 더구나 20년을 회상(기억)

배수아

하는 글이 아닌가. 일종의 사기술이라 할 수 없을까. 이런 물음을 제시한 것은 저 아르헨티나가 낳은 대작가 보르헤스였지요. 그의 단편 「죽지 않는 사람」의 끝부분에 이런 대목이 있습니다. "한 해가 지나서 나는 내 기억을 쓴 대목을 다시 읽었다. 그 기록이 진실로 약간 거짓으로 그려졌음을 상기했다" 라고. 자기가 전에 쓴 글 중 기억을 묘사(회고)한 글 속엔 사기술이 있었다는 고백이지요. '정황의 세부 묘사'를 아주 자세히 한 것은 시인들에게서 배운 못된 버릇(점)이라는 것. 묘사의 남용이 그것. 어째서 그것이 못된 수사학인가. 이유는 이렇지요. '기억(회상)'에 관한 한, 큰 줄거리 외의 세부 묘사란 생리적으로 불가능한 까닭. 여기에는 긴 설명이 없을 수 없지요. 인간이란 한갓 생물인 것. 생명체가 세상을 인식하는 방식은 아주 원시적이라는 것. 더구나 그가 살아가기 위해서는 "일정한 시간 내에 상황에 반응하지 않으면 안 된다는 것"(호사카 가스시, 『세계를 긍정하는 철학』, 2001년). 동물에게서 이어받은 인간의 능력으로는 중요한 한두 가지만 기억할 수 있다는 것. 그것은 말을 바꾸면 육하원칙에 따른 기억이 아니라는 것. 기억에 한해서는 가령 어떤 사람의 얼굴을 회상할 때 눈, 코, 귀, 이마 등을 한꺼번에 동시에 기억할 수 없다는 것. 그중 그 상황에서 필요한 한두 개만 기억한다는 것. 그렇지 않으면 생물이란 살아남지 못한다는 것. 따라서 기억(회상) 속에서 묘사를 자세히 하는 글쓰기란, 시적 수사학에서 배운 '가짜'이고, 따라서 생리적 조건을 무시한 처사라는 것. 일종의 사기술이니까.

잠깐, 무슨 말을 하고 싶은가. 다름이 아닙니다. 배씨 글의 난해성의 근거란 어디서 오는가를 논의하고 있다는 점이지요. 이런 난해성이란 대체 무엇인가. 요컨대 어째서 우리 소설은 배수아식 난해성이 통용되고 또 유효성까지 얻고 있는 것일까. 이 물음에는 아래와 같은 비유로 답하면 어떠할까. 카프카 문학의 난해성을 두고 온 세계가 한동안 당황한 바 있었지요. 대표작 『성』을 위시 『심판』 등에서 보듯 그의 소설에는 세계를 전체성으로 조망하는 시선이 깡그리 제거되었음을 지적할 수 있습니다. 주인공 K가 찾아가는 성이란 그 위치를 전체적으로 조망할 수 없으며 『심판』의 경우도 그 사회의 조직을 전체(유기적)로 조망할 수 없지요. 바로 이 점이 난해성의 근거인 것. 이것이 어째서 낯설고 또 충격적인가. 카프카 이전의 모든 소설들은 세계의 전체적 조명이 가능하게 되어 있지요. 『전쟁과 평화』도 전투 장면을, 예로 들면 양쪽 진영이나 그들의 배치 사항 등을 한눈으로 조망하게 되어 있지요 (이는 영화적 수법과는 무관한 것).

  배씨의 소설이 신선한 것은 종래의 우리 소설이 천편일률적으로 관습화된 글쓰기 틀(세련성)의 늪에 빠져 있다는 전제에서 옵니다. 그 매너리즘 말이지요.

엥겔스와 보르헤스

  지난 호 『문학사상』 소설 월평 「보르헤스·카프카·배수아─난해성의 근거 비판」에 대해 독자의 편지를 받았소. 대학원에서 논문 준비 중에 있는 분. 소설이라면 리얼리즘이며 또 그것은 저 엥겔스의 리얼리즘의 승리를 가리킴이라고 배웠다는 것입니다. (가) 디테일의 진실성과 (나) 전형성 창조가 그것. 그런데, 제가 보르헤스의 지적을 들어 (가)를 부정하고 있는데, 이를 어떻게 수용해야 할지 난감하다는 요지였지요. 제 설명이 부적절했거나 모자라서 생긴 것이라 이 자리에서 조금 보태볼까요.

  보르헤스는 자기의 작품 「죽지 않는 사람」을 쓴 지 일 년 뒤에 재독해보니, '사기를 쳤다'는 느낌을 떨쳐버릴 수 없었다고 했지요. 어째서? 그 소설에서 세부 묘사를 너무 자세히 했음이 그것. 이는 사실 인식에 어긋난다는 것. 우리의 일상적 세상 사실의 파악(인식)이란 '대충대충' 파악하는 것이지 세부까지 자세히 보지 않는다는 것. 이게 실상(진실)인데, 이를 무시하고 세부를 상세히 묘사한 것은 사기라는 것. 시인들에게서 배운 '못된 버릇'이 자기에게도 영향을 미쳤다는 것. 배수아 씨의 「북역」도 이 점에서 음미한다면 어떠할까. 모종의 사기적 요소가 작동되어 있지 않았을까. 이런 문제제기였습니다. 그 대학원생의 질문이 중요한 것은 이 또한 쟁점일 수 있기 때문이지요. 글쓰기란, 선적(線的)인 것이어서 '그 사람은 머리칼(흑색), 짧은 이마(큼), 눈(검음), 코(낮음)였다'라고 쓸 수밖에. 그러나 인간이란 생물의 인식 방식은 이런 순서로 보는 것이 아니라 한꺼번에 보는 방식이 아니겠는가. 그러기에 대충대충 보는 것이 아니겠는가. 『백 년 동안의 고독』의 작가도 이 점을 알고 있지 않았을까. 사실 인식과 소설적 인식은 따로따로여야 하는가. 전자의 처지에서 보면 후자는 일종의 과장이거나 못된 사기술이라 할 수도 있을 터. 또는 미적 효과를 높이기 위한 사기적 수사학도 용납될 수 있을 터. 문제는 그러니까 어느 지점에서 멈추어야 할 것인가에 있지 않겠는가.

신장현

「조롱박 키우기」

1958년 경기도 이천 출생. 1997년 『문학사상』 신인상에 단편 「홍콩의 손거울」이 당선되면서 작품활동 시작. 소설집 『세상 밖으로 난 다리』 『강남 개그』 장편소설 『사브레』 등이 있다.

우울증 치유 방법

신장현 씨의 「조롱박 키우기」『문학사상』 2007년 5월호. 홍콩 지사에서도 근무한 바 있는, 네트워크업체회사 팀장 '나'의 우울증을 다룬 작품. 우울증이란 무엇인가. 일찍이 프로이트는 『비애와 우울증』을 발표한 바 있지요. 정신분석적 견지에서 비애와 우울증이라는 이 두 가지 감정(마음의 상태)은 같은 뿌리에서 나온 것으로 보고 있습니다. 곧 사랑의 대상을 잃은 뒤에 생긴 감정이라는 것. 이 두 감정을 현실로 받아들이기 위해서는 어찌해야 할까. '상실에 대한 작업'이 요망된다는 것으로 프로이트는 지적했지요. '상실에 대한 작업'이 잘 진행되면 그것은 비애로 그치고 말지만, 그렇지 못할 땐 우울증이 생긴다는 것. 가령 친지나 애인이 죽었을 때 장례 절차 기타를 적절히 치르면 비애로 그치지만 그렇지 않으면 우울증에 빠진다는 것. 아비의 죽음을 두고 햄릿이 빠진 함정이 바로 우울증이었던 것. 햄릿을 죽음으로

몰고 간 것도 이 때문이 아니었을까. 작가 신씨는 우울증을 이렇게 규정했군요.

> 나는 차마 옥상 바깥으로 통하는 문을 열지 못하고 슬며시 돌아섰다. 그리고 엘리베이터 앞에 설치된 자판기에서 커피를 뽑아 들었다. 화재 시 비상탈출을 위한 도구함이 눈에 들어왔다. 그런 완강기 로프에 목을 맨 어느 우울증 환자의 이야기가 떠올랐다. 얼마 전 인터넷 뉴스로 본 사실이다. 삶의 비상구에는 언제나 죽음의 유혹이 있지 않을까. 우울증은 암보다 무서운 질병일지 모른다. 자각할 수 없고 인정받기도 곤란한 자기 연민의 병! 오로지 자기 스스로의 구제만이 처방일 것이다. 잠시 망설여졌다. 요즘 들어 비상계단으로 내려가는 일이 많아졌다. 거기서야 맘 놓고 담배를 피울 수 있지만 직원들과 마주치기가 싫은 까닭이기도 했다. 기껏 잡혔던 일할 맛이 뚝 떨어진 상태다. 역시 집으로 도망치는 것이 상책이라는 판단이 들었다. 나는 담배 세 대를 연거푸 피우고 돌아섰다.(106~107쪽)

우울증을 '자기 연민의 병'으로 규정했군요. 이를 구제하는 길은 '스스로가 구제하기'뿐이라는 것. 과연 그러할까. 비상구가 겁나 담배 세 대 피우고 집으로 도망치기만 하면 장땡일까.

"박을 키우겠다는 생각은 아주 단순한 동기에서 비롯됐다"라고 첫줄을 삼은 이 작품의 서두는 홍콩 지사에서 귀국한 '나'가 사무실이 있는 9층 옥상에다 작은 농사일을 벌이는 장면으로 채워져 있습니다. 도시에서 자라 농사일엔 서툰 '나'가 종이컵에 흙을 담고 씨앗을 심고…… 그러자 부하 여직원 유라가 관심을 보입니다. 그녀가 '나'의 유혹에 걸려든 증거. 그런데 이 옥상 농사일에 진짜 농촌 출신인 마 대리가 끼어듭니다. 농사일 모르는 '나'를 제치고 마 대리는 식물들 키우기에 열중합니다. 유라를 가운데 놓고 옥상 조롱박 농사가 진행됨에 따라 '나'와 마 대리의 게임이 시작됩니다. 이

게임이 이중성으로 되어 있음도 작가의 솜씨. 게임과 우울증의 관계가 그것.

이 작품에 들어가기 위한 열쇠는 무엇인가. 이 물음이 제일 소중합니다. '나'가 왜 옥상에다 농사를 짓게 되었는가가 그것. 그 동기란 대체 무엇인가. 아내가 아이를 데리고 캐나다로 미국으로 교육 이민을 갔기 때문. 기러기아빠인 셈. 이를 용납할 수도 안 할 수도 없는 심리가 우울증의 근거였던 것. '자각할 수도 인정받기도 곤란한 자기 연민의 병'으로 규정될 법한 것. 이 우울증이 '나'로 하여금 옥상에다 조롱박을 키우게 했던 것. 그러나 여지없이 실패할 수밖에. 어째서? 아내 대신 여직원인 유라가 끼어들었으니까. 실상 '나'가 홍콩에서 귀국하면서부터 유라를 유혹했던 것. 아내와 유라 사이에 '나'가 끼여 있는 형국. 작가의 솜씨는 이러한 홑의 갈등 구조(우울증)에 멈추지 않고 또 다른 갈등구조를 짜 맞춥니다. 그러니까 겹의 갈등구조란 무엇인가. 농촌 출신 마 대리의 등장이 그것. 옥상 농사에 서툰 '나'를 밀치고 마 대리가 농사일에 뛰어듦이란 무엇인가. 유라가 마 대리 쪽으로도 향한다면 어떻게 될까. 또 마 대리는 유라 외에 또 다른 애인이 있다면 어떠할까. 여기에 멈추지 않고 그 속에 중국인 진룽과 바라바라의 관계까지 끼어든다면 어떠할까. 자칫하면 혼란스럽기 쉬운데 작가는 잘 수습해놓고 있습니다.

참주제가 깃든 곳. 옥상 농사의 부질없음이 그것. 박꽃이 잠시 밤의 등불로 위안을 주더라도 한갓 인공적인 것. 우울증 치유용일 수 없는 법. 조롱박은 시골 지붕 위에 올려 키워야 하는 법. 프로이트식으로 하면 마 대리 장례식 치르기를 제대로 하는 길이 우울증 탈출의 정도일 터. 작가의 시각으로 보면 기러기아빠 청산이어야 하는 것.

신장현

윤영수

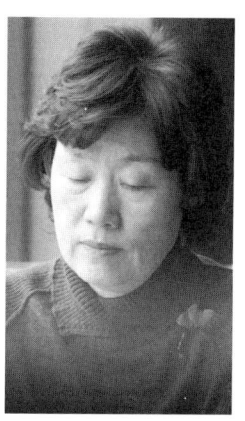

「이런 소설이 있었다」

1952년 서울 출생. 1990년 『현대소설』에 단편 「생태관찰」이 당선되면서 작품활동 시작. 1997년 한국일보문학상을 수상했다. 소설집 『사랑하라, 희망 없이』 『착한 사람 문성현』 『소설 쓰는 밤』 등이 있다.

독서 행위가 위험한 사례

윤영수 씨의 「이런 소설이 있었다」『현대문학』, 2006년 9월호는 어떠할까. "소설책 백 권을 읽는 데 다섯 달 반이 걸렸다. 그동안 봄이 가고 여름이 가고 가을이 왔다"라고 서두를 삼고 있네요. 누가 왜 소설책을 그것도 백 권씩이나 읽었을까요. 제 입으로 분명히 말했군요.

> 소설책을 읽기 전에 나는 직장을 잃었다. 직장을 잃기 전에 이 이층집으로 이사를 했다. 직장을 잃었기 때문에 소설책을 읽은 것은 사실이지만, 이 집으로 이사했기 때문에 직장을 잃은 것은 아니다.(76쪽)

'나'는 다섯 살짜리 아들을 외할머니에게 맡겨놓고 직장에 다녔다. 물론 남편도 잘나가는 회사 간부사원. 그런데 어느 날 아들이 아파트에서 부주의로 떨어져 죽었다. 이층집으로 이사. 잇달아 '나'의 직장 버림. 소설 읽기 시작. 남편도 직장 버림. 이러한 과정에서 죽은 아이의 엄마인 '나'는 맹렬히 소설을 읽기 시작한다. "신경이 워낙 둔한 편이다"라고 공언한 이 중년 여인이 소설 읽기를 시작했다 함은 소설 읽기가 혹시 정신병 치료용이 아닐까 착각했기 때문. 그렇지 않다면 어째서 하필 소설 읽기 그것도 백 권에까지 나아갔을까 보냐. 실로 '위험한 독서'가 아닐 수 없지요. 어째서? 소설이란 물건은 읽으면 읽을수록 현실과 소설 속의 경계선이 무너지기 때문. 남편의 등짝엔 있지도 않은 온갖 그림들이 선명히 드러난다는 것. 요컨대, 아이를 잃은 한 주부의 심리적 불안과 그 극복 방식의 하나가 소설 읽기였다는 것만은 확실합니다. 그 결과는 어떠했던가. 백 권씩이나 읽었기에 웬만한 심리적 불안이 극복되었다는 것. 더 이상 읽지 않아도 될 만큼 배짱이 생겼다는 것. 남편이 외도를 하든 실종되든, 모두 견딜 수 있다는 것. 어째서? 소설은 소설이고 현실은 현실이니까. 이 구별의 확신에 이르렀던 것. 소설책 종이에 독극물을 발라놓았다 하더라도 '나'는 이제 조금도 두렵지 않으니까. 어째서? 손에 침 묻혀 책장을 넘기지 않으니까. 잠깐, 그러고 보니 소설 읽기란 제법 심리 치료용임에는 틀림없는 모양이네요.

윤영수

이신조

「도시학습」「베로니크의 이중생활」

1974년 서울 출생. 1998년 『현대문학』 신인상에 단편 「오징어」가 당선되면서 작품활동 시작. 1999년 『문학동네』 신인작가상을 수상했다. 소설집 『나의 검정 그물 스타킹』 『새로운 천사』, 장편소설 『가상도시 백서』 『기대어 앉은 오후』 등이 있다.

아직도 TV에 의존하는 신세대

이신조 씨의 「도시학습」『문학사상』 2005년 6월호은 속도로 승부를 걸고 있는 작품. 단 24초. 그러기에 현장감이 주된 무기일 수밖에. 현재형 시제로 일관함은 그 때문. 서정인 씨 모양 대화체로 일관할 만큼 노련하지는 못한 까닭에 대화체와 묘사가 반반을 이루고 있다고나 할까. 그래도 어느 편이냐 하면 대화체 쪽에 기울어졌다고나 할까요. 그만큼 몸 가벼움을 드러내는 것.

"샘! 일어나요. 그만 자. 나 벌써 전철 탔단 말이야."
"……어, 그래."
"빨리 밥 해놔요. 배고파."
"알았어."
"계란찜도."

"그래……"
일요일, 아침 9시 37분, 통화시간 24초.(71쪽)

이 대화체와 지문 한 줄이 모든 것을 말해주고 있습니다. 작품이란 그러니까 이 정황을 해설함에 통째로 바쳐진 것. '샘'이라 불리는 사람이 전화를 받는다. 배고프니 밥 해줘요, 라고 거침없이 말하는 '나'는 또 누구인가. 또 이 전화를 순순히 받는 샘이라 불린 '나'는 또 누구인가. 이를 알기 위해서는 작품 전체를 읽을 수밖에.

'샘'인 '나'는 전화를 받은 즉시 일요일인데도 일어나 요리를 합니다.

> 나는 흰쌀에 현미찹쌀과 불려놓은 검은콩을 섞어 밥을 짓는다. 살짝 숨이 죽을 정도로만 느타리버섯을 볶고, 유리 뚜껑을 덮은 프라이팬에 도미를 굽는다. 그리고 달래를 넣고 된장을 풀어 국을 끓인다. 원래는 쑥국을 끓이고 싶었다. 그러나 예상대로 어제 저녁 까르푸 식품매장에 쑥은 없었다. 다행히 '산지 직송' 팻말을 달고 한 무더기 쌓여 있던 달래는 그런대로 싱싱했다. 다시마로 만든 천사채와 미역과 톳, 절인 양파와 피클에 올리브 겨자 드레싱을 곁들인 해초 샐러드, 밑반찬은 갓김치와 고추 장아찌와 깻잎 조림이다. 그리고 계란찜. 세령의 말대로 '반드시 부드러워야만 하는' 계란찜. 나는 유리 보울에 계란 세 개를 깨어 넣고, 거품이 생기지 않도록 조심스럽게 젓는다.(72쪽)

두 가지 착각을 유발하고 있습니다. '샘'이란 외국인이 아니라 실상 '선생님'의 약칭, 그러니까 네티즌의 용어. 또 하나의 착각 유발은 요리하는 장면의 유려함을 보여줌으로써 샘의 남성적 이미지를 희석시키고 있음이 그것. 이러한 착시 유발이란 실상은 활자 나부랭이에 매달려 있는 구세대의 유물에서 말미암은 것.

이신조

네티즌 시대이며, 그것도 세계 최고 단계에 진입한 한국 사회이고 보면, 오히려 착각의 정반대인 '정각'이 아니겠는가. 작가 이씨가 말하고 있는 것이 바로 여기에 있겠지요. 단 24초로 승부하기가 그것.

그렇다면 구세대 쪽에서도 이 작품에 대해 할 말이 없지 않지요. 네티즌 세대라면 그쪽 세계에 가서 놀아야 되는 것이 아닐까. 너절하고 냄새나고 초라한 문자 나부랭이의 세계 쪽에다 왜 다리를 걸치는가, 라고. 이에 대해 작가 이씨는 이렇게 변명하고 있습니다. 어차피 그쪽 세계로 가게 되어 있다. 나도 잘만 하면 그쪽으로 가고자 기웃거린다. 그러나 아직도 나는 그런 처지가 못 되고 그런 준비도 되어 있지 않아 양다리를 걸치고 있을 따름이다, 라고.

과연 그렇군요. 남세령이라 불리는 소녀가 있다. 괜찮은 집 외동딸이었는데 과외를 했고 고3 직전에 뉴질랜드로 유학 3년. 집안 망함. 귀국. 여기저기 아르바이트함. 그러다 여고 때 수학 과외교사인 샘을 만났던 것. 동거가 시작됨. 이제는 서른세 살이 된 옛 수학 과외선생 박지훈.

네티즌 세대와 구세대가 공서共棲하는 지대란 어디쯤일까. TV가 그 정답. 남세령도 원룸에서 살고 있는 샘인 박지훈도 TV 앞에 있다. 밥을 먹은 다음에 섹스하기, 그다음엔 드러누워 또 TV 보기뿐. 다른 그 무엇도 없지요. '밥=섹스=TV'의 도식이 그것.

이 TV의 중심에 놓인 것이 ML의 야구중계. 이른바 일본 선수 '이치로'로 상징되는 것. 이치로란 무엇인가. 생김새가 원숭이를 닮았다는 것. 이 육체적 모습에서 그는 박지훈과 닮았던 것. '샘=이치로'의 도식이 흡사 DNA 모양 아주 선험적 친근성으로 주어졌던 것.

제가 제아무리 진정한 야구 천재라 해도 여자 앞에선, 자기가 왜 이 여자 앞에 서 있는지, 이 여자가 자기한테 무슨 의미인지, 자기가 뭘 원하는지 모르는 거예요.

사랑이 뭔지 모르는 거예요. 이 세상의 수많은 다른 바보 같은 남자들과 다를 바 없이. 아아, 정말 비극이에요. 근데 참, 샘 73년생이라면서요? 이치로랑 동갑이에요. 알고 있었어요? 뭐예요, 그동안 도대체 뭐 한 거예요?(90쪽)

기껏해야 TV를 매개로 한 '사랑법'이라고나 할까. 네티즌에게로 선뜻 들어설 수도 없고, 그렇다고 활자 속에 들어갈 수도 없는 세대의 글쓰기. 이 점에서 작가 이씨는 매우 유력합니다. 적어도 작가는 이렇게 말할 줄 아니까요. "난 그냥 샘, 네가 가난하고 피곤한 게 싫어!" "샘, 이치로 샘, 아니 박지훈 사랑해!" 이 양가적 자리를 직감적으로 파악하고 있으니까. 논리가 아니라 생리인 까닭. 그러기에 감히 작가는 남세령의 입을 빌려 이렇게 단언할 수조차 있으니까.

"지난 몇 개월 동안, 아니 한국 들어와서 내내 생각해봤는데, 내가 보기에 이 나라에선 보통 서른 살까지가 청소년기인 것 같아요. 물론 고학력일수록 더."(98쪽) 고학력인 수학 과외교사 박지훈은 이제 겨우 청소년기를 넘어선 형국일 수밖에. 그렇다면 청소년기를 지난 사랑법이 기대될 만할까.

벨기에 처녀가 어린이 대공원을 찾은 이유

이신조 씨의 「베로니크의 이중생활」『한국문학』 2006년 가을호은 거울 타령으로 시작됩니다. "거울, 거울을 본다. 반드시 나타나고 만다. 굳이 내가 아니어도 될 것 같다는 생각이 든다"라고 첫줄을 삼은 이 작품의 주인공 베로니크는 누구인가. 어째서 그 나이가 되도록 그녀는 거울 콤플렉스에서 한 발자국도 벗어나지 못하고 그물에 걸린 나비 모양 정신을 못 차리고 있는가. 어째서 스물네 살이나 된 그녀는 거울 속의 자기 얼굴에서 자기를 잃고 있는가.

이 작품에는 거울을 뺀다 해도 작품을 버티고 있는 기둥 두 개가 있어 작가 이씨의 역량을 과시하고 있습니다.

(A) "나는 다른 고양이를 단 한 번도 본 적이 없는 고양이처럼 살았다."
(B) "나는 나의 거짓말의 총체다."

누에가 실을 뽑듯 (A)와 (B)가 '거울' 속에서 뽑혀 나오고 있는 형국. '나'(베로니크)는 시방 한국행 비행기에 실려 중국 상공을 날고 있군요. 화장실에 갔을 때, 노크할 새도 없이 중년 여인이 화장실에서 나왔다. 서로 놀랄 수밖에. 중년 여인이 외친다. "놀래라. 애 떨어질 뻔했네. 어휴!"라고. 당연히도 '나'는 알아듣지 못한다. 왜? 입양아니까. 그런데 이 입양아는 스스로 유별나다고 우기고 있다. 어째서? (A)가 그 해답. 다른 고양이를 단 한 번도 본 적이 없으니까. 과연 그러할까. (B)에서 스스로 부정하고 있기 때문.

거울을 버티고 있는 기둥 (A), (B)란 결국 무엇인가. 문자를 쓰자면 자의식이랄까, 의식의 과잉현상일 터. 문제는 그러니까 이러한 기둥들이 거울과 과연 어떤 균형감각을 유지하고 있는가에 있지 않겠는가. 이 점을 겨냥해서 작품의 성과를 평가해야 하겠지요.

줄거리를 잠시 볼까요. 시방 '나'는 서울에 왔다. 직업은 그래픽디자이너. 한국 기업들이 주최하는 세계 산업디자인 박람회에 참가하기 위해. 호텔에 도착한 '나'는 친구인 킴 벤드리스라는 남자를 떠올린다. 킴 벤드리스는 입양 고아. 본명은 김현석. 그와 사귀게 된 것은 '나'가 입양아인 때문. '나'는 1982년 벨기에에 입양된 한국 아이. 본명은 최선경. 킴은 입양 고아의 다큐물을 만들고 있는 청년. '나'를 취재하겠다는 킴의 제안을 거절한다. 입양아 여덟 명 중 세 명이 다큐 제작에 동의. 다른 세 명은 거절함. '나'는 왜 거절

했는가. 그 이유가 줄줄이 이어진다. 그러나 어떤 것도 논리적 설명 불가능. '기분' 곧 '마음의 흐름'에 맡길 수밖에 없는 성질의 것이니까. 서울 체류 일주일간 '나'는 김현석이 그동안 세 번씩이나 보내온 이메일을 생각한다. 서울 체류 마지막 날 '나'는 어린이대공원을 찾아간다. 왜? 논리적으로 설명할 수 없다. 왜? 기분, 마음의 흐름인 까닭.

어린이대공원. 1982년 어느 날 두 살배기 여아가 어린이대공원에 버려졌던바, 바로 1980년생 최선경. 고향의 부름이랄까 어미에의 갈망이랄까, 어쩌면 연어의 모천회귀 감각이랄까. '나'는 거기에 버려진 '나' 자신을 찾아야 된다는, 심층적 본능의 부름에 회답했던 것.

논리적으로라면 아마도, 대책 없이 아이를 낳아버린 한 여인이 어린이대공원에 와서 아기를 버렸던 것. 여기에 깃든 논리란 놀이터인지라 어미 손을 잡은 아이들이 코끼리도 홍학도 보면서 또는 천천히 도는 공중대관람차를 타기도 했다는 사실이지요. 그 속에 아기를 버리기가 제일 안전하다고 생각했을 터. 아직 철없는 엄마인지라 관람차에 스스로 타고 싶은 마음을 누르기도 하면서. 시방 어린이대공원에 '베로니크 파셴=최선경'이 서 있습니다. 이젠 '나는 다른 고양이를 단 한 번도 본 적이 없는 고양이처럼 살았다'고 할 수 없는 처지. 킴의 다큐에 출연하느냐 마느냐 따위란, 아무래도 상관없는 일.

고언 한마디. 한국인 입양 고아의 역사라든가 유럽만도 6만 명이나 된다든가 등등의 정보를 굳이 소설 속에 넣어야 했을까. 입양고아 다큐물이 TV에서 수년 전 상세히 방영되었다는 것도 주지의 사실. 뿐만 아니라 스웨덴 입양아로 작가가 된 아스트리드 트롯찌의 『피는 물보다 진하다』(최선경 역, 석천미디어, 2001년)가 있는 마당이라는 점. 그녀가 방한까지 한 바 있다는 점. 모르긴 해도 소설은 이러한 사실들보다 뭔가 앞서가야 하지 않았을까.

이신조

이응준

「낯선 감정의 연습」

1970년 서울 출생. 1994년 『상상』에 단편 「그는 추억의 속도로 걸어갔다」를 발표하면서 작품활동 시작. 소설집 『달의 뒤편으로 가는 자전거 여행』, 『내 여자친구의 장례식』, 『약혼』, 장편소설 『느릅나무 아래 숨긴 천국』 등이 있다.

다섯번째 자화상에 번진 무늬

이응준 씨의 「낯선 감정의 연습」[『문예중앙』, 2006년 가을호]은 이렇게 시작됩니다. "자화상을 그린다는 것은 두렵고도 슬픈 행위이다"라고. 대체 자화상이란 무엇이기에 두려운가. 그 이유가 줄줄이 이어집니다. 또 무엇이기에 슬픈가의 이유도 줄줄이 이어질 수밖에. 문제는 자화상의 본질에서 오겠지요. 서양 미술사에서 장대하게 전개된 자화상의 족보가 그것.

먼저 줄거리를 볼까요. 여기 37세의 화가가 있다. 그는 시방 다섯번째 자화상을 그려야 할 처지에 놓여 있다. 첫번째 자화상은 수채화. 15세 적의 것. 두번째는 20세 적의 것. 세번째는 25세 적의 것. 5년 터울이니까 네번째의 것은 30세 적이어야 했겠는데 32세에야 그렸다. 어째서? 그사이 중병을 앓았으니까. 불행도 겹쳤다. 양친이 여객기 사고로 사망. 애인과의 결별. 딸처럼 기르던 개도 암으로 죽었다. 통장도 바닥났다. 입원 중 도둑이 집안을 몽땅 털어갔다. 아무튼, 5년 터울을 어길 수밖에. 잠깐, 이런 궤도 이탈이란 '나'의 잘못인가. 운명 또는 팔자인가. 이렇게 작가는 묻고 있습니다. 중병 앓기, 이는 내 탓일까. 모르겠다는 것. 어째서? 건강관리 잘못에서 왔을 수도 있고 유전적 탓일 수도 있으니까. 양친 사망, 애인 도망, 개의 죽음 따위도 불교의 연기설을 염두에 둔다면 결코 '나'와 무관한 우연성이 아닐지도 모를 일. '자화상 그리기'를 망치거나 연기시킬지도 모를 일. 그러나 그런 환란이 지나면 정상으로 돌아올 수 있다는 것. 네번째 자화상이 완성된 것은 32세로 두 해 정도 늦어졌을 따름.

그런데 시방 '나'는 다섯번째 자화상을 그리고자 한다. 두 해 늦은 37세. 과연 가능할까. 또 다른 한 묶음의 환란이 닥쳐온다면 물론 가망이 없다. 시간이 몇 년 지체될 수는 있다. 만일 그 환란이 지나고 정상으로 회복된다면 말이다. 그런데 앞으로 닥칠 환란이 치명적이라면 어떠할까. 다른 것은 몰라도 '자화상'만은 불가능하다. 어째서? 바로 참주제가 걸린 대목.

> 언제 누구의 자화상이든지, 그것은 그의 마지막 자화상이 될 수가 있다. 일인칭이란 늘 이리 나약하고 비장하다. 내가 죽어도 타인은 나를 그릴 수 있지만, 죽은 나는 더 이상 나를 그릴 수 없는 것이다.(103쪽)

첫줄에 나온 "자화상을 그린다는 것은 두렵고 슬픈 행위이다"가 여기에서 공명을 일으키고 있습니다. "일인칭이란 늘 이리 나약하고 비장하다"라고. '두렵고 슬픈'과 '나약하고 비장'한 것이 안과 밖을 이루고 있는 글쓰기란 새삼 무엇인가. 그것이 소설이라면 소설이란 그러니까 '자화상 그리기'의 더도 덜도 아닌 것. 그러기에 소설이란 '타인의 얘기'일 수 없는 것. 적어도 오늘의 소설이란 인간형(성격) 탐구(묘사)와는 종자가 다른 물건. ○○○평전일 수 없는 것. '자기의 평전'이어야 하는 것.

이응준

잠깐. 그렇다면 과연 자기가 자기의 평전을 쓸 수 있을까. 어느 범주에서는 가능할지 모릅니다. 그렇게 믿어왔으니까. 자기란, 따지고 보면 특정 시대와 사회가 만들어낸 존재이니까. 그 시대와 사회를 그리면 어느 수준에선 그대로 자기 자화상인 셈이니까. 그러나 만일, '순수한 나'를 문제 삼는다면 어떠할까. 절망적일 수밖에. 자기만의 순수한 것이 따로 있긴 한데, 이를 포착할 수 없으니까. 포착하는 순간 특정한 시대와 사회가 되고 마는 법이니까.

그런데, 더욱 딱한 것이 따로 있습니다. 자화상이란 자기만이 그릴 수 있는 물건이라는 점. 타인은 절대로 그릴 수 없다는 것. 이 절망에서 도망치는 방도가 고려될 수밖에.

(A) "괜찮아, 난 화가가 아니니까."(104쪽)

(B) ―가짜야, 너는. 가짜. 네 말대로 가짜 화가 주제에, 가짜 눈으로 날 보고, 가짜 손으로 더듬고. 씨발…… 가짜 입술로 농락하지 마. 가짜 귀로 내 얘기 쓰레기 취급하면서, 가짜로 사랑하면서, 사랑하지도 않으면서, 가짜 눈으로 날 그렇게 보지 말라고 이 가짜 새끼야……(113쪽)

(A)는 벙어리 딸 가진 옛 애인 앞에 농담 삼아 한 말이지요. (B)는 뇌종양에 걸려 죽음을 앞둔 '나'의 내면에서 울리는 소리. 그러니까 뇌종양의 정체란 이 소리로 말해지는 것. (A)가 도망치기라면 (B)란 그 불가능을 암시한 것. 그렇다면 어째야 할까. 다섯번째 자화상은 포기해야 할까.

고갱이 떠난 뒤 빈센트 반 고흐는 제 귀를 자르고 두 점의 자화상을 그렸다. 자화상은 모델을 구하기 힘든 가난한 화가들에게는 더없이 좋은 형식이었다. 그렇다면 부자인 나는 자화상만을 고집할 이유가 희박한 셈이다.(116쪽)

포기할 구실을 아무리 열심히 찾아도 허사일 뿐. 한갓 엄살일 뿐. 죽음(뇌종양)과 맞설 수밖에. 자화상을 그릴 수밖에. 정직하게 할 수 있는 일이란 이것 외에 다른 방도는 없으니까. 그렇지만, 자화상 속에다 절실한 이미지랄까 음영이랄까 무늬 같은 것을 새겨 넣을 수는 있다. 이것이 구원이다. 작가 이씨의 선배 문인도 이 방법을 사용했던 것. 구리로 된 거울을 밤이면 밤마다 손바닥으로 발바닥으로 닦기가 그것. "그러면 어느 운석 밑으로 홀로 걸어가는/ 슬픈 사람의 뒷모양이/ 거울 속에 나타나온다."(윤동주, 「참회록」) 화가인 '나'의 선배도 이 방법을 사용했지요. 자화상을 100점 넘게 그린 소문난 환쟁이는 렘브란트. 이를 제일 존경한 환쟁이가 같은 나라의 후배 반 고흐. 그가 남긴 821통의 편지에는 렘브란트가 124번이나 등장하지요. 40편의 자화상을 남긴 고흐의 경우는 어떠할까. 유형화되었다고 전문가들은 말합니다(다나카 히데미치, 「화가와 자화상」). 렘브란트는 자화상을 통해 인간 본질을 묘사했지만 고흐에겐 이게 없지요. 인간 본질(대상)로 향하기 직전의 색·형·선에 매료되었기 때문. 색이라든가 형이라든가 선이란 무엇인가. 자화상 속에서긴 해도, 한갓 무늬나 색채라 할 수 없을까. 작가 이씨도 그러하다고 할 수 없을까. "나는 칼로 전신 거울에 다섯번째 자화상을 그리려다가 문득, 타조를 타고 구름 위로 날아가는, 타조처럼 혀가 없는 딸을 가진 그녀를 올려다보며, 뜻 모를 설움에 꿈결을 흐느끼고 있었다"라고 말해놓고 있으니까. 요컨대, 소설 쓰기도 이와 같다고 할 수 없을까. 탐구형 작가 이씨의 솜씨가 선연합니다.

이응준

정영문

「브라운 부인」

1963년 경남 함양 출생. 1996년 『작가세계』에 장편 「겨우 존재하는 인간」을 발표하며 작품활동 시작. 1999년 동서문학상을 수상했다. 소설집 「검은 이야기 사슬」, 「나를 두 둔하는 악마에 대한 불온한 이야기」, 장편소설 「하품」, 「달에 홀린 광대」 등이 있다.

박상륭과 레이먼드 카버

정영문 씨의 「브라운 부인」 『현대문학』, 2006년 2월호 은 흡사 박상륭의 단편 「왈튼 씨 부인이 죽은 한 죽음」 1996년을 연상시킵니다. 『칠조어론』의 작가 박상륭의 글쓰기란 하도 메말라서 저 타클라마칸 사막을 헤매는 낙타와 흡사하지 않았던가. 그 사막에 거대한 푸른 강줄기가 잠겨 있다든가 옹달샘이 있긴 하지만 낙타도 아닌 우리 범속한 독자로서는 감당이 어려웠지요. 왜냐하면 사색적 글쓰기란 『육조단경』 언저리에서 이미 끝났으니까. 도반道伴들을 상대로 한 글쓰기였던 것. 그 글은 하도 돌덩이 같은 것이어서 호랑이도 슬쩍 외면할 수밖에. 이런 단계에서 한 발자국 물러선 자리에 몇 편의 단편들이 쓰였지요. 이 단편들의 특징은 무대가 밴쿠버라는 것. 화자는 거기서 책방을 경영하고 있는 미스터 파르크Park 씨라는 것. 내용이야 여전히 죽음의 문제이고, 『칠조어론』의 세계이지만, 이 무대와 화자의 확실성(현실성)으로 인해 소설 쪽으로 길을 튼 형국을 빚었지요. 작가 정영문 씨의 이번 작품이 그러한 느낌을 던져주고 있어 인상적입니다.

두루 아는바, 작가 정씨는 그만의 고유한 세계를 이미 구축한 작가. 인간 심리의 오묘함이랄까 복잡성에 대한 소설적 탐구가 그것. 그것이 아무리 의의 있고 또 심오하더라도, 아주 낡고 케케묵은 소설적 장치로 담아내기에는 역부족이며 또 적절치도 않은 것. 이 단계에서 이젠 몸부림이라도 칠 수밖에. 땅두더지가 머리를 조금 지상으로 드러낸 형국. 여기에는 물론 모험이 따릅니다. 지불할 대상이 따로 있기 때문. 햇빛에 눈멀기가 그것. 용케도 씨는 이 함정을 잘 벗어나고 있습니다.

> 브라운 부인은 최근 내가 알게 된 여자이다. 그녀는 나와 같은 동양계로 나와 비슷한 시기에 미국으로 건너왔다. 그녀는 보통 키에 눈이 매력적이며 늘 입술에 엷은 미소를 머금고 있다. 브라운 부인은 담배를 피웠는데 애기를 할 때면 가는 손가락 사이에 낀 담배가 타들어가는 것도 잊은 채로 애기를 하곤 했다. 우리가 친하게 되었을 때 그녀가 들려준 어떤 이야기는 무척 흥미로웠다. 그 이야기는 다음과 같다.(서두, 52쪽)

글쓰기란, 쌀값 시세만큼 분명해야 한다는 말이 있거니와 보십시오. 과연 분명하지 않습니까.

브라운 부인이 들려준 애기는 대충 이러합니다. 미국 중서부의 백만 불짜리 호숫가 저택에 영국계 미국인 브라운 씨와 동양계 부인이 살고 있다. 어느 밤, 총을 든 청년이 들어왔다. 부부는 그가 강도임을 직감한다. 그런데 시간이 지날수록 아무래도 강도 같지 않아 보이기 시작한다. 총 든 모습도 그러했고 다리를 약간 저는 것도, 말조차 조금 더듬는 것도 눈에 띄었다. 피자를 먹고는 더욱 청년이 가까워진다. 뭘 요구하는가, 라고 묻는 브라운 씨의 추궁에 청년은 머뭇거린다. 부인이 저녁때 먹고 남은 닭고기 요리를 주자 청년은 묻는다. 어떤 요리냐고. 한국식 치킨 스튜로 아주 맵죠, 라고 하자 당신은 한국 출신이군요, 라고 청년이 말한다. 한국에 대해 아는 게 아무것도 없다는 사실에 그는 매우 미안해한다. 청년과 이런저런 대화가 이어진다. 브라운 씨는 대학에서 유체역학을 연구하는 학자라는 것, 그 부인은 한국계이며 지리 교사라는 것. 이 틈으로 청년의 여자 친구가 등장한다. 이번엔 4인행. 서로 대화가 이어진다. 청년이 말한다. 피아노를 칠 줄 아느냐고. 부인은 고개를 끄덕이었고, 청년은 노래를 불렀다. 청년은 치질약이 있느냐고 수줍게 말한다. 청년은 숲으로 들어와 사냥꾼을 사살한 사람의 얘기도 한다. 어디 출신이냐고 브라운 씨가 묻자 청년은 말한다. 동북부 포틀랜드 출신이라고. 그 무렵 먼 국도에서 대륙을 가로지르는 트레일러들의 소리가 났다. 닭고기 끓는 냄새가 났다. 그 순간, 청년의 총이 발사된다. 피가 허벅지에서 쏟아진다. 부인은 붕대를 갖다준다. 그다음 911에 연락했다. 구급대원과 경찰이 도착한다.

이상이 얘기 줄거리인 셈. 이런 줄거리란 일어난 사건만을 말해줌에 그칩니다. 사건성이란, 브라운 씨 집에 한 청년이 총을 들고 나타났고 그의 여자 친구도 뒤따라왔다는 것. 청년이 오발로 자기 허벅지를 쏘았다는 것. 결국 구급차에 실려 갔다는 것이 사건성의 전부이지요. 그렇다면 소설적 특성이랄까, 소설만이 제일 잘 보여줄 수 있는 것은 무엇일까. 다음 세 가지 요소가 그것.

(A) 브라운 부인의 시점으로 일관하기.

(B) 청년의 출현으로 브라운 씨가 얼마나 위선적인지 드러난다는 것. 브라운 부인이 청년과 대화하면서 그 청년의 순진성으로 말미암아 새로운 삶의 길이 보이기 시작한 점.

(C) 청년의 순진성이 브라운 씨의 위선적이고 오만한 인종주의 및 그 구

제할 수 없는 편견을 역조명해줌으로써 부인은 자기의 길을 찾게 된다는 것. 이혼하고, 그토록 하고 싶었던 경비행기 조종에 나아가기가 그것.

　무엇보다 이 작품의 중요성은 이런 사건성을 그려내고 있는 작가 정씨의 글쓰기 방식입니다. 간결한 문장, 짤막하고도 세련된 대화, 낱말 하나하나 아주 공들여 선택했다는 것. 그리고 무엇보다 논리정연하다는 것. 또 있지요. 쌀값 시세처럼 분명하다는 것. 분명함 속에 삶의 진실이 담겨 있다는 것. 이러한 글쓰기란, 헤밍웨이의 직계이자 헤밍웨이 이래 가장 분명한 소설가로 알려진 「대성당」의 작가 레이먼드 카버에 연동되어 있습니다. 「너무나 많은 물이 집 가까이에」 「실각한 이야기」 등 카버의 단편들과 「브라운 부인」을 견주어 읽는다면 그 간결한 문체와 그것이 빚어내는 분위기에 함께 감동될 수 있지요. 그리고 보니 카버의 창작집 『사랑을 말할 때 우리가 이야기하는 것』(문학동네, 2005년)을 번역한 장본인이 작가 정씨였던 것. 번역소설이 소금장수 애기식인 우리 소설을 풍요롭게 한 경우라고 할까요.

정영문

정지아

「운명」「세월」

1965년 전남 구례 출생. 1989년 『실천문학』에 「빨치산의 딸」을 발표하며 작품활동 시작. 1996년 『조선일보』 신춘문예에 단편 「고욤나무」가 당선되었다. 2006년 이효석문학상을 수상했다. 소설집 『행복』, 장편소설 『빨치산의 딸』 등이 있다.

번역식 문체

　　　　　정지아 씨의 「운명」『한국문학』 2006년 여름호은 제목이 너무 크게 울립니다. '모든 것이 운명이다'라는 운명 타령에 누가 감히 토를 달 수 있으랴. 개망나니로 정평이 난 아비가 죽고 오빠 역시 냉철한 삶의 저항으로 감옥에 간, 그 속에서 온갖 고생을 하며 대학을 나와 모 직장에 겨우겨우 붙잡고 있는 처녀인 '나'가 주인공. 그런 '나'이기에 살아온 고비 고비를 싸잡아 '운명이다!'라고 외칩니다. 이러한 운명 자의식은 '운명과 맞붙기'로 번져나가게 마련. 덤벼라 운명아, 겁 안 난다. 너를 이길 수는 없지만 그렇다고 내가 물러설까 보냐 투의 글쓰기인 셈.
　'나'는 시방 '나'를 정복하려는 직장 상사에게 정복당하기 위해 부산행 고속열차에 몸을 싣는데, 거기서 실로 운명적으로 대학 시절의 애인 K를 만납니다. 그야말로 운명적이지요. 직장 상사의 유혹을 물리치고 옛 애인 K와 동침합니다. 이도 운명인 것. 다음 순간 '나'는 K를 팽개치고 자살 장소로 소문난 부산 바닷가 태종대로 갑니다. K를 팽개치기도 운명. 태종대행도 운명. 그런데 태종대에서 자살하지도 않습니다. 왜? 그것도 운명이니까.

> 선의의 운명 속에 살아온 그는 다른 모양이었지만, 운명의 비정을 일찍감치 조우한 적이 있는 나로서는, 지금은 내 편인 듯한 운명이 언젠가 저 천장처럼 내 앞을 막아설 것이라고밖에 생각할 수 없었다. 그래서 나는 운명에 대해서건 나에 대해서건 한 점의 의혹도 불안도 없이 잠들어 있는 그의 곁을 조심스레 떠나온 것이다.(113쪽)

한 작품 속에 '운명'이란 낱말이 이토록 혹사된 사례는 아마도 일찍이 없었던 셈. 그야 어쨌든 작가 정씨의 글쓰기 특징 하나는 분명히 지적될 수 있습니다. 대명사의 남용이 그것.

> 그를 처음 만난 것은 입학식 다음날이었다. 그는 나를 닮고 닮은 고학년 선배로 보았는지 헐레벌떡 다가와 미대가 어디냐고 물었다. 물론 내가 찾아가야 할 인문대의 위치도 몰랐으므로 나는 땅을 향해 있던 시선 그대로 고개를 저었다. 그날의 만남으로 나는 그를 기억했다.(99쪽)

'그' '나'가 과연 우리말다운 것일까. 일종의 번역체라 할 수 없을까. 모두가 아는바 영·독·불어 등의 외국어는 엄격한 대명사로 판가름이 나게 마련. 우리말이나 일본어라면 대명사의 생략이 오히려 자연스럽다고 하겠지요. 위의 대목을 고쳐볼까요.

> 그를 처음 만난 것은 입학식 다음날이었다. 닮고 닮은 고학년 선배로 보았는

정지아

지 헐레벌떡 다가와 미대가 어디냐고 물었다. 내가 찾아가야 할 인문대의 위치도 몰랐기에 나는 땅을 향해 있던 시선 그대로 고개를 저었다. 그날 이후 그를 기억했다.

지리산 타령

정지아 씨의 「세월」「문학사상」 2007년 4월호. 오랜만에 듣는 남도 육자배기 소리. 귀가 멍멍하다면 과장일까. 좋은 소설은 많지만 또 그런 것은 늘 있는 것이지만 육자배기 소설은 드문 법. 이 사정을 미당만큼 잘 안 사람도 드물지 않았을까. 선운사 고창으로, 선운사 동백꽃을 보러 간 미당이 철 일러 꽃을 못 본 대신 막걸리집 여자의 목이 쉰 육자배기에 반했으니까.

시방 워디 있소? 워느 질을 시방 허청허청 걷고 있소? 워느 질을 걸음시로 워느 때를 살고 있소? 오거리를 지남시로 그 질, 자전차로 씽씽 달려 철도에 근무하던 청춘을 살고 있소, 섬진강을 지남시로 한겨울, 얼음장을 알몸으로 밀치며 도강허던 지긋지긋헌 시절을 살고 있소? 손바닥만헌 읍내, 워느 질에라도 이녘의 한 때가 조각조각 흩뿌려 있겠지라.(서두)

이 서두를 보시라. 육자배기이되 여기엔 '철도에 근무하던 청년'이 들어 있습니다. 화자는 이 청년의 아내. 시방 나이는 환갑 지난 20년째. 그러니까 철도 출신 청년도 시방 80세쯤. 굴곡 많은 이 땅에 태어나 80세까지 살았다면 할 말이 갠지스 강변 모래 또는 태산하고도 넘칠 수밖에. 말로써 다 할 수 없는 것이기에 '노래'로 할 수밖에. 노래이되 배운 것 없으니까 '잡가'일 밖에. 그 태산만한 말 중에도 핵심적인 말이 있는 법. '지리산'이 그 정답.

이녘이 그리 되고야 알았어라. 이녘이 우리 아부지 매를 막고 나선 그날부텀 나는 이녘 등만 바라봄시로 살았그만이라. 미음조차 삼키지 못하는 환자라 이녘 젙에 못 있고 도로 산을 내레왔지만, 밤에면 군인들 피운 모닥불이 귀신불처럼 훤한 지리산 능선을 봄시로 마음을 달랬어라. 저그 워딘가에 이녘이 있을 것잉게라, 지리산 자락을 나는 이녘 보디끼 봤그만이라. 이녘이 멀리 감옥에 있을 적에도 나는 눈을 뜨먼 이녘 있는 먼 서쪽 하늘을 올레봤어라. 긍게 이녘은 젙에 없었어도 젙에 있었어라.(106쪽)

지리산이란 새삼 무엇인가. 대하소설 『지리산』[1978년]을 쓰는 마당에서 작가 이병주는 이렇게 첫줄을 삼았지요. "智異山이라 쓰고 지리산이라 읽는다"라고. 대체 이 『지리산』의 남부군 총두목은 누구인가. 최고의 지식인 이현상이며 부두목은 하동 갑부아들 남도부(하준수)가 아니었던가. 빨치산이란 잘 따져보면 농민이 아니라 지식인 집단이었던 것. 작가 정씨가 이 점을 빠뜨리지 않았군요. 화자인 이 노파의 남편이 철도 직원 출신이었다는 것. 빨치산의 기원을 따질 때 이 점에서 전기공을 내세운 이태준의 「첫 전투」[1948년]가 민첩했지요. 농민들의 빨치산 되기와는 분명 선을 긋는 것. 철도 직원이란 해방공간 노동자 중 인테리급의 상징이었던 존재(졸고,「빨치산소설의 기원」, 1990년). 청년 철도원이 지리산 빨치산으로 치닫기, 옥살이, 이런저런 곡절 끝에 오늘에 이르렀것다. 늙은 마누라도 있고 소박은 맞았으나 그래도 돌아온 딸년까지 있다. 더구나 변함없이 영감을 사랑하는 노처의 소주잔이 기다리고 있것다. 그만하면 사람다운 삶이 아닐까.

고언 한마디. 노래는 타령의 일종이니까 괜찮지만 원래 그 속에는 한이 서려 있어야 제값이 아닐까.

정지아

정찬

「작은 꽃 한 송이를 들고」

1953년 부산 출생. 1983년 『언어의세계』에 중편 「말의 탑」을 발표하면서 작품활동 시작. 1995년 동인문학상을 수상했다. 소설집 『베니스에서 죽다』 『희고 둥근 달』 장편소설 『빌라도의 예수』 『광야』 등이 있다.

융과 시오랑의 설계도

정찬 씨의 「작은 꽃 한 송이를 들고」〔문학시상, 2006년 11월호〕는 꿈속에서 본 풍경론. '나'가 꾼 이상한 꿈 얘기란 무엇인가. 그것이 한갓 개꿈일 수 없는 것은 웬 까닭일까요. '나'가 예사스런 사람이 아닌 까닭. 대체 그 잘난 '나'란 뭣 하는 사람일까. 기껏해야 무대디자이너. 배우감독도 무대감독도 아닌 무대디자이너가 어째서 예사스럽지 않은 인물일 수 있을까.

무대치곤 별난 무대인 까닭. 곧 '혼령'이란 이름의 작품 무대디자이너인 까닭. 디자이너란 그러니까 관객에게 무대를 보여주는 것을 넘어서서 '느끼게' 해주어야 하기 때문. 무대를 느낀다 함은 연극의 내면을 느낀다는 뜻. 연극의 내면이란 그러니까 주인공의 내면인 것. 그 무대의 주인공은 혼령이 아니겠는가. 대체 혼령이 주인공이라면 그 무대의 느낌은 어떠해야 할까.

여기까지 이르면 벌써 이성적 판단을 초월한 경지가 아닐 수 없지요. 귀신 얘기인 까닭. 어떻게 해야 이 귀신 얘기를 대낮같이 훤한 무대 위에 올려놓을 수 있을까. 이 물음이 소중한 것은, '예술'과 '현실'과 '꿈'(헛것)의 갈림길에 관련되기 때문.

꿈부터 볼까요. 이상한 꿈이란 '나'가 여자로 바뀐 것입니다. '나'가 여자로 또 여자가 남자인 '나'로 서로 번갈아 바뀌어버렸고 그럴 적마다 무한한 희열을 느꼈다는 것. 이 원리는 융의 아니마/아니무스의 도입에 지나지 않지요. 이를 유령스러움이라 할 수 있을까. 이 꿈으로 말미암아 '유령'의 무대가 완성되었다는 점에서 보면 분명 '개꿈'은 아니군요. 남성/여성 합일체로서의 혼령이었고 이로써 무대는 일단 성립되었으니까. 그렇지만 '나'는 이것으로 만족할 수 없었지요. 연극이 끝나자 다음날 여행을 떠났음이 그 증거. 여행지는 남해. "남쪽 바다는 봄의 몽환에 싸여 있었다"고 했으니까 이 역시 또 하나의 꿈인 것. 그러니까 '나'의 두번째 꿈인 셈. 그 여행지에서 그야말로 진기한 체험을 합니다. 바닷가 펜션에서 혼례식 장면을 봅니다. 현악기 소리에 싸인 몽환 속에 벌어진 일들이란, 여사여사합니다. 그 핵심은 지금 막 혼례식 올린 신부와 '나'의 만남이 그것. 둘이서 밤을 새며 사랑타령에 골몰했다는 것. 현실과 꿈의 경계선상에 예술(무대)을 설정해놓은 형국이지요. 이는 따지고 보면 루마니아 철학자 에밀 시오랑의 단상집에 근거한 것. 신부와 '나'는 이 책을 매개로 하여 삶을 논의하고 있습니다. 요컨대 이 작품은 융의 책과 시오랑의 책에 근거된 것이지요. 그러니까 르네 지라르식으로 말해 이 소설의 작가는 정모씨가 아니라 융과 시오랑인 셈.

정찬 씨의 작품 계열에 이어진 작품이어서 이에 대한 독법이 필요합니다. 작가에 대해 독자가 갖추어야 할 예의라고나 할까. 무대를 소설적 주제로 선택하고 이를 지속적으로 탐구한 작가로는 정찬 씨 오른편에 나설 작가는 거의 없지요. 정씨가 무대예술의 소설화를 굳이 택한 것은 5월의 광주사건 때문이었지요. 「슬픔의 노래」[1995년]가 이를 말해줍니다. 5월의 광주를 손으

정찬

로 만질 수 있는 것은 예술 중 무대예술이 가장 적합했다고 정씨가 판단한 까닭이지요. 눈에 보이지도 들리지도 않게 5월의 광주를 형상화함이란 '몸으로 느끼는 길'밖에 없다는 것. 이른바 환촉이 그것. 영혼을 무대에서 손으로 만질 수밖에 없지 않겠는가. 보이지도 들리지도 않는 것이 영혼들이니까. 잇대어 정씨는 이 주제를 발전시켜 「가면의 영혼」[1998년]을 내놓았지요. 「오셀로」를 연출한 무대감독의 몫을 다룬 것. 이번 작품도 이에 이어진 것.

고언 한마디. 설계도를 앞에 너무 내세운 것이 아닐까. 세부 묘사가 자연스럽지 못한 것은 이러한 설계도가 내용을 압살하고 있음에서 말미암은 것.

조선희

「김분녀의 일생」「햇빛 찬란한 나날」

1960년 강릉 출생. 『한겨레』 기자와 『씨네21』 편집장으로 일했다. 소설집 『햇빛 찬란한 나날』, 장편소설 『열정과 불안』 등이 있다.

확실한 글쓰기

조선희 씨의 「김분녀의 일생」『문학사상』, 2005년 8월호. 글쓰기란 쌀값 시세만큼 분명해야 한다는 말이 있거니와 정히 이에 대한 응답이라 할 만합니다. 문장도 분명하고, 구성도 명쾌하고, 주제도 뚜렷합니다. 요컨대 서사성이 생생하다는 것.

잠시 볼까요.

"외할머니가 언제 돌아가셨지? 작년 요맘때인 거 같은데."
"으으응. 그래. 이맘때였지. 시월, 그러니까 십……"
"아니 세상에, 엄마는 자기 엄마 기일도 기억을 못 한단 말이야?"
"아니, 뭐 꼭 기억을 못 한다는 것도 아니고. 그러니까 그게 내일이거든."
"어마, 내일이란 말이야? 엄마는 알고 있었네. 근데 왜 얘기 안 했어?"

조선희

"그게 무슨 방송할 일도 아니고."

"그럼, 우리 내일 제사 지내?"

"뭐, 제사라기보다 간단히……"(145쪽)

서두에서부터 분명합니다. 모녀의 대화인 것. 죽은 외할머니의 이름은 김분녀^{金糞女}. 어머니는 괜찮은 집안 출신이며 그만큼 정상적, 그러니까 확실한 신분의 중년 여인. 이런 여인의 딸이란 어떠해야 할까. 물을 것도 없이 확실하지요. 대체 얼마나 확실한가.

"너 돈 가진 거 있니?"

"왜?"

"나 내일 수술해야 돼."

"무슨 수술?"

"너 비난할 생각 없어. 돈만 있으면 돼."

"무슨 소리야. 무슨 수술인데."

"너 그렇게 눈치 없으니까 까르보 주인 언니가 널 싫어하는 거야. 무슨 수술이긴 무슨 수술이니. 낙태수술이지."(155쪽)

작중화자인 '나'는 26세의 처녀. 석사 4학기를 마무리 짓는 졸업 작품으로 제출할 시나리오 집필의 강박관념에 시달리고 있는 '나'에게 또 하나의 강박관념이 겹칩니다. 임신했다는 진단을 받았기 때문. 위의 대화는 그러니까 낙태수술비 때문에 두 살 연하인 대학생 사내와 상의하는 대목.

아직 철부지이며 소심한 사내에게 돈이 있을 수 없지요. 낙태수술을 어떻게 해야 할까. 이 물음은 매우 멋집니다. 어째서? 시나리오 쓰기의 강박관념과 낙태수술의 동시적 해결이 가능하니까. 작가의 민첩성이지요. 이 동시성은 어디까지나 '나'의 확실성, 곧 소재를 완전히 장악하고 있음에서 온 것. 이것이 작가 조씨의 확실성이지요.

　서두에서 작가는 외할머니를 내세웠지 않습니까. 수술비 30만 원의 출처가 바로 죽은 외할머니 김분녀의 유산에서 나왔음을 깃발처럼 내세우기에 해당되는 것. 이러한 사실을 드러내는 방식이 썩 그럴 법합니다. 제목「김분녀의 일생」에 주목해보시라. 한 여인의 전기를 쓸 수도 있겠지요. 인생 유전형으로도 쓸 수도 있고, '나'와 관련된 부분만을 쓸 수도 있겠지요. 자료에 의거한 객관적 형식으로 쓸 수도 있겠지요. '나'와 관련된 부분만을 쓸 경우에도 그것이 '나'의 삶에 어떤 정신적 영향을 끼쳤는가에 집중시킬 수도 있겠지요. 대개의 경우가 이 유형입니다. 무수히 쓰이는 사모곡·사부곡, 또 무슨무슨 곡 따위가 그것들. 그러나 조씨가 내세운 것은 외할머니가 남긴 금붙이이지요. 수술비 걱정이 이로써 해결됩니다. 이 해결이 동시에 시나리오 쓰기의 난관 돌파로 이어집니다.

　외할머니 기일을 위해 요양원에 들렀다 돌아오는 길에서 씨 다른 자매인 엄마와 이모가 하는 대화에 그 실마리가 있습니다. 실상 '나'가 외할머니 김분녀를 빼닮았다는 것. 온갖 험한 꼴 다 보며 혼자 힘으로 그것도 여자의 몸으로 시장통에서 장사하며 일가를 이룬, 이름 그대로의 천덕꾸러기인 김분녀란, 오늘의 멋진 세계에서 보면 영락없는 영웅이 아니겠는가. 이른바 페미니스트. '나'가 이 김분녀를 닮았다면 이는 '격세유전'이 아니겠는가. '당대 최고의 페미니스트, 김분녀의 일생'이 바로 졸업 작품 시나리오를 일거에 가능케 합니다. 이런 실현이란 오직 '나'의 신분의 확실함에서 온 것. 구질구질한 센티멘털리즘이나 안타까움, 슬픔, 또 청승스러움이란 약에 쓰려야 없는 것. 애매모호한 감정 나부랭이가 아예 가신 작품. 구식의 소설이긴 해도 이처럼 깔끔함이 특징.

조선희

'문학적 현상'으로서의 전혜린

조선희 씨의 「햇빛 찬란한 나날」[『한국문학』 2006년 겨울호]은 독일의 '본게마인샤프트(집단주택)'에서 17년을 산 한국 여인의 세상 보기를 다룬 것. 아직도 통금이 실시되던, 바로 저 월남전 패전의 해인 1975년 한 여대생이, 명동에 들어서면 눈 덮인 알프스가 보이지 않아 숨 막혀하며 다량의 커피를 마시고 숨을 끊은 여인처럼, 자살하는 대신 훌쩍 독일로 유학했다. 그녀가 하필 독일을 택한 것은 니체와 헤세 그리고 전혜린 때문이었다. 대체 니체, 헤세, 전혜린이란 무엇인가. 『생의 한가운데』의 루이제 린저까지를 포함하여 모두 '문학적 현상'을 가리키고 있음이 특징이다.

대체 '문학적 현상'이란 무엇인가. 한마디로 '자유'라 할 수 있겠지요. 자유란, 엄격히 말해 현실 부정을 그 속성으로 하는 것. 현실이란 또 무엇인가. 명동의 서울이나 뮌헨의 독일도 자본제 국민국가의 더도 덜도 아닌 것. '사유재산의 신성불가침'이라는 신학이 지배하는 세계였던 것. 이를 부정하기 위한 상상력의 총칭이 바로 '문학적 현상'인 것. '본게마인샤프트'가 바로 구상화된 '문학적 현상'인 것. 생활공동체이되, 최후의 신학인 부부까지도 공유하는 공동체를 이룬 곳이 그것. 거기서 결혼하고 아이 낳고 무려 17년이나 산 그녀의 체험담을 월간지에서 읽은 '나'가 있습니다. 그럴 수 없이 감동할 수밖에. 어째서? '나' 역시 '문학적 현상'에 중독된 여인이니까. 줄거리는 이러합니다. 17년 만에 귀국한 그녀는 재혼했으나 5년 만에 이혼, 정신과 병원에 드나드는 신세. 다시 독일로 가기 위해 그녀는 생활을 모조리 정리한다. 정신과 의사의 친구인 '나'가 이런 사실을 알아내고, 의사에게 주기로 된 승용차를 인계받기 위해 그녀를 찾아간다. '나'는 그녀의 요구대로 집 근처 식당가를 순례, 마침내 아주 작은 식당에서 근사한 저녁 식사를 한다. 집 방문과 거리 헤매기 그리고 식사하기를 통해 자연스레 두 사람의 대화가 이어진다. 이 대화의 자연스러움이 작가의 역량이겠지요. 자연스러움이라 했거니와 그 식당 이름이 '노르웨이의 숲'이었다는 점. 그녀는 이 이름에서 버섯요리 대신 비틀스의 노래를 듣고 있었고, '나'는 단지 버섯요리만이 전부였던 것. 이러한 결말은 아주 세련된 소설적 결말이라 할 수 있겠지요. 요컨대 이 작품의 참주제는, '문학적 현상' 곧 세속적으로 말해 '향수'이지요. 17년의 독일 향수와 5년간의 서울 향수, 그런데 아직 후자는 '미래적' 향수입니다. 두 향수 속에 갇혀 꼼짝 못하게끔 운명 지어진 한 중년 여인의 내면이라 하겠지요.

고언 한마디.

(A) 섹스를 해방하지 않고는 제도를 이길 수 없다(68쪽)
(B) 나는 욕망의 계층이론을 수정하고 싶은(70쪽)
(C) 향수란 내 선택이 아니라 내 안의 관성이 선택하는 것(72쪽)

이런 투의 맨얼굴을 내세울 것이 아니라 분위기 묘사에서 또 행동의 각도에서 저절로 풍겨나야 하는 것이 아닐까.

조선희

조용호

「모란무늬코끼리향로」

1961년 전북 좌두 출생. 1998년 『세계의문학』에 단편을 발표하면서 작품활동 시작. 제7회 무영문학상을 수상했다. 소설집 『베니스로 가는 마지막 열차』 『왈릴리 고양이나무』 등이 있다.

낚시하기와 노예의 일하기

조용호 씨의 「모란무늬코끼리향로」『현대문학』2006년 5월호는 씨가 즐겨 다루는 바다낚시를 소재로 한 것.

바다낚시 중에는 침선沈船 전문 낚싯배가 있다. 꾼들 중에는 큰 우럭을 낚기 위해 이런 낚싯배에 유독 달려드는 치들이 있다. '나'도 그중의 하나. 어째서 이런 낚시에 매달리는가. 작가는 이렇게 표현했다. "심장이 근질거리기 때문"이라고. 또 다르게는 "심장에 폐선이 드러누워 있다"라고. "폐선의 조각난 돛대가 좌심방 입구에 꽂혀 있다"라고. 우럭 낚시 4년에 접어든 '나'는 신문기자.

어째서 바다낚시에 빠져 허우적거리는가를 좀더 자세히 설명하고 있습니다.

초기에는 거센 파도 때문에 하루 종일 흔들리다가 위장에서 끌어올린 밑밥을 바다에 대량으로 쏟아내는 일도 흔했다. 그 고생을 하고서도 배가 저녁 무렵 항구에 도착해 육지에 발을 딛고 집으로 돌아오다 보면 이내 미련이 생기기 일쑤였다. 아무리 고생을 한 날이라도 하루만 지나면 다시 심장이 근질거리기 시작하는 것이다. 육지에서의 비루하고 고단한 삶 때문일까. 아무리 흔들려도 땅 위에서보다 물마루 능선을 오르내리는 쪽이 더 홀가분할 때가 많다.(143쪽)

심장에 돛대가 박힌 사람의 내면 풍경이라 할까요. 왜 히말라야에 올랐는가를 묻자 "산이 거기 있기에"라고 했듯, 왜 바다낚시에 그토록 매달렸는가를 묻자 작가 헤밍웨이는 『노인과 바다』에서 이렇게 적었지요. "노예 아닌 주인이기 때문"이라고. "인간을 파괴할 수는 있지만 정복할 수는 없다"라고. 또 이렇게도 말합니다. "나는 지쳐버린 늙은이다. 그러나 내 형제인 이 고기를 잡았어. 이제부터는 고된 잡일을 해야 한다. 싸움이 끝났으니 열심히 해야 할 잡일이 많잖아"(범우사판, 99쪽)라고. 원문은 이러하지요.

I am a tired old man. But I have killed this fish which is my brother and now I must do the slave work. There is much slave to be done now that the fight over.

프랑스역도 범우사판과 비슷했는지 G. 바타유라는 철학자는 이렇게 시비를 했지요. 원문엔 분명 "I must do the slave work"이라 했는데 이를 직역하지 않고 "이제부터는 고된 잡일을 해야 한다"라 한 점이 부적절하다고. 어째서? 헤밍웨이가 겨냥하고 있는 곳이 바로 저 헤겔의 '주인·노예 변증법'이었으니까. 짐승(물고기)과의 싸움이란 인간의 고귀성의 발휘인데, 이를 떠난 우리의 일상사란 한갓 노예의 삶에 지나지 않는다는 것. 작가 조씨는 이를 두고 '육지에서의 비루하고 고단한 삶'이라 했군요.

조용호

요컨대 이 작품에서는 헤밍웨이의 저 강력한 주인·노예 변증법 일변도에서 벗어나, 또 다른 시각을 보여주고 있습니다. 물고기(우럭) 대신 낚시에 걸려든 것이 가죽손가방이었다는 것. 그 속에서 발견한 것은 가죽지갑과 모란 무늬의 코끼리 형상을 한 향로였다. 가죽지갑에는 주민등록증과 사진 한 장이 있었고, 그 향로엔 '하원□□영□□타□□□□서'의 글씨가 있었다는 것. 몇 자를 판독할 수 없는 형국.

이 작품은 판독할 수 없는 글자들을 내가 이런저런 곡절 끝에 마침내 판독해낸 경위를 그리고 있습니다. 정작 그 향로의 주인공의 전처를 찾아내고 그 향로의 정체를 알아낼 수는 있었는데, 재혼한 그녀의 권고대로 향로를 건져 올린 바다 그 자리에 두기 위해 배를 탔지요. 갑판에 비친 햇빛을 받아 판독 불명의 글자가 분홍색으로 선명히 보이지 않겠는가. '하원연우영원히타오르게하소서'였던 것. 사랑이란, 일상사와는 다르다는 것. 사랑이란 '노예의 길'이 아니라는 것. 그러니까 사랑이란 바다낚시와 흡사하다는 것.

고언 한마디. 작품 서두에 나온 다음 문장 "칠백 년 동안 바다 밑 깊은 뻘 속에 묻혀 있던 신안 앞바다 목선처럼 조각난 마스코트는……"의 마스코트란 마스트의 오식. 만일 오식이라면 그 책임은 누가 지는 것일까.

편혜영

「첫번째 기념일」 「소풍」

1972년 서울 출생. 2000년 『서울신문』 신춘문예에 단편 「이슬털기」가 당선되면서 작품활동 시작. 2007년 한국일보문학상을 수상했다. 소설집 『아오이가든』, 『사육장 쪽으로』가 있다.

공중관람차에서 세상 보기

편혜영 씨의 「첫번째 기념일」『문학사상』 2006년 10월호은 변두리 도시 택배회사에 근무하는 청년의 짝사랑 타령. 그런데, 짝사랑 타령치고는 이상하게도 독자의 가슴을 적시게 하는 데가 있군요. 가슴을 적시게 한다고 했거니와, 그 이상한 감동은 대체 어디에서 말미암았을까.

두 가지 점이 지적될 수 있겠지요. 첫째, 단편이 지닌 특유의 미학. 둘째는, 주인공 청년의 순수성. 곧 외로움이 그것. 기념일 없이 산 청년의 고독.

줄거리부터 볼까요. 여기 한 청년이 있다. 직업은 택배원. 학벌은 고졸. 작가의 실수? 지금도 대체 고졸 청년이 이 나라에 있을까. 자기가 안 갔으면 모를까. 부모는 일찍 교통사고로 같은 날 죽었다. 그에겐 기억되는 날, 그러니까 기념일이란 오직 부모의 사고 당일뿐. 그는 수없이 사진관을 드나들며 사진을 찍었다. 왜? 이력서에 갈아 붙이기 위해. 보내는 족족 이력서는 퇴짜 당함. 택배에서 벗어날 길은 없지만 그렇다고 그는 이 성스러운 이력서 쓰기 행사, 보다 나은 직업 꿈꾸기를 마다하지 않는다. 어느 날 이상한 일이 생김. 철거 중인 아파트에 사는 여인집 택배하기가 그것. 백화점·편의점으로 주문된 물건들을 배달하기 위해 자주 여인집에 들르지만 한 번도 그녀를 만나지 못함. 이상한 것은 철거가 임박했는데도 물건이 계속 의뢰되어 오지 않겠는가. 이미 아파트는 철거되어 문짝까지 열려진 상태. 그는 여인에게 배달되어 오는 물건들을 보면서 그녀의 삶을 추리한다. 취미, 기타 등등. 어떤 때는 열린 문으로 집 안까지 들어가본다. 배달된 물건 속에는 화분도 포도오일도 멋진 모자들도 있다. 여인의 부재로 인해 이들 물건들을 전해줄 방도가 없다. 집으로 가져와 뜯어보기도 하고 주인집에 주어버리기도 했다. 어느 날 드디어 여자와 연락이 닿았다. 그녀가 만나자는 장소에 갔다. 그녀는 새로 생길 도시 유원지 회전관람차에 있었다. 개장을 앞둔 이 놀이기구의 실험 운행 담당자였다. 유원지 입구에 서 있던 여자는 앉을 곳이 마땅치 않으니 곤돌라 안으로 들어가자고 했다. 조금씩 움직이는 관람열차에 맞춰 한 발짝 나가며 마침 도착한 곤돌라에 여자를 따라 올라탔다. 여자는 타자마자 시계를 꾹 눌렀다. "운행 시간을 체크하고 있거든요." 같은 속도로 돌지만 탈 때마다 운행 시간이 조금씩 달라진다고 했다. 드디어 느릿느릿 공중관람차에 둘만이 올라탔다. 그가 본 것은 무엇이었던가.

지상은 거대한 빛의 덩어리로 뭉쳐져 빛났다. 불빛 속에는 트럭을 타고 끊임없이 낯선 이들에게 물건을 배송하는 그가 있었다. 하루 종일 물건을 싣고 다니느라 그의 얼굴은 마분지 상자처럼 딱딱했다. 무표정하거나 살짝 입꼬리를 올린 사람과 마주 서서 증명사진을 찍어주는 사진사도 있었다. 사진사는 인화기가 뽑아낸 경직된 얼굴을 일정한 간격으로 잘라냈다. 챙이 넓은 모자를 쓴 채 공사 현장에 앉아 졸고 있는 주인 여자의 모습도 보였다. 회전관람차의 문을 걸어 잠그고 하염없이 시계를 들여다보며 운행 시간을 체크하는 여자도 있었다. 그는 그 모두를 향해 손을 흔들었다.(158쪽)

공중관람차란 새삼 무엇인가. 지금껏 땅 위로만 뛰어다녔던 택배 청년에게 곤돌라 위에서 본 세계란, 드보르작의 신세계였을 터. 청년은 비로소 조감도의 시선을 획득한 것. 차원이 다른 세계에 이른 것.
이 조감도의 차원에서 세상을 보자 세상은 어떠했던가.

그는 여자와 헤어져 유원지 입구를 향해 걸음을 옮겼다. 차 안에는 여자에게 온 물건이 있었다. 미처 송장을 확인하지 못했으므로 품목이 무엇인지는 알 수 없었다. 여자에게 배송된 물건이 있다는 말은 하지 않았다. 어쩌면 물건을 주문하는 사람은 여자가 아닐지도 몰랐다. 그러니 물건 값을 배상해준 후에도 물건이 배송되어 올 수도 있었다. 앞으로는 물건이 올 때마다 여자에게 주기 위해 관람차를 타러 오게 될 거였다. 그는 여자 이름으로 뭔가를 주문하고 싶어졌다.(160쪽)

이 장면이 건강하지 않다면 이는 거짓말. 문득「황무지」의 시인이 한 말이 떠오릅니다. 캐서린 멘스필드의 단편「행복^{Bliss}」을 읽은 이효석은 배꽃이 그렇게 아름다운 줄 비로소 알았다고 했지만, 엘리엇은 이 작품을 아름답긴 해도(재능은 인정되나) 탐탁히 여기지 않았지요. 배꽃 만발한 저녁 파티에서 부정한 남편의 눈초리를 본 아내의 기분을 그려낸 것이니까. 이에 비해 창작집『더블린 사람들』에 실린 조이스의「죽은 자들$^{The\ Dead}$」은 훨씬 윤리적으로 정통적이라 평했지요. 노부부의 질투심을 다룬 이 작품이 윤리적(기독교)인 것은 죽은 자에 대한 경이에서 온 것. 물론 엘리엇의 신념에서 나온 것. 그는 미학(문학)보다 종교(정통)를 우위에 두었으니까. 우리의 택배 청년은 어떠할까. 첫번째 기념일을 갖기란 시간문제. 그럴 적마다 그는 공중관람차

편혜영

모양 둥글게 그리고 천천히 세상을 보지 않을까.

안개가 불러온 토사물

편혜영 씨의 「소풍」^{『문예중앙』, 2006년 겨울호}의 첫줄은 이렇습니다. "톨게이트를 지나자 안개가 한층 두껍게 내려앉았다"라고. 세 가지 점이 한 문장 속에 녹아 있습니다. 고속도로를 달리고 있음, 안개, 안개 증대가 그것. 여기에다 제목 '소풍'까지 겹치면 네 가지 정보가 담긴 셈. 두 가지 정보만 알면 대충 내용이 떠오를 터. 하나는, 승용차 속에 탄 사람, 다른 하나는 목적지. 소풍이니까 목적지란 아마도 명승지일 법. 바닷가에 있는 W시라 했군요. 탄 사람은 남자와 여자. 축구 선수 출신의 남자, 직업은 건축현장 노동자. 여자는 아이들에게 글짓기를 가르치는 선생. 좀처럼 오붓이 여행할 기회가 닿지 않자 번번이 미루다 가까스로 잡은 여행길. 부부일까. 동거인일까. 7년 전 면허증을 딸 때의 지도책을 그대로 갖고 있는 남자이고 보면, 밤 10시까지 주어, 술어도 분간 못 하는 아이들을 가르치는 여자이고 보면 건실한 사람들임엔 틀림없지요. 자, 이쯤 되면 궁금하지 않습니까. 왜냐하면 W시까지 무려 여섯 시간이나 걸리니까. 대체 그동안 무슨 일이 일어날까. 이 물음에 응해오는 한 가지 대답은 첫줄에 있습니다. 안개가 그것. "접경의 긴 터널을 빠져나오자 눈 고장이었다. 밤의 밑바닥이 환해졌다"(가와바타 야스나리, 『설국』)와 문장 구성상 같지만, 안개로 말미암아 결정적으로 구분되는 것. 다른 하나는, 도시를 벗어나기 전 대형마트에 들러 먹을거리 사기. 남자가 산 먹을거리는 김밥, 유효기간 지난 빵, 오징어와 땅콩, 삼겹살 두 근. 여자는 삼겹살이 든 봉지를 주물럭거리며 차갑고 물렁거리는 느낌을 받는다. 여자는 따뜻한 옷을 챙긴다. 초겨울이니까. 그런데 막상 톨게이트를 지나고서야 여자는 큰 실수를 깨닫는다. 멀미약을 먹지 않은 것. "아, 멀미약. 칼에 찔린 듯 갑자기 여자가 소리를 질렀다." 급하게 수업을 마무리하고 오느라고 미처 못 챙긴 멀미약.

이 작품의 진짜 주인공은 남자도 여자도 아니고 안개와 멀미하기입니다. 대체 안개란 무엇인가. 이 물음에 우리 소설사는 썩 민첩합니다. 60년대를 대표하는 김승옥의 「무진기행」1964년이 우뚝 서 있지요. 젊은이의 앞뒤를 가로막는 의식으로서의 안개. 그 안개가 21세기 오늘의 우리 소설 속엔 어떠할까. 흐느낌으로서의 안개(현미), 안타까움으로서의 안개(정훈희)와는 너무나 동뜬, 구역질로서의 안개인 셈. 잠깐 볼까요.

(1) 차는 안개를 헤치며 천천히 나아갔다.(116쪽)
(2) 여자는 묵묵히 차창을 바라보며 진군해오는 안개를 쳐다보았다.(116쪽)
(3) 여전히 안개가 길을 감추고 있었다.(118쪽)
(4) 안개에 가려 이정표가 보이지 않았다.(120쪽)
(5) 전조등 빛을 받고 있는데다 길은 안개가 두 다리를 가린 탓인지 남자는 천상에 오르는 사자死者처럼 보였다.(122쪽)
(6) 달리는 두 대의 차를 안개가 무겁게 내리눌렀다.(123쪽)

결국 남자는 가드레일에 차를 처박는다. 그동안 여자는 어떻게 됐을까.

(1) 여자는 남자가 보라는 듯이 몸을 뒤척였다.(114쪽)
(2) 차가 더디 나가고 있다고 느끼자 속이 울렁거리기 시작했다.(117쪽)
(3) 여자는 보라는 듯이 헛구역질을 해댔다.(118쪽)
(4) 욕을 퍼부으려던 것과 달리 실제로 튀어나온 것은 토사물이었다.(122쪽)
(5) 뒷좌석으로 몸을 돌려 여자의 토사물이 든 봉지를 가져왔다. 단단히 묶었

편혜영

는데도 냄새가 훅 끼쳤다.(125쪽)

  이 작품엔 결말이란 별 의미가 없겠지요.
  삶이란 안개와 같은 것이 아닐까. 토사물이란 누구나 있는 법. 문제는 각기 그 토사물 봉지를 챙겨야 하는 법. 왜? 자기 것이니까. 그 토사물 봉지를 갖고 그래도 W시로 가야 하는 것, 등등의 해석 따위란 저 어쩔 수 없는 안개와 멀미에 비하면 실로 장식물에 지나지 않는 것.
  비평적 포인트. 작가 특유의 유형화된 엽기성이 서서히 극복된 점.

한정희

「웃으면서 죽는 법」

1950년 경기도 강화 출생. 1989년 『동아일보』 신춘문예에 중편 「불타는 폐선」이 당선되면서 작품활동 시작. 소설집 『불타는 폐선』 『유리집』이 있다.

백화점에 걸린 가죽가방

한정희 씨의 「웃으면서 죽는 법」 『현대문학』 2006년 7월호 은 자살을 꿈꾸던 55세의 가정부인인 '나'가 꿈을 서서히 물리치는 과정을 다룬 작품. 이렇게 시작됩니다. "그날 아침, 나는 드디어 목을 맬 도구를 결정했다"라고. 어이없게도 그 도구란 남편의 바바리코트에서 빼낸 벨트가 아니겠는가. 이것으로 목을 매달 곳을 찾았으나 허사였다. 왜? 요즘 건물에는 대들보가 없으니까. 그럼 어째야 할까. 자살을 미룰 수밖에. 이런저런 핑계를 꾸며대며 자살을 연기할 수밖에. 잠깐, 그렇다면 애초에 자살할 생각이 없지 않았던가. 막연히 재미로, 연습 삼아 자살을 생각해본 것이 아닐까. 그만큼 여유 있는 방식도 있는 것일까.

이 물음엔 두 가지 답변을 생각해볼 수 있지요. '있다'가 그 하나. 아프리카의 사냥꾼 헤밍웨이는 칼빈총으로 자살했던 것. 이와 유사한 썩 그럴싸한 경우로는 스타브로긴(도스토예프스키, 『악령』의 인물)의 자살도 들 수 있지요. 목을 매달기 위한 튼튼한 비단 끈엔 비누칠까지 하며, 또 쇠줄의 못이 잘못될까 예비 못까지 준비하며 자살했던 것. 최후의 순간에도 그는 극히 자각적·이성적이었던 것. 결코 발광하지 않았던 증거. 다른 하나는 '없다' 쪽. 치밀성이기는커녕 자살도구 찾기, 방법 물색으로 광분하다 결국 자살하기를 포기해버리기. 포기이기보다 도구(방식) 찾기가 목적(자살)을 앞서 가버리기가 그것.

작가 한씨가 속한 유형은 후자쯤. 55세의 '나'는 가정주부이며 삶의 권태 정도에 시달리고 있을 뿐. 남편의 사업이 기울어져 불안하다는 정도. 그게 어찌 자살의 동기일 수 있으랴. 삶이란, 그 누구에게도 절대적이고 또 그만큼 변덕스러운 법. 운명과 같아서 이길 수도 없지만 그렇다고 또 질 수도 없는 것. 어느 쪽이든 자살의 이유일 수 없지요. 그러니까 '나'의 엄살인 셈. 이 엄살이 자살보다 더 큰 얼굴로 변모되는 과정이 작가 한씨의 민첩함입니다. 그 변모 과정이 단순한 심리 변화나 내면 묘사 쪽으로 치닫지 않음도 이 작품의 강점인 셈.

55세의 '나'라면 유신 시절 대학생인 세대. 친구 둘이 있었다. 미국에 이민 간 윤희가 그 하나. 다른 하나는 아주 지적으로 세련된 현임. 자살의 도구를 찾고 있는 '나'에게 미국서 전화가 왔다. 현임의 주소를 아느냐고. 모를 수밖에. 10년 전 루게릭병에 걸린 현임을 위해 모금을 했다는 것. 이 병에 걸렸을 때 '나'는 "그냥 죽어라"라고 말했던 것. 이 폭언의 이면엔 지적인 현임에 대한 '나'의 질투가 들어 있었을 터. 바로 이 마음의 상처가 현임 쪽이기보다는 '나'에게 작용해왔던 것. 10년 전에 한 폭언을 사과하고 난 뒤에 자살해도 늦지 않는 법. 언론에 보도된 루게릭병 환자 현임을 찾아 나섰던 것. 시골 가죽공장을 지나, 현임을 만난 '나'는 나누는 대화 없이 다만 그녀의 손을 만졌을 뿐. 가죽을 말리는 장면뿐. 그러나 가죽이 아니라 생살을 말리기라는 것.

    현임을 찾아가기가, '나'의 내면 묘사의 늪에서 작품을 건졌다면, 또 다른 그것은 백화점행입니다. 가죽공장행과 백화점행은 함께 내면세계에서 벗어나기인 것. 현임의 남편의 사망 소식이 백화점행의 동기인 셈. 가죽공장과 백화점의 나들이란, 이 작품을 지탱한 두 기둥입니다. 이 두 기둥 사이에 참 주제가 걸려 있지요. 곧, 백화점에 전시된 두꺼운 가죽으로 만든 숄더백이 그것. 친구 현임과 그 남편 사이에 가죽가방 하나가 덩그렇게 걸쳐 있는 형국. 그 가죽백의 의미란 무엇이었던가. 백 밑부분에 난 상처가 아니었던가. 이 상처는 공장에서 난 것이 아니었지요. 살아 있을 때 생긴 상처였던 것. 그것을 잘라내버리지 않고 그대로 둔 채 만든 백이었던 것. 상처를 오히려 무늬 삼아 만든 백을 보는 순간 '나'는 이렇게 느낍니다. '총을 머리에 대고 방아쇠를 당긴 느낌'이라고. "총알이 관통한 구멍 속으로 세차고 강렬한 한줄기 바람이 나의 머릿속을 시원하게 가로질러 가고 있는 듯하였다"라고. 잠깐, 그렇다면 현임과 그 남편이 그 백이란 말인가. 그것이 삶의 권태에 지쳐 자살하고자 엄살을 떠는 중년 부인의 허풍을 잠재웠단 말인가. 아무튼, 가죽공장과 백화점이라는 두 기둥만은 튼튼하군요. 거기에 걸린 숄더백이니까.

한정희

09_

시멘트 바닥에 싹틔운
민들레 씨앗
젊은 신진 작가들

김미월

「수리수리 마하수리」「편지를 배달하러 가다」

1977년 강원 강릉 출생. 2004년 「세계일보」 신춘문예에 단편 「정원에 길을 묻다」가 당선되면서 작품활동 시작. 소설집 「서울 동굴 가이드」가 있다.

시적 글쓰기와 산문적 글쓰기

김미월 씨의 「수리수리 마하수리」^{「문학사상」 2007년 1월호}는 김영주 씨의 「애야, 집이 어디니?」^{「문학사상」 2007년 1월호}와 나란히 읽어야 제 맛이 납니다. 전자는 천수경에 나오는 진언 한 토막. 색즉시공이고 공즉시색임을 제목에다 걸어 놓다니. 거기에다 대고 누가 감히 무슨 말을 할 수 있으랴. 아니 누구나 무슨 말을 해도 상관없는 일.

"근데 이 연못의 개구리 알은 안 드신다니까요." 누가 안 드시는가? 주지스님이군요. 18세의 애송이 사내가 중생 구제한답시고 중이 되어 주지스님을 모시고 있군요. 주지는 간식으로 개구리 알을 먹는 모양. 영도(影島)라는 법명까지 갖춘 애송이 중이 시방 길을 잘못 찾아온, 처녀치고는 제법 깊은 콤플렉스를 가진 강이라는 여인과 수작을 하고 있는 대목. 영도라는 법명도 그렇지만 절 이름 좋은사(棕櫚寺)와 조운사(遭雲寺)도, 단짝 친구들인 강과 란도 한결같이 의도적인 표현에 지나지 않는 것. 대화라 하나, 간화선의 경지까지는 아니고 기껏 해야 분위기 잡기 정도. "강은 그의 이야기에 열심히 귀를 기울인다. 하지만 듣는 도중 자신도 모르게 깜빡깜빡 딴생각을 하게 된다." 현재형으로 일관된 문체도 그렇지만 당초부터 작가는 할 얘기를 갖지 않았던 것. 단지 말에 반해 글을 쓴 형국. 시를 썼다고나 할까. '좋은사≠조운사'가 말해주듯 영도라는 법명이 그러하듯 말이 갖고 있는 '울림'에 매료되었다고나 할까. 이를 두고 시인들은 메타포라 부르는 것. "어디서 봤더라. 물론 기억할 수는 없다. 강은 오늘 그들과 처음 만났으니까. 그렇다면 이 생생한 기시감은 어디에서 오는가"에서 보듯 분별력이 처음부터 차단된 것. '유사한 것은 동일하다'(A=B)라는 비유법이야말로 친근성의 근거이지만 실로 어처구니없는 착오이지요. A는 어디까지나 A이지 B일 수 없는 법. 이 차이에 눈 감기가 시적인 것.

소설이 어찌 시일까 보냐. 김영주 씨의 「애야, 집이 어디니?」는 이와 썩 대조적인 것. 도무지 불친절하고 요령부득. 조각으로 치면 토르소 같다고나 할까. 읽노라면 모래 씹는 맛. 비썩비썩 소리까지 납니다. 용역회사원 동철의 일상을 다룬 이 작품은 서사성을 갖추기 위한 과정인 셈. '기시감'이 당초 부재할 수밖에.

그렇다면 김미월 씨는 산문을 쓸 줄 모르는 작가일까. 하루키풍의 데뷔작 「정원에 길을 묻다」^{2004년}를 쓴 작가이고 보면 그럴 이치가 없을 듯.

「편지를 배달하러 가다」^{「한국문학」 2007년 겨울호}에서 김미월 씨의 자질이 뚜렷하군요. 단편답게 정교하게 짜인 작품. 범생이에 지나지 않는 처녀가 주인공. 이름은 진선미. 과외선생으로 뛰다가 잘린다. 성의가 없었으니까. MP3 녹음기에 담긴 과외 내용이 이를 증명. 원룸으로 귀가 도중 MP3를 우체통에 버리고자 하여 투입구를 손가락으로 밀자 놀랍게도 연기가 났다. 우편물에 불이 났던 것. 누군가의 담배꽁초에 의한 것. 집배원이 달려와 불을 껐다. 대부분

김미월

불타 폐물이 되었다. 그중 타다 만 편지 발견. 아빠가 딸을 찾아가겠다는 것. 내용 일부만 남음. 그런데 보낸 자인 아빠의 주소만 분명. 이 편지를 소중히 간직한 진선미는 결국 그 주소로 찾아간다. 여기까지 이르는 과정을 김씨는 매우 정교히 짰습니다. 남자를 사이에 둔 친구 경이와 진선미의 관계가 그 하나. 다른 하나는, 이 점이 중요한데. 새어미의 딸 안선미와 진선미의 관계. 그 한가운데 진선미의 아비가 개입되어 있습니다. 지금은 죽고 없는 안선미가 자기와 의붓아비의 불륜 관계에 복수하기 위해 친딸 진선미를 이용하고자 한 것. 진선미의 편지 배달 욕망이란 그러니까 생부에 대한 애와 증의 갈등인 셈. 이만하면 산문의 글쓰기라 하겠지요.

김사과

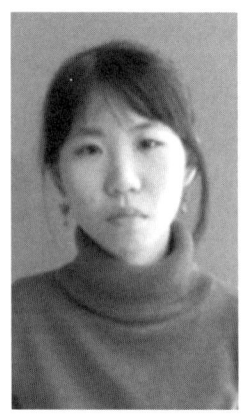

「이나의 좁고 긴 방」

1984년 서울 출생. 2005년 『창비』 신인상에 단편 「영이」가 당선되면서 작품활동 시작.

서술적 층위의 퓨전화

　　　　　김사과 씨의 「이나의 좁고 긴 방」『현대문학』 2007/년 3월호. 서울에서 유명한 종합대학 4년짜리 여대생. 이름은 보다시피 이나. 이 여대생의 삶(그러니까 자기의 몸값이 얼마짜리인가)을 다룸에 있어 신진 작가 김씨는 형식상 세 가지 서술방법을 취하고 있습니다.

　　(A) 이나가 빵에 바른 버터를 나이프로 긁어내기 시작한다. 긁어낸 버터가 식탁 위에 누렇게 쌓이고, 더럽혀진 식탁 위로 빵 부스러기가 쌓여간다. 이나가 나이프를 들고 버터를 긁어내는 손길은 캔버스를 긁어대는 화가의 손길처럼 진지하고 필사적이다. 화가는 자기가 슬럼프에 빠져 있다고 생각을 하는데 그러면서도 하루에 하나씩 그림을 완성하고 그림을 완성할 때마다 지독한 자살충동에 시달린다. 화가는 캔버스를 벗어나 하늘로 날아가는 흔적을 꿈꾸지만 붓은 언제나

캔버스 안을 맴돌 뿐이다. 화가는 매번 이번에 완성할 그림이 자신이 슬럼프에서 벗어났다는 것을 알리는 그림. 너무나도 압도적이어서 보는 사람들 모두를 스탕달 신드롬에 빠뜨리는 그런 그림이 될 것이라고 생각한다. 하지만 빈 캔버스에 눈길을 준 순간 화가는 캔버스가 자신의 시선으로 더럽혀졌다는 느낌을 받고 마는데, 화가는 도무지 그 느낌을 떨쳐낼 수가 없다. 그래서 캔버스를 냅다 아이보리블랙으로 밀어버리고 빈 물감통을 집어던진다. 울먹이며 캔버스를 긁기 시작한다. 바로 그런 식으로, 이나가 나이프를 들고 나이프로 버터를 긁어내기 시작한다.(서두)

보다시피, 여대생 이나의 아침 식사하는 장면. 빵 먹기, 칼질하기, 요컨대 화자의 '자살충동'에 해당된다는 것. 그러니까 (A)는 이나의 현실적 삶의 묘사이긴 해도 벌써 심리화된 것. 내면 묘사에 해당되는 것.

   (B) 요즘 이나는 아무것에도 집중을 할 수가 없다. 아무것에도 식욕을 느낄 수가 없고 자꾸만 체한다. 일상적인 감각이 무디어진다. 다른 사람들의 목소리가 자꾸 멀어지고 시야가 조각난다. 무엇보다도 특히 숙제를 할 수가 없는데 세상이 자신을 향해 천천히 무너져 내리고 있다는 망상에 시달리고 있기 때문이다.(111~112쪽)

이 역시 작가가 이나를 옆에서 묘사하고 있는 형식이긴 해도 내면 묘사의 일종인 것. 어째서? 이나의 망상을 그려냈기 때문. 그 망상이 어째서 통증인가를 보여주기 위한 포석. 그러니까 (B)는 내면 묘사인 셈.
  (A)와 (B)가 함께 작가가 그마나 거리를 두고 나름대로 그린 것이라면 (C)는 어떠할까.

(C) 도대체 뭐가 어디서부터 잘못되었는지 모르겠다. 아니 잘못된 것은 하나도 없다. 처음부터 끝까지 수십 차례 꼼꼼히 검토를 해보았지만 내 삶에서는 별다른 오류가 발견되지 않았다. 그런데 내 상상 속에서 미래의 나는 왜 오피스빌딩으로 빽빽하며 넓고 탁 트인 도로가 있는 깨끗한 도시의 커피하우스에서 미소를 짓고 있는 것이 아니라 두부공장에서 흰 모자를 뒤집어쓰고 흰 고무장화를 신고 커다란 주걱을 들고 두부를 휘휘 젓고 있단 말인가. 도대체 나의 빛나는 야망과 비전은 어디로 사라졌나. 아니 애초에 그런 것이 있기는 했나. 아니 없어도 상관없다. 나는 그것을 학교에서 받을 것이었기 때문이다. 나는 그것만 믿고 나의 영혼의 자리에 지식을 꽉꽉 채워 넣었다. 그런데 캠퍼스에 가득한 사치스러운 건물들에서 풍겨 나오는 여유와 권위는 도대체 왜 나한테 아무런 위안과 격려가 되지를 않는가. 왜 나는 온통 불쾌한 이물감에 시달리나. 왜 나는 초대장도 없이 비밀스러운 사교파티에 숨어들어온 것같이 불안하고 두려운가. 나는 돌아갈 영혼의 집도 없고 낡은 사진집을 들여다보며 보듬을 소중할 감정도 없고, 없고 또 아무것도 없고 또 없다.(120쪽)

이 장면은 이나의 내적 독백에 해당되는 것. 그러나 (A), (B), (C)는 거의 구분이 없습니다. 서로 뒤섞여 있으니까. 이름 '이나'가 '이·나'이듯 퓨전인 것. 그렇다면 어째서 작가는 이러한 세 가지 가짜 층위로 그려야 했을까. 이런 물음이 신인 김씨에겐 기법상의 문제와 무관하다는 답변이 나올 법하겠지요.

여기 한 여대생이 있다. 제법 괜찮은 대학에 다닌다. 얼마나 공들인 노력 끝에 들어온 대학이냐. 그런데 막상 덜컥 4년까지 다녀보니, 앞길이 보이지 않는다는 것. 살인 악몽에 시달리는, 이 불안 심리를 그려냄에는 낡아빠진 두 가지 서술방식이 있지요. '나는……' 식의 내면 묘사가 그 하나. 다른 하나는, '이나는……' 식의 객관 묘사. 이 두 가지를 뒤섞어놓으면 어떻게 될까.

김사과

세 가지 층위의 가능성이 엿보일 수도 있을 법. 문제는, 작가 김씨가 이러한 세 가지 층위에서 얼마나 자각적인가에 있겠지요. 기법이 내용을 결정한다는 명제를 음미한다면 모종의 돌파구도 뚫릴 법하지 않을까. 빌려온, 그래서 공허한 강남 지역에서 유행하는 단어 따위에 매달리기보다는 이 구성법에 유의한다면 어떠할까. 왜냐하면 신인작가 김씨에겐 매우 신선한 자질이 엿보이기 때문. 곧 이 작품 전체에 은은히 울리는 이미지와 목소리를 갖고 있으니까.

(1) 갑자기 어디선가 고소한 두부 냄새가 풍겨왔다.(116쪽)
(2) 유명한 사 년제 종합대학의 학생에게 어울리는 야망도 비전도 없고 매일같이 두부공장에서 일을 하는 어두운 미래를 예감하며 괴로워할 뿐이다.(119쪽)
(3) 그리고 버스와 지하철을 갈아타고 집으로 돌아오는 길에 두부공장 앞을 지나다가 그 고소한 두부 냄새에 가슴이 두근거리는 것이다.(121쪽)
(4) 하루에 한 걸음씩 두부공장으로, 두부공장의 삶을 향해―라는 것이 이나 운명의 캐치프레이즈인 것만 같다. 두부공장의 고소한 냄새와 기분 좋은 온기가 이나는 꼭 엄마의 품같이 편안하고 아늑한 것이다.(121쪽)

두부의 이미지는 '본래적인 것'.

김유진

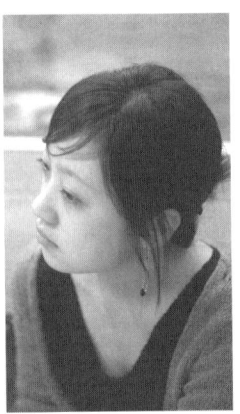

「눈동자」「어제」

1981년 생. 2004년 단편 「늑대의 문장」으로 『문학동네』 신인상을 수상하면서 작품활동 시작.

모호한 글쓰기

　　　　　신인 김유진 씨의 「눈동자」^{『문학판』2005년 여름호}는 불투명한 매력을 지닌 작품. 두 가지 에피소드를 번갈아 펼쳤음에서 그러하고, 각 에피소드 속의 서사적 전개 또한 그러합니다. 두 에피소드를 대체 어떻게 연결시켜 참주제로 응축시킨 것인가. 그 비밀은 앞부분에 있습니다. 구성으로 치면 두괄식이라고나 할까. 잠시 볼까요.

　여기 한 사내가 있습니다. 직업은 이삿짐센터 직원. 어느 날 모녀만 있는 집 이사에 나갔지요. 소처럼 눈만 껌뻑거리고 있는 모녀의 이삿짐에서 제일 결정적인 것은 피아노. 옮기다 그만 현관 유리문에 긁혀 앞부분이 심하게 패어 나무 속살이 드러날 정도. 두 모녀는 말없이 피아노의 상처를 유심히 살핍니다. 그 살핌의 표정을 작가는 이렇게 적었군요. "그녀들은 좀처럼 크게 움직이는 법이 없었다. 남자의 눈에 그 모습은 먼 데를 보고 있는 낙타들처럼 기묘해 보였다"라고. 이삿짐에서 제일 처치 곤란한 물건이 피아노 아닙니까. 멋진 소재이지요. 아니, 정확한 소재이지요.

이삿짐회사 직원인 사내란 그야말로 막노동꾼. 힘만 있으면 되는 직업이니까. 이런 사내가 어떤 곡절을 겪어 그야말로 섬세하기 짝이 없는 음악(피아노)의 세계로 빠져들어 마침내 이삿짐센터 직원의 신분에서 '작은 루빈스타인'의 경지까지 이르렀을까. 이런 물음의 해답이 작품 서두에 미리 제시되어 있습니다.

> 그가 순대와 염통과 간을 한 젓가락에 집어 들고 막 입에 집어넣으려 할 때였다. 무언가가 그의 귀에 속삭여왔다. 어떤 소리, 라고 생각하자마자 그 생각 위로 어떤 목소리, 라는 생각이 덧씌워졌다. 그리고 그가 어떤 목소리, 라고 정의 내리기 직전, 그것은 어떤 음악, 이라는 생각이 그때까지의 모든 생각을 지배했다. 그랬다. 그것은 하나의 음악, 이었다.(228쪽)

정석대로라면, 사내의 변모 과정을 중심으로 그려야만 했겠지요. 신인 김 씨는 그렇게 하지 않았습니다. 소녀(A)의 얘기와 막노동꾼 사내(B)의 얘기를 따로따로 전개하기 시작했지요.

그러기에 (A)가 주제인지 (B)가 그것인지 헷갈리게 될 수밖에요. 어째서 이런 구성이어야 한다고 작가는 판단했을까. 독자를 골탕 먹이기 위한 일종의 전략이었을까. 그렇지 않은 모양입니다. 제목을 보십시오.「눈동자」아닙니까. 대번에 우리는 물을 것입니다. (A)의 눈동자냐 (B)의 눈동자냐, 라고. 놀랍게도 (A)는 곧 소녀의 눈동자임이 판명됩니다. 그렇다면 이 작품이 겨냥한 데가 사내의 변모에 있지 않고 소녀의 죽음 지향성에 있단 말일까. 그렇다면 음악이란, 죽음을 향한 모종의 비밀에 해당되는 것일까. 상당한 혼란이 야기되고 말지 않겠습니까. 분명한 설계도 없이 쓰인 글쓰기의 일종이라고나 할까. 창작이기에 주어진 특권임엔 틀림없습니다. 조금 지나치긴 해도, 멋진 소재이니까.

토르소의 미학

- - - -

김유진 씨의 「어제」「한국문학」 2007년 봄호. 조각으로 치자면 토르소라고나 할까. 팔, 다리, 머리 부분이 없이 몸통만으로 된 조각상의 매력을 갖추고 있습니다. 팔, 다리 그리고 머리도 없지만 몸통만으로도 그것이 소년인지 노인인지 또 청년인지를 능히 알아볼 수 있다는 것. 이 대단한 원초적 조각상의 매력에 도전한 경우로 로댕의 「청동시대」를 내세울 법하지요. '최초의 사람'이라 로댕이 부르고 릴케가 입 빠르게 내부공간에 서 있다고 한 「청동시대」는 팔, 다리, 머리까지 있는 실물이어서 고소까지 당할 정도. 그럼에도 그것이 토르소로 느껴짐은 웬 까닭일까. 토르소의 매력이란 그러니까 아직 채 형상을 갖추지 않은 상태의 미학이라고나 할까. 로댕 같은 천재는 당초 이런 상 따위가 무용했을지도 모르긴 합니다만. 유의할 것은 아무나 로댕 흉내를 낼 수 없다는 점. 작가 김씨는 이 점을 잘 알고 있어 보입니다. 첫 대목이 이를 증거하고 있다고나 할까요.

사위는 아직 어두웠다. 허리까지 말려 올라간 면치마를 잡아끌었다. 눈이 어둠에 익숙해지기까지는 시간이 필요했다. 물살을 따라, 배가 규칙적으로 울렁였다. 시력은 늙은 말처럼 천천히 돌아왔다. 간소한 세간들, 낡은 장롱, 깨진 알전구, 이 나간 세숫대야, 쪽창문, 창문 밖 옅어지는 어둠이 보였다. 박명이었다. 뒤틀린 나무 벽 틈으로 바람이 새어 들어왔다. 차고 단단해진 코끝을 매만졌다. 초목이 무성하던 계절이 지나가고 있었다.

김유진

면치마, 어둠, 흔들리는 배, 낡은 세간들, 쪽창문, 나무 벽, 바람, 박명, 차고 단단해진 코끝, 초록의 계절 등 그 어느 것도 분명한 것이 없습니다. 박명 속에 모든 것이 잠겨 있는 형국. 그렇다고 사물의 윤곽이 안 보일 정도는 아님. 그러니까 면치마를 입은 여인이 흔들리는 배에서 쪽창문으로 나무로 된 벽 틈으로 들어오는 바람을 맞고 있는 가을이 어렴풋이 떠오릅니다. 매력은 이 어렴풋이 떠오르는 정경, 박명에 있습니다. "나는 창녀다. 나는 아내다. 나는 직장인이다. 나는 작가다!"라고 댓바람에 내세워 악을 쓰는 소설들에 주눅 들린 독자들을 상기해보시라. "나는 아무것도 아니다. 나는 무엇인지 모르겠다. 나는 혼자지만 또 혼자가 아니다." 뿐만 아니라 "나는 이름도 없다." 어째서? 아무도 묻지 않았으니까. 이름도 나이도 직업도 없는 '나'가 하는 얘기에 과연 독자들의 호기심이 주어질 수 있을까. 만일 있다면 왜일까. 토르소가 그 해답의 하나일 수 있겠지요.

드러난 '나'의 것이라고는 면치마에서 보이듯 여인이라는 것, 배와 관련이 있다는 것, 그리고 박명 속에서 흔들리고 있다는 것. 이것이 전경화되어 있는데, 얘기가 아무리 진행되어도 '나'의 정체성은 여전히 박명 속에 배와 함께 흔들립니다. 기묘한 것은 결말에 가서도 이 상태가 지속된다는 점. 요걸 몰랐지? 하고 끝에 가서야 밝혀지는 장난치기와는 별종의 소설인 셈. 미완이 그대로 완성이라고나 할까.

전체적으로 보아 이 작품이 미완성이며 자기 정체성의 결여로 일관되었지만 최소한의 줄거리는 있는 법. 이것조차 없으면 아예 소설이 되지 않으니까. 잠시 볼까요.

그녀는 십이 년 전 배를 인수했다. 배의 주인은 나의 조부였다. 그는 최초의 세탁선(洗濯船) 설계자였다. 처음 그가 한 일은 오래된 목선의 내부를 개조하는 것에 지나지 않았다. 세탁선은 멀리 운항할 필요도, 운항할 수도 없었다. 배의 건조는 시의 엄격한 규제 아래, 운행의 범위와 그 수량이 한정되어 있었다. 그는 목선의 지붕 위에 난간을 세우고, 건조대를 설치했다. 선실 내부를 넓게 트고, 몇 개의 아궁이를 두었다. 세탁선의 구조는 시간을 두고 서서히 발전했다. 찾는 이들이 많아질수록 규모는 더욱 커졌다. 그는 배의 층을 올리고, 세탁부들을 위한 방을 만들었다. 2층 선실 한가운데에 거대한 양조통 세 개를 두고 1층과 연결된 도르래를 만들었다. 세탁부들은 더 이상 빨래더미를 들고 위태로이 계단을 오르내리지 않아도 되었다. 그녀는 배를 인수하자마자 뱃머리에 개암나무의 잎과 열매를 그려 넣었다. 미신에 밝았다. 나는 그녀를 이모님이라 불렀다.(157쪽)

'나'는 그러니까 이모님이 선장이자 사장으로 있는 세탁선의 식구이자 일꾼. 그렇다고 이를 직업이라 할 수 있을까. 이모님이라 했으나 과연 그게 이모님일까. 이름도 성도 없는 이모님도 있을까. 굳이 '님'자를 붙인 것은 또 무엇일까. 조부와의 관계 역시 무규정 상태이기는 마찬가지. 그러나 이 중에서도 소설이 흩어지지 않게 버티고 있는 확실한 기둥이 하나 있습니다. 토르소로 치자면 바로 가슴팍의 그 몸뚱이에 해당되는 것. 세탁선이 바로 그것.

 세탁선이란 과연 무엇인가. 더러운 빨래를 세탁하는 영업이 배에서 이루어진다는 것. 이때 중요한 것은 다음 두 가지. 하나는, 세탁선이란 항해할 수 없다는 것. 운명적으로 한곳에 붙박여 있어야 한다는 것. 그렇다면 12년간이나 이 세탁선의 선장으로 있는 이모님은 무엇인가가 그 다른 하나. 많은 물닭(임시 세탁부)들을 방망이 하나로 다스리며 큰소리치는 덩치 큰 여선장이란 무엇인가.

 (A) 이모님은 민물고기를 낚듯, 빨랫감을 건져내었다. 그녀는 옷의 목덜미나 아랫단에 새겨진 이름을 보지 않고도, 그 주인이 누구인지 훤히 알았다. 그녀는,

김유진

옷을 통하여, 주인의 취향과 재정 상태를 쉽게 파악했다. 선호하는 색과 모양새, 옷감은 대체로 일관적이었다. 유행에 따라 소매끝단이나 길이가 조금씩 변형되기도 했다. 그녀는 또한, 각각의 옷이 지닌 내력을 기억하고 있었다. 누군가의 어머니로부터 물려받은 옷, 용도가 변경된 옷, 갓 지어진 옷, 맵시가 아름다워 모두의 부러움을 산 옷, 너무 오래되어 곧 버려질 옷들이 그녀의 손을 거쳐 갔다.(159쪽)

　(B) 나는 마을의 남자들이 이모를 향해 선장님, 이라고 굽실거리는 체하며 비아냥거리는 것을 오랫동안 보아왔다. 그들은 이모님의 사내다운 차림새와 풍만한 몸매의 부조화를 비웃었다. 배 구실을 제대로 하지 못하는 세탁선의 주인이라는 것 역시 놀림거리가 되었다. 이모님이 마을을 지나면, 기다렸다는 듯 음담패설을 쏟아내기도 했다. 여색을 즐긴다는 소문이 돌았다. 이모님은 모든 것을 묵묵히 삼켰다. 이 마을에 자리를 잡은 12년 동안, 그녀의 위상은 하나도 변한 것이 없었다. 한결같은 조소와 경계심이 있었다.(161쪽)

　(A)도 사실이지만 (B)도 사실이었을 터. 그렇다고 해서 이모님의 꿈이 없었을까. 이 꿈을 말함에 있어 작가는 토르소의 방식을 택했다고 볼 것입니다. 세탁선이 어느 날, 푸드덕 날개가 돋아 보름달이 뜬 강 위의 하늘로 소리 내며 날아가는 꿈을 작가는 펼쳐 보일 수도 있겠지요. 마도로스 파이프를 문, 장화 신은 선장이 된 이모님의 저 멋진 모양을 환각 속에서나마 보여줄 법도 하겠지요. 그러나 작가는 용케도 이 손쉬운 유혹을 물리치고 있습니다. 다만 현실 속에서 일어나는 일만 보여주고자 합니다. 그것은 '두 개의 어제'의 설정입니다. '12년간의 어제'가 그 하나. '또 다른 어제'란 세탁선 밧줄이 잠시 풀려 한순간 배가 움직인 바로 '어제'의 사건이 그것. 이 두 개의 '어제'란 실상 동전의 앞뒤와 같은 것. 그러니까 두 개의 어제가 지난 바로 오늘 이모님이 한 번도 사용한 바 없는 조타실로 뛰어들기가 그것. 과연 이 배가 움직일까. 이런 물음은 실은 우문에 지나지 않는 것. 다음 끝 장면은 토르소

의 미학이라 할 수 없을까.

    이모님이 내 어깨를 밀치고 조종실 안으로 들어왔다. 그녀는 조타기 앞에 섰다. 먼지로 뒤덮인 창 너머, 경계선이 사라지고 형체만이 남은 풍경들이 일렁였다. 나는 그녀에게 물었다.
    그것이, 움직일까요.
    이모님은 말없이 미소 지으며, 손에 들린 마른걸레로 조타기를 닦기 시작했다.

김유진

명지현

「충천」

1966년 서울 출생. 2006년 『현대문학』 신인상에 단편 「더티 와이프」가 당선되면서 작품활동 시작.

구성의 단일성

명지현 씨의 「충천」『현대문학』 2006년 12월호 은 그 지긋지긋한 가족 타령도, 지겹기 짝이 없는 자기 심리 분석도 아닌 작품. 그러기에 단숨에 읽히는 작품. 단편 특유의 단일성으로 밀어붙인 작법에서 온 결과. 첫 행이 단편의 단일성을 결판내는 거멀못이라면 이 작품의 그것은 이렇지요. "어서 나와라, 흙이나 먹어라. 선생의 눈가에 황토반죽을 붙였다"라고.

먼저, 선생이 있고 '나'가 뒤에 있지요. 선생의 눈가엔 황토반죽이 붙어 있고 제자인 '나'가 그것을 보고 있습니다. 선생이 "어서 나와라, 흙이나 먹어라"라고, 누구에겐가 하는 말을 '나'가 듣고 있습니다. 대체 이 사제관계란 무엇일까. 이런 물음이 환기하는 흥미의 초점은 선생이 말하는 대상에 놓여 있습니다. 선생이 말을 건네고 있는 대상이란, 벌레였던 것. 벌레이되 실로 기묘한 벌레였던 것. 이 의외성이 흥미 유발의 미학적 근거인 셈.

선생 눈에 벌레가 들어갔고, 그놈을 이끌어내기 위해 선생은 황토반죽을 붙였던 것. 그 벌레가 좋아하는 것이 황토였으니까. 대체 그 벌레란 어떤 것일까. 제목 '충천'이 그것.

어느 날인가 거나하게 취한 선생이 한자가 가득한 종이를 우리에게 보여주었다. 충천蟲天이라는 한자를 손가락으로 짚어가며 이것이 저 벌레의 이름이라고 했다. 충천의 고향은 중국이 아니라 태국이었다. 그래도 중국 운남성에는 2미터가 넘는 벌레집이 있다고 했다.

"쫑티엔이라 했던가. 하여간 그 비슷한 발음인데. 충천은 흙이랑 밀을 좋아한단다. 역시 흙을 먹는 놈이었어. 부화하면서 와르르 몰려 하늘로 오르는 은하수 벌레란다. 하나씩 돌아다니는 건 낙오병인 셈이지. 그 커다란 대열을 어떻게든 봐야 하는데. 이런 게 많이 모이면 빛이 어마어마하겠지?"(138~139쪽)

여기는 도자기 굽는 공방. 선생은 그 주인. 대학원을 그만두고 선생 밑에서 도자기를 배우는 제자인 '나'가 선생의 기묘한 행동을 그려내고 있다. 지난봄부터 공방이 있는 숲속에 반딧불이가 무리 지어 다녔다. 자기 힘으로 빛을 내는 이 벌레의 집을 찾아 헤맨 선생은 드디어 그 집과 그것의 알을 찾아냈고 그것을 공방으로 옮겨와 키웠다. 부화하여 하늘 가득 은하수를 이루는 황홀경을 보기 위함이었다. 전시회에 출품할 도자기 굽기 따위란 안중에도 없었다. 제자들이 흩어질 수밖에. 나만 남은 셈. 어째서? 충천의 집 현장을 선생과 함께 체험했으니까. 그런데, 선생의 이 소망이 지나쳐 또 다른 반딧불이 집을 털다가 그만 알이 터져 선생 눈으로 들어갔던 것. 선생 눈 속에서 알이 자라고 있다는 것. 선생은 황토 흙을 눈두덩에 붙여 벌레를 이끌어내야 했던 것. 바로 여기가 작품 입구인 셈.

작가는 여기에서 작품 구성의 단일성을 은밀히 배치했습니다. 선생 눈 속

명지현

에서 자라는 충천과 공방 속 집에서 기르는 충천이 언젠가 동시에 일제히 부화해 반딧불이가 되어 은하수를 이루며 밤하늘을 나는 황홀경이 그것. 선생이 충천의 집을 끌칼로 조심스레 깨기 시작합니다. 바야흐로 날아오르는 충천들. 빛 알갱이가 점점 늘어나 분수처럼 솟구칠 것이다. 그 순간 선생의 눈 속에 든 충천은 어떻게 될까. 이를 지켜보는 것이 제자인 나의 몫인 것.

비평적 포인트. 어느 분야에나 장인^{匠人}이 따로 있는 법. 어떤 형태로든 '충천스런 것'을 몸속에 기르는 자를 장인이라 하는 법. 사제관계란, 눈에 뵈는 충천(현실적인 것)과 안 뵈는 충천을 동시에 실현해 보이는 관계에 다름 아닌 것.

박현욱

「이무기」

1967년 서울 출생. 2001년 장편 「동정 없는 세상」으로 「문학동네」 신인작가상을 받으며 작품활동 시작. 2006년 세계문학상을 수상했다. 장편소설 「동정 없는 세상」, 「새는」, 「아내가 결혼했다」가 있다.

좋은 예술과 훌륭한 예술의 차이

박현욱 씨의 「이무기」「문학사상」 2006년 2월호는 이른바 대결식 소재. 딱 두 사람 사이의 대결이기에 행위 하나하나가 절대적일 수밖에. 실수란, 우연성이냐 필연성이냐를 문제 삼는 세계이지요. 이런 세계란 두 가지로 대범하게 가를 수 있지요. 도박이 그 하나. 다른 하나는 바둑. 전자의 확률이 50퍼센트라면 후자의 경우도 마찬가지. 고수의 경우 실력이란 막상막하. 풀포기에 이는 바람에도 승패가 좌우되게 마련인 까닭. 이 점을 신진 작가 박씨가 미리 아주 고전적 방식으로 밝혀놓고 시작합니다.

가로 42센티미터, 세로 45센티미터의 좁은 공간. 가로의 길이보다 세로의 길이가 조금 더 긴 것은 옛 사람들이 우주의 남북이 동서보다 길다고 생각했기 때문이라 한다. 가로, 세로 각각 열아홉 개의 줄이 교차한다. 삼백육십하나의 교차

점 가운데 아홉 개의 꽃점이 수놓아져 있다. 모난 바둑판은 땅을 의미하고 둥근 바둑돌은 하늘을 상징한다. 하늘과 땅이 만나 천변만화千變萬化가 펼쳐지는 무한한 길.(서두, 352쪽)

19세의 청년 강이 조용히 바둑판을 내려다보고 있다. 대국 시작 5분전. 여기는 입단 대국의 마지막 판. 14세 소년 김과의 재대국. 첫 대국에서 강은 반집으로 김에게 패배했다. 실로 근소한 차이. '반집의 승패'란 그러니까 승패를 명확히 하기 위해 만든 가상의 수치인 만큼 승자는 그럴 수 없이 짜릿하며 반대로 패자란 그럴 수 없이 괴로운 법. 백지 한 장 차이이니까. 그러니까 이번의 재대국은, 서로 벼랑 끝이긴 해도, 19세의 강 쪽이 더 결정적일 수밖에. 상대방 김 쪽은 소년에 지나지 않으니까. 입단 최종 나이가 18세로 정해진 마당에 가까스로 1년을 벌어 19세로 나선 강인 만큼 그야말로 벼랑 끝일 수밖에. 이 벼랑 끝 의식이란 어떻게 규정되는가. 이 물음이 이 작품의 참주제인 셈. 그냥 바둑이냐 프로 바둑이냐의 갈림길이 그것.

이미 많은 연구생들이 열여덟에 인생의 마지막 바둑을 두었다. 그중 일부는 열아홉에 한 번 더 인생의 마지막 바둑을 둔다. 18세에 이를 때까지 입단하지 못하면 연구생에서 퇴출당하는 것이다. 예외도 있다. 1군에 속해 있는 연구생 중 입단의 가능성이 보이는 이들에 한해 1년간 연구생 자격을 연장해주기도 한다. 연구생 출신의 일반인이 입단하는 경우는 아예 없다고 봐도 된다. 그들이 싸워야 하는 새로운 연구생들은 더 강했다. 치열한 경쟁은 연구생의 수준을 계속 향상시켰다. 과거의 천재들은 밀고 올라오는 새로운 천재들을 이겨내지 못한다.(356쪽)

위 대목에서 분명해지는 것은 그냥 바둑이 아니라 프로 싸움이라는 점. 입단을 못 하더라도 사람들은 바둑을 둘 수 있지요. 취미로, 또는 고상하고 변화무쌍한 놀이로, 도끼 자루 썩는 줄 모를 정도의 천상의 바둑 세계도 있긴 있지요. 그러니까 승부만을 집착하는 세계와 이를 떠난 고상한 바둑 세계가 따로 있는 법. 승부 바둑이냐 천상의 바둑이냐. 이 물음에 대해 작가 박씨는 매우 큰 욕심을 19세의 강에게 짊어지게 만들었군요. 승부와 천상 세계를 동시에 추구하기가 그것. 어느 쪽이 더 인간다우냐 혹은 더 잔인한가를 묻고 있는 형국. 이 두 물음은 '반집 차이'라고 작가가 우기고 있는 형국. 그렇다면 재대국에서 어떻게 되었을까. 반집 차로 승패가 갈렸군요. 전과 마찬가지로 강의 일방적 패배. 어째서? 김이 승부 바둑 일변도임에 대해 강의 바둑은 승부에다 고상함을 겸하고자 했기 때문. '오직 승부를 가늠하는 지상적 바둑'과 여기에다 천상적 바둑을 겸하고자 함이란 결함투성이, 탐진치^{貪瞋痴}에 빠져 헤매는 인간에겐 워낙 과욕이거나 주제넘는 것. 그럼에도 이 꿈을 버리지 못하는 법. 그러기에 다음 대목을 무시하거나 소홀히 할 수 없지요.

흑번을 잘 두는 기사는 승부에 강하고 백번을 잘 두는 기사는 바둑을 예술로 승화시킨다. 백번의 명국에는 아취와 품격이 어우러진 어떤 유장한 흐름이 있다. 그 흐름 속에는 단아함과 강인함이 어우러져 있어서 가만히 들여다보노라면 어딘지 슬픔과 맞닿아 있는 듯하다. 또한 슬픔이란 아름다움과 맞닿아 있다. 우리는 아름다움 속에서 슬픔을 느낀다. 아름다움의 이유가 완전함이라면 슬픔의 까닭은 결핍이다. 결핍이, 슬픔이 없는 아름다움은 인간의 시간 속에서 이내 그 빛을 잃게 된다.(357쪽)

백번을 두는 19세 강의 모습이 선연합니다. 화엄경에서 설하는 그리움^{悲}이 이와 유사할까. 작가 박씨가 말하고 싶은 것이 이제 자명해졌습니다. '천상의 바둑'이란 '지상의 바둑'과 공존하면서도 그 이상이라는 것. 말을 바꾸

박현욱

면, 소설 쓰기란 프로 작가 되기이긴 해도 그 이상의 존재라는 것. T. S. 엘리엇식으로 말해 좋은 작품이란 문학적 기준으로 평가되나 훌륭한 작품이란 그것만으로는 안 된다는 것. 이쯤 되면 제목이 어째서 '이무기'인가도 짐작되지요.

앞내 소에/ 앞내 소 이무기 산다/ 소낙비에도/ 다시 나는 햇빛에도/ 하늘 내음 어림인가/ 쉰 길 물속에서/ 이무기는/ 몸을 뒤친다.(김동리, 「이무기」)

쉰 길 청수를 기둥처럼 말아 올릴 그런 회오리바람만을 기다리는 작가의 야심.

고언 한마디. 이 작품의 경우, 연역법보다 귀납법 쪽이 바람직하지 않을까.

박혜상

「일렬로 행진해」

1966년 서울 출생. 2006년 『문학과사회』 신인상에 단편 「새들이 서 있다」가 당선되면서 작품활동 시작.

출구로서의 판타지 찾기

신인 박혜상 씨의 「일렬로 행진해」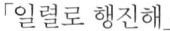. 참신합니다. 이 참신함이 구조의 견고성에서 온 것이기에 그만큼 돋보입니다. 밑도 끝도 없이 날뛰는 수준 이하 신인들의 주절댐과는 일정한 선을 긋고 있기 때문. 박씨도 신인답게 두 가지 신식무기를 갖추고 있군요. 폭탄 던지기bombing가 그 하나. 래커를 사용하여 벽에 몰래 낙서하기. 뉴욕의 지하철이 이 점에서 유명했던 것. 다른 하나는, 그룹 드렁큰 타이거의 5집 앨범 중 「긴급상황」. 긴급상황인지라 이렇게 되어 있을 수밖에. "지금은 긴급상황 하던 걸 중지해 지금 당장 지금은 긴급상황 일렬로 행진해 지금 당장."

앞의 무기는 '나'의 일상을 유지케 하는 것, 그러니까 이것 없이는 케이블 TV의 문자 자막계에 속하는 계약(임시)직인 '나'의 간당간당하고 조마조마한 일상성이 지탱될 수 없다. 언제 해고될지 모르니까. 전장일 수밖에. 일상이 전투니까.

 (1) 나는 마스크로 얼굴을 가리고 시가전을 취재하는 종군기자처럼 모래바람과 행군하는 사람들을 뚫고 달려간다.(129쪽)
 (2) 또한 계약이 만료되면 그들은 다른 전투지로 파견될 수도 있을 것이다.(132쪽)
 (3) 여느 날처럼 나는 전사들과 합류하지 않고 따로 나왔다.(135쪽)

살벌한 전장에서 세 번씩이나 선택을 강요당하면서 살아남기 위한 방도란, 기껏해야 '바밍'. 달리는 지하철에 또 그 벽에 래커로 커다란 고래 한 마리를 그려 넣기. 그것은 저 80년대 안성기와 송창식과 최인호가 어울려 '자, 떠나자, 동해바다로! 고래 잡으러'에 해당되는 것. 또 그것은 비틀스가 어째서 공산주의 아성을 허물어뜨렸는가에 대응되는 것.
이 나만의 '바밍' 그러니까 '내 방식의 바밍'의 가장 극적이자 아름다운 것은 어떤 것일까. 이를 보여줌에 있어서 신인 박씨의 솜씨는 멋지군요. 비정규 임시직과 편의점이 있는 거리와, 화생방 훈련이 벌어지는 광장과, 황사 속의 거리 모두를 한꺼번에 날려버리는 바밍이 그것. 그 환각에 이르는 과정이 아주 치밀하게 깔려 있지요.

 (A) 황사와 연무로 뒤덮인 테헤란로의 빌딩 숲 너머 곳곳에 솟아 있는 크레인들의 모습이 신기루처럼 보인다. 그러나 이 거리에서 내가 아는 판타지는 더벅머리와 그의 비둘기들뿐이다. 나는 가방을 사선으로 두르고 잠시 거리의 풍경을 일별했다. 이제 화생방 훈련을 받을 차례이다. 차량들의 엔진소음과 배기가스, 잠이 덜 깬 사람들의 입에서 풀풀 풍겨 나오는 구취와 그들의 행군 소리, 그리고 삐라를 나눠주는 후줄근한 일당 요원들이 이 훈련의 소품이다. 나는 마스크로 얼굴을 가리고 시가전을 취재하는 종군기자처럼 모래바람과 행군하는 사람들을 뚫고

달려간다.(129쪽)

(B) 나는 오로지 전사들에게 이 거리의 유일한 판타지를 보여주고 싶은 것이다.(138쪽)

그 판타지는 미친 더벅머리 사내와 그가 조종하는 살쪄 날지 못하는 비둘기를 공중에 솟아 있는 크레인 위에 올려놓기. 거기서 묘기 보여주기. 어느새 이 환각이 실제 상황으로 돌변한다면 어떠할까. 광장에 모여든 구급대원들, 사이렌 소리, 구경꾼. 아슬아슬한 묘기. 저 살쪄 날지 못하는 더러운 비둘기와 미친 더벅머리 사내의 아슬아슬한 공중묘기.

이를 수습함에 작가는, 또 하나의 무기를 꺼냅니다. '긴급상황'의 무기가 그것.

사람들은 그 자리를 떠나야 할지, 계속 지켜봐야 할지 결정을 내리지 못하고 있었다. 전함의 선회 속도가 점점 빨라졌다. 사이렌 소리가 다시 울려 퍼지자, 사람들은 그곳을 벗어나려 우왕좌왕하기 시작했다. 비둘기들이 일제히 날아올랐다. 푸드덕 날개를 털어내며 날아오른 새들은 현장을 떠나는 구경꾼들의 이마 위에 찍, 폭탄을 날렸다. 에잇, 이게 뭐야? 확성기 위에도 폭탄이 떨어졌다. 비명과 욕설을 퍼붓는 사람들을 뚫고 나는 전력을 다해 뛰기 시작했다. 지금이야말로 이 거리에 폭탄을 설치할 시간이다. 지금은 긴급상황 하던 걸 중지해 지금 당장 지금은 긴급상황 일렬로 행진해 지금 당장. 메시지들이 총알처럼 귓속으로 쏟아졌다.(결말)

두 개의 무기가 마주친 장면. 기적처럼 일어나는 순간이지요. 비둘기의 '반칙'이야말로 '긴급상황'에 해당되는 것.

여기까지 오면 작품을 참신하다 하고 그것이 '구조의 견고성'에서 왔다고

박혜상

한 까닭이 감지되지 않습니까. "날개야, 다시 돋아라/ 날자/ 날자/ 한 번만 더 날자꾸나/ 한 번만 더 날아 보자꾸나"(이상, 「날개」 결말)에 엄밀히 대응되는 것. 「날개」의 대선배가 신인 박씨를 두 손으로 감싸고 있기에 "참 너는 어떻게 할 거야?"라고 세 번씩이나 주위에서 물어도 잘 극복할 수 있었던 것.

부희령

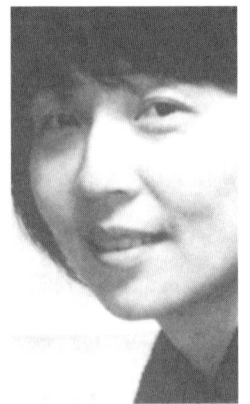

「꽃」

1964년 서울 출생. 2001년 『경향신문』 신춘문예에 단편 「어떤 개인 날」이 당선되면서 작품활동 시작. 장편소설 『고양이 소녀』가 있다.

꽃과 뭉개진 얼룩

　　　　　부희령 씨의 「꽃」 『Asia』 2007년 봄호. 특이한 작품. 여기서 특이함이란 호기심을 끌 만하다는 것과는 조금 다른 것. 첫줄이 이렇게 시작됩니다. "여자가 보고 있는 것은 벽지에 그려진 꽃이다"라고. 끝줄은 어떠할까. 왜 이렇게 묻느냐면 첫줄에 힘을 너무 실어놓은 것처럼 뵈기 때문. 여사여사한 곡절을 겪어 '그 꽃'이 어떻게 되었을까. 결과는 이렇군요. "그러나 눈을 뜬 여자에게 보이는 것은, 빛바랜 벽지에 뭉개진 얼룩일 뿐인, 꽃이다"이군요.
　여자가 꽃을 보았을 때 꽃은 꽃이었다. 물론 벽에 그려진 것이긴 하지만 주체적인 측면에서 본 꽃이지요. 그런데 이런저런 곡절을 겪다보니 그 꽃이 여자에겐 단지 수동적으로 보일 뿐. 어떻게? '꽃'이 아니라 '얼룩'이라는 것. 그냥 빛바랜 벽지의 꽃이 얼룩으로 보이게 된 곡절을 보이는 작가의 시선은 단연 특이합니다. 스스로의 육체에 대한 인식의 변화를 다루었기 때문. 그 인식의 자리가 아주 억세군요. 세련된 문장으로 표현되지 않았음이 그 증거.

벽에 붙은 종이에 그려져 있는 그 꽃들은, 땅속에 뿌리를 박고 피어난 자운영이나 능소화 같은 꽃들과 그 자태가 사뭇 다르다. 어물쩍 꽃이라는 이름으로 불리기는 했지만, 지금 여자의 눈앞에 있는 것은 채도가 낮은 분홍색과 보라색을 무딘 붓끝으로 뭉개놓은 얼룩에 지나지 않는다. 얼룩들은 옅은 비취색 배경 위에 일정한 간격으로 흩어져 있다. 세월의 때가 묻은 탓인지, 흰색이 많이 섞인 비취색 벽은 조금 의기소침해 보이기도 한다. 어쩔 수 없이 고집을 부리며 서 있는 듯한 '벽'이라는 사물에, 그 흐리멍덩한 의기소침함은, 의외로 잘 어울린다고 여자는 생각한다.(162쪽)

이처럼 누가 보아도 세련된 표현일 수 없지요. 남이 개척해놓은 수사학, 시인 나부랭이들이 개척해놓은 수사학에 기대지 않았기 때문. 이는 저 노회한 보르헤스조차 가까스로 깨달은 것이지요. '흐리멍덩한 의기소침'으로 작가 부씨는 말할 수밖에.

자기가 자기의 몸을 관찰하고 그것에 대한 의식의 역사를 기록해 보이고자 한다면 어떻게 될까.

(A) 여성의 성기를 왜 꽃에 비유하는 것일까? 남성의 성기를 꽃으로 표현하는 것을 보거나 들은 적이 있었나? 여자는 새삼 기억을 더듬어본다. '나는 그의 꽃을 빨았다' 또는 '그의 꽃이 몸속으로 들어오는 것을 느꼈다'는 말은 어색하고 낯설다. 여성의 성기를 꽃에 비유하는 것은 오목한 생김새 때문일까? 여성의 성기는 꽃처럼 보고 즐길 수 있다는 의미일까?(162~163쪽)

(B) "너 그거 만지고 있지?"

식은땀까지 흘리며 몸을 배배 꼬고 있는 어린 계집애를 보면서, 한 이불을 덮

고 자고 있던 언니가 소곤거렸다.(165쪽)

(C) 거울을 통해 몸의 낯선 부위를 들여다보다가, 소녀는 처음으로 자기 몸에 있는 구멍을 볼 수 있었다. 얼마 전 호기심으로 구입한 삽입형 생리대를 사용해보려고 했을 때, 끝내 찾지 못했던 구멍이었다. 겹겹의 살덩이에 둘러싸인 그것은 구멍이라기보다는 길게 찢어져 열려 있는 상처처럼 보였으며, 무엇인가 조금만 닿아도 금방 핏빛이 배어나올 듯했다.(167~168쪽)

(D) 여자가 기대했던 분홍빛 구름 같은 첫 섹스는 없었다. 기억나는 것은 진저리나는 구멍 찾기뿐이었다. 남자에게도 첫 경험인 섹스였으므로, 그는 식은땀을 흘리며, 여자의 거웃과 대음순, 소음순, 질에 이르는 살덩이들을 헤집었다. 거의 해부학적인 관심에 가까운 탐구였다. 마침내 여자의 다리는 제법 큰 원을 그리기 위한 컴퍼스의 다리처럼 벌어졌고, 남자는 삽입을 시도했다. 어쩌면 어느 순간까지 여자는 남자에게 따뜻하기도 하고 상냥하기도 한 감정을 기대했는지도 모른다.

(……)

"더러워."

다시 사람으로 돌아온 남자가 내뱉은 첫마디였다.(171~172쪽)

(E) 여자가 아무리 남자를 좋아한다고 한들, 이제 남자의 욕망은 여자와는 상관없는 일이다. 남자는 자신의 욕망 속에서 홀로 외롭게 헤엄쳐갈 것이다. 여자가 남자의 외로움을 위로하고 싶어한들, 여자에게는 남자를 위로할 힘 같은 것은 없다. 어쩌면 외로운 것은 남자가 아니라 여자일지도 모른다. 아무래도 좋고, 어쨌든 크게 달라질 일은 없다고, 여자는 생각한다.(175~176쪽)

(A)~(E)까지가 곡절에 해당되는 것. 남녀관계란 철저히 비대칭적이라는 것. 여기 작가 부씨의 글쓰기가 놓여 있습니다. 육체에만 집착한다면 남녀관계란 절대로 어울릴 수 없다는 것. 타자이기에 앞서 괴물이자 이물질이라는 것. 이 점의 소설적 의의는 무엇일까. 남녀가 섹스를 하고 가정을 이루

고 자식을 낳고 어쩌고 하는 모든 사업이란, 남녀대칭성의 전제 위에 선 것임을 염두에 둘 때 이 작품은 그것에 대한 도전이라 할 수 없겠는가. 안이한 종래의 소설적 주제에 대한 어려운 도전인 셈.

　고언 한마디. 딸 여섯이나 가진 집의 넷째 딸이기에 이런 비대칭성에 나아간 것일까.

서진연

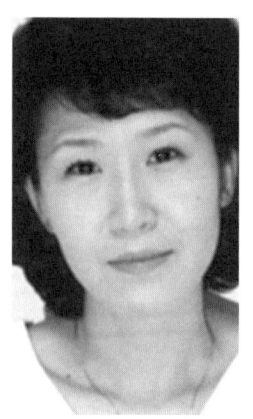

「글루미 선데이」

1969년 서울 출생. 2007년 『문화일보』 신춘문예에 단편 「붉은 나무젓가락」이 당선되면서 작품활동 시작.

게임과 반칙

　　　　　서진연 씨의 「글루미 선데이」『현대문학』 2007년 4월호. 비디오 가게 여주인의 삶과 내면을 그린 것. '나'로 일관하는 서술자의 자기고백, 자기변명, 자기합리화에 해당되는 것. 이런 유형의 글을 대할 때마다 독자의 곤혹스러움은 한결같을 수밖에. 말끝마다 '자기만 옳다'는 논법에 직면한다는 것. 물론 그럴 수도 있겠지요. 글쓰기 자체가 자기주장이며 자기변명의 일종일 테니까. 그렇다면 독자 측은 어떠할까. 주인공의 자기변명의 타당성 여부를 따질 수밖에. 여기에 작가 독자의 관계, 곧 게임이 시작됩니다. 게임인지라 독자를 설득하기 위해서는 더구나 간사하기 이를 데 없는 독자를 감쪽같이 속이는 고도의 술수도 불사할 수밖에. 그러나 게임인지라 규칙이 있는 법.
　규칙 (A)가 삶의 윤리감각(실생활)이라면 허구라는 점이 규칙 (B)인 셈. 이 둘이 얼마나 긴장감을 가져오느냐에서 비로소 설득력이랄까 고백체의 밀도가 결정되는 것.

「글루미 선데이」의 작가는 이 점에 비추어 어떠할까. 무엇보다 '나'는 생활인이라는 점. 가게 주인이니까. 실직자인 남편은 술주정뱅이로 전락, 폭력 행사를 밥 먹듯 한다. 자포자기의 상태. 그도 그럴 것이 어떤 일도 제대로 안 되니까(이때 우리는 대번에 물을 수 있다. 너만 그런 줄 아는가라고). 그다음엔? 갓난아기가 있다. 시방 앓아 입원 중이다. 주변엔 동생 수희뿐이다. 병든 아기, 병원, 가게를 오가는 그 중심부에 놓인 것이 남편이다. 가게, 수희, 아기, 그리고 '나'와 남편의 게임이 그곳에서 성립된다. 중요한 것은 이 게임이 게임으로 성립되었다는 점. 신진 작가의 역량이 이 점에서 빛났다고나 할까. 적어도 남편에 대해 게임 규칙이 주어졌다는 사실이 이를 증거한다. 폭력 행사의 다음 단계, 그 절망 속에서 그 규칙이 드러났다.

> 자기에게도 더 이상은 견딜 수 없을 것 같은 순간들이 있다고. 그렇지만 그것을 견디는 법도 있다고. 갖고 있다고는 말하지 않았지만 그렇게 생각하며 견딘다고 말했었다.
> 걱정하지 말아요. 나 역시도 끝내지 못해요. 그럴 용기도 없어요. 그냥 가지고 있으려고요. 마음이 좀 편해질 거 같아서요. 적어도 이렇게 비참해지지는 않을 거 같아서요. 당신도 그랬다면서요. 그냥 언제든 끝낼 수 있다는 생각만으로도, 연연해하지 않으며, 그냥 모든 게 다 견뎌지더라면서요.(86~87쪽)

이 규칙은 소중합니다. 남편이 규칙을 어기고 자살해버린다든가 '나'는 끝내 살아남는다는 것 따위는 규칙 위반과는 무관한 것이니까. 그것은 별개의 규칙에 해당되는 것.

이 작품의 규칙 (B)는 어떠할까. 글쓰기가 안고 있는 모종의 규칙이 그것. '나'가 소설가 지망생이라는 것. 일기 쓰기에 매진했다는 것. 그렇다면 일기란 무엇인가. 글쓰기의 일종인 것. 또 그렇다면 글쓰기란 무엇인가.

결혼 전 애인이 있었다는 것은 그도 처음부터 알고 있었다. 그 예전 애인과의 정리기간 역시 인내하며 기다려주었었다. 그러고도 그에 대해 서운하다거나 하는 내색 한 번 안 하며 묵묵히 학교와, 아르바이트를 했던 엄마네 가게를 왔다 갔다 하던 그였다. 그러나 그냥 알고 있을 때와 그 당시의 상황과 내면의 세밀한 심리까지를 '일기'라는 여과 없는 형식을 통해 알게 되었을 때의 차이, 그 상실감 때문이었을까. 그 시간의 고통들이 문득 되살아나기 시작했기 때문이었을까.(75쪽)

'나'를 최후로 구제할 수 있는 것도 이 글쓰기에 있다는 것. 남편이 자살한 직후 '나'도 자살할 것인가 아닌가의 게임에 열쇠를 쥐고 있는 것이 바로 다시 일기 쓰기 여부에 걸려 있다는 것. 주인공의 게임 규칙과 독자와 작가의 게임 규칙이 이 점에 병행됩니다.

서진연

안성호

「나비」

1968년 경남 함안 출생. 2002년 『실천문학』 신인상을 수상하며 작품활동 시작. 소설집 『때론 아내의 방에 나와 닮은 도둑이 든다』, 장편소설 『마리, 사육사 그리고 신부』가 있다.

서사적 마인드

신인 안성호 씨의 「나비」『문학동네』 2005년 여름호는 이른바 나비 타령의 일종. 수많은 나비 타령이 『장자』이래 있어왔지만 여전히 매력적인 이유는 무엇일까. 작자 안씨가 이 물음에 썩 근사한 해답을 내놓고 있습니다그려. 그 해답이란 '애기식'으로 해놓았기에 참신함일 수조차 있군요. '애기식'이란 새삼 무엇이뇨. 말을 하고 싶음과 듣고 싶음이란 인간의 기본적 충동이 아니겠는가. 이 충동은 인간 본능에 뿌리를 둔 것이지만, 또한 끊임없이 노력함으로써 보석처럼 빛날 수가 있는 법. 그 노력을 점검할 수 있는 한 시점에 나비 타령이 놓여 있습니다.

한 초병으로부터 얘기가 시작됩니다. 여기는 교도소. 때는 2004년 8월 둘째 주 수요일. 입대한 지 얼마 안 된 초병이 두 시간째 망루에서 보초를 서고 있다. 하필이면 여자 죄수가 있는 곳. 죄수들이 매일 뜰에 나와 운동하는 것을 감시하기. 그중 여자 죄수 한 명에게 유독 눈이 머문다. 왜? 뜰에 날아든 나비를 그녀가 잡아서 삼키곤 했으니까.

　　특별히 관심을 끌 만한 것이 없는, 이십대 초반의 죄수였다. 그저 평범해 보이던 그 여자가 초병의 무관심에 심대한 타격을 준 사건은 초병이 나른하게 허공을 응시하다가 망루 아래로 시선을 떨어뜨리면서 일어났다. 망루 밑으로 걸어왔던 여자가 철망 안에 자라던 엉겅퀴에 앉은 나비를 잡아 입 안에 넣었다. 이에 놀란 초병은 뒷걸음질쳐 사령실로 전화를 했고, 일직사령을 서던 제4광구 부장은 교도소 경비를 서는 초병이 쓸데없이 나비 따위에 신경을 쓴다며 꾸짖었다. 그리고 말끝에 이런 식으로 하면 이번 주에 있을 초병의 백일휴가를 반납해야 할지도 모른다며 엄포를 놓았다. 그럼에도 초병의 총구는 여자를 향해 있었다.(342쪽)

　신인답지 않은 작가의 솜씨가 뚜렷합니다. 푸코의 저 고명한 저서 『감시와 처벌—감옥의 탄생』을 들먹거리지 않더라도, 감옥이라는 근대적 장치가 지닌 기묘한 효과는 죄수도 감시자도 같은 레벨에 놓인다는 것. 어느 한쪽이 우위일 수 없다는 것. 감옥·병원·병영·학교 등에 높은 울타리를 쳐놓고 일상적 현실과 구분해서 격리시켰을 때, 실상 그 울타리 속의 인간도 의식의 변혁을 일으키지만, 그 바깥의 인간도 꼭 마찬가지로 의식의 혁명에 돌입한다는 것. 조금 힘주어 말해 감옥 안의 죄수 쪽보다 그 바깥의 인간 의식이 크게 변환한다는 것. 그러니까 근대란 이러한 제도적 장치에 의해 인간 의식의 변혁이 이루어짐을 가리킴인 것. 또 말을 바꾸면 권력이란, 일방적으로 소유할 수 없다는 것. 양쪽이 서로 권력을 분유分有할 수밖에 없다는 것. 이러한 근대적 논리를 얘기식으로 보여줌에 소설이 갖는 서사적 마인드가 있다면 어떠할까.
　신인 안씨는 이 점에 썩 민첩합니다. 실상 감시 대상인 여죄수는 나비 따

안성호

위를 잡아먹은 바 없지요. 단지 주어진 시간에 햇볕을 받으며 산책 혹은 운동을 했을 뿐. 여죄수가 나비를 잡아먹는다고 착각한 것은 실상 초병의 무의식이 만들어낸 헛것이었을 뿐. 그럼에도 그 헛것 만들기의 원인 제공자는 여죄수가 틀림없지요. 초병의 무의식이 만들어낸 헛것의 명칭이 '나비'라는 것. 초병의 무의식 속에서 억눌릴 대로 억눌린 모종의 욕망이 나비 모양을 띠고 여죄수의 몸 위에서 하늘거렸던 것이죠. 만일 이 헛것을 제어할 힘이 모자란다면 어떻게 될까요. 죽음으로 치달을 수밖에. 초병의 죽음이 그것.

그렇다면 초병만이 그러했을까. 여죄수 역시 마찬가지. 짝사랑의 대상인 교수를 칼로 찔러 죽인 이 여죄수의 살인 동기도 나비였던 것. 곧 억압된 무의식이 나비의 모습으로 분출해 올랐던 것. 그렇다면 죽음을 불러오는 이 헛것에서 벗어나는 방도는 무엇일까. 작품의 참주제가 깃들인 대목.

　　다음 날 소장은 여자 광구의 망루에 서 있었다. 운동장에서 우왕좌왕하는 여자들 속에서 유독 그녀의 모습이 뚜렷하게 보였다. 햇빛 한 주먹이 그녀의 머리 위로 출렁거렸다. 소장은 인터폰으로 일직사령에게 말했다.
　　"교도소 담장 위로 길게 방충망을 쳐야겠네. 가을이 오기 전에 말일세."(359쪽)

아예 방충망으로 나비 접근을 막는 길이 그것. 잠깐, 그렇다고 살인의 욕망에서, 죽음의 욕망에서 과연 벗어날 수 있을까. 대 프로이트 선생에게 물어볼까요. 선생 왈, 어림도 없는 일. 에로스(삶의 충동)와 타나토스(죽음의 충동)란 동일한 뿌리에 닿아 있으니까.

염승숙

「수의 세계」

1982년 서울 출생. 2005년 『현대문학』 신인상에 단편 「뱀꼬리왕쥐」가 당선되면서 작품활동 시작.

0+0=8인 까닭

염승숙 씨의 「수의 세계」[『현대문학』 2005년 12월호]는 어째서 0+0=8인가를 증명하고자 역주하는 모습이 투박하긴 해도 아름답습니다. 첫줄이 이러하지요. "세상에 태어나 '0'으로 존재했던 사내가 있다"라고. 신진 작가의 패기랄까 대단한 상상력이 소설의 등줄기를 이룬 형국. 0으로 존재했던 사내의 일대기라 했을 때 떠오르는 일반적 생각은 아무것도 하지 않고 그냥 존재한 경우이기 쉽지요. 고대 인도인에 의해 발명된 이 절대적인 개념은 불교에서 말하는 이른바 공(空)에 직결되는 것 아니었던가. 0은 거기에 어떤 숫자를 보태거나 빼거나 곱하거나 쪼개어도 여지없이 0으로 되고 마는 절대성이 아니었던가. 관념의 끝, 추상적 사유의 끝이 거기 엄존해 있었던 것. 이 블랙홀 앞에 선다면 소설은커녕 그 어떤 것도 성립될 수 없는 법. 신진 작가 염씨는 이 사실을 알고 있기에 아예 0에서 벗어나고 있습니다. 0을 뺀

나머지 실수實數를 문제 삼았음이 그것. 말을 바꾸면 실수의 육체화를 겨냥함으로써 관념세계에서 몸의 세계로 이동, 이른바 구체성을 획득합니다. 소설의 육체를 확보했다고 하겠지요. 작가의 민첩성은 이 몸에 새겨진 실수란, 0의 통제 아래 또는 0을 전제로 한 사유 범위 안에 속한다는 점에서 오고 있습니다. 작가가 0으로 존재했던 사내의 탄생에서 얘기를 시작함도 그 때문.

> 이 이야기는 그가 태어날 당시 몸 구석구석 숫자가 새겨져 있었던 것에서 비롯된다. 숫자는, 고딕체로 굵게 지정된 글자처럼 태어나는 순간에 바로 도드라져 보였던 것은 아니지만 아기가 울음을 터뜨린 지 달포가 지났을 무렵에는 점자처럼 오돌토돌하게 튀어나와 누구라도 식별이 가능하리만큼 확연해졌다. 가령 숫자 1은 납작한 콧잔등에서 발그레한 오른뺨을 향해 수줍게 내리그어져 있었고, 숫자 2는 왼쪽 귓바퀴를 뺑 돌아나가는 길목에 날렵하게 자리해 있었다. 마치 문신처럼 아기의 몸에 그려져 있는 숫자들을 가장 먼저 발견한 건 당연히 죽을힘을 다해 그를 세상에 내보낸 그의 어머니였는데 불행히도 말을 하지 못했던 그녀는 단 한마디의 감탄사도 내지를 수 없었다.(146쪽)

사람은 살덩이로 태어나는 게 아니라 숫자로 태어난다는 것, 몸이 곧 숫자로 이루어졌다는 것. 그 기본 숫자는 1이 먼저이고 이어서 2의 순서를 이룹니다. 벙어리였던 아기 엄마가 맨 먼저 눈치 챈 것은 3이라는 숫자였다. 잇달아 아기 엄마는 4, 5, 6, 7의 숫자를 아기 몸에서 찾아냈다. 마침내 9도 찾아냈다. 항문에서부터 고환에 이르기까지 얇지만 매끄럽게 이어진 숫자가 바로 9였던 것. 동양에서 말하는 극수極數가 아니겠는가. 정확히 퇴근한 중학교 수학 교사인 아기 아빠에게 그녀가 수화로 말했다. "8은 아무리 찾아도 없다"라고. 그러나 남편은 여지없이 숫자 8을 찾아냈다. "없는 건 0이오. 양 겨드랑이에 그려진 두 개의 0을 붙이면 8이 되는 거니까"라고.

이로써, 1에서 9까지를 송두리째 몸에 갖춘 아이의 이름을 '영'이라 지었다. 공영이 그 이름. 그러니까 아이는 완전한 하나의 '수'가 된 셈. 대체 이 아이의 일생은 어떠할까.

(1) 열두 살 때 : 아이는 생일날 할아버지 유령을 만난다. 온 집 앞 구석구석이 숫자로 되어 있음을 확인한다. 조상도 자기도 모두 숫자.

(2) 열다섯 살 때 : 바깥으로 놀러 간 아이는 온 세상이 숫자로 되어 있음을 확인.

(3) 스물한 살 때 : 여인을 사랑하게 됨. 그녀 역시 숫자로 연결됨(사랑조차도!).

공영이 그녀에게 반한 이유는 바로 그녀의 이름에서부터 시작되는데 얼토당토않게도 그녀의 이름은 '하나'였다. 그녀의 성이 김, 이, 박, 최, 정, 강, 조, 윤, 장, 임 등속의 우리나라 10대 성씨 중의 '하나'였는지, 천방지축마골피를 거쳐 제갈, 선우, 망절, 서문, 황보, 독고, 동방 중의 성씨를 가진 '하나'였는지는 전해지는 바가 없다. 그녀는 단지 '하나'로만 일컬어져 왔다.(156쪽)

"너를 만나기 전에 나는 n이었는데 너를 만난 후에 나는 비로소 n+1이 되었어"라는 상태. 하나에서 모든 것이 출발하기에 그녀(하나)는 가장 위대한 출발점일 수밖에. 그러나 실상은 그렇지 않았다. 희랍 철인들은 '하나'를 수로 보지 않으니까. 어째서? '하나'란 존재 자체니까. 0과 엄밀히 대응되었던 것. 그러니까 공영과 하나의 사랑이란 절대로 이루어질 수 없는 법.

(4) 절망해서 여행 떠남 : 이런저런 이상한 경험 뒤에 도착한 곳은 어떤 도시. 여행 종지부.

(5) 공영의 귀가 : 30년간 잠자기, 깨어나자 백발로 변했고 다시 모험을 떠났고 그러다 죽었다는 것.

염승숙

잠깐, 대체 작가 염씨는 무엇을 겨냥한 것이었을까. 한갓 『이상한 나라의 앨리스』를 숫자 타령으로 풀어본 것일까. 아마도 작가는 이렇게 대답하겠지요. "나는 다만 온몸이 숫자로 이루어진 공영이의 일대기, 그러니까 평전을 썼을 뿐이다"라고. "자, 보시라"라고.

(A) 공영이 자라 열두 살이 된 어느 날 공영 그 자신의 일생을 규정짓는 커다란 사건이 일어났다고 전해진다.(149쪽)

(B) 그들을 뒤로하고 마침내 공영은 긴 여행의 종지부를 찍었다고 전해진다.(167쪽)

공영의 일대기를 그리되, 일정한 거리를 두고 서술한다는 것. 우화소설과 현실소설의 중간점에 글쓰기의 가능성의 중심을 두고 있는 형국.

유은희

「어린 거인의 집」

1963년 서울 출생. 2005년 『문학사상』 신인상에 단편 「달의 이빨」이 당선되면서 작품 활동 시작.

심장이 둥둥 울리는 사람

- - - -

유은희 씨의 「어린 거인의 집」『문학사상』 2006년 11월호은 시인의 심장을 가진 강력계 형사의 얘기. 아니, 장애인 아기를 가진 한 아비의 얘기. 아니, 지킬 박사와 하이드의 얘기. 아니, 보통사람이 겪는 일상사의 한 토막 얘기. 이 네 가지를 한꺼번에 조직해내는 신인작가 유씨의 공들인 솜씨가 돋보입니다.

"야비한 놈일 겁니다."
 침묵을 깨고 김이 속삭인다. 어둠 속에서 김이 우두둑 손가락을 꺾는다. 심장이 순간 꿈틀한다. 이어 그것은 놀란 북처럼 울어댄다. 둥 두두둥—둥둥 두두둥—언젠가 김의 손가락을 부러뜨려야 할 것이다. 심신은 부주의한 손가락도 견디지 못할 정도로 나약해졌다. 시계의 야광숫자를 확인한다. 네시. 놈이 활동할 시간이다. 놈은 늘 새벽 네시에서 다섯시 사이에 움직인다. 아내가 일어나는 시간이다. 아내도 늘 그 시간에 일어났지만 집안을 벗어난 적은 없다. 아내가 놈을 알았다면 이곳을 배회하다 불시에 놈의 기습을 받고 깨끗하고 홀가분한 영혼으로 신의 나라에 들어가기를 바랐을지도 모른다. 그러나 아내는 놈의 존재를 몰랐으므로 새벽에 일어나 집안만을 맴돌았다. 커튼 사이로 틈이 있는지 살피고, 지난밤 꽂은 안전핀을 다시 꽂아 양쪽 커튼 자락이 벌어지지 않게 했다. 아내가 두려워하는 건 도둑이 아니라 빛이었다. 새벽의 점검은 실상 무의미했다. 빛을 완전히 차단하는 커튼은 없었다. 그럼에도 아내는 새벽마다 눈을 떴다. 아이가 빛에 흥분하는 건 유전인지도 모른다.(서두)

"야비한 놈일 겁니다"라고 말하는 김이란 동료이자 후배 형사. 김의 손가락 꺾는 소리에 심장이 꿈틀하는 자는 이 작품의 화자이자 주인공인 노련한 강력계 형사. "새벽 네시. 놈이 활동할 시간"이라는 그놈이란 대체 누구일까. 그야 범인일 테지요. 골목길에서 여인들의 금품을 털며 뒤통수를 쇠뭉치로 치는 흉악범. 형사 아내는 놈의 희생 범위에서 벗어나 있는 형국. 어째서? 아내는 새벽 외출은 하지 않으니까. 아내를 위협하는 것은 따로 있었으니까. 빛이 그것. 어째서 빛이 공포를 가져왔을까. 아이 때문.

여기까지 용케도 작가 유씨는 '나는……'식의 일인칭 단수 대명사를 한 번도 쓰지 않았군요. '나는……'식이 아니면 감히 땅띔도 못 하는 이 나라 소설판에서는 썩 이례적이라 할까요. 좌우간 동료형사 김, 범인, 아내, 아이 그리고 주인공 '나'가 동시에 제시됩니다. 이들이 엉겨 펼치는 내용이란 단일성으로 귀착될 수밖에. 소설의 초점이 선명해야 되기 때문. 그 단일성이란 무엇인가.

(A) '도둑=나'의 도식. 망가진 절단기 쇠뭉치로 나약한 여인 뒤통수를 치는 도둑이란, 실상은, 나약하기 이를 데 없는 청년일 수도 있다는 것. 노련

한 형사인 '나'의 처지에서 보면 이 도둑은 실로 어리석기 짝이 없다. 이놈은 조심성이 모자랐다. 순찰차가 올라가자 재빨리 샛길로 숨는다. 잠복근무하는 '나'의 시선에서 보면 이는 분명 과민 반응이다. 놈이 그만큼 신출내기라는 증거. 왜? 과민 반응이란 오히려 자신을 노출시키는 법이니까. 놈이 '나약하다'는 증거. 놈을 잡아야 하는지 망설인다. 경험 부족인 형사 김은 '나'의 이러한 깊이를 이해 못 한다. 따라서 김은 숨은 도둑을 놓친다. 오늘은 그러니까 놈이 운이 좋은 편. 왜 '나'는 놈을 잡지 않고 망설이고 또 놓아주었던가. '나=도둑'이기 때문. '나약하다'에 공감했기 때문.

(B) '나=아내=아이'의 도식. 아내가 빚을 두려워함은 나약하기 때문. 왜? 아이가 나약하기 때문. 그들 부부가 사내아이를 낳았다. 아주 잘 자랐다. 그런데 정신박약아였다. 아이 몸집이 커짐에 따라 견딜 수 없을 만큼 기괴한 현상이 벌어졌다. 아내는 살해충동을 견디지 못했다. 성난 성기를 꺼내 흔드는 괴물 형국의 아이를 누가 견딜 수 있으랴. 그런 것은 브라질의 카니발에서나 가능한 일. 이 '아내'의 범죄 심리를 두고, 전문가 중에도 고수인 형사 '나'는 어떻게 다루어야 했을까.

참주제가 걸린 대목. 정답은 '시인 되기'인 것. 어째서? '나' 역시 살해충동에 함몰되었으니까. 적어도 진실 앞에서 모질지도 독하지도 못한 것이 인간이니까. 작가는 이런 인간을 두고 '시인'이라 우깁니다. 심장이 북처럼 울리는 사람이란 시인밖에 없다는 것.

비평적 포인트. 신출내기 김과 노련한 형사 '나'의 병행 설정이 너무 경직되었음.

유은희

윤이형

「절규」「셋을 위한 왈츠」「안개의 섬」

1976년 서울 출생. 2005년 중앙신인문학상에 단편 「검은 불가사리」가 당선되면서 작품활동 시작. 소설집 「셋을 위한 왈츠」가 있다.

뭉크의 「절규」에서 얻은 상상력

윤이형 씨의 「절규」〈문학사상, 2006년 4월호〉는 뭉크의 저 유명한 그림 「절규」에서 발상을 얻은 것. 정미경 씨의 이상문학상 수상작 「밤이여, 나뉘어라」의 발상과 흡사한 것. 물론 그 지향성은 아주 다릅니다. 작품이란 무엇보다 창작 동기가 중요한 법이니까. 정미경 씨가 노르웨이 화가 뭉크의 「절규」를 본바닥에 가서 확인한 발상이라면 신인 윤씨의 그것은 국내에서 확인한 「절규」입니다. 그것도 상암 경기장에서. 이 작품 전체를 규정하는 그러니까 논문으로 말하면 결론이 먼저 나와 있는 셈. 아니 꼭 그렇지는 않군요. 작품의 입구와 출구가 동시에 서론(머리)에 제시된 형국이라고나 할까. 이 점에서 작가 윤씨의 솜씨는 썩 명석합니다. 적어도 알쏭달쏭하게 안개 따위를 피우지 않았군요. 자신이 있다는 증거.

나, 돌아간다. 미안하다는 말은 하지 않을게. 고맙다는 말도 하지 않을게. 그런 거, 촌스럽잖아. 며칠 전에 우연히 상암 월드컵경기장 근처를 지나다가 끌리듯 축구 경기를 보러 들어갔었어. 혼자서 영화라도 볼까 하고 CGV를 찾아갔던 참이었는데, 안에서는 FC 서울과 성남일화의 경기가 한창인 모양이었어. 무심코 극장 쪽으로 걷는데 경기장 바깥으로 엄청나게 큰 소리가 들리는 거야. 누구누구 파이팅! 이라고. 그라운드를 관통해 경기장 바깥까지 나올 만큼 커다란 성량이었어. 내가 아는 한 그렇게 큰 소리를 질러댈 수 있는 사람은 너밖에 없는데 말야. 전반전이 이미 끝나가고 있었지만 나는 표를 사고 안으로 들어가서 목소리의 주인공을 찾아보려고 했어. 파이팅! 그 소리는 간헐적으로 드문드문 들려왔기에 나는 조금씩 조금씩 다가가는 수밖에 없었지. 하프타임 때 겨우 성남일화 서포터즈석에서 목소리의 주인공을 찾아냈는데, 그녀는 병아리처럼 샛노란 레플리카를 입은 아주 건강해 보이는 아가씨였어. 나는 후반전이 끝날 때까지 그녀의 뒤에서 그녀가 누군가를 위해 밝게 웃으며 허공에 커다란 격려를 띄워 보내는 걸 듣고 있었어. 수진아, 이런 말을 하면 너는 웃을지도 모르겠지만 어쩐지 난, 언젠가 이런 곳에서 비슷한 모습을 하고 있는 너의 모습을 발견하게 될 것만 같다.(서두)

이것은, 수진이라 불린 '나'에게 1년 동안 좁은 원룸에서 동거한 바 있는 혜안이 보내온 편지. 이 두 여인의 직업은 무엇이었던가. 작가 윤씨의 민첩성이 돋보이는 대목. 남의 속 터지는 절규를 대행해주고 돈 받는 직업이 그것. 설마 그런 직업이 있을까라고 고개를 갸웃거릴 사람도 있겠으나 천만의 말씀. 모든 예술이나 문화적 현상(종교까지 포함)이란, 궁극적으로는 타인의 그 속 터지는 그래서 그냥 두면 골병들어 죽을 수밖에 없는 절규를 일정한 수준에서 대행해줌이 아니었을까. 그럼에도 이 작품에서는 그런 냄새를 풍기지 않는데, 작가의 남다른 배려가 작동하기 때문. 그 남다름이란, '타인의 절규=나, 우리의 절규'의 등식에서 옵니다.

윤이형

발상법 자체도 썩 신선합니다. 자기 대신 절규해줄 것을 의뢰하는 사람들이 사방에 지천으로 있다는 것. 그런 의뢰인의 종류도 갖가지라는 것. 이에 응하여 남의 것을 대신 절규해주고 대가를 받는 직업(절규라는 인터넷 카페 운영하기)이란, 주고받기 원칙의 상업 행위인 만큼 건전한 세상의 질서임엔 틀림없지요.

문제는 바로 이 상행위의 성립 조건에 있습니다. 어쩐 일인지 '나'(수진)와 혜안도 꼭 같이 절규하기에 직면해 있는 무리였다는 것. 그러기에 대신 절규해주기를 바라는 의뢰인이란 타자 아닌 '나' 자신이라는 것.

> 그러니까 우리는 일종의 퍼포먼스 아티스트였던 걸까. 셰익스피어보다 더 셰익스피어를 잘 아는 셰익스피어 배우 같은? 아니, 우리는 그보다는 제 혼이 아닌 무언가를 접신하여 타인의 살을 푸는 무당들이었을 것이다. 내가 영문 모르고 굿판에 불려와 사지를 덜덜 떨며 신내림을 받아내는 초짜배기 강신무라면, 혜안은 매번 내게 잔인하고도 끔찍한 신병을 내려주는 베테랑 샤먼이었다. 혜안이 나를 마주보고 그 비열한 웃음을 지을 때마다 내 귀에는 그녀가 인정사정없이 흔들어대는 방울 소리가 울려 퍼지는 것 같았다. 그녀는 대체 어디서 그런 표정을 얻었을까. 나는 매번 물어보고 싶었지만, 당연하게도 의식이 끝난 후에는 그런 생각을 까맣게 잊곤 했다. 정신을 유지하기에는 너무 피곤할 만큼 일에 몰입하는 탓이었다. "한 대 필래?"(61쪽)

여기까지는 알겠는데, 문제는 그다음. 어째서 일 년 만에 '나'와 혜안은 헤어졌을까가 그것. 작가는 이 문제에 대해 "혜안은 레즈였다"라는 한마디로 마무리합니다. 혜안이 기독교 가정 출신이며 사촌동생 사모 운운은 친절하긴 하나 군소리. '레즈'가 바로 문제적인 것. 그것은 뭉크의 「절규」와 흡사한 것. 절박함이지요.

고언 한마디. 장편급 주제와 구성이 요망되는 작품을 억지로 줄인 것이 아닐까. 또 하나, 작품에 번호로 단락 짓기. (1)장에서 무려 (13)장까지 걸쳐 있습니다. 적어도 절박한 형식인 단편에서라면 논문마냥 번호 달기란 상상력의 빈곤을 가리킴인 것. 초점이 흐려질 수밖에.

같은 왈츠를 네 번씩 추기

윤이형 씨의 「셋을 위한 왈츠」 「문예중앙」, 2006년 여름호 는 네 번의 반복으로 구성되어 있습니다.

같은 내용을 가진 「셋을 위한 왈츠」를 왜 네 번씩 반복 기술해놓았을까. 이 유별난 구성미가 신인 윤씨의 자질이 번득인 곳. 최소한 이 작가가 소설이란 동어반복임을 알고 있다는 증거. 작가란 누구나 저만의 고유한 체험 영역(에피소드적 기억)이 있는 법. 소설의 모태이지요. 이 황금 부분을 일시에 탕진해버린다면 금세 폐광이 되어버리지 않겠는가. 이 고유한 체험의 영역을 야금야금 아주 조금씩 써먹을 수밖에. 고유 체험은 그러기에 흡사 독약과 같은 것. 계속 살아남기 위해서는 물에다 독약을 희석시킬 수밖에요. 독약의 사용법이란 본인만큼 잘 아는 이는 없는 법이니까.

「셋을 위한 왈츠」란 새삼 무엇인가. 왈츠라 했거니와 그것은 3박자의 춤추기인 것. 홀로 서 있으면 외로운 법. 둘이 서 있으면 서로 밀치고 부딪치기에 불안정할 수밖에. 셋이어야 비로소 안정감이 확보되지요. 그렇기는 하나, 이 안정감은 유아기적 사유 범주에 속하는 것. 자전거에서 보듯 세발자전거란 어린이용이지요. 부부가 탈 수 있는 이인용 자전거란 보기만 해도 답답한 것. 진짜 자전거의 모습이란 홀로 서서 달리는 것. 이 홀로 달리는 자전거에 올라탄 한 사내가 있습니다. "부모님은 둘째인 누나와 여섯 살 터울로 늦둥이인 나를 낳은 후, 몇 달 안 되어 차사고로 한날한시에 (……) 돌아가셨다." 그러니까 셋만 남은 형국. 그중에서도 막내인 '나'는 '버려진 장난감처럼'이었다. '나'가 제일 견딜 수 없는 것은 3이란 숫자였다. 살아가면서 '나'는 이 3이라는 저주받은 숫자에 시달릴 수밖에. 작가의 민첩성을 잠깐 볼까요.

어른이 되자 증세는 더 심해졌다. 우리나라 사람들은 3이라는 숫자를 길하게 여겨 유난히 좋아하는 모양이었다. 하지만 나는 사람들이 일상에서 아무렇지도 않게 표시하는 그 숫자에 대한 호감을 견뎌낼 수가 없었다. 삼삼오오, 삼세판, 삼월 삼짇날, 삼강오륜, 삼천리강산, 세 가지 소원. 작업을 하기 위해 넘겨받은 기사에 삼겹살, 삼각대, 초가삼간, 삼권분립, 삼두박근, 삼자대면 같은 단어가 나오기라도 하면 나는 아찔해졌다. 하루에 세 끼 먹는 것도, 무언가를 신호할 때 하나, 둘, 셋까지 세는 것도 이해할 수 없었고, 삼위일체도, 삼부작도, 삼지창도 싫었다. 왜 하필이면 3인 거야? 라고 내가 애써 용기를 내 물으면 사람들은 다리가 스무 개 달린 오징어를 본 것처럼 동그랗게 눈을 뜨고 내게 반문했다. 셋은 뭔가 안정감을 주잖아. 좋지 않아? 그리고 그들은 잠시 후에 덧붙였다. ……아니, 그러고 보니 너 셋째잖아? 삼남매의 막내.(132쪽)

가장 안정된 삼각형의 꼭짓점에 놓인 '나'라고 세상은 말하지만 바로 그것이 실상 '나'에겐 저주였던 것. 어째서? 부모 없는 집안의 3남매의 막내니까. 그리고 결정적인 것은 형과 누나가 함께 자살해버렸으니까. 이 저주가 품고 있는 독약의 독성으로 말미암아 '나'가 늪에 빠져 허우적거리는 순간이 왔다. 직업조차 포기할 수밖에. 저주를 푸는 방법이 갖가지 고안된다. 음악치료사를 찾아가기도 그중의 하나. 또 하나는 영안실에 찾아온 소녀가 두고 간 그림. 여기까지가 원판이랄까 초벌인 셈. 이 원점에서 약간의 변화를 주는 방식이 고안됩니다. 두번째 판. '나'가 친구나 여인을 사귈 때 삼각형 균형 잡기의 늪에 빠져 허우적거리기가 그것. 세번째 판이 이어지고 네번째 판까지 이루어집니다. 구조상으로는 동어반복인 셈. 이 동어반복의 네 가지 판이 한결같이 섬세하고 구조적 등가성을 이루고 있어 작가의 솜씨를 잘 드러냈습니다.

굳이 정리한다면, 저주를 풀기 위해 저주 속으로 들어가기. 이 경우 삼각형의 안정감 속으로 들어가기인 것. 그 방법은 다음 두 가지. 하나는 쇼팽의 왈츠곡. 다른 하나는 베이컨의 그림. 왈츠에도 아주 불안한 3박자로 된 것도 있다는 것. 석 장으로 된 베이컨의 그림. 쇼팽도 베이컨도 3의 저주에서 벗어나고자 몸부림친 케이스가 아니었던가.

고언 한마디. 그렇다고 저주가 풀릴 수 있을까. 아슬아슬한 3박자일 수밖에 없지 않겠는가. 저주를 조금 흔들어본 경우라 할 수 없을까.

하룻강아지 범 되는 게임

윤이형 씨의 「안개의 섬」『문학과사회』 2007년 봄호. 살도 적당히 찌고 윤기도 있는 여인을 떠올릴 만한 작품. '안개'만 해도 그러한 분위기인데 '섬'까지 겹쳐 있으니까. 가파르고 메마른 그래서 조급하게 죽는 시늉을 하는 글쓰기에서 한 발 물러선 형국. "섬은 자욱한 안개로 덮여 있다"로 시작되는 이 작품의 화자는 '나'. 33세 이 여성의 직업은 게임그래픽 팀장. 네 살 연하의 남편이 있음. 잘난 척하고 눈에 뵈는 게 없는, 직업꾼.

나보다 네 살 어린 남편은 철이 없다. 좋게 말하면 본능에 충실한 '젊은 그대'고, 나쁘게 말하면 아직 인생에 쓴맛을 본 적 없는 하룻강아지다.(99쪽)

윤이형

그래픽디자이너란 직업은 어차피 혼자 하는 게임이니까 남편이란 것도 한갓 허구. 일종의 허상인 셈. 이 허상 속의 게임 개발에 도통한 '나'의 직업상에서 보면, 대체 남편이란 무엇일까. 이 물음을 음미하게 된 것은 33세에서 34세로 바뀌는 12월 그믐날이기 때문. 하룻강아지를 만나 결혼한 날이 12월 그믐이었던 것. 사내 부부인 셈. '나'는 게임그래픽 제작팀이고 하룻강아지는 이를 총괄하는 기획팀 소속. 여사여사해서 결혼하여 오늘에 이르고 있다. 대학에서 철학까지 공부하며 괴물팀장으로 호가 날 정도로, 하룻강아지 모양의 남편과 살고 있는 이렇게 잘난 '나'는 자기만의 도도한 세계를 구축하고 있다. 그 세계 이름은 '안개의 섬'. 플라톤주의에 따르면 육체, 물질이란 헛것이고 정신, 이데아 곧 안개만이 제일 고상한 것. 그런데 이 '안개의 섬' 속에 '나무'라는 이름의 해커가 침입해 들어와 시비를 걸지 않겠는가. 게임마스트(GM)인 '나'와 '나무'의 대화는 칭찬 일변도로 시작하여, 점점 비슷해지기도 하지만, 그 선을 넘자 마침내 비판으로 발전한다.

(제1단계) 접근하는 대목

〔Tree〕육체가 그렇게 고통스러운가요? 그냥 당신의 일부라고 생각하고 받아들이면 되잖아요.

〔GM〕그게 그렇게 쉽지 않다고요. 저도 쉬운 줄 알았지만, 전 타인의 시선에 초연할 만큼 대범하지 못해요. 육체의 불완전함 따위가 아무 흠도 내지 못할 만큼 내면에 자신감이 있는 것도 아니고요.

〔Tree〕마스터님은 그럼 인간의 육체가 악이라고 생각하시나요.

〔GM〕이렇게 얘기해보죠. 어느 날 지하철 안에서 구걸하는 행려병자 노인을 봤어요. 아주 더럽고 남루한 옷을 입은 노인이었죠.(116쪽)

(제2단계) 비슷해지는 대목

〔GM〕……

〔Tree〕이 섬의 안개 말인데, 저도 이게 마음에 들어 여기까지 왔답니다. 제가 아는 어떤 사람도 안개를 참 좋아하죠. 매력적이잖아요. 안개는 형체가 없어 아름답지도 추하지도 않고, 늙지도 병들지도 않죠. 수증기 입자들의 집합이라서 하나, 둘 하고 셀 수도 없고요. 안개는 커다란 하나예요. 그래서 안개는 이 섬을 덮고 있는 자신의 왼쪽과 오른쪽, 아래와 위, 앞과 뒤에 와 닿는 감각을 분리하지 않아도 돼요. 그들은 그걸 한꺼번에 통합적으로 인지하죠. 얼마나 합리적이고 효율적입니까? 몸에 갇히지 않고 거대한 하나로 흐르면서 자신이 가진 걸 가감도 왜곡도 없이 서로 공유할 수 있다니.

〔GM〕……

〔Tree〕왜요?

〔GM〕아니…… 저랑 너무 비슷한 생각을 하셔서 좀 놀랐어요.(118~119쪽)

(제3단계) 비판으로 향하기 시작하는 대목

〔Tree〕인간도 안개처럼 살 수 있다면 참 좋을 텐데요. 인간은 미개하지만 존중할 가치가 있는 정신을 지닌 종족이에요. 끊임없이 환경을 오염시키고 자신을 파괴하지만, 그 정신 속에는 진화하려는 의지와 더 나은 것을 향해 가려는 구슬픈 욕망이 들어 있죠. 당신이 말한 대로 인간의 육체는 끝없이 끔찍한 일들을 저지르지만 정신만은 우주를 향해 도약하고 있어요. 수십억 명의 정신이 각자의 육체를 극복하고, 제대로 소통하고 결합해서 상호 보완을 이루면 인류는 훨씬 지혜로워질 텐데. 전쟁도 줄어들고 문명도 진보할 텐데. 그래도 말입니다. 전 안개의 일부가 되긴 싫진 않아요. 그냥 나무로 사는 게 더 낫겠어요.

〔GM〕왜요?

〔Tree〕어디부터 어디까지가 나인지, 알 수가 없잖아요. 아무리 자유롭고 지혜

로우면 뭐 해요? 몇 미터 옆에서 엄청난 우주의 진리를 털어놓는 입자가 나인지 다른 누구인지도 모르는데. 나만 아는 비밀도 없고, 나만 느끼는 고독도, 나 혼자 누군가에 대해 예쁘게 품은 마음도 다 사라지는데. 속에 든 게 뭐 그렇게 훌륭하고 고상한 것들은 아니지만 저도 겉으로 보이는 제가 왜 그 모양 그 꼴인지는 상당히 속상해요. 말씀드리긴 어렵지만, 뭐 그런 사연이 있어요. 하지만 그렇게 속상한 만큼 좀더 열심히 물을 빨아올리고 광합성을 해서 괜찮은 줄기와 뿌리, 잎들을 보여주고 싶다는 마음이 제겐 있어요. 이 섬은 안개투성이인데다 석회암 덩어리라서 햇빛도 물도 섭취하긴 좀 힘들지만 말이에요. 그래도 언젠가는 알맹이와 껍데기가 조금 비슷해지지 않을까요? 알맹이가 온 힘을 다해 노력하면 그게 껍데기에도 조금은 반영되지 않을까요? 설령 그렇게는 안 되더라도, 누군가는 알맹이가 지닌 빛을 알아봐주지 않을까요?(119~120쪽)

이런 대화 자체는 누가 보아도 유치한 것. 플라톤 철학까지 들먹일 것 없는 지극히 상식적인 견해. 그런데 이런 범속한 생각에 놀랄 만한 생기를 불어넣고 있어 이 작가의 솜씨가 빛납니다. 곧 '하룻강아지'인 남편이 괴물이라 불릴 정도의 도통한 '나'와 동격이거나 적어도 '나'보다 한 수 위라는 것. 왜냐하면 '나무'의 정체를 밝혀보니 바로 남편이었던 까닭. 하룻강아지가 범으로 되는 순간의 놀라움.

비평적 포인트. 부부란, 하룻강아지든 아니든 등가라는 것. 왜냐하면 게임의 세계니까. 게임이란 실력이 비슷하거나 약간의 우열이 있는 두 세력 사이에서 비로소 성립되는 것이니까. 더러운 고름이 흐르기도 하는 것이 육체지만 그것 없이 저 '안개의 섬'도 성립될 수 없는 법, 게임이 성립되지 않으니까. 그런 세계란, 실재하지 않는 헛것. 이 게임의 규칙에다 현실의 옷 입히기. 부부란, 그것이 부부인 것은, 세월의 흐름에 비례하여 생각은 물론 얼굴까지 닮아가기 때문.

정운균

「모놀로그」「버드 스트라이크」

1971년 서울 출생. 2004년 『문학사상』 신인상에 중편 「지평선에 지다」가 당선되면서 작품활동 시작.

연극이 보는 비극과 소설이 보는 비극

신인 정운균 씨의 「모놀로그」는 루카치의 「비극의 형이상학」 중 일절을 비석마냥 입구에 세워놓았군요. 비극이란 신이 구경하는 놀이라는 것. 신이 관객이기에 결코 인간의 대사와 움직임에 끼어들지 않는다는 것. 어떤 문맥에서 이런 주장이 가능했을까. 비극이란 슬픈 극이 아니라는 것. 우리 보통 인간보다 윗길에 놓인 인간(영웅)이 무대에 등장하면 비극이며, 우리보다 좀 아래층에 놓인 인간이 등장하면 희극이라는 것. 이게 정석이지요. 우리보다 잘난 인간이 등장하면 어떻게 되는가. 천하 영웅도 미녀도 어차피 죽고 만다는 것. 실수한다는 것. 정해진 운명에 별수 없이 순종해야 한다는 것. 이때 발생하는 것이 형언할 수 없는 안타까움(연민의 정)이지요. 우리 같은 시시한 인간이 죽고 실수하는 것쯤이야 당연하지만 저런 영웅들이 운명에 순종하는 모습을 본다는 것만큼 안타까운 것이 따로 있으랴. 이런 경험을 하고 나면 우리 시시한 인간들의 마음이 크게 정화되지 않을 수 없지요. 그리스 로마인들이 국가적 규모로 이런 행사를 정기적으로 해왔음은 그들의 공중목욕탕과 더불어 동네마다 있는 거대한 원형극장이 잘 말해주고 있습니다. 그러한 비극 중에서도 으뜸자리에 오는 것이 저 소포클레스의 「오이디푸스 왕」이지요.

무대는 역병에 시달리는 테베. 일찍이 스핑크스의 수수께끼를 풀고 이 나라를 고난에서 해방시켜 왕이 된 오이디푸스가 시민들의 탄원에 귀를 기울이고 있습니다. 인간 중에서 제일 뛰어난 자이며 혜택 받은 운명의 아들로 스스로 깊이 믿어 의심치 않은 오이디푸스도 기묘한 운명의 덫에 걸려 자기 눈을 찌르고 방랑의 길을 떠납니다. 맹목 속에 살아오면서 그 사실을 몰랐기에 겪어야 할 운명이었던 것. 모두가 아는 이 연극의 줄거리를 두고 신인 정씨는 썩 민첩합니다. 주인공인 하영(오이디푸스 분)으로 하여금 무대 위에서 스스로 눈을 찌르게 만들기가 그것. "오솔길과 떡갈나무들이 감추어져 있는 좁다란 갈림길이여! 너는 내 손에 의해 뿌려진 내 아버지의 선혈을 마셔버렸지. 오, 숙명의 결혼이여! 넌 나를 낳은 어머니와 정을 통해 세상에서 가장 부정한 죄를 낳았다."

이렇게 무대 위에서 외치던 주인공 한 명이 진짜로 칼을 들어 자기 눈을 찔렀다면 어떻게 될까. 이 물음은 실로 어리석지요. 어째서? 연극(예술)의 규칙 위반이니까. 배우는 다만 연기를 할 뿐. 그 이상도 이하도 아니라는 규칙이 엄존하며, 이 규칙 위반은 당연히도 연극 자체의 부정이 아닐 수 없지요. 관객이 배우들의 대사와 움직임에 결코 끼어들지 않음은 그 때문. 그러나 만일 연극 규칙을 어겼다면 어떻게 될까. 앰뷸런스부터 불러야 하고 관객이 바로 관여하여 배우를 살려야 했을 터. 잠깐, 그렇다면 이 작품은 대체 무엇인가. 두 가지 점만 지적하면 어떠할까.

첫째, 작가 정씨는 소설가인지라 소설을 썼다는 점. 소설이란 새삼 무엇이뇨. 결코 무대의 규칙을 따르지 않는 예술이라는 것. 결코 무대 흉내 내기가 아니라는 것. 조지훈의 시 「승무」를 평가하기 어려움도 마찬가지 논법. 불교적인 승무(무용)를 시 형식으로 다루기란 새삼 무엇일까. 두 예술의 규칙의 차이를 문제 삼지 않는다면 사이비 예술이 되기 쉽지 않을까.

둘째, 이 점이 중요한데, 연극 「에쿠스」와 「오이디푸스」를 대립시켰다는 점. 이는 단연 신인 정씨의 민첩성이지요. 애인이자 여배우 지숙의 연기가 그것. 말의 눈을 찌르는 역을 맡은 지숙이 말과 더불어 스스로 눈이 멀어버리는 장면이 그것. 이는, 물을 것도 없이 비연극적이지요. 연극이란 단지 배우가 대본에 따라 주어진 몫을 하는 것. 그 이상도 이하도 아닌 것. 그 이상이면 비연극이며, 그 이하도 비연극인 것. 연극의 그다운 난점이 이 균형감각인 것. 이러한 규칙을 범하면, 하영이나 지숙의 꼴이 될 뿐 아니라 연극 자체를 모독하는 행위가 아닐 수 없지요. 참주제가 걸린 대목(작가는 이 점에 비자각적이긴 하나). 잠깐, 대체 무슨 말을 하고 싶은가. 규칙을 말하고자 했지요. 소설 규칙과 연극 규칙 말입니다. 우열 따지기가 아니라 범주 지키기에 주목해야 한다는 점. 한갓 짐스러운, 그래서 반예술半藝術에 속하는 것이 소설이라는 것.

비행기의 항로와 새의 항로

정운균 씨의 「버드 스트라이크」『문학사상』 2007년 2월호는 글자 그대로 새의 충돌. 여기는 김포공항. 두 사내가 활주로 주변에서 새를 향해 총을 겨누고 있군요. 왜? 작가는 이 물음에 대해 초등학생도 다 아는 수준의 설명을 해놓았군요.

정운균

시속 370킬로로 이륙하는 여객기에 부딪친 새는, 차에 깔려 고속도로에 눌어붙은 개와 고양이 같은 신세가 된다. 그는 여객기의 기수나 날개에 부딪쳐 붉은 선혈과 깃털을 남긴 채 죽은 새의 흔적을 여러 차례 보았다. 0.9킬로그램짜리 청둥오리 한 마리가 부딪치는 순간 항공기가 받는 충격은 4.8톤이나 된다. 이러한 버드 스트라이크는 비행기에게 치명적일 수 있다. 자칫 엔진 속으로 새가 휩쓸려 들어가게 되면 아찔한 대형 사고를 불러일으킨다. 몇 년 전에도 엔진에 휩쓸린 새 때문에 군용기가 추락하는 일이 있었다. 그래서 새가 활주로 주변에 나타나면 공포탄을 쏘아 쫓아내고 부득이한 경우 사격까지 하는 것이다.(166쪽)

그러니까 두 사내는 김포공항이 고용한 전문직종의 총잡이. 직업명은 조류 퇴치반. 그렇다면 왜 새들은 항공기에 달려드는 것일까. 김포공항 근처엔 소택지나 논이 많아서 먹이가 풍부한 때문이었을까. 인적이 드문 활주로 주변이 안전한 이유에서였을까. 그러나 이 철새들은 그런 상식적인 이유로는 설명되지 않는다. 어째서? 항공기와는 관계없이 그들만의 본능적 항로를 갖고 있으니까. 조류 퇴치반장과 신참의 대화를 재구성해볼까요.

  신참 : 새들은 날아다니는 여객기를 자기 동족으로 생각하는데 그게 진짜일까요?(165쪽)
  반장 : ……
  신참 : 왜 저 새들은 여기까지 날아와 여객기를 향해 몸을 던질까요?
  반장 : 새가 비행기를 향해 날아가는 게 아니라 자기 항로를 따라 날아가는 거지. 그런데 죽음이 우리 삶을 덮치듯, 어쩔 수 없이 비행기에 휩쓸려버리는 거야.(170쪽)

무슨 철학적 대화로 오인할 우려가 없지 않지만 당찮은 오해. 생물학적 상상력(DNA의 진실)에 지나지 않는 것. 비행기란 새삼 무엇인가. 송두리째 새를 모방한 것에 지나지 않는 것. 태초에 새의 비상이 있었고 인간이 가까스로 이를 모방했던 것. 말을 바꾸면, 새가 떼 지어 날 때면 비행기 쪽에서 피해야 이치에도 맞는 법. '버드 스트라이크'란 그러니까 인간이 날조한 사건에 지나지 않는 것. 새 쪽에서 보면 '에어플레인 스트라이크'인 셈. 그렇다면 피장파장일까. 천만에요. 새의 비상과 그 항로가 먼저 있었음을 상기하시라. 새 쪽이 억울할 수밖에. 실패를 각오하면서도 작가 정씨는 새 편에 서고자 애쓰고 있습니다. 비행기 쪽에서 고용한 반장을 내세워 새의 편에 서기란 무엇이며 그 때문에 그는 어떤 대가를 치러야 했을까. 이 물음에 작품의 무게가 걸려 있습니다. 반장인 그는 사격장 교관 시절 사격을 배우는 여자와 결혼했다. 여로의 동반자였다. "보통 각별한 사랑이 아니었다"라고 주변에서 말했다. 그들은 정해진 항로대로 나란히 날았다. 그들은 철새 떼와 같았다. 그런데 그 항로에 비행기 항로가 가로질렀다. 비행기 쪽에서 보면 버드 스트라이크, 그들 쪽에서 보면 에어플레인 스트라이크. 이 두 스트라이크에서 드러난 것이 아내의 죽음. 암에 걸린 아내가 그것. 단말마에 시달리는 아내의 고통을 줄여주는 것이 '그'의 잘못일 수 없다. 각각 항로대로 갔을 뿐이니까. 죽음이 우리의 삶을 덮치듯 그것은 우발적이니까. 그러나 인간에 속한 비행기의 처지에서 보면 질서 위반일 수밖에. 독극물을 마셔 죽어가는 아내의 죽음을 지켜보기란 실상 범죄행위일 수도 있으니까. 다음 장면은 드물게 보는 압권.

   스스로 비행기가 되어 새 떼의 스트라이크를 온몸으로 당하는 안개 속의 환각.

   푸드득, 날갯짓 소리가 들렸다. 그는 허벅지 주머니에서 플래시를 꺼내 소리가 나는 쪽을 비췄다. 하얀 안개 속을 빛줄기가 곧게 뻗어나갔다. 아래위로, 때론 좌우로 플래시를 휘저었다. 불빛 끝에서 그는 희미한 어둠이 내려앉은 눈과 여윈

정운균

볼을 보았다. 거울 앞에 선 것처럼 안개에 자신의 그림자가 드리워져 있었다. 다가갈수록 그림자는 그만큼 뒷걸음질치며 물러났다. 또다시 날갯짓 소리가 들렸다. 날카로운 것이 그를 향해 다가오고 있었다. 뒷걸음질을 쳤다. 푸드득, 뭔가 그의 앞을 지나쳤다. 순간적으로 몸을 움츠렸다. 석회를 뒤집어쓴 한 마리 새였다. 두려움에 산탄총을 꽉 쥐었다. 후드드득, 소리는 더욱 크고 거세졌다. 하나가 아니었다. 떼를 지어 안개 너머에서 그를 향해 달려오고 있었다. 그는 총을 겨눈 채 정면을 응시했다. 새 떼였다. 석회를 뒤집어쓴 수백 마리의 새떼들이 그에게 달려들었다. 새들은 버드 스트라이크를 일으키듯 그의 몸에 달려들어 부딪쳤고 피와 깃털을 흘리며 짓이겨졌다. 온몸이 피비린내와 깃털로 뒤덮였다. 화살에 쏘인 듯한 통증이 일었다. 두 손으로 머리를 감싼 채 그는 몸을 숙여 주저앉았다.(176~177쪽)

이 환각에 비하면 상처 입은 백로 구출 작전 따위란 한갓 후일담에 지나지 않는 것.

정이현

「그 남자의 리허설」

1972년 서울 출생. 2002년 『문학과사회』 신인상을 수상하며 작품활동 시작. 이효석문학상·현대문학상을 수상했다. 소설집 『낭만적 사랑과 사회』 『오늘의 거짓말』, 장편소설 『달콤한 나의 도시』가 있다.

타자의 시선이 만든 냄새

정이현 씨의 「그 남자의 리허설」『문학사상』 2005년 5월호은 이렇게 시작됩니다. "그 남자의 목욕 생활은 또래 대도시 거주민들의 평균과 크게 다르지 않았다"라고. 두 가지 점이 주목되지요.

하나는, 제목도 그러하지만 '그'라는 3인칭 남성 대명사를 쓰지 않았다는 점. 언제부터인가 우리 작가들은 3인칭 기피증에 빠져 있습니다. 'He' 'She'에 해당되는 말이 없어 제일 낭패했던 근대 초입의 일본문학이 이를 급조하여 '가레彼' '가노조彼女'를 사용한 것은 메이지 시대였고, 우리 역시 이를 두고 온갖 실험을 감행하다(『무정』엔 'She' 'He'를 함께 '그'라 했음) 어느 수준에서 정착된 것은 1960년대쯤이 아니었던가. 특히 'She'의 경우 '그녀'(김동리) '그네'(황순원) '그미'(박영준) 등의 곡절을 겪어, 오늘엔 '그녀'로 거의 정착된 셈. 이로써 소위 문어체의 글쓰기 밀도가 크게 높아졌지요. 그런데 대략 1990년대쯤에 오면 큰 혼란이 일어납니다. '그 남자' '그 여자' '딸아이' 등이 사용되기 시작합니다. 대명사의 밀도가 모종의 구속 사항으로 느껴진 신세대의 반역이라고나 할까요. 문어체 글쓰기에서 구어체 글쓰기로의 대역전이 소설계에 불어 닥쳤던 것. 이는 큰 논문의 주제 감이라 하겠지요. 아마 언어사회심리학의 번역일 테지요.

이러한 변화가 지닌 모종의 의의를 신인 정씨에게서 잘 볼 수 있습니다. '그' '남자' '그 남자'의 관계항 그물 만들기가 그것.

> 1980년 겨울. 그 공연장의 화장실에서도 수도꼭지의 물방울들이 똑똑 소리를 내며 떨어져 내렸다. 그리고 어린이 합창단의 성탄 기념 특별공연 1부가 진행되는 한 시간 동안 그 남자는 화장실 구석에 꼼짝도 않고 쭈그려 앉아 있었다.
> 그는 공영방송국 주최 어린이 노래자랑 대회의 1977년 우승자였다. 대머리에 어울리지 않게 나비넥타이를 맨 저명한 동요 작곡가가 심사위원장이었는데, 강창규 군의 노래에는 지상의 것이 아닌 천상의 영혼이 깃들어 있다. 그는 하늘에서 내린 보이소프라노가 될 것이다, 라는 상찬을 내놓았다. 원로 작곡가의 예언은 과연 빗나가지 않았다. 대회가 끝나자마자 유명한 소년소녀 합창단 측으로부터 입단 제의가 들어왔다. 남자는 오디션을 보지 않고 그곳에 입단한 최초의 어린이가 되었다.(183~184쪽)

현재형이 '그 남자'라면 '그'는 제일 먼 과거형이며, '남자'는 두번째 과거형으로 설정되어 있습니다. 요컨대 정씨는 썩 민첩하게도 문어체용 '그'를 과거형 글쓰기의 맨 아래에다 깔아놓음으로써 일종의 발견의 기법으로 삼았군요. 참신함의 근거.

다른 하나는, 냄새를 일종의 심리증 징후로 사용한 점. 목욕하기로 작품 서두를 삼았다는 것은 이 작품이 어째서 모종의 냄새를 향해 치닫는가를 암시한 것. 정상적으로 목욕도 하는 주인공이 어느 날 길거리에서 이런 장면에 부딪힙니다.

바로 그때였다. 반대편에서 걸어오던 중년 사내가 그와 어깨를 스치는 것과 동시에, 갑자기 코를 틀어쥐었다.
어이쿠, 이게 무슨 냄새야?
사내가 내뱉는 소리가 똑똑히 들렸다. 그 남자는, 빠르게 멀어져가는 사내의 뒷모습을 멍하니 바라보았다. 그는 역 구내 화장실로 달려갔다. 양팔을 하늘 높이 치켜들고 겨드랑이에 코를 가져다댔다. 킁킁, 숨을 들이마셔 보았다. 냄새가, 났다. 한마디로 정의할 수 없는 냄새였다.(182쪽)

"한마디로 정의할 수 없는 냄새"란 새삼 무엇인가. 일종의 있지도 않은 냄새, 곧 환후 증상이라 할 수밖에. 실상은 있지도 않은 냄새인데, 누군가 그것을 암시(지적)하면 금방 그 냄새가 풍겨와 정신을 혼미케 하는 그런 것. 일종의 병적 징후가 아닐 수 없지요.
주인공 '그 남자'의 그런 증상 캐보기가 이 작품의 참주제입니다. 천재 성악가로 칭송된 한 소년이 변성기를 거치고 외국에서 성악을 공부하여 귀국했으나 그의 목소리는 이제 아주 쓸모 없게 된다. 그 때문에 그는 길을 잃는다. 자기 집 열쇠조차 가늠하지 못한다. 왜? 라이벌인 후배 남효준은 정상으로 거침없이 달려가고 있으니까.
냄새란 자기의 자존심에서 나온 것. 사르트르식으로 하면 '타인(자)의 시선'에 의해 일어나는 것. 작가 정씨의 민첩성은 이 '타인의 시선'을 한층 원본적인 것에다 결부시킨 점. 곧 남효준이라는 눈앞의 라이벌에서 한 걸음 나아간 것. 곧, 오페라 「오셀로」 자체, 곧 '예술'로 향하게 했음이 그것입니다. 셰익스피어는 오셀로로 하여금 현재 아내 데스데모나를 목 졸라 죽이

정이현

게 하지 않겠는가. 분명 그는 아내가 부정하지 않음을 알고 있었던 것. 그럼에도 그는 결국 아내 목을 졸랐던 것. 흔히 의심(질투)이 그 원인이라 하나, 실상은 그와 반대, 사랑했으니까. 이 순간 오셀로는 해방되었지요. 이 점에 세상이 셰익스피어의 「오셀로」를 기리는 까닭이 있지요. 그런데 우리의 '그 남자'(강찬규)는 어떠했을까. 아내의 목을 조르지는 않는군요. 그 대신 아내에게 '물안경'을 선물합니다. 재능을 계속 갈고닦지 않음이란 예술가에겐 일종의 죄악이라면 어떠할까. 냄새 정도가 아니라, 그 대가는 죽음일 수밖에. 그런데 이 대목에서 작가는 주인공을 방임하고 있습니다그려.

조해진

「marine snow」

1976년 서울 출생. 2004년 『문예중앙』 신인상에 단편 「기념사진」이 당선되면서 작품 활동 시작.

해저 생물체가 자가 발광체를 가진 이유

조해진 씨의 「marine snow」 『문예중앙』 2005년 가을호는 깊은 바다 속에도 하얀 눈이 내린다는 해양 생물학자들의 보고서에 기초를 두고 있습니다. 해저 수십 킬로미터에도 생물체가 살고 있다는 것. 그들의 생존방식은 해저에 침전되는 생명체의 시신들을 먹고 산다는 것. 그 죽은 생명체가 해저로 내려갈 땐 눈처럼 흰 가루가 되는 만큼 흡사 지상에 내리는 눈처럼 보인다는 것. 이 침전물을 식량으로 하여 사는 해저 생물체는 어떤 모양을 하고 있을까. 해저란, 칠흑처럼 깜깜한 곳. 그러기에 저마다 눈에 불을 켤 수밖에. 눈이라니? 온몸으로 불을 켜야 눈처럼 내리는 시체들을 볼 수 있지 않겠는가. 여기까지는 해저 과학자들의 실험으로 증명된 사실(학설)입니다.

신진 작가 조씨가 겨냥한 곳은 해저 생물체와 비견되는 지상 생명체의 제시에 있습니다. 생물학자들의 해설에 따르면 해저 환경이 그들을 발광체로 만들었다는 것. 이에 대한 작가의 견해는 어떠할까. 썩 다릅니다.

> 그래서 동물들 스스로 빛을 내뿜는 생명체로 환경에 적응해왔을 거라고 얘기했지만 내 생각은 좀 다르다. 심해 동물들은 그저 외로웠던 것뿐이라는 게, 그래서 그 외로움을 위로받기 위해 아무도 봐주는 이 없는 그 어둔 곳에서 빛의 향연을 벌이고 있다는 게 내 생각이다.(245쪽)

이런 주장을 하는 '나'는 누구인가. 약제사 여인이군요. 시골 변두리 일곱 평짜리 약방을 경영하는 이 젊은 여인은 누구인가. 남편은 정신과 의사. '나'는 잘나가는 병원 약제사. 어린 아들까지 있었다. 어느 날 뜻하지 않은 사고가 들이닥쳐 이 가정을 박살냈다. 화재가 그것. 아들은 타 죽었고 '나'는 전신 34퍼센트에 3도 화상을 입었다. 얼굴조차 들고 다니기 거북한 괴물스런 모습이 되었다. 사정이 이렇게 되자 남편은 이혼을 요구했다. '나'가 아이를 구출하지 못했다는 것.

그러나 '나'로서도 어쩔 수 없는 상황이었다. 주위의 눈총에 시달리다 못해 '나'는 도망치듯 이곳 변두리 약방을 사들여 혼자 심해 생물처럼 살고 있다. 해저 수압만큼의 '외로움'을 짊어진 '나'는 어쩌야 할까. 어쩌야 이 수압을 견뎌낼 수 있을까. 구원은 과연 있는 것일까. 이 물음에 작가 조씨는 민첩합니다.

대전제로 내세운 것은 해저에도 생물체가 살아가듯 이곳 지상의 '외로움' 속에서도 사람이라면 살게 마련이라는 것. 어째서? 지상엔 '나'처럼 '외로움'에 놓인 사람들이 있게 마련인 까닭. 잠을 이루지 못하여 상습적으로 약을 복용해야 하는 젊은 여교사도 그중의 하나. 또 다른 하나는 오백 원짜리 드링크를 한 병만 사먹기 위해 약방에 오는, 1톤 트럭으로 가구 배달을 시작한 말 없는 사내. 눈에 불을 켜고, 해저에서 살아가는 생명체에 진배없는 인간들이지요.

    이 두 인간과 '나'의 관계가 이전처럼 이루어집니다. 동류의식이 전류처럼 흘렀으니까. 여기에 우연성이 끼어들지요. 여교사의 자살이 그것. 그 혐의가 가구 배달하는 사내에게 돌아갑니다. 이런저런 곡절을 겪어 그 혐의가 풀립니다. '나'의 증언이 주효했던 것.

    여교사 자살 사건이 작품의 전환점인 셈. 이로 말미암아 '나'와 사내의 연결선이 아주 희미한 빛처럼 던져집니다.

    작가는 결말 장면에서 지상의 눈을 등장시킵니다. 불도 켜지 않은 약방에서 스커트 안으로 손을 넣으며 삶의 외로움을 물리치고자 발버둥질하는 '나'의 눈에 비친 것은 유리창문에 어른거리는 사내의 모습. 바깥엔 눈이 내리고 있지 않겠는가. 사내가 이쪽 약방을 바라보며 눈 속에 서 있음이야말로 '나'의 구원의 실마리. 그러나 그것은 아주 여리고도 아득합니다. 이 '거리감'이야말로 작가의 자질이 아닐까.

    나중에 남자가 한 번만 더 내 눈을 마주 보며 괜찮냐고 물어준다면 그땐 꼭 이 말을 해주어야겠다. 그날, 아무도 없는 중고 가구점에서 쇼윈도 사이로 그해의 첫눈을 구경하던 그날, 나는 쇼윈도 밖에서 당신의 몸이 환하게 빛나고 있는 걸 보았노라고. 눈가가 조금 젖었던 건 그저 그 빛이 너무 눈부셔서였을 뿐, 플라스틱 약상자만 있다면 나는 정말 괜찮노라고.(259쪽)

    문득 이 장면에서 '소설을 왜 읽는가?'라는 물음이 떠오름은 웬 까닭일까요. 아주 심한 충격을 받은 사람이 그 충격을 사람들 앞에 되풀이하여 말하는 것을 자주 보지요. 그렇게 말을 함으로 하여 충격적 사건의 그 견디기 어려운 결과에서 자신을 해방시키는 한편 그 사건을 객관화하기 위해서이지요. 객관화란 무엇인가. 논리화이지요. 자기의 경험(충격)이 논리화되면 지적으로 그것의 처리가 용이하다는 것. 여기에 소설 읽기의 이유가 있습니다. 우리의 감정이나 정리란 실로 걷잡을 수 없는 것이니까.

  고언 한마디. 문장을 좀더 가다듬는다면 어떠할까.

한수영

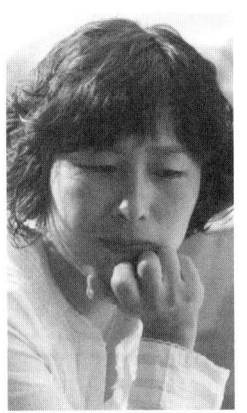

「구리 연」

1967년 전북 임실 출생. 2002년 단편 「나비」로 중앙신인문학상을 수상하면서 작품활동 시작. 2004년 오늘의작가상을 수상했다. 소설집 『그녀의 나무 핑궈리』, 장편소설 『공허의 1/4』이 있다.

구리로 만든 가오리연의 상상력

한수영 씨의 「구리 연」『세계의문학』 2005년 겨울호은 이렇게 시작됩니다. "나는 연이다"라고. 연이되 "구리선으로 만든 가오리연이다"라고. 가오리란 해저 물고기가 아니겠는가. 연을, 그것도 가오리연을 맨 처음 공중에 띄울 줄 안 그는 대체 누구일까. 이런 물음이란 당초 꿈을 좇는 족속인 시인들이나 하는 것. "아아, 누구던가/ 이렇게 슬프고도 애달픈 마음을/ 맨 처음 공중에 달 줄을 안 그는"(청마, 「깃발」). 그렇다면 신진 작가 한씨는 한갓 시인 부류일까. 천만에! 라고 씨는 말합니다. 시인 나부랭이보다 한 수 위거나 아래다, 라고. 어째서? 연은 연이되 구리로 만든 연이니까.

이때 시인들이 씨에게 이렇게 묻노라면 어떠할까. 구리쇠로 만든 가오리연도 하늘에서 날 수 있을까, 라고. '있다!'라고 한씨가 단호히 우기고 있습니다.

한수영

넓은 지느러미로 물을 밀어내며 긴 꼬리로 방향을 잡아 나아가는 가오리. 가창오리나 청둥오리처럼, 나는 하늘을 헤엄치는 가오리다. 남자는 심해 속의 가오리를 하늘에 풀어놓으려 했다.(79쪽)

'나'란 누구인가. 보다시피 '가오리연'이지요. '나'를 그러니까 가오리연을 만든 자는 누구인가. '남자'군요. 구리로 가오리연을 만들어 공중에 띄우고자 한 사내와 그가 만들어낸 '가오리연' 사이의 관계를 다루고 있습니다. 그렇다고 대화체냐 하면 그렇지 않지요. 피조물인 '나'가 '나'를 만들고 있는 창조주를 옆에서 관찰하는 기록이기에 유별난 상상력인 셈. 이만하면 흥미 유발에 일단 이른 셈. 이 점에서만 보면 구효서의 「명두」와 같은 방식. '나＝굴참나무'의 시선이었으니까.

줄거리를 잠시 볼까요. 한 청년이 있었습니다. 직업은 전선 설치공. 일터는 맨홀 속. 모든 가정, 사무실 등으로 연결되는 전선은 일단 도로 한복판 맨홀 속의 집결선과 연결되게 마련이기에 사내의 일터란 맨홀 속인 것. 지상과 별개인 지하의 삶이었던 것.

색색의 꽃들이 봄볕을 쬐고 있었다. 꽃가게에서 내놓은 화분들은 가게 앞 인도를 반이나 넘게 차지하고 있었다. 물뿌리개를 든 여자가 안에서 나왔다. 공사 첫날, 남자는 근처 식당에서 점심을 먹고 오다 여자를 보았다. 남자가 뒤에 서 있는 줄도 모르고 여자는 꽃 이름을 하나하나 부르며 물을 뿌렸다. 떨어지는 물방울에 햇빛이 닿아 눈이 부셨다. 여자는 어느새 안으로 들어가고 없었다. 남자는 허리를 구부려 꽃들을 보았다. 팬지, 데이지, 로즈마리, 아기별꽃, 라벤더, 프리뮬러…… 화분 한쪽에 작은 이름표가 붙어 있었다. 남자는 여자가 그랬던 것처럼 그 이름들을 작게 불러보았다. 여자는 꽃가게 점원이었다.(102~103쪽)

꽃가게는 남자가 일하는 맨홀 정면에 있었다. 남자는 일하다가도 자주 맨홀 바깥으로 고개를 내민다. 그러다 여자가 맨홀 쪽을 바라보면 얼른 밑으로 가라앉았다. 여자는 가끔 친구에게 전화를 건다. 가게 간판에 적혀 있는 전화번호를 맨홀 집결선에서 찾아내기란 식은 죽 먹기. 남자는 느긋하게 도청한다. 맨홀 위로 보이는 하늘은 옥빛. 도청으로 알아낸 것은 그녀가 안개꽃을 좋아한다는 것. 맨홀 공사 끝나는 날 남자는 한 아름 안개꽃을 그녀에게 안겼다. 결혼. 남자는 여전히 땅 밑 맨홀 근무. 아기를 낳았고, 교통사고. 아기 죽음. 여자는 그 뒤로 가출. 도박판을 헤맴. 이를 저지하기 위한 길은 하나. 무의식 속에서 남자가 아내의 목을 누를 수밖에.

실로 단순하고도 싱거운 줄거리인 셈. 삶의 부조리라는 덫에 걸려 삶을 망친 한 사내의 얘기이니까. 어떤 소설의 줄거리도 시시하기는 마찬가지. 그러나 이를 드러내는 방식(시선)에서 소설적 길이랄까 신선함이 옵니다. 소설이란 매우 잡스러운 물건이긴 하지만 역시 그래도 예술이니까. 그것은 낯익은 일상적인 인식을 낯설게 하는 방식이 아닐 수 없지요. 신진 작가 한 씨의 낯설게 하기의 방식은 두 가지. 하나는, 지하 생활의 표상으로 내세운 직업으로서의 맨홀 장치. 직접적으로 이 세계를 상징한 것은 귀울림(이명)이지요. 두더지스런 직업이지만 지상으로 나오지 않을 수 없지요. 그게 잘 적응되지 않습니다. 두더지 모양 눈멀고 귀울림에 시달릴 수밖에. 지상 생활에 적응하지 못한 사내는 어떻게 될까. 맨홀 속에서 스스로 목숨을 끊을 수밖에. 다른 하나는 그러니까 이 작품의 창작 동기를 문제 삼을진대 관찰 시점으로서의 '나'의 시선 도입이 그것. 사내가 마지막으로 맨홀에서 만들어낸 가오리연이 그것. 전선의 껍질을 벗기면 동황색 구리쇠가 드러납니다. 그 구리선으로 사내는 무슨 물건이든지 만들었지요. 화분도 재떨이도 또 무엇도. 그러다가 마지막으로 사내가 만든 것이 가오리연. 그 가오리연이 맨홀 속에서 만들어지는 과정을 정작 만들어지고 있는 가오리연의 시선(목소

한수영

리)으로 드러냈습니다. 피조물인 '나'가 그 제작자인 사내를 관찰하기인 셈. 이 장면에서 독자 중엔 저 릴케의 「로댕론」을 떠올릴 분도 있겠지요. 로댕은 결코 예술 작품을 만든 것이 아니라고. 그럼 뭘 만들었는가. '그냥 물건 Dinge'이라고 주장했지요. 그 누구도 예술 작품 따위 아름다운 인공물 따위를 만들 수 없다는 것. 그가 만든 물건이란 그에겐 무엇인가. 그 물건이 완성되는 순간, 제작(창조)자는 실로 기묘한 가슴 벅찬 체험을 하게 마련. 분명 자기가 만든 사물이 어느새 자연의 질서 속으로 이전되지 않겠는가. 그 자연 속에서 창조자인 '나'를 불쌍한 듯이 보고 있지 않겠는가. 어째서? '나'란 언젠가 죽게 마련인 피조물이니까. 이런 기묘한 체험을 두고 맨 처음 신을 창조한 사람의 감동이라고 릴케는 말합니다. 신진 작가 한씨도 이런 체험을 하고 있습니다. 맨홀에서 구리로 가오리연을 만들어가는 과정. 마침내 채 완성하지 못하고 죽어가는 사내를 끝내 바라보고 있는 가오리연은 말합니다.

    손전등이 꺼진다. 아무것도 보이지 않는다. 그래도 나는 연이다. 어둠 속에서도 등황의 빛을 뿜으며 하늘의 물을 밀고 나가는, 나는 가오리연이다.(결말, 105쪽)

땅 밑에서 하늘을 꿈꾸는, 구리로 된 가오리연. 신선하군요. 사람들은 하늘을 나는 종이연만 보아왔으니까.

해이수

「젤리피쉬」

1973년 수원 출생. 2000년 중편 「캥거루가 있는 사막」이 「현대문학」에 추천되며 작품 활동 시작. 제8회 심훈문학상을 수상했다. 소설집 「캥거루가 있는 사막」이 있다.

비릿한 에피소드 기억

해이수 씨의 「젤리피쉬」(「현대문학」 2007년 2월호)는 제목 그대로 해파리 얘기. 삿갓 모양으로 생긴 뼈 없이 투명한 이 바다생물은 갓 밑에 많은 촉수가 있으며 강한 독성을 쏘아 먹이를 포획함. 두 가지 점이 지적됩니다.
하나는, 독성에 관한 것.

발작처럼 찾아와 심장박동을 불안하게 만드는 기억이 있다. 떠오르는 순간, 머릿속 전체를 뒤흔들어 이마를 짚게 하고 기어이 그 자리에 주저앉게 만드는 기억. 살 속 깊이 박힌 독충의 미세한 침처럼 마비와 염증을 유발시키는, 그러나 한편 견딜 수 없을 만큼 그립고 달콤하여 통증 속에서도 재생할 수밖에 없는, 독성의 기억.(서두)

해이수

작가 해씨는 깃발처럼 독성론을 내세웠군요. 독성이되 달콤한 독성이라고. 그것도 모자라 "견딜 수 없을 만큼 그립고 달콤한" 그런 독성이라고.

그러나 중요한 것은 따로 있습니다. 아무리 작가 쪽에서 달콤 새콤 따위를 강조해도 독자 쪽이 심드렁하다면 말짱 헛일일 수밖에. 그러니까 서두에 이런 메시지를 깃발처럼 내세울 필요가 없는 셈. 작가 해씨는 뭣 때문에 이런 짓을 했을까. 좋게 말해 독자에 대한 친절, 고쳐 말해 얘기가 빗나가게 하지 않도록, 그러니까 기능적 작용을 하기 위한 조치였을 터.

또 다른 하나는, '독성의 기억'이라는 점. 기억이란 새삼 무엇인가. 전문가들에 따르면 기억엔 두 가지가 있는데 곧 비선언적非宣言的 기억과 선언적 기억이 그것. 전자는 문자 이전의 몸으로 익힌 기억을 가리킴인 것. 가령 운전 기술 같은 것. 이에 비해 후자는 문자로 기록된 지식에 기대는 기억을 가리킴인 것. 지식으로 정립된 인류의 기억들이지요. 그렇다면 개인 고유의 기억은 없는가. 물론 있겠지요. 에피소드 기억이 그것. 자기가 구체적으로 겪은 사건에 대한 에피소드 기억도 따지고 보면 과연 '나만의 것'이라 우길 수 있을까. 작가들이 제일 쉽게, 그리고 유려하게 쓸 수 있는 작품이 성장소설임은 모두가 아는 일. 유년기에서부터 자기만이 겪은 기억들을 줄줄이 염치도 없이 엮어내기만 하면 되니까. 자료조사라든가 연구 따위를 하지 않고도 얼마든지 쓸 수 있고 또 멋까지 부려가며 쓸 테지요. 그러나 이런 따위 글쓰기도 따져보면 선언적 기억의 변종에 가깝지요. "다섯 살 때 너는 매일 뜰의 연못에 나가 금붕어를 손으로 잡으려 했다"라고 어머니가 한 말이 시간의 경과에 따라 "나는 매일 뜰의 연못에 나가 금붕어를 손으로 잡았다"라고 자기의 자세(행위)로 변형된 것. 어머니의 전언은 '내가 금붕어를 보는 것'이지만, 이것이 변형되면 금붕어는 눈에 뵈지 않고 나의 행위만 보이는 형국이지요. 기억 속의 영상은 화자의 시점에 의해 구성된 탓에 자기 자신의 눈으로 본 것은 결여되어 있기 때문. 자기만의 기억이라 할 에피소드 기억조차 이처럼 자기가 주어로 되어 있음에도 대부분 제3자 시점의 틀에 의해 좌우되고 있습니다. 대부분의 성장소설이 이런 사기술(착각) 위에서 이루어졌다는 것입니다.

잠깐, 대체 무슨 말을 하고자 하는가. 다름 아닙니다. 작가 해씨가 깃발처럼 내세운 '독성의 기억'의 성격에 관해서이지요. 해씨의 기억은 과연 에피소드 기억이겠지요. 화자가 주체적으로 체험한 기억이니까. 그러나 중요한 것은 이 기억은 성장소설 따위에서 주절대는 기억과는 썩 다르다는 점입니다. 이 화자가 아니고는 결코 성립될 수 없는 기억, 말을 바꾸면 '너는 어릴 때……'라는 전제가 적어도 결여되어 있기 때문. 어째서 그러한가. 줄거리를 잠시 볼까요. 여기는 시드니. 5년째 공부하는 유학생인 '나'는 학위과정 최종단계에 들었으나 등록금 문제로 고민한다. 한인교회의 주선으로 한국어 가르치기의 아르바이트에 나감. 보수가 후한 대신 두 가지 규칙이 있었다. 학생의 사적인 것은 묻지 않기와 학생이 하자는 대로 할 것이 그것. 그런데 학생은 17세의 처녀. 호주 입양 한국인 고아였다. 이름은 에밀리. '배우고 가르치기'의 규칙이 거기 선명히 적용된다. 비트겐슈타인의 언어 게임론이 바야흐로 생생히 체험된다. 좌우간 이런저런 곡절을 겪어 해피엔딩으로 끝난다. 에밀리란 무엇인가.

외국 고아를 입양하는 목적은 여러 가지겠으나 그중에는 키워서 '성적 노리개'로 삼기 위한 것도 있다. 에밀리란 그런 사례에 해당되는 것. 중요한 것은 그런 사실 폭로와는 무관한 데 있지요. 한국어 가르치기란 무엇인가. 언어 게임이 아닐 수 없다는 것.

나 : 만나서 반가워요. 선생님 이름은 박, 석, 길이에요.

에밀리 : 홧 더 헬?(뭐야 이건?)

나 : 왜 웃죠?

해이수

에밀리 : 퍽^{fuck}, 석^{suck}, 킬^{kill}.(115쪽)

누구도 흉내낼 수 없는 작가 해씨만의 에피소드 기억이라 할 만합니다.

허혜란

「소녀, 수 콕으로 가다」

1970년 전주 출생. 2004년 『동아일보』에 「독」이, 『경향신문』에 「내 아버지는 서울에 계십니다」가 당선되면서 작품활동 시작.

매듭 풀기의 제3의 방식

허혜란 씨의 「소녀, 수 콕으로 가다」『문학동네』 2006년 가을호는 씨의 데뷔작 「내 아버지는 서울에 계십니다」에 이어진 것. 우즈베키스탄의 한국계 소년을 다룬 이 데뷔작에 비해 이번 작은 어떠할까. 그 소년이 이번엔 한국 유학생이라면 어떠할까. 서두를 볼까요.

밧줄은 본능과도 같다. 한번 연결되었다 하면 대상을 놓아주지 않는다. 매듭을 끊기 전까지는. 얽어맨 대상이 사물이든지 육체든지, 빈틈없다. 밧줄, 이라는 말만 들어도 그렇다. '밧'이라는 글자 속에서 'ㅅ'을 빼내면 결박의 느낌이 조금은 덜할까. 바줄, 이렇게. 그는 공중에 드리워진 굵은 줄을 바라보았다. 그래서 그런지 어딘지 좀 헐렁하게도 느껴진다, 고 단정 짓고 싶어하는 자신의 억지스러움만을 확인할 뿐이다. 밧줄을 '바줄'이라고 불러준다고 해서, 그리하여 한순간

허혜란

팽팽한 밧줄을 느슨하게 느낀다고 해도 그건 어디까지나 구경꾼의 감상과 말장난일 뿐. 굵고 긴 저 줄의 끄트머리에 닿아 있는 대상과는 상관이 없다는 것을 그는 잘 알고 있다. 더욱이 그것이 생명이라면. 암벽을 꿰뚫고 손가락과 얽어매어질 때에도, 누군가의 마지막 호흡을 맺을 때에도, 무언가를 묶을 때조차도.(254쪽)

보다시피 매듭 타령. 매듭이란 사물을 얽어매는 것. 결혼 같은 것이 대표적인 사례. 한번 맺어진 인연이면, 운명처럼 벗어날 수 없는 것. 이 매듭에 절망하여 도망친 한국인 청년의 얘기. 여기는 중앙아시아 우즈베키스탄의 옛 도시 사마르칸트의 한 마을. 사람들이 모여 양을 잡고 있습니다. 혼례식이 곧 벌어질 터이니까.

쉰이 넘었는데도 길고 하얀 머리카락을 허리까지 늘어뜨린 롤라 아주머니는 빗자루만 양다리에 걸치면 딱 동화 속 마녀할멈 같다. 아주머니는 슬리퍼 한 켤레를 그에게 건네었다.
"피가 튀어서 몸에 묻을지도 몰라요."
아주머니는 그가 알아듣도록 그들의 언어가 아닌 러시아어로 말했다. 돌아보니 다들 맨발에 슬리퍼 차림이다. 그는 고맙지만 괜찮다고 대답했다. 찌든 때로 범벅이 되고 너덜너덜한 슬리퍼를 신느니 차라리 양의 피가 신선하다고 생각하던 참이었다.(255쪽)

작가 허씨는 아주 세심히 양을 잡는 과정을 그려냅니다. 이 혼례식에 특별한 손님으로 온 30세의 유학생인 그가 본 것을 작가는 이렇게 적었군요.
"차근차근 가죽이 벗겨지기 시작했다. 다리를 지나 배와 가슴을 지나⋯⋯ 그의 눈이 커지고 입술이 벌어졌다. 가죽 밑으로 차츰차츰 드러나는 양의 연분홍빛 속살을 믿을 수 없다. 살과 뼈만 남은 육체는 몹시 가늘고, 깨끗하고, 참 예쁘다. 검붉은 피가 모조리 빠져나오고 가죽이 벗겨졌을 뿐인 동물의 속살이 그렇게 보일 수 있다니"라고. 이 장면이 요컨대 작품의 입구이자 동시에 출구인 셈.

그의 눈에 비친 잔치용 양의 죽음이란 이토록 놀라움이었고 또한 아름다움이었던 것. 도살이 아니라 매듭 하나하나를 풀기였던 것.

저 장자 양생주養生主에 나오는 '포정의 소 잡기'라고나 할까.

줄거리를 잠시 볼까요. 유학생인 그가 이 잔치에 초대받은 것은 한국인이라는 것과 디지털 카메라를 가졌기 때문. 혼례식 사진을 찍어주기로 했으니까. 5일이나 계속될 혼례식이 시작된다. 갖가지 절차들, 이런저런 일, 신랑의 행동 등등을 놓치지 않고 관찰하며 사진을 찍는다. 그런데 정작 주인공인 신부는 어떠했을까. 한순간 "신부의 표정이 일그러지는 것"을 발견합니다. 그가 보기엔 '두려움과 분노' '불쾌감과 자포자기'였던 것.

바로 이 대목이 작품의 함정인 셈. 그의 일방적인 선입견이 작용한 탓. 그에겐 누나가 있었다. 시집가기 전날 누나는 그에게 이런저런 말을 토하고자 했다. 잠이 쏟아져 듣지 않았다. 누나는 분에 넘치는 가문으로 시집갔다. 그러나 남편으로부터 버림받고 결국 죽고 말았다. 이 사건으로 말미암아 그는 아무도 안 가는 중앙아시아로 유학 왔다. 누나에 대한 죄의식. '누나 시집가기 싫으면 가지 마!'라고 말해야 했다. 아니, 누나가 하고 싶은 말을 들어주어야 했다. 그것이 무엇이든 상관없이.

이 죄의식이 시방 이곳 신부에게로 이어졌던 것. '신부여, 수 콕(시집이 있는 곳)으로 가지 말라!'라고. '자기가 얼마든지 도와주겠노라!'라고. 그러나 의외로 신부는 "고맙습니다!"라고 한국어로 말했다. 러시아어도 우즈베크어도 아닌 한국어란 새삼 무엇인가. 앞에서 신부는 그가 못 알아듣는 말만 했었다. 그러기에 이 한국어는 한국어라기보다 서로 알아듣기 위한 말인 것. 신부는 미소까지 지어 보였다. '수 콕으로 가는 것'이 한국행보다도 또

허혜란

는 어떤 선택보다도 '정결하고도 어여쁘다'는 것. 밧줄을 끊는 것이 장땡일까. 누나처럼 또 다른 밧줄로 자기 자신을 끊어내는 것이 장땡일까. 제3의 방법도 있는 법. 수 쿡 행이 그것. 양을 해체할 때 드러나는 그 동물적 정결함과 아름다움이 그것.

　고언 한마디. 관광용 글쓰기에서 벗어나는 길은 무엇일까. 소련·중국·몽골·실크로드 등을 오가면서 쓴 소설들이 한동안 유행했음도 사실. 그 나름의 성과도 인정되지요. 숨통 열기였으니까. 신인 허씨는 그런 종류와 일단 선을 긋고 있긴 해도, 역시 뭔가 결여되어 있지 않았을까. 가령 그가 하필 우즈베키스탄으로 유학 간 그 곡절이 투명해야 했을 터.

기형적 천재의
출현을 기대하며

최근 신춘문예 당선 작품과 그 첫 행보

2005년도 신춘문예 당선자들

기노·장은진·류은경·정찬일

2005년도 신춘문예 당선자들의 첫 행보

————

 과연 4월은 잔인한 달일까. 어김없이 『현대문학』은 2005년도 신춘문예 당선자 특집을 했군요. 흥미의 포인트는 당연히도 행운의 신춘문예 당선작과 이 작품들의 대비에 있을 터. 그 자리에 주저앉았는가, 한 발 내딛었는가가 그것. 필히 그것은 작가 자신과의 싸움이었을 테니까.

 기노 씨의 「비어」는 당선작 「오프라인」(세계일보)에 견줄 때 어떠할까. 먼저 「비어」부터 볼까요.
 여기는 정신병원. 남주희라는 여자 환자가 있고, 그 주변에 주치의 박씨, 간호사 미스 김 등이 있습니다. 환자 남씨의 병명은 빙의망상증憑依妄想症. '신불神佛이나 여우 같은 것이 자기 몸에 접했다고 믿는 병세. 흔히 내장 감각의 환각에 따름.' 이상이 사전적 의미. 대체 내장 감각의 환각이란 무엇일까. 작가 기씨는 이 방법론에 따라 담담히 인물들을 배치해놓았군요.

 환자 남씨가 보는 환각은 범고래 모양의 거대한 물고기. 이름하여 비어秘魚. 비어가 예지력을 가져다준다고 그녀는 믿는다. 그녀에게 자주 찾아오는 예지력을 말로 토해내지 않으면, 그녀는 견딜 수 없는 두통에 시달린다. 어떻게 하면 이 병이 치유될 수 있을까. 이 물음과 관련해서는, 일반적으로는 이런저런 과정을 겪어 치유되어가는 과정이 문제적이겠지요. 증상을 분석해보니 유년기에 무슨 충격, 혹은 성적인 학대로 그렇게 되었다. 그러니 이 사실을 알려주면 환자의 병은 저절로 치유되지요. 히스테리 환자 전문의 프로이트의 방법이 그것. 그런데 신인 기씨의 방법은 정반대여서 신선합니다.

> 닥터 박: "남주희 씨, 빙의망상이라는 병증에 대한 저의 설명을 기억하십니까?"
> 남주희: "물론이에요. 제 상태를 설명해주는 의학적 병명이지요."
> 닥터 박: "남주희 씨는 완치되고 싶다는 욕구가 있으십니까?"
> 남주희: "전 의식의 절름발이는 되고 싶지 않아요."(113~114쪽)

 이처럼 환자 남씨는 스스로가 환자임을 거부합니다. 누구나 괴어인 비어 한 마리씩 갖고 있다고 믿기 때문. 곧 무의식 속에 그런 것이 있다는 것. 그 결과는 어떻게 될까. 놀랍게도 이 질병이 주변 사람들에게 옮겨간다는 것. 환자들 사이에서도 그러했고, 마침내 주치의 닥터 박까지 그 지경에 이르고 말았다는 것.

 이 주객전도의 해괴한 사건성이란 대체 무엇일까. 의외성으로서의 미학이라고나 할까. 당선작 「오프라인」과 견주어보면 단연 진일보. 인형 만들기와 인형 훔치기를 매개하는 9세 소녀의 엽기적 기괴함에 비하면 안정되어 있으니까.

2005년도 신춘문예 당선자들

장은진 씨「중앙일보」의「달을 위한 음식」은 "나는 요리사다"라
고 시작됩니다. 이렇게 분명하게 선언한 것에는 모종의 음
모가 깃들어 있을 수밖에. 왜냐하면 적어도 소설에서는 어
떤 것도 분명한 것이란 없는 법이니까. 말을 바꾸면 소설의
신선함이란 의외성에서 오는 법이니까. 필연성·당연성이 아니라 우연성·
돌발성·의외성에서 놀람의 미학이 깃들일 수 있으니까. 이 점에서 우선 합
격인 셈.

"나는 요리사다"라고 해놓고, 그다음부터는 '어째서 나는 요리사가 아닌
가'를 해명하기. 이를 사람들에게 설득하기. '어째서 나는 요리사가 아닌가.'
온갖 직업을 다 겪어본, 별 볼일 없는 '나'(여인)는 빈 독신자 아파트에 임
시 거주, 미장원에서 우연히 만난 달이란 이름의, 모종의 화려한 직업을 가
진 여인을 알게 되어 그녀의 요리사가 된다. 같은 동네 사는 달에게 음식을
차려다 주기만 하면 되는 것. 돈을 받으니까 직업인 셈. 요리사이긴 해도 진
짜 직업이 아닌 셈. 이를 새삼 말해주는 것이 34세의 정신박약아 오째라는
인물의 등장. 이 오째에게도 음식을 만들어 던져준다. 물론 아무 대가도 없다.
불쌍하니까. 불쌍하다? 아니, 아파트 베란다를 향해 성기를 꺼내놓고 돌멩
이를 던지며 '얼른 밥 주라, 얼른 밥 주라'라고 외치니까. 요리사이나 요리
사가 아님을 독자에게 설득시키려 하면 어찌해야 할까. 이 점에서 장씨는
썩 민첩합니다.

"동쪽 하늘에 아주 가느스름한 초승달이 떠 있다"가 설득의 포인트. 음식
을 제공받는 당사자인 여인의 이름이 달이라는 것. 초승달·반달·보름달·
하현달 식으로 달의 변화를 통해 작품을 구성해 보이기가 그것. 오째라 이
름한 사내의 성기가 각각 이에 대응되는 것. 음식이란 새삼 무엇이뇨. 여인
의 생리에 대응되는 것. 달의 음식 먹기, 음식 비우기, 채우기 등등이 각각
작품의 구성력을 이루고 있습니다.

고언 두 마디. 가지가 너무 많음. "상현달이다"는 착각이 아닐까. 반달이 앞에 나왔으니까.

류은경 씨의 「홈, 스위트 홈」은 치밀한 구성력이 돋보임. 이른바 복선을 깔 줄 아는 작가라고나 할까. 복선은 두 가지. 하나는 지체장애자 모티프. 이 작품의 주인공 이름은 현. 남편이 있고, 아기가 있음. 아기는 정신박약아. 이로 말미암아 남편이 가출 4개월째. 그런데, 현의 유년기 삶 중에 바보인 오빠가 있었다는 것. 그로 인해 주눅 든 마음자리에서 벗어날 수 없었다는 것. 이제 자기의 아기 역시 그러한 형편이라는 것. 남편 가출의 동기가 되고도 남는 것. 그렇다면 현은 어떻게 해야 될까. 아기와 더불어 살아가기. 직장을 가질 수밖에. 밤에만 하는 노래방 도우미가 되기. 여기에 또 다른 복선이 깔려 있습니다. 남편과의 재결합 모티프가 그것. 대체 아기 아빠라는 작자는 어떻게 되었을까. 받으면 아무 소리도 없는, 현의 핸드폰에 걸려오는 전화가 그것. 041(지역번호-충남)로 시작되는 것. 이 침묵의 전화가 바로 남편임을 현은 직감하지요. 어째서?

"한숨을 쉬며 전화기 뒷면의 배터리를 본다. 납작한 배터리에는 스티커 사진이 붙어 있다. 아이가 막 백일을 넘겼을 때 사진관에서 찍은 사진이다." 가족사진이 핸드폰에 붙어 있음이 정답. 밤늦게 노래방에서 아기 있는 집으로 오는 길목에서 현은 택시 한 대가 가만히 서 있음을 본다. 불빛에 드러난 번호판엔 '충남'이 선명하지 않겠는가. 핸드폰 041의 지역번호와 일치되는 것. 남편이었던 것.

잠깐, 그렇다면 너무 싱겁지 않은가. 부부 불화로 인한 갈등에서 가위로 남편의 머리를 깎아줌으로써 화해에 이르는 당선작 「가위」^{동아일보}와 같은 패턴. 고언 한마디. 인간살이가 어찌 이처럼 번번이 화해로 충만할 수 있을까 보냐.

정찬일 씨의 「미접」은 신춘문예 당선작 「유령」(문화일보)과 동급의 문장력이 돋보임. 아이를 갖지 못해 가출한 아내를 둔 남편의 내면이 「유령」에서 묘사되었거니와, 거기서 보여준 삶의 불투명성이 이번 작품에서도 여지없이 발휘되어 있습니다.

잠깐, 그렇다면 제자리걸음 아닌가. 그렇지는 않군요. 타인의 이해 불가능 모티프(존재의 깊이)는 여전하지만, 이를 세 가지 방식으로 증폭시켰음이 그것. 그 증폭 방식이 자못 현란합니다. 우선 제목부터 살펴야 할 것. 미접迷蝶이란 무엇인가. 아무래도 그대로 인용해야겠군요.

 손으로 하품을 가리며 문을 열어준 '나비'는 침대에 털썩 몸을 누인다. 그의 침실 한쪽 면은 온통 나비 표본들로 가득하다. 어찌 보면 그의 방은 나비들의 무덤 같다. 일정한 크기의 액자마다 화려한 날개를 펼친 나비 표본들이 한 마리씩 들어 있다. 그가 가장 소중히 여기는 나비들은 미접이다. 가끔 태풍이나 기류를 타고 본래의 서식 장소에서 타 지역으로 이주하는 나비가 있는데 그런 나비를 미접이라고 부른다. 그가 채집한 미접들은 다양하다. 물결부전나비, 별선두리왕나비, 끝검은나비, 중국은줄표범나비, 남색남방공작나비, 남방공작나비, 암붉은오색나비, 먹나비, 큰먹나비 등. 곤충학자들도 쉽게 얻지 못하는 나비들이다. 모두 그가 직접 채집했거나 나비 마니아끼리 교환한 것들이다. 그의 어깨 위에 문신된 나비도 미접이다. 어느 날 갑자기 그는 또다시 새로운 미접을 채집하기 위해 사라질지도 모른다.(84쪽)

두말하면 잔소리. '그'의 별명이 나비라는 것. 나비 중에도 별난 나비 미접 수집가이자 미접광이라는 것. 태풍·기류를 타고야 이동하는 별종의 나비. 이 미접광은 누구인가. '나'와 같은 직업인, 호스트바 근무. 호스트바란 그러니까 남창의 현대판이랄까. '나'가 그를 '나비'라 부르면 그는 '나'를 '퍼플'이라 부르것다. 퍼플이란 진홍의 자줏빛. 그러니까 "저 푸른 해원을 향해 흔드는"(청마, 「깃발」)의 '푸른'을 퍼플^{purple}이라 옮긴 천재적 번역가 이인수 교수의 「깃발」에 대한 심도 있는 인식 방법이었을 터. 너절한 '블루'와는 구별되는 것. 어째서 그 '나비 사내'는 24세의 독신 청년 '나'를 '퍼플'이라 불렀을까.

이 점에서 작가 정씨의 민첩성이 빛납니다. '나'의 족보, 내력이 이를 매개로 펼쳐지고 있으니까, '짙은 남색에 옅은 붉은색'의 정장들만 입으니까. 옷장을 열면 모두 이 색깔의 정장뿐. 옷장 속엔 또 뭐가 있을까. 아비의 납골함이 그것. 아비는? 어미는? 누나는? 유년기는? 줄줄이 이어질 수밖에. 그런데 모두 죽고 없군요. 사자들 틈에 낀 퍼플인 셈.

이 작품은 세 가지 주제가 걸려 있습니다.

(A) 호스트바 근무자의 존재방식. 율리시스에 나오는 물귀신 세이렌의 과제가 그것. 세이렌이 율리시스를 유혹한 것이 아니라, 율리시스가 세이렌을 유혹했다고 카프카는 보았지요. 신조차 속일 만큼 영리한 율리시스의 생존방식이었으니까.

(B) 구체관절인형의 존재방식. 교통사고로 반신불수가 된 누이의 상징. 구체관절인형의 상상력은 일찍이 보기 드문 소재인 것. 강아지 키우기보다 이쪽이 훨씬 문학적인 것.

사실 그 인형을 '샀다'거나 '구입했다'라는 말은 올바른 표현이 아닐지도 모른다. 인형의 구입에 대해 처음 문의를 했을 때 인형사라는 여자는 대화 중에 '판다'는 말 대신에 '보낸다'라든지 '입양시킨다'라는 말을 자연스럽게 사용했다. 인형사의 말처럼 얼마 안 있어 인형이 이 집으로 입양되어왔다. 인형의 눈이나 발 같은 특정한 부분들은 실제 사람보다 더 세밀하고 아름다웠다. 인형에게 고유한 이

2005년도 신춘문예 당선자들

름과 생년월일시가 있는 것은 물론이다. 그 후로 인형의 생일 때에는 인형사라는 여자에게서 생일축하 카드가 날아오기도 했다.(83쪽)

(C) 미접의 존재방식. 이 세 가지 주제(존재방식)는 서로 연결되어 있기는 해도 각각 거대한 주제군에 속하는 것. 작가 정씨는 신인답지도 않게 이 거대한 주제군을 겁도 없이 한꺼번에 내세워놓았습니다. 적어도 세 편의 소설을 써야 하지 않았을까. 일본 소설가 무라카미 하루키의 조언을 들려주고 싶군요. 왈 "나는 단편소설을 하나의 실험 장소로, 가능성의 시험장으로 사용합니다"(『젊은 독자를 위한 단편소설 안내』)라고. 발전성이 보이면 이를 장편소설로 발전시킨다는 것. 가작 단편 「반딧불이」를 발전시킨 것이 『노르웨이의 숲』(국역 『상실의 시대』)이라는 것. 신경숙 씨의 『바이올렛』도 그러하지 않았던가.

2006년도 신춘문예 당선자들

김이설 · 박찬순 · 유민 · 김애현 · 이민우 · 박상 · 이준희

병술년의 새 얼굴들

병술년 새 얼굴들이 보송보송하게 선보였소.

김이설 씨의 「열세 살」[서울신문]이 제일 어린 주인공. 제목 그대로 13세. 그것도 소녀. 그것도 역 주변의 노숙하는 아이. 어미와 함께 노숙하는 소녀가 마침내 어미를 떠나 어른의 세계에 한 발 내딛는 장면을 풋풋하게 묘사한 것. 묘사라 했거니와 따지고 보면 땅 짚고 헤엄치기라고 할까요. 역 주변 노숙자의 삶인 까닭에 '웃자란 아이(소녀)'의 심리 묘사란, 환경이 만들어준 자연인 까닭. 웃자란 아이 유형이란 해마다 신춘문예엔 단골로 등장하는 소재. 이번 작품에서 표 나게 내세울 만한 것은 다음 두 가지.

하나는 어미를 객관화하기. 소녀는 어미를 관찰할 줄 안다는 것. 어른 되

기의 첫걸음인 셈. 다른 하나는 소녀를 취재하는 흰 얼굴의 기자의 발견. 임신한 소녀가 마침내 출산했을 때 위의 두 가지 객관화가 동시에 이루어졌던 것. (아르바이트로 대리모 신세에 놓인 여대생을 다룬, 같은 작가의 『대전일보』 당선작 「엄마들」 쪽이 좀더 어른스럽지 않았을까?)

박찬순 씨의 「가리봉 양꼬치」^{조선일보} 역시 신춘문예용 단골 메뉴의 하나인 외국인(교포) 근로자를 소재로 한 것.
30만을 헤아리는 외국인 근로자를 안고 있는 경제 대국인 이 나라 형편에서 보면 소설이 품어야 할 소재인 셈. 이번의 경우는 부모의 행방을 찾아 3년 전 가리봉에 와서 불법 체류하고 있는 교포 청년의 얘기. '경계인'이라 스스로 말하면서 고향의 진미 양고기 요리에 희망을 걸고 다방에 근무하는 소꿉친구 분희를 맞이하는 이 사내가 결국 죽음에 이르는 얘기. 유려하게 읽히지만 중간 중간 읊조리는 시로 말미암아 다분히 센티멘털리즘에 떨어진 것은 아닐까.

유민 씨의 「베드」^{경향신문}는 두 아이의 아비이며 전문직 종사자라 자부하는 안마숍 주인인 동우의 내적 갈등을 다룬 작품.
고객에게 냉엄해야 할 전문직 안마사지만 그도 사내이고 인간인지라 돈 많고 탄력 있는 과부의 몸을 주무르다보면 몸과 마음이 흔들릴 수도 있는 일. 그렇다고 전문직 안마사의 자존심을 버릴 수도 없다. 이럴 수도 저럴 수도 없는 상태를 두 개의 침대로 비유해놓았군요. 숍의 침대와 아내의 침대가 그것. 조금은 불투명.

김애현 씨의 「카리스마스탭」^{한국일보}은 자본제 사회의 최상층부에 놓인 패션계 모델의 피나는 경쟁 원리를 다룬 것. "바비는 카리스마스탭 6기다. 그녀

가 뽑힐 당시 공채 이래 가장 높은 경쟁률이었다는 입소문을 나는 기억한다. 174센티미터의 키에 44 사이즈를 소화해 낼 수 있는 그녀는 카리스마스탭으로 뽑힌 네 명 중 단연 돋보였다 한다"라는 대목이 이 작품의 입구인 셈. 여성의 신체 곡선을 최고의 상품으로 내세운 회사의 운영 방침은 그야말로 분초를 따지며 근소한 차이로 승부를 내게 마련. 이 게임에 투입된 카리스마스탭의 모델들은 결사적일 수밖에.

　상품이란 팔리기 위해 스스로 필사적으로 뛰어야 하는 법. 상품이란 팔리지 않으면 사용가치는 물론 교환가치조차 없는 법. 몸 관리를 위해 아예 음식 대신 '다이어트 바'를 먹어야 함도 이 때문. 그런 모델의 최고가를 유지하는 바비를 같은 경쟁자인 '나'(혜주)의 시선으로 묘파한 이 작품이 유독 빛나는 것은 웬 까닭일까. 작가의 날쌘 솜씨와 함께 소재의 취재와 그 소화능력이 아니었을까.

　이민우 씨의 「가을의 자전거」 「문화일보」는 아기 둘 가진 중년 여인의 일상과 그 내면을 섬세하게 다룬 작품. 교수가 되고자 공부하는 남편은 능력 부족인지 번번이 좌절된 위인. 기회 있어 일본의 대학에 공부하려 솔가해 갔습니다. 아내는 낯선 일본 생활에 적응하고자 애씁니다. 자전거 배우기가 그것. 사건이라면 그곳 대학의 교수 중 아내의 옛 동경의 대상이었던 인물을 만나고, 부부가 함께 그 교수의 초대를 받습니다. 그에 대한 그리움과 고마움을 아내는 이메일로 보냈고, 수신 확인이 되지만 아무런 회신이 없습니다. 그것도 두 번씩이나. 취직하려고 귀국한 남편은 이번에도 운 나쁘게 실패. 일본에 남은 아내는 무수한 실패 끝에 그곳 여인들처럼 자전거 타기에 성공합니다.

　차분한 문체, 안정된 시선, 내면으로 숨긴 격렬한 감정이 한층 고조되어 전달된다고나 할까. 삶에 대한 환멸과 이를 소화해내는 자질이 새삼 돋보인 다고나 할까.

박상 씨의 「짝짝이 구두와 고양이와 하드락」^{동아일보}은 제목 그대로 세 가지 이미지가 동시에 결부되어 있습니다. 이미 지라 했거니와 현재형과 과거형의 균형감각이 문체를 결정 할 수밖에. "담배를 문다" "그들의 음악과 지금 그가 부르고 있는 음악 사이엔 갭이 있다"의 현재형과 "그는 떠나기로 결심한 여자 앞 에서 아무것도 할 수 없었다" "쓸쓸함이 어깨 통증을 가속했다" "그는 가속 페달을 세게 밟아 차를 급출발했다" 등의 과거형의 안배에서 전자 쪽이 압 도적. 이 작품의 싱싱함을 말해주는 것. 또 있습니다. 트럭 운전수인 주인공 이 옥탑방에서 친구들과 하드락을 연주하는 경쾌함이 문체를 결정한 형국. 짝짝이 구두를 남기고 여자가 떠나가도 고양이와 하드락이 있기에 '그'는 건강합니다. 끝 장면이 아름다울 수밖에 없는 이유이지요. "그도 등을 곧게 펴고 병술년 표범처럼 앉아본다." 병술년 개띠 벽두에 표범 한 마리를 만납 니다.

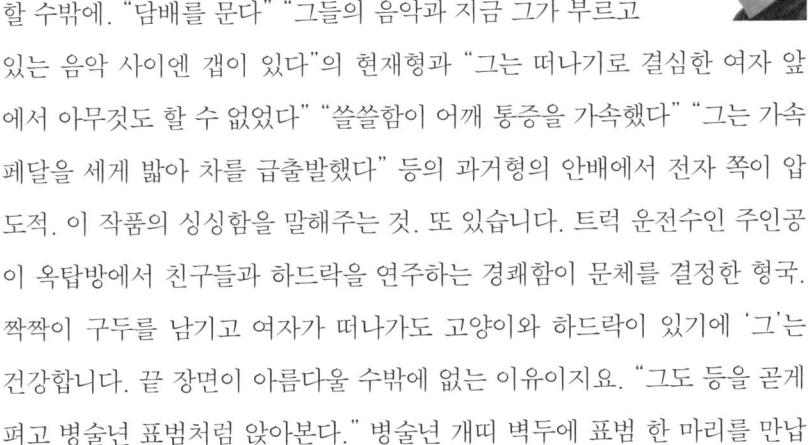

그 표범도 괜찮지만, 이준희 씨의 「여자의 계단」^{세계일보}도 아름다운 이미지 하나를 창조해 보였군요. 자폐증에 걸린 한 직장 여성이 그린 식물의 노란색 씨앗 그림이 그것. 바람 에 날려 자유롭게 생명력을 펼쳐가는 씨앗들. 사람들의 어 깨에도 지붕에도 또 담벼락에도 앉는 노란색 씨앗이란 새삼 무엇인가. 이 식물적 상상력 그것은 어쩌면 오늘의 소설적 글쓰기와 흡사하지 않을까.

2006년도 신춘문예 당선자들의 첫 행보

　　　　　4월이 잔인한 달이라 읊은 시인도 있지만 풍요의 달임엔 변함이 없겠지요. 특히 우리 소설판에선 말입니다. 두 개만 달랑 남은 문예 월간지가 동시에 신춘문예 당선자 특집을 차려놓았음이 그것. 문학이 언제나 새로워야 하는 법이라면 굳이 신인에 대한 기대는 무의미할지 모르지만 그래도, 라고 바라는 모종의 속물근성이 요망되는 것은 웬 까닭일까. 역사, 사회학적 상상력(사람은 벌레가 아니다)에서 생물학적 상상력(사람은 벌레다)으로 크게 방향전환한 우리 소설판의 시선에서 보면 저러한 특집이란 일종의 종족 보전을 위한 본능적 행위라 할 수 없을까. 그러기에 기형적 천재의 출현에 대한 기대에 앞서 평균치의 등장이 대전제로 놓여 있을 터.

　　박상 씨의 「홈런왕 B」『현대문학』 2006년 4월호. 일곱 개 항목의 제목을 달고 있습니다. (1)'야구란 무엇인가'에서 박씨는 "야구는 양파다!"라고 몰아붙였고, '야구=양파'의 논리를 썩 그럴 법하게(그러니까 소설적 처리) 펼쳐 보였고 막판에 가서도 (7)'그렇다면 야구와 양파는 도대체 뭐라는 것일까?'라고 했군요. 여전히 모르겠다는 투로, 질문을 던지고 있습니다. 인생이란, 여인이란 양파와 같다. 아무리 껍질을 벗겨도 끝내 아무것도 없다는 말버릇(통념)은 모두가 아는 사실. 이 세속화된 통념을 새삼스럽게 만들 수 없을까. 엉뚱하게 참신한 말버릇으로 바꿀 수 없을까. 이 작품의 참주제가 걸린 곳이지요. 그 방법론을 신인 박씨는 잘 제시해놓았군요. 방법론이란, 처음으로 사물을 익혀가는 유아기적 사고에서 옵니다.

　　(1) 오늘은 경기가 없는 날이었다. 경기가 있을 때만 경기장에 가고 싶어지는 건 참 이상한 일이다.(100쪽)

2006년도 신춘문예 당선자들

(2) 할머니는 질문에 익숙하다. 나는 아직 대답에 익숙하지 않다. 대답에 익숙한 사람은 내 동생이었다.(99쪽)

(3) 상대가 유쾌해진 틈을 보고 나는 질문을 던졌다. 질문이란 먼저 던지지 않으면 항상 받게 되어 있다.(101~102쪽)

유아기적 사고임은 (1)에서 벌써 드러났고 (2)에서 새삼 확인됩니다. 그렇지만, 중요한 것은 (3)이 아닐 수 없지요. 야구란 새삼 무엇인가. '던지고 받기'의 게임일 뿐. 그 이상도 이하도 아니라는 것. 거기에다 스포츠 기자 이원식이 아무리 야구에 해박하더라도 '던지고 받기'의 범주에서 한치도 벗어나지 않는 것. 이런 이치는 할머니의 양파 까기와 똑같은 것.

잠깐, 어째서 하필 양파일까. 이 물음에 신인답게 박씨는 민첩합니다. 인기 스타인 야구 선수와의 인터뷰 한 장면.

질문 : "좋아하는 가수나 즐겨듣는 음악이 있는가?"
답변 : "좀 오래된 가수지만 양파의 ADDIO를 좋아한다. 내가 데뷔했을 때 나온 노래다. 왜 이별 노래를 좋아하느냐고는 묻지 말라. 단지 양파가 좋을 뿐이다."
(107쪽)

양파란 음악이기도 한 것. 야구와 양파의 연결고리가 이 작가의 체질을 말하는 것. 잠깐, 갓 등장한 신인에게 체질이라니? 자기 스타일이 벌써 있단 말인가.

이 물음엔 박씨의 데뷔작이 말해주고 있지요. 「짝짝이 구두와 고양이와 하드락」의 연장선상에 닿아 있으니까. 옥탑방에서 친구들과 하드락을 연주함이란 그 자체가 경쾌함이니까.

이준희 씨의 「웅크린 시간」[현대문학, 2006년 4월호]은 이렇게 시작됩니다. "당신의 가게에는 '추억의 벽'이 있다"라고. 그리고 결말은 이렇군요. "당신은 문득 창밖을 쳐다본다"라고. 이른바 흔히 신춘문예 소설들에 자주 보이는 '당신 타령 글쓰기'일까. 그렇기도 하고 거기서 한 발 벗어난 것이기도 합니다. 그렇지 않기도 하다는 그 한 발 벗어나기. 말을 바꾸면 두 가지 글쓰기 형을 사용한 점이 볼 만합니다. '당신 타령 글쓰기'란 새삼 무엇인가. '나는'이라든가 '그는'이라고 할 때 당하는 작가들의 스트레스가 여기서는 없지요. '당신은'이라고 할 때의 경쾌함이란, 거기서 풍기는 리듬에서 옵니다. '나는'보다 '그는'보다 '당신은' 하면 난데없는 친근감, 알 수 없는 그리움이 마음 바닥에 고이기 시작하지요. 그러나 산문계 글쓰기에서 이 점은 곧 자기 혼란의 근거를 이루는 것인 만큼 지각 있는 작가라면 금방 피하게 마련. 시적 울림이 얼마나 감정을 기만하는가를 알아차리기에 그러하지요.

그렇다면 '당신은'과 함께 '그는'을 병용한다면 어떻게 될까. 신인작가 이 씨가 겨냥한 곳이 아닐까.

여기 당신이라 불리는 사내가 있다. 가게 주인. 가게 벽에 '추억의 벽'을 설치하고, 손님 중 누구나 여기에다 자기의 추억을 말해주는 물건을 전시해보라는 제법 그럴싸한 상술을 내세웠다. 상술치고는 일종의 센티멘털리즘. 프로가 아닌 증거. 따라서 거의 실패 수준. 2월 어느 날, 영업시간이 지나고 가게 주인 혼자서 술을 마시다 잠시 자리를 비운 사이에 그 의자엔 낯익은 사내가 앉아 있지 않겠는가. '추억의 벽'에 놓아둘 만한 그 추억이란 물건을 보여주기 시작한다. 물론 '낯익은 사내'는 가게 주인 자신.

여기서부터 얘기는 '그는'으로 전환. "그날 그는 여자를 마중하러 터미널로 가는 중이었다"라고 시작하여 가게 주인이자 낯익은 사내의 '추억'이 줄줄이 이어집니다. 그 줄거리란 아무래도 상관없지요. 어째서? 기막힌 추억 따위 한두 개 갖지 않은 자는 없으니까. 추억이 조각품(화석)으로 만들어지는 과정이 썩 참신하다 해도 사정은 마찬가지. 이러한 '사정의 마찬가지임'을 알아차린 사람이라면 그 속에서도 '사정의 차이'를 보이고자 발버둥칠 수밖에. 작가 이씨가 겨냥한 곳이 여기에 있었던 것. 요컨대 '당신은'이 제시한 일종의 전경화라는 것. 데뷔작 「여자의 계단」의 자폐증 여인의 이미지도 그러했지요. 민들레 씨앗 이미지.

김애현 씨의 「백야」^{『현대문학』 2006년 4월호}는 데뷔작 「카리스마스탭」만큼 신선하고도 민첩합니다. 그것은 작가가 찾아낸 소재의 힘에서 옵니다. 소재야말로 글쓰기의 으뜸 선택 항목임을 신인 김씨가 잘 짚고 있습니다. 자본제 사회의 최상층부에 놓인 패션계 모델의 인기와 그 생리를 다룬 「카리스마스탭」이 신춘문예 전체를 압도한 느낌이었음도 결코 우연이 아니었지요. 그 두번째 작 「백야」는 어떠할까. 해답은 막바로 다음 대목에서 저절로 밝혀집니다.

다음날부터 촬영이 시작되었다. 카메라맨은 어깨에 카메라를 얹고 나를 쫓았다. 카메라렌즈는 오로지 나를 향해 있었다. 시간이 흐를수록 카메라맨의 얼굴이 자주 일그러졌다. 담당 PD는 어머니에게 이것저것 물어보는 눈치였지만 예의 무표정한 그 얼굴 앞에서는 난감해했다. 카메라는 잠시 바닥에 내려져 있는 동안에도 쉬지 않고 돌아갔다. 며칠 뒤 담당 PD는 내게 전화를 걸어 방영이 불가하다는 제작진의 결정을 알려주었다. 결정을 내리기까지 회의는 길고 지루한 마라톤 같았다고 했다. 열흘이 넘는 촬영에도 불구하고 내 몸에서 빛을 볼 수 없었던 것이 결정적이었다고 말했다. 담당 PD는 나의 얘기가 '이렇게 놀라운 일이'라는 텔레비전 프로그램으로 넘어가는 일에 대해 지극한 우려감을 표시했다. 아울러 그와 유사한 그 어떤 오락프로그램의 유혹에도 흔들리지 말아달라고 당부했다. 그 말끝에 담당 PD는 언제가 될지는 알 수 없으나 다시 한 번 도전할 기회를 달라고 말했다. 나는 그와의 통화가 길고 지루하게 느껴졌다.(229쪽)

자본제 사회의 최상층에 놓인 겉모양이 그대로 노출되어 있지 않겠는가. 자본제 사회를 지탱하는 문화적 헛것 현상이지요. 이 헛것 현상에 맞서거나 적어도 조금이나마 발을 뻗대어보는 방도는 없을까. '눈에는 눈, 이에는 이로'라는 성경 구절이 안성맞춤. '자본제 헛것 현상'에다 '개인적 헛것 현상'을 대치시키기. 여기 '나'라는 사내가 있다. PD들이 파리 떼 모양 '나'에게 달려들었다. 왜? '나'의 몸에서 한순간 빛이 나는 현상이 사진에 포착되었으니까. 빛이 난다는 소문이 인터넷에 뜨자 온 세상이 들뜨고, 형광맨 팬카페까지 생기고 PD들이 파리 떼 모양 꼬이고…… 그러나 정작 열흘 동안이나 밀착 취재를 해도 빛이 나타나지 않는다면 어떻게 될까. 작가는 이 대목에서 '나'의 내면으로 말을 돌립니다. 어째서 이런 예외적 현상이 유독 '나'에게만 나타나는가. 이 물음에 작가 김씨는 썩 차분합니다. 몸에 빛이 났고, 그래서 사람들이 그를 두고 붙인 형광맨이란 별명은, 실상 따지고 보면 '나'의 일곱번째 별명입니다. 첫번째 별명은 '눈사람'. 피부색이 유난히 희었기 때문. 왜 희었던가. 아비가 없었기 때문. 아비 부재 탓에 늘 이사를 해야 했고 그럴 적마다 아이들은 그를 놀렸다. 아비 없는 자식이라고. 타인과는 구별되는 이 현실이 생리적 상처로 전환되었던 것. 그 마지막 단계로 몸에서 빛이 났던 것. "생각건대 그것은 내 의지와는 무관한 일" 곧 '나'만의 특이성이지요. 이 운명적 사실에서 벗어나는 길은 무엇인가. 근원으로 되돌아가기이지요. '눈사람'의 별명으로 소급하기. 다른 아이와는 다른 '유난히 흰 피부색'으로의 소급. 아비 부재와는 무관한 그 세계.

2006년도 신춘문예 당선자들

2007년도 신춘문예 당선자들

김희진 · 유대영 · 황시운 · 이은조 · 류진 · 유응오 · 서진연

정해년의 새 얼굴들

   김희진 씨의 「혀」「세계일보」. 풍자이기 전에 우화에 속하는 것. 무슨 이유인지 주인공 주변 사람들이 하나하나 혀를 잃어갔다는 것. 그 혀들이 흡사 입에서 빠져나와 새 떼처럼 공중에 떠돈다는 것.
 이 작품의 중심 문장은 "불길한 징조처럼 보였다"에 있습니다. 벙어리인 탓에 피아노 선생으로 살고 있는 청년 '나'의 시선으로 이웃 사람들이 차례차례 혀를 잃어가는 과정이 그려집니다. 공허한 언어 남발이라든가 말의 권위 소멸이라든가 결국 현실이 파국으로 치닫는다든가 등등의 해석이 가능할지 모르나, 아무리 많은 혀말이 떠돌더라도 벙어리인 '나'에게는 무용한 것, '나'만의 말이어야 하니까.

유대영 씨의 「플라스틱의 꿈」[경향신문]. 제목 그대로 플라스틱 제품이 판을 치는 세계를 다룬 것. 그 세계를 상징하는 것이 플라스틱 제품의 전쟁무기들. 여기는 전쟁무기 판매가게. 개업 반년, '그'가 이 장난감 가게 주인. 제품 중엔 완제품도 있지만 고객 중 제대로 된 쪽은 가로 50센티미터, 세로 30센티미터의 나무판 위에 부속품으로 완제품을 조립하는 축. 작은 '아트 나이프'로 조립하기. 이 가게에 임원경이라는 여인이 등장. 생선가게 하는 양부모의 집을 나와 성형수술하고 인형가게에 취직. 어째서 그녀는 무기가게에 드나들까. 또 인형가게에서 벗어났을까. 이런 물음이란, 실상 무의미하다는 것이 작가의 태도. 그녀 역시 '아트 나이프'를 구입했을 테고, 자기 몸을 조립했을 터. 혹은 그녀의 애인이자 성불구자인 사내도 그랬을 터. 이 모두는 나무판 위에 아트 나이프로 조립하는 세계에 속하는 것. 피가 돌지 않는 인공(가짜) 세계이며 꿈에 지나지 않으니까.

황시운 씨의 「그들만의 식탁」[서울신문]. 솜씨 좋은 해장국집 외동딸 얘기. 남편이 없는 엄마는 네번째로 사내를 맞는다. 사내는 순전히 해장국 음식에 이끌렸기 때문. 해장국 맛에 빠진 사내들 세계란 얼마나 천한가를 첫줄이 잘 말해줌. "뼛조각을 쥔 남자의 손가락에 양념이 엉겨붙어 있었다. 남자의 얼굴은 땀으로 번들댔다"라고.

보기만 해도 구역질이 나는 장면. 이런 사내들과 번갈아 살고 있는 해장국집 엄마 밑에서 자란 외동딸은 어떠해야 할까. 구역질의 정반대로 향하기. 청결함 지향성이라고나 할까. 어디까지나 음식 관계인 만큼 그 지향성 역시 음식 계통일 수밖에. 모형음식 제조회사에 취직하기가 그것. 여기는 작은 회사. "만만한 게 뭐라고. 아무튼 제작팀을 무슨 개똥대가리로 안다니까.

납품기한 하나 제대로 조절 못하는 즈이놈들 책임은 간데없고 허구한 날 나만 들볶으며 (……) 개쌍! 더럽고 치사하지만 어쩌겠어. 까라면 까는 수밖에"라고 하는 이는 팀장. 이 저질의 사내가 하는 일은 몸과는 달리 정결한 모형음식 제작인 것. 그 밑에서 일하는 해장국집 외동딸. 그녀의 몸은 팀장과 함께하기도 또 헤어지기도 하겠지요. 그렇지만 그녀의 지향성은 선명합니다. 그녀를 구할 수 있는 것은 몸이 아니라 음료 모형의 이미지인 셈. "몸과 마음이 한꺼번에 얼어버릴 만큼의 차가운 색감의 음료모형"인 것.

이은조 씨의 「우리들의 한글나라」^{동아일보}. 매년 신춘문예에 단골로 등장하는 소재 중의 하나. 30만 외국인 근로자를 가진 이 나라 소설판이 짊어진 짐의 하나라고나 할까. 마샤라는 20대의 전직 교사인 러시아 여인이 오피스텔 건물 청소부로 있다면 어떠할까. 한국 체류 2년째. 건물 지하실에 살며 재활용 물품 관리까지 하고 있다. 전문대학을 나와 북커버 디자인을 직업으로 하는 독신녀 '나'가 마샤와 사귀고 그녀를 통해 한글체의 새로운 미학의 발견에 이른다는 것. 마샤가 이렇게 말합니다. "내 이름을 그려주세요"라고. 외국인의 한글 배우기란 '쓰기'에 앞서 '그리기'라는 것. 글씨체의 미감이 거기 살아 있다는 것. 명조체도 고딕체도 아닌 기묘한 '체'가 거기 있었다는 것.

류진 씨의 「칼」^{조선일보}. 역시 매년 단골로 등장하는 '당신은……' 식 글쓰기. 이렇게 시작됩니다. "당신은 이런 모습으로 그녀 앞에 서게 될 줄은 몰랐다. 아니, 당신은 서 있지 않고 누워 있다"라고. 이때 누워 있는 '당신'은 대체 누구인가. 잇달아 이런 말이 이어진다면 또 어떠할까. "예상치 못한 오늘의 만남이 난감하고 당혹스러운 건 그녀보다 당신이 더할지도 몰랐다. 하지만 당신

도 그녀도 처음에는 서로 알아보지 못했다"라고. 이때 '그녀'는 대체 누구인가. 이런 의문을 풀어가기가 소설적 흥미의 포인트. 여기는 시체부검실. 한 남자가 시체로 누워 있다. 그녀는 부검의. 대체 '당신은' 또는 '그녀는'이라고 말하는 자는 누구인가. 제3의 시선 곧 작가의 시선인 셈. 작가는 전지전능하니까. 그러고 보면 삼인칭 객관적 서술체와 같은 셈. 그녀에 대한 신상명세도 당신에 대한 신상명세도 훤할 수밖에. 그녀부터 볼까요. 어째서 하필 시체부검의가 되었는가. 여사여사한 이유, 곧 실로 통속적인 것. 아비가 유명한 외과의. 의료사고로 퇴직. 그런 사고 없는 분야가 부검의. 그러나 실은, 남편을 배신하고 어린 딸을 버리고 딴 남자에로 간 어미에 대한 복수였던 것. 당신 쪽은 어떠했던가.

잘나가는 바이올리니스트. 그런데 아내가 딴 남자에게 갔고, 그 때문에 줄이 끊어진 바이올리니스트로 전락. 자살함. 지극히 통속적. 이런 '당신'과 이런 '그녀'가 우연히 술집에서 만났고 취중에 동침까지 했던 것. 시체부검만으로 밝혀질 수 없는 부분들이지요.

유응오 씨의 「요요」「한국일보」. 이 역시 신춘문예에 단골로 등장하는 웃자란 소녀의 얘기. 요요란 실을 타고 내려갔다 올라오는 장난감의 이름. 아이들의 장난감이기에 아이의 세계에 속하지만 능동성으로 말미암아 바야흐로 어른의 세계에 진입하는 것. 그 길목에 선 소녀의 심리 묘사로 일관됨. 서술자가 소녀인 만큼 웃자란 감정 묘사로 일관하게 마련. 이른바 중년 사내의 변태적 성욕 대상인 원조 교제물. 오빠는 감옥행. 친구라곤 혼혈아인 킹콩. 이렇게 된 이유 역시 지극히 통속적. "오빠가 세번째 감옥의 별을 다는 동안 네번째 새엄마는 헌엄마가 됐고 다섯번째 새엄마가 안방을……"이니까. 그렇다고 희망이 없지 않다. 어째서? 소녀니까. 팔뚝에 까마귀 문신을 한 오빠의 출옥, 미국

흥행을 꿈꾸는 킹콩의 멋진 춤을 소녀도 함께 꿈꾸니까.

서진연 씨의 「붉은 나무젓가락」[문화일보]은 근래 드문, 이데올로기 냄새를 풍기는 작품. 이데올로기가 탈색된 뒤의 색깔이란 어떠할까를 묻는 소재. 여기는 일본. 조총련 학교에서 배우고 모종의 사건으로 일본 학교로 전학, 대학을 나와 독신으로 살며 모 대학 교수가 된 김철민이란 이름의 조선인 2세인 '나'가 있습니다.

조총련계도, 한국계도, 그렇다고 일본인도 아닌 이른바 '제4국인'. 이런 '나'란 새삼 무엇인가. 이데올로기가 탈색된 오늘의 시점에서 보면 '나'는 과연 어떠할까. '변하지 않았다'와 '변했다'가 마주치는 곳, 그 한가운데에 서 있습니다. 변화의 시금석으로 등장한 인물이 한국에서 온 여자 유학생. 그녀로 말미암아 '나'는 변하지 않으면서도 변하게 마련. 그중 변한 것이란 오직 혼자 있을 때도 '작은 등불' 하나를 켜둔 채 잠을 잔다는 정도. 실로 미미한 변화. 대체 그녀란 무엇인가. 옛 애인 사미의 환생이었을까. 한국 유학생이 '나'의 옛 조총련계 소녀의 허깨비를 불러왔기 때문. 영혼은 바다를 건너지 못한다는 모종의 신념이란 단지 지어낸 허깨비. 그녀가 굳이 조국에 돌아가 낙태시키겠다는 것도 그 근거를 따지고 보면 일종의 미신인 셈. 그럼에도 그것이 이데올로기보다는 한층 깊은 것.

이상은 금년도 신춘문예의 소재 검토입니다. 이들에겐 바야흐로 혹독한 제2관문이 기다리고 있지요. 신문 독자가 아닌 진짜 문학 독자의 시선 앞에 알몸으로 노출되기가 그것.

현장에서 읽은 우리 소설
ⓒ 김윤식

초판 발행　|　2007년 12월 20일

지은이　　|　김윤식
펴낸이　　|　정홍수
편집　　　|　김현숙 황경하 김현주
펴낸곳　　|　(주)도서출판 강
출판등록　|　2000년 8월 9일(제2000-185호)

주소　　　|　서울시 마포구 서교동 460-45(우 121-841)
전화　　　|　325-9566~7
팩시밀리　|　325-8486
전자우편　|　gangpub@hanmail.net

값 16,000원
ISBN 978-89-8218-109-2 03810

이 도서의 국립중앙도서관 출판시도서목록(CIP)은 e-CIP 홈페이지(http://www.nl.go.kr/cip.php)에서 이용하실 수 있습니다.(CIP제어번호:CIP2007003802)